KB262188

90년대 한국문학연구의 동향

상허학회

90년대 한국문학연구의 동향

상허학회

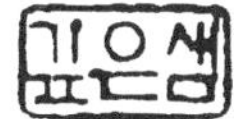

책을 내면서

　　상허학회가 소장학자들의 공동연구를 통해 학문적 유대를 쌓아오면서 한국근대문학에 대한 의미 있는 목소리를 내온 지 올해로 10년을 맞는다. 이번 호의 특집1에 실린 '90년대 한국문학연구의 동향'은 이런 의미에서 각별히 의미가 깊다고 할 수 있다. 여기에 실린 논문은 박진영의 「근대 초기 문학을 바라보는 시각과 과제」, 정종현의 「'동아시아' 담론의 문제와 가능성」, 김영옥의 「90년대 한국 '여성문학' 담론에 대한 비판적 고찰」, 유임하의 「전후소설의 재발견」이다. 90년대는 대중적 저널리즘이나 인문학 연구의 어느 쪽에서든, 80년대와는 현격하게 달라진 사회 문화적 환경에서의 다양한 길찾기가 행해져왔다. 이런 상황에서 근대성과 주체라는 프리즘을 통해 한국근대문학을 해명하고자 하는 시도가 다양하게 이루어져왔음은 주지의 사실이다. 이번 호의 특집에서 선택한 근대 계몽기, 동아시아 담론, 여성문학, 전후소설 등은 90년대에 이루어진 근대성의 테마가 자기발전하고 변신하면서 뻗어가는 줄기들이라고 할 수 있을 것이다. 한국근대의 기원에 대한 발본적 문제의식 속에서 새로운 시각으로 모색되고 있는 계몽기에 대한 연구, 세계체제와 서구적 근대성에 대한 반성 속에서 이루어진 동아시아에 대한 다양한 문제의식, 근대적 거대 서사의 근간으로 자리잡고 있는 남성적 글쓰기에 대해 새로이 모색되는 여성문학, 그리고 일제시기로 편향된 한국문학 연구의 경향성을 바로잡으려는 전후문학에 대한 연구들이 그것이다. 이러한 연구들은 어떤 중심적인 논의가 대세를 이루는 것 아니라, 새로운 모색이 이루어지고 있는 '진행중인 테마'들이라고 할 수 있다. 여기에 실린 원고들은, 이런 진행중인 연구에 대한 메타 연구라는 점에서 다른 글들보다 그 수고로움이 더했을 것은 미루어 짐작할 수 있을 것이다. 중간 점검에 해당되는 이 글들을 계기로 한국근대문학연구가 보다 생산적인 논점을 찾아 가지쳐가기를 바라는 마음 간절하다.

특집2 '이태준 연구'에 실린 두 편의 논문, 김철의 「몰락하는 신생: '만주'의 꿈과 『농군』의 오독」과 김은정의 「이태준의 『농토』론」은 상허학회라는 이름에 값하는 연구라고 생각된다. 특히 이태준의 「농군」을 놓고 실증과 사유를 종횡하는 김철의 연구는 상허 이태준에 대한 연구가 얼마나 새롭게 갱신해 갈 수 있는지, 나아가 근대문학 연구의 미답지가 어디인지를 보여주는 글이라고 생각된다.

일반논문에 실린 여섯 편의 논문들 또한 다양한 관심과 깊이 있는 사유를 보여준다는 점에서 소중하다고 할 수 있다. 한국근대소설이 '소설'로서 성립하는 근저에 대한 상세한 논의를 펼치고 있는 이경돈의 「기록 서사와 근대소설」, 박현수의 「두 개의 '나'와 소설의 관습적 주조」, 해방 이후 남에서도 북에서도 관심의 대상에서 소외된 작가와 장르를 발굴하여 새로이 소개하면서 관심을 촉구하고 있는 한기형의 「해방직후의 수기문학의 한 양상」, 김수영의 '반시' 개념에 대한 고찰을 통해 김수영의 시와 시론에 접근하고 있는 박지영의 「김수영 「반시론」에서 '반시' 의 의미」, 최일수의 비평을 통해 민족문학론의 개념을 백낙청 이전으로 확장, 고찰하고 하고 있는 이상갑의 「민족과 국가, 그리고 세계」, 그리고 이광수의 '내선일체론' 과 역사드라마 '명성왕후' 를 비교하면서 발랄하고 도전적인 해석을 보여주는 공임순의 「죽음의 미학화와 대중정치의 반동성」 등, 근 현대문학 전반에 걸쳐 실증과 해석을 보여주는 논의들이라고 할 수 있다.

각기의 논문들이 보여주는 다양한 편차들에도 불구하고 나름대로 품고있는 소중한 문제의식들이 이후 더욱 알차게 열매맺으리라 확신하며, 상허학회가 지속적으로 이러한 생산적 논의의 장이 될 것을 약속한다. 편집에 수고해준 여러 회원들과 깊은샘의 박현숙 사장님의 변함없는 후의에 깊은 감사를 드린다.

2002년 8월15일
상허학회 편집위원회

▶ 목　　차 ◀

특 집 1
90년대 한국문학연구의 동향

근대 초기 문학을 바라보는 시각과 과제

박 진 영*

1

　1890년대~1910년대라는 그리 길지 않은 기간은 근대문학 연구와 문학사 서술에서 늘 문제적이자 중심적인 자리를 차지해왔다. 한국 근대의 미학적 사유방법과 이념적 성격을 형성한 동력이 내장되어 있을 뿐만 아니라 문학사를 바라보는 시각과 논리를 마련하는 데 핵심적인 연구영역이기 때문이다. 학적인 체계와 방법론으로 근대 초기[1]의 문학에 접근하고 그 문학사적 성격을 '과도기'라 규정했던 임화의 경우에서 보듯이, 단순한 연구대상으로서의 의미를 뛰어넘어 자기 시대의 문제의식을 발견하고 돌파하려는 이론적 고투이자 방법적 실천이 되기도 한다. 근대문학이 질서와 모순 속에서 성립되는 과정을 반성하고 비판함으로써 연구의 시각

---

* 연세대 박사과정.

1) 1890년대~1910년대를 가리키는 명명으로는 개화기, 개항기, 대한제국기, 개화계몽기, 애국계몽기, 근대계몽기, 계몽기, 근대전환기 등 여러 가지가 제안되어 있다. 여기에는 근대문학의 기점 문제와 시대구분론, 연구대상의 범주화와 텍스트의 선별, 근대성의 구체적인 성격 규정 등 많은 논점이 함유되어 있게 마련이다. 이 어려움을 피하기 위해서 이 논문에서는 일단 넓은 의미에서 '근대 초기'라 쓰기로 한다. 물론 이러한 잠정적인 용어가 해당 시기의 핵심적인 성격을 드러낼 수 있는 것은 아니다.

과 틀을 변환하고 재조정할 수 있는 문학사적 전망이 확보될 수 있었던 것이다.

최근 들어 근대 초기의 문학사적 성격에 대한 집중적인 연구가 이루어지고 다양한 측면에서 성과를 얻고 있다는 점은 이러한 맥락에서 매우 의미심장하다. 지금까지와는 다른 시각과 틀을 통해 우리 시대의 문학사적 한계에 도전하고자 하는 방법론적 성취를 보여주고 있기 때문이다. 이처럼 한국근대문학사의 특정 시기에 대한 집중적인 연구성과들이 함축하고 있는 주요한 문제설정의 의의와 한계를 점검하는 것이 이 논문의 목적이다. 특히 근대소설사 부문에 초점을 두어 논의를 전개하겠지만, 검토의 대상이 되는 연구들 대부분이 근대소설이라는 장르의 완결성을 전제하고 있지 않을 뿐만 아니라 연구의 궁극적인 지향점 역시 소설사에 국한되지 않는다는 점을 변명으로 삼을 수 있을 것이다.[2] 지금까지의 근대문학사 연구에 겨누어진 비판적 제언과 도전을 재확인함으로써 새로운 문학사적 논리와 체계를 마련하는 데에로 나아갈 수 있으리라 본다.

근대 초기의 문학에 대한 연구는, 1990년대 중반 무렵부터 근대성을 중심으로 한 논의가 전개되면서 큰 탄력을 얻을 수 있었다. 서사양식의 역사적 특질에 대한 본격적인 접근의 발판을 마련하는 한편 더 나아가 근대적 담론과 글쓰기의 양상까지를 문제삼아 이 시기에 대한 '재발견'이라 할 만한 큰 진척을 보여주었다. 그런데, 이 연구들이 제출하고 있는 주요한 문제제기 중의 하나는 이른바 내재적 발전과 이식, 지연과 습용의 문제설정을 넘어서기 위한 사유의 모색이다. 1990년대 이후 지금까지 문학사 연구가 감당해야만 했던 시대적 과제 역시 여기에 놓여 있다고 보아야 할 것이다. 과연 '탈근대' 혹은 '근대 이후'를 넘겨다볼 수 있는 역사적 방법론이란 어떻게 모색되고 발견될 수 있는가에 대한 구체적인 물음이다.[3] 이 점에서 근대문학에 대한 인식을 근본적으로 문제삼고 비판하

---

2) 아울러, 처음 필자에게 주어진 과제는 이 시기에 대한 연구 및 문학사 전반에 대한 비판적 점검을 포함하고 있었음을 밝혀둔다. 따라서 선행 연구업적이 충분히 검토되어야만 할 것이다. 그러나 논의의 성격에 비추어보았을 때 그리 의미있는 작업이 될 수 없다고 판단하여 생략했다.

는 획기적인 전환점을 마련한 셈이다.

먼저 김영민, 한기형, 정선태 등[4]은 지금까지의 연구영역과 시각에 대해 다소 비판적인 입장을 취하면서 근대소설 양식의 발생 및 발전의 구체적인 도정을 탐색하고 있다. 특히 김영민은 철저한 실증성을 중시하면서 한국근대소설이 형성되는 구체적인 조건과 특질을 탐색했을 뿐만 아니라 이를 통해 밝혀진 구체적인 문학사적 사실들을 서사양식사로 포섭하여 한국근대소설사의 새로운 구도를 제시했다. 제한된 자료들을 근거로 도출된 추상적인 가설을 통해 시대구분론이나 근대성 논의로 나아가기보다는 근대소설 형성의 바탕이 된 전통 서사양식과 주체적인 요인들, 그리고 계몽적 글쓰기의 구체적인 성격 등을 치밀하게 논증했다. 이식론이나 단절론 혹은 내재적 발전론 등의 틀이 종종 빠져들기 쉬운 피상성의 함정에서 썩 벗어났으며, 후속 연구의 실질적인 근거를 마련한 공적이 있다. 근대 초기의 문학에 접근하기 위한 방향과 방법론을 가늠할 조종타 구실을 맡은 셈이다.

반면 고미숙, 김동식, 권보드래 등[5]은 다양하고 이질적인 담론들이 역동적으로 맞부딪치고 다층적으로 재배치되는 '불연속성'을 강조하는 한편 문학중심주의를 거부하고 "담론 속으로" 진입할 것을 주장한다. 이 시기의 글쓰기에 담겨있는 미세한 지절과 변이들을 통해 근대의 기원에서 근대성을 전도할 수 있는, 근대성의 중심에서 "그 외부를 사유할 수 있

---

3) 그런데 이러한 질문 자체가 이미 많은 모순과 회의를 내포하고 있다. 이에 대해서는 김철, 「'국문학'을 넘어서—국문학 연구방법론에 대한 하나의 제안」, 『현대문학의 연구』 11, 한국문학연구학회, 1998. 10.: 김명인, 「민족문학과 민족문학사 인식의 전환을 위하여」, 『민족문학사 연구』 19, 민족문학사학회, 2001. 12. 등을 참고할 수 있다. 그 역설 혹은 한계가 비교적 선명히 드러난 경우가 2000년 4월과 8월 두 차례에 걸쳐 열린 "한국문학사편찬연구 심포지엄"일 것이다. 토지문화재단(편), 『한국문학사 어떻게 쓸 것인가』, 한길사, 2001.
4) 김영민, 『한국근대소설사』, 솔, 1997.: 한기형, 『한국근대소설사의 시각』, 소명출판, 1999.: 정선태, 『개화기 신문논설의 서사 수용 양상』, 소명출판, 1999.
5) 고미숙, 『18세기에서 20세기 초 한국시가사의 구도』, 소명출판, 1998.:「근대계몽기, 그 생성과 변이의 공간에 대한 몇 가지 단상」, 『민족문학사 연구』 14, 민족문학사학회, 1999. 6.:「18세기에서 20세기 초 민족담론의 변이양상」, 『현대문학의 연구』 13, 한국문학연구학회, 1999. 8.: 『한국의 근대성, 그 기원을 찾아서—민족·섹슈얼리티·병리학』, 책세상, 2001.: 김동식, 「한국에서 근대적 문학 개념의 형성과정 연구」, 서울대학교 박사학위논문, 1999. 6.: 권보드래, 『한국근대소설의 기원』, 소명출판, 2000.

는" 전복적 동력을 찾고자 하는 시도이다. 이들의 시각에 따르자면, 기존의 연구뿐만 아니라 김영민 등의 시각 역시 근대주의적 인식의 틀에 갇혀 있기 때문에 근대를 이끌어가거나 혹은 벗어나려는 역동적인 움직임들을 포착할 수 없다. 특정한 이념적 틀이나 양식의 완결성을 중심으로 문학사를 파악할 때 일어날 수밖에 없는 배제와 억압을 넘어서기 위해서는 새로운 시선과 방법론이 요구된다는 것이다. 구체적인 담론을 통해 근대의 역사성에 천착하고 있는 이 연구들은 '근대 주체' 의 구성 원리 혹은 해체의 가능성이라는 과제를 제기하는 데에로 나아가고 있다.

이 연구들은 방대한 자료의 충실한 섭렵을 통해 체계적인 사유를 이끌어내고 있다는 공통된 미덕을 갖고 있다. 풍성한 자료들을 발굴하여 연구 대상으로 삼음으로써 지금까지의 연구에서 다소 관성적으로 취택되어온 자료들의 한계와 이로 인해 빚어진 잘못을 되풀이하지 않을 수 있었다. 이를 통해 근대문학 연구가 속박될 수밖에 없는 제도적 구획과 경계를 학적 엄밀성과 성실성을 바탕으로 비판하고, 문학사를 인식하는 편면적인 틀을 극복했다는 점에서 이전의 실증주의적 태도와는 썩 다른 것이다. 여기에는 문학과 비문학, 고전문학과 현대문학, 전통적인 것과 외래적인 것, 서구와 비서구 등으로 이분화되어온 사고를 극복할 수 있는 실질적인 힘이 내장되어 있다는 점에서 특히 그러하다. 분과와 학제의 고식을 지양하는 한편 선언적으로 추론되는 관념적 구상을 벗어나 이론으로 상승할 수 있는 힘은 오직 자료에 기반했을 때에만 가능할 것이다.

그런데, 이러한 두 가지 경향의 연구들은 각각 대상으로 삼은 시기가 비슷할 뿐 구체적인 자료의 영역이라든가 성격은 판이한 편이다. 근대를 추동했던 주요한 원동력의 하나로서 공공매체와 소설에 주목하고 기왕의 서사양식의 범위를 크게 넓히고 있다는 점은 공통되지만, 논리적 범주를 설정하는 방법과 서사양식을 바라보는 역사적 관점에서는 적지 않은 차이가 보인다. 시기구분을 포함하는 역사인식 태도 역시 크게 다를 것임은 물론이다. 요컨대, 연구대상으로 삼고 있는 자료들의 성격뿐만 아니라 연구의 시각과 방향도 일치하지 않는 셈이다. 그럼에도 불구하고 이 연구들이 서로 논쟁적인 과제들을 남겨두고 있음은 확연하다. 근대 초기의 계몽주의적 성격, 서사양식의 전통과 근대소설 성립의 역사적 특질 등을 구체적으로 해명하기 위한 독창적인 방법론의 모색을 시작한 셈이기 때문이다. 각각의 연구들은 오히려 한국근대문학사에 접근하는 경로의 다기함을 보여주며, 근대성의 내포가 지닌 복잡한 교직을 평가하는 새로운 시각을 제안하고 있는 것이다.

2

김영민과 정선태는 한국 근대문학의 형성에 중요한 역할을 담당한 근대 초기 매체의 '논설'란에 주목하고 그 서사적 특질을 세밀하게 분석했다. 특히 김영민은 '서사적 논설'과 '논설적 서사'의 두 역사적 범주를 중심으로 서사양식에 내재해있는 자기조정능력을 통해 근대소설의 발전이 이루어졌음을 일관성있게 체계화했다.[6] 정선태는 "논설 중 서사적 성격을 띤 글들"을 서사성과 문학성을 준거로 '서사-문학적 논설'로 범주화한 뒤 서사화 방법과 문학적 특징을 고찰하고 있다. 한편, 한기형은 이 범주를 '단편서사물'로 지칭하고 신소설과의 양식적 차이에 보다 주목했다. 이들 세 논자는 모두 근대 초기의 계몽주의 시대정신이 단형의 서사양식을 매개로 통일적인 문학양식을 획득함으로써 근대문학으로 나아갈 수 있었음을 중시했다. 그런데 근대소설사의 구도를 바라보는 관점과 시각에서는 적지않은 차이를 보이고 있기도 하다. 김영민과 한기형의 경우가 양식사적 관점에서 근대소설사를 구상하고 있다면, 정선태의 경우는

---

6) 김영민의 방법적 독창성에 대해서는 최유찬, 「장르사의 문제들」, 『한국문학의 관계론적 이해』, 실천문학사, 1998. 114~117쪽 : 「문학사의 방법론에 관하여」, 같은 책, 236~248쪽을 볼 것.

18

텍스트의 담론적 특성에 초점을 맞추고 있다.

먼저 김영민은, 조선 후기의 야담 및 한문단편이 근대소설의 특징적 범주인 '계몽성'과 결합하면서 탄생한 '서사적 논설'로부터 이광수의 《무정》(1917)에 이르는 근대소설사의 도정을 체계적으로 서술하고 있다. 그의 방법론은 대략 두 가지 측면에서 설득력을 갖고 있다. 첫째는 문학 양식의 개념을 분명히 하고 그 역사적 계통을 일관성있게 해명하고 있다는 점이다. 둘째는 한국근대소설사의 특질인 '계몽성'을 핵심 범주로 삼음으로써 1890년대~1910년대의 문학사적 성격을 통일적으로 바라보고 있다는 점이다. 물론 이 두 가지 설명은 서로 긴밀하게 연관되어 있다.

김영민이 근대소설사를 양식사로서 파악하고 있음은 서사양식의 명명에서부터 확연히 드러난다. '서사적 논설'을 이어받은 '논설적 서사'는 현실성이 보다 강화되고 구성에서는 편집자의 주석이나 해설이 사라지면서 점차 독립된 서사양식으로 발전해간다. 신소설 역시 김태준과 임화의 문학사적 평가를 거치면서 그 양식상의 특질을 위주로 정리된 문학사적 용어임을 분명히 하고 있다. 따라서 '서사중심 신소설'과 '논설중심 신소설'은 수사학적 용어가 아니라 계몽성을 주요한 특질로 삼는 문학양식의 계보를 가리킨다. 또한 지금까지 그 개념과 범주가 혼동된 채 엇갈린 문학사적 평가를 받고 있는 '역사·전기류 문학'과 '역사·전기소설'을 구분했다. 김영민은 '역사·전기소설'을 창작 소설만을 지칭하는 것으로 국한한 뒤, 조선 후기의 전류(傳類) 문학과 군담계 소설에 뿌리를 두고 '서사적 논설' 및 '인물 기사'·'인물고'의 단계를 거치면서 번역 서사물과 번역 전기물의 영향을 받아 형성된 양식으로 정리했다.

한편, 김영민이 근대소설사의 핵심에 놓여 있다고 본 '계몽성'이 다양한 문학양식의 발전 과정에서 일관된 특질이 되고 있음은 1910년대의 단편소설과 《무정》의 소설적 형상화 방법을 분석하는 데에서 두드러진다. 김영민에 의하면 '계몽의 간접화' 양상을 보이고 있는 1910년대의 단편소설은 1900년대의 소설사적 맥락에서 멀리 떨어져 있지 않다. 즉, '논설적 서사'의 연장선상에서 계몽의 의지가 점차 서사 속으로 스며들어가 간접화된다는 것이다. 또한 지금까지 별다른 주목을 받지 못했던 이광수의 〈농촌계발〉(1916~1917)은 "양식상으로는 논설이지만 주제를 형상화하는 과정에서 소설의 방식을 차용"하고 있다. 이는 《무정》의 근대적 성격과 문학사적 위치를 새로운 시각에서 평가할 수 있는 주된 논거이기도 하다. 즉, 논설 중심의 글쓰기 전통이 소설적 형상화 과정에서 허구적 서사를 보다 적극적으로 수용하면서 계몽적 의지를 가장 성공적으로 드러낸 경우라는 것이다. 그런 점에서 《무정》은 한국근대소설사의 핵심적 범주인 계몽성이 간접화되면서 "근대소설의 정점에 올라선" 경우가 된다. 이처럼 "논설과 서사의 효과적인 만남을 지향하는 분리의 과정"으로서 한국근대소설사의 한 단계가 완결된다는 설명이다. 이러한 김영민의 논지는 한국근대문학의 계몽주의적 성격을 서사양식의 분석을 통해 구체적으로 논증하고 있다는 점에서 높이 평가할 만하다.

김영민의 『한국근대소설사』는 결국 '논설'과 '서사'의 범주를 주축으로 하여 양식사적으로 파악된 일관된 소설사라 할 수 있을 것이다. 특히 '서사적 논설'로서의 〈농촌계발〉과 《무정》이 맺고 있는 긴장 관계를 해명하는 새로운 시각이야말로 그의 방대한 자료 연구와 방법론이 결합하여 빛을 발한 대목이라 할 수 있을 것이다. 그러나, 이러한 체계적 일관성 속에는 많은 비판적 논쟁의 여지와 새로운 연구 과제가 담겨 있기도 하다. 이는 근대소설의 형성과 발전에 간여하는 다양한 국면들이 비교적 단순화되어 있다는 점에서 비롯된다. 예컨대 전통적인 문학양식의 계승과 혁신의 관계를 상정하는 데에 대해서는 이미 부분적인 반론이 있었다. '서사적 논설'과 직·간접적인 연결고리를 갖고 있는 전대 양식은 야담이나 한문단편 특히 연암의 소설 등으로 국한되지 않는다는 점을 지적한 것인데, 좀더 깊이 있는 논의가 뒤따라야 할 과제라 할 수 있다.[7] 좀더 문제

---

7) 최유찬, 같은 책, 244~245쪽 : 설성경·김현양, 「19세기 말~20세기 초 《황성신문》의 〈론셜〉 연구-〈서사적 논설〉의 존재양상과 그 위상에 대하여」, 『연민학지』 8, 연민학회, 2000. 8. 251~253쪽. 그런데 후자의 경우, '논설적 서사'와 '서사적 논설'의 양식적 차이를 간과하고 있을 뿐만 아니라 근대 초기의 계몽적 글쓰기 방법이 가져온, 중세소설과의 질적 차별성에 대해서도 충분히 해명하지 못한 한계가 있다.

적인 논점은 한기형에 의해 제출되었다.

한기형은 김영민이 취하고 있는 '주체적·내재적 발전론의 관점'을 긍정적인 것으로 인정하면서도 무리하게 문학사적 연속성을 설정하는 시각을 경계하고 있다. 특히 '단편서사물'과 신소설은 그 양식적 기반과 배경이 서로 다른 독자적인 양식이며, 따라서 "'단편서사물'이 신소설에 미친 영향과 신소설 양식의 출현동기를 구별"해야 한다는 것이다. '단편서사물'의 축적이 신소설 출현의 직접적인 조건이 된 것은 아니며, 이 두 양식은 서로 수직적인 계승관계였다기보다는 오히려 경쟁과 갈등관계에 놓여 있었다는 설명이다.[8] 이에 따라 근대 초기 소설사의 선형적인 구도를 마련하기보다는 양식 사이의 영향관계 및 각각의 하위 형태들이 지닌 특질과 소설적 성취를 분석하는 데 치중한다.

이러한 한기형의 입론은 무엇보다도 단편과 중·장편의 양식상의 차이에 주목했다는 점에서 많은 시사를 준다. 또한 문학양식의 근대적 성격을 평가하는 보다 다양한 범주를 설정함으로써 훨씬 더 유연한 입장에서 논의를 펼치고 있다고 할 수 있다. 김영민은 근대 초기 문학을 관통하는 핵심 원리를 단일한 층위의 '계몽성'으로 보면서 서사양식의 구조와 표현방법이 종합적 발전으로 나아가는 도정을 밝히는 일에 주안을 두었다. 따라서 '논설적 서사'와 신소설, 신소설과 1910년대 신지식층 작가의 단편소설, 1910년대 단편소설과 《무정》 사이에 개재해 있는 글쓰기 방법의 차이 및 양식적 자질의 변별성을 과소평가할 수밖에 없었다. 예컨대 '논설중심 신소설'과 '역사·전기소설'이 그리 간단치 않은 양식적 연원을 갖고 있음에도 불구하고 자생적인 혁신과 비약의 계기를 통해 새로운 양식 창출로 나아가지 못한 것은 무엇때문인가. 김영민은 그 이유를 정치적인 금압과 이념적 자주성 상실이라는 외적 요인에서 찾음으로써 서사양식 고유의 내적 지향과 한계를 상대적으로 간과하고 있다. 반면 한기형은 한문단편과 '단편서사물', 1910년대 단편소설로 이어지는 축과 중세소설

---

8) 한기형, 앞의 책, 19~21쪽.

에서 신소설로 이어지는 축을 상이한 양식적 계보로 파악하면서 그 변별되는 특질을 강조한다. 각각의 문학담당층이 포지하고 있는 세계관과 창작방법이 다르기 때문에 서사의 논리적 구성원리와 미적 가치 역시 다른 층위에 놓일 수밖에 없다는 것이다.

먼저 "소설사의 근대적 진전을 위한 맹아의 역할"을 맡았던 '단편서사물'은 계몽적 글쓰기의 하나로 선택된 단형의 서사양식이다. 그런데 중·장편 지향의 신소설에 비해 경쟁력이 낮았기 때문에 급속히 위축될 수밖에 없었다. 신소설은 처음부터 대중적인 흥미와 상업적 이윤 추구라는 태생적 지반에 근거를 두고 있었으며, 이에 따라 현실에 대한 예술적 파악 능력 역시 제한될 수밖에 없었다. 한기형은 그 한계가 '계몽성'과 '사실성'이 맺는 관계의 착종으로 나타난다고 보았다.[9] 한편 인간의 내면 세계로 관심을 돌리게 되면서 환멸의 미학에 접근한 1910년대 단편소설은 계몽주의 기획의 실패와 좌절에서 비롯된 '부정의식'과 '낭만성'에 기반하고 있다. 이 점에서 '단편서사물'과 일정한 차이를 지니고 있으며, 직접적인 계승관계에 놓일 수는 없다고 본다.[10] 요컨대, "외형상으로 1910년대는 의연히 계몽의 시대"이지만 계몽주의 기획을 뒷받침하고 있는 정신적 기반과 그에 따른 양식 선택 원리는 현저한 변화를 보이고 있다는 설명이다.

그러나 구체적인 양식 특질을 해명하는 범주와 소설사 인식에서는 재론의 여지를 남겨두고 있기도 하다. 예컨대 '단편서사물'을 네 가지 형태로 구분하는 준거가 일관되지 않을 뿐만 아니라 '단편서사물'의 다양한 양식 실험과 발전이 '풍자 단편'에 이르러 "비교적 정제된 소설양식"으로 수렴된다는 논증은 쉽게 납득하기 어렵다. 또 '풍자 단편'에 대해 "단편소설이 근대를 대표하는 문학양식으로 발전해갈 수 있는 가능성을 구체화"한 것으로 평가하는 점도 앞서의 논지와는 어긋난다.[11] 한편 신소

---

9) 같은 책, 63~64쪽. 이 점은 '분량과 구성의 부조화'라는 또다른 양식 특질에 대응하는 것이기도 하다.
10) 같은 책, 305~306쪽.

22

설의 '계몽성'과 '사실성'을 모순적인 범주로 이해함으로써 양식 특질의
문제를 작가의식의 차원으로 환원하기도 한다. 이러한 범주상의 혼란은
1910년대의 문학사적 성격을 파악하는 데에서도 마찬가지로 드러난다.
신소설이 '계몽성'의 과잉 혹은 소거에 의해서만 존립할 수 있었다면,
그 지양과 통일의 리얼리즘적 계기는 1910년대 소설사의 전개에서 찾아
질 수 있다는 논리로 이어진다. 그런데 1910년대의 무력감과 상실감은
단편소설의 경우 '낭만성'을 통해, 《무정》의 경우 의사-계몽주의적 이
념으로 드러났다는 것이다. 그래서 전자는 "소설 형식의 축소와 왜소화"
로, 후자는 대중적 통속성으로 귀결되고 만다. 이러한 인식은 물론 김영
민의 경우와 퍽 다른 것으로, 1900년대와 1910년대의 연속성 위에 놓여
있는 차이에 대한 사고를 거쳐 얻어진 판단이라 할 수 있다.[12] 그러나
1910년대 단편소설의 핵심으로 파악한 '낭만성' 개념에 인식론적 범주
와 미학적 범주가 뒤섞여 있다는 점에서 한계가 있으며, 《무정》이 담지
하고 있는 '계몽성'의 내포의 변화 역시 보다 정밀하게 평가될 필요가
있다.

한기형의 접근은, 몇 가지 한계에도 불구하고, 근대 초기의 상이한 역
사적 양식들이 공존하는 가운데 경쟁과 제휴의 관계를 맺는 구체적인 양
상을 분석하고 있다는 점에서 매우 중요한 연구사적 진전이라 할 수 있
다. 이 시기 문학사의 근대성을 분변하여 평가할 수 있는 시각과 가능성
을 보여주었기 때문이다. 특히 문학양식에 대한 이해는 김영민의 근대소
설사 인식에 대한 주목할 만한 비판의 거울임에 틀림없다. 양식사적 관점
의 중요성은 구체적인 문학사적 현상들을 질서짓고 위계화한다는 점에

---

11) '풍자 단편'으로 제시되고 있는 것은 필사본 「경성백인백색」 한 편으로 제한되어 있는데, 이 자
료의 성격에 대해서는 의문의 여지가 있다. 그 양식적 연원이 어디에 놓여 있는지는 구체적으
로 고찰하지 못했다. 그러나, 이 자료의 생산자나 수용자가 다른 류의 '단편서사물'들과 썩 다
른 것만은 분명하다. 김영민과 정선태가 이 자료를 다루지 않은 것도 마찬가지 이유로 보인다.
적어도 매체와 문학담당층의 성격이 구체적으로 밝혀져야만 단편소설의 가능성을 상정할 수
있을 것이다.
12) 《무정》 혹은 1910년대의 문학사 전개에 대해 본격적인 논의를 펼친 것은 아니다. 한기형, 앞의
책, 300~309쪽. 한편 김영민은 《무정》까지를 한 매듭으로 삼으면서 그 이후의 소설사 전개는
'개성'과 '자아'의 범주를 중심으로 파악할 수 있다고 밝혀두었다. 김영민, 앞의 책, 496쪽.

놓여있는 것이 아닐 것이다. 김영민과 한기형의 연구는 근대소설의 역사적 변천을 추동하는 미세한 이념적·형식적 요소들의 관계를 파악할 수 있게 해준다는 점에서 그 방법적 유효성을 획득하고 있다.

그런데 비슷한 문제의식과 연구대상에서 출발하고 있는 정선태의 경우는 이 논자들과 매우 다른 지층 위에 서 있다. 즉, 근대 초기의 신문이 갖는 공공매체로서의 성격에 보다 주목하고 매체를 통해 생산되는 '담론'의 특질을 분석하고 있다는 점에서 썩 다른 각도에서 접근하고 있다. 그는 담론 생산 담당층이 선택한 언어체를 중시하면서 한글전용 신문과 국한문혼용 신문의 논설란을 글쓰기 방법의 분화가 발생하기 시작한 '담론 공간'으로 보았다. 그리고 '서사성'과 '문학성'을 핵심 범주로 설정하여 '서사-문학적 논설'에 해당하는 많은 자료들을 실증적으로 정리한 뒤 그 구성 방법의 '문학적' 특질을 고찰했다.[13] 따라서 근대소설사의 구도를 제시하기보다는 담론으로서의 텍스트가 '문학성'을 획득하는 과정을 논의의 중심으로 삼았다. 이러한 방법은 근대 초기의 문학사에 접근하는 또다른 경로를 보여준 것으로, 양식사적 성격과 담론적 성격을 어떻게 연구할 것인가의 과제를 제기한다.

물론 양자가 반드시 모순적인 것은 아니다.[14] 일단 정선태의 연구는 대략 1900년대 전반기만을 연구대상으로 삼았기 때문에 이 과제에 대해 그리 자각적이지 않았을 뿐이다. 그러나 담론의 차원에서 진행한 후속 연구의 하나에서 정선태는, 문학양식의 차원에 주의를 기울이지 않음으로써 담론적 접근의 한계를 극명하게 노출시키고 만다. 그는 작가의 '서사 전략'과 문학양식을 혼동함으로써 전통적인 몽유양식을 "문답식 구성을 지닌 서사-문학적 논설의 연장"으로 평가하는 비역사적인 태도를 취하게 된다.[15] "국민정신의 형성을 위한" 작가의 사상적 논리를 담아내기 위

---

13) 이 때 '문학적인 것' 혹은 '문학성' 등의 개념이 내포하고 있는 구체적인 질을 어떻게 가름할 것인가에 대해서는 회의적이지만 이 문제는 잠시 제쳐두기로 한다. 그에 따르면 "문학적인 글이 구비해야 할 최소한의 요건으로 사실의 허구적 재구성과 일상 언어의 재조직화를 들 수 있"다. 정선태, 앞의 책, 20쪽.
14) 권영민, 「근대소설의 기원과 담론의 근대성」, 『문학동네』 17, 1998년 겨울, 146쪽.

24

해 다만 길이만 늘어났을 뿐 "별반 새로울 것이 없는 … 지극히 평범한 구조로 이루어진 성격의 글"에 불과하다는 것이다. 그래서 정치소설도, 토론체 소설도 아니며 그렇다고 역사나 전기도 아니라는 것이다. 이러한 시각은 역사적 양식에 대한 사고를 배제하는 데에서 비롯된 심각한 잘못 이다. 요컨대 담론적 접근 자체가 문제라기보다는 양식적 특질과 문학사 적 성격에 대한 탐색을 도외시하는 방법상의 약점이며, 따라서 양식사적 연구와 담론적 연구가 어떻게 결합되어야 하는가에 대한 비판적 거점이 된다. 물론 필자 역시 이 과제에 대한 뚜렷한 전망을 마련하고 있지는 못 하다. 다만 분명한 것은, 이처럼 연구방법의 설정에서 보여지는 차이란 단순한 연구 동향의 차이에서 그칠 것이 아니라 상보적인 차원에서 수행 되어야 할 이론적 과제가 될 것이라는 점이다. 그렇다면 이제 담론의 차 원에서 접근하고 있는 주요 연구들에서 또다른 의심을 출발시켜보기로 한다.

3

　담론과의 시대적 연관성을 중심에 두는 연구방법은, 거대 담론의 틀 속에서 문학사 혹은 문학사적 현상을 재단할 것이 아니라[16] 다양하고 풍 부한 텍스트들 가운데 비편재화(非偏在化)되어 있는 차이와 변화의 의미 에 주목해야 한다는 점을 전제로 하고 있다. 제한된 텍스트를 대상으로

---

15) 정선태, 「《몽배금태조》론- '국민정신' 형성의 정치적 상상력」, 문학사와비평연구회 (편), 『한국 문학의 근대성 탐구』, 새미, 2000. 102~103쪽. 《몽배금태조》(박은식, 1911)에 대해서는 신재 홍, 『한국 몽유소설 연구』, 계명문화사, 1994.: 이강엽, 『토의문학의 전통과 우리 소설』, 태학 사, 1997. 등을 참고할 수 있다.
16) 이 때의 '거대 담론' 이란 두 가지 의미를 갖는데, 연구대상의 균질성을 기반으로 검출한 근대 초기의 지배적인 사상적·문화적 사유체계를 가리키는 동시에 근대 초기에 접근하는 연구자가 발딛고 있는 실천적 관점을 가리키기도 한다.

연구자의 시각과 입장을 재구성함으로써 단일하고도 거시적인 틀 속에서 이질성과 다층성을 사상시키거나 '근대문학'이라는 이념적·형식적 규준에 의거해 그 시초적 국면의 미분화 양상과 역동적 굴곡을 미달이나 왜곡으로 바라보아서는 안된다는 입장이다. 따라서 근대 초기의 담론에 내재하는 차별성과 유동성을 강조하는 한편 '문학적인' 담론과 '비문학적인' 담론을 의미있는 구획으로 설정하지도 않는다. 중세에서 근대로 이행하는 과도적 단계로서의 근대 초기가 아니라 그 자체 특수한 역사적 단위의 하나로 인식할 것을 주장한다는 점에서 새로운 시각과 비약적인 관점의 전환을 가져다주었다. 조선 후기와 근대 초기 혹은 근대 초기와 그 이후의 간극을 부각시킴으로써 내재적 발전론에 얽매이지 않은 채 '계보학적 탐사'를 지향할 수 있었던 것이다.

　이러한 방법적 문제설정의 의의를 가장 선명하게 표현하고 있는 고미숙은 분절화, 단절과 불연속성, 재배치, 충돌과 변이, 절단과 채취 등과 같은 비선형적 개념들을 매우 예각적으로 구사하고 있다. 그에 따르면 근대 초기라는 '돌출적 국면'은 "사유체계와 삶의 방식, 규율과 습속 등 구성원 개개인의 신체를 변환시키는 차원까지를 아우르는 폭넓은" 전환점으로서, 근대의 시발점이 되는 '생성적 기원의 공간'이자 특이한 불연속점이다. 즉 그 앞뒤의 시기와 "급격한 단층을 이루고 있"기 때문에 근대성의 내포와 분절에 대한 전면적인 반성의 계기로 작동할 수 있다는 것이다. 다시 말하면 "근대성을 구성하는 많은 관념들이 배태된 기원으로, 더 나아가 '근대 너머'를 사유할 수 있게 해주는 역동적 연대로서의 특이성"으로부터 근대적 주체의 구성 및 그 해체의 전복적 에너지가 발산되고 있다는 설명이다.[17] 문제는 계몽 담론의 바깥에서 혹은 민족주의나 근대적 사유의 자장이 미치지 않는 자리에서 '근대문학' 또는 '근대성'의 배치와 위상을 '절단·채취'하는 일에 놓이게 된다.

---

17) 고미숙, 「근대계몽기, 그 생성과 변이의 공간에 대한 몇 가지 단상」, 『민족문학사 연구』 14, 민족문학사학회, 1999. 6. 110~111쪽 ; 「고전문학사 시대구분에 관한 몇 가지 제언」, 토지문화재단 (편), 앞의 책, 128~129쪽.

이러한 입장에서 본다면 기왕의 연구뿐만 아니라 김영민과 한기형 등도 이미 근대주의적 강박과 민족주의의 중력에서 자유롭지 못한 편이다. 근대 초기의 담론이 내장하고 있는 유동성과 활력을 유연하게 재배치할 수 없기 때문이다. 고미숙은 좀더 '발본적인' 자리에서 사유하고자 하며, 이를 위해 근대·민족·언어(문학)의 '삼위일체' 혹은 "문학주의와 진화론, 그리고 리얼리즘이라는" 지평을 해체함으로써 "근대를 척도로 하여 다른 시공간을 평가하는 것이 얼마나 허망한 것인지"를 반성하는 작업을 수행한다.[18] 근대에 대한 관성적 인식─'신경증적 집착들' 이기도 한─의 견고함을 내파시키고자 하는 이러한 입론은 시각과 방법론을 재조정하기 위한 전략의 차원에서 세워진 것임이 분명하다. 예컨대 "조선 후기와 20세기의 내적 연관성을 의도적으로 간과"함으로써 민족 담론의 동요와 재배치를, "근대계몽기와 1910년 사이의 분절화"를 통해 계몽 담론의 복합성과 '횡단성' 등을 읽어낼 수 있다는 것이다.

그런데 이러한 개념들이 또다른 강박적 담론의 형태를 띠는 위험성만은 경계하지 않을 수 없다. 미세한 분절과 변이의 선들을 과장함으로써 또하나의 특수성론으로 나아가고 있다는 혐의를 지울 수 없기 때문이다. 단순히 문학 현상들의 '표상' 에 육박하는 점근선을 그리는 게 아니라 종국적으로는 시대정신을 문제삼고 그 의미를 이론화하는 것이 문학사 연구의 과제일 것이다. 그런데 18세기와 19세기, 19세기와 20세기 초 등의 병치를 통한 '반추' 는 내재적 발전의 허상을 무너뜨리고 시대의 역동성을 부각시키는 데에서 더 나아가지 못한다. 물론 필자는 이처럼 광범위한 영역에서 체계적인 비판을 수행할 역량이 없다. 그러나 중화주의든 계몽담론이든 일의적인 인식체계를 붕괴시키는 균열은 늘 외재적으로 주어지며 그 자체로 근대성이라는 범주가 갖는 역동적인 힘으로 귀결될 것인가에 대해서는 회의적일 수밖에 없다. 예컨대 근대 초기의 성격이 18세기의 전환기적 위상과 대응하고 각각의 단층이 "수평적 차이 속에서 사유할

---

18) 고미숙, 「18세기에서 20세기 초 민족담론의 변이양상」, 『현대문학의 연구』 13, 한국문학연구학회, 1999. 8.:『한국의 근대성, 그 기원을 찾아서─민족·섹슈얼리티·병리학』, 책세상, 2001.

수 있는” 새로운 인식론적 가능성의 계기가 될 수는 없다고 본다. ‘기점’과 ‘주체’가 소거된 만큼 담론에 부유하는 돌출성이란 소급된 추론일 가능성이 크기 때문이다. 1900년대와 1910년대의 문학사적 성격에 대한 ‘분절화’에 대해서도 마찬가지의 의구심을 품을 수 있을 것이다. 어느 시기의 담론이든 외부 현실과 치열한 긴장관계를 맺을 수밖에 없으며 외적 요소에의 견인이란 불가피하다. 문제는 구체적인 텍스트에서 그 양상을 확인하는 일이며 나아가 문학사적 의미망을 획득하는 지점을 확인하는 일에 놓여 있다. 예컨대 지식과 신체에 대한 인식체계란 필연적으로 계몽 담론의 구성적 요소인가? 그 인식체계의 변화라고 해도 결국 어떤 ‘분절화’ 속에서도 발견되는 게 아닐까? 그렇다면 텍스트에 언표된 특이성이 보편 속에서의 특수가 되기 위해서 요구되는 것은 차이와 단절을 추동하는 주체의 인식론과 그 역사적 동력이 아니겠는가. 요컨대 방법론의 기능이나 효과와는 별도로 ‘내적 연관성’ 혹은 사적 연속성에 대한 통찰로 이어지지 않는다면 연대 간의 격차는 격차로만 남겨질 수밖에 없을 것이다. 문학이든 시대 담론이든 결국 일련의 역사적 실천일 것이며 사적 연속성이 그 역사적 실천의 역동성을 탈각시켜버린다고는 생각하지 않는다. 거시적이든 미시적이든 규모의 문제가 아니라 그 변화의 추이를 어떻게 바라보느냐의 문제일 것이다.

이러한 문학사 인식태도와 문제점은 김동식과 권보드래의 경우에서도 유사하게 드러난다. 김동식은 ‘문학’이라는 용어의 내포와 위상이 전변하는 양상을 실증적으로 정리하고 근대적인 의미의 문학 개념이 근대 초기의 담론 속에서 제도화되는 과정을 밝혔다. 한편 권보드래는 ‘소설’이라는 근대문학의 장르를 형성한 글쓰기의 인식론적 근거와 그 차이에 주목했다. 따라서 양식적 연원과 역사적 특질에 주목하기보다는 개념이나 범주의 변화 혹은 문학론의 담론적 성격에서 접근하고 있다. 이들은 ‘문학’ 개념의 변화를 “문학 영역 외부의 시선으로부터” 바라보는 한편 단순히 문학담당층의 교체가 아니라 문학에 대한 인식 자체의 재조정 양상을 고찰하고자 한다는 점에서 새로운 관점을 보여주었다. 1900년대를 그 앞뒤의 시기와는 뚜렷한 단절을 보여주고 있는 독자적인 시대로 파악하고 있다는 점 역시 공통되며, 이를 통해 근대 초기의 신구 교체, 분해와 재조합, 단절과 연속의 양상을 드러내고자 했다.

김동식에 의하면, 정치적 공공영역에서 산출된 1900년대의 계몽 담론은 전통적인 '문'(文) 관념을 공적 성격을 띤 '의사소통양식 일반으로서의 문 개념'으로 조정한다. 그런데 공공영역이 삭제되고 계몽의 기획이 좌절되는 1910년대에 이르면 자율적인 문학 체계의 수립을 지향하는 미학적 논의들이 축적됨으로써 보편적 범주로서의 '정'(情)에 근거한 '근대적' 문학 개념이 정립된다. 이른바 '자율적 문학관'이 그 기능과 영역을 분화시켜가면서 제도적으로 안착할 수 있었다는 것이다. 완전한 자율성을 획득한 것은 아니라는 단서를 붙여두긴 했지만, 미적 근대성이라는 범주를 통해 문학의 자율화를 향해 나아가는 것이 보편적인 근대문학의 상으로 근접하는 길이라고 보는 논리이다. 실제로 이러한 변화가 일어난 것은 1915년 이후인데, 김동식은 이를 계몽과 탈계몽이라는 식으로 접근하고 있다. 1915년 이후의 근대적 문학 개념 성립이란 "낮은 수준에서 문학의 자율성을 제도화"한 과정이며, 계몽의 담론을 대체할 수 있는 새로운 영역, 별다른 의사소통양식으로 문학을 부상시키는 기획이었다는 것이다. 그 사이의 비약을 보수주의적 문학관과 '부정적 허무주의'로 요약되는 1910년대 초반의 문학 개념으로 설정하고 있지만 그다지 설득력은 없다. 공적 성격에서 사적 성격으로의 위상 변이라 할 현격한 차이의 중간 지점에 놓여 있는 것이 바로 1910년대 초반의 문학 개념으로, 순수 교양으로서의 한문학 논의와 독후감 및 소설 광고에서 발견되는 '재미의 제도화'가 중심이라는 것이다. 전자가 상업적 보수주의의 흐름을 요약하고 있다면 후자는 정치적 충격에 대한 완충적인 역할을 담당하면서 인간 감정의 보편성에 근거하여 소설의 쾌락적 속성를 중심화하는 논법으로 이어졌다는 설명이다.[19] 부당한 논리라고는 할 수 없지만 과연 이러한 담론

---

19) 김동식, 앞의 글, 93~98쪽.

이 1910년대 초반의 주된 흐름이었는지에 대해서는 의심이 남는다. 또한 보수층의 문학 이념이 점차 배제되면서 근대적 문학 개념이 고유의 영역을 확보할 수 있었다는 논리는 이미 1910년대의 문학사적 현상을 바탕으로 1900년대를 재해석하는 관점이라는 점에서 그다지 적절치 않으며, 소설 독서의 방법이 변화하고 있다는 설명 역시 1900년대의 신소설이나 활자본 고소설 등의 추이와 함께 논증되지 않는다면 공소한 논리로 귀결될 수밖에 없다. 요컨대 "재미와 정의 결합"이 "정치적인 충격을 흡수하는 통속적인 방식"이라는 것, 1915년 이후의 '정' 개념 역시 유학생을 중심으로 구상된 또하나의 대응논리였다는 주장 등은 그 대타적인 항이라 할 1900년대 계몽 담론의 패배만으로는 쉽게 설명될 수 없을 것이다. 김동식은 1900년대의 계몽 담론과 1910년대의 미학적 담론을 두 축으로 삼고 이를 통해 연역적인 논의를 진행하고 있는 셈이다.

권보드래 역시 근대 초기의 방대한 자료들을 바탕으로 전통적 '문' 관념이 '문학'이라는 근대적 가치로 재배치되는 양상을 밝혔다. 특히 '소설'이라는 근대문학의 장르가 새로운 미적 자질을 획득하면서 근대적 글쓰기로 나아간다는 점에 주목했다. 그런데 "전통적 인식과 새로운 사유가 적극적으로 길항하지 못"했기 때문에 '문'과 '문학'의 긴장 및 갈등을 통해서가 아니라 지·덕·체론을 통해서 "전대와의 단절을 명확하게" 할 수 있었다는 것이다. 이에 따라 '정' 개념이 자신의 고유한 영역을 확보할 수 없었고, '소설'은 근대 국민국가 형성이라는 매개항을 통해 이상적 이념형을 제시하기 시작했다. 그래서 1900년대의 자국어 글쓰기는 '역사·전기물'의 경우 소설개량론에 대한, 신소설의 경우 기록적 가치에 대한 중시로 표현될 수밖에 없었다는 것이다. 그러나 1910년대에 들어서면서 '기록'과 '사실'에 기반한 신문기사의 제도적 정립에 따라 배제된 잉여의 '허구적 글쓰기'에 대한 인식이 확보되고, 개인의 개별화된 '내면성'에 대한 글쓰기 그리고 '현실성'을 드러내는 문체의 글쓰기가 '소설' 나아가 '문학'으로 자리잡았다. 이러한 변화와 단절을 추동한 힘은 지·덕·체론에서 지·정·의론으로의 전이를 통해 '정' 개념이 "세계상 전반을 재편하려는 시도로까지 발전”한 데에 놓여 있다. 이로써 근대적인 의미에서의 ‘문학’ 그리고 ‘소설’의 개념이 형성되었으며, 그 기반에 가로놓여 있는 “민족적이자 예술적인” 의미에서의 특수성이 바로 이 시기 문학사의 근대적 성격이라는 설명이다.

그의 연구는 근대 초기의 담론에서 도출된 다양한 논의들을 이데올로기적인 기능과 효과라는 측면에서 촘촘하게 엮고 있을 뿐만 아니라 구체적인 텍스트들을 대상으로 언어체 및 문체의 변화, 담론적 특성 및 글쓰기 방법의 차이를 밀접한 연관성 위에서 고찰함으로써 매우 중요한 진전을 보여주고 있다. 또한 자생적 발전과 이식적 근대 등의 오래된 대립틀에서 비교적 자유로우면서도 매우 체계적인 사유를 보여주고 있다는 점에서도 높이 평가할 만하다. 그러나 1900년대의 계몽 담론 대 1910년대의 탈계몽 담론이라는 구도에서 접근하고 있다는 점에서 김동식과 유사한 논지를 펼치고 있음을 알 수 있다. 권보드래 역시 문학 양식의 역사적 변화에 주목하기보다는 당대 담론의 변동 속에서 ‘민족성’과 ‘예술성’의 범주를 중심으로하는 ‘근대’ 소설이라는 새로운 장르의 형성에 대한 논의를 전개했다. 그의 논지의 핵심은, 1910년대 들어 근대적 의미의 ‘문학’ 개념이 부상하는 것은 예술적 가치에 대한 인식을 통해 ‘허구’ 개념을 새로운 미적 자질로 발견하는 한편 ‘정’의 가치가 공공적인 것이 아닌 사적이고 개별적인 자아의 ‘내면’에 대한 탐구를 가능하게 했기 때문이라는 점에 놓여 있다. 이로써 1900년대 근대 국민국가 형성의 기획에 근거한 글쓰기 방법이나 문체와는 질을 달리할 수 있었다는 것이다. 1910년대의 문학사적 성격에 대한 이러한 관점의 기저에는 1900년대 계몽 기획이 정치적으로 실패했고 이로 인해 새로운 근대 기획으로 대체되어야만 했다는 전제, 그리고 그것이 바로 ‘자율적 문학관’으로 요약되는 미적 근대성이라는 인식이 전제되어 있다. 권보드래의 경우 근대 ‘소설’이란 어디까지나 미적 글쓰기 혹은 미적 효과를 발휘하는 글쓰기이기 때문이다.

지·정·의론이 새로운 인식체계 즉 근대적 맥락 속에서 형성된 담론임은 분명하며, ‘정’의 가치를 중심으로 근대적인 ‘문학’ 개념이 고유한 가치를 획득하기 시작했다는 점 역시 부정하기 어렵다.[20] 그런데, 1910년대에 틈입하기 시작하여 세계 인식과 인간 이해의 핵심적인 범주로 떠오른 '정' 혹은 '미'의 개념이 썩 완숙한 것은 아니었다. 비단 '정'이나 '미'의 항만이 아니라 지·정·의론과 진·선·미론 자체가 그리 정돈된 상태에 이르렀다고는 볼 수 없기 때문이다. 사실 이광수를 중심으로 한 정육론(情育論)이나 문학의 범주론을 주류적인 사고로 볼 수 있는 것은 1910년대 후반 이후로 제한되어야 한다. 예컨대 최두선이나 백대진 등의 논자들 역시 심리학적 지식으로서의 지·정·의론을 받아들이고 있었지만, '정'의 가치를 강조하기보다는 '정의'(情意)를 중심으로 이해하고 있었다는 사실도 잘 알려져 있다.[21] 논자들마다 사상적 배경이나 그 내포적인 의미가 다르긴 하지만, 적어도 이광수가 츠보오치 쇼요(坪內逍遙)의 소설론을 받아들이면서 제기한 '정'의 가치가 1910년대의 일반화된 사유라고 보기는 어렵다는 뜻이다. 또한 이광수 중심의 지·정·의론 역시 필연적으로 계몽 담론으로부터 절연된 것으로 파악[22]되어야 할 것인지에 대해서도 논란의 여지는 남는다. 이는 '정육'이라는 명제 자체가 안고 있는 모순이 과도기적일 뿐이라거나 "지·정·의라는 기획에서 출발했음에도, 《무정》을 장편소설일 수 있게끔 한 동력은 … 추상적 계몽의 구도" 혹은 계몽 대 자아의 일종의 '타협'이라는 평가로 귀결되는 것[23]에 쉽게 동의할 수 없기 때문이다. 보편적인 근대문학의 지향점을 미학적 자율성 획득에 두고 1900년대와 1910년대를 격절의 관점에서 파악한 김동식의 한계를 오히려 확대한 셈이다.[24] 요컨대 권보드래가 1910년대의 문학사적 성

---

20) 황종연, 「문학이라는 역어―〈문학이란 하오〉 혹은 한국근대문학론의 성립에 관한 고찰」, 문학사와비평연구회 (편), 『한국문학과 계몽 담론』, 새미, 1999. 23~24쪽.

21) 이선영, 「구한말·1910년대 한국문학비평 연구」, 이선영 (외), 『한국 근대문학비평사 연구』, 세계, 1989. 125~126쪽 : 홍신선, 『한국 근대문학이론의 연구』, 문학아카데미사, 1991. 167쪽. 필자가 보기에 특히 최두선이 제기한 이분법은 주자학적 성정론(性情論)과도 맥이 닿아 있을 뿐만 아니라 문학의 기능을 둘러싼 근대 초기 문학(소설)론의 기반이기도 했다. 그러나 아직 이에 대한 생각을 구체적으로 정리하지는 못했다.

22) 권보드래, 앞의 책, 76~77쪽.

23) 권보드래, 앞의 책, 36~37쪽 및 77쪽 : 「'정'의 발견과 근대성―근대적 삶의 원칙과 변칙, 《무정》」, 『문학과 교육』 13, 2000. 9. 118~119쪽.

격을 바라보는 시각은 앞시대 담론과의 단절을 통해 언표된 표상체계의
수평적 이동 속에서 파악된 것인 반면 자아의 내면 세계에 대한 '예술적'
탐구를 통해 '허구의 기획'으로 나아갔다는 평가는 다분히 1920년대 소
설사적 성취와의 연관성 위에서 내려진 것이다. 이제 1910년대의 문학사
적 의미는 1920년대로 나아가기 위한 과도기적 혹은 전초적 기지로 파악
될 수밖에 없지 않은가라는 혐의를 지우기 어렵다.

4

　이상에서 근대 초기 문학에 대한 중요한 연구업적들을 개괄하고자 하
였다. 이들의 방법론적 차이와 문학사를 인식하는 관점에 대한 비판을 중
심으로 논의를 펼치기 위해 크게 두 가지 연구 동향으로 묶어 살펴보았
다. 그러나 거론한 각 논자들의 문제의식과 입론의 기반은 적지않은 편차
를 보이고 있는 게 사실이다. 이에 대해 보다 날카롭게 비판하고 체계적
인 문제설정을 끌어내지 못한 것은 전적으로 필자의 역량 탓이다. 다만
'문제점'보다는 '가능성'에, '한계'보다는 '전망'에 더 주목하고자 했다.
　김영민과 한기형은 근대 초기 서사양식의 발생 및 근대소설과 맺고 있
는 관계를 양식사의 시각에서 파악했다는 공통점에도 불구하고 구체적인
문학 양식의 역사적 발전을 바라보는 각자의 방법에 따라 서로 판이한 관
점으로 1910년대의 문학사를 평가하고 있다. 이에 비해 김동식과 권보드

---

24) 이러한 한계는 사실 손정수의 논의에서 극명하게 드러난 바 있다. 그는 1910년대 신지식층 작
　　가들의 단편소설에 대해, '보편적' 계몽 이념의 '실천'으로부터 미적 자율성을 획득해 나아가
　　는 '미학적' 계몽주의의 전개 과정으로 보는 한편 《무정》을 민족주의 이념과 계몽 담론의 '침
　　입'에 의해 발생한 '이탈'로 평가하고 있다. 손정수, 「1910년대 문학에 나타난 계몽성의 변모
　　양상에 대한 고찰」, 문학사와비평연구회 (편), 앞의 책, 73~75쪽. 어느 정도 차이는 있지만,
　　김동식과 권보드래 역시 '문학의 자율화' 과정을 '보편성'이라는 이름의 근대성으로 파악하고
　　있음은 분명하다.

래는 당시의 담론 체계 속에서 논의의 토대를 마련함으로써 1900년대의 특이성과 독자성을 논점으로 부각시키는 새로움을 보여주었지만 1910년대의 문학사적 성격을 단순화하고 말았다. 어느 경우든 1910년대의 다층적인 복합성과 양식적 실험성을 간과하는 역설에 빠질 위험이 상존하고 있는 셈이다. 물론 새로운 문제설정과 방법적 혁신이 가능하기 위해서는 구체적인 텍스트를 바탕으로 논의를 전개하는 한편 치밀한 분석을 통한 논증을 거쳐야 할 것이다. 그러나 일단, 이처럼 상이한 연구방법론의 공과를 상호 논쟁적인 시각에서 점검하고 이를 통해 한국근대문학사를 다각도로 인식하고 평가하기 위한 새로운 논의를 시작해야 한다는 점은 분명히 드러났다.

그런 점에서 이 연구들은 근대문학 연구가 모색해야 할 두 가지의 중요한 연구사적 과제를 제기한 셈이다. 한국근대소설사에 대한 양식사적 접근과 담론적 접근의 문제, 문학사적 연속과 단절을 바라보는 시각의 문제 등은 비단 근대 초기를 대상으로 하는 연구에 국한되는 과제일 수 없다. 한국근대문학사 전반에 대한 적극적인 재조명을 위해 반드시 정면으로 돌파하고 넘어서야 하는 실천적인 의의를 갖고 있기 때문이다. 방법론의 문제는 한국문학의 근대성을 읽어내는 이론적 과제로 상승되어야만 할 것이며, 1910년대에 대한 평가는 근대문학사의 역사적 성격에 대한 근본적인 반성과 비판의 계기로 나아가야 할 것이다.[25] 이를 통해 한국근

---

[25] 최근의 몇몇 연구들은 바로 이러한 과제가 지닌 연구사적 의의와 그 지난함을 잘 보여주고 있다. 박헌호는 단편양식에 대한 연구를 통해 한국근대소설사의 미학적 성격에 대한 탐색 및 이론화의 가능성을 보여주고 있으며, 손정수와 최원식은 1910년대에 대한 문학사적 인식 및 한국 근대 계몽주의의 역사적 성격에 대한 재론을 시작하고 있다. 박헌호, 「한국근대소설사에서 단편양식의 위상-단편의 양식적 특성을 중심으로」, 『민족문학사 연구』 16, 민족문학사학회, 2000. 6.;『한국인의 애독작품-향토적 서정소설의 미학』, 책세상, 2001.; 손정수, 앞의 글 ; 최원식, 「1910년대 친일문학과 근대성-최찬식의 경우」, 『민족문학사 연구』 14, 민족문학사학회, 1999. 6. 특히 최원식은 내재적 발전론에 대한 일련의 반성적 검토를 거쳐 이른바 '애국계몽기' 문학과 1910년대 친일문학 사이의 문학사적 연속성 문제에 대한 인식의 전환을 암시했다. '애국계몽기'의 문제설정을 철회한 것은 아니지만 근대 초기의 문학에 대한 연구성과를 어느 정도 수용하면서 계몽주의의 역사적 성격에 대한 시각을 재조정한 셈이다. 이러한 시각은 물론 손정수의 경우와는 대척적인 지점에 놓여 있는 것으로 좀더 상론할 필요가 있다. 이 문제를 포함하여 《무정》 및 1910년대의 문학사적 성격을 어떻게 바라볼 것인가에 대해서는 다른 논고를 통해 구체적인 논의를 전개하고자 한다.

대문학사라는 '스펙트럼'을 관통하는 이질적이고 중첩된 파동들을 새롭게 발견하고 구성해낼 수 있을 것이다.

주제어 : 근대 초기, 문학사, 방법론, 양식, 담론, 계몽

◆ 참고문헌

강병조, 「신소설과 개화담론의 대응양상 연구」, 서울대학교 석사학위논문, 1998. 12.

권영민, 『서사양식과 담론의 근대성』, 서울대학교 출판부, 1999.

김영민, 「한국소설의 문체와 근대성의 발현 : 채만식 문장의 소설사적 위치」, 문학
　　과사상연구회 (편), 『채만식 문학의 재인식』, 소명출판, 1999.

김윤성, 「개항기 개신교 의료선교와 몸에 대한 인식틀의 '근대적' 전환」, 서울대학
　　교 석사학위논문, 1994. 6.

김재환, 「신채호 문학 연구 : 근대적 주체의 변모과정을 중심으로」, 연세대학교 석
　　사학위논문, 2001. 12.

동국대학교 한국문학연구소 (편), 『한국문학과 근대성의 형성』, 아세아문화사, 2001.

류준필, 「'문명'·'문화' 관념의 형성과 '국문학'의 발생: '국문학'이라는 이데올로
　　기 서설」, 『민족문학사 연구』18, 민족문학사학회, 2001. 6.

배주영, 「신소설의 여성 담론 구조 연구」, 서울대학교 석사학위논문, 2000. 6.

심보선, 「1905～1910년 소설의 담론적 구성과 그 성격에 대한 사회학적 연구」, 서
　　울대학교 석사학위논문, 1997. 6.

양진오, 『한국소설의 형성』, 국학자료원, 1998.

우림걸, 「한국 개화기 문학에 끼친 梁啓超의 영향 연구」, 성균관대학교 박사학위논
　　문, 2000. 6.

이보경, 『문文과 노벨novel의 결혼 : 근대 중국의 소설이론 재편』, 문학과지성사,
　　2002.

이영아, 「신소설의 개화기 여성상 연구」, 서울대학교 석사학위논문, 1999. 12.

이용남 (외), 『한국 개화기 소설 연구』, 태학사, 2000.

이종민, 「근대 중국의 시대인식과 문학적 사유 : 梁啓超, 王國維, 魯迅, 郁達夫를 중
　　심으로」, 서울대학교 박사학위논문, 1998. 6.

전미경, 「개화기 가족윤리의식의 변화와 가족갈등에 관한 연구 : 신문과 신소설을
　　중심으로」, 동국대학교 박사학위논문, 2000. 6.

황정현, 『신소설 연구』, 집문당, 1997.

鈴木貞美, 『일본의 문학 개념』, 김채수 옮김, 보고사, 2001.

L. H. Liu, *Translingual Practice : Literature, National Culture and Translated Modernity-China, 1900~1937*, Stanford Univ. Prs, 1995.

◆ SUMMARY

The Aspects and Subjects of the Recent Studies on early Modern Literature of Korea

Park Jin-Young

The aim of this thesis is a critical investigation of recent important studies on early modern literature of Korea. I would to make inquiries into the methodology of those and deduce a possible course of the future study on Korean modern literature.

For the purpose of showing trends of studies, I classified those into two types tentatively which were historical approaches to styles of Korean modern literature and genealogical approaches to process of constructing the system of modern literature in Korea. The former has captured the distinctive features among the various styles of narrative and researched the development of Korean modern novel. The latter has given attention to correlation between early modern literature and the then discourse, and brought out unique properties of 1900's through a unconventional angle on problem.

In the first place each study is different in methodological basis. Besides each restricts the ideological or stylistic features of 1910's literary history. And yet these two subjects implicate constructive meanings in studying on Korean modern literature : it is necessary that each should dispute reciprocally on the possibility of new theorization, and moreover, it must be pointed to innovative practices ahead in studying on the history of Korean modern literature.

'동아시아' 담론의 문제와 가능성

- 30년대 '동양' 담론과의 비교를 중심으로 -

정 종 현*

1. 뫼비우스의 띠: 보편과 특수

'동아시아' 담론은 동아시아라는 권역을 설정하고, 이 지역의 특수성을 매개로 새로운 세계 질서와 문화를 설명·모색하려는 90년대 이후의 일군의 새로운 지적 흐름을 지칭한다. '동아시아' 담론에는 자본주의적 세계질서 안에서 동아시아 지역이 지니는 경제적 특수성을 강조하는 유교 자본주의의 논리에서부터, 자본주의는 물론이거니와 사회주의를 포함한 서구 근대의 정치적, 경제적, 사상적 대안을 동아시아적 특수성을 거점으로 모색하면서 (서구) '근대 이후'를 논하는 담론에 이르기까지 그 층위가 다양하며 이질적이다. 여기에 서구 추수에 의해 왜곡된 동아시아적 전통과 문화의 복원을 강조하는 동아시아 담론의 반서구적, 반오리엔탈리즘적인 지향에 주목하여, 제삼세계 출신 지식인들의 탈식민주의 이론은 물론 서구적 근대 비판의 맥락인 포스트모더니즘과의 연관까

---

* 동국대 박사과정.

지 고려하는 논자들을 포함한다면 이 담론의 영역은 더욱 확장된다.[1]

소련 붕괴와 냉전 체제의 해체라는 정치적 맥락과 동아시아 지역의 경제적 대두라는 배경이 연결되며, 동아시아 권역은 새롭게 제기된 대안적인 정치적 언어와 이데올로기의 발진점이 되었다. 세계 자본주의 내에서의 동아시아 권역의 헤게모니를 가정하는 논의[2]는 물론, 자본주의와 일국 사회주의를 넘어서는 대안 문명을 모색하는 담론의 기저에도 한국을 포함한 동아시아 지역의 경제적 대두와 문화적 전통에 기반한 자신감이 전제되어 있다. 이러한 자신감은 개항기 이래로 동아시아 세계 전반에 무의식적으로 내면화한 '서구=보편' '비서구=특수'라는 표상체계를 넘어서려는 논리로 연결된다. 우선, 자본주의 세계 체제 내에서의 동아시아 헤게모니를 강조하는 유교 자본주의적 발상에도 이러한 표상 체계를 완전히 부정하진 못하더라도 조정해 보려는 욕망이 보인다. 베버의 「프로테스탄티즘의 윤리와 자본주의 정신」을 모델로 「유가윤리와 경제발전」을 사유하는 김요기의 발상, 동아시아 경제발전의 원동력을 도덕에 근거한 '탄력적 권위주의'로 규정하며, 이를 서구적 자유민주주의의 경쟁자로 자리매김하는 후쿠야마 등의 논의[3]도 그 표상 체계 안에서나마 동아시아적 특수성을 서구 보편과 동렬에 놓아보려는 시도라 할 수 있다.

서구 제국주의의 세계 분할 이후, '서구=보편, 비서구=특수'라는 표상 체계는 비서구 지식인들을 짓누르는 인식틀로 기능해 왔다. 동아시아 담론은 이러한 표상 체계를 벗어나려는 시도이며, 따라서 서구적 근대

---

1) 탈식민주의이론과 동아시아 담론의 관련에 대해서는 진형준(「동아시아 담론들이 만나고 헤어지고 다시 만나는 자리」, 《상상》, 1997.)과 고부응(「서구의 제3세계 담론: 제이미슨, 아마드, 스피박」, 《문학과 사회》 36, 1996. 겨울.)을 참조할 것.

2) 아프릭 달릭(「아시아-태평양권이라는 개념」, 『동아시아, 문제와 시각』, 문학과 지성사, 1997.)은 특히 유교와 관련된 이들 담론들에 대해서 "전지구적 자본주의 속에서 아시아·태평양적인 정체성을 강조하려는 시도들은 게임 규칙에 새겨져 있는 구미의 헤게모니를 더욱 부각시키는 역할을 할 뿐이다."(65쪽)고 지적한다. 유교의 현대화를 통한 동아시아 대안문명의 가능성과 자본주의적 경제발전을 연관짓는 논의에 대해서는 뚜 웨이밍(杜維明)(「유가 철학과 현대화」, 『동아시아, 문제와 시각』, 문학과 지성사, 1997.) 김요기(金耀基)(「유가 윤리와 경제 발전, 같은 책)를 참조할 것.

3) 백영서, 「중국 인권문제를 보는 시각」, '특집: 동아시아, 근대와 탈근대의 과제', 《창작과 비평》 1994 겨울호. 170쪽.

전반 또는 근대성 일반에 대한 문제 제기와도 닿아 있다. 이러한 표상 체계에 대한 문제 제기는 서구 중심적인 문학론에서 벗어나 동아시아적인 것의 정당한 복권을 요청한다는 문학론의 차원에서도 확인된다. 한국 소설의 이론을 통해서 동아시아 소설 일반의 원리를 해명하고, 이를 제삼세계 문학론과 세계 소설 일반에 투사하여 “진정한 세계적 보편성”을 찾고자 한다는 조동일의 논리[4]나 서구의 이성적 지배의 논리틀 자체를 해소하기 위해서 동아시아 문화의 내재적 원리 속에서 자유롭게 사유하며, 동시에 중국의 한국에 대한 지배론적 인식이라는 동아시아 권역 내의 “내부적 억압”에서도 자유로와져야 한다는 정재서의 논의[5], 일국적 사유틀인 내재적 발전론과 제국주의 담론인 비교문학을 벗어나 진정한 국제주의적 시각을 확보한 동아시아 문학론을 주장하며 소설의 기원을 철저하게 동아시아적 전통 안에서 논의하는 최원식의 논의[6]도 서구 중심주의를 벗어나고자 하는 모색이라 할 수 있다.

경제성장에 고무받아 자본주의 체제 내에서나마 서구의 ‘자유주의적·시장경제적인’ 헤게모니 담론에 대항할 ‘탄력적 권위주의’라는 개념을 제시하며 서구의 인정을 요구하는 유교 자본주의의 경우나, 서구적 근대 자체를 문제삼으며 ‘근대 이후’에 대한 거점으로 동아시아를 사유하는 담론이거나, 또는 세부적인 문학론이거나 그 배경에는 ‘보편과 특수’라는 표상 체계에 대한 강박과 대결 의식이 맞물려 있다. 동아시아 담론은 서구가 실은 보편을 가장한 특수일 뿐임을 강조하며, 동아시아라는 권역의 설정을 통해 ‘복수의 보편’을 설정한 후 ‘무엇’인가를 그 보편의 반열로 승격시키려는 시도를 전제하고 있는 셈이다. 달리 말하면,

---

4) 조동일(「소설이론의 방향 전환과 동아시아 소설」, 《세계의 문학》, 1992년 봄호./중국·한국·일본 ‘소설’의 개념, 『한국문학과 세계문학』, 지식산업사, 1991.)
5) 정재서(『동양적인 것의 슬픔』, 살림, 1996.)가 서구 중심주의의 해체는 물론 특히 동아시아권 내부의 중화주의의 해체를 위해 ‘산해경’ ‘고구려 벽화’ 분석을 시도한다. 그러나, 동이족의 신화가 도교에 영향을 주고 중국에 영향을 준 것이라는 분석은 중화주의를 전도하는 것이지 해체한 것은 아니라는 판단이 든다.
6) 최원식, 「동아시아문학론의 당면과제」, 『생산적 대화를 위하여』, 창작과비평사, 1997.
_____, 「문학의 귀환」, 『문학의 귀환』, 창작과비평사, 2001.

동아시아라는 특수성을 매개항으로 '서양-동양', '서양-동아시아', '서양-한국'이라는 표상 체계의 계서화에서 벗어날 수 있다는 믿음이 동아시아 담론에는 내장되어 있다.

동아시아 담론이 문제삼는 이 표상 체계는 물론 극복되어야 하는 것이지만, 문제가 그리 단순하지만은 않다. 자본주의 세계체제 내에서 구미의 주도권과 보편성을 승인하며 '동양=공동체주의', '서양=개인주의'라는 낯익은 동서양 문화의 양분법을 환기시키는 '탄력적 권위주의'론과 유교 자본주의적 발상이 오히려 서구 보편주의와 자본주의 세계체제를 강화하는 담론이라는 사실을 지적하는 것은 어려운 일이 아니다. 문제가 되는 것은, 서구 헤게모니하의 자본주의 세계체제에 투항하지 않고 서구 근대를 넘어서겠다는 모색에서 나타나는 '보편-특수' 표상 체계의 재현 방식이다.

동아시아 혹은 동아시아적인 것이란 무엇인가. 그것은 자연적인 실체가 아니며 다양한 차이를 지닌 집단과 문화가 공존하고 있는 지역이다. 이 지역의 문화적 동질성을 강조하며 균질화 시키는 순간 차이들은 사라지게 되며 동아시아는 '자연적이고 본질적인 지역'으로 창안된다. 이 때 동아시아 권역은 자본주의 세계체제의 하위 지역면서, 또한 자본주의와 서구 중심주의를 넘어설 수 있는 집단적 '동일성'이기도 하다. 이제 '동아시아'는 본질주의적이고 동질적인 정체성을 부여받음로써 실체가 되고 서구의 보편을 특수로 강등시키며, 혹은 서구와 동등한 보편의 반열에 올라서서, 동아시아 권역의 구성원들에게 보편성을 매개하게 되는 것이다.

'동양(혹은 동아시아)이라는 시·공간적 지역의 창안/(복수) 보편(서구의 특수로의 강등)'이 상호 교호하며 빚어내는 논리적 회로와 이 논리적 회로 안에 숨겨져 있는 자기 동일적 주체의 '보편'화, 언젠가 어디선가 많이 들어본 소리가 아닌가. 여기서 90년대 한국 지식계의 동아시아 담론의 중요한 흐름이 안고 있는 문제를 지적해야겠다. 대다수 동아시아 담론의 논리적 회로와 용어 및 담론 체계가 환기시키는 것은, 30년대 일

본의 '동양' 담론 및 '근대초극론'과의 직접적이고 논리적인 친연 관계
이다. '동아시아 담론'의 몇몇 중요한 논자들은 일본의 천황제 파시즘이
아시아 지배를 확대하는 과정에서 아시아(문화)의 공동체성과 서양 문명
과의 이해 대립을 강조하면서 이데올로기로 사용했던 사고 체계인 '아시
아주의' 혹은 '동양론'을 부지중에 재연하고 있다는 사실을 인식하지 못
한다. 소련의 붕괴와 냉전 체제 해체 이후 새롭게 제기된 세계사적 신질
서의 재구축 와중에 동아시아 권역에서 자본주의 극복의 계기와 서구적
인 근대를 극복할 대안 문명과 대안 체제를 상정하는 동아시아 담론은
"범아메리카, 유럽연맹, 소비에트 연맹으로 블록화되는 서구 세계의 신
질서" 속에서 서구 문명의 자본주의에서 기인한 "자유주의, 개인주의,
합리주의의 근대주의가 빠진 추상적인 세계주의를 극복"하기 위해 만
주, 일본, 중국을 아우르는 '동아협동체'를 통해 "민족을 넘어서는" 새
로운 대안의 (문화) 이념을 모색한다는 '동아협동체'론 내지는 '동아공
영권'의 구상[7]과 얼마만한 차이를 지니는 것일까. 개인적인 신념과 동기
의 진정성과는 무관하게, 백낙청의 "문명적 유산", 최원식의 "동아시아
적 시각", 일부 《상상》동인들이 제기했던 동양적 '중세'를 이상화하는
방식 등은 서구라는 동일성에 대한 가상의 동일성으로 '동양'을 창안하
고 그 안에서 일본의 특수한 위치를 구별지으며 서구적 근대와 자본주의
를 넘어서려한 30년대의 동양론과 유사한 문제의식을 공유하고 있는 것
으로 판단된다.

　'서구=근대, 비서구=전근대'라는 등식을 기반으로 '서구=근대=보
편, 비서구=전근대=특수'라는 이항대립의 표상체계를 넘어서려는 모색
을 보인다는 점에서 동양론과 동아시아 담론은 공통된다. 문제는 지역주
의(특수주의)와 보편주의가 동전의 양면이고 서로를 강화한다는 사실이
다.[8] 극복하고자 하는 그 표상 체계를 다른 형식으로 전유하며 자신을

---

7) 동아협동체 구상에 대해서는 미키 키요시(三木淸)(「신일본의 사상 원리」, 『동아시아인의 동양
　인식』, 문학과 지성사, 1997.) / 오자키 호츠미(尾岐秀實)(「'동아' 협동체의 이념과 그 성립의 객
　관적 기초」, 같은 책)을 참조할 것.

보편으로 구획짓는 것, 이것이 일본의 동양론이 빠진 함정이었으며 90년대 이후 한국 지식계에서 유행한 동아시아 담론의 논리가 답습하고 있는 문제이다. 두 담론은 모두 창안된 '동아시아' 혹은 '동양'이라는 구성물의 통일성을 명백한 실체로 상정하면서, 내셔널리즘에 기반한 자기 동일적 주체를 새로운 보편사의 주체로 설정하려는 면모를 보인다.

물론, 내셔널리즘을 만악의 근원처럼 취급하는 태도에는 문제가 있다. 침략자와 피해자의 상황이 다르며 식민 경험을 가졌던 아시아 제국가에서 내셔널리즘은 하나의 저항과 진보의 역할을 담당했다는 것 역시 사실이다. 국가간의 우승열패(優勝劣敗)의 경쟁원리에 선 서구의 내셔널리즘, 이를 추수한 전전(pre-war) 일본 내셔널리즘의 파탄과 구별하면서, 아시아의 〈저항적 내셔널리즘〉을 약자를 돕는 내셔널리즘으로 긍정한 다케우치 요시미(竹內好)의 논의 역시 이러한 인식에 기반하고 있다.

다케우치의 동양적 내셔널리즘에 대한 긍정은 샌프란시스코 강화회의를 둘러싼 일본의 민족적인 위기 의식과 2차세계 대전 이후 동양의 내셔널리즘의 고양 속에서 출현한 것이다. 동양적 내셔널리즘을 구제하려는 그의 열망에도 불구하고 아시아 각국의 상황은 이상적인 동양론의 요원함을 절감하게 만드는 것 또한 사실이다. 노신에게서 '저항의 부정성' 개념을, 손문에게서 '약한 자를 구하고, 위험을 던다'는 '왕도적 덕치' 개념을 추출하여 결합한 다케우치의 동양적 내셔널리즘에 대한 긍정을 검토하는 과정에서 중국이 취하는 민족 정책과 제삼세계의 내셔널리즘에 대한 관찰을 토대로 후발국의 내셔널리즘이 선발국의 내셔널리즘의 베끼기 혹은 뒤집기일 뿐이며 동양적 내셔널리즘 역시 선행 내셔널리즘과 동일한 원리로 작동하고 있음을 지적하는 니시카와의 논의는 재삼 경청할 대목이다.[9] 여기서 국민 국가 단위로 분할된 동아시아권역에서 진

---

8) '근대-반근대' 짝짓기와 특수주의와 보편주의의 문제에 대해서는 사카이나오키(「모더니티와 그 비판;보편주의와 특수주의의 문제」, 『포스트모더니즘과 일본』, 시각과 언어, 1996.)를 참조할 것.

9) 니시카와 나가오, 윤대석 옮김, 『국민이라는 괴물』, 소명출판, 2002. 119쪽 참조.

정한 연대를 갈구하는 동아시아 담론의 이상주의는 그러나 국민 국가 단위에서의 내셔널리즘을 근간으로 하기에 요원해질 수밖에 없다는 역설이 생긴다.

2. ‘동아시아 담론’ 혹은 ‘내셔널리즘’의 곡예

자본주의 틀 안에서의 동아시아적 특수성을 강조하며 동아시아 헤게모니를 추구하는 담론이 중국, 일본, 남한, 대만 내셔널리즘[10]의 오월동주(吳越同舟)라는 지적은 새삼스러운 것이 아니다. 오히려 흥미로운 흐름은 ‘세계사적 사명’이 응축된 남북한을 중심으로 무조건적인 근대 추수와 낭만적 근대 부정의 두 오류를 지양하며, 자본주의와 일국 사회주의를 넘어서는 ‘근대 이후’를 동아시아의 특수성을 통해서 모색한다는 최원식으로 대표되는 ‘창작과 비평’류의 동아시아 담론이 보여주는 내셔널리즘의 곡예이다. 동아시아의 패권주의와 협착한 민족주의를 경계하며 국제적 시각의 모색을 추구한다는 선언에도 불구하고, 이들 논의는 동요없는 자기 동일적 주체의 이미지 위에서 작동하고 있다는 문제를 안고 있다.

동아시아 담론의 여러 흐름 중에서 유독 ‘창작과 비평’, 그 중에서도 특히 최원식의 논의를 문제삼고자 하는 이유는 그의 논의가 동아시아 담론의 문제와 가능성을 첨예하게 응축하고 있다는 판단에서이다. 최원식

---

10) 니시카와 나가오(四川長夫)는 대만을 준제국, 즉 ‘subempire’이라는 관점에서 분석한 첸광신(陳光興)(「제국의 시선－’준제국’과 네이션스테이트의 문화적 상상」, 「컬츄럴 스터디」 특집호, 『사상』 859호, 1996. 1)에 의거해 ‘대만의 자본이 필리핀 및 동남아시아에 흘러들어가 재래의 일본의 아시아에 대한 관계와 동일한 일을 반복하고 있’음을 지적하며 동아시아 문제를 자본주의 세계체제의 구조적 네트워크 아래에서 바라보아야 함을 지적하고 있다.(『국민이라는 괴물』, 윤대석 옮김, 소명, 2002. 172쪽 참조.)

은 동아시아 담론이 유행하기 훨씬 전인 1982년에「민족문학론의 반성과 전망」에서 '제삼세계론'을 긍정하면서, 서구의 근대문학이 원본처럼 자리잡은 여타 제삼세계권과 다른 아시아권의 특수성을 강조하며 "동아시아적 양식"의 계발을 촉구한 바 있다. 뒤이어,『越南亡國史』의 분석을 통해 양계초, 판 보이 차우(潘佩珠) 등의 대서구, 대일본 인식 및 아시아론을 비교하며 아시아의 연대에 대해 모색[11]하고, 90년대 이후에도 당면한 한국 문학의 진로를 중국·일본 문학과의 비교 및 동아시아적 시야 속에서 타개하려는 일관된 면모를 보여주었다. 최근 여러 논쟁을 촉발시켰던 논문인「'리얼리즘'과 '모더니즘'의 회통」[12]에서도 리얼리즘과 모더니즘의 문제를 우리가 직면하고 있는 근대 자본주의를 어떻게 살아내는가의 문제로 수렴하면서, 문학에서의 대안 체계를 동아시아 고전 문학의 전통을 민중적 관점에서 해체 재발견하는 속에서 찾아가자고 제안한 바 있다. 최원식의 동아시아론은 '동아시아' 담론이 유행 담론이 되기 훨씬 전부터 일관된 신념으로 제출된 대안 체계라는 점에서 의의를 지닌다.

여기서는 최원식의 논의 중에서도 그의 동아시아론의 윤곽을 가늠할 수 있는 흥미롭고도 중요한 글인「탈냉전 시대와 동아시아적 시각의 모색」[13]을 중심으로 최원식, 나아가 일군의 90년대 동아시아 담론이 내포한 문제에 대해서 천착해보고자 한다. 소련의 붕괴와 냉전의 해체, 세계사적 질서의 재편이라는 새로운 상황에 적합한 민족문학을 모색하기 위한 시론으로 작성된 이 글은 우선 신질서에 직면한 동아시아 정세를 박학한 안목으로 개괄한다. 그에 따르면, "쏘비에뜨 사회주의도 아메리카 자본주의도 그리고 동아시아 민족 해방형 사회주의도 낡은 모델로 떨어져버린" 이 시기는 "협량한 민족주의를 넘어선 동아시아 연대의 전진 속에서 '진정한 동아시아 모델'을 창조적으로 모색할 때"(401쪽)이다. 이

---

11) 최원식, 「아시아의 連帶」, 『韓國近代小說史論』, 창작과비평사, 1986.
12) 최원식, 「'리얼리즘'과 '모더니즘'의 회통」, 『현대 한국문학 100년』, 민음사, 1999.
13) 최원식, 「탈냉전시대와 동아시아적 시각의 모색」, 『생산적 대화를 위하여』, 창작과비평사, 1997. 이하 면수만 기재.

러한 주장은 민족문학론을 그동안 비판받아왔던 민족주의의 이데올로기와 일국주의적 인식과 변별해내는데 각별한 노력을 기울이며 보여주었던 그의 유연한 태도를 엿볼 수 있게 하는 대목이다.

문제는 이러한 표면적인 언명이 주는 인상과 그 실제의 내용이 사뭇 다르다는 데 있다. 우선 밝혀져야 할 것은 ‘진정한 동아시적 모델’ 혹은 ‘동아시아적 시각’의 내용이다. 백낙청의 ‘분단체제론’의 전제 위에서 최원식은 동아시아 담론이 새로운 상황에서의 “한반도 통일 운동과 깊숙이 맞”(404쪽) 물려 있으며 이것이 동아시아 담론의 핵심적 문제 의식임을 피력한다. 사실 이런 논법은 동아시아를 둘러싸고 조성되는 세계사적 신질서 속에서 남·북한의 통일을 최고의 과제로 하는 ‘동아시아적 시각’에서의 한국 민족주의의 진로에 대한 절절한 고뇌로는 보여도, ‘진정한 동아시아 모델’의 창조적 모색으로 읽히지는 않을 위험이 다분하다. 이를 의식한 듯 그는 통일운동을 협량한 민족주의에서 구획해 내 ‘진보’라는 보편성을 부여한다. “물론 통일 운동은 민족주의의 전형적 표출이다. 그러나 우리의 통일 운동은 이미 누누이 지적했듯이 협량한 민족주의로는 모순이 중첩된 한반도의 진보적인 평화통일이 이루어질 수 없다는 냉엄한 인식에 기초하고 있기에 민족주의를 넘어설 전망을 스스로 내포하고 있는 것이다.”(405쪽)

서구 중심의 보편주의에 대한 불신이 확산됨과 동시에 ‘동아시아’의 특수성, 독자적 전통이 새로운 보편적 진리의 반열로 승격되며 담론적 패권을 확보했던 전례로 앞서 우리는 일본의 동양론을 거론한 바 있다. 동양론, 동양사학의 제도적 정착 과정과 지식과 권력의 공모 관계를 고찰한 한 연구서[14]는 보편적 얼개 속에서 자기 동일적 주체의 특수성을 고안하는 방식을 잘 보여준다. 우선 서구 보편주의를 비판하기 위하여 ‘동양’이라는 또 다른 가상의 동일성을 설정하고 이 속에서 자기 동일적 주체의 정체성을 구획해낸 것이 일본의 동양론이다. 서구를 타자화하고 다

---

14) Stefan Tanaka, Japan's Orient: Rendering Pasts into History(California: University of California Press, 1993)

시 동양 제국을 타자화하는 이중의 구획을 통해 '일본'이라는 자기 동일성을 구축한 후에 일본의 내셔널리즘이 내세운 것이 새로운 세계사적 전환기를 주도할 보편 문명의 주체가 되는 것이었다. 상론한 최원식의 동아시아 '담론'의 논법도 이러한 작동원리에서 크게 벗어나 있지 않다. 서구 중심주의(보편주의)에 대한 대안의 거점으로 동아시아 권역을 설정하고 자기 동일적 주체의 정체성을 가정하면서, "협량한 민족주의를 넘어" 세계사의 진보에 기여할 가능성을 이미 그 안에 내포한 '한국 민족주의'를 역설하는 '동아시아' 담론은 일본의 동양론과 그다지 멀리 떨어져 있는 것은 아니다.

최원식의 '동아시아 담론'에서 '민족'이라는 자기 동일적 주체의 표상은 그가 능숙하게 구사하는 역사적 전거를 통해 그 연속성이 공고해진다. 이미 문학론의 차원에서 연속성의 발명을 통해 단절, 비약, 파열 등의 온갖 변화를 겪은 '한국문학'을 자기 동일적 주체의 표상으로 환기시키는 문제가 지적되었거니와[15], 동아시아론의 전개에서는 이러한 표상화가 사적(史的) 차원에서 이루어지고 있는 점이 주목된다. 미·일자본의 하위 파트너로 합세한 남한 자본이 북한을 흡수통일하는 것이 위험천만하다는 지적은 '唐'을 끌어들인 신라의 통일이라는 사적 전거를 통해 논증되고, 한국의 동아시아론이 중국의 '두 개의 조선 정책'이라는 등거리 외교에 포섭되지 말아야 한다고 경계하면서 제시되는 상황 논리는 '唐'의 신라와 발해에 대한 동방정책에 비견된다. 스스로 당, 신라, 발해의 시대와 현재가 단순하게 유비되는 것은 아니라고 말하고 있지만, 그것이 특유의 균형감각이라 일컬어지는 수사임을 감안한다면, 그의 사유의 저변에 있는 동일성의 감각을 유추하기는 어렵지 않다. 최원식이 무의식중에 반복하는 것은 그의 동아시아 담론의 위치가 무엇인지를 새삼

---

15) 황종연(「살아 있는 혼돈을 위하여」, 《문학동네》 2001년 겨울호. 444~445쪽)은 최원식이 '국문학'의 민족주의 담론과 '민족문학론'이 공유하고 있는 특징인 한국문학의 역사적 연속성에 대한 집착을 보이고 있으며, 연속성을 발견하는 비평의 역사적 서사 덕택에 온갖 변동을 겪은 '한국문학'이 자기동일적 주체로 정립됨을 지적한 바 있다.

보여주는 것이다.

이성시의 지적[16]처럼 남한·북한, 중국, 일본은 고대사를 자국의 국민 국가 이야기에 부합하는 국사의 틀로 주조하였으며, 이 과정에서 기억을 둘러싼 투쟁이 각국의 내셔널리즘의 현현인 국사의 체계로 정립되었다. 발해와 신라를 한민족의 두 개 국가로 간주하며 남북국 시대로 설정함으로써 오늘날의 분단 상황 극복이라는 현실적 과제를 투영하여 통합의 전망을 모색하려는 남북한의 역사 인식, 소수 민족 국가인 발해의 정치적 문화적 자립성을 인정하지 않고 '당조(唐朝)'의 지방정권으로 자리매김시키며 한족(漢族)의 주체적 역할을 환기시키는 중국의 국사 인식 속에는 근대 국민 국가의 현실적 과제를 고대사에 가탁하면서 동일성의 이미지를 반복하는 내셔널리즘의 의식적인 노력이 깃들어 있다.

사적 전거의 활용 속에서 동일성의 통시적 불변성을 환기시키는 또다른 예는 민세 안재홍의 「신민족주의의 과학성과 통일 독립의 과업」을 소개하며 분석하는 대목에서도 찾아볼 수 있다. 고구려의 멸망으로 말미암은 조선의 약소 민족화는 동아시아 안정의 균형추를 와해시킴으로써 중국을 항상적인 북방의 위협에 시달리게 한 '만세(萬世)의 실책'이며, '통일신라'가 고구려 백제의 유민과 함께 당을 저지함으로써 당의 일본 침략을 막아내었다는 민세의 분석을 탁견이라 상찬하고 있는 대목은 90년대 이후 확산된 한국판 시오니즘의 원류인 고구려 담론의 하나라고 심상히 보아 넘길 대목은 아니다. "중국에 대한 '우리' 민족의 저항이 일본을 구원했듯이, 일본에 대한 조선의 항쟁은 중국의 방파제가 되었다"(407쪽)는 대몽항전과 임진왜란에서의 '우리'의 역할에 대한 해석은 이것의 학문적 타당성의 시비를 넘어서는 문제를 제기한다. 이 논리가 환기시키는 자기 동일적 주체의 이미지의 연속성이 지니는 효과가 무엇인지 다음 구절과의 비교를 통해서 생각해 보자.

---

16) 이성시, 「고대사에 나타난 국민국가 이야기」, 『만들어진 고대』, 삼인, 2001.

50

　　당시 일본은 삼한 반도의 남부를 지배했는데, 북부의 고구려와는 반대 지위
에 서 있었다. 고구려는 마치 지금의 노국(露國, 러시아)과 같은 관계여서 일
본이 반도 남부에 세력을 얻으려 하면 고구려가 이를 누르려 한다. 남부의 삼
국을 지배하고 또 지속하기 위해서는 어떻게 해서든지 북부의 고구려를 꺾지
않으면 안된다. 그 관계는 마치 일본이 지금의 조선을 충분히 휘어잡기 위해
서는 북의 노국을 치지 않으면 안되는 것과 조금도 다름이 없다. 조선에서 세
력을 획득하고자 하는 희망 때문에 전에는 지나(支那)와 싸웠고 지금은 노국
과 싸우는 것과 마찬가지로 정치상의 관계에서 일본은 고구려와 전쟁을 벌였
던 것이다.[17]

　　이 글은 시라토리 구라키치(白鳥庫吉)가 20세기 초엽에 광개토대왕
비문을 해석한 논문의 일부이다. 잘 알려져 있듯이, 시라토리는 이후 일
본 파시즘과 공모하게 되는 근대 동양사학, 실증 사학의 부조에 해당하
는 학자이다. 인용절은 1900년대 동아시아의 정세와 20세기 초엽의 조
선, 일본, 중국이라는 민족국가가 아무런 망설임없이 고대사의 체계에
그대로 투사되는 과정을 보여준다. 임나일본부설에 토대한 고구려와
'倭'의 대립을 상정하는 인용문에 대한 '민족적인' 감정과 사학계의 오
랜 시시비비에 우선 괄호를 치고 이 투사의 작동 원리만을 놓고 본다면
시라토리와 안재홍, 나아가 최원식의 논의에는 동일한 매카니즘이 작동
함을 알 수 있다. 고대국가 '倭'와 근대 국민 국가 메이지 일본을 동일화
하며 '일본'을 항구적인 자기 동일적 주체로 환기시키는 방식이나, '고
구려'를 현재의 한국과 동일시하는 것은 동일한 논리이다. 시라토리와
최원식의 논리를 동일한 매카니즘이라 말하는 데에 불편함을 느끼게 된
다면, 그것은 '선한(저항적/방어적)' 내셔널리즘과 '나쁜(침략적/공격
적)' 내셔널리즘이라는 짝짓기의 인식이 전제되었기 때문이다. 자기 동
일적 주체를 구축하고자 하는 내셔널리즘이 자신을 '보편성'이라는 이
름으로 명명하며 타자의 경우와는 다름을 피력하는 수사는 늘 이데올로

---

17) 시라토리 구라키치(白鳥庫吉), 『白鳥庫吉全集』 5, 岩波書店, 1970. 454쪽. 이성시, 『만들어진
　　고대』, 삼인, 2001. 42~43쪽 재인용.

기적 허위에 노출될 위험을 안고 있다. 내부의 균열을 감추면서 동일성을 환기시켜 공동체의 일체감을 호소한다는 점에서 내셔널리즘은 파시즘의 통합 원리를 답습할 위험을 늘 지니고 있다.

최원식 역시 이미 누누이 한국의 동아시아 담론이 “졸부로 떠오른 한국의 민족주의적 확대로서 동아시아론을 몰고 가려는 일각의 시도”[18]에 대해 경계하고 근대 이전의 중국의 중화주의와 근대 이후의 일본의 동양주의 사이에서 어떻게 균형을 잡을 것인가의 문제라고 피력한 바 있다. “한국의 동아시아론이 기존의 중심주의들을 비판하고 새로운 중심을 세우는 것이 아니라 중심주의 자체를 철저히 해체함으로써 중심 자체에 균형점을 세우는 것”(381쪽)이 핵심이라고 제기한다. 이전의 ‘중화’와 ‘동양’의 자기 중심주의를 넘어서서 새로운 대안의 탐색의 발진점으로 자리매김되는 ‘동아시아’. 그러나 균형잡힌 언명에도 불구하고 중심의 해체 작업 속에서 새로운 중심에 자기 동일적인 주체의 표상이 자리하고 있는 한 그러한 선언은 미망일 수 밖에 없다.

이 대목에서 동양 ‘담론’이 그러하듯이 동아시아론 역시 ‘담론’이라는 사실을 환기하도록 하자. 최원식의 방식으로 말하자면 동양 담론도 서구 중심주의를 해체하고 복수의 보편을 설정하며, 근대 이전의 중화주의와 근대 이후의 서구 중심주의에서 벗어나 균형점을 세우려고 한 시도이다. 이것이 또 다른 보편지향, 중심지향으로 정향되는 것은 개인의 신념과 진정성의 문제 이전에 담론 체계의 작동 원리와 결부되어 있는 것이다. 동양 담론에 이미 일본 천황제 파시즘과 맞물려 새로운 보편을 구획하면서 타자를 배제하고 억압할 수밖에 없는 사유 구조가 내장되어 있었듯이, 동아시아 담론의 논리에도 동일한 내셔널리즘의 보편으로의 투사와 확대의 매커니즘이 엿보인다는 데 문제의 심각성이 존재한다.

‘개인’을 통합하는 자기 동일적 집단 주체의 표상을 구축하고 다시 자기 동일적 집단 주체가 가상된 지역적 동일성을 매개로 ‘보편’적 문명

---

18) 최원식, 「한국發 또는 동아시아發 대안?」, 『문학의 귀환』, 창작과비평사, 2001. 380쪽.

의 주체로 정립해가며 장애가 되는 것을 제거해 갔던 불행한 역사적 선례는 이미 30년대 동양론이 보여준 바이다. 인류사적 '보편성'의 목표 속에서 개인과 마이너리티 공동체 및 지역은 자기 동일적 주체의 표상화 과정 속에서 '전체'가 된다. 이 '전체'의 진보를 위해 방해가 되는 것을 소멸시키고 그것이 정당화되는 논리, 이른바 헤겔의 '이성의 계략'으로 정당화 될 작동 원리가 이 담론 체계 안에는 전제되어 있는 것이다. '보편'을 주장하며 동일성을 가상하는 논리가 내셔널리즘과 결합되면 어떤 결과를 빚게 되는가, 자기 동일적 주체를 전제한 동아시아 담론이 노정할 수 있는 문제의 지점이 어디에 있는가를 살펴보기 위해서, 동아시아 담론의 역사적 선례인 '동양론'을 살펴보도록 하자.

3. 일본 파시즘의 논리적 회로:
다민족 국가적 국민주의, 동양 담론, 근대 초극론

여기 두 개의 논의가 있다. 우선, 협량한 민족주의를 넘어서서 '동아시아'의 특수성을 매개로 하여 자본주의는 물론 사회주의 및 민족 해방형 동아시아 사회주의의 한계까지 넘어서는 대안 문명과 (서구적) '근대 이후'를 모색하여 동아시아에 진정한 평화를 가져오는 '세계 형성의 원리'를 모색한다는 최원식으로 대표되는 90년대 한국의 동아시아 담론이 있다. 또, 개별 민족 단위를 넘어서 봉건성을 제거한 '게마인샤프트적인 문화', 즉 '동양적 휴머니즘'을 근간으로 '東亞協同體'와 그 문화를 형성하여 민족주의·전체주의·공산주의·자유주의·일본주의의 한계를 모두 넘어선 '세계사의 새로운 원리'를 구상하고자 한 30년대 동양론의 철학적 기초가 되는 미키 키요시의 '동아 협동체론'이 있다.

간략한 정리라 무리가 따르긴 하지만, 담론으로서 이 둘이 출발하는 문제 의식과 지리적 권역 및 대안 사이에는 차이가 존재하지 않는다. 동아시아 담론을 거명하며 동양론이 문제가 되는 이유는 식민지 조선 지식인들이 동양론을 통해서 자신의 주체성을 정립했으며, 그들의 인식의 궤적을 친일적이라고 비판하며 비껴갈 수 없다는 데 있다. 기존의 여러 연구에서 미키 키요시와의 영향 관계가 이미 언급되었던[19] 역사철학자 및 대다수 식민지 지식인들의 동양론을 어떻게 바라볼 것인가. 문제를 예각화하기 위해서 도발적인 질문을 던져보자면, 이들이야말로 ‘동아시아 담론’에서 제기하는 ‘협량한 민족주의’를 넘어서 새로운 세계사의 주체가 되기 위해 아시아적이고 동양적인 사유를 한 셈이 아닌가.

30년대 중·후반의 전환기로부터 40년대 신체제론과 ‘국민문학’에 이르기까지의 식민지 조선 지식인들의 인식과 행동의 궤적을 쫓다 보면, 이른바 친일문학의 문제가 ‘내셔널리즘’에 입각한 윤리적인 척도에 의해서만 판단할 수만은 없는 문제임을 알게 된다. 한국 근대문학의 전개에서 친일문학으로 비판받는 ‘국민문학’은 일본 제국의 신민으로 재탄생되는 주체인 ‘국민’을 그 근거로 한다는 점에서 분명 ‘반민족적’ 문학론이지만, ‘민족’이라는 범주에 괄호를 친다면 그것은 (조선) 근대 문학의 전개 과정에서 또다른 맥락의 모더니티의 구현을 보여주는 흐름이기도 하다. 식민지 지식인들이 ‘국민’으로 ‘신생’하는 논리적인 사유 과정에서 참조하였던 핵심적인 매개 이론인 ‘근대초극론’, ‘동양’ 담론은 30년대 중후반 이래 10여 년간 일본과 식민지 조선의 사상사적 조류에서 중심에 있었다. 전환기 이래의 식민지 지식인들의 인식과 행동의 궤적을 재평가하기 위해서, 우리에게 먼저 요구되는 태도는 ‘동양론’ 및 ‘국민문학’에 대한 윤리적 판단에 괄호를 묶고 여기에 이르기까지의 지식인들의 내적인 논리를 추적하는 것이다. 이 추적 과정에서 먼저 문제 삼아야

---

19) 역사철학자 서인식의 동양론과 일본 철학자들과의 연관 관계 및 식민지 조선의 동양론의 영향에 대해서는 손정수(「일제말기 역사철학자들의 문학비평 연구」, 서울대대학원 석사학위논문, 1996.), 김철(「‘근대의 초극’, 『낭비』 그리고 베네치아(Venetia)」, 《민족문학사연구》 18호, 2000.)을 참조할 것.

할 것이 일본 파시즘의 민족 정책과 형태에 대한 기존의 통념이다. 일본 파시즘의 형태에 대한 오해는 그들이 종족적 내셔널리즘(ethnic nationalism)을 표면적이고 공식적인 국책으로 제시했다는 믿음이다.

사카이 나오키(酒井直樹)는 교토학파 철학자인 다나베 하지메(田邊元)의 철학에 대한 분석을 통해서 이러한 일본 파시즘에 대한 관습적인 판단을 뒤흔드는 주목할만한 주장을 한 바 있다. 그에 따르면, 스승인 니시타 기타로(西田幾多郎)와 함께 1920년대 교토학파를 설립한 대표적인 철학자인 다나베 하지메(田邊元)는 다민족 국가(the multi-ethnic nation-state)를 지지(支持)해줄 철학 체계를 창출했다. 사카이 나오키(酒井直樹)는 이를 '다민족 국가적 국민주의'라고 명명하는데 이것이 일본의 제국적 내셔널리즘(imperial nationalism)의 공식적인 입장이었다고 지적한다.[20] 헤겔을 차용하면서 다나베는 두 가지 다른 귀속에 대하여 설명한다. '種的' 정체성에 속하는 특수한 소속(종족/민족)과 '類的' 정체성에 속하는 보편적 소속(국민)이 그것이다. 종적 정체성(민족/종족)을 지닌 주체는 헤겔적 부정을 통해 자신의 종족적(ethnic) 정체성에서 벗어남으로써 보편적인 주체로 재탄생하게 된다. 요컨대, 주체는 보다 넓은 사회적 형성의 질서, 종족적(ethnic) 다양성이 속해있는 국가(State)에 속함으로써 진정한 자신의 정체성을 자각할 수 있다. 다나베는 인간의 자유는 주체가 자신이 속한 종족적 정체성에서 벗어날 때 본질적으로 형성된다고 보았다. 사카이 나오키(酒井直樹)에 따르면, 종족적(단일 민족적) 민족주의가 일본의 지배적인 담론으로 구축된 것은 전후(post-war)이다. 전전(pre-war) 시대의 일본 파시즘은 오히려 제국의 복수성(複數性)과 다원론의 담론에 도전하는 종족적 민족주의를 두려워 했다.

이와 같은 주장을 언급하는 이유는 '다민족 국가적 국민주의'라는 개념을 추인하려는 의도를 지닌 것은 아니다. 분명 이것은 일본 '內地'의

---

20) Naoki Sakai, Subject and Substratum: on Japanese Imperial Nationalism, Cultural Studies 14(3/4) 2000.

국민에게 향한 주장만은 아니었다. 자신의 종족적 정체성에서 벗어나 보편적인 주체인 ‘국민’으로 태어나 일본 제국의 신민이 되는 과정을 철학적인 체계로 확립한 이유는 분명 피식민지, 즉 정치적, 경제적, 사회적인 지위에서 마이너리티인 피식민지인을 동원하고 제국의 체계로 포섭하기 위한 논리라는 것은 재론할 여지가 없을 것이다.

여기서 일본 파시즘의 이론적인 회로로 기능한 다나베의 철학 체계, 자신의 종적 정체성을 벗어나 국민국가의 일원으로, 천황제 국가인 일본의 ‘국민(nation)’으로 태어남으로써 천황 앞에 동등한 신민(=국민)이 된다는 ‘보편화의 체계’를 언급하는 이유는 그것이 당대 피식민인들에게 어떠한 매혹을 선사했는지를 재구해 보기 위함이다. 다나베의 논리는 보편주의와 근대적인 주체의 정립이라는 면에서 식민지 지식인들이 비켜가기 어려운 매혹을 선사했다고 볼 수 있지 않을까. 특히, 이러한 다민족 국가적 국민주의의 철학 체계가 그것의 또 다른 이론적인 대쌍들인 동양론과 근대초극론의 영향과 맞물리면서 가시화 된 대동아공영권, 혹은 동아협동체론의 논리가 주는 보편주의의 매혹은 더욱 강력한 것이 된다. 잘 알려져 있듯이 시라토리와 그의 제자들에 의해 학문적 외연을 확립한 동양 사학은 일본 근대화의 왜곡된 구도를 응축해서 보여주는 사례이다. 발견, 창조한 ‘동양’을 통해 서구와의 동일성과 차이성을 강조하고, ‘滿鮮’, ‘支那’에 대한 동양적 오리엔탈리즘을 강화하면서 특수한 일본을 구축하는 것, 그 특수한 일본을 세계사의 또다른 보편으로 설정해가는 것이 동양사학의 과제였다. 동양 사학이 〈자기〉와 타자(서양과 아시아)의 관계 도식을 구축하는 방식은 일본 파시즘의 또 다른 이론적 축이었던 셈이다. 유럽과 서양을 세계사라는 보편사에서 강등시키고 복수의 세계사(다원사관)를 설정한 후, 서구와는 보편사를 향한 헤게모니 투쟁을 진행하고 제국의 판도에 든 아시아 제민족에게는 일본을 보편자로 강요하는 것, 이것이 동양사학이 창출해낸 복수의 보편사의 논리라고 할 수 있을 것이다.[21]

동양과 일본의 차이를 극한까지 밀어붙이고 타자인 서양을 보편의 자리에서 밀어내는 이른바 '聖戰'의 과정에서 동양사학과 함께 일본 파시즘 이론의 한 축을 이루는 〈근대의 초극〉 논의가 제기된다. '근대의 초극'이라는 개념이 전쟁 이데올로기적인 성격을 부가하면서 심화되는 것은, 진주만 습격의 성공이라는 일본의 우세한 전황 아래, 『중앙공론(中央公論)』(1942-43)에 세 번에 걸쳐 게재된 교토학파 철학자 및 역사학자 사이에서 벌어진 좌담회(「세계사적 입장과 일본」, 「동아공영권의 윤리성과 역사성」, 「총력전의 철학」)에서이다. 이 좌담회에는 철학자인 고우사카 마사아키(高坂正顯), 교토학파의 대표적 논객이자 사학자인 고우야마 이와오(高山岩男), 『문학계』의 근대초극의 좌담회에도 참여한 스즈키 시게타가(鈴木成高), 니시타니 게이지(西谷啓治) 등이 참여했다. '세계사적 입장' 혹은 '세계사의 철학'(이 좌담회에서 나오는 말이며 고우야마 이와오의 저서 제목)이라는 말은 '근대의 초극'이라는 용어와 함께 당시 지식계의 세계 이해의 핵심 단어 중의 하나였다. 이 논의는 〈근대=서양〉의 도식 속에서 자유주의적이고 개인주의적인 서구 근대를 무분별하게 받아들인 데서 일본내의 독소가 생성되었으며, 극한에 달한 서구 근대의 한계를 극복하는 것이 세계사적 과제라는 것을 그 축으로 한다.

근대초극의 논의를 하나의 개념으로 묶거나 실체로 이해하기에는 어려움이 따르긴 하지만, 스즈키 시케타가가 제시한 다음의 말 '근대의 초극이라는 것은 정치에 있어서는 데모크라시의 초극이며 경제에 있어서는 자본주의의 초극이고 사상에 있어서는 자유주의의 초극을 뜻한다' 라는 말에 대다수의 논자가 공감하고 있었다는 사실, 즉 서구 근대가 만들어낸 대표적인 결과에 대한 초극을 전제로 한다는 사실을 기억하고 넘어가자. 결국, '세계사적 질서'의 재편을 꿈꾸는 근대초극의 논의는 타자인 서구를 거울로 아시아라는 통일성을 가상하며 보편사의 체계를 구축하고 있는 동양사학과 동궤의 논리와 욕망을 공유한 지적 흐름이라 할 수 있다.

---

21) 동양사학의 성립 과정과 그 특징에 대해서는, Stefan Tanaka의 앞의 책을 참조할 것.

다나베 하지메 등의 교토학파의 철학 체계와 시라토리 구라키치와 남
만주철도 역사지리조사부의 연구로 대변되는 동양사학 그리고 〈중앙공
론〉과 〈문학계〉 좌담회로 외화된 근대초극논의는 다민족 국가적 국민주
의와 교호하며 결과적으로 일본 파시즘과 공모한 이론과 학문의 체계라
할 수 있다. 문제는 이들 논리가 일본 파시즘 및 대동아 공영권의 학문적
사상적 변용이었을 뿐이라고 무시하고 넘어갈 수 없다는 데 있다. 식민
지 지식인들이 '동양론'이라고 통칭할 수 있는 일본 파시즘이 제공한 보
편사의 주체가 될 수 있다는 논리적이고 현실적인 가능성이 주는 매혹에
빠진 과정을 생략한 채, '민족'이라는 현재적 동일성의 감각으로 식민지
시기의 지식인들을 치죄하는 것은 궁색할 뿐 아니라 무지가 빚어내는 폭
력에 다름 아닐 것이다. 식민지 지식인들의 행위를 동일시 할 수는 없지
만 자치론자들의 논리, '국민문학'의 논리, 달리 말해 이광수의 친일, 최
재서의 민족을 초월한 '국민'이라는 아이덴티티의 구축 과정 등은 '동
양' 담론의 자장 속에서 재검토될 필요가 있다.

4. 식민지적 주체성(colonial subjectivity)의 형성

'근대초극론'과 교토 학파의 철학체계와 결합된 동양 담론이 피식민
마이너리티 지식인들에게 제공한 것은 '보편'에 대한 매혹이자 새로운
문명의 주체가 되는 전환의 계기였음을 살펴보았다. 최근, 조관자는 '일
본 제국'의 국민을 자처했던 이광수류의 협력의 논리가 일본 내셔널리즘
의 폭력적인 전개에 의해 전도된 식민지 내셔널리즘의 한 형태, 즉 '친
일 내셔널리즘'[22]의 맥락에서 이해되어야 한다는 흥미로운 논의를 제출

---

22) 조관자, 「'민족의 힘'을 욕망한 '친일 내셔널리스트' 이광수」, 『기억과 역사의 투쟁』 2002년
　　당대비평 특별호, 삼인, 2002. 324쪽.

한 바 있다. 그녀에 따르면, 이광수의 논리는 제국 일본의 팽창에 부응하는 새로운 민족 표상을 그리면서 조선인이 제국 일본의 '주체=신민'이 되는 내셔널리즘의 한 형태이다. 이 과정에서 이광수는 아시아주의와의 매개를 통해 문명화의 주체로서 자기를 선언함으로써 식민지 '노예' 의식으로부터 벗어나 근대 문명 국가를 욕망하는 '주체'로서 스스로를 정립하면서 일제와 타협하는 생존의 길을 걸어 갔다는 것이 조관자가 설명하는 '친일 내셔널리즘'의 한 맥락이다.

'친일 내셔널리즘'의 맥락은 이광수에게만 국한되는 것은 아니다. 상론한 동양론의 보편에의 매혹의 자장 속에서 우리는 당대 일급의 지식인들이 자발적으로 '국민'이 되어가는 과정을 목도할 수 있다. 일본어로 조선적 특수성을 구현하는 일본제국하의 조선의 '국민문학'을 영연방 문학하의 스코틀랜드, 아일랜드의 문학에 비유하는 최재서의 논의는 민족을 초월한 국민적 아이덴티티의 구축을 희구하는 그의 논리를 보여준다. 일본에게 억압된 식민지 지식인의 자의식을 벗어던지고, 일본 제국의 국민으로 통합된 후 서구와 근대를 넘어서는 동양적 주체라는 동일성을 쫓음으로써 획득되는 능동적인 주체화의 가상(假像)에 대한 매혹이 최재서의 국민문학과 징병제, 생산확충의 논문들에 피력되어 있다.

식민 지배자가 부과하는 규제와 규율 속에 있었던 피식민지 마이너리티 지식인들은 자신을 정치적인 주체로 표현할 수 있는 길이 막혀 있었다. 이들이 주체가 되는 방식은 역설적이지만 세계사의 보편이자 주체로 정립되어 간다고 판단된 식민 모국의 담론을 내면화하는 방식, 달리 말하면 제국의 충실한 신민이 되는 것이 곧 주체를 형성하는 방식이 되는 역설이 성립하게 된다. 이러한 용어가 허용된다면 우리는 이 역설적인 주체성을 '식민지적 주체성(colonial subjectivity)'라고 지칭할 수 있을 것이다.

대동아공영권의 이념이 일본을 포함한 일본제국을 구성했던 제민족과 여타 국민들에게 가져다 준 불행은 새삼 거론할 필요가 없다. 일본 내에서도 전쟁에 반대하다가 옥사하거나, 자살하거나, 사형 당한 지식인들이 다수 존재한다는 사실은 이들 식민지 지식인들에게 면죄부가 주어질 여지가 없다는 사실을 웅변한다. 다만, 여기서는 이들 식민지 지식인들의 친일 행각을 문제삼아 ‘민족=주체, 반민족=비주체’라는 도식을 구축하는 것이 현재의 국민국가 단위의 가치를 소급하고 있는 것이며, 당대의 담론 체계에 대한 실상 역시도 제대로 파악하지 못하게 한다는 점을 지적하고자 하는 것이다. 자신의 운명을 바꾸고 대문자 역사(History) 속에서 혹은 대주체로서 거듭나고자 하는 열망이 이들에게 있었으며 이 욕망을 투사할 담론 체계가 바로 동양론이었다는 사실은 이 시기의 지성사와 문학사를 살피는데 중요한 참조점일 뿐만 아니라 현재의 동아시아 담론에도 중요한 시사점을 던져준다. 최원식은 「민족문학과 반미문학」[23]에서 대동아 공영권과 태평양 전쟁에서의 일본의 승리를 예찬한 친일시를 반미문학으로 읽으면서, 이들 작품이 일제의 강압으로만 쓰여질 수 없는 절창이자 일류의 송시임을 지적한 적이 있다. 친일시의 계보를 근대 이후 면면한 반미 감정의 증거로 전유한다는 점에서 여전히 재래의 민족문학론의 이데올로기로부터 자유롭지 못하지만, 그럼에도 그의 논의는 ‘민족문학’ 진영의 도식적인 태도에서는 상당히 벗어나 있는 유연한 해석을 보여준다고 할 만하다. 이들 친일시의 격정은 식민지적 주체성(colonial subjetivity)을 형성한 서정시인이 집단적 주체(동양, 혹은 일본 제국)와 동일화되지 않고서는 발해질 수 없는 정서의 분출이다.

그렇다면 식민지 지식인들에게 동양 담론은 결코 거부할 수 없는 표상 체계였는가. 동양 담론의 이데올로기적 허위를 깨닫고 그 담론 체계를 내파할 수 있는 가능성은 부재하였던가. 보편과 특수 사이에서 동요하고 동양론의 이데올로기적 허위에 대해서도 무감하지 않았으며, 그것을 소설과 비평을 통해 동시적으로 보여준 김남천의 문학적 행정(行程)은 이와 관련해서 시사하는 바가 크다. 김남천 역시 결과적으로는 니시

---

23) 최원식, 「민족문학과 반미문학」, 『생산적 대화를 위하여』, 창작과비평사, 1997. 177~180쪽 참조.

다 기타로(西田幾多郞), 미키 키요시(三木淸), 고우야마 이와오(高山岩男) 등 일본 교토 학파 철학자들 및 서인식 등의 역사철학자의 자장 속에서 맑시즘의 대주체에서 동양이라는 대주체로의 전이와 비약을 보였다.[24] 서양의 몰락에 대한 예감 속에서 김남천은 '인류 발전은 오직 하나가 있을 뿐으로, 이 궤도의 선두를 걷고 있는 것은 구라파의 제 민족이라는 신앙'[25]을 지닌 일원사관을 거부하면서, 동시에 '서양이라는 문화적 개념이 가지는 것과 동일한 통일성을 동양은 가지고 있지 못하였다는 사실'[26]을 지적하는 예민한 지성을 함께 보여준다. 동양주의에 대한 매혹과 어렴풋이 느껴지는 그 이데올로기적 허위 사이에서의 동요를「경영」,「맥」,「낭비」연작에서 보여주던 김남천이 동양론의 대주체에 통합되는 순간을 우리는「길우에서」의 'K'와 화자의 미묘한 윤리 의식의 긴장이『사랑의 수족관』의 '김광호'의 윤리 의식으로 귀결되는 과정에서 발견할 수 있다.

「길우에서」의 'K' 기사와『사랑의 수족관』의 김광호는 조선문학에 처음 나타난 새로운 '직분의식'과 '소명의식'의 윤리를 지닌 인물들로 그것이 의미하는 바가 무엇인가는 서인식의「現代가 要望하는 新倫理-職分倫理의 登場」[27]에 제시되어 있다. 서인식은 근대가 요구하던 윤리가 '자아의 완성(실현)'을 말하는 '個我의 主張'을 주로하는 윤리였다고 지적하며, 이들이 모두 개인의 '延長'으로서 개인 자체안에 고립함으로써 고유한 의미를 갖지 못하게 된다고 지적한다. 근대의 '개아의 윤리'의 안티테제로 현대에 제기된 새로운 윤리체계를 '직분의 윤리'라고 제시한 후 그가 설명하는 '직분 윤리'의 구체적 내용은 다음과 같다.

> 「個我의 倫理」에 잇서 個人의 自由로운 發展이 無上의 命令임에 反하여 이 「職分의 倫理」는 개인의 자유를 한 개의 커다란 職業的 體制로 볼 수 잇는 組

---

24) 김 철, 앞의 글, 389쪽.
25) 김남천,「전환기와 작가」,『김남천 전집』1, 박이정, 2000. 686쪽.
26) 김남천, 같은 책, 688쪽.
27) 서인식,「現代가 要望하는 新倫理」,《조선일보》, 1940. 5. 29.

合 國家 또는 職分(혹은 民族)의 全體的 意見에 從屬시키는 倫理이다. ……道
德意識이 成立하는 데 必要한 絶對의 前提는 個性의 自由이다. 善의 自由도
잇는 同時에 惡의 自由도 可能한데서 비로소 道德意識이 成立할 수 잇는 것이
다. 그러므로 職分倫理도 倫理가 되기 위하여서는 個人의 自由도 前提하여야
할 것이다. 다시말하면 個性은 全體와 그 全體가 授與하는 職分을 取捨選擇하
는 自由도 가저야할 것이다.

서인식이 ‘개인의 자유를 직분(혹은 민족, 국가)의 전체적 의견에 종
속’시키는 ‘직분의 윤리’ 즉 전체주의적 윤리를 적극적으로 옹호하고 있
는 것만은 아니다. 이어지는 논의는 그 안에 개인의 자유를 전제하지 않
는다면 그것이 도덕이 될 수 없다는 보론을 첨가함으로써 그는 전체주의
의 위험에서 벗어나려는 모색을 보인다. 그러나 잊지말아야 할 것은 직
분의 윤리의 체계에서 ‘자유주의 사상에서 출발한 개인주의 윤리’는 직
분윤리의 안티테제라는 사실이다. 직분의 윤리는 이러한 ‘개아의 윤리’
의 안티테제로서 도출된 것이며 ‘개인의 자유’를 전제해야 한다는 보론
은 역사의 중요한 시점에는 생략될 수 있는 것이다. 보편과 진보의 변증
법의 과정에서 ‘직분의 윤리’가 강조되다보면 어떤 생략이 가능하며, 이
때 생략되는 것이 바로 개인의 윤리(자유)이다. 이미 이러한 사유의 틀
속에는 전체성(보편)으로의 귀결의 논리와 특수의 생략이 내장되어 있다
고 할 수 있다. 이러한 서인식의 직분의 논리는 사실 미키 키요시의 ‘직
능론’과 직접적으로 연관된다. 미키 키요시를 통해 서인식이 주장하는
‘직분의 논리’가 자신이 경계하던 전체주의의 논리로, 나아가 일본 제국
의 신민으로 새롭게 태어난 인물을 합리화시키는 철학적 준거가 되는 이
유를 알아 보자.

현대의 사상은 언제라도 전체성의 사상을 기초로 하지 않으면 안된다.
(……) 전체주의가 현실에서 통제주의로서 관료주의의 폐단에 빠지기 쉬운 경
향을 갖는 것에 대하여 경계를 요한다. (……) (동아-인용자) 협동체의 내부에
서 각각의 민족은 독자성을 발휘해야 마땅하다고 한다면 똑같은 이유에 의해
한 민족의 내부에서도 각각의 개인의 독자성이 존중되는 것이 매우 중요하다.

(······) 새로운 원리로서의 행동주의는 이 점에서 개인의 자발성을 인정하는 것이 문화의 발전에 있어 긴요하다는 인식 위에 설 것이 요구된다. 그 속에 포함되어 있는 부분이 다양할 때 전체는 풍부하며, 그 위에 선 부분의 독자성을 인정할 수 없는 전체는 자기가 진정으로 강력하지 않다는 것을 나타내는 것이다.[28]

인용은 전체주의의 문제를 다루는 미키 키요시의 논의의 일절이다. 윤리의 문제와는 맥락이 떨어진 것처럼 보이지만, 기본적인 사유의 거점은 서인식의 논의틀과 동일함을 알 수 있다. 현대의 사상이 여하튼 전체성을 기초로 하여야 한다는 것, 그 전체성을 보충해줄 범주를 '개인의 독자성과 자발성'에 두고 있다는 점을 눈여겨 볼 필요가 있다. 같은 논문에서 이어지는 논의 속에서 펼쳐지는 '직능론'은 '계급적 이해를 초월한 공익의 입장이 중시되고 계급은 계급적인 것이기를 그만두고 '한층 높은 전체 속에서의 직능적 질서로 되며, 뿐만 아니라 이 직능적 질서는 신분적인 것이 아니라 기능적인 것으로 생각되어야 한다.'고 피력된다. '게마인샤프트'와 '게젤샤프트'를 즉자 대자로 하여, '동아협동체'의 윤리적, 문화적 대안을 창출하려는 미키 키요시의 동아 협동체의 문화론은 개체가 전체(국가, 민족)를 구성하면서 동시에 개별성을 가지며 다른 개체와의 원만한 관계(협력)을 이루는 상을 가상하는 체계이다. 그 개체의 자리에 국가와 민족을 놓았을 때 동아협동체의 이상이 성립되는 것이다.

게마인샤프트와 게젤샤프트의 변증법적 지양 속에서 '동아협동체'의 새로운 윤리를 구상[29]하는 미키 키요시의 윤리관은 김남천의 「길우에서」를 통해 식민지 조선에서 소설로 현현한다. '턴널의 천정이 문허지는 사고가 났을 때'를 언급하며 '큰 사업을 위해서 사람의 목숨이란 초개와도 같은 것'으로 장애가 되는 부상자보다도 사고 처리가 편리한 사망자를

---

28) 미키 키요시, 「신일본의 사상원리」, 최원식·백영서 엮음, 『동아시아인의 동양 인식』, 문학과 지성사, 1997. 60~61쪽 참조.
29) 미키 키요시의 게마인샤프트와 게젤샤프트를 즉자 대자로 하는 새로운 문화 이념의 형성 논리는 서인식의 「傳統論」(『역사와 문화』, 학예사, 1939)과 김남천의 「古典에의 回歸」(《조광》, '조선문학의 재건방법' 특집, 1937년 9월호)를 지탱하는 중심 사유이기도 하다.

원한다는 ‘K’와 길녀 모녀에게 보여주는 ‘K’의 인도주의는 모순된 것이 아니다. 기술관료적 합리성과 개인적 인도주의가 모순되지 않고 결합되는 ‘K’, 새로운 윤리의 담지자 ‘K’는 일본 ‘동양론’이 빚어낸 새윤리를 담지한 새세대이다. 「길우에서」의 ‘K’와 그를 바라보는 구세대의 ‘사회 운동가’ ‘나’의 윤리의식의 대비와 지속적인 ‘나’의 판단 유보 속에서 느껴지는 묘한 ‘그늘’이 ‘동양론’의 자장 안에서의 김남천의 동요를 상징하는 것인지도 모르겠다. 이러한 그늘과 동요는 『사랑의 수족관』의 ‘김광호’의 등장과 함께 사라졌다가 「등불」을 통해 새롭게 제기된다. 「등불」의 그늘과 고뇌는 우리가 이광수와 김남천을 동일 선상에 두고 평가하는 것을 막는다. 이 둘은 동일한 보편화의 가능성, 주체화의 가능성에 매혹되었다. 김남천에는 적어도 이 보편 체계의 도식을 통한 주체화가 주는 위험이 무엇인지를 예감했었고, 벗어나려는 모색의 가능성이 존재했던 것은 아닐까.

5. 결론을 대신하여: ‘부재의식’ 혹은 ‘부재의 아이덴티티’

‘동아시아’ 담론에 대한 문제에서 시작하여 결국은 ‘동양’ 담론 안에서의 식미지적 주체성의 형성이라는 다소 동떨어져 보이는 문제로 귀결되고 말았다. 논의가 산만해졌지만 이 글의 문제의식은 자기 동일적 주체라는 집단적 표상을 전제하고 보편화 체계 도식을 구상하는 담론 체계가 빠질 수밖에 없는 전체화의 위험에 대한 경계였다. ‘동양’이 가상의 동일성이었듯이, 내셔널 아이덴티티 역시 본질적인 것도 자연적인 것도 아니다.

부분의 총화보다 더 큰 전체로 통합되며, 발전의 완성인 시간의 종결을 함축하고, 전체로의 통합되는 ‘원리’나 ‘이념’에 대하여 논하려는 경

64

향이 강한 유기체론적(organicist) 역사 과정에 대한 집착에는 전체에 대한 형이상학적인 열정이 전제되어 있다.[30] 전체에 대한 형이상학적 열정이 지향하는 목적이 확고하고 이상적일수록 이 목적에 도달하는데 필요한 과정에서 '사소한' 것들은 생략될 수밖에 없다. 이 글에서는 '동양'이라는 가상의 동일성을 통해 '보편사'의 주체를 지향하며 전체화의 논리를 보여준 동양 담론이 파시즘의 논리로 파탄되는 지점을 살펴보았다. 새삼스러운 말이지만 오해를 막기 위해서 앞서 살핀 90년대 동아시아론과 동양론이 동일한 귀결을 갖을 수 밖에 없다고 주장하는 것이 아님을 밝힐 필요가 있다.

보편성과 우세한 질서 체계가 주는 매력은 강력하다. 또한 역사가 보다 나은 상태로 나아가고 있다는 진보에 대한 신념이 전체화와 유기체론적 체계와 결합하여 발하는 빛은 매혹적이다. 문화의 진보와 보편이라는 우세종으로의 '신생'이라는 약속된 미래 속에서 '차이들'과 '마이너리티', 그리고 '잡종들'은 생략되고 감수되어야 할 비루한 것들일 뿐이다. 이러한 유기체론에 기반한 전체화의 논리적인 귀결을 우리는 식민지 조선의 최고의 지성 반열에 있었던 최재서의 만년의 논리에서 발견하게 된다.

> 유기체를 위협하는 병의 근원만을 제거할 수는 없다. 그와 동시에 그 주변의 건강한 조직의 일부를 희생하지 않고서는 병의 근원을 제거할 수 없다. 이것이 의학의 상식이다. 그러나 그것은 심원한 비극의 진리를 우리에게 암시한다. 선과 악이 불가분하게 얽혀 있는 것이 현실이다. 전체의 생명을 위협하는 악을 제거하려면 그 주변에 연결되어있는 선도 동시에 희생된다.[31]

인용문은 치과에 가서 느낀 감회를 피력한 최재서 말년의 사담이지만, 한 지식인의 사유구조를 극명하게 보여주는 사례이다. 이 인용문은

---

30) 헤이든 화이트, 『19세기 유럽의 역사적 상상력-메타역사』, 천형균 옮김, 문학과 지성사, 28~29쪽.
31) 최재서, 「치통과 비극」, 『인상과 사색』, 연세대 출판부, 1977. 132쪽.

“세계사는 자유에 대한 의식의 진보”라고 설정하며 절대 정신을 향한 발전 도상에 장애가 되는 것들을 제거하는 헤겔적 ‘이성의 계략’이 다다를 수 있는 한 극점의 논리를 보여준다. 인용문을 최재서라는 한 개인의 말년의 사담(私談)으로 읽고 말기에는 무언가 석연치 않다. 이러한 전체주의적 논리가 최재서 및 동양 담론 안에서 식민지적 주체성을 형성했던 식민지 지식인들에게만 고유한 것일까. 모더니즘에 대해서 당대의 누구 못지 않은 해박한 사유를 보여주던 최재서가 ‘사회적인 모랄’을 강조하며 문학의 효용성을 강변해가며 전체주의적 사유를 내면화하는 과정은 한국의 지식인들의 의식 기저에 있는 집단적 모랄 감각 혹은 집단적 정체성에 대한 강한 애착을 일러주는 대목이며 이것이 전체화의 논리와 결부될 때의 문제를 시사하는 대목이다.

서구 중심주의에 기반한 근대의 표상체계의 바깥을 모색하는 작업은 중요하며 지속되어야 한다. 그러나 이 과정에서 우리는 과거에 범했던 오류를 반복해서는 안될 것이다. 역사적 맥락이 다른 동양론과 동아시아 담론을 단순한 유비관계를 파악할 수는 없겠지만, 자기 동일적 주체를 가상하고 이를 보편으로 투사하는 작동원리가 귀결될 수밖에 없는 위험은 다시 한번 짚어야 할 것이다. 앞서 김남천의 가능성에 대해서 말했거니와, 표상 체계를 벗어나려고 스스로를 전도된 표상 체계가 제공하는 가상의 동일성에 통합시켰던 「경영」「맥」의 ‘오시형’이 아니라, 『낭비』의 이관형이 느끼는 ‘부재의식’을 살아내는 것이 그에게 놓여 있었던 가능성이 아닐까. 그것이 고통스러운 것일지라도 헤게모니적 (문화)이념에 투항하면서 획득되는 동일성의 가상에 현혹되지 않고, 차라리 ‘부재의 아이덴티티’를 견지해야 한다는 것이 ‘동양’ 담론이 ‘동아시아’ 담론 논자들에게 일러주는 역사의 교훈은 아닐까.

주제어 : **동아시아 담론, 동양론, 자기 동일적 주체, 식민지적 주체성, 근대초극론, 전도된 표상체계**

◆ 참고문헌

고병익, 동아시아의 전통과 변용, 문학과 지성사, 1996.

고부응, 「서구의 제3세계 담론: 제이미슨, 아마드, 스피박」,《문학과 사회》36, 1996. 겨울.

김　철,「'근대의 초극', 낭비 그리고 베네치아(Venetia)」,《민족문학사연구》18호, 2000.

김남천,「古典에의 回歸」,《조광》, '조선문학의 재건방법' 특집, 1937년 9월호.

______ ,「전환기와 작가」, 김남천 전집1, 박이정, 2000.

______ , 낭비,《인문평론》, 1940. 2 ~1941. 2.(총 11회 연재).

김재용,「친일문학의 성격 규명을 위한 시론」,《실천문학》, 2002년 봄호.

니시카와 나가오, 윤대석 옮김, 국민이라는 괴물, 소명출판, 2002.

박수연,「근대 한국 서정시의 두 얼굴: 미당문학에 대하여」,《실천문학》, 2002년 봄호.

백낙청,「새로운 전지구적 문명을 향하여」, 창비 창간 30주년 기념 국제학술대회자료집, 1996.

백영서,「중국 인권문제를 보는 시각」, '특집: 동아시아, 근대와 탈근대의 과제',《창작과 비평》, 1994년 겨울호.

______ , 동아시아의 귀환 : 중국의 근대성을 묻는다, 창작과 비평사, 2000.

최원식·백영서 엮음, 동아시아인의 동양 인식, 문학과 지성사, 1997.

서인식,「傳統論」, 역사와 문화, 학예사, 1939.

______ ,「現代가 要望하는 新倫理」,《조선일보》, 1940. 5. 29.

손정수,「일제말기 역사철학자들의 문학비평 연구」, 서울대 석사논문, 1996.

안재홍,「신민족주의의 과학성과 통일 독립의 과업」,《신천지》1949년 8월호.

윤건차, 일본, 그 국가·민족·국민, 하종문·이애숙 옮김, 일월서각, 1997.

이경훈,〈근대의 초극〉론, 어떤 백년, 즐거운 신생, 하늘 연못, 1999.

이경훈 역,「근대의 초극 좌담회」, 다시읽는 역사문학, 평민사, 1995.

이성시, 만들어진 고대, 박경희 역, 삼인, 2001.

정문길·최원식·백영서·전형준 엮음, 동아시아, 문제와 시각, 문학과 지성사,

1997.

정재서, 동양적인 것의 슬픔, 살림, 1996.

조동일, 「소설이론의 방향 전환과 동아시아 소설」, 《세계의 문학》, 92년 봄호.

______, 「중국·한국·일본 ‘소설’의 개념」, 한국문학과 세계문학, 지식산업사, 1991.

竹內 好, 近代の超克, 富山書房, 1991.

진형준, 「동아시아 담론들이 만나고 헤어지고 다시 만나는 자리」, 《상상》, 1997.

최원식, 「‘리얼리즘’과 ‘모더니즘’의 회통」, 현대 한국문학 100년, 민음사, 1999.

______, 생산적 대화를 위하여, 창작과 비평사, 1997.

______, 『문학의 귀환』, 창작과 비평사, 2001.

최재서, 「치통과 비극」, 『인상과 사색』, 연세대 출판부, 1977.

한수영, 「고대사 복원의 이데올로기와 친일문학 인식의 지평」, 《실천문학》, 2002년
        봄호.

허우성, 『근대 일본의 두 얼굴:니시다 철학』, 문학과 지성사, 2000.

헤이든 화이트, 『19세기 유럽의 역사적 상상력－메타역사』, 천형균 옮김, 문학과 지
        성사, 1991.

황종연, 「살아 있는 혼돈을 위하여」, 《문학동네》, 2001년 겨울호.

히야마 히사오, 『동양적 근대의 창출』, 정선태 역, 소명출판, 2000.

H.D. 하루투니언, 마사오 미요시 엮음, 『포스트모더니즘과 일본』, 곽동훈외 옮김,
        시각과 언어, 1996.

Naoki Sakai, Subject and Substratum: on Japanese Imperial Nationa-
        lism, *Cultural Studies* 14(3/4) 2000.

Stefan Tanaka, *JAPAN'S ORIENT*: Rendering pasts into History, Uni-
        versity of California Press, 1995.

廣松涉, 〈近代の超克〉論, 講談社學術文庫, 1989.

◆ SUMMARY

The Matter and Possibility of 'the Eastern Asia' Discourse
- on the comparison of 'the Orient' Discourse in 1930s -

Jeong, Jong-Hyung

The Eastern Asia Discourse has appeared since 1990, is the attempt for groping the new cultural and civilized model in the progress of particular characteristic in this region for a period of reorganization in the world's history order. That discourse has various layers from Confucian capitalism that explains the economic developments of this region for the traditional Confucian culture in the global capalistic system to context of postcolonialism that refuses Western universalism and the discourse that try to find the new alternative groping of progressive movement after dissolution of the Soviet Union through Eastern Asian tradition after modern capitalism.

That discourse of various layers have a common point that Western modernism of Western equal to Universality and Orient equal to Particularity is the scheme of cognition that refuses the representative system that Western modernism has forced and non-Western has been immanent. In fact, that refusal for the representative system is not new. That is in collusion with Japanese Orientalism in 1930. Oreintal history in Japan that have denied Western universal system, Japanese Chogeuk(초극, subjugation) discourse that have negated modernity of Western capitalism, philosophical system of 'nation' subjectivity etc. are all transformed the ideology of Japanese fascism, but the cognitive system of them have possessed the refusal for Western universalism and fundamental desire of overthrown toward the representative system exposed themselves through a new universalism. The great subject of 'the East', imaginary identical one locates in the center of that overthrown. The East discourse shows that the Japanophile matters of Korean intellectuals during colonial period could not access through only the matter of ethic moral, that matters related to the formation of colonial subjectivity though their Japanophile behavior is paradoxal term.

Dreaming about the outside of representative system, Western equal to Universality and Orient equal to Particularity is resonable and natural cognitive groping. However, a set of the Eastern Asian Discourse and the Japanese Orientalism are possible to assume the image of identical subject on the process, make themselves a new universality, oppress various minority into totalization and identification and repeat the logical violence of other universalism that identify the divisions and differences. The Eastern Discourse indicates that the image of imaginary identical subject and hegemonic major discourse & conference for morality are the only methods that would not be able to agree to the violence of that universality listlessly.

전후소설의 재발견

- 1990년대 전후소설 연구의 조망 -

유 임 하*

1. 서 론

문학사에서 1950년대는 6·25전쟁과 분단의 고착화, 강요된 민족 대이동, 이산과 실향의 고통, 전사회적인 폐허화로 기억된다. 특히 전쟁은 1950년대를 개화기 이래로 추구된 근대화의 합목적성에 담긴 반문명적·반인간적 폭력성을 체감하도록 만들면서 '정지된 공간',[1] 해석의 미답지대로 만들었다. 그러나 80년대 중반 이후 일기 시작한 사회과학의 열풍은 이 미완의 현대사를 진보적으로 재해석하며 그 문제성을 탐사하는 열기를 고스란히 문학 연구에 전해준다. 무엇보다도 40년이라는 시간적 격차가 전후문학을 객관적으로 검토할 만한 여건을 조성했지만,

---

* 동국대.

1) 여기에 반론이 있을 수도 있다. 유영익은 「1950년대를 보는 하나의 시각―남한의 변화를 중심으로」, 『계간 사상』, 1990. 여름호에서 1950년대를 전쟁의 비극에도 불구하고 "자유, 평등, 민주주의의 보편적 이상을 향해 전진을 계속했던 시기"(13쪽)로 규정한다. 그는 서구 중심의 세계질서로의 진출, 민주주의 정치의 첫 시도, 자본주의적 시장경제제도의 도입, 국민교육의 확대·향상, 시민과 군부의 대두 등을 거론하면서 1950년대 남한의 사회적 변화를 근본적이고 획기적이며, 부정적이고 긍정적인 요소가 혼재된 민중의 수난기로 본다.

80년대 중반 이후 일기 시작한 사회과학의 영향은 전후문학을 분단과 전쟁의 기원으로 재조명하게 만드는 간접적인 동기를 부여했다.

그러나 한국소설은 이미 70년대 초반부터 분단과 전쟁에 대한 사회적 조감틀을 나름대로 모색해 왔다. 최인훈의 『광장』 이래 그의 『회색인』·『화두』, 홍성원의 『남과 북』, 하근찬의 『야호』, 김원일의 『겨울골짜기』·『불의 제전』, 조정래의 『태백산맥』·『한강』, 이문열의 『변경』 등에 이르는, 분단과 전쟁에 관한 작가들의 소설적 성찰은 자못 치열한 바가 있다. 이들 성과는 80년대를 풍미했던 사회적 금기의 급진적인 전복을 앞질러 감행한 사례로도 결코 부족함이 없어 보인다. 이들 소설은 근대 기획의 파행에 대한 비판적 조감으로부터 개인에게 운명처럼 도래한 불가해한 재난의 기억과 맞서는 넓이와 그에 상응하는 깊이를 확보하고 있기 때문이다. 최인훈의 표현을 빌려 말하면 이러한 문학적 모색은 "서사시적 영웅적 과제"[2]에 가깝다. 문학의 역사적 주체로 거듭나기 위한 자기정립과 치열한 문제의식은 모두 1950년대에 일어났던 분단과 전쟁, 외세의 압력, 이산과 실향으로 소급된다. 이러한 점에서 1950년대의 문학, 전후문학의 논의는 현존하는 역사적 과제와 깊이 연루되어 있다고 말할 수 있다. 또한 이같은 관점에 기대면 1950년대는 30년대나 60년대에 비해 결코 진공상태가 아니라 현대사의 중첩된 비극인 분단과 전쟁, 민족의 대이동, 실향과 이산과 같은 혹독한 사회적 시련 속에서 미증유의 체험과 길항하며 문학의 존재방식을 회의하며 치열한 모색을 시도했던 문학사적 시공간대로 재해석될 여지가 충분하다. 1920~30년대 문학에 대한 논의가 작품에 대한 사실연구와 함께 근대 초기의 미적 기획과 문학 개념의 성립, 식민지적 근대성, 친일의 내적 논리 등과 같은 이론 연구와 병행되면서 풍성한 성과를 낳았던 점에 비추어보면, 1950년대 전후소설에 대한 본격적인 논의는 크게 미흡하다. 이것은 억압으로 작용

---

2) 최인훈, 「성숙과 소속」, 『유토피아의 꿈』, 최인훈문학전집 11권, 문학과지성사, 1980/1994 재판, 361쪽.

해온 반공이데올로기의 심급을 감안하더라도 가까운 기원에 대한 관심의 부재, 근대문학에 대한 연구자들의 편식 현상에서 기인한 것으로 비판받아 마땅하다. 이런 이유에서 전후소설에 대한 논의는 때늦은 감이 있는 것이다. 1990년대의 전후소설 연구가 객관적인 조감이 가능한 조건의 성숙과 함께 활발해졌다는 점은 매우 고무적이다. 물론 그간의 성과[3]를 도외시해서는 안되겠지만, 전후소설에 대한 논의는 90년대에 이르러서야 비로소 양식적 미학적 특질에 대한 면밀한 검토가 이루어지면서 문학사적 위상을 마련하는 토대를 마련한다.

이 글은 1990년대에 이루어진 전후소설 연구의 성과를 조감하는 데 그 목적이 있다. 이 글은 1990년대 전후소설 연구를 요약하는 방식보다는 전후소설을 어떻게 보아야 하는지, 어떤 인식논리가 지배적인지, 전후소설 연구의 의의를 살피는 데 더 많은 관심을 가지고 있다. 이러한 문제의식을 바탕으로 먼저 전후소설의 독법 문제를 거론한 뒤 단절-연속-통합이라는 인식론적 시각에 따라 논의 성과들을 분류하고 이를 비판적으로 검토하면서 연구의 좌표와 전망을 첨부하기로 한다.

---

3) 90년대 이전에 이루어진 전후문학에 관한 인상적인 논의를 꼽아보면 다음과 같다.
　이어령 편, 『전후문학의 새물결』, 신구문화사, 1962.
　정명환, 「전쟁과 한국작가」, 『사상계』, 1963. 3.
　김상선, 『신세대 작가론』, 일신사, 1964.
　고　은, 『1950년대』, 민음사, 1973/ 청하, 1987.
　천이두, 『종합에의 의지』, 일지사, 1974.
　김재홍, 『한국전쟁과 현대시의 웅전력』, 평민사, 1976.
　채진홍, 「한국전후소설의 리얼리티 연구」, 숭전대 석사논문, 1981.
　이명재, 「전후소설의 구조와 변모」, 『현대한국문학론』, 중앙출판, 1982.
　신경득, 「한국전후소설연구」, 건국대 박사논문, 1982./ 『한국전후소설연구』, 일지사, 1983.
　김윤식, 『한국현대문학사』, 일지사, 1985.
　하정일, 「1950년대 단편소설연구」, 연세대 석사논문, 1986.
　이기윤, 「1950년대 한국소설의 전쟁체험 연구」, 인하대 박사논문, 1989.

2. 1990년대 전후소설 연구의 폭과 깊이

1) 전후소설의 독법 문제

1950년대와 전후소설에 대한 관심이 1990년대라는 시점에서 부각된 배경은 무엇이고 이 시점에서 전후소설에 대한 논의가 갖는 의미는 무엇인가. 80년대 후반 동구몰락과 소 연방 해체로 이어진 세계사적 충격은 현실 사회주의의 붕괴 속에 거대 이론에 대한 관심의 퇴조를 야기하는 한편,[4] 90년대를 세기말의 묵시록적 자장 안에서 "80년대에 대한 청산과 단절의 감각"[5]으로 몰고 갔다. 이러한 80년대와의 단절감과 탈이념적 경향은 문학 예술 개념의 근본적인 인식 변화를 낳았다. '문학의 위기' 또는 앨빈 커넌의 표현처럼 '문학의 죽음'이 공공연히 표명된 현실에서 일어난 각별한 현상 하나는 서구적 근대세계가 산출한 문학적 전통에 대한 공공연한 회의와 반성을 꼽을 만하다. 특히 90년대에 이르러 근대의 자생적 전개를 영정조 시기까지 끌어올린 70년대의 '근대기점론' 또는 '자생적 근대론'이 서구 따라잡기에 지나지 않는다는 반성, 자명한 것으로 여겨진 국문학이라는 개념조차 상상적 허구의 제도화일지 모른다는 비판적 성찰이 감행된 바 있다.[6] 이렇게 보면, 90년대가 전후문학

---

4) 거대이론의 퇴조 속에 새로운 이론의 모색은 『비평』의 창간사인 김우창, 「이론과 오늘의 상황」, 『비평』 창간호, 생각의나무, 1999. 상반기를 참조할 것. 김우창은 "사회와 인간을 하나의 관점이나 틀로 파악하고자 하는 큰 이론들은 소멸했거나 보이지 않는 곳으로 잠적"했으며 "오늘의 이론적 작업은 어느 때보다도 부정적이고 자기반성적"이라고 표현하면서 "인간과 역사에 대한 총체적인 파악이 아니라 그 작은 계기들의 분석을 겨냥한다"고 창간의 취지를 밝히고 있다. 그의 표현은 90년대 문학연구에서 1950년대 문학을 탐사하는 경향을 조감하는 적절한 출발점이 된다.
5) 황종연·진정석·김동식·이광호 대담, 「90년대 문학을 어떻게 볼 것인가」, 황종연 외, 『90년대 문학을 어떻게 볼 것인가』, 민음사, 1999, 19쪽.
6) 근대기점론 및 민족주의 담론에 근거를 둔 국문학 개념과 연구 경향에 대한 비판적 논의로는 다음과 사례가 참조될 만하다.
  최원식, 「한국문학의 근대성을 다시 생각한다」, 민족문학사연구회 편, 『민족문학과 근대성』, 문

에 주목하게 된 내적 동기는 폐허가 된 전후현실에서 서구문학과 사상의 수용을 통해서 새로운 가치를 모색하던 상황과의 유비적 관계에서 비롯된 것이라고 할 수가 있다. 이런 까닭에 "1950년대 문학에 대한 관심은 1990년대적 삶의 위기감에 따른 하나의 모색"[7]이라고 보는 경우도 없지 않다.

그러나 전면적이고도 전복적인 성찰의 흐름 안에서 주변 담론에 그쳤던 1950년대와 전후소설에 대한 관심은 불투명한 시대 현실 속에서 새로운 참조점을 구하기 위한 동기나 40년의 시간적 거리에서 오는 객관적 조망의 필요성, 문학사적 위상 수립의 필요성에 그치지 않는 복합적인 배경을 가지고 있다고 보여진다. 그 배경의 하나는 1950년대라는 시공간이 가진, 전쟁의 거대한 파장 속에서 이루어진 '문학의 개념과 의의와 존재방식'에 대한 개념의 재구성의 필요성이며, 다른 하나는 이 시기의 문학이 가진 역사적 실재 또는 사회역사적 위상에 대한 해명의 과제 인식이라고 요약할 수 있다. 전쟁으로 초래된 비일상적 재난 경험과 관련해서 문학의 전통적 규범이 단절 왜곡, 변형을 거쳐 재구성되는 대단히 역동적인 현장으로서 전후문학과 대면한다는 점에서, 전자는 비단 50년대에 국한된 문제가 아니라 한국문학 전반에 걸치는 포괄성을 갖는다. 후자의 경우, 간고했던 근현대사의 파고 속에 간단없이 수행해온 문학의 실천적 모색이 사회와 정치, 역사와 삶이라는 현실의 여러 국면과 어떤 상관관계를 맺으면서 전개되어 왔는가에 대한 질문이기도 하다. 달리 말해서 전후문학은 분단과 전쟁, 국가 및 이데올로기적 집단폭력이 횡행하는 엄혹한 현실과 응전해온 문학의 기원적인 양상인 것이다.

학과지성사, 1995.
김재용, 「근대문학 기점 논의와 한국문학의 근대성」, 『민족문학운동의 역사와 이론·2』, 한길사, 1996.
이광호, 「모순으로서의 근대문학사」, 『문학과사회』, 1999년 겨울호.
김 철, 「국문학을 넘어서」, 『국문학을 넘어서』, 국학자료원, 2000.
황종연, 「'하나의 국문학'을 넘어서 – 국문학연구와 문학이론」, 『비평』 2호, 생각의나무, 2000년 상반기호.
7) 손종업, 『전후의 상징체계』, 이회문화사, 2001. 13쪽.

전후소설에 대한 90년대 이전의 논의들은 대부분 비평적 논의 수준에서 크게 벗어나지 못했던 것이 사실이다. 전후소설에 담긴 심리 분석, 전쟁 상흔의 직접적 여파에 대한 전후소설의 특징을 탐색한 경우로는 김현의 예를 들 수 있다. 그는 전후소설에 관류하는 감성이 서구의 허무주의와는 구별되는 "비개성적 허무주의"이며 이전 문학의 전통과는 단절된 폐허에서 비롯되었다고 본다.[8] 이밖에, 계량적 방식에 따라 전후소설의 범주를 나눈 이명재의 작업,[9] 전후소설을 정신분석의 방법론에 입각하여 "아버지 상실과 어머니에 집착한 도피적 메커니즘을 선택"한 것으로 규정한 신경득의 비평적 해석[10]이 돋보인다. 90년대 이전까지 전후소설 연구가 가진 단편적인 논의 수준 외에도 또다른 문제점 하나로 논의 대상에 대한 부정적인 편견을 꼽을 수 있다. 전후소설에 대한 평가절하의 태도에는 실증적 논의의 결핍에서 비롯된 오해와 예단이 적지 않다. 가령, 문지파에 의해 명명된 바 있는, '4·19 이후 등장한 모국어 세대'들은 자신들이 이룬 6-70년대의 문학적 성취를, 전후문학의 극복을 시대적 명제로 삼은 것이며 이를 자기세대의 문학적 정체성이라 규정하면서 50년대 문학의 적자(嫡子)임을 망각하거나 은폐시켜 버린다.[11] 이러한 전후소설의 의미 규정 방식은 망각과 은폐를 거쳐 마련한 세대론적 발언이지 문학사적으로 해명된 사실은 결코 아니다. 이렇게 보면 전후소설에 대한 논의는 90년대에 이르러서야 본격적으로 전개되었다고 할 수 있다.

90년대의 전후소설 연구의 단초는 공동작업을 통해서 촉발되었다.[12] 공동연구가 가진 효과는 한정된 시간 안에 넓은 범주에 걸친 효율적인

---

8) 김현, 「허무주의의 그 극복」, 『사회와 윤리』, 일지사, 1973/ 김현문학전집 2권, 문학과지성사, 1991. 210쪽.

9) 이명재, 앞의 책, 107~153쪽.

10) 신경득, 『한국전후소설연구』, 일지사, 1983, 234쪽.

11) 특히 김현이 보여준 전후 작가들에 대한 비판적이고 유보적인 태도와는 달리, 김승옥·이청준·서정인 등을 위시한 이른바 '모국어세대'에 대한 호의적인 평가는 그의 전집 2권에 수록된 『현대 한국문학의 이론』『사회와 윤리』에서 일관되게 흐르는 해석논리이다. 문지파의 새로운 계몽적 이성에 대한 비판적 언급은 임우기, 「매개의 문법에서 교감의 문법으로」, 『문예중앙』 1993년 여름호를 참조할 것.

논의가 가능하다는 점일 것이다. 이들 작업은 그간 몇몇 작가나 단편들에 한정된 범주를 넘어 시대개관 및 총론, 시, 소설, 비평, 희곡, 북한문학 등 거의 모든 장르와 분야를 개괄하면서 그 성과를 문학사적 영역으로 편입시키는 기폭제의 역할을 한다. 그러나 공동의 작업은 넓은 범주의 대상을 신속하게 다룬다는 장점이 있는 반면, 접근방식과 관점, 해석의 통일성을 완비하기 어렵다는 점에서 논의의 체계나 수준의 편차에 있어서 취약함이 또한 없지 않다. 공동연구에서 확인되는 또다른 문제점 하나는 전후소설을 논의하는 대부분의 논자들이 1950년대를 연속의 관점에서 살필 것인가 아니면 단절된 시공간으로 볼 것인가에 대한 명확한 입장을 미처 감안하지 못하고 있다는 점일 것이다. 전후문학의 공동연구에서 드러나는 관점의 부재는 적지 않은 공과에도 불구하고 연구 초기 현상에서 일어날 만한 개연성으로 방치하기에는 많은 문제점을 가지고 있다. 예컨대 전후문학 또는 전후소설을 문학사적 전개과정 안에서 막연하게 취급하다 보면 저 1930년대 문학이 성취한 풍성함이나 60년대 문학의 뛰어난 감수성과 모국어 성취에 비해 미흡하기 짝이 없는 것으로 판정해 버릴 공산이 커진다. 편견으로 가득한 이같은 전제는 곧장 1950년대를 문학사적 공백기로 상정하는 예단으로 이어질 수도 있는 것이다.

하지만 전후소설에 대한 시각을 조금만 확대시켜 전후소설 이전과 이후를 연관시켜 보면 문제는 매우 복잡하다는 사실을 절감하게 된다. 전후소설을 이전과 연계시키면 해방기와 사상적으로 직접 연관되며 이후와는 전쟁의 계기인 분단현실의 지속성과 깊이 연계되어 있다.[13] 해방과 함께 한국사회는 근대 민족국가 수립 과정에서 정치적 이념적 분립과 함

---

12) 공동연구의 성과로는 다음과 같은 사례가 있다.
  문학사와비평연구회 편, 『1950년대 문학연구』, 예하, 1991.
  한국문학회, 『1950년대 남북한문학』, 평민사, 1991.
  한국현대문학연구회 편, 『한국의 전후문학』, 태학사, 1991.
  조건상 편, 『1950년대 문학연구』, 성균관대 출판부, 1993.
  송하춘·이남호 편, 『1950년대의 소설가들』, 나남, 1994.
  구인환 외 공저, 『한국전후문학연구』, 삼지원, 1995.
  한양어문학회 편, 『1950년대 한국문학연구』, 박이정, 1997.
  박동규 외, 『한국 전후문학의 분석적 연구』, 월인, 1999.

께 분단현실이 시작되면서 방향성을 상실한 채 6·25전쟁을 통해 반문명적 좌절의 극한을 체험한다. 이 극한의 체험 속에서 전후소설은 표현 불가능함과 가치 부재를 절감하며 범람하는 사회 불행의 일화들을 무력하게 소설 장르 안에 담아낼 수밖에 없었고,[14] 인간과 이념에 대한 환멸, 허무주의, 추상적 관념에 의존하는 태도를 낳았다. 한편, 전후소설이 이후와 맺는 관련성은 전쟁을 낳은 분단의 구조화라는 국면에서 지속성을 가지고 있다. 냉전적 사고나 반공이데올로기의 심급과 같은 분단구조의 사회적 내면화라는 측면에서 보면 전후소설이 가진 기원으로서의 가치는 적지 않다. 전후소설에서 발견되는 전쟁의 충격, 전쟁의 원인에 대한 사회역사적 성찰, 한국사회의 파행적 근대에 대한 회의와 전통 단절감은 단순히 전쟁체험의 형상화 문제를 넘어 문학의 근본문제인 존재방식과 그 가치에 대한 근본적인 회의와 성찰을 촉발시켰다. 이러한 점에서 전후소설에 대한 논의는 인식론적 문제와 연관된 시각—단절, 연속, 통합적 관점—에 따라 논의 양상과 그 결론은 크게 달라질 가능성을 안고 있다.

　우선, 전후소설에 대한 인식론적 단절의 시각은 전쟁의 사회적 여파에 따른 문학의 대응상만을 대상으로 삼아 분석과 조감의 깊이를 얻을 수 있다. 인식론적 단절의 시각은 양식과 언어 기법, 형상화방식, 문학 전통과의 비교 등 대상의 실증적 검토를 통해서 전후소설의 독자적 가치를 면밀하게 검토하는 연구의 출발점에 해당한다. 그러나 이 시각은 전후세대의 문학을 새로움의 관점에서 과대 평가하거나 구세대 문학에 비해 상대적으로 부각시키는 해석상의 오류를 낳을 위험도 크다. 또한 인식론적 연속의 시각에서 전후소설을 바라보는 경우, 전전(戰前)과 전후(戰後)의 문학사적 연속성이 강조될 여지가 크다. 그 연속성은 근대 기획의 일관성이 전쟁이라는 근대의 파행을 낳은 극적인 사건으로서 60년대

---

13) 김동환, 「한국 전후소설에 나타난 현실의 추상화방법 연구」, 『한국의 전후문학』, 태학사, 1991. 205~206쪽 참조.
14) 전쟁으로 인한 사회 불행의 일화들을 수용한 전후소설의 양상에 관해서는 유임하, 「타자화된 기억의 상상적 복원－한국소설에 나타난 6·25전쟁의 형상화」, 『동서문학』, 2002년 여름호를 참조할 것.

소설의 부정대상이라는 허구적 관점을 만들어낸다. 인식론적 연속의 시각에서는 전쟁을 한국문학의 전개과정에서 식민지 경험의 고난을 헤쳐 나온 문학의 치열한 모색의 시험대에 가깝게 의미망을 변형시킨 이례적인 사건으로 취급할 위험이 크다. 가령, 60년대 문학이 "전후파로 명명되는 50년대와 제3세대로 구별되는 60년대 작가간의 변모"로서 "부패에 항거하는 자기 구제를 위한 것"[15]으로 그 의의를 부여할 경우, 전후소설은 구체적인 모색이라는 사실의 확인 작업에 앞서 혼돈의 기억과도 같은 흔적으로만 취급되거나 주변화될 수도 있다. 이렇게 인식론적 단절의 시각이 전후소설을 이상화하고 인식론적 연속의 시각이 전후소설의 일탈성을 부각시킨다면, '단절과 연속'을 이중으로 고려하는 인식론적 통합의 시각은 전후소설의 공시적 차원과 50년대를 전후로 하는 역사적 맥락을 함께 고려하여 1930년대 문학과의 연관, 6-70년대 문학과의 연계, 북한문학과의 비교 등을 폭넓게 거론할 장점을 가지고 있다. 그러나 이 통합적 시각은 전후문학 자체의 독자성을 깊이 고려하지 않으면 상대적으로 역사적 실재를 축소하거나 왜곡시키는 결과를 초래할 수도 있다.

2) 인식론적 단절-연속-통합의 시각에 따른 연구 동향

인식론적 단절의 시각에서 이루어진 전후소설 연구는 실증적인 태도에서 접근하며 소재의 발굴, 기존의 부정적 통념을 재해석하는 데 주력하고 있다. 가장 일반적으로 검토되는 방식은 실존주의와 같은 문예사조에 입각한 방식이지만 이는 서구 근대사조와의 단선적인 대비에 그칠 위험이 크다는 점에서 차츰 지양되는 모습을 보여준다. 그 대신 전후소설에 대한 미시적인 분석과 방법론의 개발이 두드러진다.

전후소설에 대한 미시적인 분석으로는 유형화작업,[16] 현실 추상화방

---

15) 김병익, 「60년대 문학의 가능성」, 김병익 외, 『현대한국문학의 이론』, 민음사, 1972. 260~261쪽.

식과 서사원리,[17] 서술기법과 문체,[18] 인물론[19] 등에서도 잘 확인된다. 전후소설에 대한 미시적 분석어 90년대 이전까지 주로 단편에 한정되었다면, 90년대 이후의 연구 동향은 단편만이 아니라 그간 방치되었던 100여 편에 이르는 장편에까지 대상을 확대시킨 진전을 보여준다. 이것은 논의대상의 범위를 확대시킨 것에 그치지 않고 연구의 방법론을 갱신시켰다는 실질적인 증거가 될 수 있다.

이상원은 전후소설의 지형도를 관변문학, 반전문학의 구획을 통해서 그려낸다. 그는 관변문학의 이데올로기적 경직성·선전성을 자기모순으로 파악하고 윤리적 해석방법과 실존주의를 원용하여 반전문학의 전쟁악의 고발·이데올로기 비판·인간존엄성의 추구를 대비시켜 특유의 전후의식을 인간성 고양이라는 의미로 정리해낸다. 문학의 사회적 역할에 착안한 이상원과는 달리, 나은진은 신세대 작가들의 전후작품을 화자의 태도와 말투에 따라 서술전략과 알레고리적 구성, 인물 유형과 성격화에 따른 서사모형을 검토한다. 나은진은 전후 신세대 작가들의 작품에서 교체의 서술·삽화적 구성과 알레고리·전복의 정신분석학적 전략(장용학), 이중화의 서술·상징화된 알레고리·관념과 현실의 긴장(손창섭), 조절의 서술구조·동물우화·이중적 서술구조·허위의 발견과 그 극복을 위한 새로운 '자세의 확립'(김성한)이라는 세 개의 서사적 틀을 개념화한다.

---

16) 이상원, 「1950년대 한국 전후소설연구」, 부산대 박사논문, 1993.
  나은진, 1950년대 소설의 서사적 세 모형 연구」, 이화여대 박사논문, 1998.
17) 김동환, 「한국전후소설에 나타난 현실의 추상화방법연구」, 한국현대문학연구회, 『한국의 전후문학』, 태학사, 1991.
  이부순, 「한국전후소설연구-전도적 상상력을 중심으로」, 서강대 박사논문, 1995.
  정희모, 「한국 전후 장편소설연구-문학의식과 장편양식의 변화를 중심으로」, 연세대 박사논문, 1995./『1950년대 한국문학과 서사성』, 깊은샘, 1998.
  나은진, 「1950년대 소설의 서사적 세 모형 연구-장용학, 손창섭, 김성한을 중심으로」, 이화여대 박사논문, 1999.
  유철상, 「한국전후소설의 관념지향성 연구」, 서울대 박사논문, 1999.
18) 김상태, 「1950년대 소설의 문체 연구」, 『한국의 전후문학』, 태학사, 1991.
  변화영, 「한국전후소설의 이야기담론연구」, 전북대 박사논문, 1999.
19) 이은자, 「1950년대 한국 전후소설의 지식인상 연구」, 숙명여대 박사논문, 1992./『1950년대 한국지식인소설연구』, 태학사, 1995.
  이국환, 「한국전후소설의 인물연구」, 동아대 박사논문, 2000.

또한, 전후소설의 현실 추상화방식에 주목한 김동환은 전쟁의 현실에 처한 작가의 글쓰기 상황이 현실과 무관하지 않다는 점에 착안하여 "객관적 현실을 역동적인 국면에서 포착하여 구체적이고 총체적으로 형상화하지 못하고 반영되어야 할 현실로부터 벗어나 추상화의 길로 나아가게 되는 경우"(214쪽)를 전후소설의 조감틀로 제시하고 있다. 그는 손창섭의 작품으로부터 일본 사소설 선택과 불구자·관찰자·제3자에 의한 고백적 글쓰기를, 장용학의「요한시집」에서 현실의 알레고리화를, 송병수의 작품에서 소년 및 제3국인 화자 설정과 추상성 극복의 가능성이라는 의미를 추출해낸다. 이 세 개의 추상화방식은 추상화의 테제와 안티테제로부터 추상화 극복의 진테제로 나아가는 변증법적 도식으로 제안되면서 전후소설의 문학적 모색이 가진 내적 전개의 계보의 일단으로 제시된다. 이러한 관점을 좀더 심화시킨 경우가 정희모, 이부순, 유철상이다.

정희모는 염상섭·황순원·곽학송·장용학·오상원 등의 전후장편에서 현실과 문학의식의 연관성에 주목하여 '전쟁기의 혼란과 주관성', '새로운 문학 이념의 모색', '신세대적 문학이념의 성립'이라는 현실 인식에 따른 서사성의 변화상을 읽어낸다. 현실과 문학의 연관을 서사성의 변모 구도로 포착한 그의 논의는 전후 작가들이 이전의 문학관을 그대로 유지하거나 서구모더니즘의 방법론을 이용하여 현실을 재단했으며 이는 전통과 단절된 공백상태가 된 전쟁의 충격에서 벗어나지 못했다고 본다. 이와 함께 정희모는 전후장편의 한계를 체험문학의 수준에서 벗어나지 못했으며 미학적 결함의 원인을 '현실의 객관적 조감 부재'에서 찾고 있다.

이부순은 전쟁체험과 인식논리의 상관성에 착안하여 장용학·손창섭·김성한 등의 작품을 논의한다. 그는 이들의 전후작품이 그로테스크성과 생명중시의 태도를 지니고 있으며 이것은 기존가치를 부정하며 전도시키는 상상력의 특징이라고 본다. 이러한 이부순의 견해는 유철상의 논의에서 좀더 정밀한 미학적 논증을 거쳐 보완된다. 유철상은 장용학·손창섭·서기원·오상원 등의 전후장편에서 나타나는 관념지향적 현실 부정성을 허무와 좌절, 현실 일탈로 규정했던 기존의 관점을 정정하는

82

진전을 보여준 경우이다. 그는 전후소설의 핵심이 "전후성으로 표현되는 전후 절망적 현실을 드러낼 수 있는 인식가능성과 형상화 방식의 모색"(3쪽)에 있다고 보면서 '전쟁체험의 설명불가능함' 또는 '경험의 문학적 형상화를 부정하는 태도'[20]에서 벗어나 "관념과 현실의 관계, 현실부정의 가능성, 자아의 정체성 회복과 타자의 문제"(1쪽)에 주목한다. 이것은 문학적 전통과의 심각한 단절상태와 관련하여 신세대작가들의 현실부정성을 새롭게 조명하는 작업으로서, '합리주의적 이성의 비판'(장용학), '부정적 현실과의 대립'(손창섭), '자기반성성의 도입'(서기원), '이타적 휴머니즘'(오상원)이라는 미학적 의미를 도출한다. 그는 전후소설의 추상적 관념성이 전후의 절망적 현실의 형상화방식으로 채택된 미적 전략이며, 그 관념성에 담긴 강한 현실부정성을 기존소설의 현실체제 옹호라는 긍정적 성격과 대응되는 미적 자질이라고 주장한다.

이외에도 문체연구로는 1950년대를 '변화'의 시기로 규정하여 전후소설의 세계문학과의 활발한 교섭, 문학적 체험의 전국화 현상, 표기의 표준화 및 통일성, 신세대의 등장, 미국문화의 유입에 착안하여 그 문체변화를 살핀 김상태의 연구, 전쟁기 지식인의 전쟁체험 양상을 전투현장, 적치하 생존방식과 내면풍경, 포로체험, 피난민 체험상으로 나누어 살피고 전후 지식인들의 현실 풍자와 비판, 방황과 모색, 반항과 행동논리, 궁핍과 소시민성에 주목한 이은자의 경우가 주목할 만한 성과이다.

특정 방법론에 근거한 전후소설의 연구는 근대적 일상성의 상징체계,[21] 이데올로기적 상관성[22] 등과 같은 주제론적 논의, 상대적으로 논의가 소홀했던 종군작가의 전시작품 발굴과 조명을 들 수 있다.[23] 전후 장

---

20) 조연현은 「한국전쟁과 한국문학-체험의 기록과 경험의 형상화」(『전선문학』, 1953. 5.)에서 '지금 당대의 시점에서 전쟁에 대해서 무엇인가를 할 수 있다면 그것은 체험의 기록이지 경험의 형상화인 문학은 아니다' 라고 단언한 바 있다. 기존의 논의는 조연현의 논리를 전후문학을 예단하는 근거로 삼았다.
21) 손종업, 「1950년대 한국 장편소설 연구」, 중앙대 박사논문, 1997.
22) 유재일, 「한국전쟁과 반공이데올로기의 정착」, 『역사비평』, 1992년 봄.
　　하일민, 「전쟁세대의 좌절과 4.19혁명세대의 두 가지 길」, 『역사비평』, 1992년 가을.
　　조동숙, 「1950-60년대 소설에 나타난 이데올로기 연구」, 고려대 박사논문, 1993.

편을 근대성의 세계사적 차원과 일상성이라는 이론적 모델과 시공성·주체·언어라는 세 개의 개념틀 안에서 검토한 손종업의 논의가 두드러진다. 그는, 염상섭·김동리·황순원·곽학송·최정희·임옥인·손소희·이범선·오상원 등 신구세대의 장편에서 전후적 삶의 일상성이 상징체계의 혼란과 붕괴를 겪고 있다는 점에 주목한다. 조동숙은 50년대 소설과 60년대 소설의 이데올로기에 변별성에 착안하여 50년대 소설이 반공이데올로기와의 첨예한 대립성을 보여주며 60년대 소설은 이데올로기 비판과 이데올로기로부터 개방된 태도를 가진 상이한 단층으로 파악하고 있다. 또한 신영덕의 경우 문단주도권을 장악하고 있던 전쟁기 종군작가들의 소설을 중심으로 공산주의에 대한 적개심과 애국심을 고취하는 목적의식을 드러낸 체제문학의 성격을 확인하고 있다.

다방면으로 확산되고 있는 단절론적 시각의 연구 동향은 90년대에 들어 가장 활발한 부분으로서, 전후소설을 '패배주의와 도피적 성격'으로 규정했던 이전의 통념을 벗어나 적극적으로 문학적 의미를 추출하는 한편 이를 문학사적 틀 안에 편입시키는 가시적인 성과를 속속 제출하고 있다. 그러나 전후소설에 대한 미시적 분석에서는 당대적 의미의 재구성 및 해석의 객관적 거리 유지, 작품 자체에 대한 정교한 독해와 분류보다는 정신분석학이나 서구 실존주의, 서사이론 등 이론의 과잉해석을 드러내는 부분이 적지 않다. 이들 연구에서는 전후소설에 접근하는 공통의 해석학적 위치 하나가 발견된다. 그것은 세대론적 관점에서 크게 벗어나지 못하는 반복성에 가까운 도식이다. 이들 연구에서 논의되는 범위는 단편에서 장편으로 확장된 긍정적인 면에도 불구하고, 주로 신세대작가들——장용학·오상원·손창섭·서기원·이범선·오영수·박경리·곽학송·선우휘·이호철 등이 중심을 이루고 그 바깥에 염상섭·황순원·김동리와 같은 구세대가 거론되는 공통점을 가지고 있다. 이는 신세대작가의

---

23) 전혜자, 「전시문학과 작가의식」, 『한국의 전후문학』, 태학사, 1991. 그 선례로는 조남현, 「전시소설의 재해석」, 『문학정신』, 1988. 11.이 있으며 가장 폭넓게 다룬 경우로는 신영덕, 『한국전쟁기 종군작가 연구』, 국학자료원, 1999가 있다.

84

작품들만을 거론한 결과 제한된 운신의 폭, 적극적인 해석의 부족을 낳을 우려가 많다. 그럼에도 불구하고 전후소설 연구의 단절론적 시각은 작품의 내적 원리 탐색, 방법론의 심화, 적극적인 의미 부여를 통한 부정적인 통념의 극복을 시도하는 고무적인 현상을 보여준다.

인식론적 연속의 시각에서 전후소설을 논의한 경우로는 70년대의 김병익, 천이두의 견해와 함께, 염무웅의 예를 거론할 수 있다. 김병익은 사적 조감을 통해 전후소설을 6·25전쟁의 여파를 겪으며 '생존의 위기'·'실존과 존재론적 불구의식'·'윤리적 파탄과 역사적 수난의식' 이라는 주제론적 유형화를 통해서 전후성의 극복이 60-70년대 소설에서 이루어진다는 입장이다. 그에 따르면, 60년대 이후에 이르러 한국소설은 50년대의 위기감과 불구성과 수난의식을 벗어나 '전통적 감수성'·'자아의 각성'·'사회사적 접근'·'역사의식적 접근' 이라는 진화론적 분화과정을 거친다.[24] 한편, 천이두는 6·25를 "50년대 문학을 특징짓는 결정적 계기"[25]로 보고 50년대 문학의 핵심을 "전쟁으로 말미암은 모든 비인간적 요인에 대항한, 인간성의 옹호"로 요약하고 있다. 그는 전후소설의 양상이 60년대에 와서 교훈주의를 배격한 쾌락주의의 면모로 이행하면서 세대간의 단절을 낳았다고 정리하고 있다.[26] 김병익과 천이두의 관점에서 두드러지는 점은 전쟁의 직접적 여파 속에 놓인 전후소설이 일탈과 혼돈, 비일상적 경험에 기반을 둔 것으로 간주하는 태도라는 사실에 있다. 게다가 이러한 관점은 전후소설을 6, 70년대 소설과 대조하면서 의식의 진전 또는 '전후성의 탈피' 라는 세대론적 도식에 따라 '심화와 확대' 라는 예정된 결론을 가지고 있다.

염무웅[27]은 민족문학의 측면에서 50년대 문학을 대단히 비판적으로 보는 입장이다. 그는 전후문학의 시기를 휴전선 이남으로 국한되는 한

---

24) 김병익, 「6·25와 한국소설의 관점」, 『상황과 상상력』, 문학과지성사, 1976.
25) 천이두, 『종합에의 의지』, 일지사, 1974. 224쪽.
26) 천이두, 위의 책, 226~234쪽 참조.
27) 염무웅, 「5,60년대 남한문학의 민족문학적 위치」, 『혼돈의 시대에 구상하는 문학의 논리』, 창
    작과비평사, 1995.

계, 월북 및 재북 작가들의 작품이 금기의 영역으로 속하면서 민족사의 심오한 문제의식에서 벗어난다는 점, 진보적 문예운동 조직의 철저한 파괴와 단절이 가로놓여 있다는 점을 근거로, 문학사적으로는 전후의 시공간을 일종의 공백기로 본다. 게다가 그는 전후문학이 철저하게 냉전논리의 위력 앞에 압도되었고 외국사상과 이론이 남용된 결과 당시 남한 민중의 삶과 이반된 채 "왜곡·과장·도착·균열 같은 질적 불균형을 작품에 초래한"(357쪽) 설익음을 지니고 있다고 판단한다. 이러한 비판적 논지는 민족문학의 이념적 위치에서 전후소설을 일탈의 관점에서 보는 경우이다.

그러나 인식론적 연속의 시각에서는 전후소설을 비일상적 경험 또는 일탈로 취급하는 통념 외에도 '전쟁과 분단의 전사'라고 말할 수 있는 해방기 소설에 대한 고려가 크게 결핍되어 있다. 전쟁의 위험이 점차 구체적인 현실로 가시화된 것은 이미 1948년 남북이 체제 출범을 각각 선언하면서부터였다. 남한은 북진통일을, 북한은 조국의 완전한 해방과 국토완정(國土完整)을 공공연히 천명했다.[28] 관점에 따라서는 전후소설에서 이른바 구세대문학으로 지칭된 관변문학 계열의 작품들이 보여준 반공이데올로기에 대한 맹목적 순응은 북한의 전선실기문학인 종군서사가 보여주는 확고한 전쟁관념 및 남한의 적대적 타자화와 대등한 위치에 놓인다.[29] 다시 말해, 북한의 전후소설 및 종군 서사문학이 보여주는 문학의 정치적 예속은 남한 종군작가의 작품에서도 북에 대한 적대적 타자화를 마찬가지로 추출할 수 있다는 점이다. 거기에다 전후소설이 가진 비이데올로기적 성향은 전시체제하의 반공이데올로기를 내면화한 심급의 간접적 증거로 볼 여지가 충분하다는 점을 감안해야 한다.[30] 더 나아가

---

28) 이를 두고 박명림은 "48년의 질서"라고 표현하고 있다. 그의 『한국전쟁의 기원 Ⅱ』, 나남, 1996의 7장 '분단국가의 형성과 48년 질서의 등장'(311~383쪽)을 참고할 것. 와다 하루키는 "1948년 전 조선을 판도로 하는 두 개의 조선이 태어났을 때 무력에 의한 상대 제거라는 국토통일 구상의 토대가 마련되어" 있었다고 본다(서동만 역, 『북조선』, 돌베개, 2002. 92쪽).
29) 남북한 문학에서 분단의 정치적 역학을 파시즘적 논리에서 조명한 최근의 논의는 신형기, 「남북한 문학과 '정치의 심미화'」 김철 외, 『한국문학가 파시즘』, 삼인, 2001. 참조할 것.

86

그 이념성 및 정치성의 퇴조는 분단과 전쟁에 대한 비판보다는 넘쳐나는 사회 불행의 일화들을 수용하는 데 급급하게 만들었고, 이는 다른 측면에서 미적 거리의 부재를 보여주는 예로 삼을 만하다. 전후소설에서 드러나는 이념성과 정치적 비판의식의 퇴조 현상은 그 전사(前史)인 해방기 소설과의 연계를 통해서만 그 낙폭을 확인할 수가 있을 것이다. 어쨌든 인식론적 연속의 시각은 전후소설에 대한 논의를 침체와 혼돈이라는 미리 전제된 관점—이 관점은 1930년대 문학이나 1960, 70년대 문학을 이상화하는 데 기여한다—에서 벗어나 전(前)과 후(後)의 상호연관 속에서 사회역사적 변화에 따른 문학 내부의 중층적 변화를 면밀하게 고려하는 태도를 필요로 한다.

'단절과 계승'이라는 통합적 시각에서 전후소설을 다룬 경우로는 김윤식과 정호웅이 있다. 김윤식은 「6·25전쟁문학」[31]에서 전후소설을 전전세대와 전후작가세대를 분리시켜 대조된 결론을 얻어내는 방식을 취하고 있다. 이러한 관점은 근대문학의 연장(구세대), 새로운 경험의 모색과 구축(전후세대)이라는 세대경험의 상이한 편차를 가설로 삼아 전후소설을 설명하는 방식이다. 하지만, 그는 기본적으로 1950년대의 문학을 "깊은 죄의식"을 동반하며 "가해자든 피해자든 어리석기는 마찬가지라는 어떤 심정적 느낌"의 "시적 현실"[32]로 규정한 뒤 신구세대의 상이한 감각의 편차를 중시한다. 그의 세대론은 전전세대들의 관점보다는 상대적으로 전후세대의 감각을 신뢰하는 논리를 내장하고 있다. 그에 따르면 염상섭·김동리 등 전전세대의 문학이 전쟁 체험에 무력했으며 이를 문학적 퇴조로 풀이한다. 반면에 전후세대의 문학은 새로운 관습의 등장으로 설명된다. 김윤식은 「우리 근대문학사의 연속성에 대하여」[33]에서, 세대론적 공시성의 외연과 시간대를 좀더 넓혀 전쟁기 염상섭·한설야·이

---

30) 이러한 논점을 전개한 글로는 한수영, 「월남작가의 작품세계에 나타난 반공이데올로기와 1950년대 현실인식」, 『역사비평』 21, 1993년 여름호가 있다.
31) 문학사와비평연구회 편, 앞의 책.
32) 김윤식, 『김윤식의 현대문학사탐구』, 문학사상사, 1997. 210~211쪽.
33) 한국현대문학연구회, 앞의 책.

기영을 사례로 남북 분화양상을 거론하면서 근대문학사의 연속성을 복원하려는 시론을 전개한다. 그는 염상섭의 『취우』가 적치하의 서울을 배경으로 보여준 전쟁과 일상의 흔들림없는 등치관계를 근대 리얼리즘의 가치중립성이며, 묘사의 견고함을 자연주의의 힘으로 단정하는 한편 한설야의 『대동강』은 혁명적 낙관주의에 기초한 기능주의적 현실주의로 전락했다고 본다. 그는 구세대문학이 남북분단과 6·25전쟁으로 자연주의적 경향(염상섭)·리얼리즘적 경향(이기영)·현실주의적 경향(한설야)으로 분화되었으며 각각 미학 초과, 미학 미달의 현상을 드러낸다고 본다. 그러나, 근대문학이 전쟁의 시기에 어떻게 남북으로 분화되었는가 하는 문제는 전후문학의 외연 확대라는 공과에도 불구하고 전쟁 묘사에 대한 체제·이데올로기의 편차에 따라 근대문학의 연장을 설명하는 데 그친다는 느낌을 준다. 또한 김윤식은 김동리의 「흥남철수」·「밀다원시대」·「실존무」 등을 '정지된 세계의 정물 묘사' 또는 '땅끝의식'으로 표현하면서 순수문학이 전쟁의 비극상을 절대화시켰다는 한계를 명시한다. 이러한 관점은 상대적으로 근대문학의 전개과정에서 전후소설을 위축된 것으로 보는 설명모델이면서도, 전후세대—손창섭·장용학·오상원·서기원·김성한·이호철·이범선·오영수·박경리 등—의 작품에서 기존의 소설 문법과 차별화되는 전통단절의 의미를 부각시키는 신구세대의 교체로 보는 전후소설의 조감틀을 낳는다.[34] 김윤식의 전후소설에 대한 논의는 6·25전쟁을 계기로 근대문학과 단절된 요소와 계승된 요소를 통합적으로 해명하려는 시도이자 문학의 근대적 기획의 연장선에서 조감한 것이다.

　인식론적 통합의 시각의 또다른 사례 하나는 전후소설의 함의를 문제작 중심으로 살핀 정호웅의 「1950년대 소설론」[35]를 꼽을 수 있다. 그는 이 논의에서 '전후성의 본질 해명과 탈피'라는 코드에 따라 전후 문제작

---

34) 김윤식의 전후문학에 대한 세대론적 논점은 그의 『현대문학사』, 일지사, 1985년에 개진되어 있다.
35) 문학사와비평연구회, 『1950년대 문학연구』, 예하, 1991.

을 검토하고 있다. 그에 따르면, 김동리의「흥남철수」및 박영준의「용초도 근해」에서는 '생의 구경적 탐구'라는 '문협정통파'의 문학관으로부터 '추상적 무시간성', 역사적 계기와 절연된 비극의 절대화를 간파하고, 손창섭의 작품에서는 객관적 현실 탐구가 부재하는 이데올로기 및 인간 혐오의 태도가 발견된다는 것이다. 또한 최일남, 이호철, 박경리 등의 작품에서는 전후성과는 다른 '새로운 출발'이라는 의미—전후현실의 본질 확인과 단독자의 객관적 현실, 세계의 폭력성에 맞선 저항이라는—를 이끌어낸다. 그의 전후소설론은 세대론적 조감 방식을 원용하면서도 50년대에서 벗어나는 주체의 결행의지에 주목한 경우이다. 이는 전후소설을 문학사적 위상 안에서 그 접점을 마련하고 정신사적 의미를 부여하는 시도로 보인다.

전후소설에 대한 통합적 시각은 김윤식의 경우 근대문학의 연장선에서 전쟁을 남북문학의 분화를 낳는 계기로 간주하는 한편, 전후라는 시공간에서 소설을 세대론의 감각이 가진 편차로 분류하고 있다. 또한 정호웅의 전후소설에 대한 지도 그리기는 전쟁으로 인한 사회적 충격에 따른 탈이념적 추상성과 공동체적 세계로부터 벗어나는 역사적 분기점으로 간주하고 있다. 이러한 통합적 시각은 전후소설에 대한 성격을 문학사적 연관으로 확장시켜 문학의 남북 분화 문제로까지 시야를 제공해주지만, 다른 한편으로 전후소설을 근대문학의 연장선에서 신구세대의 교체라는 인식론적 단절의 시각에서 구획하면서 그 의미론적 층위를 이데올로기와 경험도식에 따라 차별화하는 일반화에 그친다는 한계를 드러낸다.

4. 결 론: 좌표와 전망

지금까지 이 글은 1990년대 전후소설 연구를 간략하게 조감하면서 논의의 풍성함을 충실하게 요약하는 방식을 배제한 채, 전후소설의 독법 문제를 '단절-연속-통합'이라는 인식론적 관점과 연관지어 논의하였고 연구의 동향을 이들 도식에 따라 분류하면서 성과와 한계를 거칠게 지적하였다. 이런 절차를 거쳐서 90년대 전후소설 연구가 본격적인 논의를 가동하기 시작했다는 점을 새삼 확인하게 된다. 인식론적 단절의 시각은 전후소설에 대한 기존의 부정적 편견을 벗어나 서사구조와 현실 연관, 상상력의 특질, 미적 기획, 상징체계의 혼란 등 다양한 관점에서 사실연구와 방법론의 수립과 미적 체계에 따른 이론화를 시도하는 의욕을 보여주고 있다. 그러나 작품의 내적 구조와 현실의 연관관계를 찾아내거나 전후소설의 미적 특성에 대한 설명모델을 수립하는 적극적인 방식에 대한 기대와는 별개로 서구의 문예사조, 세대론적 관점에서 여전히 자유롭지 못한 점을 비판할 만하다. 또한 이들 연구에서 보이는 폐단의 하나는 거론되는 작품들의 편중성과 반복성이다. 가령, 염상섭의 『취우』, 황순원의 『카인의 후예』, 장용학에 집중된 논의는 과도적인 양상임을 감안해야 하겠으나 대상의 협소함에 비해서 다른 작품들에 대한 충분한 검토가 필요함을 역설적으로 말해준다. 빈번하게 거론되는 작가들의 1차 범위는 장용학·김성한·손창섭·오상원·하근찬 등이며 그 바깥에 김동리·황순원·박영준·선우휘·이범선·이호철·최상규 등이 배치되는 것이 일반적이다. 하지만 전후소설의 논의에는 오영수·송병수·오유권·최일남·이문희·손소희·강신재·임옥인·한무숙·한말숙 등이 당연히 포함되어야 한다. 한정된 작품에 편중된 논의의 반복성은 새로운 설명모델의 개발을 차단하고 만다는 점에서 반드시 극복될 필요가 있다. 왜냐하면 전후소설에 대한 폭과 깊이를 구비한 사실 검토만이 이론화를 가속화시킬 수 있는 길이기 때문이다. 또한 연속의 시각에서 이루어진 전후소설 연구는 이후 문학과의 연계를 조명하려는 노력만큼, 마땅히 그 전사인 해방기 소설과의 상관성을 보강해야 할 것이다. 60년대 소설과의 연계가 지금까지 4·19세대들의 등장과 전후소설과의 단절 또는 극복이라는 점에서 강조되어온 점에 비추어보면, 전후소설과 해방기 소설과의 상호 연관 문제는 근대 기획의 남북 분화라는 분단의 역사적 현실과 직접 관련된다는 점에서 또다른 의미를 가지고 있다. 또한 해방기 소설에서 시작된 사상적 분립과 문학의 남북 분화, 작가들의 대이동으로 인한 남북 문학의 서로 다른 기획과 재편성이 1950년대라는 시공간에서 분화되는지에 대한 논의를 더욱 보강할 필요가 있다. 이 문제는 결국 인식론적 통합의 시각에서 제기한 여러 논점들에 대한 고찰—신구세대들의 이데올로기적 편차,[36] 남북문학의 분화양상,[37] 분단 소재 소설의 전개[38] 등등—로 연결된다. 그러나 인식론적 통합의 시각에서 마련한 세대론적 단절 및 계승이라는 전후소설의 분류도식은 문학보다는 문단의 인적 구성에 착안한다는 점에서 문학 제도와 성향에 따른 분류인 '관변문학-반전문학'이라는 도식[39]이 가진 설득력에 미치지 못한다. 물론 이러한 유형화나 설명모델의 선택은 연구자 자신들의 판단에 따를 문제이지만 적어도 모델의 갱신과 발전적인 재구성은 늘 미리 전제되는 목표이기도 하다.

90년대의 전후소설 연구에서는 작품의 내적 구조를 분석하는 방법론의 다채로움에서 실증적 검토 수준을 벗어나 본격적인 해석의 가능성을 보여준다는 점에서 매우 고무적이다. 그러나 1950년대의 중핵을 이루는 6·25전쟁이라는 역사적 체험은 전쟁을 초래한 한국사회의 사회정치적 조건들에 대한 광활한 사유와 성찰을 낳았을 뿐만 아니라 전쟁의 직접적인 여파와 맞서면서 문학의 존재방식에 대한 근원적 반성의 계기를 마련했다는 점을 고려해야만 한다. 이는 1950년대가 산출한 문학이 단순히

---

36) 여기에는 다음과 같은 사례가 있다.
　　김철, 「한국 보수우익 문예조직의 형성과 전개」, 『한국전후문학의 형성과 전개』, 태학사, 1993.
　　한수영, 「월남작가의 작품세계에 나타난 반공이데올로기와 1950년대 현실인식」, 『역사비평』, 1993년 여름호.
37) 80년대 후반부터 대중적 열기가 가라앉고 북한문학에 대한 논의가 차분하게 성과를 제시한 것은 중요한 의의를 갖는다. 그 성과로는 다음과 같은 예를 들 수 있다.
　　김윤식, 『한국 현대 현실주의소설연구』, 문학과지성사, 1990.
　　김윤식, 『북한문학사론』, 새미, 1996.
　　김재용, 『북한문학의 역사적 이해』, 문학과지성사, 1994.
　　박태상 『북한문학의 현상』, 깊은샘, 1999.
38) 이러한 예로 유임하, 『분단현실과 서사적 상상력』, 태학사, 1998가 있다.
39) 이상원, 앞의 논문.

전쟁의 직접적 여파에 굴복한 허무주의만 드러냈다는 균질화된 편견과는 크게 다르다는 점을 뜻한다. 잘 알려져 있듯이 해방 직후로부터 1950년대에 이르는 시기는 식민 유제의 극복과 근대국가의 설립이라는 시대적 당면과제를 둘러싼 국내외적인 정치 질서의 변화, 남북체제로 분화되면서 일어난 국가이데올로기와 집단권력의 폭력성, 전쟁의 발발, 전쟁이 불러일으킨 이데올로기와 인간에 대한 환멸, 전후에도 완강하게 지속된 분단의 사회구조적 내면화 등등을 동시적으로 경험했던 시기이다. 전후소설은 심각한 가치 환멸과 관습과의 단절을 경험하며 문학의 존재방식, 문학과 사회 연관과 같은 거의 모든 문제들이 망라된 위기의 현실에 놓여 있었던 것이다. 이렇게 보면 1950년대와 전후소설이라는 대상은 문학의 존재방식, 전통과의 관계, 극한체험의 표현과 양식적 특질, 정치적 미적 상상력의 연관, 정신분석적 해석의 가능성, 분단현실과의 관계에 이르기까지 실로 다양한 논제들이 혼재된 해석의 미발굴지대이다. 이런 맥락에서 전후소설에 대한 논의의 출발점은 '식민지 경험-해방과 분단-전쟁-분단의 고착화'로 이어진 한국사회의 본질적 변화를 고려하면서, 혹독한 전쟁의 현실에서 문학의 재정립을 어떻게 시도했는지, 그리고 이 시기의 문학이 가진 가치는 무엇인지를 되묻는 일에서부터 시작되어야 할 것이다.

주제어 : 전후문학, 전후소설, 인식론적 단절의 시각, 인식론적 연속의 시각, 인식론적 통합의 시각

* 참고문헌은 각주로 대신 함.

◆ SUMMARY

A Rediscovery of Post-War Korean Novels
- A View of the Research into the 1990s' Post-War Korean Novels -

Yoo, Im-Ha

This paper aims to inquire into the achievements of 1990s' Korean literary studies after 1950s.

In Korean society the period of 1950s has close relationship with the tragic wound of Korea War in 1950. The reason why the post-war literature appears as a subject for arguments, has a background of the post-modern situation of 1990s, the pervasive reflections on the social change by the master-narrative, and the enough lapse of time of one generation. The achievements of the literary studies for the 1990s' post-war novels can be viewed as sever-ance, continuity, and unification to the logic epistemology.

To the view of severance, the research for the fact and the theory turns the former negative attitude to the positive attitude embracing the social reality with the narrative structure, the imagination of negation and subversion, and ideologic abstraction. To the view of continuity, the research is still negative, though tracing the 60s' and 70s' novels to the spiritual origin of the Korean novels. To the view of unification, the research proves the comparative super-iority of the post-war novels in the aspects which note the change of the old and the new generation as well as the division of south and north Korean culture.

One achievement owes for the active arguments about 1990s' novels. And it overcomes the negative view and tries to dig into the original esthetic structures and values of post-war novels. Nonetheless, it demands the new research models should be developed, and should widen the scope, which has focused on the limited numbers of the writers and the writings.

90년대 한국 '여성문학' 담론에 대한 비판적 고찰
- 여성 작가 소설에 대한 담론을 중심으로 -

김 영 옥*

1. 들어가는 말

　지난 90년대의 문학계를 되돌아볼 때 가장 눈에 띄는현상 중 하나는 여성작가들의 '출현'이다. 그 어느 때 보다 많은 수의 여성작가들이 문학의 도로를 질주하면서 소위 이상기류를 형성했고, 놀라움의 시선들은 서둘러 이름들을 나열하기에 바빴다. 그러나 90년대가 지나간 지금 90년대 '여성작가 현상'이 얼마만큼 '여성문학 현상'으로 발전했는가를 질문해볼 때 우리는 여러 가능한 대답 사이에서 또 다시 고민할 수 밖에 없다. 여러가지 측면에서 이제껏 남성들의 활동 영역이었던 곳에서 남성작가들을 제치고 각종 문학상을 휩쓸던, 출판사의 융숭한 대접을 받으며 계약서에 사인을 하던 여성작가들의 텍스트는 실제로 얼마나 '적절하게' 이해되며 '여성문학'의 그리고 '문학 일반'의 내포와 외연에 변화를 준 것일까. 90년대의 여성작가 텍스트에 대한 비평적 담론을 일별할 때

---

* 이화여대 한국여성연구원 전임연구원.

계속 부딪치게 되는 질문은 문학의 자기보존 능력과 자기 폐쇄 회로 사이의 긴장된 역학이다.

문학 역시 하나의 '제도'라는 것, 모든 제도가 나름의 작동방식과 지향하는 이데올로기가 있듯이 문학이라는 제도 역시 특정한 규칙에 따라 작동된다는것, 특정한 이데올로기에 복무하는 동시에 그것을 사용하면서 자신의 영토를 지켜나가고 있다는 것은 아직도 문학논의에서 더 토론되어야 할 부분이다. 문학내적 미학적 범주들과 문학외적 현상이나 담론의 상호작용을 최대한 효과적으로 가동시켜 문학텍스트가 숭고한 문학의 박물관에 갇혀 '세상'과 적극적으로 만날 수 있는 기회를 박탈당하는 일이 될 수 있는 한 일어나지 않도록 하는것은 여전히 문학연구 혹은 비평이 수행해야 할 힘겨운 과제 중의 하나로 남아있다.[1]

본 글은 이러한 정황에서 출발하여 '여성'과 '문학'이 중층적으로 겹쳐지는 지대인 '여성문학'이 추동시키고 있는 의미화 과정의 흐름을 따라가 보고자 한다. 이때 무엇보다 중요한 것은 여성과 문학 '사이'의 동력학이다. 여성운동의 차원과 여성성, 혹은 여성적 경험의 차원을 지니는 '여성'과 근대의 출범 이후 나름대로의 독자적 언어문법을 세련되게 갈고 닦으면서 여타의 다른 지식체계와 구별되는 세계인식을 보여왔던 '문학' – 이 양자의 긴장관계를 가능한 유지하는 해석학적 태도야말로 '여성문학'을 바라보는 올바른 태도일 것이라는 게 본 글의 기본입장이기 때문이다. 여기서 우리는 여성주의 비평이 '여성들의 작품에는 남성들의 작품과는 다른 독특한 무엇인가가 존재한다'는 가정 하에 여성문학의 다름을 체계화하는 것보다는 기존의 남성 중심적 미적 판단의 타당성 여부를 질문하는 방식으로 이루어져야 한다는 아네트 콜로드니(Annette

---

1) 문학과 주변환경과의 관계는 지난 90년대에 특히 극적인 파동을 겪었는데 김정란은 90년대 한국문학의 일반적인 문제점을 다음과 같이 제도적, 문학 행태론적 틀 안에서 설명하고 있다. "모든 문제는 80년대 내내 정치적인 발언을 함으로써 대중적 영향력을 행사해 왔던 한국문학이 달라진 정치 환경에 차분하게 적응하면서 문학논리를 개발하는 대신, 영향력 유지를 위해서 급하게 대중성 있는 문화논리를 추종했다는 점, 그리고 그렇게 하기 위해서 아무 생각 없이 언론과 유착했다는 점, 그리고 그러한 권력 욕망을 문학적으로 포장했다는 점으로 수렴된다."(김정란, 「90년대 문학의 가능성-새로운 진정한 언어의 도래를 꿈꾸며」, 『동서문학』 1999년 여름, 324쪽)

Kolodny)의 지적[2]과 '여성주의 미학'은 '여성주의'나 '미학' 어느 한 쪽만을 주장하지 않으면서 기존의 미학개념을 변화시켜나가는 과정과 관련되어 있다는 리타 펠스키(Rita Felski)의 지적을[3] 참조할 수 있을 것이다.

2. '여성경험' 그리고 '여성으로 읽는다는 것'을 질문하기

> 여성주의적 비평은 정치적 행위이다. 그것은 세상을 단순히 해석하는 것이 아니라 독서하는 사람들의 의식을 변화시키고 그들이 텍스트와 맺는 관계를 변화시킴으로써 세상을 변화시키는 것을 그 목표로 삼는다.
>
> 쥬디스 페털리(Judith Fetterly)[4]

일반적으로 여성 주체들이 생산한 문화 텍스트들을 그 고유성에 있어서, 다시 말해 기존의 남성 주체들이 생산한 문화 텍스트들과의 변별성에 있어서 분석하고자 할 때 그 출발점으로 선택되는 것이 여성의 경험이다. 이것은 90년대 여성작가들의 텍스트를 적극적인 '살림'의 방식으로 읽어내고자 하는 시도들에서도 어떤 공통된 성향으로 나타난다.[5] 여

---

2) 아네트 콜로드니, 「페미니스트 문학비평의 몇 가지 방향들」, 김열규 외 공역, 『페미니즘과 문학』, 문예출판사, 1988. 57~61쪽.

3) Rita Felski, 「Why Feminism doesn't Need an Aesthetics(and Why It can't Ignore Aesthetics)」, Peggy Zeglin Brand, Carolyn Korsmeyer(eds.) 『Feminism and Tradition in Aesthetics』, The Pennsylvania State University Press, 1995.

4) Judith Fetterly, 『The Resisting Reader: A Feminist Approach to American Fiction』, Bloomington: Indiana University Press 1978. P. Ⅷ. Jonathan Culler, 『Dekonstruktion - Derrida und die poststrukturalistische Literaturtheorie』, aus dem Amerikanischen von Manfred Momberger, Reinbek bei Hamburg, 1988. p.56에서 재인용.

5) 이에 대해서는 90년대 여성작가 소설들에 대한 비평적 담론을 여성주의적 시각에서 재조명하고 있는 정정희, 「1990년대 여성작가 소설에 대한 비평담론 연구」, 이화여자대학교 대학원 1999학년도 석사학위 청구논문, 그리고 이안나, 「90년대 한국 페미니스트 비평 연구-여성소설에 대한 비평을 중심으로」, 계명대학교 여성학대학원 1999년도 석사학위 청구논문을 참조할 것.

기서 우리가 우선 언급해야 할 사실은 남성이 남성적 질서와 관계 맺는 방식과 여성이 여성성과 관계 맺는 방식 사이의 근본적인 차이이다. 남성적 주체는 남성적 질서를 '재현'하고 대변한다. 남성성은 지배적 원칙인 동시에 한 주체의 실존방식이기도 한 것이다. 그에 반해 여성은 여성성을 '체현'한다. 즉 여성은 남성적 질서 속에서의 여성의 장소를 정의하고 가시적으로 만드는 것이다. 따라서 문제는 남성을 보편적 언어주체로 상정하는 문화전통 내에서 여성이 여성성과 맺는 방식, 여성의 경험을 어떻게 언어화하고 광범위한 해석학적 소통구조 안에 편입시키는가하는 것이다.

그러나 해석의 확고한 토대로 간주되는 여성경험이 그토록 자명한 것인가. 여성 독자가 텍스트를 읽을 때 의식에 새겨지는 생각들이 바로 '그' 경험들인가. 오히려 그것은 텍스트와 생산적인 관계에 놓일 수 있는 그녀 자신과 다른 여성독자들의 '여성적 경험'에 대한 독해 혹은 해석 아닌가.[6] 독서는 후천적으로 습득된 행위이다. 여성들은 인간보편의 것으로 제시되는 남성경험이나 관점에 동일시하도록 훈련받았고 여성으로 읽는다는 것의 가능성을 전혀 고려하지 않는 담론을 통해 주체가 되었다. 이것은 여성이 자신의 실존조건에 상응하는 경험으로부터 격리되고 소외되었다는 것을 의미한다. 바로 여기서 '여성으로서 읽는 것은 어떻게 가능한가'라는 문제가 생긴다. '여성으로서 말하고 읽는다는 것'은 생물학적 조건에 의한 것인가, 문화에 의한 것인가 아니면 전략적, 이론적 입장에 의한 것인가? 버지니아 울프가 말한 여성의 '유산' 즉 '관점의 차이, 기준의 차이'에서 정작 논의되어야 할 것은 그 차이가 무엇인가이다. 차이는 주어지는 것이 아니라 '다르게 하기'를 통해 만들어지는 것이기 때문이다. 그러니까 '여성독자'라는 것은 하나의 '가설'일 수밖에 없다.

여성비평은 여성독자라는 '가설'이 텍스트에 대한 우리의 감각적 인

---

6) 아래의 논의는 폭넓은 해체주의 비평 안에서 여성비평의 문제를 거론하고 있는 조나단 컬러를 참조로 한 것이다. Jonathan Culler, 앞의 책, pp.46~69.

지를 변화시키고 우리로 하여금 그것의 성적 코드가 지니는 의미를 깨닫게 해주는 방식에 몰두한다. 즉 여성비평은 특정한 질문과 관점을 개진함으로써 잠재태로 존재하는 여성의 경험을 실제적인 것으로 만들어내고자 한다. 예컨대 여성비평은 모성적 관련망 혹은 여성의 주변적인 상황 및 경험의 관련망 등을 여성의 경험으로 호소함으로써 변형된 독서양식을 모색한다.

여성독자의 경험에 대한 호소는 남성중심적인 비평의 개념체계와 범주체계를 뒤흔들 수 있는 지렛대로 기능할 수 있다. 그러나 '경험'이라는 개념은 이처럼 언제나 분열된, 그리고 동시에 이중적인 성격을 지닌다. 이미 겪은 것으로서, 그럼에도 불구하고 만들어져야 하는 것으로서. 여성비평에서 '경험'은 포기할 수 없는 관련망이지만 결코 단순히 주어져 있는 것은 아닌, 이제 구성되어져야 하는 것이다. 여성경험에서 출발해 여성경험을 구성하는 과정으로서의 여성비평은 동시에 남성비평에 내재해 있는 특수한 방어전략과 왜곡을 밝혀냄으로써 좀 더 포괄적인 비평적 관점을 제공하고 더 나아가 합리성, 리얼리즘, 추상성, 성찰성 등 가부장제의 원칙과 공모관계에 있는 비평적 개념들이 좀 더 광범위한 체계 속에서 새롭게 관찰될 수 있는 비평양식을 개발하는 과정이기도 하다.

여기서 우리는 여성문학-여성으로 쓴다는 것, 말한다는 것, 읽는다는 것을 모두 포함하는-의 전위적 성격을 찾아볼 수 있을 것이다.[7] 정치학에서 여성 문제가 개인의 자유와 사회 정의와 관련된 많은 근본 문제에

---

7) 90년대 문학을 되돌아 보는 한 좌담회에서 이광호는 "페미니즘 문학이야말로 민족문학 이념의 위축 이후 이 땅에서의 가장 진보적이고 전위적인 문학운동"이라고 평가내리고 있으며, 진정석은 한국사회에서 여성문학이 이룬 성과 중의 하나로 그동안 비본래성, 허위의식, 가짜 욕망 등 부정적으로만 인식되던 "일상성의 발견", "〈역사에서 일상으로〉의 인식론적 전환"을 들고 있다. (황종연 외,『90년대 문학 어떻게 볼 것인가』, 민음사, 1998.) 그러나 〈역사에서 일상으로〉라는 말이 암시하고 있듯이 역사와 일상 간의 변증법적 관계에 천착하지 않은 채 여성문학을 역사 아닌 일상의 영역에 자리매김하는 것은 여성을 역사 바깥에 위치시키던 기존의 여성관을 그대로 답습할 위험이 있다. 지난 90년대에 일어난 것처럼 여성문학을 민족문학과 연결시키는 독법 또한 여성문학이 담지할 수 있는 전위적 힘을 약화시킨다. 리얼리즘만을 강령으로 내세우며 일체의 실험적 글쓰기에 배타적인 민족문학과 철저한 타자의 자리에서 쓰여지는 여성문학의 다층적이고 열린 텍스트가 과연 행복하게 만날 수 있을까? 여성문학이 왜, 어떤 측면에서 전위적일 수 있는가에 대한 논의는 앞으로도 더 포괄적으로 이루어져야 할 비평적 과제일 것이다.

적용 가능한 명칭이듯이 여성주의적 비평은 가부장제 상징질서 체계 내에서 남성중심적 비평이 갇혀있는 비좁고 제한된 이해관계를 넘어서는 관점을 제시하며 주변화된 소수집단의 경험을 언어화한다는 것이 지니는 '정치적 성격'을 명백히 드러내기 때문이다.[8] 예컨대 우리는 이러한 현상을 90년대 여성작가들에 의해 왕성하게 쓰여진 자서전적 성장소설의 양상을 통해 살펴볼 수 있을 것이다. 이것은 한국의 근대화 과정과 한국 근대문학이 맺고 있는 유대관계 속에 그 맥락적 배경을 갖고 있기 때문이다.

3. 90년대의 지구/지역적 맥락 속에서 다시 읽어보는 근대문학의 기원과 여성성장소설

90년대는 전지구적 차원에서, 그리고 국지적 차원에서 광범위한 전환 및 새로운 지도 그리기를 위한 밑 작업이 숨가쁘게 진행된 시기였다. 세기말의 불안 속에서 20세기의 끝과 21세기의 시작은 때론 위협적인 모습으로, 때론 의미심장한 수수께끼의 모습으로 공존하고 있었다. 국민국가들 사이의 질서와 제국주의가 격렬하게 충돌하던 20세기는 근대에

---

8) 페미니즘이 이해하는 정치학은 경계들을 만들고 특정 작동방식을 통해 이 경계들을 고정시킴으로써 자기증명적으로 보이도록 하는 기제이다. 따라서 정치적인 것에 대한 페미니스트의 전망은 그처럼 '자연적인 것'으로 굳어져 버린 정치학을 다시 역사의 과정 속으로 풀어놓는 데에 있다. 따라서 여성은 언어, 문화, 경험, 지식을 새로운 방식으로 인식함으로써 사회적인 주체, '정치적인' 주체로 떠오른다. (오카노 야요, 「경계의 문제와 페미니스트 정치학」, 한국여성연구원 편, 『동아시아의 근대성과 성의 정치학』, 푸른사상, 2002. 29쪽 참조.) 이에 반해 한국의 비평 담론에서 일반적으로 이해하고 있는 페미니즘은 매우 제한적인 의미망에 갇혀 있는 것으로 보인다. 페미니즘은 매우 의식적인 차원에서 행해지는 여성문제 제기, 혹은 고발, 특정 (편협한) 주장의 전개 등 좁은 의미에서의 정치적 운동으로 이해되고 있으며 이로써 '여성적 글쓰기'의 미학적 가치를 떨어뜨리는 것으로 이해된다. 그래서 공지영의 『무소의 뿔처럼 혼자서 가라』 혹은 양귀자의 『나는 소망한다, 내게 금지된 것을』이 페미니즘 문학의 전범으로 또는 기준점으로 인용되곤 한다.

대한 복잡다단한 담론들과 함께 그리고 역사 속에 존재했던 사회주의 공간인 동구권의 실질적 소멸과 함께 마감되었고 이제 21세기는 단순한 선형적 시간개념으로는 온전히 설명될 수 없는 다른 의미망 속에서 그 후임자가 되었다. 20세기에 근대화를 통해 세계체제가 구축될 때 그 과정을 동반했던 핵심 동력은 민족/국가를 둘러싼 언설이었다. 그러나 (자본주의 체제의 자기변신이라는 측면에서) 근대의 연속이며 동시에 (의미론적 해석학적 측면에서) 근대와의 단절인 21세기가 기술과 자본의 위력을 바탕으로 축조하고 있는 세계체제는 오히려 민족/국가의 경계를 괄호 안에 넣음으로써 새로운 공간들이 탄생하게 만드는 한편 그동안 근대화의 단일한 역사 개념 속에서 보이지 않고 들리지 않았던 공간과 시간들이 드러나게 만든다. 이로써 성별, 계급, 종족, 종교, 성적 취향 등 다양한 범주들이 중요한 인식론적 대상으로 등장하면서 개인과 특정 소수집단들이 일상에서, 공적인 영역에서 겪는 경험들에 대한 상이한 '이야기들'이 쓰여지기 시작한 것이다. 여성들의 다중적 시간, 다양한 이야기들도 이러한 맥락에서 더욱 중요한 의미를 부여받게 된다.

한국은 20세기를 특징짓는 식민주의와 제국주의의 일환으로 근대국가 형태를 취한 후 군부독재의 긴 시간을 보냈을 뿐 아니라 냉전의 산물인 분단국가의 모습으로 아직까지 세계사에 남아있다. 이러한 정치사회사적 맥락에서 볼 때 한국에서 해방 이후 가장 중요한 인식론적 화두가 민족, 민주, 민중,그리고 이 모든 것을 아우르는 역사였던 것은 거의 필연으로 보인다. 이것은 가장 불온한 상상력을 가동시키며 개인의 절대적 자유를 지지한다고 여겨지곤 하는 문학의 경우에도 예외일 수는 없었다. 국가이념에 올곧게 몰두한 50년대를 지나 60년대 이후 드디어 문제적 인간으로서의 근대적 개인이 문학에 등장했다고는 하지만 개인으로서의 그의 실존을 각인하고 있는 문제적 특성은 그것이 사회, 정치, 역사라는 소위 '거대한 이념의 바다'로 명백하게 수렴될 경우에만 심층적인 해석을 요구하는 것으로 평가되었다.

이제 달라진 지구/지역적 맥락에서 90년대 문학은 한국문학의 미적 근대성을 다양한 각도에서 새로 질문하고 실험하는 가능성의 공간이었다. 이에 따라 한국문학을 근대화 기획과의 연관망 하에 살피는 글들도 적지 않았는데 이중 한국문학이 근대시민국가의 건설에 대한, 그리고 건설에 대항하는 텍스트로 작동한 방식을 성장소설 양식과의 관련 속에 설명하고 있는 류보선의 글은[9] 중요한 시사점을 던진다.

한국근대소설의 기원으로 참조되고 있는 텍스트들은 모두 남성주체에 의해 쓰여진 것이며, 텍스트의 동력을 추진시키고 있는 주체들도 모두 다 남성들이다.[10] 이것이 여성문학 일반에 의미하는 것은 우선 여성문학에는 기원이 없거나, 혹은 기원을, 즉 기원의 '신화'를 이제 구성해내야 한다는 당위성일 것이다. 한 개인이 성장해 나가는 역사는 그가 몸담

---

9) 류보선, 「사생아, 자유인, 편모슬하—성년에 이르는 세가지 길」, 『문학동네』, 1999년 여름. 363~389쪽.

10) 서영채의 「한국소설과 근대성의 세 가지 파토스」, 『문학동네』, 1999년 여름 참조. 서영채는 한국소설의 근대성의 원천으로서 이광수, 염상섭 그리고 이상을 들고 있는데, 이들은 각각 계몽주의와 리얼리즘, 그리고 모더니즘, 혹은 주체의 자기보존이라는 논리에 입각한 공동체적 이상의 추구, 삶에 대한 주관주의적 진정성에 기반한 자본주의적 장인 태도로서의 냉소주의, 그리고 실천적인 냉소주의로서의 미적 주관성을 대변한다.
그러나 여기서 '여성으로서 읽고 있는' 필자에게 그 무엇보다 중요한 것은 서영채가 지적했듯이 여러 가지 측면에서 한국 근대소설의 명실상부한 기원 중의 기원이라 할 수 있는 이광수의 『무정』이 신소설이나 고전소설의 특징인 회귀의 크로노토프를 전복시키는 방식, 즉 선험적 고향으로서의 전통과 단절하는 방식이다. 『무정』을 신소설과 근대소설의 분기점이 되게 하는 "그 지점에 놓여 있는 것이, 전통적 가치의 화신 영채에게 가해진 겁간이라는 사건, 어떤 서사적 장치로도 돌이킬 수 없고 치유할 수도 없는, 죽음보다 더한 치욕인, 그래서 그 이전의 소설적 문법에서는 결코 존재할 수 없었던, 저 전대미문의 사건"이라는 것이다. 이로 인해 이제 고향은 원점이 아니라 출발점에 불과한 것이 되고, 그들에게 삶의 의미를 부여해주는 이상적인 가치세계로서의 고향은 과거가 아니라 미래에 존재하게 된다.
결단력 있고 진취적인 근대적 인간으로 매순간 거듭나기 위해 전통을 상징하는 그레트헨을 '통과해 지나가야' 했던 파우스트처럼 근대적 주체로의 과정에 있는 형식에게 필연적으로 요청되었던 것은 원형적 고향의 상징인 영채의 제거였다. 그리고 언제나 그렇듯이 한 여성이 상징적으로 소멸, 무화되기 위해서는 그녀의 육체가 '더렵혀지기만' 하면 된다. 한국 근대문학의 기원서사가 여성의 육체를 '사용하고' 있는 이러한 방식이 기원서사를 모방하고 보완하고 극복하는 이후의 모든 여타의 서사에서 다소간 무비판적으로 반복되었을 것은 당연하다. 20세기의 끝자락에서 한국 근대문학의 기원이라는 '신화'를 추적해보는 서영채의 비평문 자체가 바로 그 한 예가 되고 있지 않은가? 서영채는 한국의 미적 근대성이 발효하기 시작하던 20/30년대에 계몽주의, 리얼리즘, 모더니즘이라는 비동시적인 것들이 동시적으로 공존하는 시간의 이질혼재성에 대해서는 뛰어난 통찰력을 보여주고 있지만 그때 동시적으로 함께 있었던 여성들의 저 '다른 시간들'에 대해서는 질문하지 못하는 한계를 보여준다. 그리고 바로 이 점에서 그의 글은 90년대 활발했던 여성문학논의 일반의 특징, 그 특징에 각인된 어떤 한계를 징후적으로 보여준다.

고 있는 사회의 역사와 동질적인 구조를 지닌다. 그의 성장과정에는 역사, 전통, 이데올로기, 관습 등 그 사회를 구성하는 모든 컨텍스트들이 개입해 들어가기 때문이다. 따라서 한국 근대문학사에 나타난 성장의 과정을 유형화한다는 것은 곧 한국 근대사의 변화과정을 압축적으로, 그리고 구체적으로 읽어낸다는 것을 의미한다. 이러한 목적 하에 류보선은 한국 근대문학사에 새겨 들어간 3가지 성장유형, 그리고 지금 막 새겨지고 있는 성장유형을 추적하고 있다. 첫 번째 유형에 해당하는 『무정』(이광수)의 이형식. 그는 이전부터 이어져 내려오던 전통적인 삶의 방식을 모두 거부하고 서구라는 보편세계 혹은 문명을 영원한 모범세계, 아버지로 설정하고 그 세계의 충실한 학생, 충실한 아들이 되고자 한다. '의붓아비' 밑에서 자란 이들은 누구보다도 보편적인 내러티브의 신화를 신봉하는 존재들이었고 그래서 일체의 현실적 요소들, 즉 민족, 계급, 전근대 등의 모순들을 간파할 수 없었다. 두 번째 유형을 대변하는 것은 『광장』(최인훈)의 이명준이다.자신이 서 있는 세계를 철저하게 읽어내고 그후에 자기활동성을 모색하고자 하는 그는 결국 자신의 내면성을 조화시킬 어떠한 공동체, 어떠한 가능성도 찾아내지 못하고 현실에 대한 환멸에 빠져버리는 자유인이다. 다음으로 지적되는 유형이 '편모슬하'에서 성장한 아이들이다. 서구라는 보편세계의 모범에 따라 자신의 문명세계를 건설하고자, 혹은 세계의 자기화, 자기의 세계화를 모색하고자 집을 비운 아비들을 대신해 집을 지키며 아이들을 키웠던 한국의 어머니들, 이들의 상호모순적이고 복합적인 성격이야말로 한국 근현대사의 전형적인 상징이 된다고 류보선은 강조한다. 그들은 이념과 생활세계, 대의명분과 생의 본능적 인식이라는 두 축 사이에서 묘한 줄타기를 하며 한국의 근대를 헤쳐 나와야 했던 것이다. 이러한 어머니들을 통해 그 아이들은 자신의 내부세계와 낯선 외부세계를 어떤 미메시스적 관계 속에 위치시키는 법을 배운다.

그 다음에 언급되고 있는 것이 바로 '90년대 등장하여 한국문학에 새로운 색채를 부여하고 있는 여성작가들의 성장유형이다. 기존의 남성 성장기록이 발전이나 진보라는 개념을 통해 한국사회의 세계 내적 위치를 객관화시키면서 여성, 죽음(혹은 인간의 유한성), 자연, 비서구적인 사회의 전통과 역사 등 구체적인 현실이나 타자들을 생명력이 거세된 기호나 도구로서 만나왔다면 이제 90년대 들어서 드디어 여성들 스스로가 자신들의 성장을 기록하게 되었다는 것이다. 사실 내면성의 고유한 가치를 찾고자 하는 모험이 이미 존재하는 제도나 보편성과의 갈등 속에서 이루어진다면 사회적 규범과 이데올로기로 인해 삶의 생동성이 파괴되는 경험을 가장 많이 한 타자들 중의 하나인 여성들의 고유한 성장 기록이 그동안 한국 근대문학사에 부재했다는 것 부터가 여성들이 얼마나 철저하게 근대화 과정 속에서 도구화되고 타자화되었는가를 보여주는 여실한 증거일 것이다. 90년대 본격적으로 물꼬를 트기 시작한 여성문학이 많은 경우 성장소설의 형태를 취하는 것은 따라서 어느 정도 자명하다고 할 수 있다. 식민과 더불어 시작된 근대화 과정에서 국가의 온전한 구성원으로 호명되지 못했던 여성들은 대자적 자아로 나아가는 투쟁의 기회를 박탈당했던 것이고 이것은 근대문학사에 여성의 성장기록이 부재한 결과를 낳았다. 이제껏 늘 은유적 방식을 통해서만 국가 혹은 사회와 관계를 맺을 수 있었을 뿐인 여성들은 이제 맹목적이고 강제적인 건설의 목표, 아비 찾기의 목표가 사라진 시점에서 나름의 방식으로, 즉 여성적 방식으로 사회와, 그리고 국가와 관계 맺는 언설을 적극적으로 시도하는 것이다. 이것은 물론 국가와 그 구성원 간의 관계가 한결 느슨해진 지구/지역 시대에 더욱 가능해진 일이라는 역설이 작용하지만 한 개인이 자신을 대자적 존재로 구성하는 과정은 지금도 여전히 문제적이고 극적일 수 밖에 없다.

이와 비슷한 맥락에서 서경석 또한 90년대 여성문학의 사회정치사적 맥락으로 '아비들의 역사'를 들고 있다.[11] 일본 제국주의에 의해 강제로 해체된 유교적 가부장제는 식민지 상황 속에서 더욱 왜곡된 형태로 내재

---

11) 서경석, 「여성문학에서 한국문학으로─최근 여성문학의 문학사적 의미에 대한 단상」, 『소설과 사상』, 1996년 여름.

화된다. 그리고 위에서 살펴보았듯이 이러한 변형된 가부장제 하에서 진짜 아비 대신 그를 대신하는 왜곡된 인물들이 등장하게 된다. 한국 근/현대 소설을 통해 가족이나 공동체에 의미를 부여하고 가족 위에 존경받는 아버지는 거의 등장하지 않는다. 이로써 봉건적 가부장제의 척결 뿐 아니라 진짜 아버지도 극복해야 한다는 이중의 과제가 설정된다. 서경석은 부재한 아비에 대한 그리움이 가짜 아비보다 더 강렬하던 때가 바로 80년대였다고 지적한다. 80년대는 정치적 억압의 시대이면서 진정한 '님 혹은 아비'의 부재를 복원하려는 그러나 새로운 아비로 다시 태어나게 하려는 열정의 시대였던 것이다. 이러한 가부장적 사회질서의 복원 혹은 그 새로운 건설의 무의미함이 역사적으로 입증된, 그럼에도 왜곡된 형태의 가부장제적 질서가 그 보수적 힘을 여전히 유지하고 있는 현실, 이것이 바로 여성작가들이 적극적으로 목소리를 내기 시작한 90년대의 정황이라는 것이다.

이제 90년대, '아비'를 둘러싼 가부장제적 과제가 더 이상 한국 사회의 가장 중요한 과제일 필요가 없는 시기에 여성작가들은 일제히 자서전적 성장소설을 쓰기 시작한 것이다. 남성주체들의 성장 기록이 비어 있는, 혹은 잘못 채워져 있는 아비의 자리, 그 중심의 자리를 둘러싸고 벌어지는 드라마였다면 이제 쓰여지고 있는 여성주체들의 성장 기록은 달라진 상황에서 새로 창출되고 있는 다양한 시공간에서 다시 보이고 들리기 시작하는 다양한 타자들과 교신하는 드라마이다.

이러한 맥락에서 서경석의 『외딴방』해석은 내면성과 문체적 특성을 강조하고 70년대 여성노동자들에 관한 훌륭한 기록임을 강조하는 여타의 다른 해석보다 흥미롭다.[12] 이 소설의 대중적 성공과, 작중화자의 '착한' 심성, 작가의 시선에 깃든 정신적 안정감 등의 원인을 물으면서 그

---

12) 신경숙 문학 전반 및 신경숙의 『외딴 방』은 '신경숙 현상'이라는 말이 나올 정도로 많은 비평가들의 시선을 받았다. 우선 『외딴 방』은 페미니즘 문학이 리얼리즘 문학의 재생을 위한 한 대안으로 고려되는 상황에서 민족민중문학 진영의 적극적인 환대를 받았다. 백낙청은 (특히 시간을 중심으로 하는) 실험 형식, 노동자들의 생활, 작업 현장의 생생한 기록을 문학적 성과로 기록했고, 김명환은 글쓰기에 대한 자의식과 성찰이 사변적 차원에 머물지 않고 여성노동자들의

는 아비가 손상되지 않은 형태로 존재하는 '집'을 주목한다. 작중 화자의 시골집은 온화한 가장으로서의 아버지와 어머니가 사는 곳이며 구로공단의 '외딴 방'은 그 연장선상에 놓인다. 시골에서 '외딴 방'을 걱정하는 부모를 대신하여 오빠는 경제적인 여러 어려움을 무릅쓰고 장남으로서의 역할을 다하기 위해 헌신적으로 노력한다. 이런 의미에서 '외딴 방'은 '가부장적인 삶이 온화한 형태로 왜곡됨 없이 지배하는 곳'이다. 바로 이곳에, 긍정적이든 부정적이든 부재한 아버지와 무능하거나 추악한 아버지 밑에서 신음해온 한국 사회의 무의식에 또아리를 틀고 있는 '왜곡됨 없는 가족 이데올로기의 서사'에 대한 욕망을 실현시켜 주는 이 지점에 이 소설이 누리는 대중성이 있다는 것이다. 이런 점에서 "신경숙은 우리 근대문학에 연결되어 있는 고전적인 그러나 보수적인 작가"[13]이다. 그리고 이때 문제되는 것은 동료들, 타자들의 상처와 빈곤, 공허감이다. 김정란 역시 신경숙 문학을 두고, 90년대에 사실상 근대적 의미에서의 '개인성' 지평에 눈을 뜬 한국문학이 근대적 자의식의 구성을 의미하는 '내면성', 즉 대자적 의식의 공간을 오해해서 '사소설'에 불과한 신경

삶에 대한 기록으로 이어진 것을 강조했으며 염무웅 역시 이중적 시간구조의 특성과 함께 허무의 시대에 감각적 진실을 통해 자기 정체성 획득을 꾀하는 악전고투의 행보를 높이 평가한다. 여기에 윤지관은 근대화 과정의 압도적인 사회적 기제들에 맞서는 내성적 도덕성이라는 가치를 덧붙인다.

여성작가들의 텍스트를 읽으며 여성적 글쓰기의 고유성을 탐색하는 여성비평가들, 예컨대 황도경, 김미현 혹은 리얼리즘적 미학이론에서 출발하여 가부장적 인습 내에서의 여성의 복합적인 위치, 심리의 언어화를 강조하고 있는 강미숙, 김양선, 김연숙, 이정희 등에게도 신경숙의 글들은, 어느 정도의 유보적 태도에도 불구하고, 일관되게 여성특유의 소통갈구 방식으로, 여성경험의 언어화에 대한 뛰어난 예로 자리매김된다. 신경숙 문학에 대한 비판적 언급은 김정란, 이상경 등 극히 소수에게서만 찾아볼 수 있다.

(참조: 백낙청, 「'외딴 방'이 묻는 것과 이룬 것」, 『창작과비평』, 1997년 가을호.; 김명환, 「'외딴 방'의 문을 열기 위하여」, 『실천문학』, 1996년 봄호.; 염무웅, 「글쓰기의 정체성을 찾아서」, 『창작과 비평』, 1995년 겨울호.윤지관,「90년대 리얼리즘의 길 찾기-방현석, 신경숙, 근대성의 문제」, 『동서문학』, 1996년 여름호.; 황도경, 「'집'으로 가는글쓰기」, 『문학과 사회』 제32호, 1996.; 김미현, 「유산과 불임의 발생학-신경숙의 '깊은 슬픔'」, 『판도라 상자 속의 문학』, 민음사, 2001.; 강미숙/김양선, 「90년대 여성문학의 새로운 가능성-신경숙과 김인숙의 근작을 중심으로」, 『여성과 사회』 제5호, 1994.; 김연숙/이정희, 「여성의 자기발견의 서사, '자전적 글쓰기'-박완서, 신경숙, 김형경, 권여선을 중심으로」, 『여성과 사회』 제 8호, 1997.; 이상경, 「'말해질 수 없는 것들'을 넘어서」, 『소설과 사상』, 1997년 봄호.)

13) 서경석, 앞의 책, 328쪽.

숙의 문학을 '내성소설(內省小說)'로 격상시켰다고 말한다. "내면문학의 동의어처럼 여겨지는 신경숙의 문학은 내면적인 것이 아니라, 사적이다. 그녀의 자아는 아직 공동체로부터 유리되지 못한 전근대적 자아이다. … 그녀의 '나'는 인식적 주체, 즉 자아가 아니라, 자연인인 개인, '따로 있는 한 사람'일 뿐이다."[14]

따라서 우리가 신경숙의 문학과 더불어 여타의 '뛰어난 미학적 성과'를 보인 90년대 여성작가문학을 성찰할 때 오히려 요청해야 할 것은 여성작가들의 주요 글쓰기 전략인 자전적 글쓰기, 혹은 성장 소설의 양상이 보수적인 가족 이데올로기의 욕망에 포박됨이 없이 '가족' 개념 자체를 해방적으로 해석하고 발랄한 자유의지의 상상력 속에서 새로운 공동체적 의미를 부여하는 방향으로 나아가도록 담론의 힘을 모으는 것이리라. 그리고 이것은 흔히 반(反)가족과 동일시되어온 여성해방론의 오해를 푸는 것과도 관련이 있기에 더욱 중요하다. 실제로 여성해방론이 비판하는 것은 현사회체계에서 가족이 가족의 이상으로 간주되어 온 가치들, 예컨대 친밀함, 깊이 있는 상호관련성, 돌봄, 집단성, 개인의 자율성 등을 실현할 수 없다는 점이었다. 가족생활의 이상과 현실 사이의 간격이 바로 비판의 대상이며, 오히려 이 간격을 노출시킴으로써 가족의 이상을 실현 불가능하게 만드는 현대 사회에 대한 비판을 수행하고 더 나아가 대안적 가족형태에 대한 다양한 실험을 통해서 그 간격을 메꾸고자 하는 것이다. 또한 여성해방론은 '가족 이데올로기'가 독점하고자 하는 그러한 가치들이 가족 밖에서 이루어질 수 있음을, 그리고 이루어질 수 도록 노력해야 함을 강조한다.[15]

이렇게 볼 때 신경숙 문학을 둘러싸고 문단의 '가부장들'이 앞을 다투어 승인 의례식을 행한 것은 다분히 문제적으로 보인다. 이로써 신경숙 문학자체 뿐 아니라 여성문학 일반의 잠재적, 해방적 힘이 오히려 보수적으로, 가부장제적으로 전유되는 그 근본에 있어 비생산적인 효과가

---

14) 김정란, 앞의 책, 329쪽.
15) 미셸 바렛, 매리 매킨토시, 『가족은 반사회적인가』, 김혜경 옮김, 여성사, 1994.

발생했기 때문이다.

4. 길 위에 선 여성들: '집'과 여성문학

일반 사람들의 평균적 무의식 속에서 여성들은 '집'에 '있는', '집'에 '속한' 사람들이다. 가족의 소중함을 이야기할 때 우리는 그 가족의 물질적 심리적 둥지인 집으로서의 어머니 혹은 아내라는 여성을 전제로 한다. 특히 늘 모험을 찾아 길을 떠나는 남성들에게 집/여성은 그러한 '떠남'의 알리바이였고 용기였고 무기였다. 허다한 문학텍스트들이 증거하듯이 그들은 여성과 집, 그것이 부여하는 소모적인 일상의, 문명의 부담을 벗어버리기 위해, 그리고 원하기만 하면 언제나 되돌아올 수 있기에 집/여성에게서 '도망친다'. 그렇다면 늘 그곳에 있다고 가정되는 여성들은 집과 어떤 관계를 맺고 있는가.

> "이제는 집이라는 형태를 띤 그리움을 갖고 싶지 않다. 내게 있어 모든 집들은 하나같이 거대한 그리움이거나 영원한 망설임이었다. 세상의 집들이 내게 드러내 보이던 배타성 앞에서 절망했던 어린 시절부터 왜 사람들은 저마다 집을 가지고 사는가를 되새겨 묻던 사춘기를 지나, 방 하나를 마련하기 위해 복덕방을 뒤지고 다닐 때, 복덕방 간판만 보아도 콧날이 시큰해 오던 이십 대까지 집은 내게 불가항력의 어려움이었다. 모든 집들이 내게 박탈감을 안겨주며 등을 돌린다는 삭연함과는 달리 나는 또 세상의 모든 집들이 일제히 입을 열고 나를 삼킬것 같은 공포도 함께 느꼈다. 그렇다. 그것은 공포였다."[16]

이렇듯 스스로 몸 하나로써 자신의 '집'을 삼아야 했던 여성의 삶의 내력을 담고 있는 것은 김형경의 「민달팽이」 혹은 『세월』만은 아니다.

---

16) 김형경, 「민달팽이」, 『단종은 키가 작다』, 고려원, 1991.

오히려 우리는 여성들의 실존적 정황 그 자체를 집과 길 '사이'의 변증법 속에서 읽어야 할 것이다. 여성들은 남성들에 의해 끊임없이, 실제의 차원에서나 은유의 차원에서나, 집으로 간주되어 왔다. 그러나 여성은 집 안에 있으면서도 길 위에 있고, 길 위에 있으면서도 집 안에 있다. 집이 무엇인가를 탄생하게 하고, 감싸안고 보호하고 성장하게 하는 공간이라면, 살림의 공간이라면 여성들은 스스로가 집이 아닌가. 그들은 이미 자신의 육체로서 집이고 그 육체의 일부를 떼어내어 타자에게 내어 주었기에 이미 자신의 육체로서 길 위에 있다. 또한 여성들은 동서고금을 막론하고 남성들의 떠남과 돌아옴의 변증법을 지켜주는 붙박이 장소, 집으로 활용되면서 (신체적으로나 생활면에서나 재현의 은유 차원에서나) 바로 그 사용의 현장 안에서 끊임없이 '길 위에 선 존재'가 되지 않을 수밖에 없었던 것 아닌가. 아무런 보호도 받지 않는, 철저한 소외의 실존으로. 그러나 이보다 더 적극적인 방식으로 여성들은 '길 위에 서' 있기도 한다. 오정희의 여주인공들이 보여주듯이, 그리고 '의부의 딸'로서의 존재의식을 강조하는 전경린의[17] '염소 모든 여자' 혹은 '늑대 여인'이 보여주듯이 여성들은 자신을 집으로 만들며, 자신을 집에 가두는 가부장제적 가족 이데올로기와 외부환경의 강제에 저항해 늘, 홀연히 집을 떠난다, 집에 있는 중에도 '길 위에' 있다. 여성들이 집과 맺는 관계는 훨씬 더 다중적이고 복합적이며 분열적이라는 것이다. 가정은 젠더 이데올로기가 현실적으로 매번 실행되고 대를 물려 전수되는 긴요한 공간이라는 것 역시 그 한 중요한 이유가 될 것이다.

김경수는 80년대에 등단한 여성작가들의 소설을 '집'과의 관련망 하에서 읽고 있는데 그의 독법에 따르면 이들 여성작가들의 집 이야기가 내보이는 공통적인 징후는 전통적으로 성장기 여성의 모태였던 집이 이

---

17) "이 사회의 지배 구조는 친딸에게조차 불공정하고 억압적이고 기만적이고 차별적이며 편의 위주이다. 그러므로 딸의 생에 대한 진정한 자각이 없는 세상의 모든 아버지는 양부이며 그들의 양육은 양부의 양육이고, 그들의 교훈은 양부의 교훈인 것이다. 말하자면, 우울하게도 우리는 대부분 양부의 딸이다."(전경린, 『난 유리로 만든 배를 타고 낯선 바다를 떠도네』, 생각의 나무, 2001.)

들의 성장의 세월 속에서는 더 이상 안주할 공간이 못 되어주었다는 것이다.[18] 김형경과 이혜경의 '집' 이야기를 일종의 사회학적 관점에서 세대적 정체성의 범주로 설명하는 것은 어느 정도 정당성을 확보한다고 하더라도 그 근본에 있어 여성이 어떤 지점에서 발화하고 있는가를 고려할 때 그 본질을 놓칠 수 있다. 김경수는 이들의 소설이, 전통적으로 개별화와 사회화가 이루어지는 기초적인 장이었던 집이 근대 산업화 과정에서 겪은 엄청난 변화를 나타내는 한편 그러한 공동(空洞) 속에서 개별화 완성의 의무가 집을 박탈당한 존재들에게 전이되었음을 나타낸다고 해석한다. 이로써 그녀들의 집 이야기는 "집 없이 살아온 세대의 자기 한풀이, 일종의 자기 위기 넘기기의 중대한 과정"[19]으로 축소 해석된다. 여성 그리고 여성문학이 '집'과 남다른 관계를 맺고 있다는 것은 사실이다. 그러나 그 남다른 관계는 지속적으로 오해되어 왔다. 이제 상이한 형태로 나타나는 여성작가들의 글쓰기를 통해 이러한 오해는 점차 심층적인, 광범위한 담론의 장에서 다양하게 논의되어야 할 것이다.

5. 리얼리즘과 여성문학

90년대 여성문학을 논하는 과정에서 가장 빈번히 등장한 명명어들은 '사소설', 사인성, 사인화, '풍속소설/통속소설', '재현기법에서의 객관성 결여', '리얼리즘', '모성', '여성성' 등이다. 이중에서 여성의 경험 세계 및 여성 글쓰기의 특성과 관련되어서 언급된 '모성'과 '여성성'을 빼고 볼 때[20] 나머지 다른 개념어들은 다소간의 차이가 있지만 모두 리

---

18) 김경수, 「성적 정체성의 자각에서 젠더 이데올로기로—'8, 90년대의 여성소설의 양상」, 『소설과 사상』, 1996년 여름, 340~355쪽.
19) 김경수, 앞의 책, 345쪽.

얼리즘을 소설이론의 전범으로 파악하는 전제에서 파생된 것들이다. 일례로 리얼리즘과의 관련 속에서 여성문학을 판단하고 있는 다음과 같은 글을 보자.

> "근년의 여성작가들의 높은 인지도와 대중성은 당면한 문제를 해결하려는 리얼리즘 문학이 완성단계에 이르기 전에 진공상태를 맞았고, 그 여파로 문학의 주류가 무겁지 않은 주제를 찾는 대중들의 기호와 상업주의의 상호 상승작용에 힘입고 있다는 분석이 타당하지 않을까요?"[21]

이러한 평가를 앞에 두고 우리는 차라리 이렇게 질문해 볼 수 있을 것이다. 여성작가들이 그렇게 남성작가들의 글쓰기를, 그것도 리얼리즘적 글쓰기를 답습하여야 하는가? 라고. 루카치가 말했듯이 소설이 '모험의 서사'로서 특히 '성숙된 남성이 되기 위한 형식'이라면, 그렇듯 젠더화된 글쓰기 양식이라면 여성들의 글쓰기는 '소설'을 정의내리고 설명해오던 기존의 언어에 적극적인 수정과 지평의 확장을 요구할 것이기 때문이다. 특정 방식으로 이해된 서술 양식을 표준 양식으로 정해놓고 여성들의 텍스트를 재단, 평가할 경우 그 텍스트와의 자유롭고 창조적인 만남은 실현되기 힘들 것이고, 또한 '문학 자체'를 두고 보더라도 그것의 변신 가능성을 상당 부분 빼앗는 결과를 가져올 뿐이다.[22]

90년대에도 계속 비평적 위력을 발휘했던 이러한 리얼리즘적 평가기준의 실체를 알아보기 위해 이제 루카치의 소설이론을 좀 더 자세히 들

---

20) 본 글은 여성문학의 기간을 이루는 주요 경험 영역인 모성, 여성성 등을 중심으로 90년대 여성문학을 읽은 비평담론에 대한 분석은, 학회지에 실리는 논문이 지켜야 하는 글의 분량 때문에, 아쉽게도 다루지 못하고 있다. 모성, 여성성, 섹슈얼리티에 대한 논의는 여성문학 담론에서 매우 중요한 위치를 가진다. 따라서 이에 대한 논의는 언젠가 기회가 닿으면 꼭 실행해야 할 과제로 남겨질 수 밖에 없다.

21) 세계일보 문화부 기자 조용호, 중앙일보 문화부 차장 이경철, 한겨레 문화부 기자 좌담, 「우리문학의 현장④-90년대 문학의 위상」, 『현대문학』, 1996년 겨울호.

22) 황종연은 '여성작가들의 소설은메타서사의 권위 때문이었든, 리얼리즘의 압력 때문이었든 간에 종전의 한국문학이 제대로 표현하지 못한 많은 경험들에 새로운 출구를 열어주고 있다'고 말함으로써 한국 문학계에서 강요된 리얼리즘이 특정 경험들의 언어화를 폐쇄시켜 왔음을 암시한다. (황종연, 「여성소설과 전설의 우물」, 『문학동네』, 1995년 가을, 41~61쪽.)

여다 보자. 제1차 세계대전과 더불어 근대의 기획이 이미 예정된 선로를 벗어나 가지말아야 할 길을 가고 있음을 목격하며 쓴 루카치의 『소설의 이론』(1916)은 소설의 본질을 사회사적, 역사철학적 맥락에서 규정하려는 시도 하에 쓰여졌다. 이 글의 핵심을 이루고 있는 것은, 소설의 주인공인 근대적 개인이 '선험적으로 집이 없는 거리의 방랑자' 라는 인식이다. 루카치는 소설의 이러한 근대적 특성을 부각시키기 위해 소설의 대척점을 고대 그리스의 서사시에서 찾는다. 고대 그리스는 형이상학적으로 완결된, 우연의 지배를 받지 않는 세계, 존재의 총체성와 삶의 의미가 이미 주어져 있는 세계이다. 소설은 따라서 선험적으로 집이 없는 사람인 '문제적' 개인이 바로 그러한 총체성의 세계를 그리워하며 찾아 나서는 탐색의 이야기이다.[23] 여기서 그의 '문제적' 특성은 바로 그 '선험성', 그가 거리의 방랑자로 헤매는 것이 그의 경험과는 무관한 역사철학적 조건이라는 데에 있다. 소설의 주인공, 문제적 개인이 총체성의 부재에 대한 인식을 끝까지 밀어 부침으로써 획득하게 되는 총체성은 자신의 선험적 존재형식에 대한 투명한 인식과 동의어이다. 추후적으로 획득된 총체성, 골드만이 수미일관된 의미구조라고 일컬은 이 총체성은 의미 없는 삶에 대해 투철한 삶의 의지로 대응하는 성숙한 남성의 세계라는 것이다. 결국 단순화시켜 말하자면 '성숙된 남성형식' 으로서의 소설은 집을 잃은 한 남성주체가 집을 (되)찾는 과정의 이야기이다.[24] 호머의 서사시가 소설의 대척점으로 채택된 것을 염두에 둘 때 루카치가 근대적 개인의 '집찾기', '집으로 돌아가기' 과정을 성숙한 남성의 세계로 명명한 것은 지극히 '자연스러워' 보인다. 호머의 서사시에서 집을 떠나는, (그래서 돌아와야 하는 당위성을 지닌) 사람은 오디세우스이고 집에서 기다

---

23) Georg Lukács, Die Theorie des Romans. Ein geschichtsphilosophischer Versuch über die Formen der großen Epik, Sonderausgabe der Samml. Luchterhand, Darmstadt/Neuwied[11], 1987. S. 24~51.
24) 탈식민 논의가 나름대로 '성숙' 한 지금의 시각에서 되돌아보면 루카치의 소설이론이 강조하는 '탐색' 은 서구의 제국주의적 '탐험' 과 '정복' 을 연상시키고, 그가 포기할 수 없었던 서사문학 시대의 총체성에 대한 '갈망' 은 '영원히 여성적인 것' 을 존재의 원형, 집의 원형으로 여기는 '복고주의 혹은 회고주의' 를 닮아 있다.

리는, 아예 집 '인' 사람은 페넬노페 아니던가. 여성을 언제나 집에 붙박혀 있는 존재, 혹은 움직이지 않고 변화하지 않은 채 거기 늘 있는 집으로 은유화하고 남성을 언제나 집을 떠나 세상을 '탐색'하고 경험한 다음 다시 집으로 돌아오는 존재로 설정하는 유구한 전통 속에 루카치의 소설 이론은 자리잡고 있다.

따라서 지금의 시점에서 루카치의 소설 이론을 '거리를 두고' 되돌아 볼 때 우리는 다음과 같은 다양한 측면을 동시에 고려해야 한다. 우선 어차피 더 이상 총체적 세계관이 불가능해진 역사적 상황에서 총체성에 대한 갈망을 일종의 윤리적 당위성으로 설정해 놓고 그에 따라 여타의 다른 판단을 연역하는 것은 실제 정치학의 측면에서 볼 때 폭력적 기제로 손쉽게 변조될 수 있다. 자신의 이론을 육체로 보여주는 텍스트를 찾으려 했을 때 루카치가 기댈 수 있는 작가는 괴테와 토마스 만 뿐이었다. 그리고 최근의 연구가 밝혀냈듯이 괴테는 바이마르 공화국의 관료직을 충실하게 수행하기 위해 '다르게 생각하는' 많은 사람들의 이름으로 블랙 리스트를 채웠고, 토마스 만은 나치 정부가 들어섰을 때 그야말로 '비시대적인 고찰'의 유혹에 넘어갔다. 그와 더불어 루카치의 소설이론이 내세우고 있는 척도로 측정되었을 때 카프카나 베케트 등의 텍스트는 천거할 만한 소설이 되지 못한다. 그러나 그들의 텍스트가 누린 '사후의 삶'은 루카치의 판단이 옳지 않았음을 여실히 증명해 보였다.[25]

그리고 루카치의 소설 이론은 여성도 세상을 알기 위해, 모험과 탐색을 위해 집을 떠날 수 있다는 것, 다시 말해 여성도 '문제적 인간'이라는 것을 의식적, 무의식적으로 배제하고 있다. 그런데 여성작가들의 소설을

---

25) 카프카의 소설에서 우리는 그 어떤 '탐색'도 발견하지 못하는가? 아니, 오히려 '탐색'의 외연이 예기치 못한 크기로 넓어짐을 경험하지 않는가? 물론 의미의 총체성을 향해 '성숙된 자아'로 '성장' 해가는 문제적 주인공을 카프카 텍스트는 알지 못한다. 오히려 이름을 붙일 수 없는 이상한 동물들이 여기 저기 서식하고 있을 뿐이다. 그로써 오히려 '자아-성숙'의 패러다임을 '다른 무엇 되기'의 패러다임으로 바꾸는 일을 하고있다. 카프카의 동물 이야기들에 힘입고 있는 들뢰즈/가타리의 '되기-철학'을 빌려 이야기하자면 문제적 특성을 총체적 완결성으로 고양, 통합시켜야 하는 루카치식 소설에서 '되기'는 불가능하고, 가능하더라도 너무나 느린 속도의 '되기'만 가능할 뿐이다.

제대로 이해하기 위해 루카치의 소설 개념을 무비판적으로 계속 차용한
다는 것은 얼마나 모순되는가? 루카치의 소설이론에 비추어 볼 때 여성
작가들의 '소설'이 대단히 '소설답지 않을' 것임은 처음부터 어느 정도
전제되어 있지 않은가? 고대의 글쓰기 형식에서 근대의 글쓰기 형식에
대한 어떤 근거를 찾고 있는 그의 이론은 그야말로 지역적, 민속지적 특
성에 기대고 있는, 보편이 아닌 특수의 이론일 수 밖에 없고 따라서 이곳
의 소설을 설명하는데 충분히 적합한 전범이 될 수 없다. 한국에서 근대
화 과정과 더불어 쓰여진 소설은 어느 정도 서구에서 쓰여진 소설과 유
사한 구조를 가질 수도 있을 것이며, 따라서 그곳에서의 소설이론으로
이곳에서의 소설을 설명할 수도 있을 것이다. 그러나 그곳에서의 소설이
론이, 그곳이 아직 '세계'가 아닌 개별적인 '지역'으로 있을 때의 글쓰
기 양식을 중요한 참조로 하고 있다면 그 소설이론은 이곳 한국에서의
소설이론으로 온전히 맞아 떨어질 수는 없다. 예컨대 한국문학은 '바리
데기' 신화와 같이 여성을 '길 위에 있는 존재'로 묘사하는 고대 글쓰기
형식을 알고 있지 않은가. 바리데기 신화에서 집을 떠나 다종다기한 모
험을 하면서 집과는 다른 세계를 경험하는 사람은 바로 여성이다. 남성
작가들과는 달리 여성작가들은 호머에서 빌헬름 마이스터로 이어지는
'남성 형식'의 텍스트가 아니라 '바리데기' 같은 '여성 형식'의 텍스트
에서 글쓰기의 전범을 찾을 수도 있을 것이다.[26] 이로써 오히려 '여성문
학'을 통해 '문학'의 개념 자체를 '개념의 역사'라는 관점에서 다시 사
유하고, 필요하다면 해체하면서 다른 이름을 붙이는 계기로 삼을 수도
있는 것이다.[27]

---

26) 강은교, 김혜순, 송경아 등 실제로 많은 여성작가, 시인들은 '바리데기'를 기억하며, '바리데
기'를 불러내며 자신들의 글쓰기를 전개하고 있다. 그들의 글쓰기가 서로 상이한 개성적 세계
를 보여준다고 해도 그들의 글은 '바리데기' 고대 언설 행위와의 관계 속에서 설명될 때 '여성
문학'으로 명명될 수 있는 어떤 동질적인 양상들을 보인다. 바리데기와 여성의 글쓰기에 대해
서는 김혜순의 『여성이 글을 쓴다는 것은-연인, 환자, 시인, 그리고 너』(문학동네, 2002)를 참
조할 것.
27) 소설을 논하면서 루카치 만을 전범으로 삼는 것은 논의의 폭을 처음부터 상당히 제한하게 된
다. 예를 들어 루카치의 동시대인인 벤야민은 소설의 대척점을 고대 서사시가 아닌 전근대의
'이야기'에서 찾음으로써 소설을 읽는 또 다른 유용한 시각을 제공한다. 루카치와 마찬가지로

예를 들어 90년대의 일반적 현상 중 하나로 '사인성'의 범주를 채택해, 신경숙, 김형경, 공선옥, 이혜경 등의 소설에 나타난 자전적 체험을 분석하고 있는 박혜경의 글을 살펴보자.[28] 이들의 텍스트는 역사적, 정치적 가치 상실의 폐허 속, 그 무의미하고 혼란스러운 일상의 삶 속에서 내면의 균열을 겪고 있는 개인의 자기 정체성 탐구이며 내향적, 자기 응축적 경향을 띠는 것으로 나타난다. 여기서 박혜경은 내용 중심적인 리얼리즘 문학의 잣대로는 포착할 수 없었던 인간의 미세하고도 내밀한 삶의 결과 무늬를 포착하는 공간, 타자들의 세계에서 단절된, 그 타자들과의 관계에서 상처받은 개인이 거처할 최소한의 실존적 공간을 강조하면서 그러한 실존적 공간을 사인화(私人化)된 공간으로 파악한다. 이때 사인화된 세계는 여성을 사적 공간에, 남성을 공적 공간에 배치시킴으로써 국가 이데올로기를 곤고히 하고 자본주의의 융성을 꽤했던 근대의 이분법적 공간 구분에서 말하고 있는 그런 사적 공간으로 이해하기 보다는 (벤야민의 소설이론이 말하고 있듯이) 총체성과 삶의 지혜가 사라져버린

벤야민은 제 1차 세계대전을 계기로 근대에 대해, 그리고 근대의 재현형식인 소설에 대해 역사철학적 사유를 하게 된다. 벤야민은 전근대의 수공업적, 농경적 사회 및 문화 환경 속에서 수행되던 '이야기'의 전통, 즉 지혜로운 삶의 지침을 전수함으로써 삶의 실질적인 안내자 역할을 하던 서사 전통이 이제 돌이킬 수 없게 끊어져버 렸다는 사실에서 소설의 기원을 찾는다. 사람들은 광장에 모여 서로의 경험을 주고받으며 도도하게 흐르는 의미의 은하수에 참여하는 대신 각자 '외딴 방'에 웅크리고 앉아 자신의 경험에 들러붙어있는 죽음의 그림자와 고독한 투쟁을 벌여야 한다. 예컨대 전쟁터에서 돌아온 사람의 체험이 '삶에 길잡이가 되는' 이야기가 될 수 있겠는가? 그 자신에게도 경험이 될 수 없는, 이제까지의 모든 경험에 모순되는, 악마적인 죽음의 심연으로 계속 끌어당길 뿐인 그것이? 다른 사람에게 들려줄 그 어떤 삶의 지혜도 알지 못하게 된 근대적 개인은 이제 모든 중요한 존재의 질문들을 사적 안건의 관점에서 관찰하게 된 것이다. 그리하여 이제 "'사적인 것'이 우리의 전 실존 영역에서 뻔뻔스러울 정도로 넓게 확장되는 것보다 더 근본적으로 이야기의 정신을 말살하는 것은 없다."(Walter Benjamin, Gesammelte Schriften, unter Mitwirkung von Theodor W. Adorno und Gershom Scholem, hrsg. v. Rolf Tiedemann und Hermann Schweppenhäuser, Frankfurt am Main, 1972. hier Bd.II.3, S. 1282.) 벤야민의 소설이론은 주인공의 총체성 찾기 여정이 성공적으로 끝날 것을 믿지 않는다. 카프카의 두더지처럼 끊임없이 의미를 찾아 파헤치는 소설가는 그 탐색이 헛되다는 것을 너무나 잘 알고 있는 멜랑콜리커로 그 모습을 나타낸다. 따라서 이제 그가 할 수 있는 일은 의미의 총체성이라는 가상을 깨고 극단적이고 이질적인 파편들로 새로운 구성물을 만들어 내는 것이다. 그러니까 벤야민의 '이야기 이후의 텍스트 이론'에서 만일 성숙해 가는 것이 있다면 그것은 '의미와 죽음'이다. 몰락이 치명적인 만큼, 죽음이 살아있는 만큼, 그만큼 의미도 커진다.

28) 박혜경, 「사인화(私人化)된 세계 속에서 여성의 자기 정체성 찾기」, 『문학동네』, 1995년 가을, 20~40쪽.

세계에서 홀로 된 소설의 주인공이 웅크리고 앉아 자신의 내면을 응시하는 '외딴 방'으로 이해해야 할 것이다.

그렇지 않을 경우 "남성성의 세계를 힘의 논리를 바탕으로 제도화된 관습과 규율등에 의해 지배되는 상징계적인 타자성의 세계라고 할 수 있다면, 여성성의 공간은 그와 같은 남성적 규율과 질서가 지배하는 억압적인 타자성의 세계 밖의 상상계적 공간, 다시 말해 인간의 삶을, 제도화된 억압적인 관계가 아닌, 충일하고 조화로운 원초성의 관계로 감싸안는 제도권 너머의 둥그런 모성적 원의 공간"으로 한정짓게 된다.[29] 여성성의 세계를 상징계 '밖의' 상상계로 설정하는 것은 언어적 주체로서의 여성의 위치를 위태롭게 만들 뿐 아니라 여성을 바로 그런 식으로 명명하고 은유화함으로써 손상된 자아의 불구성을 극복하고자 했던 남성주체의 여성성 전유를 그대로 반복하게 된다. 여성을 늘 역사의 역동적이고 변화무쌍한 과정 '밖'의 움직이지 않은 고요한 점으로 설정해 놓음으로써 그 역사의 나르시즘적 거울로 삼아왔던, 그리고 그 역사의 행보가 몹시 흔들릴 때 치유와 수정의 보완책으로 채택함으로써 자신의 자아에 뚫린 구멍을 메꾸고자 했던 남성주체들의 이야기가 이로써 반복되는 것이다. 여성들이 쓴 텍스트를 읽으며 그러나 우리가 확인할 수 있는 것은 오히려, 여성은 언어의 규범을 습득하고, 그것의 폭력성까지를 포함한 허구적 유희에 가담하면서, 그러나 상상계의 기억을 함께 짜 넣으면서 상징계 안에서 상징계를 교란시킨다는 사실이다. 이것을 얼마만큼 '여성문학 담론'으로 확장시킬 수 있는가, 이제 문제는 바로 여기서 새로 시작되는지도 모른다. 모든 중요한 것은 매번 새로 시작되듯이.

---

29) 박혜경, 앞의 책, 37쪽.

8. 나가는 말

김미현은 90년대 펼쳐진 여성문학의 '잔치'를 문학의 열악한 상황이 여성의 열악한 조건과 가장 화해롭게 조우한 시대의 소산물로 본다. 그래서 "현재의 여성문학은 자신에게 걸려 있는 마술을 풀거나 필요 이상으로 과대포장된 거품을 빼야 할 과제를 안고 있다. 어떤 특수한 영역을 여성들만의 영역으로 절대화시키면서 더욱 그 활동 공간을 좁게 만들거나 여성문학에 대한 주목을 통해 더욱 효과적인 여성 배제의 장치를 마련하는 것을 경계해야 하기 때문이다."[30]

김미현의 이러한 지적은 특히 문학의 상업화 현상을 고려할 때 새겨들어야 할 말이다. 그러나 한국문학은 문학의 위기설이 난무한 바로 그 시기에[31] 여성문학을 통해 깊어지고 풍부해지고 있으며, '문학이란 과연 무엇인가'에 대한 성찰을 새로운 각도에서 할 수 있는 좋은 계기를 부여받고 있다. 여성작가들의 텍스트를 어떻게 독해할 것인가? '여성문학'을 어떻게 이해할 것인가? – 다양한 해석학적 실천이 나름대로의 해답을 제시해 왔지만 그럼에도 불구하고 이 질문은 이중적인 의미에서 아직도 진행 중에 있다. 이것은 여성을 그 중심에 두고 있는 보다 폭넓은 문제틀 자체의 형성과정, 담론의 전개양상들과 함께 숙고해야 할 문제이기 때문이다. '여성문학'이라는 개념은 특정한 역사적 상황에서 생겨난 것으로서 그것 자체로서 자명성을 지닌다기보다는 문학사에서 제한되어 왔다는, 그리고 지금도 제한되어 있다는 조건 아래에서 쓰여진다. 따라

---

30) 김미현, 「이브, 잔치는 끝났다–젠더 혹은 음모」, 『문학동네』, 1999년 봄호.
31) 전지구적 차원으로 확산되고 있는 소비자본문화시대에 문화 및 예술의 지도가 영상매체를 중심으로 급격히 새로 그려지고 있던 90년대 문학의 장에서는 '문학의 위기', '문학의 죽음', '문학이란 무엇인가'에 대한 논의가 진지하게 이루어질 수 밖에 없었다. 이에 대해서는 황광수, 박혜경, 장은수의 토론 「1990년대 비평의 성격과 과제」, 『내일을 여는작가』, 1999, 한울; 「혼돈의 시대, 90년대 소설의 진정성–90년대 비평가가 본 90년대 소설가」, 『한국문학평론』, 1998년 겨울호 참조.

서 이 개념은 개념 자체의 극복을, 즉 그것이 불필요해지는 유토피아적 상태를 목표로 한다. 그러한 유토피아적 전망이 진정성의 영역에서 논의될 만큼의 문화적 성숙이 마련되지 않는 한 '여성문학'을 단순히 '문학 일반'을 향해 가고 있는 어떤 도상의 것으로, 혹은 문학의 하위장르로 보는 견해는 논란의 여지가 있을 수 밖에 없다. 여성문학은 아직도 충분히 자유롭지 못한, 평등하지 못한, 행복하지 못한 한 사회내의 결핍과 모순을 가리키는, 보편적 인격의 통일체라는 도그마 아래 균질성과 동일성을 가장하고 강요하는 사회 내에서의 타자의 자리이기 때문이다. 그래서 우리는 이렇게도 말해 볼 수 있을 것이다. '잔치는, 축체는 매번 새롭게 열릴 것이다' 라고.

주제어 : 여성문학, 여성경험, 리얼리즘, 성장소설

◆ 참고문헌

김정란, 「90년대 문학의 가능성-새로운 진정한 언어의 도래를 꿈꾸며」, 『동서문
　　　학』, 1999년 여름호.
김혜순, 『여성이 글을 쓴다는 것은-연인, 환자, 시인, 그리고 너』, 문학동네, 2002.
황종연 외, 『90년대 문학 어떻게 볼 것인가』, 민음사, 1999.
황도경, 『우리 시대의 여성작가』, 문학과지성사, 1999.
김미현, 『판도라 상자 속의 문학』, 민음사, 2001.
백낙청, 「'외딴 방'이 묻는 것과 이룬 것」, 『창작과 비평』, 1997년 가을호.
김명환, 「'외딴 방'의 문을 열기 위하여」, 『실천문학』, 1996년 봄호.
염무웅, 「글쓰기의 정체성을 찾아서」, 『창작과 비평』, 1995년 겨울호.
윤지관, 「90년대 리얼리즘의 길 찾기-방현석, 신경숙, 근대성의 문제」, 『동서문
　　　학』, 1996년 여름호.
황도경, 「'집'으로 가는 글쓰기」, 『문학과 사회』 제32호, 1996.
강미숙/김양선, 「90년대 여성문학의 새로운 가능성-신경숙과 김인숙의 근작을 중
　　　심으로」, 『여성과 사회』 제5호, 1994.
김연숙/이정희, 「여성의 자기발견의 서사, '자전적 글쓰기'-박완서, 신경숙, 김형
　　　경, 권여선을 중심으로」, 『여성과 사회』 제 8호, 1997.
이상경, 「'말해질 수 없는 것들'을 넘어서」, 『소설과 사상』, 1997년 봄호.
서경석, 「여성문학에서 한국문학으로-최근 여성문학의 문학사적 의미에 대한 단
　　　상」, 『소설과 사상』, 1996년 여름호.
류보선, 「사생아, 자유인, 편모슬하-성년에 이르는 세 가지 길」, 『문학동네』, 1999
　　　년 여름호.
김경수, 「성적 정체성의 자각에서 젠더 이데올로기로-'8, 90년대의 여성소설의 양
　　　상」, 『소설과사상』, 1996년 여름호.
김성례, 「여성의 자기 진술의 양식과 문체의 발견을 위하여」, 『여자로 말하기, 몸으
　　　로 글쓰기』, [또 하나의 문화] 제9호, 도서출판 또하나의 문화, 1992.
박혜경, 「사인화(私人化)된 세계 속에서 여성의 자기 정체성 찾기」, 『문학동네』,
　　　1995년 가을호.

118

황종연, 「여성소설과 전설의 우물」, 『문학동네』, 1995년 가을호.
우찬제, 「타나토스/에로스/에코스-90년대 여성소설의 징후읽기」, 『문학동네』, 1995년 가을호.
황광수, 박혜경, 장은수의 토론 「1990년대 비평의 성격과 과제」, 『내일을 여는 작가』, 1999, 한울.
「혼돈의 시대, 90년대 소설의 진정성-90년대 비평가가 본 90년대 소설가」, 『한국문학평론』, 1998년 겨울호.
21세기 문학이란 무엇인가-2000년을 여는 젊은 작가 포럼, 민음사, 2001.
질 들뢰즈/펠릭스 가타리, 김재인 옮김, 『천 개의 고원』, 새물결, 2001.
아네트 콜로드니, 「페미니스트 문학비평의 몇 가지 방향들」, 김열규 외 공역, 『페미니즘과 문학』, 문예출판사, 1988, 57~61쪽.
오카노 야요, 「경계의 문제와 페미니스트 정치학」, 한국여성연구원 편, 『동아시아의 근대성과 성의 정치학』, 푸른사상, 2002, 23~44쪽.
정정희, 『1990년대 여성작가 소설에 대한 비평담론 연구』, 이화여자대학교 대학원 1999년도 석사학위 청구논문.
이안나, 『90년대 한국 페미니스트 비평 연구-여성소설에 대한 비평을 중심으로』, 계명대학교 여성학대학원 1999년도 석사학위 청구논문.
미셸 바렛/매리 매킨토시, 『가족은 반사회적인가』, 김혜경 옮김, 여성사, 1994.
Rita Felski, Why Feminism doesn't Need an Aesthetics(and Why It can't Ignore Aesthetics), Peggy Zeglin Brand, Carolyn Korsmeyer(eds.) *Feminism and Tradition in Aesthetics*, The Pennsylvania State University Press, 1995.
Georg Lukács, *Die Theorie des Romans. Ein geschichtsphilosophischer Versuch über die Formen der großen Epik*, Sonderausgabe der Samml. Luchterhand, Darmstadt/Neuwied[11], 1987.
Walter Benjamin, *Gesammelte Schriften*, unter Mitwirkung von Theodor W. Adorno und Gershom Scholem, hrsg. v. Rolf Tiedemann und Hermann Schweppenhäuser. Frankfurt am Main, 1972, hier Bd. II.3.
Jonathan Culler, *Dekonstruktion-Derrida und die poststrukturalistische Literaturtheorie*, aus dem Amerikanischen von Manfred Momberger, Reinbek bei Hamburg, 1988.

◆ SUMMARY

A critical reading of the critique discourse on novel written by women in the 1990s

Kim, Young-Ok

One of the most notable phenomenas in space of the Korean literature in the 1990 is the emergence of women writers. This study aims at reflecting on the discourse of women's writings, from the viewpoint of a feminist critics. It moves, namely, in the space of in-between: on the one hand it deals with the concept of 'women', through out the women's movement, femininity and women's experience. And on the other hand it concerns the category of 'literature', distinguished from the other cognitive systems by developing its own system of language, since the advent of modern ages. In doing so this paper stresses that 'women's experiences' the feminist criticism premises are splitted and double-structured at the same time. Although we cannot give up the context, 'experience', the feminist criticism uses, which was already done but needed to be made, the experiences should not be simplified but should be constituted now.

On this aspect, this study reconstitutes the critique discourse referred most often to the women's novels of the 1990s. They are the relations between realism and women's novels; the symbolic position of women's literature in the political, social, and cultural context of the 1990s; the correlationbetween the meaning of Bildungsroman in the Korean modern literature and the Bildungs-roman written by women in the 1990s; the relation between the 'home', 'family', 'motherhood' and the women's literature.

It must be limitative to evaluate women's literature only through Lukcstic realism which defines novels as the text of a mature, 'masculine style' without considering other modern novel theory based on Walter Benjamin and such. If then, we cannot approach properly the 'subject' or 'identity' women's literature describes and calls into question. The Bildungsroman of Korean modern literature has the important meaning, i.e., the narrative about the origin of individuals as well as of State, like all of the modern literatures in modern nation-states.

No wonder women who have been excluded from the such narratives begin to write their own narrative about their origin. Home, family, and motherhood considered as women's principal spheres are also described in women's novels of the '90s in different ways. However women belong neither clearly nor simply to the home, family, and motherhood as most of the critical analyses shows. On the contrary, we would rather take into account that the strategies of women in their own existence both staying at home and always leaving home, wandering along the streets.

특 집 2

이태준 연구

몰락하는 신생(新生): '만주'의 꿈과『농군』의 오독(誤讀)

김 철*

1.

일제의 식민지 수탈 정책에 의해 농토를 잃은 농민이 압록강 너머의 '만주'[1] 일대를 유랑하며 온갖 간난신고를 겪었던 역사적 사실은 현대의 한국인들에게는 하나의 상식이 되어 왔다. 최서해의 소설을 기점으로, 생존의 벼랑에 몰린 간도 유랑민의 처절한 삶의 기록이 한국 근대 소설의 주요한 계열을 이루어 왔음도 새삼스러운 것이 아니다.

이태준의 단편 소설 「농군」(1939. 7. 『문장』)이 그러한 상식을 딛고 서

* 연세대.

[1] '만주'라는 지명은 일본 제국주의에 의해 호명된 것이므로, 중국 현지에서 사용하던 '동북삼성(東北三省)'이라는 명칭을 사용하는 것이 타당하다는 지적이 있고, 대부분의 비판적 연구서는 이 견해를 따르고 있기도 하다. 그러나 '동북삼성'이라는 명칭 또한 한(漢)족 중심의 중국 국가 권력에 의해 사용된 호칭이라는 점에서 본다면, 소수 민족으로서의 '만주족'의 자기 정체성의 회복이라는 차원에서의 '만주'라는 명칭은 그 나름의 의미를 지니는 것이기도 하다. '만주(滿洲)'라는 지명은 청의 태조 '누루하치(弩爾哈赤)'에 대한 존칭 '만치우(滿住)'에서 왔다고도 하고 또는 티벳의 달라이라마가 태조에게 올린 불호(佛號) '曼殊師利'(文殊菩薩)에서 왔다고도 한다. 이후 滿住, 曼殊, 滿珠, 滿洲 등이 부족명, 국가명으로 쓰여왔던 것이다. (滿洲事情案內所 篇, 『滿洲地名考』, 新京, 1938. 120~122쪽 참조.) 이 논문에서는 이 문제에 대한 판단을 유보하고 편의상 '만주'로 호칭하기로 한다.

124

있다는 것은 말할 것도 없다. 골동(骨董)의 완상(玩賞) 따위에나 탐닉하는 경박한 모더니스트로부터 민족의 현실을 꿰뚫는 리얼리스트 작가로 변신한 이태준. 그리고 그 변신의 생생한 물증인 「농군」. 한국 근대문학사의 통상적이고도 통속적인 이해는 오래 동안 이 구도를 유지해 왔다. 최근에 쓰여진 한 논문은 그러한 이해의 전형적인 사례를 보여 주고 있다.

> [이태준은] 이전의 가치들이 몰락하는 현실을 목도하면서 새로운 모색을 하려고 했으며, 그것은 기존의 자신의 작품세계에 조용한, 그러나 현저한 변화를 가져왔던 것이다. 그러한 흔적을 1939년에 발표한 「농군」에서 찾을 수 있다. 「농군」에서는 이전의 이태준의 문학세계와는 다른 모습을 확인할 수 있는데, 가장 두드러진 것이 바로 집단적 주체에 대한 관심이다. 이 작품에서 독자는 만주의 척박한 환경 속에서 굴하지 않고 서로 단결하여 난관을 극복해 나가는 농민들의 형상을 만날 수 있다. 이것은 이전의 그의 작품의 경향과는 매우 다른 것이다. 이전에는 설령 서구 근대의 자본주의화 속에서 적응하지 못하고 소외 당하는 인물을 그리기는 하였지만 그것은 어디까지나 비애와 애수의 세계에서 벗어나지 못하는 세계였고, 따라서 그것은 집단적 주체의 문제의식과는 매우 먼 거리에 있었던 것이다. 새로운 사회의 변화에 적응하지 못하고 사라지는 것에 대한 안타까움과 애석함이 그 지배적 정조였던 것이다. 그러한 애수의 세계가 더 이상 현실을 타개할 수 없다는 인식이 들어서기 시작하였고, 이는 개인주의 비판의 시대적 흐름과 결부되어 집단적 주체에 대한 모색으로 이어졌으며, 「농군」은 그 모색의 결과였다고 할 수 있다.[2]

작가와 작품에 대한 선의의 상찬이나 미화도 꼼꼼한 작품읽기를 외면하고서는 순식간에 폭력이 될 수 있다는 교훈을 이 글에서 얻어야 할 것이다. 간단히 말해, 이태준의 「농군」은 이러한 평가를 받을 만한 작품이 아니다. 이제부터 밝히려고 하는 바, 「농군」은 작가의 "심각한 내적 변모"와 "모색"의 결과가 아니라, '만주경영'이라는 제국주의의 "새로운 시대적 흐름"에 편승한, 다시 말해 당대의 '국책(國策)'에 적극적으로 부응한 소설이며, 그러한 사정을 떠나 소설 자체로 보아도 지극히 무성의

---

2) 김재용, 「친일문학의 성격 규명을 위한 시론」, (『실천문학』, 2002년 봄), 176쪽.

하고 불성실한 작품이다.

이태준의 모든 작품이 그렇다고 한다면 그것은 망발이다. 그러나 「농군」을 두고 이렇게 상찬하는 것은 ‘민족문학’을 위해서도 불행한 일이다. 최원식은 일찍이 「농군」의 “침통한 사회성”을 가리켜 “일제의 중국 침략을 전후한 시대적 배경에 비추어 볼 때 약간의 의구를 떨칠 수 없지만, 그럼에도 식민지의 캄캄한 어둠 속에서 무언가 간곡한 심정의 촉수를 내뻗는 작가의 마음을, 한계는 한계대로 인정하면서, 온전히 접수할 일”[3] 이라고 말한 바 있거니와, 이 문장에서 ‘약간의 의구심’보다는 ‘간곡한 심정의 촉수’ 쪽에 무게 중심이 놓여 있음은 쉽게 알 수 있는 일이다.

작품을 보자. 1939년 7월 『문장』의 별책 부록으로 나온 『창작 32인집』에 실린 원문을 텍스트로 한다. 『農軍』이라는 제목과 작가의 이름 사이의 여백에 다음과 같은 작가의 말이 삽입되어 있다.

> 이 小說의 背景 滿洲는 그전 張作霖의 政權 時代임을 말해 둔다.

이후에 간행된 모든 단행본에도 이 구절은 어김없이 들어 있다. 그러나 이 구절에 유의한 「농군」론은 없다. 물론 이 문장이 없어도 작품의 내용을 파악하는 데에는 아무 지장이 없다. 그냥 무시해도 좋은 구절일까? 그렇다면 왜 굳이 이런 작품 외적인 말을 부가했을까? ‘이 소설의 배경이 되는 시대는 장작림 정권의 시대’라는 것을 작가가 나서서 말해야 하는 사정은 무엇인가?[4]

이것을 해명하지 않고 「농군」을 읽어도 되는 것일까? 물론 아니다. 작가가 나서서 굳이 저러한 말을 해야 하는 데에는 아주 복잡한 사정이

---

3) 최원식, 「한국문학의 근대성을 다시 생각한다」, (『생산적 대화를 위하여』, 창작과비평사, 1997), 33~34쪽.
4) 비슷한 사례가 하나 더 있다. 『국민문학』 1942년 2월호 「대동아전쟁특집호」에 실린 안수길의 단편 「圓覺村」에도 다음과 같은 작가의 말이 부기되어 있다. “建國前, 滿洲에 잇서서의 半島人 先驅 開拓民의 生活을 發掘하는 一聯의 作品중의 一篇임을 말하여 둔다—作者”. 여기서 ‘건국전’이란, ‘만주국’의 건국(1932) 전을 말하는 것이다.

있고, 그것은 「농군」의 해석에 결정적이다. 이제 그것을 보기로 하자.

조선 농민 유창권 일가의 고난에 찬 만주 이민 생활을 그린 「농군」은 봉천행 열차의 어수선한 삼등 객실의 묘사로부터 시작된다. 작품의 전반은 창권이 일가가 "안개 속에서 떠오르는 땅, 신세계"에 도착하기까지의 하루 밤낮에 걸친 열차 안에서의 시간을 그리고 있다. 이어서 후반부는 창권이네가 정착한 마을 '장자워프'(姜家窩堡)에서의 사건을 다룬다. 조선 농민들 삼십호 정도가 모여 사는 '장자워프' 마을에서 이들은 황무지를 개간하고 삼십리나 떨어진 '이퉁허'(伊通河)라는 강에서 물을 끌어오기 위해 온갖 노력을 다한다. 그러나 이 노력은 이웃 동리의 '토민들'(중국인)과 중국 경찰의 방해에 부딪치고 마침내 무력 충돌에 이른다. 수전(水田)을 일구기 위해서는 물을 끌어들이는 것이 절대적으로 필요한 조선 농민들로서는 죽어도 양보할 수 없는 사안이다. 농민 대표 황채심이 중국 경찰에게 매를 맞고 끌려간 날 밤, 농민들은 "남녀노소가 밤이슬을 맞으며 도랑 바닥을 쳐 내" 마침내 물길을 연다. 둑 위로 올라간 창권이는 중국 경찰의 발포로 부상을 당하지만 아랑곳 하지 않고, 콸콸 흐르는 물을 보며 감격한다. 홍수처럼 쏟아져 내리는 물길에 총을 맞고 죽은 한 노인의 시체가 떠내려 온다. 창권은 노인의 시체를 안고 둔덕으로 뛰어 오른다. 소설은 다음과 같은 장면으로 끝난다.

"아!…"
창권은 다시 한번 놀랐다. 몇 달채 꿈속에나 보던 광경이다. 일망무제, 논자리마다 어름장처럼 새벽하눌에 으리으리 번뜩인다. 창권은 다리에 힘을 줄수 없어 노인의 시체를 안은 채 쾅 주저앉었다. 그러나 이내 내처 일어나 어머니와 안해에게 부축이 되며 주먹을 허공에 내저으며 뭐라고인지 자기도 모를 소리를 악을 써 질렀다. 웃쪽에서, 웃쪽에서 악들을 쓰며 달려나온다.
물은 도랑언저리를 철버덩 철버덩 떨궈 휩쓸면서 열두자 넓이가 뿌듯하게 나려쏠린다. 논자리마다 넘실넘실 넘친다. 아침햇살과 함께 물은 끝없는 벌판을 번져 나간다.

「농군」이 어째서 ‘민족문학의 성과’ 라는 평가에 값할 만큼의 수작이 되지 못하는가를 설명하기 위해서는 이 작품의 소재가 되어 있는 실제의 사건, 즉 1931년 7월 2일 중국 길림성 (吉林省) 장춘현(長春縣)의 만보산 (萬寶山) 삼성보(三姓堡)에서 일어난 이른바 ‘만보산 사건’ 이 이 소설에서 어떻게 형상화 되고 있는가를 물어야 한다. ‘만보산 사건’ 이란 무엇인가? 「농군」은 한국 소설사에서 거의 유일하게 이 사건을 소재로 한 작품이다.[5] 따라서 ‘만보산 사건’ 에 대한 이해가 「농군」을 이해하는 데에 기초적이고도 필수적인 사항임은 두말할 것도 없다. 그런데도 지금까지 이 문제를 거론한 「농군」론이 거의 없다는 것 또한 불가사의한 일이다.[6] ‘만보산 사건’ 자체가 한국 현대사에서 어둠 속에 묻혀 있었다.

또 한편, 이태준이 이 사건을 소재로 소설을 쓰게 된 배경, 다시 말해 사건이 일어난지 8년이 지난 1939년에 와서 이 사건을 소재로 「농군」이라는 소설을 쓰게 된 배경과 맥락은 무엇인가, 하는 점도 중요하다. 이것은 작가가 왜 굳이 ‘이 소설에서의 만주는 그전 장작림 정권의 시대이다’ 라는 말을 첨부하였는가 하는 문제와 연관되는 것이면서, 동시에 한국의 근대사와 근대문학에서 ‘만주’ 라는 공간이 지니는 의미를 묻는 것이기도 하다.

따라서 지금부터의 논의는 두 가지 방향으로 진행될 것이다. 첫째는,

---

5) 안수길의 「벼」(1940)에 대해서는 논란의 여지가 있다. 필자가 확인한 이 작품은 1973년 정음사 간행의 『한국단편문학전집』의 한권인 『벼』에 수록된 것인데, 이것은 작가의 수정을 거친 것이 분명하다. 그런데 이 텍스트를 근거로 하면 안수길의 「벼」는 만보산 사건과는 직접적 관련이 없다. 첫줄이 “1929년 여름이었다”로 시작하는 이 작품의 무대 배경과 상황은 만보산을 모델로 한 것이 분명하지만, 작품 안에서의 서사내용들은 31년의 만보산 사건과는 관련이 없다. 그런데 김윤식은 이 작품을 만보산 사건을 다룬 것으로 해설하고 있다.(김윤식, 『염상섭 연구』, 서울대 출판부, 1987. 631쪽) 김윤식이 이 글에서 인용하고 있는 「벼」의 텍스트는 1944년에 간행된 안수길 창작집 『北原』에 실려 있는 것이다. 필자는 이 텍스트를 아직 확인하지 못하였다. 다만 김윤식이 인용하고 있는 소설의 끝 구절, “총은 하늘을 향하여 놓은 것이었다. 사람은 아무도 상하지 않았다” 라는 부분은 1973년 정음사판에는 나오지 않는다. 1940년의 「벼」가 수로분쟁으로부터 촉발된 무력충돌인 만보산 사건을 다룬 것이라면 1973년의 「벼」는 완전히 다른 작품이다. 이 문제에 대하여는 다른 기회에 고찰하기로 한다.

6) 민충환의 「農軍」論(민충환, 『이태준 문학 연구』, 깊은샘, 1988)은 ‘만보산 사건’ 이 「농군」의 제재가 되었음을 소상히 밝히고 있다. 그러나 이 논문은 만보산 사건에 관한 극히 일방적이고 주관적인 주장 및 ‘민족문학/친일문학’ 의 단순한 이분법을 바탕으로 입체적인 작품 해석과는 거리가 먼 것이 되고 말았다.

만보산 사건과 「농군」과의 관계. 만보산 사건은 식민지 민족주의가 보이는 기묘한 이중성, 집단적 가학-피학심리(sado-masochism)의 폭발적 노출의 한 사례이며 「농군」 역시 그 맥락 속에 있다. 둘째는, 만주사변 이후 폭증하는 '만주 유토피아니즘'과 식민지 조선의 관계. 잘 아는 바와 같이, 만주는 식민지 기간 내내 제국주의에 대한 저항의 무대이자 공간이었다. 그것이 사실인만큼, 또한 만주는 피식민지인으로서의 조선인이 제국의 '일등국민'으로 도약할 수 있는 현실을 제공하는, 또는 그런 현실을 꿈꾸게 하는 공간으로 작용한 것도 사실이었다. 말을 바꾸면, 만주라는 공간, '만주국'이라는 실체야말로 식민지 조선인에게는 '식민지적 무의식'과 '식민주의적 의식'[7]이 고스란히 실현되는 장소였다. 「농군」은 물론 그 맥락 속에 있다. 이것을 분석하는 것이 이 논문의 두 번째 과제이다.

2.

1931년 4월 만보산에 이주한 37호(戶) 210명의 조선 농민들은 도착하자마자 20여리(里) 거리에 있는 이통하(伊通河)를 절단하여 수로를 파기 시작했다. 중국인의 항의가 일어나고 중국 경찰이 현지를 떠나라고 여러 차례 통고하였으나 농민들은 응하지 않았다. 더욱이 공사장 중간지대는 중국 농민 41호의 소유지였는데, 조선 농민들은 아무런 양해도 없이 중국인 소유의 토지를 파헤치고 물길을 내었다. 분쟁이 일어날 수밖에 없었다.[8]

논 농사를 짓지 않는 중국 농민들로서는 밭이 물에 잠김으로써 농사

---

7) 코모리 요이치(小森陽一), 송태욱 역. 『포스트콜로니얼』, 삼인, 2002. 참조.
8) 박영석, 『만보산 사건 연구』, 아세아문화사, 1978. 86쪽.

를 망치는 결과가 될 뿐 아니라 통행조차 어려워지므로 날벼락이 아닐 수 없었다.[9] 결국 장춘현(縣)정부에 대한 중국 농민의 탄원, 이러한 탄원을 받은 중국 관헌쪽의 조선 농민에 대한 압박이 계속되었고, 조선 농민들은 일본 영사관 경찰에 보호를 요청하여 6월 2일에는 일본 영사관에서 파견된 경찰관이 현장에 와서 조선 농민을 보호하기에 이르렀다. 본격적인 충돌이 있기 직전까지 "중국 농민과 관헌의 계속적인 항의 속에서도 장춘 일본 영사관 경찰의 보호하에 韓農은 공사를 진행시키고 있었다."[10]

마침내 7월 1일 중국 농민 4백여명이 약 2리(里) 정도 완성된 수로를 파괴하고 토지를 원상대로 회복시켰다. 그러자 주둔하고 있던 일본 경찰이 사격을 가하였다. (일본 경찰은 기관총으로 무장하고 있었다). 중국 농민들은 대피하였고 사상자는 없었다. 다음날인 7월 2일 새벽부터 중국 농민들이 수로를 매몰하려 하자 증강된 일본 경찰 병력이 무장 시위를 벌이고, 장춘의 일본 영사관과 중국 현정부 사이에는 서로 정당성을 주장하는 항의 문서가 오갔다.

만보산에서 일어난 사건은 이것이 전부다. "兩日간의 韓中 農民의 충돌과 양측의 항의 문서의 왕래는 그렇게 큰 문제는 아니었"[11]고, "특별할 것이 없는 사건이었다. 비슷한 일들이 과거에도 헤아릴 수 없이 자주 일어났었다."[12]

그러면 무엇이 문제인가? 문제는 만보산에서가 아니라 조선에서 일어났다. 1931년 7월 3일『조선일보』는 장춘 지국장 김이삼(金利三)의 보도로 3단짜리 기사를 게재하였다. 제목만을 옮기면 다음과 같다.

---

9) 중국 농민의 이러한 사정은 조선 농민들 스스로도 인정하고 있는 사실이었다. 뒤에 이태준의 「이민부락견문기」를 언급하면서 다시 밝히도록 한다.
10) 박영석, 앞의 책. 96쪽.
11) 위의 책. 97쪽.
12) Louise Young, *Japan's Total Empire*, University of California Press. 1998. p.39.

130

三姓堡 同胞 受難 益甚. 二百餘名 又復被襲. 完成된 水濠工事를 全部 破壞.
中國 農民 大擧 暴行. 引水工事 破壞로 今年 農事는 絶望![13]

만보산에서의 사건을 중국 농민에 의한 습격 사건으로 보도한 이 기
사는 그러나 예고편에 지나지 않았다. 다음날인 7월 4일자의 『조선일
보』 사회면은 온통 이 사건 기사로 뒤덮였고 호외까지 발행되었다. 수로
(水路) 사진과 함께 지면을 뒤덮은 기사들의 큰 제목만을 옮기면 다음과
같다.

中國 官民 八百餘名과 二百 同胞 衝突 負傷.
駐在 中警官隊 交戰 急報로 長春 日本 駐屯軍 出動 準備.
三姓堡에 風雲 漸及.
對峙한 日, 中 官憲 一時間餘 交戰. 中國 騎馬隊 六白名 出動. 急迫한 同胞
安危.
巡警도 五十名 暴民에 合力.
三姓堡 同胞를 또다시 包圍. 日本 警官 十二名 急行. 交通은 杜絕.
再次 襲擊說. 通信 一切 不通으로 騎馬 警官隊가 連絡.[14]

주먹만한 활자들로 이러한 제목들이 돌출하면서 긴박감을 조성하는
지면에 일반 기사의 활자보다 훨씬 큰 활자로 뽑혀진 머리기사는 다음과
같다.

이일 새벽에 중국관민 사백여명이 대거하야 수전개척중의 삼성보(三姓堡)
조선 동포 촌락을 습격하고 관개공사의 수호(水濠)를 전부 파괴매립(破壞埋
立)하엿다함은 작보한 바와 갓거니와 이로 말미암아 삼성보에 잇는 이백여명
의 동포와 중국관민 팔백명 사이에는 충돌이 생기어 조선 농민 다수가 살상되
어 당지에 주재 중인 일본 경관 중국인 간에 교전(交戰)되엇다. 이 급보를 접
한 장춘(長春)의 일본인 관헌은 급거히 현장으로 출동하고 계속하야 일본 군

---

13) 『조선일보』, 1931. 7. 3.
14) 『조선일보』, 1931. 7. 4.

대가 출동 준비중에 잇다[15]

　명백한 오보, 왜곡이었다. 이 오보가 불러 일으킨 결과는 참혹한 것이었다. 이 기사가 실린 같은 지면에는 인천 시내에서 중국인들에 대한 습격 사건이 벌어져 6명이 검거되었다는 기사가 실려 있거니와, 이 사건을 시작으로 중국인 화교에 대한 습격 사건이 엄청난 규모로 번지기 시작했다. 7월 2일부터 30일까지 전국적으로 30여 군데가 넘는 곳에서 중국인에 대한 습격과 집단 폭행이 벌어지고, 견디다 못한 화교들은 중국 영사관으로 긴급 대피하거나 서둘러 귀국하는 사태가 벌어졌다. 가장 피해가 컸던 곳은 평양이었다. 『조선일보』 7월 7일자의 보도에 따르면, 평양에서의 유혈참사로 행방불명 49명, 부상 819명, 가옥파괴 479호의 피해가 발생했다. 사태가 진정된 후, 일본 정부, 중국 정부, 국제연맹의 리튼 조사단이 각각 보고서를 내었는데, 그나마 객관적이라고 할 수 있는 리튼 보고서에 따르면, 이 사건으로 인한 조선 거주 중국인의 피해는 사망자 127명, 부상자 393명, 재산 손실 250만원에 달했다.[16]

　어떻게 해서 이런 일이 벌어졌는가? 당시의 『조선일보』를 보면, 사건의 직접적 계기가 되었던 오보에 대한 어떤 해명도 없다. 오히려 처음 며칠간은 조선인 군중들의 화교 습격 사건을 "동포 수난에 격분. 시내 도처에서 충돌"이라는 식으로 제목을 뽑거나, "기관총을 휴대한 중국 군대 행진. 만보산 방면에 가는 듯"과 같은 기사를 게재하거나, 화교에 대한 폭행사건이 극심해지던 7월 7일에는 "우려되는 在滿 同胞"라는 커다란 타이틀 아래, '만보산 문제로 감정이 격화된 중국 당국이 만주의 우리 동포를 몰아내고 있다'는 선정적인 기사를 게재하거나 함으로써 사태를 부추기는 듯한 인상마저도 주고 있다. 한편으로는 7월 6일자의 사설을 통해서는 정확하지 않은 정보를 근거로 벌이는 감정적인 집단 행동을 자

---

15) 『조선일보』, 1931. 7. 4.
16) 박영석, 앞의 책, 101쪽.

제할 것을 당부하고 있기도 하다. 사태가 진정 국면으로 접어 들면서 『조선일보』는 피해 화교를 위한 모금 운동을 벌이기도 한다.

이 사태를 둘러싼 몇 가지 의문들, 예컨대 이 사건이 처음부터 일제 당국의 교묘한 음모에 의해 진행된 것이었는가, 하는 점은 이 글의 주제에서 벗어난 것이므로 여기서는 논하지 않겠다.[17] 다만, 전쟁 상태도 아닌 지역에서 군인도 아닌 민간인에 의한 폭력으로 127명의 사망자와 393명의 부상자를 내었다는 것은 그 폭력의 정도가 어떤 것이었던가를 짐작케 한다. 그러나, 어떻게 해서 이러한 사태가 벌어졌는가를 공론의 장으로 끌어내는 일은 식민지 기간 내내 그리고 해방 이후 단 한번도 이루어지지 않았다. 사건은 공적 기억(public memory)에서 사라졌다.

당시의 기사를 검토해 볼 때 눈에 띄는 것은 이 사건이 처음부터 '민족적 수난 의식'에 호소하고 있다는 점이다. (가장 많이 눈에 띄는 단어는 '동포'와 '수난'이다). 만주에 이주한 조선 농민들이 중국 당국으로부터 이러저러한 압박을 겪고 있었던 것은 사실이며 (그러한 압박이 어디에서 기인하였는가는 차치하더라도), 당시의 신문과 잡지는 '중국 당국에 의한 재만 동포의 구축(驅逐) 사건'을 일상적으로 보도하고 있었다. 피식민지인의 '수난자', '피해자' 의식을 강하게 자극하는 이러한 사건들은 만보산 사건의 허위 보도로 인하여 순식간에 '동포애'로 무장한 가학적 폭력으로 전화하였던 것이다.

우리의 논점과 관련하여, 이 사건에 관한 한, 적어도 다음 몇 가지는

---

17) 다만 국내 유일의 연구서인 박영석의 『萬寶山事件硏究』가 이 사건을 철저하게 일제의 음모론으로 규정하는 것에는 의문이 많다. 조선일보의 오보 당사자인 김이삼이 일본 영사관의 사주를 받아 한-중간의 유혈충돌을 일으키게 했다든가, 김이삼이 피살되기 직전 협박에 의해 발표한 '사죄문'의 진실성 등은 이 책의 저자 스스로도 크게 신빙성 있는 것으로 여기지 않는 부분이다.(113~114쪽). 관동군이 이 사건을 9월 18일의 군사행동, 즉 만주사변의 한 계기로 삼았다는 것은 많은 연구서가 동의하는 바이지만, 이 사건이 없었어도 만주사변은 벌어졌을 것임도 물론 사실이다. 즉, 이 사건이 처음부터 관동군, 혹은 조선총독부의 계획과 방조에 의해서 이루어진 것이었다고 보는 것은 지나친 해석이다. 박영석은 '왜곡보도→국내에서의 화교탄압→중국에서의 한인 탄압→일본군의 개입'이라는 도식을 유지하고 있으나, 왜곡보도가 화교탄압으로 이루어질 것이라고 예상하는 것 자체가 너무나 결과론적인 비약이다. 만보산 사건은 당시의 만주 일원에서 흔하게 벌어지던 사소한 분쟁이었고, 그것이 국내에 허위과장 보도됨으로써 전혀 예상하지 않았던 사태를 빚은 것으로 보는 것이 온당하지 않을까?

명백하게 확인해 두어야 한다. 첫째는, 걷잡을 수 없는 군중의 폭력 사태와는 달리, 사건을 수습하고자 하는 국내의 각종 사회 단체, 만주에서의 조선 독립운동 단체 등의 활동에 의해 이 사건의 진상은 곧바로 널리 알려지게 되었다는 점이다. 즉, 『조선일보』의 허위 보도에 의해 과장되었을 뿐, 만보산에서 실제로 심각한 불상사는 없었다는 점이 며칠 사이에 잘 알려지게 되었고, 점점 심해지는 폭동 사태를 어떻게 진정시키고 수습할 것인가 하는 것이 중대한 문제로 되고 있었던 것이 당시의 실정이었다. 둘째는, 이 사건에서 만보산의 조선 농민들은 자신들의 행동에 정당성을 주장할 근거를 갖고 있지 못하다는 점이다.[18] 수전(水田) 경작을 위한 조선 농민들의 수로(水路) 공사는 어느 모로 보나, 중국 농민들의 재산권과 생존권에 대한 명백한 침해이며 폭력이었다. 셋째, 그럼에도 불구하고 조선 농민들이 이러한 행동을 계속할 수 있었던 것은 그들이 일본 공권력의 보호 아래 있는 신분이었기 때문이라는 점. 이 문제는 뒤에 상세히 논하겠지만, 우선 간단히 말하자면, 만주에서의 조선 농민 부락과 그들의 경작은 단순히 농업생산 활동의 의미만을 갖는 것이 아니다. 조선인 이민을 포함하여 일본인 농업 이민의[19] 활동은 만주에 진출한 일본 제국주의 군사력의 첨병으로 기능하였다는 점, 요컨대 만주 이민의 복잡한 정치–경제–군사적 의미에 주목해야 하는 것이다.

이러한 점을 고려하지 않고 만보산 사건 혹은 넓게는 만주 이민을 오로지 자민족중심주의의 관점에서 파악하는 것은, 사실 자체에 대한 존중심의 결여라는 점을 떠나서도, 제국주의의 질서와 논리를 강화하고 재생

---

18) 사건 발생 이전 일본 영사관측과 중국 영사관측의 공동조사에서도 조선 농민들의 차지(借地)는 허가 받지 않은 것이라는 사실이 확인되었다. 한편 사건 이후, 중국 동북지방의 조선 독립운동자들로 구성된 「吉林韓僑萬寶山事件討究委員會」가 자체 진상조사를 통하여 발표한 문건에 따르면, 만보산의 농민들은 "토지에 대한 계약은 있었지만 아직 商租에 대한 중국 관청의 허가를 받지 못한 상태이었으며, 수로 공사도 중국인의 양해없이 개착하였으므로 분쟁이 일어나게 되었다". 박영석, 앞의 책, 117~118쪽.

19) 만주로 이민한 조선 농민의 국적은 일본이다. 따라서 중국 당국은 조선 농민과의 일상적인 분쟁을 해결하는 가장 중요한 문제로서 재만 조선인의 중국으로의 '귀화'를 주장하곤 했다.

산하는 긴요한 바탕이 된다는 점에서도 크게 조심할 일이다.[20] 『조선일보』의 허위보도로 촉발된 중국인 화교에 대한 살상 행위는 제국주의 피지배 집단의 정신분열적 가학성이 극단적으로 표현된 사례였다. 더불어, 이 사건의 책임을 일제의 간교한 음모로 돌리는 것 역시 사건을 은폐하는 것 못지 않게 떳떳지 못한 행위이다. 이른바 '식민 잔재 청산'의 근본 취지가 식민지 범죄의 책임을 가리고 유사한 사건들의 재발 방지를 보장하자는 것이라면, 한국 사회는 어떤 식으로든 이 사건을 공론화 했어야 한다. 그러나 9월 18일 관동군의 군사 행동으로 시작된 만주 사변의 발발과 그 이듬해의 이른바 '만주국'의 건국 등으로 이어지는 긴박한 사회 정세의 변화에 따라 이 사건은 망각 속으로 사라져 갔다.[21] 따라서 순전히 기억이라는 차원에서만 보면, 이태준의 「농군」은 그런대로 의미를 지닌 것일지도 모른다. 그러나 중요한 것은 기억 행위 그 자체가 아니라,

---

20) 그 점에서 김윤식이 일찍이 최서해의 「홍염」을 가리켜 "관념적"이라고 비판하면서 "청국인의 처지에서 보면 어떠한가. 땅 빌려주고, 영농 자금까지 빌려 준 것에 대한 계약상의 이행을 했을 뿐인데 집이 불살라지고 죽임까지 당한다는 것은 참으로 어처구니 없는 일이 아닐 수 없다. 만일 최서해가 좀더 깊이있는 작가라면 이 점을 최소한 염두에 두어야 했을 것이다. 그렇지 않고, 일방적으로 문서방 편에 서서 작품을 썼다는 것은 그 작품이 온전한 것이라 할 수 없다. 그의 체험이 관념적인 수준에 지나지 않는다는 것은 이런 이유에서이다" 라고 지적한 것은 만주 이민 문학에 관한 한, 자민족중심주의의 관점이 절대적인 한국문학 연구의 풍토에서 참으로 희귀하고 선구적인 통찰이 아닐 수 없다. 김윤식, 앞의 책, 627쪽.

21) 방송 극작가이면서 청소년 소설을 많이 썼던 조흔파(趙欣坡)의 『만주국』이라는 저서가 있다. 1970년에 육민사(育民社)라는 출판사에서 간행된 500쪽이 넘는 이 책은 만주국의 형성부터 몰락까지를 야사(野史) 형식으로 엮은 책이다. 더러 허구적인 삽입도 있긴 하지만 주요한 역사적 사실과 흐름을 쉽게 파악할 수 있는 장점이 있다. 이 가운데 만보산 사건에 관한 언급이 있다. 작자 역시 이 사건을 관동군의 의도적인 음모의 결과로 보고 있지만, 그러나 다음과 같은 발언은 아마도 이 사건에 관한 한국인 스스로의 발언으로서는 보기 드문 것이 아닐까 한다.
"소동은 중국인이 많이 살고 있는 인천에서 시작되었다. 하루이틀 사이에 서울, 원산, 신의주로 번지더니 5일에는 평양에서 최고조에 달했다. 일본인은 이 사건을 허울좋게 「배화(排華)소동」 이라고 불렀으나 이는 명실공히 「중국 거류민 대량 학살 사건」이다. 〈중략〉 중국인 노동자를 죽여서 쳐넣은 시체가 신전골 흙구덩이 속에 군데군데 쌓이고 전족(纏足) 탓에 걸음을 못 걷는 임신부를 갈구리로 배를 가르는 둥, 산비(酸鼻)의 참상은 이루 헤아릴 길이 없었다. 행길에 즐비한 주인 없는 비단가게의 창고는 습격을 받아 끌어낸 피륙이 전차 공중선에 빈틈없이 걸리어 교통이 차단되었고 거기서 얻은 물건을 폭도들은 호주머니에 넣고 각각 집으로 흩어졌다. 〈중략〉 이렇게 되니 공인된 살인이요, 묵허(默許)받은 강도질이다. 그러고도 명색은 만보산 사건의 보복이라고. 동포의 복수를 대행하는 민족의 명령이라고…. 명분은 떳떳하나 내용은 비굴과 우열(愚劣)에 통한다. 얼른 보면 노동판의 일자리를 그네들에게 빼앗긴 앙갚음 같기도 하나 실상은 강자에게 공인받은 객기(客氣)의 소산이다. (조흔파, 『만주국』, 육민사, 1970. 143~145쪽.)

무엇을, 어떻게, 왜 기억하는가 하는 점이다.

　「농군」에서 만보산의 기억은 제국주의자의 시선으로 재현된다. "신세계"에 도착한 조선 농민의 앞을 가로막는 것은 추운 날씨나 험악한 자연 환경 보다도 무지하고 야만스런 "토민(土民)", 즉 중국 농민들이다. 조선 농민들의 수리 공사를 방해하는 "토민들"의 "이유는 극히 단순한 것"이니 자기들의 밭이 침수가 되어 농사를 못 짓게 된다는 것이다. 중국 농민들에게는 사활이 걸린 문제가 이 작품의 화자에게는 "극히 단순한 이유"로 비칠 뿐이다. "너이들도 그 물을 끌어다 베농사를 지으면 도리혀 이익이 아니냐 해도", 쌀밥을 먹으면 배가 아프기 때문에 그럴 수 없다는 무지하고 야만스런 "토민들". 그러면 먹지 말고 시장에 내다 팔면 크게 이익이 나지 않느냐, 우리가 농사 기술을 가르쳐 주고 장사도 주선해 줄 테니 그리 하자 해도 "소 귀에 경 읽기"인 "토민들". 「농군」을 일관하는 기본 관점은 이것이다.

　그런데, 중국 농민을 "토민"으로 바라보는 이 시선은 누구의 시선인가? 벼 농사도 지을 줄 모르고, 장사에도 서툴고, 시시때때로 "갈가마귀 떼처럼 수십명씩 무데기가 저서 새까맣게 몰려"와서 폭력을 휘두르고, "악에 바친" 농민들이 낫과 식칼을 들고 덤벼들면 "제각기 사방으로 흩어져 달아"나는 야만스런 "토민들". 이들과 맞서서 험난한 개척의 행진을 계속하는 조선 농민의 간난신고를 그리는 「농군」의 이 시선은 누구의 시선인가? 코모리 요이치는 일본 메이지 국가의 홋카이도(北海道) 개척사에 대해 다음과 같이 말한다.

　　아이누에 대한 호칭은 그때까지 '이진'(夷人, 미개인) 혹은 '에조닌'(蝦夷人)이었다가 막부말에 '토인'(土人)으로 바뀌었다. 〈중략〉 스스로가 '문명'이라는 증거는, 주변에서 '야만'을 발견하고 그 토지를 영유함으로써만 손에 넣을 수 있다. '아이누'는 최초의 '야만'으로 발견되었던 것이다. 우선 이 지역의 아이누 사람들을 러시아와의 관계에서는 '외국인'이 아니라며 감싸안았고, 또한 샤모(和人, 일본인)와 차별화하기 위해 '구토인(舊土人)'이라는 배제의 호칭을 부여했다.[22]

136

만주의 농민들을 '토민'으로 호칭하는 「농군」의 시선이, 홋카이도를 식민지화 하는 과정을 통해 스스로를 문명의 전도사로 위치지운 일본 근대국가의 식민지주의를 그대로 복습하고 있는 것임은 긴 설명을 필요로 하지 않는다. 다른 예를 보자. 국가주의와 제국주의에 대한 날카로운 비판의식을 선구적으로 드러낸 작가로 성가가 높은 나쓰메 소세키(夏目漱石)가 1909년 남만주철도회사의 총재인 친구 나카무라 제코(中村是公)의 초청을 받아 만주 일대를 여행하고 쓴 기행문『滿韓여기저기(滿韓ところどころ)』(1909, 10-12.『朝日新聞』)가 있다. 그런데 이 예민한 반국가주의자에게도 만주의 중국인은 더럽고 미개한 '토인'으로 보였다. 코베(神戸)를 떠나 대련(大連)에 도착한 소세키의 눈에 비친 중국인 '쿠리'(苦力)들의 첫 인상은 "하나를 보아도 더럽고, 둘이 모이면 더 보기가 괴롭다. 무리가 되면 더욱 꼴사납다."[23] 중국인에 대한 소세키의 이러한 발언들, 예컨대 "본래부터 무신경하고 예부터 이런 진흙물을 마시고도 태연하게 아이를 낳고 오늘까지 번성해 왔다"라는 폭력적 발언의 배후를 박유하는 다음과 같이 분석하고 있다.

> [소세키의 이런 발언들]은 만철 조사부의 "우리들은 도저히 마실 수 없는 더러운 물을 태연히 마시고도 아무 이상도 없다"라고 하는 말과 얼마나 흡사한가. 여기에서 아무렇지도 않게 쓰여진 "예부터 이런 진흙물을 마시고도"라는 말의 정보원(情報源)이 소세키 자신이 아님은 말할 것도 없지만, 더러운 물을 마시는 것을 혐오하고, 그리고 마지막으로는 "정말로 더러운 국민"이라고 규정하는 데에서 우리는 제국주의를 지탱하는 위생의식=‘문명’의 담론이 소세키의 발언에 침투되어 있는 현장을 볼 수 있는 것이다.[24]

그러나 중국인 농민들을 '토민'으로 멸시하는 식민지 조선인의 시선은 더욱 분열적일 수 밖에 없다. 일본 제국주의의 식민지주의적 시선 아

---

22) 코모리 요이치, 앞의 책, 31~32쪽
23) 나쓰메 소세키(夏目漱石),『滿韓ところどころ』, (『漱石全集』, 第12卷, 岩波書店, 1994), 234쪽.
24) 朴裕河, 「インディペンデントの陷穽—漱石における戰爭·文明·帝國主義」, (『日本近代文學』, 58集, 1998. 5), 89쪽.

래서 조선인은 또 하나의 '토민'일 뿐이다. 그 엄연한 현실의 중압을 벗어나는 하나의 방법은 또다른 '야만'을 발견함으로써 자신에게 가해진 억압을 전이 혹은 투사하는 것일 터, 제국주의 지배 하의 조선인에게 '만주'는 그렇게 발견되었다. 그러니 만주에서의 조선인의 위치 또는 만주를 바라보는 조선인의 시선이 일본 제국주의자의 그것과 그대로 동일한 것일 리 없다. 다시 말해, 만주경영의 첨병으로서 아시아주의의 이상을 종교적 열정으로 수행하던 수많은 일본 제국주의자들, 예컨대 관동군 참모부의 장교들, 만철 조사부로 몰려 든 구(舊)좌파들, 농본주의적 이상에 불타는 온갖 혁명적 사상가들의 시선에는 조선인과 같은 피식민지인이 가질 법한 복잡성과 분열적 상황이 개입되지 않는다.

만주에서의 조선인의 위치란 무엇인가? 항일투쟁에 나서지 않는 한, 한편으로는 제국주의의 피지배자이면서 또 한편으로는 그 제국의 힘을 뒤에 업고 타자의 삶을 위협해 들어가는 존재가 만주에서의 보통 조선인이 처한 현실이다. 이 기묘한 현실로부터 복잡한 의식의 분열, 메꾸기 힘든 틈새가 생겨난다. 그 분열이나 틈새가 어떻게 나타나고 무엇을 만들어내는가를 탐구하는 것은 만주를 배경으로 한 한국 소설을 읽을 때 반드시 염두에 두어야 할 사항이다.

「농군」과 관련하여 그것을 말할 수 있을까? 만보산 사건의 진상이 이미 명백해진 시점에서, 사실을 굳이 왜곡하면서까지 '수난받는 피해자로서의 조선 농민 대(對) 야만스런 가해자로서의 중국 군벌과 농민'이라는 구도로 사건을 형상화 하는 데에는, 실은 가해자인 자신의 미묘한 위치를 부정하고자 하는 욕구, 피해와 가해의 이중적 위치가 동시에 혼재하는 데에서 오는 의식의 착종을 수난자로서의 자기확립을 통해 방어하고자 하는 욕구가 매개되었던 것이 아닐까?

이 점에서 일본의 프로레타리아 농민작가 이토에노스케(伊藤永之介)(1903-1959)의 「萬寶山」(『改造』, 1931. 10)은 흥미로운 대조를 제공한다. 작품의 말미에 '1931. 7. 25'라는 날짜가 부기되어 있는 것을 보면, 이 소설은 사건이 일어난 직후에 쓰여진 것이다. 조판세(趙判世)라는 농

138

민을 주인공으로 사건의 전말과 추이를 상세하게 전하는 이 중편은 그 점에서 소설이라기 보다 이 사건의 성실한 보고서로 읽힌다. 좌파 농민 작가답게 소설은 시종일관 빈농계층의 험난한 일상과 그에 대한 동정의 시선을 유지하고 있지만, 일본 영사관 경찰력의 보호 아래 있는 조선 농민의 현실을 있는 그대로 그려냄으로써 최소한 일방적인 피해자로서의 조선 농민이라는 구도로부터는 벗어나 있다.

이태준이 「농군」을 쓰면서 이토의 소설을 보았는지는 확인할 수 없지만, 「농군」의 창작에 선행 텍스트가 따로 있었다는 사실은 소설 「농군」을 이해하는 데 결정적이다. 그 선행 텍스트는 바로 이태준 자신이 쓴 것이다. 「농군」을 발표하기 1년 3개월 전인 1938년 4월 8일부터 21일까지 총 11회에 걸쳐서 이태준은 『조선일보』에 「이민부락견문기」(移民部落見聞記)라는 기행문을 발표한다. (이 기행문은 1941년에 간행된 이태준의 수필집 『무서록』에 「만주기행」이라는 제목으로 약간 수정되어 수록된다. 큰 차이는 없으므로 같은 텍스트로 읽어도 무방하다. 이 논문에서는 「만주기행」을 텍스트로 사용한다.)[25] 이 기행문은 「농군」의 밑그림 같은 것이면서 「농군」의 창작 과정과 작가 의식을 한 눈에 보여주는 자료다. 「이민부락견문기」(「만주기행」)의 여정을 몇 개의 단락으로 나누어 보면 다음과 같다.

1. 평양에서 봉천(奉天)행 밤차에 승차. 다음날 아침 봉천에 도착.[26]
2. 봉천 중심가의 '야마도 호텔'에 들러 아침 식사를 하고 봉천 박물관, 자선기관인 동선당을 구경하고 오후에 신경행 특급 '아세아' 호를 타고 신경(장춘)으로 출발.
3. 저녁에 신경 도착. 만선일보로 가서 염상섭, 박팔양 등을 만나 밤의 신경

---

25) 『무서록』에 실린 「만주기행」의 원텍스트가 「이민부락견문기」라는 사실은 민충환 교수의 도움을 받았다.
26) 이 논문에 나오는 중국의 지명과 인명, 연호 등은 중국어 발음, 즉 펑티엔(奉天), 지린(吉林), 신징(新京), 창춘(長春), 완보오샨(萬寶山), 따리엔(大連), 뤼순(旅順), 난징(南京), 러허(熱河), 지엔따오(間島), 허이룽쟝(黑龍江), 장쭈어린(張作霖), 양징위(楊靖宇), 따퉁(大同), 캉더(康德) 등으로 표기하는 것이 타당하겠으나, 편의상 한국어 한자 독음 방식으로 표기한다.

　　을 유람. 댄스홀, 중국인 기방(妓房), 백계 러시아인들의 '카바레' 등을
　　구경.
　4. 신경서 하루를 더 묵고 이튿날 아침차로 만보산 장자워프를 향해 출발.
　　점심 무렵 장자워프 마을에 도착. 농민과 대담 후 오후 세시 마을을 떠남.

　길지 않은 기행문을 굳이 이렇게 나눈 것은 위의 각각의 단락들에서
의 내용이 「농군」의 창작 과정에 깊이 연관되어 있기 때문이다. 첫 번째
단락을 이끄는 것은, 차창으로 내다 보는 대륙의 "거대한 공간"에 대한
무한한 동경과 흥분이다. "끝없는 지평선", "거대한 공간", "그런 대륙,
그런 공간을 향해 내 차는 밤을 가르고 달아난다. 처음으로 '그에게 간
다' 는 것은 그가 사람이거나 자연이거나 몹시 이쪽을 흥분시키는 모양으
로 자정이 넘어도 잠이 오지 않는다." 당시 만주행 열차의 이름이 "노조
미(のぞみ=희망)"였다는 사실을 이 대목에서 상기하는 것도 이해에 도움
이 될 것이다.
　아무튼 거대한 대륙을 가로지르는 열차에 앉아 차창 너머로 "토민들"
의 농가를 바라보는 이태준의 시선은 문명인의 그것이다. "처마가 없이
창 없는 벽이 올라가 지붕을 끊어버린" 농가들, "남의(藍衣)의 토민들",
"아득한 안개", "질펀한 밭이랑" 등 차창 너머로 보이는 광경들에 대한
묘사는 「농군」에 와서는, 밤새 열차를 타고 새벽에 봉천에 도착한 창권
의 눈을 통해 "희끄무레 떠오르는 안개", "집웅 낮은 이곳 사람들의 부
락", "푸른 옷 입은 사람들" 등의 표현으로 다시 나타난다. 그러나 이 단
락에서 「농군」의 표현으로 직결되는 부분은 아마 다음의 대목일 것이다.

　　이 차창에 앉아 저 변두리없는 흙을 내다보며 순전히 흙으로써 감격하는 사
람은 흙을 주지 않는 고향을 버린 우리 이민들일 것이다. 처음엔
　　"땅도 흔하다!"
　　하고 놀랄 것이요 다음엔 밭머리마다 연장을 들고 반기는 표정이라고는 조
금도 없이 지나가는 차를 힐끔힐끔 쳐다보고 섰는 푸른 옷 입은 사람들을 볼
때에는
　　"그래도 모다 임자 있는 밭들이 아닌가!"

하고 피곤한 머릿속엔 메마른 생활의 꿈이 어지러웠을 것이다.[27]

이 대목이 「농군」에서는 이렇게 변용된다.

『밭들 봐! 야, 넓구나 참!』
안해도 또 바루 와 내다본다
『아이, 벌판이 그냥 밭일세!』
〈중략〉
집웅 낯선 이곳 사람들의 부락이 지나간다. 길에는 푸른옷 입은 사람들이
나타나기 시작한다. 멀―거니 서서 지나가는 차를 구경하는 것이겠지만 창권
이에겐 이상히 무서워 보힌다.
『밭이 암만 많음 어쨋단 말이야? 다 우리 임자 있어, 뭐러 오는 거야?』
하고 흘겨보는 것 같다.

두 번째와 세 번째 단락, 즉 야마도 호텔에 들러 아침을 먹고 봉천 박
물관과 동선당을 구경하고 오후에 신경으로 가서 염상섭 등과 함께 신경
의 밤거리를 유람하는 이태준의 눈길에서는 흡사 식민지 도시에 온 식민
지 모국의 지식인 같은 한가로운 에그조티즘이 배어나온다. "전승기념
비가 가운데 놓인" "백악의 전당" 야마도 호텔의 "클락에 가방과 외투를
맡겨 놓고" "벽안 신사 숙녀들이 향기로운 커피와 빛 고운 과실들을 먹
는" 식당에서 "신선한 아침 메뉴"의 식사를 하고, "신경행 특급 '아세
아'의 급행권을 뷰로에 부탁해 놓고" 박물관을 찾아 나서는 이태준의 여
유롭고 호사스런 발걸음의 쾌활함은, 바로 직전 봉천역에서 마주친 초라
한 행색의 이민 동포들 그리고 필시 인신매매단에 팔려 가는 듯 싶은
'젊은 계집들'에 대해 느끼던 "골육감(骨肉感)"과 기묘한 이질감을 불러
일으킨다. 그러나 그 이질감은 아마도, "심록색의 탄환과 같은 유선형"
신경행 쾌속열차 '아세아'의 승차감을 "새 이발기계로 머리를 깎는 때
같은 감촉"으로 느끼고, 백계 러시아 소녀가 가져다 주는 한잔의 커피를

---

27) 이태준, 「만주기행」, (『무서록』, 깊은샘, 1994), 164쪽.

마시며 "독한 낭만"을 향수하는 이태준의 시선 아래서는 오히려 이질적인 것이라기 보다는 박물관의 진열품처럼 다채로운 볼거리의 한 목록일지도 모른다.

인신매매단의 행렬과 당대 최고의 서양식 호화 호텔, 거대한 박물관과 빈민구호기관, "잠깐 모인 손님 속에 노인(露人), 만인(滿人), 독인(獨人), 희랍인" 들이 섞이는 국제 도시 신경 밤거리의 이국적 풍경이 스치듯이 묘사되는 이 기행문을 일관하는 것은 이 여정을 '독한 낭만'으로 감각하는 이태준의 에그조티즘이다. 이 시선으로 1938년 당대의 현실을 투시하는 안목을 기대하기는 애초부터 무리일 것이다.

결국 이 기행문의 마지막 단락인 조선인 이민 부락의 탐방도 이 시선의 연장에서 진행된다. 목적지인 장자워프 마을에서 한 농민과 대화를 나누고 머문 시간은 고작해야 세 시간이 채 안 된다. 그러나 이 농민과의 대화에서 나오는 내용들이 「농군」에서 그대로 재현된다. 그리고 이 부분이 선행 텍스트로서의 「이민부락견문기」와 소설 「농군」과의 관계를 보다 선명하게 드러내는 부분이다.

그것을 분석하기 위해 몇가지 문제를 살펴 보자. 첫째, 이 기행문이 『무서록』에 재수록될 때 이태준은 「이민부락견문기」라는 원래의 제목을 「만주기행」으로 바꾸고 문장을 더러 손보고, 글을 여러 단락으로 나누어 각각 소제목들을 붙였다. 장자워프 마을에 도착하여 농민과 대화를 나누는 단락의 소제목은 「배는 부른 마을」이다. "인전 뱃속은 아무걸루든지 채웁니다만…" 이라는 농민의 말에서 따 온 것이다. 다시 말하면 이 기행문은 만주 개척의 성공 사례를 보고하는 것이고, 「농군」 역시 그 연장에 있는 것이다.

둘째, 만보산 사건에 대한 정확한 내용을 이 농민의 입을 통해 전하면서도 소설 「농민」에서는 전혀 다른 방식의 서사화가 이루어졌다는 사실이다. 그것은 무슨 까닭일까? 우선 기행문에서의 내용을 보자. 이 농민은 조선 농민의 수전 개척이 중국 농민들에게는 치명적인 것임을 알고 있고 그것을 인정하고 있다.

"오시면서 보셨지만 여긴 벌판이 모다 장판방 같지 않어요? 그러니까 논에서 나오는 물이 빠질 데가 없습니다. 저 가구픈 대로 사방으로 흩어지니까 **그 옆에 있는 밭들이야 사실 결단이죠.**"

"그럼 그 사람네두 밭을 논으로 풀면 좀 좋아요?"

"그 사람넨 수종할 줄 모릅니다. 그러구 무슨 사람들이 이밥을 먹으면 반찬이 따로 들 뿐 아니라 배가 아프답니다그려. 그러구 베농살 지어놓는대야 베를 어디 갖다 팔아야 할지도 모르구요… 그저 저이 먹을 것을 저이 밭에서 소출시키는 걸 기중 안전하게 생각하니까요."[28] (강조는 인용자)

현지의 조선 농민 스스로 자신들의 행위가 만주 농민들의 농사를 "결단내는" 행위임을 말하고 있는 것이다. 그리고 이태준은 이 사실을 기록하고 있다. 그런데도 소설에서는 이러한 인식이 전혀 반영되지 않았을 뿐만 아니라, 앞서 살펴 본 바와 같이, 수전도 할 줄 모르고 장사 수완도 없는 무지한 "토민들"이 막무가내로 조선 농민들의 수로 공사를 방해하는 것으로 그려져 있는 것이다.

기행문에서의 보고와 소설에서의 형상화가 가장 크게 차이를 보이는 것은 만보산 사건을 증언하는 다음 부분에서이다.

그러나 그때 그들의 총알에 명중된 사람은 하나도 없다 한다. 멀리서 위협하느라고 탄환이 공중으로만 지나가게 쏘아 그런지 한 사람도 상한 사람은 없었고 몇 청년들이 잡혀 가 여러 날 갇히었다가 나왔을 뿐인데 오히려 조선에서 피차에 살상이 생겼다는 것은 여간 유감이 아니라고 한다.

아무튼 군대출동은 별문제로 하고 만일 그 토민들이 살생을 즐기는 사람들이었다면 그 토민들의 몽둥이에라도 희생자가 없지 못했을 것이라 한다.[29]

'만보산에서는 상한 사람이 없었는데 오히려 조선에서 살상이 생겼다', '토민들이 살생을 즐기는 사람들이었다면 그 토민들의 몽둥이에 희생자가 났을 것' 이라는 등의 현지 농민의 말을 사실대로 기록하는 기행

---

28) 위의 글, 177~178쪽.
29) 위의 글, 178~179쪽.

문과, 중국 경찰의 발포로 조선 농민이 다치고 죽는 것으로 사건이 그려지는 소설 사이의 거리는 다만 다큐멘타리와 허구의 장르적 차이로만 설명될 수 있는 것이 아니다. 이 차이는 무엇인가.

「이민부락견문기」에 따르면, 장자워프 마을은 이제는 '배는 부른 마을'이 되었다. "이민 부락으론 기중 자리잡힌 편"이고 "시찰단이 오면 흔히" 들르는 동네가 되었다. 만주국에서 발행하는 '채표'(복권의 일종-인용자)에 당첨되는 것이 농민들의 유일한 생활의 낙이요 꿈이다. 그런대로 평화롭고 넉넉한 일상이다. 그것을 돌아보는 이태준의 시선 역시 그의 이 여정이 줄곧 그러했듯이, 평화롭고 한가하다. 국경지대나 마찬가지인 지역의 특성상 "언제 어떤 정리를 당할지 추측할 수 없는" 불안이 있긴 하지만, 그것이 전체의 정조를 흔들 정도는 되지 않는다. 기행문의 결말은 이민부락을 감싸고 있는 이 평화와 여유의 분위기를 대단히 상징적으로 전달한다.

> 수긋하고 걸어 아까 그 봇도랑의 마을로 오니 8, 9세짜리 소년 셋이 수수깡 속과 껍질로 안경을 하나씩 만들어 쓰고 수수깡 속을 권련처럼 하나씩 물었다 뽑았다 하며 이런 노래를 부르고 노는 것이다.
> '유꾸리 천천히 만만디 다바꼬 한 대 처우엔바'
> 나중에 알고 보니 '처우엔바'는 담배를 피우자는 만주말이었다.[30]

일본어, 한국어, 중국어가 아이들의 입에서 자연스럽게 혼용되는 이 장면이 '오족협화' 슬로건의 구현을 드러내고 있음을 짐작하기란 어렵지 않다. (언어의 순서가 만주국에서의 각 민족의 현실적 서열을 따르고 있음은 작가의 의도일까? 우연의 일치일까?) 이 마지막 장면에서의 공들인 문학적 수사는 「이민부락견문기」의 최종적인 목적이 평화롭고 질서잡힌 '현재'의 만주를 보여주는 데 있음을 드러낸다.

---

30) 위의 글, 180쪽.

멧새 한 마리 날지 않는다. 어린아이처럼 타박거리는 내 발소리뿐, 나는 몇 번이나 발소리를 멈추고 서서 귀를 밝혀 보았다. 아무 소리도 오는 데가 없었다.[31]

「이민부락견문기」는 위의 구절로 끝난다. 나아가 이태준은 「만주기행」에서는 다시 한 줄을 추가하여 마지막 문장을 이렇게 끝냈다.

그 유구함이 바다보다도 오히려 호젓하였다.[32]

이 평화와 고요의 장면은 중일 전쟁의 전운에 감싸인 만주의 현실을 가리고, 결국 '만주국'의 협화(協和)적 이상을 충실히 재현하고 있는 것에 다름 아니다. 관동군의 강력한 무력을 바탕으로 한 진압 작전의 결과 '마적'(馬賊), '비적'(匪賊), '공비'(共匪) 등으로 불렸던 만주국 체제의 방해자들은 30년대 말에는 만주 일대에서 거의 소멸하였다. 1932년 여름 최대치 30만에 달했던 비적은 1930년대말 수백명으로 감소하였고, 최후의 무장 항일세력이었던 동북항일련군(東北抗日聯軍)은 1939년 겨울의 대추격 끝에 궤멸하였다. 위장에는 솔잎, 주머니에는 한시 몇 줄을 남긴 지도자 양정우(楊靖宇)의 사체가 발견된 것은 1940년 2월말이었다.[33]

혼란은 사라졌고 평화가 도래하였다. 만주국의 지배자들은 '왕도 낙토'의 건국 이념과 과거 군벌 체제의 혼란을 극적으로 대비시켰다. 새 만주국의 '왕도'와 '복지'의 이념을 선전하기 위한 가장 적절한 도구는 과거 군벌 체제의 '가정'(苛政)과 '학정'(虐政)에 대한 기억이었다. "이런 맥락에서 이미 소멸한 군벌 체제는 살아 있는 교육 자료로서, 세상의 모든 악을 짊어진 희생양으로서, 사람들 앞에 다시 나타나게 되었다."[34]

---

31) 위의 글, 같은 곳.
32) 위의 글, 같은 곳.
33) 한석정, 『만주국 건국의 재해석』, 동아대 출판부, 1999. 66쪽.

'악정(惡政)과 혼란의 과거=군벌 체제'라는 문구의 대쌍으로 '선정(善政)과 평화의 현재=만주국'이라는 문구가 자리잡은 담론 형태가 만주국 프로파간다의 기본 구도였던 것이다.

이태준의 소설 「농군」과 기행문 「이민부락견문기」가 이 구도 위에 서 있는 것임은 많은 설명을 요하지 않는다. "유구하고 호젓한" 만주의 '현재'가 「이민부락견문기」를 통해 보고되는 것이라면, 어두웠던 '과거', 혼란과 신고(辛苦)로 점철된 '과거'는 소설 「농군」을 통해 재현되는 것이다. 그리고 그 '과거'의 재현은 허구임을 핑계로 과장과 왜곡의 혐의를 벗는다. 모든 과거의 회상이 흔히 그러하듯이, 과거의 어둠이 깊으면 깊을수록 '현재'의 빛은 더욱 밝을 터이다. 그런 점에서 소설 「농군」은 기행문 「이민부락견문기」의 밝음을 더해 주는 '어둠의 기록'이다. 그러나 그것은 어디까지나 '과거'라는 사실이 강조되지 않으면 안 된다. 소설 「농군」의 첫머리에 작자가 굳이 "이 소설의 배경 만주는 그 전 장작림의 정권 시대"임을 밝힌 이유는 여기에 있는 것이다. '지금은 이런 혼란 즉, 군벌이나 토민들의 횡포는 사라졌다. 이제는 살만한 상태가 되었다'라는 언설이 1939년의 시점에서 행해지는 것이다. 이 '현재'의 평화와 성취를 큰 것으로 하려면 '과거'의 어둠은 더욱 깊어야 하는 것. 그에 따라 뻔히 다 아는 만보산 사건의 진상이 소설 속에서는 심하게 과장되었던 것이다.

이렇듯 「농군」은 그 선행 텍스트인 「이민부락견문기」와 함께, '왕도낙토'와 '오족협화'를 바탕으로 하는 '만주이데올로기'의 문학적 구현인 것이다. 이 작품을 한국 민족문학의 성과로 보거나, 이태준의 발전적 변모의 징표로 읽는 해석들은 수정되지 않으면 안 된다. 이 문제를 보다

---

34) 위의 책, 126쪽. 이러한 현상은 만주에서만 일어났던 것이 아니다. 일본에서는 (당연히 조선에서도), 마적이 들끓는 위험하고 황량한 만주 벌판이라는 일반적 이미지가 만주 사변 이후 '풍요'와 '복지'의 낙원이라는 것으로 바뀌었다. 이 점에 대한 자세한 설명은 Louise Young, Colonizing Manchuria: The Making of an Imperial Myth, Stephen Vlastos (ed.), *Mirror of Modernity—Invented Tradition of Modern Japan*, University of California Press, 1998. 참조.

146

깊이있게 검토하기 위해서 우리는 이제 이 논문의 두 번째 과제, 즉 30
년대의 식민지 조선에서 '만주'와 '만주 이민'이 지니는 의미, 그리고
그것과 식민지 문학과의 관계를 논해야 하는 지점에 와 있다.

3.

> "넓군요, 만주는. 나비 모양 같아요. 그렇죠? 아버지."
> 앞에 펼쳐진 극동 지도를 보는 순간 지로(二郎)가 말했다. 그렇게 말해도 아
> 버지로서는 잘 알 수가 없었는데,
> "아, 그렇구나. 나비가 일본을 향해 날고 있는 모습이네."
> 라는 이치로(一郎)의 설명을 듣고 보니, 과연 동쪽의 짙게 칠해진 장백 산맥
> 으로부터 동쪽 국경까지가 쭉 뻗은 몸통이 되고, 우수리강과 흑룡강이 만나는
> 시베리아의 하바로브스크가 나비의 눈이 된다. 남쪽 관동주(關東州)의 대련
> (大連)이나 여순(旅順) 부근이 꼬리, 서부 국경에서 열하성(熱河省) 쪽으로 걸
> 쳐 날개를 활짝 펴고 있는 모양이라고 보지 못할 것도 없다.
> "하하하. 과연. 멋진 큰 나비가 아시아 대륙에서 일본을 향해 훨훨 날아오
> 고 있구나. 좋구나."
> ―나가요 요시로(長與善郎), (『滿洲の見學』, 新潮社, 1941. 7쪽)

날개를 활짝 펴고 훨훨 날아드는 한 마리 나비의 밝고 가볍고 화려한
이미지, 일본에게 만주는 그렇게 상상되었다. '아버지가 너희들만 할 때
의 일본은 대만도 삿뽀로도 갖지 못한 작은 섬나라에 지나지 않았으나
이제는 조선을 병합하고 나아가 만주를 합해 대제국이 되었다'고 하면
서, 중학생인 두 아들을 데리고 만주로 여행을 떠나는 나가요 요시로(長
與善郎)[35]의 『만주견학(滿洲の見學)』은 만주를 향해 펼쳐졌던 그 숱한 상

---

35) 나가요 요시로(1888~1961)는 일본 상류사회 출신으로 무샤노코지 사네아츠(武者小路實篤),
　　시가 나오야(志賀直哉) 등과 함께 시라카바(白樺)파의 동인으로 출발, 시라카바파의 인도주의

상과 모험의 이야기들의 한 작은 사례이다.

만주를 포함하는 대제국의 비전은 일본의 수많은 우익 장교들, 개혁 관료, 좌익 및 우익 혁명가들의 상상력에 불을 당기고 이 과거의 원수들을 한 침대에 끌어들였다. 우익 범아시아주의자인 오카와 슈메이(大川周明), 반전(反戰)시인으로 널리 알려진 요사노 아키코(與謝野晶子), 코민테른의 첩자였던 좌파 혁명가 오자키 호츠미(尾崎秀實), 무정부주의자 오스키 사카에(大杉榮)를 살해한 헌병장교 아마카스 마사히코(甘粕正彦) 등이 제국을 위해 연합하는 이 기묘한 사태는 상상하기 어려운 것이었지만 사실이었다. 지식인들은 만주국을 통해 새로운 식민지의 도시 유토피아를 꿈꿨고, 농촌 개혁가들은 그들대로 농본주의적 파라다이스를 꿈꿨다. 그런가 하면 일부 사업가들은 비틀거리는 자본주의 경제의 회복제로 만주를 생각했고, 급진 장교들은 자본주의 자체를 무너뜨리는 수단으로서 만주를 꿈꿨다. 만주는 거대한 합작 프로젝트였고 모든 계층이 참여하는 대산업이었다.

1931년의 만주사변을 기점으로 만주는 ‘마적이 출몰하는 황폐하고 살기 힘든 황무지’의 이미지를 벗고 풍요의 땅으로 다시 태어났다. 수많은 출판물과 라디오, 영화 등의 대중매체에서 만주는 “마르지 않는 보물단지”, “개발을 기다리는 광활한 처녀지”, “샘솟는 자원의 땅”으로 묘사되었고 만주 벌판을 달리는 유랑마차의 이미지는 대중의 꿈을 자극했다. 거대한 애국주의(jingoism)가 대중매체들을 통해 전파되었고, 이념의

논객으로 활약하면서 소설과 희곡을 창작했다. 창작집 『陸奧直次郎』(1918), 『春の訪問』(1921), 희곡집 『孔子の歸國』(1920), 평론집 『靑銅の基督』(1923) 등이 있으며, 시라카바파의 가장 전투적인 존재로 명성을 얻었다. 만년에는 동양사상으로 기울어 많은 작품을 남겼다. (日本近代文學館 編, 『日本近代文學大事典』第二卷, 1977. 549~550쪽.) 나가요 요시로는 1944년 중국 남경에서 열린 「제3회 대동아 문학자 대회」에 무샤노코지를 대신해서 일본 대표단의 단장으로 참석한다. 이 대회에 이광수와 함께 조선대표로 참석했던 팔봉 김기진은 “그 대회에 모인 7, 80명의 문학자들 가운데 언어, 행동, 자세, 주제, 그밖에 모든 점에서 인간같은 인간, 문학자같은 문학자로 생각되었던 인간은 세 사람 정도였다”고 회고하는데, 그 하나가 바로 일본의 나가요 요시로였다고 한다. 나머지 하나는 북경대학 교수 錢陶孫, 다른 하나가 이광수였다는 것이다. 김팔봉은 이 대회에 이광수와 동행하고나서 새삼스럽게 그를 재인식하게 되었다고 한다. 이 셋 이외의 일본, 중국의 문학자들은 문학자로도 인간으로도 보이지 않았다고 말한다. (가와무라 미나토(川村 湊), 『滿洲崩壞-「大東亞文學」と作家たち』, 文藝春秋社, 1979. 31쪽)

좌우를 가릴 것 없이 거의 모든 지식인이 가담했다. 요사노 아키코는 1928년 만철의 초대로 40일 동안 만주를 여행하고 난 뒤, 일본 주도하의 만주 개발에 감명을 받고 일본의 제국주의적 사명을 확신하게 되었다. 1932년 아키코의 남편인 요나노 뎃간(與謝野鐵幹)은 만주사변의 "육탄 삼용사"를 기리는 서정시를 발표하고, 아키코 역시 전쟁 찬양시를 발표했다.[36] 산더미처럼 묻혀 있는 철광석, 번쩍이는 금 덩어리, 연기를 피워 올리는 석탄더미, 황야를 달리는 말, 나지막히 우는 소, 터벅터벅 걷는 낙타, 풀을 뜯는 양, 대두(大豆), 목화, 밀, 사탕수수를 낳는 비옥한 대지— 이렇듯 만주를 '풍요의 뿔'(cornucopia)로 기호화 하는 것은 만주 사변 이후 일본 언론 매체의 관습적 레토릭이 되었다. 일본이 이 보물 단지의 뚜껑을 여는 순간 풍요가 해안을 뒤덮을 것이었으니,[37] 이 '생명선'을 지키기 위한 전쟁이야말로 '세계최종전쟁'[38]이 아닐 수 없었다.

그리하여 '만주'는 당대의 모든 이념과 사상의 총 집결처, 거대한 실험장이 되었다. 만주국 건설의 이념 아래 공산주의자와 제국주의자, 농본주의자와 자본가, 기독교와 불교, 왕도주의(王道主義)와 카톨릭[39], 천황제와 근대주의, 국가주의와 초국가주의가 서로 동거하고 뒤엉키고 갈등했다. 만철 조사부로 모여 든 전향 맑스주의자들의 코뮨주의와 이시하라 간지(石原莞爾)의 '세계최종전론' 및 동아연맹론, 타치바나 시라키(橘撲)의 동양적 대동사상에 기반한 '농본주의적 사회주의' 등의 각축과 동상이몽은[40] 만주에의 꿈이 결국은, '몰락을 향한 신생(新生)에의 열정'

---

36) 『흐트러진 머리』(みだれ髮)(1901)로 이름 높은 일본 근대 문학 초기의 시인이며 가객인 요사노 아키코(與謝野晶子)(1878~1942)는 1904년 러일전쟁에 참가한 남동생에게 보내는 편지 형식의 반전시 「네 목숨을 버리지 말아다오」(「君死にたまふこと勿れ」)를 발표하였다.

37) 이상에서의 서술은 루이즈 영(Louise Young)의 앞의 책, 이곳저곳을 참조하여 요약한 것이다. 만주에 대한 이미지가 1931년 만주 사변을 기점으로 획기적으로 변화하는 것에 대해서는 루이즈 영의 앞의 논문 Colonizing Manchuria: The Making of an Imperial Myth, 참조.

38) 만주사변으로부터 만주국 건국으로 이르는 '滿蒙領有案'의 입안자인 관동군 참모 이시하라 간지(石原莞爾)는 일연종(日蓮宗)의 독실한 신도로서 인류의 미래를 최종적으로 판가름할 일본과 미국과의 '세계최종전'을 예언했다.

39) 국제연맹의 만주국 불승인 결정에도 불구하고 만주국을 국가로 승인한 곳은 일본을 제외하면 카톨릭 교황청 (바티칸 공국)과 카톨릭 국가 산살바도르였다. 가와무라 미나토, 앞의 책, 88쪽.

이라는 아이러니를 처음부터 배태하고 있었던 것임을 말해 준다.

　식민지 조선 사회가 이 신생에의 열정 및 총동원 시스템의 자장 바깥에 있을 수는 없었다. 루이즈 영은 만주사변이 만주 관련 책이나 오락물에 대한 폭발적인 수요를 불러 일으킴으로써 일본의 오락 산업과 출판계에 "천국의 만나(manna)"가 되었음을 말하고 있거니와[41], 규모의 차이는 있어도 조선에서도 사정은 마찬가지였다. 만주사변 이후 30년대 내내 일간 신문은 물론이고,『삼천리』,『동광』,『비판』,『별건곤』,『사해공론』 등의 잡지, 그리고『綠旗』,『思想と生活』,『文獻報國』,『內鮮一體』 등의 이른바 국책잡지 등에서 다룬 만주 관련 기사들, 만주 소개글들, 만주 기행문, 만주 정세 분석 논문들의 수효는 헤아릴 수 없이 많다. 이태준의「이민부락견문기」와「농군」이 그러한 맥락 속에 있음은 물론이다. 30년대 이래 조선에서의 '만주 붐(boom)'을 짐작케 하는 흥미로운 사례 두 가지만 들어 보자.

　「京城帝大豫科學友會」가 1941년에 발간한『滿洲旅行調査報告書』라는 133쪽 분량의 책자가 있다. 경성제대 교직원과 예과의 전체 학생 약

---

40) 타치바나 시라키(橘撲)가 주도한『滿洲評論』그룹은 이른바 '합작사 사건'을 통하여 투옥되고 그들 중 일부는 옥사하였다. 이시하라 간지도 관동군 내부에서 도조히데끼(東條英機) 등의 통제파 주류와의 권력 투쟁에서 패배하여 거세되었다. 타치바나의 '합작사 사건'을 중심으로 한 농본적 사회주의의 기획, 이시하라 간지의 '세계최종전론'에 입각한 동아연맹론, 그리고 이들의 만주국 내부에서의 노선투쟁과 패배 과정에 대해서는 임성모,『만주국 협화회의 총력전 체제 구상 연구-'국민운동' 노선의 모색과 그 성격』(연세대 박사학위 논문, 1997)이 가장 상세하고 요령있게 설명하고 있다. 한석정의『만주국 건국의 재해석』은 1932년부터 36년까지 만주국 초기의 정책과 국가효과에 대한 탁월한 분석이다. 만주국 이데올로기의 복합성과 혼재성에 대해서는 가와무라 미나토의 앞의 책이 좋은 참조가 된다. 만주 사변의 기획자로서의 이시하라 간지의 생애와 사상에 대해서는 Mark R. Peattie, *Ishiwara Kanji and Japan's Confrontation with the West*, Princeton University Press, 1975. 참조. 만주를 중화학 공업의 기지로 삼아 그것을 바탕으로 강력한 군사 제국의 구축을 꿈꾸었던 이시하라의 구상에 대해서는 고바야시 히데오(小林英夫)의「滿洲國の形成と崩壊」(小林英夫篇,『日本帝國主義の滿洲支配』, 時潮社, 1986) 참조.

41) 숱한 대중 오락물과 멜로 드라마, 대중 가요 들이 전쟁의 참상을 가리고 호도하는 데에 기여했고, 영화사들은 배우와 감독을 파견하여 기록 영화를 제작하면서 역사를 대중 오락용 볼거리로 만들었다. 조작된 전쟁 영웅 영화들이 제작되었고, 오락 산업은 제국의 신화 만들기의 수행자 (agent)가 되었다. Louise Young, *Japan's Total Empire*, p.70 및 p.74~75. 참조.

500명이 봉천에 있는 「滿洲醫大」를 방문하여 4일 동안에 걸쳐 각종 조사 연구 및 친선 행사를 한 결과를 묶은 책자이다. 이 책자에 따르면, 경성제대 예과와 만주 의대간의 상호 교환 행사는 1933년부터 시작되었고, 37년의 중일 전쟁으로 중단되었다가 41년에 재개되었다. 문과는 일본인의 대륙 발전 상황, 교통 산업 정황, 고궁 박물관, 국립 박물관, 사고전서(四庫全書) 등의 조사, 이과는 봉천, 무순의 각종 공장 및 탄광 견학, 지하 수질(水質), 지방병(病), 동식물 등의 조사 연구를 행했다. 또한 양교 학생 간의 운동 경기, 군사 강연, 좌담회 등의 행사도 가졌다. 그 결과를 묶은 논문집 형태의 책자인 이 보고서는 조선 유일의 제국 대학의 교과 과정 속에 만주가 깊이 자리잡고 있음을 보여 준다.

또 하나의 사례를 보자. 1938년 4월 13일 『조선일보』 4면의 「연예 오락」 기사이다.

高麗 映畵社에서 "福地萬里" 製作
故 沈薰氏 夫人 安女史도 出演
　조선 영화계는 금년 드러서 비상한 활기를 띠여오든바 이번 고려 영화사에서는 다대한 비용과 노력으로 『복지만리』(福地萬里)라는 영화를 촬영하게 되엿다.
　이 영화는 무대를 중북부 조선 급 만주, 동경 등지로 하야 충분한 실지 답사우에서 작품을 구성하야 개봉하게 되엿다 한다.

'복지만리(福地萬里)' 라는 표현에서 우러 나오듯이, 끝없이 뻗은 풍요의 땅 만주의 이미지는 조선에서도 이렇게 대중적으로 확산되어 있었다. 그리고 이 기사가 실리는 동일한 지면에 바로 이태준의 「이민부락견문기」가 연재되고 있었던 것이다.

만주국은 '오족협화' 의 이념을 기본으로 하고 있었다고 널리 알려져 있다. 그것이 실제로 어떻게 실현되었는가는 별 문제로 하더라도, 이른바 '협화' 의 물질적 기초는 '인구' (人口), 즉 '국민' 의 창출이었다. 어떻게 국민을 만들 것인가. 만주국은 흔히 ‘국민없는 국가’로 불린다.[42] 여기에서 중요한 문제로 되는 것이 바로 ‘이민 정책’이다. 만주국 건국 이후 일본 제국주의의 대규모 농업 이민은 ‘20년간 백만호(戶) 송출 계획’에 따라 집행되었다.[43] 이제 우리는 조선 농민의 만주 이민이 일본 제국주의의 만주 식민지화 과정과 어떤 연관 속에 있는가를 살필 지점에 와 있다.

한 논자는 농업 이민이 제국주의 지배의 방어벽이 되는 사정을 다음과 같이 설명한다.

> 농업 이민은 일반적으로 말하면, 토지 소유를 기반으로 하는 식민지 이주 및 정착이기 때문에 식민지 인민의 반(反)제국주의 운동에 최대의 방벽(防壁)이 된다. 식민지에 정착한 농업 이민은 자기가 취득한 토지를 포기하고 싶지 않으므로 최후까지 식민지를 사수하려 하고, 식민지 인민과 대결하려 하기 때문이다. 이것은 토지에 뿌리를 내린 농업 이민이야말로 제국주의의 식민지 지배를 최후까지 지지하는 세력임을 의미한다. 일본인 만주 농업 이민도 본질적으로는 이러한 성격의 이민이었다.[44]

만주의 신천지에 정착한 한 사람의 농부는 만주의 생명선을 방어하기 위해 싸우는 한 명의 병사, 만주국의 개발을 위해 사용되는 한 푸대의 시멘트와 같이 모두 총체로서의 제국에 촘촘하게 그물처럼 연결되어 있는 것이다.[45] 한편 만주의 농업 이민은 중대한 군사적 기능을 지니고 있는

---

42) “만주국에서 ‘국민’은 만주국 자체가 그러했듯이, 창출되어야 할 과제로서만 존재했을 뿐 ‘현실’로서 존재한 적은 없었던 것이다.” 임성모, 앞의 글. 196쪽.

43) 이시하라 간지는 만주국 건국 후 향후 20년 안에 만주국을 인구 5천만의 국가로 만들고, 일본인 인구를 전체의 10퍼센트로 할 구상을 가지고 있었다고 한다. 이시하라를 중심으로 한 관동군 참모부의 이른바 ‘滿蒙領有計劃’에 따른 만주국 건설의 기획은 만철 조사부의 협력을 얻어 이미 1929년에 상당한 정도로 준비되고, 1931년 6월 즉, 만주사변 발발 직전에는 만주국의 일년 예산안까지가 작성되어 있을 정도였다. 이런 사실에 비추어 보면, ‘만보산 사건’ 같은 사소한 분쟁이 만주사변의 한 계기가 되었다는 주장은 역사적 인과관계를 지나치게 자의적으로 해석하는 경우일 것이다. 위의 내용에 대해서는 야마무로 신이치, 『キメラ－滿洲國の肖像』, (中公新書. 1993), 27~29쪽.

44) 淺田喬二, 「滿洲農業移民政策の立案過程」, (滿洲移民史硏究會 編, 『日本帝國主義下の滿洲移民』, 龍溪書舍, 1976), 3쪽.

152

것이기도 했다. 만주의 농업 이민은 두 가지의 군사 기능을 하고 있었으니, 첫째는 북만주에서 시베리아 국경을 따라 일본인 이민 부락을 건설함으로써 소련에 대한 인간 방벽을 구축하는 전략적 의도를 따르는 것이었다. 둘째는 중국의 반일(反日) 게릴라 전에 대비하여 농민들을 준(準)군사 조직화 하는 것이었다. 실제로 이민 부락은 관동군에 군사적으로 복무하였고,[46] 자체 무장과 전투 능력을 구비한 집단으로 기능하고 있었다.

그렇다면 조선인 농업 이민은 어떠했는가? 조선인 이민은 이러한 일본인 농업 이민과 어떤 차이를 가지고 있는가? 기본적으로 당시의 조선인 이민은 일본 국적의 일본인이었다. 따라서 위에서 지적된 농업 이민의 일반적 성격에서도 예외가 아니었다. 그러면서도 조선인 이민은 일본인 이민에 비해 이중의 억압 아래 있었다. 만주에 이민한 조선 농민은 자신의 의지와는 상관없이 중국 당국으로부터 '일제의 앞잡이'로 인식되고 있었다. 이러한 사정은 1921년 조선총독부가 재만 조선인에 대하여 학교 설립 등의 보조금을 지급하고, 주요 지역에 직원을 상주 시키고 보조금을 주어 조선인회를 설립하게 하는 등의 정책을 시행하면서부터 시작되었으나, 이후 일본 제국주의의 만주 침략이 본격화 되면서 만주에서의 조선 농민의 입장은 더욱 악화되었다.[47] 다음의 글을 보자.

이 기간 [1910-1922]의 특징의 하나는 종래에 주를 이루었던 북선(北鮮) 이민에 남선(南鮮) 이민의 수가 더해진 것으로서, 그 한 계기가 되었던 것은 동척(東拓-동양척식회사)의 영업 개시에 따라 농민들이 토지로부터 유리된 것이다. 동척이 그 영업을 개시한 1910년 이래 1920년에 이르는 10년간, 일본 내지에서 이민을 끌어들인 수는 겨우 3,900호(戶)에 지나지 않지만, 그 사이에 16만 정보(町步)에 달하는 토지 매수 때문에 강제로 퇴거 요구를 받은 조선 농민은 2만3천9백호에 이른다. 결국 일본 이민 1호(戶)를 들이기 위해 7호의 조선 농민을 이동시켰던 것이다. 토지로부터 쫓겨난 이들 농민들에게는 만

---

45) Louise Young, 앞의 책, p.14.
46) 위의 책, p.46.
47) 依田憙家,「滿洲における朝鮮人移民」, (『日本帝國主義下の滿洲移民』), 497~499쪽.

주만이 유일한 활로였다고 할 것이다. 〈중략〉 여기서 중국 관헌의 조선 농민에 대한 박해의 실례를 거론할 지면은 없으나, 거주 방해, 퇴거 강요, 부당 과세, 귀화 강제(동시에 높은 수수료를 지움), 수전(水田) 몰수, 수확물 등의 착취, 어려움을 틈 타 처(妻)나 딸을 빼앗기, 불법 투옥, 불법 살해, 기타 모든 것이 행해지고, 1928년에만도 조선인 학교 폐쇄가 123교, 퇴거 강요가 400여 군데에 달하고 있다.

조선 농민의 역사적 수난에 대한 성실한 보고서로 보이는 이 글은, 그러나 조선인이 쓴 것도 아니고, 조선인의 입장에서 쓰여진 것은 더구나 아니다. 위의 글은 이타야 에이세(板谷英生)[48]라는 일본인이 1943년에 간행한 『滿洲農村記(鮮農篇)』이라는 책에서 인용한 것이다.이타야는 수개월에 걸쳐서 만주의 조선인 이민 부락을 찾아 다니며 세세한 기록을 남겼는데 그 목적은 "새로운 아세아의 지도이념을 찾고자 함"이라는 것이다.

아마도 범아시아주의의 신봉자, 혹은 타치바나 계열의 '합작사 운동'의 일원일 듯 싶은 이타야의 이 책은 (따라서 발간 즉시 발매금지 처분을 받았고 책 중간중간에 삭제된 부분들도 있다) 전체적으로 조선인에 대한 오리엔탈리즘 ("그들은 내지인이 잃어버린 무엇인가를 지니고 있다"), 극단적인 국가주의, 대동아공영에 대한 종교적 신앙 등으로 일관하고 있지만, 동시에 일본 제국주의 군사력의 보호 아래 있는 '제일선 부락'의 현실에 대한 세밀하고 자세한 사실들을 보여주는 자료로서의 가치를 지니고 있다. 만주에서의 조선 농민의 처지는 다음과 같은 서술이 잘 드러내고 있다.

사변 후 수년간 지방의 혼란은 참담한 것이었다. 특히 동변도(東邊道) 일대

---

48) 이타야 에이세의 본명은 이타야 아키라(板谷暲). 1903년생으로 아버지를 따라 조선 전라남도 영산포에 이주하였다가, 조선총독부의 식민정책에 반발하여 일본으로 건너와 메이지 대학 중퇴. 이후 동경에서 사진관을 경영하면서 조선에서의 거주 경험과 총독부 정책에 대한 반발로 농촌 조사 사업에 종사. 『東北農村記』, 『滿洲農村記(鮮農篇)』을 내었으나 출판과 동시에 발매금지를 당했다. 종전 후 농장 경영 등을 하다 1978년에 사망하였다. (가와무라 미나토(川村湊), 『滿洲崩壞—「大東亞文學」と作家たち』, 106쪽)

154

는 〈중략〉 계속하여 공산비(共産匪)까지, 마치 진흙탕을 휘저은 것처럼 소란하였다. 현재 만주 각지에서 볼 수 있는 수천, 수만의 토치카는 주로 그때 만들어진 것들이다. 농가가 집결되고 부락이 방벽으로 둘러 싸이게 된 것도 그때부터이다. 치안이 파괴되었을 때 치안 공작을 담당했던 일본, 만주, 조선의 유능한 사람들이 많았었는데, 누구보다도 성실했던 것은 조선 농민들이었고 그 때문에 그들은 몹시 곤란한 입장에 처하게 되었다. 비적(匪賊)들로부터는 "일본의 주구"라든가 "일본 제국주의의 앞잡이" 라든가 하는 식의 눈흘김을 받게 되었다. 한편으로 토벌대로부터는 항상 의심의 눈초리를 받고 '통비 용의자' 로 몰리기도 하는 것이다.[49]

1932년 2월 중국 국민당 회의는 조선인의 만주 및 몽고로의 이주를 금할 것을 결의하고 '선인구축령'(鮮人驅逐令)을 발하기에 이르렀다.[50] 근본적으로 재만 조선인이 처한 이러한 곤경은 일본 제국주의의 만주 침략에서 기인한 것이지만, 어쨌든 이것이 조선 농민의 현실이었음도 부정할 수 없다. 조선 농민의 만주 이민 역시 일본 농민의 경우와 마찬가지로 제국주의의 지배 전략 속에서 추진되고 시행되었던 것임은 말할 것도 없다. 다만 조선인 농민의 경우 그 사정이 더욱 열악하고 이중의 억압 아래 놓여 있었다는 것이다.

이타야의 이 책에는 매우 흥미로운 장면들이 많이 나온다. 험난한 자연 환경과 '비적(匪賊)' 의 습격에 맞서 마을을 건설해 낸 조선 농민부락의 과거와 현재는 조선 농민에 대한 저자의 지극한 동정과 연민의 시선에 의해 그려지고 있는데, 그때의 문체와 시각을 식민지 조선에서 조선인 작가에 의해 생산된 농민소설의 그것과 구분하기는 지극히 어렵다. 한편 이 책에는 조선인 농민의 '열전(列傳)' 이 수록되어 있는데, 그 중 하나가 '李氏傳' 이다. 한일합방 다음해 만주에 들어 와, 초창기 만주의 독립운동 단체였던 정의부(正義府)의 창립 멤버로 활동하다가 이제는 '귀순' 하여 모범적인 '안전부락' 의 지도자가 된 이 인물이 누구인지는

---

49) 이타야 에이세(板谷英生), 『滿洲農村記』(鮮農篇), 大同印書館, 1943. 91쪽.
50) 야마무로 신이치, 앞의 책, 38쪽.

불명하나, 적어도 이 기록 속에서 1910년대 만주 이민의 복잡다단한 사회적 삶(단순히 농사 문제에서 기인한 것이 아닌)의 일단을 유추해 볼 수 있기도 하다.

그런가 하면 만주국 협화회복을 입은 또 다른 조선인 마을 지도자의 다음과 같은 발언은 이 당시 대부분의 만주 방문 기록들이 어떤 프로파간다의 기능을 하고 있었는가를 대표적으로 보여주는 장면이다.

> 만주사변 이삼년 전부터 사변후의 혼란기에 걸쳐, 당시 지나 관헌이 우리에게 가한 박해가 얼마나 지독했던 것인가는 새삼 말씀드릴 것도 없을 것입니다. 거주방해, 퇴거강요, 귀화강제, 수전몰수, 수확물 기타 재산의 탈취 등은 괜찮은 편이고, 처나 딸을 빼앗고, 제멋대로 감옥에 집어넣고, 죽이고, 아무튼 개도 참을 수 없는 굴욕이 매일같이 가해졌습니다. 지나측에서 보면 '한국인은 일본의 주구-일본 제국주의의 앞잡이'이니, 모두 증오의 대상이었겠죠. 康德 원년(1934-인용자) 무렵부터 차차 치안이 회복되고 그런 일도 점점 없어졌습니다만, 그래도 흩어졌던 鮮農이 복귀하고 부락이 다시 모이고 어느 정도 안정이 되어 일을 할 수 있게 된 것은 康德 4년, 사변후 5, 6년 지난 다음부터올시다. 우리들은 이런 고난을 겪고 여기의 토지를 개척하고, 물을 끌어들여 만주인들이 버리고 돌보지 않은 습지나 황무지를 아름다운 논으로 만들었습니다.[51]

만주국 건국 이후 모든 혼란이 바로 잡히고 이제는 질서와 안정이 구가되고 있다는 이 담론이 당시의 만주 방문 기록들을 일관하는 것이었음을 여기서 다시 확인할 수 있다. 한편, 중국 농민을 바라보는 조선인 농민들의 시각은 앞서 「농군」에서도 잘 나타나 있지만, 그것 역시 당시의 한 습관적 인식이었음이 이 책에서도 드러난다. 다음 대목을, 앞서 살핀 나쓰메 소세키의 기행문과 대조하여 읽어 보면 이 습관적 인식의 뿌리깊음을 쉽게 알 수 있을 것이다.

---

51) 이타야 에이세, 앞의 책, 287~288쪽.

만농(滿農)은 대개 무식해서 자기 이름을 쓸 수 있는 자가 겨우 오륙명밖에 안 된다. 교육을 전연 받지 않은 저들 사이에서 그 오륙명은 훌륭한 재능을 타고 난 것이다. 그러나 그것은 남자들만이고 여자는 하나 남김없이 문맹이다. 마을 한가운데를 뒤져도 목욕탕도 없다. 鮮農의 말에 따르면 "저 놈들은 태어날 때 생긴 때(垢)를 죽을 때까지 안 떼낸다"는 것이다. 정말 놀랠 일은 어린 애가 죽으면 그것을 집 부근에 던져 놓고 돼지나 개가 뜯어먹어도 태연하게 보고 있는 습관인데, 개중에는 직접 돼지우리에 집어넣는 자마저도 있다고 한다. 그것도 일종의 애정의 표현일지 모르나, 도저히 눈뜨고 보기 힘든 것이다.

삼사일 부락에 있는 동안 이런 얘기를 두세명의 鮮農이 나에게 말해 주었는데, 그 말하는 품이나 태도로 보아 저들은 마음 속 어딘가에 滿農에 대한 민족적 멸시를 지니고 있는 듯했다. 저들 역시 목욕을 한 기억이 거의 없다고 해도 좋을 정도인 자들이지만, 그래도 滿農에 비한다면 문화적으로는 꽤 높은 단계에 있다는 자신이 분명해 보였다.[52]

제국주의에 의해 발매금지를 당한 이 책의 전체를 일관하는 제국주의적 폭력. 이것은 결코 예외적인 것이 아니다. 제국주의의 담론과 질서는 일방적이고 강압적인 물리적 폭력에 의해서만 작동하는 것이 아니다. 그것은 그 구조 안에 존재하는 모든 인간의 내면을 타고 그 속에서 변주된다. 그 사실을 외면하고 제국주의의 지배를 지배/피지배, 저항/굴종, 가해/수난의 단순한 이항대립적 구도로 파악하는 한, 제국주의는 영원히 번성한다.

따라서 만주의 조선인 이민을 이해하는 데에 있어서 무엇보다도 긴요한 일은, 제국주의 지배의 그러한 면모를 포함하여 일본 제국주의의 전체적인 연동을 고려하는 바탕 위에서 만주 이민과 이주 농민의 성격을 파악하는 것이다. 만주 사변 이후 급격하게 고조되기 시작한 '만주 유토피아니즘'은 식민지 조선에서도 거대한 이민의 행렬을 만들어 내었다. 농민은 농민대로, 지식인은 지식인대로, 장사꾼은 장사꾼대로 만주가 주는 환상과 꿈에 취했다. 그 신생에의 열정이 순식간에 몰락과 붕괴를 맞

---

52) 위의 책, 273~274쪽.

을 때까지 식민지의 사회 역시 깨어나지 못했다. 식민지 조선인에게 만주와 만주국은 아마도 대리(代理)해방의 공간이었다. '유사(類似) 해방감'과 '의사(擬似) 제국주의자'로서의 포즈가 가능한 곳. 만주는 그런 곳이었다.

식민지 사회에서 누가 이 허망한 도취로부터 각성되어 있었을까? 그것은 대답하기 어려운 질문이다. 그러나 이태준의 「농군」이 그 질문과 아무런 관련이 없다는 것은 지금까지 살펴 본 것만으로도 충분할 것이다.

4.

식민지 문학의 성과는 그러한 식민지적 무의식으로부터 얼마나 거리를 두는가에 따라 판별되는 것일지도 모른다. 만주 이민 문학의 경우도 마찬가지이다. 만주의 조선 농민이 처한 복잡하고 모순적인 위치에 대한 성찰 없이, 만주 이민의 삶을 농민 개척담(開拓談)의 수준으로 묘사하는 정도의 문학이 '만주 유토피아니즘'으로부터 벗어나기는 어려울 것이다. 또는 제국주의와의 정치경제적 의미 연관을 배제한 채 만주 이민을 오로지 피수탈자로서의 농민계층이라는 관점에서만 접근하는 것도 몰역사적인 이해 방식일 것이다.

만주라는 공간에서 벌어진 수십년의 드라마, "한국 현대사의 블랙박스"[53] 만주국의 정체가 단순무쌍한 도식으로 손에 잡힐 리 없다. 자신의 땅으로부터 유리되어 수만리 이역에서 목숨을 걸고 생존의 투쟁을 벌이는 농민, 그러나 그 투쟁이 동시에 제국주의의 버팀목이 되기도 하고 또는 타자의 삶을 위협하는 것일 수도 있었던 현실 (그것이 조선인이든, 일본

---

53) 한석정, 앞의 책.

158

인이든, 중국인이든 관계없이), 현실이란 또 실상 언제나 그러한 것이겠는데, 그 모든 것을 투시하는 문학만이 식민지의 구조와 질서를 깨는 문학으로 나아갈 수 있을 것이다.

그러나 뜻밖에도 식민지 현실을 그리는 우리 문학은 자주 그러한 감각을 잃기 일쑤다. 아마도 식민지 현실의 중압감이 오히려 그 현실에 대한 냉정한 직시를 거부하게끔 하고 매사를 단순한 이분법으로 파악하게끔 했을 터이지만, 그러한 사태는 창작에서만이 아니라 작품을 독해하는 데에서도 흔히 일어나곤 한다. 이태준의 「농군」과 그 읽기가 이런 현상의 전형적인 사례라 할 것이다. 「농군」은 당대에 한창 유행하는 관습적 이념을 생각없이 좇은 태작일 뿐, 식민지적 삶의 모순과 이중성을 드러내기에는 턱없이 부족한 작품이다. 그럼에도 불구하고 그 동안 이 작품에 부여되어 온 과도한 평가들과 무신경한 오독(誤讀)은, 다시 한번 식민지적 무의식을 생각게 한다. '만주국'은 아직, 있다.

주제어 : 만주, 만주국, 만주 유토피아니즘, 식민지적 무의식, 식민주의적 의식, 대동아공영

* 참고문헌은 각주로 대신 함.

◆ SUMMARY

Collapsing rebirth : Dream of Manchuria
and misreading of 『Nong-Gun』

Kim, Cheol

Yi Tae-Jun's short story 「*Nong-Gun*(Peasant)」 has been understood as an indication of the author's development in literary thoughts and/or a fruit of Korean *national literature*(민족문학) in the colonial era. But 「*Nong-Gun*」 is complicit with the Manchurian ideology which was disseminated by Japanese imperialism. 「*Nong-Gun*」 originated from a travel sketch 「*Iminburak kyonmungi* (A record of a visit to the Korean immigrants' villages in Manchuria)」, which described the 'present' peace and stability in Manchuria, but 「*Nong-Gun*」 was, in fact, full of the chaotic 'past' of Manchuria. Thus, both embodied the slogans of *Manchukuo* (만주국), that is, *odoragto*(왕도낙토), and *gojokyokai*(오족협화). What I want to emphasize mostly in this paper is that we have to be free from the perspective of egocentric nationalism and see the movement of Japan's 'total' empire when we read the Korean literature from the colonial era.

이태준의 「농토」론

김 은 정*

1. 들어가는 말

「농토」는 1946년 3월 5일 발표된 '북조선 토지개혁에 관한 법령'을 제재로 하여 쓰여진 작품이다. 「농토」에 대한 대략적 관심은 이태준이 월북한 이후 처음 쓴 장편소설로 그의 사상적 변모를 밝혀 주는 작품이라는 점[1], 그리고 당대 북한 사회에서의 중요한 현실 문제들을 얼마나 잘 형상화하고 있느냐[2]에 집중되어 있다. 그러므로 「농토」에 대한 선행 연구는 이태준의 이전 작품의 세계관과 단절된 상태를 전제하고, 새로운

---

* 창원대.

1) 류보선, 「역사의 발견과 그 문학사적 의미–해방 후 이태준의 문학」(『한국현대문학연구』, 제1집, 태학사, 1991.)과 강진호, 「이상과 현실의 거리–해방기 이태준 소설론」(『문학과 논리』 2, 1992.) 등의 논의가 있다.
2) 신덕룡, 「해방직후 리얼리즘소설연구」, 경희대 박사학위 논문, 1989.
  김승환, 「부르조아 민주주의 혁명적 세계관으로부터 사회주의 리얼리즘에로의 소설적 전화와 해방공간 토지문제로 현현된 주인과 노예의 변증법적 역진 과정」, 『해방공간의 문학연구2』, 태학사, 1990.
  한형구, 「해방공간의 농민문학」, 『해방공간의 문학연구2』, 태학사, 1990.
  김재용, 「북한의 토지와 그 소설적 형상화」, 〈실천문학〉, 1990년 봄.
  김재영, 「〈농토〉 연구」, 『이태준 문학연구』, 깊은샘, 1993.
  최정주, 「해방기의 이태준 소설연구」, 전주우석대 박사학위 논문, 1994. 등의 논의가 있다.

창작 방법론인 사회주의 리얼리즘의 이론에 근거하여 창작한 작품으로 「농토」를 상정하여 사회주의 리얼리즘의 방법론에 근접하여 작품을 평가하고 있다고 볼 수 있다. 이러한 평가는 일면 타당하기는 하나 해방 이전(또는 월북 이전)의 작품들과의 관련성을 고려[3]하지 않고 있다는 점에서 문제가 있다. 물론 「농토」가 이전 작품과의 상이성이 두드러진 작품이기는 하나 이러한 상이한 특징들이 이태준의 어떠한 세계관의 변화에 의해 표출된 것인지에 대한 논의가 전제되어야 한다. 그러므로 이태준의 전체 작품과의 관련성 속에서의 「농토」에 대한 이해는 진정한 작품의 의미를 밝히는 것이 될 것이다.

그러므로 본고는 이태준의 전체 작품의 세계를 고려하여, 「농토」 역시 새로운 창작 방법론에 의한 작품이라는 특성보다는 주체 억쇠의 욕망을 통해 드러나는 작가의 욕망이 무엇인가 하는 측면에 초점을 맞추어 분석한다. 특히 자신이 선택한 이념에 합일하려는 이태준의 욕망이 억쇠를 통해 어떻게 드러나는가 하는 부분과 「농토」가 해방 이전의 이태준의 작품과는 어떤 관련성을 가지는가 하는 부분을 고찰한다. 물론 이러한 관련성의 부분은 기존의 논의[4]가 보여 주었던 단순한 '소재'의 관련성이 아니라 억쇠라는 인물의 성격화가 해방 이전 작품의 인물과 어떻게 관련되나 하는 부분이다.

2. 주체의 성격

「농토」는 억쇠를 둘러싼 사회상의 변화에 따라 크게 세 부분으로 나

---

3) 물론 이전 작품과의 관련성을 중심으로 「농토」를 평가한 논의도 존재한다.
    최유찬, 「이태준의 삶과 문학」, (『리얼리즘 이론과 실제비평』, 두리, 1992.)에서는 「농토」를 상허의 중기 작품인 「농군」, 「돌다리」 등과의 연장선상에서 파악한다.
4) 최유찬, 위의 책.

눌 수 있다. 그리고 이러한 사회상의 변화는 주체인 억쇠의 성격이 어떠한 경로로 형성되는가를 보여 주는 역할을 하기도 한다. 세 시기는 먼저 억쇠의 어린 시절에 해당하는 부분으로 봉건제 사회에서 윤판서댁 노예의 신분이었던 시기, 그리고 자본주의제 사회로 넘어오면서 윤판서댁 노예 신분에서는 해방되나 권생원의 소작농, 동척의 소작농 등 소작농으로 있던 시기, 그리고 해방이 되어 도꾸지네 논을 자작하며 토지개혁에 나서는 시기가 그것이다.

「농토」의 이러한 변화는 물론 사회상의 변화를 중심으로 하였지만, 주체 억쇠의 욕망의 변화도 중요한 역할을 하고 있다. 먼저 억쇠의 어린 시절에 해당하는 봉건제 제도 하에서 억쇠는 윤판서댁 머슴의 신분이다. 「농토」의 첫 장은 억쇠 어미 '팔월이' 의 죽음에서 시작되는데, 이 장의 분위기는 상허의 해방 이전 단편 작품인 「밤길」과 유사하다. 천한 이의 죽음이 귀한 사람의 첫 시작에 조그마한 액운이라도 끼칠까 하여 아예 죽음 자체를 자신들과 무관하게 하려고 집 밖으로 내치는 것부터, 또 주체가 이러한 내침을 당연한 것으로 받아들이고 억울한 심사에 대한 원망을 '비' 와 '눈' 으로 대변되는 하늘에만 하는 것까지 그 정서가 유사하다고 하겠다.

이 첫 장에서 억쇠의 성격화가 이루어진 부분은 '미욱한 녀석' 이라는 말이 옳을 만큼 완벽한 노예의식에 사로잡힌 아비 천돌이가 억쇠 어미 팔월이 콧구멍에서 회가 한 마리 나왔다는 사실까지 노마님에게 이야기하려고 하자 그것을 못하게 아비를 쿡 찌르는 것에서부터 시작된다. 이렇게 억쇠는 아비와 달리 눈치가 빠르고 영리한[5] 인물로 형상화 된다. 억쇠의 이러한 자질은 아비와 함께 피접간 '가재울' 에서 나릿님과 아씨에게 요긴한 존재가 되고 아비인 천돌과 떨어져 가재울에서 새로운 생활을 하게 되는 계기가 된다. 그러므로 억쇠의 성격의 첫 번째 특징으로 들 수 있는 것은 '영리함' 이라는 특질이다. 이러한 특질은 억쇠가 본연적인

---

5) 억쇠는 도련님 학교로 점심 심부름을 가면서 어깨 너머 글로 언문과 일본 '가나' 는 제법이요 한 문글자도 웬만한 편지 봉투 쯤은 뜯어보는 정도의 인물로 형상화된다.

욕망으로서 '토지 소유'의 욕망을 형성하는 과정에서나 '토지개혁제도'라는 체제를 이해하고 적극적으로 수용하는 과정에서도 표출되는 특질이라 할 수 있다.

이러한 '영리함'의 자질과 함께 제시되는 억쇠의 또 다른 자질은 자신의 부모에 대한 부정적 시각이다. 억쇠가 가지는 자신의 어미 팔월이에 대한 기본적인 생각은 '한 두 번 아니게 남부끄러운 어미'라는 것이다. 또 실제로 어미의 주검 앞에서 억쇠의 태도는 '입이 걷잡을 수 없이 뒤틀리고 꺽꺽 치받는 울음을 억지로 참는' 아비와는 달리 '울기는 고사하고 죽은 어미와 이런 꼴의 아비[6]를 발길로 질르기나 할 것처럼 새파랗게 노려보는 눈'[7]으로 형상화된다. 이렇게 억쇠가 아비나 어미에 대해 가지는 부정적인 생각의 근본 원인은 이들 어미 아비가 자신에게 보여주면서 그것을 본뜨게 하려는 '지나친 노예 근성' 때문이다. 억쇠의 눈에 비친 아비 어미의 모습은 '개처럼 꼬리가 없어 흔들지 못한 것만 한'이 되는, 인간이기를 포기한 노예로서만의 모습이기 때문이다.

어미의 주검 앞에서 '새파랗게 노려보는 눈'으로 형상화된 억쇠의 성격은 두 가지 의미를 가진다. 하나는 앞서 제시한 대로 아비와는 달리 '영리함'의 자질을 소유한 인물이기는 하나 사회적 불평등 구조에 관해서는 저 역시 '미욱'하다는 점이다. 즉 자신이 노려볼 대상이 결코 자신의 어미나 아비가 아니라는 사실을 아직 자각하지 못하고 있는 상태라는 점을 이야기해 준다. 이런 점에서 억쇠는 발전적 인물이 되기 전 백지 상태의 인물이라 할 수 있다. 또 다른 의미는 억쇠의 이러한 눈을 통해 아비와 같이 운명에 순응하는 인물이 아닌 '잠재된 혁명성'[8]을 가진 인물로 의미화된다는 것이다. 물론 이러한 잠재된 혁명성이라는 용어는 이

---

6) 억쇠의 아비에 대한 생각 역시 부정적이라는 것은 앞서 제시한 부분에서 보여주듯이 아비가 '미욱한 인물'이라는 사실을 드러내는 부분이나, '상전 앞이라면 뼈대 없이 설설 기기만 하여 저까지 절로 그 뽄을 뜨게하는 애비'(「농토」, 200쪽)라는 표현 등에서 드러난다. 어미에 대한 생각보다는 그 강도가 덜하지만 아비에 대한 억쇠의 생각 역시 상당히 부정적인 것이다.
7) 「농토」, 192쪽.
8) 이재봉, 「해방기 이태준 소설연구」, 부산대 석사학위 논문, 1990. 28쪽.

작품 자체를 사회주의 리얼리즘의 창작 방법론에 입각한 작품이라는 점을 염두에 둔 것으로 이후 서사의 진행 과정에서 억쇠의 성격화가 완전히 이루어지고 난 이후의 상황을 전제로 한 용어이다.

어린 억쇠의 '새파랗게 노려 보는 눈'은 자신이 처한 운명을 벗어나고자 하는 강한 욕망을 표출하는 것으로도 볼 수 있다. 아비 어미에 대한 부정적 생각과 함께 '가재울에서의 생활이 억쇠에게 무엇보다 좋았던 것은 노예 근성이 뼈 속 깊이 스며있는 아비로부터 벗어난 생활'이라는 점을 제시함으로써 억쇠의 근본적 욕망은 '새롭게 시작'하고 싶은 욕망이라는 것을 보여 준다. 이러한 욕망의 계기가 된 것은 물론 자신의 뿌리인 어미 아비에 대한 부정이다. 그리고 억쇠는 자신이 인지하지못하는 사이에 어미 아비와 같은 삶을 살고 싶지 않다는 욕망을 내면화하고 있는 것이다. 그러므로 억쇠의 이 눈은 바로 아비 어미를 향하는 것이라기보다는 자신이 헤쳐 나가야 할 자신 앞에 놓여진 운명을 향한 것이며, 자신의 궁극적인 욕망을 표출하는 것이라 할 수 있다.

윤판서댁 머슴 신분에서 벗어나 권생원의 소작농, 동척의 소작농으로 일하던 시기의 억쇠의 성격에서 가장 큰 변화는 실제로 느끼지 못했던 소작농의 비애를 경험하고, 지주의 부당함에 대한 울분을 가지게 되었다는 것이다.

'힘은 힘대로 들고 탐탁히 목을 것도 떨어지지 않는 농사 그나마 지주는 공치사를 하며 사람을 종부리듯 하려드니 이렇게 사는 것도 남의 신세란 말인가?' (229쪽)[9]

이것은 앞서 노예 근성을 가졌다는 사실을 근거로 자신의 아비와 어미에게 가졌던 부정적 생각의 확대된 형태라 할 수 있는 것으로 부정에 대한 정확한 대상을 인지하였다는 점에서 그러하다. 그러므로 이러한 점에서 억쇠는 욕망의 주체로서의 성격을 확립해 간다고 할 수 있는 것이다.

---

9) 이태준, 『소련기행, 농토, 먼지』, 깊은샘, 2001. 이하의 인용은 이 책으로 하며, 면수만 표시한다.

다음 시기인 해방 이후 억쇠의 성격에서 가장 두드러진 특징은 자신이 처음으로 간직하게 된 '행복'을 빼앗길 것에 대한 불안과 이러한 불안으로부터 자신의 행복을 올바른 방향으로 지켜줄 수 있는 제도로서 '토지개혁'을 수용하고자 한다는 것이다. 물론 억쇠의 이러한 행복의 절대적인 대상은 '분이'와 분이와 함께 일굴 땅을 의미하는 것이다.

"그까짓 땅이라니? 난 당신 담에는 땅이우!"
"그건 나두! 당신 어떻게 될까봐 그게 애가 씌니깐 그까짓 땅이란 말이지 뭐!"
이래서 이들은 서로 애끼고 서로 의지하는 마음이 굳어가면서도 역시 땅 때문에 불안이 가시지 않던 무렵에 '토지개혁법령'이 떨어진 것이다.(304쪽)

그러므로 억쇠가 확연한 의미에서 발전적 인물의 성격을 가지게 시점은 해방 이후 토지개혁법령이 발표되는 때라 할 수 있다. 그리고 억쇠의 발전적 인물로의 각성의 내부에는 자신의 소박한 행복을 지키고자 하는 인간적인 욕망이 내재해 있다고 할 수 있다. 이러한 인간적 욕망은 앞으로 다룰 욕망의 서사적 구성화의 부분에서 회귀의 플롯과 깊은 관련을 가지는 특질이라 할 수 있다.

3. 토지개혁 제도의 수용 욕망과 농토 소유의 욕망

욕망의 주체 억쇠가 가지는 가장 궁극적인 욕망은 '토지개혁제도'의 수용 욕망과 '농토 소유'의 욕망이라 볼 수 있다. 그 중 표층적인 욕망으로 제시되는 것이 '토지개혁제도' 수용의 욕망이며, 욕망의 주체 억쇠가 '토지개혁제도'를 수용하고 이해하는 과정에서 가장 적극적인 긍정적 객체로 작용하는 인물은 최성필이다.[10] 최성필은 억쇠가 문제적 개인으로 성장하는 데 절대적인 조력자가 되는 인물이다.

"지금부터라구 그 집 농살 거두기만 험 내가 추수해 먹을 수 있을까요?"

"먹지 않구? 동무가 그렇게 자신 없이 굴면 안 되우. 집을 멀쩡허게 뺏기구, 이태씩 종살이를 허구, 어째 그런 놈의 새낄 철저하게 미워 못허는 거요? 해방된 오늘두 그자들헌테 쭈볏거림 안 되우. 인전 우리들 자신이 싸워 이기며 살어야 허는 거요. 우리 헐일이 인제 많소!"(283쪽)

이렇게 최성필은 해방 이후 억쇠가 '토지개혁제도'를 수용하고 이해할 수 있는 인물로 성장하는 데 막대한 역할을 한다. 억쇠는 성필의 논리로 생각하고 성필의 시각으로 세상을 보기 시작한다. 물론 억쇠는 '토지개혁제도'에 대해 처음부터 원칙적으로 동의하는 입장이었다. 단지 두 가지 정도의 의구심을 가지고 있었는데, 이러한 의구심을 실제로 풀어준 인물은 최성필이 아니라 그의 아버지인 최초시이다. 그러나 억쇠의 의구심을 '토지개혁제도'의 원칙에 대한 설명으로 풀게 해준 인물이 실제로는 최초시이기는 하지만 그는 그 자체로의 의미보다 성필의 '원칙에 대한 입장'을 억쇠에게 전달하는 역할이라 볼 수 있다. 그러므로 최초시의 역할은 최성필의 대리자의 역할 정도라고 할 수 있다. 이것은 또한 해방 이전 최성필과 함께 '소작쟁의'를 도왔던 '주의자'의 역할과도 동일한 것이라고 할 수 있다. 그러므로 억쇠가 '토지개혁제도'를 수용하고 이해하는자 하는 욕망의 적극적인 긍정적 객체는 최성필인 셈이다. 이러한 최성필의 역할은 바로 억쇠가 '토지개혁제도' 수용 욕망을 성취하는 것을 돕는 것이라 할 수 있다.

억쇠의 원칙적인 토제개혁제도를 이해하고 수용하고자 하는 욕망에

---

10) 히그비는 욕망의 구조를 주체와 객체의 상호 작용에 의한 것으로 파악한다. 그러므로 욕망의 분출과 통제의 상호 조절 작용에 의해 욕망이 순화되는 과정이 서사의 과정이라는 그의 논거에서 가장 중요한 요소가 되는 것이 바로 '주체'와 '객체'의 관계라 할 수 있다. 주체에 대한 객체의 태도를 히그비는 두 가지 타입으로 분류한다. 그것은 주체의 욕망을 위해 기능하는 긍정적 대상으로서의 객체와 주체가 욕망하지 않은 것, 즉 주체의 욕망 충족에 반대하는 기능을 하는 부정적 대상으로의 객체가 바로 그것이다. 긍정적 객체는 주체의 보호자의 기능을 하거나 주체가 욕망의 성취로 나아갈 수 있도록 도와 주는 기능과 함께 2차 주체의 역할을 하기도 한다.(Robert Higbie, *Character & Structure in the English Novel*, University Press of Florida, 1984.)

부정적인 역할을 하는 인물은 권생원과 달운이다. 권생원의 경우는 자신의 농토가 토지개혁제도에 걸려 몰수당하는 위기에서 '토지개혁제도' 자체가 지나치다는 입장이며 이러한 지나친 제도는 결코 정당성이 없는 제도라는 것이다. 권생원의 이러한 논리가 억쇠와 분이를 불안하게 한다는 점에서 권생원은 부정적 객체로 작용하는 것이다.

권생원의 토지개혁제도에 대한 자기식 해석에 억쇠와 분이가 말문이 막힌 이유는 우선 '토지개혁제도'에 대한 이해의 부족과 함께 오랜 주종관계가 벗어나지 못해 권생원 앞에서 자신들의 입장을 떳떳하게 주장하지 못하는 심리적 위축감에서 기인하는 것이다. 이러한 심리를 억쇠는 자신의 힘으로 극복하려고 하는데 이 또한 억쇠가 발전해 가는 모습이라고 할 수 있다. 즉 권생원이 억쇠의 '토지개혁제도'를 이해하고 수용하고자 하는 욕망의 성취를 방해하는 부정적 객체를 주체 억쇠가 극복해 가는 과정은 억쇠가 근본적으로 가지고 있는 권생원에 대한 주종관계의 심리를 벗어나는 행위와 같은 것이다. 억쇠는 이러한 극복을 조력자 최성필의 도움 없이 스스로 행하고 있다.

억쇠의 '토지개혁제도' 수용의 욕망에 또 다른 부정적 객체로 작용하는 '달운'이의 역할은 억쇠가 가진 근본적인 '토지 소유'의 욕망까지를 부추기는 유혹적인 것이라 억쇠는 달운의 제안에 잠시 흔들리기도 한다. 달운은 자기가 도꾸지와 연결을 해 줄테니 억쇠에게 억쇠가 부치고 있는 도꾸지네 땅을 살 수 있는 만큼 사두라고 한다. 이것은 땅을 사지 말라는 농민조합의 원칙과는 대립되는 것이다. 결국 농민들의 '치정에 가까운' 땅에 대한 본능적인 소유욕과 농민조합의 원칙 사이의 갈등이 바로 억쇠의 근본적인 갈등이라고 할 수 있다.

이러한 달운의 유혹 역시 억쇠는 '토지개혁제도'를 이끄는 농민조합에 대한 전적인 신뢰를 통해 극복할 수 있게 된다. 달운이의 유혹에 대한 거부 역시 최성필의 도움 없이 억쇠가 혼자 결정하고 판단하였다는 점에서 억쇠의 성장된 모습을 보여 주는 것이라 할 수 있다.

이렇게 억쇠가 '토지개혁제도'의 원칙에 대한 이해와 수용을 욕망의 대상으로 하였을 때, 억쇠의 이해를 방해하는 부정적 객체가 일제 시대부터 부정적 역할을 행하던 인물이라는 점은 또한 이 작품의 도식성을 짐작할 수 있는 부분이다. 그러므로 「농토」의 표층적인 욕망의 구조는 '억쇠가 최성필을 도움을 받아 '토지개혁제도'의 원칙을 이해하고 수용하고자 한다. 또한 이러한 수용을 통해 사회주의 이데올로기에 대한 각성이 이루어진다'고 정리할 수 있다.

'농토'를 소유하고자 하는 억쇠의 욕망은 농민이 근본적으로 지니는 땅에 대한 친연적 애정의 한 형태이다. 「농토」의 전체 구조는 농민의 땅에 대한 신뢰와 애정을 바탕으로 한 피와 땀의 결실을 불합리한 '제도'가 착취한다는 것이다. 물론 이러한 구조는 봉건제에서부터 해방 이후까지 이어지는 것으로 이러한 제도의 개혁을 통해서만 농민의 진정한 욕망이 이루어진다는 것이 이 작품의 주제라고 할 수 있다. 그러므로 앞서의 '토지개혁제도'의 수용 욕망은 바로 이러한 불합리한 제도의 개혁 형태로서의 '토지개혁제도'를 의미하는 것이라 할 수 있다.

피땀 흘린 노동의 결실을 착취당하는 농민의 궁극적인 욕망은 '노동의 결실을 착취 당하지 않을 수 있게' 되는 것이다. 그것은 바로 자신의 농토를 소유하는 경우에만 추구될 수 있는 욕망이다. 그러므로 억쇠가 추구하는 '농토 소유'의 욕망은 억쇠 개인에게만 집중된 욕망이 아니며 그 시대 농민들의 공통된 욕망이라고 할 수 있다.

농토를 소유하고자 하는 억쇠의 욕망이 가장 구체적인 형태로 나타나는 순간은 윤판서 댁 노비의 신분에서 벗어나면서 그 대가로 받은 사백 원의 돈으로 가재울에서 아버지와 농사를 지을 수 있는 '하루갈이 밭'을 사려고 하는 데서 구체적으로 드러난다.

　아직 겨우 동틀머리였다. 그 용길네 밭으로 뛰여왔다. 양지짝이라 어느 밭보다도 눈이 먼저 녹고 눈이 안 덮이는 해라도 이 밭엣 보리는 얼어 죽는 법이 없다. 산 밑으로 높은 데는 자갈이 더러 밟히기는 하나 이 밭이 제 손으로 들어만 오는 날은 돌이라고는 콩쪽만한 것 하나 그냥 두지 않으리라 그것부터 벨렀다. 신바닥에 흙 닿는 맛이 시루떡 같은 것도 처음 느껴보는 땅에의 애정

이다. 억쇠는 흙을 한 줌 집어 부실러보고 입에 갖다대어도 보았다. '토지 감
정허는 기사들은 흙맛두 본다는데 어떤 맛이라야 좋은 건지…' (223쪽)

그러나 억쇠의 이러한 농토 소유의 욕망은 좌절되고 만다. 이러한 좌
절로 인해 억쇠는 권생원과 동척의 소작농이 될 수 밖에 없었고, 성취되
지 못한 욕망은 더욱 절실한 형태로 남게 된다. 간곡한 땅에의 욕망을 가
지고 있다는 것과 이러한 간곡한 욕망을 결코 성취할 수 없는 제도 속에
있다는 것을 동시에 보여 줌으로써 '제도의 개혁' 만이 이러한 본연적 욕
망을 성취할 수 있는 유일한 방법이라는 것을 또한 이 작품은 제시하고
있는 것이다.

본연적인 토지 소유의 욕망은 제도의 개혁 없이는 불가능하다는 인식
을 억쇠가 가지게 되는 계기가 되는 사건으로서 성필과 낯선 '주의자' 와
의 만남을 들 수 있다. 그러므로 앞서 제시한 바와 같이 최성필의 역할은
억쇠가 '토지개혁제도' 의 수용 욕망을 성취해 가는 데 긍정적인 역할을
할 뿐만 아니라 본연적인 토지 소유의 욕망을 성취하는 데도 긍정적 역
할을 한다고 볼 수 있다.

이와는 대립적으로 억쇠의 '토지 소유의 욕망' 에 부정적 객체로 작용
하는 인물은 용길네의 하루갈이 밭을 사지 못하게 적극적으로 방해하는
인물인 팔근이다. 팔근이는 '힘 안들이고 돈 생기는 일에는 팔근이처럼
에산이 빠른 사람은 없다' 는 제시에서 알 수 있듯이 계략이 뛰어난 인물
로 이러한 팔근이의 계략에 의해 결국 억쇠의 농토 소유의 욕망은 좌절
되고 만다. 그러나 여기에서 팔근이는 중간에서 계략을 행하는 인물일
뿐이고, 실제로는 '황군수의 아들' 이라는 유력한 세력에 의한 욕망의 좌
절이 실행된다는 점에서 결국 이 역시 제도를 통한 전면적 개혁 없이는
억쇠의 궁극적인 욕망의 성취는 불가능하다는 것을 보여 준다.

4. 욕망의 서사적 구성화로서의 플롯

4.1. 전진과 각성의 플롯

커모드는 서사물은 본질적으로 열린 구조를 갖는 이야기와 해석 사이의 대화라고 정의하고, 텍스트에는 독자를 편안하게 해주는 순서와 인과의 연속으로 이루어진 전경화된 플롯이 하나 있고 이 연속성과 무관하게 또는 연속성에 적대적이기까지 한 비연속적 요소들로 이루어진 또 다른 플롯 혹은 배반적 텍스트가 있다고 주장한다.[11] 「농토」 역시 두 가지 욕망을 구성하는 두 가지 플롯으로 구성되어 있다고 파악할 수 있고, 전경화된 플롯으로 '전진과 각성의 플롯'을, 그리고 후경화된 플롯으로 '회귀와 합일의 플롯'으로 구성되어 있다고 상정할 수 있다.

「농토」의 플롯 고찰에서 가장 근본적인 부분은 물론 주체 억쇠에게 일어난 중요한 사회적 변화는 바로 억쇠의 행위와 심리를 변화시키는 플롯이 된다는 점이다. 그러나 여기에서 중요한 것은 주체 억쇠가 형성하는 욕망을 따라 구성되는 플롯을 따라 억쇠를 통해 표출하고자 하는 작가의 지향점을 살펴보는 것은 단순히 억쇠를 둘러싼 사회 조건의 변화만을 통한 작품 고찰에서 찾아내지 못한 「농토」의 새로운 국면을 발견하게 할 수 있다는 것이다.

먼저 억쇠가 종의 신분으로 있을 때, 억쇠의 욕망은 물론 종의 신분에서 벗어나 자유로운 생활을 하고 싶다는 것이다. 그러나 이러한 억쇠의 욕망은 억쇠가 아직 그러한 욕망을 구체적으로 추동시킬 만큼 성장하지 못한 상태이기 때문에 적극적인 표출이 이루어지지는 않는다.

억쇠가 자신의 욕망이 무엇인지를 구체적으로 알지 못하는 상태라는

---

11) Frank Kermode, 「*Secrets and Narrative Sequence*」, Critical Inquiry Vol.7, No.1 (Chicago, Autumn, 1980).

정보와 더불어 억쇠의 '사회'에 대한 인식이 어느 정도인지를 알려 주는 부분은 아비 천돌과 함께 가재울로 향하는 기차 안 장면에서이다. 억쇠는 도적이나 노름꾼 같지 않은 행색의 죄인이 포승줄에 묶여 잡혀 가면서도 태평스럽게 졸고 있는 것을 보게 된다. 이 부분의 서술에서 작가는 넌지시 '소작쟁의'에 대한 기사를 언급하면서 주체인 억쇠는 이러한 '소작쟁의'와 자신이 현재 목격하고 있는 죄인의 죄목을 연관시키지 못한다는 언급을 빠뜨리지 않는다.

이것은 현재 억쇠의 상태는 사회적 현실에 대한 아무런 의식이 없는 상태라는 것을 보여 주기 위한 것이며, 이것은 아무런 의식이 없던 인물이라 하더라도 억쇠와 같은 발전적 인물[12] 혹은 문제적 인물이 될 수 있다는 것을 강조하기 위한 하나의 전략이라고 볼 수 있다. 그리고 이 장면은 억쇠가 이후에 문제적 인물로 발전하였을 때, 다시 한번 회고됨으로써 그 전략의 의미를 다하게 된다.

가재울에서 억쇠가 땅에 대한 본질적인 친연감[13]에서 벗어나 사회 인식을 가진 문제적 개인으로 성장하는 계기가 되는 사건은 '타작마당'을 목격하면서부터이다. 이것은 억쇠가 처음으로 땅에 대해 가지게 되는 생각인 '세상에 농사처럼 좋은 건 없구나!'와 같이 땅에 대한 감정이 절정의 순간에 도달하였을 때[14]라 억쇠에게는 더욱 충격적인 경험이 되는 것이다. 그리고 이것은 또한 억쇠가 앞으로 겪게 될 '타작마당의 비애'를 함축하는 것으로도 볼 수 있다.

> 억쇠는 땅이란 땅에다 땀을 흘리는 점둥이네나 노마네에게 좋은 것이 아니라 가만히 앉아서 남이 지어놓은 농사를 절반씩 들어가는, 그것도 한두 집에서가 아니라 수십 수백 집에서 걷어다가 저 혼자만 위장병이 생기도록 먹고

---

12) 억쇠를 기존의 논의에서는 사회주의 리얼리즘의 작품에서 보여 주는 '전형성'을 획득한 인물로 평가하고 있다. (신덕룡, 앞의 책, 29쪽과 최정주, 앞의 책, 114쪽).
13) 이러한 땅에 대한 본능적인 친연감은 상허의 해방 이전 작품들에서 지속되는 맥락이다. 「농군」, 「돌다리」 등의 작품과 직접적으로 연관되는 부분이 바로 이 부분이라 하겠다.
14) 이러한 상황 제시 역시 상허의 해방 이전 작품에 자주 등장하는 아이러니의 한 기법을 사용한 것으로 볼 수 있다.

저 혼자만 계집도 몇씩 거느리고 그리고도 기생이니 유곽이니 병이 나도록 향
락하고 집도 서울집이니 시굴집이니 정자니 묘막이니, 여러 채씩 두고 혼자
호강하는 이 주인댁 나릿님 같은 그런 몇만 명이나 몇십만 명 중에 하나나 될
지 말지한 지주를 위해서만 좋은 땅인 것을 깨달을 수 있었다.(211쪽)

그러나 억쇠의 이러한 깨달음이 바로 자신에게 근본적인 현실 인식이
나 사회주의 의식을 가지게 하는 것은 아니다. 억쇠가 처음 느낀 비애는
단지 '앎'의 수준으로 만족할 뿐이다. 그러므로 그 이듬해부터 억쇠는
이러한 법칙에 대해 아무런 비애도 느끼지 않고 타작마당을 보게 된다.
억쇠의 '자유'에 대한 욕망, 즉 종의 신분에서 벗어나고 싶다는 욕망
은 우연한 기회에 이루어진다. 물론 이때의 시대 배경이 봉건제 사회에
서 자본제 사회로 전이되는 과정이었다는 이유도 있지만, 억쇠와 억쇠
아비 천돌이 종의 신분에서 벗어날 수 있었던 직접적인 원인은 바로 윤
판서댁의 몰락이다.[15] 이러한 욕망의 성취를 계기로 억쇠는 '남의 땅으
로라고 내 것으로 한번 심어 보고 내 것으로 한번 따고 거두어 보기가 소
원'이었던 가재울로 내려가게 된다. 억쇠의 발전적 인물로의 욕망은 그
러므로 엄밀한 의미에서 종의 신분에서 벗어난 이 순간에서부터 시작되
는 것으로 볼 수 있다.
가재울에서 억쇠의 욕망인 '토지소유'의 욕망은 성취되지 못하는 형
태로 드러난다. 이것은 용길이네 하루갈이 밭을 사지 못하고 권생원의
소작농이 되고, 권생원의 비열함을 견디지 못해 동척의 소작농이 되는
형태를 통해 제시된다. 이렇게 억쇠 부자의 농토 소유의 욕망은 점점 좌
절의 국면을 그리고 있고 그들의 삶을 지배하는 착취 구조의 악랄한 수
법이 더욱 기승을 부리는 플롯의 전개는 바로 이러한 비참한 삶의 양상
에서 전진의 행위인 체제 개혁으로 나아가기 위한 계기를 마련하는 것으

---

15) 아이러닉하게도 윤판서댁 땅은 모두 그들이 수족처럼 부리턴 장돌뱅이 권생원의 소유가 된 다.
그러므로 억쇠와 아비 천돌이 윤판서댁의 종의 신분에서는 벗어났지만 다시 권생원의 소작농
이 되었다는 것은 이들이 진정한 자유의 몸이 된 것은 아니라는 것을 의미한다.

로 볼 수 있다.

'땅 없는 놈 설구나!' 소작을 평생 해먹느니 진작 죽어버리는 게 마땅럴 거다! 억쇠는 제 자신이 당하고보니 전날 단순히 동정만으로 점둥이아버지나 어머니를 딱해 하던 것쯤으로는 아모것도 아닌, 소작인의 억울함과 희망 없는 일생을 비로소 제 혓바닥으로 쓴물을 삼켜볼 수 있었다.
'도대체 땅이란 어째 임자가 따로 있는 거냐? 사람이 누가 바위멍덜을 절구질하듯 해 밭과 논을 만들었단 말이냐? 이놈들아 하늘은 왜 금을 긋구 세를 못받어처먹니?' (236쪽)

위와 같은 억쇠의 분노는 이전의 억쇠가 가졌던 태도와는 확연히 다른 것이다.[16] 물론 억쇠가 막연히 가졌던 소작농에 대한 연민의 감정에서 자신이 직접 그러한 위치가 되어 당하고 보니, 그 부당함에 대한 억울함과 서글픔이 배가된 표출이라 할 수 있거니와 억쇠가 발전적 인물로 가기 위한 하나의 전조적 역할을 하는 부분이라고도 할 수 있다. 특히 이러한 순간에 억쇠의 매개자 성필이 등장한다는 사실부터가 그러한 점을 뒷받침해 주고 있다. 성필에 대해서 많은 정보를 주지 않은 상태에서 억쇠는 '같은 농군이긴 하나 공부도 많이 했고 가끔 억울한 사람들을 위해 입바른 소리도 해주던 성필을' 찾아가는 것으로 진행되는 플롯은 전체 서사 전개에서는 서사의 핍진성이 다소 떨어지는 부분이다. 하지만 이것은 억쇠가 비약적 인물로 발전하기 위한 하나의 장치라고 볼 수 있다.

억쇠가 성필을 찾아간 것을 기화로 억쇠는 성필이 이끄는 '소작쟁의'의 모의에 참석하게 된다. 비록 '소작쟁의'를 위한 이 모의가 사전에 유출됨으로써 아무런 활동도 못 한 상태에서 무산되고 말았지만, 이 모의 자체가 주체 억쇠에게 가져다 준 변화는 실로 엄청난 것이라고 하겠다.

---

16) 이러한 변화를 자신의 갈등을 내부적으로 해결하려 했던 (부모를 원망하는 등) 억쇠가 불평등 구조에 대해 터뜨리는 이 같은 분노는 즉자적인 상태에서 대자적인 상태로 인식수준이 확대됨을 의미한다고 최정주는 지적한다. (최정주, 앞의 책, 108쪽).

먼저, 성필과 같이 모의를 이끄는 또 다른 인물인 '주의자'를 대면하게 되었다는 사실이 억쇠에게는 중요한 계기가 된다. 이것은 지금까지의 억쇠의 각성 플롯이 현실을 각성하게 되는 방향으로 진행되었다면, 이후의 각성 플롯은 현실에 대한 각성과 아울러 이념에 대한 각성이 동시에 이루어진다는 의미를 지니는 것이기 때문이다. 그리고 이 모의의 광경이 이후 이 작품의 가장 큰 사건인 '토지개혁'의 문제에 대해 억쇠가 고민할 때 인상깊이 떠오르는 것으로 보아 억쇠의 각성에 이 장면이 차지하는 역할은 의미심장하다고 하겠다.

낯선 '주의자'가 들려 주는 가슴을 푹푹 찔러주는 이야기에 주체 억쇠는 마음속에 큰 파동을 일으키며 '세상에 우리편을 들어 소 귀에 경을 읽어주는 사람도 있구나!' 하는 반응을 보인다. 그러므로 억쇠와 낯선 '주의자'의 만남은 억쇠에게 그의 사상적인 이야기를 통해서뿐만 아니라 그가 자신과 상관없는 사람들의 이익을 위해 노력하다 끌려가는 것을 봄으로써 억쇠로 하여금 그 낯선 '주의자'가 가진 이념에 더욱 동조하게 되는 결과를 가져오는 것이다. 그리고 이러한 동조가 곧 이념을 향한 각성으로 이어지는 것이다.

급격히 변해가는 시국은 그야말로 억쇠 부자에겐 급격한 상실의 시간들이 된다. 먼저 억쇠의 징병 면제를 조건으로 이들 부자는 자신들의 일부로 여겨온 집을 헐어 도꾸지에게 바치고, 억쇠는 도꾸지네의 농업요원(머슴)으로 들어가게 된다. 억쇠 아비 천서방은 보국대라는 강제노동에 걸려 경원선 복선공사장으로 끌려가게 된다. 보국대 생활은 천서방에게 그야말로 힘겨운 나날이 되고, 이런 힘겨운 나날 끝에 천서방은 '지까다비 한 짝 남김없이 한데 태워버린' 가치없는 죽음을 맞게 된다. 억쇠는 아버지의 죽음 소식을 듣고 '웬일인지 아버지가 죽었다기보다 누구와 싸움을 하다 졌다는 말에처럼 성부터 버럭나는' 미묘한 감정을 느낀다. 이것은 주체 억쇠의 이후의 플롯을 이끄는 중요한 심리적 맥락이라 할 수 있다. 지금까지 억쇠와 천서방의 행위는 이태준의 해방 이전 작품[17]에서 보여 주던 어찌할 수 없는 세계의 폭력성 앞에 억눌린 주체(농민)의 '안

176

타깝고 서글픈' 정조를 표출한 정도였다면 앞으로 전개되는 억쇠의 행위
는 이러한 정서를 뛰어넘는 '분노'와 '성냄'의 감정이 주조를 이룰 것이
라는 하나의 단서로 작용하고 있는 것이다.

> '실컨 가물어라. 망해라 어서! 우리 집을 그냥 먹은 건 그만두고라고 내가
> 고까도 없는 제 집 동살이가 아닌가? 아버지가 일 년을 묵기루 놀구 먹을 사
> 람인가? 닷새를 못 가서 내여쫓아? 네놈들이 않구, 나 먹을게 없어봐라. 개똥
> 은 안 줘 먹을 테냐? 센징와 쇼-가 나이? 고런 놈들 주둥이에 거미줄 안 쓰는
> 걸 봄 저눔의 하눌이란 것두 멀쩡한 거구!"(269쪽)

이렇게 억쇠는 아버지의 죽음을 직접 확인하는 순간에 지금과는 다
른 확실한 대상을 향한 분노를 표출한다.[18] 그리고 이러한 분노의 순간
에 '성필과 낯선 사회주의자'를 떠올림으로써 억쇠의 각성이 어떤 방향
을 향하고 있는지를 다시 한번 상기시켜 준다. 특히 억쇠는 자신의 이러
한 분노를 '이를 갈자! 미워하자! 그때 그이는 나쁜 놈은 용서없이 미워
하라! 했다! 아- 그런 사람들이 세상을 맘대로 꾸미게 된다면? 그렇게
된다면 어떻게 될까? 우리 같은 사람두 잘살게 만들거다! 그인 그때 그
랬다. 십년 근고를 해서 북정밭 한 떼기 못 장만하는 건 원형리정이 아
니라구. 이런 지금 세상은 마련이 잘못된 거라구. 마련 잘못된 이놈의
세상은 어서 뒤집혀야 헌다!'[19]와 같이 낯선 사회주의자의 말에 자신의
분노를 합일화시킴으로써 그 의식이 '사회주의'로 향해 각성되어 감을
보여준다.

억쇠의 이러한 분노가 직접적으로 표출되는 계기는 '집', '아버지'에
이어 도꾸지에게 분이까지 겁탈당할 위험의 순간에서이다. 물론 이 순간

---

17) 단편 「꽃나무는 심어놓고」, 「촌뜨기」, 「봄」과 같은 작품.
18) 지금까지 억쇠는 윤판서댁에 대한 분노는 한 번도 표출한 적이 없으며, 권생원에 대해서도 직
    접 분노를 표출하지 않고 단순히 윤판서댁보다 더 심하다는 정도의 소극적인 표현만 있었을 뿐
    이다. 동척의 억울한 소작료에 대해서도 어쩔 수 없다는 심사로 소작료를 물고, 도꾸지와 팔근
    이의 농간에 대해서도 직접적인 분노를 표출한 적은 없었다.
19) 「농토」, 270쪽.

에 억쇠의 과격한 행동은 분이를 도꾸지에게 빼앗길 수 없다는 절실한 욕망이 직접적인 원인이 되었을 수도 있고, 소설의 '극적인 재미'에 익숙한 작가 이태준의 소설가다운 책략일 수도 있다. 하지만 이 순간의 억쇠의 분노 표출은 단순히 억쇠에게 그 어떤 가치보다 가장 중요한 가치가 '분이'이기 때문이라거나 남녀간의 사랑을 중요하게 다룸으로써 통속적인 재미를 주기 위해서가 아니라 지금까지 도꾸지에게 빼앗긴 '밭', '집', '아버지', 그리고 '자신의 삯전'까지 모두 총합된 억눌린 감정의 표출로 볼 수 있다. 그러므로 억쇠의 이러한 분노는 단지 '분이만'을 위한 것이 아니라 '분이까지' 빼앗길 수 없다는 심리의 표현인 것이다. 또한 이것은 상허 이태준이 해방 이전 작품들에서 일관되게 추구해 온 '처녀성'으로 상징되는 '순수성의 보전' 욕망을 다시 한번 상기하게 만드는 계기이기도 하다. 즉 분이는 훼손된 세계에서 훼손되지 않은 한 가치로 '보전'하고 싶은 작가 욕망의 한 대상이 되는 것이다. 억쇠의 분노가 극한의 상황에서 표출되는 이 장면은 상허의 이전 작품들과 여러 면에서 맥이 닿아 있다고 볼 수 있다. 특히 이러한 의미는 뒤에 살펴볼 회귀의 플롯과도 밀접한 관련을 가지는 부분이라 할 수 있다.

억쇠는 8·15 해방을 가재울에서 몸을 피해 떠난 곡산 땅 어느 광산에서 맞게 된다. 그리고 '내 고향'이라기보다 '분이의 고향'인 가재울로 주체 억쇠가 해방과 함께 다시 돌아옴으로써 「농토」의 플롯은 그야말로 억쇠의 각성 욕망을 향해 추동하게 된다. 억쇠의 이러한 욕망을 가장 직접적으로 자극하는 인물은 해방 이후 감옥에서 풀려난 '성필'이다. 고향에 돌아온 억쇠를 성필은 '그전보다 친하게 악수를' 해주며 단번에 억쇠를 '동무'라 칭한다. 그러므로 억쇠의 사회주의로의 합일은 성필에 의해 더욱 전진된 형태가 되는 것이다. 특히 성필은 억쇠에게 도꾸지네 땅을 경작해 먹도록 함[20]으로써 억쇠에게 직접적인 혜택까지 준다. 그리고 억

---

20) 이 점은 앞서 제시한 성필의 등장 부분과 마찬가지로 서사의 핍진성을 떨어뜨리는 부분이다. 성필이 해방 이후 가재울에서 어떤 위치를 차지하게 되었으며, 억쇠에게 마음대로 경작권을 맡길 힘이 있는지에 대한 아무런 정황 설정이 없이 억쇠에게 그러한 경작권을 맡긴다는 것은 납

쇠를 '동무'라고 칭하는 것과 마찬가지로 이미 자신과 같은 '우리'라는 한 이념을 가진 인물로 규정한다.

해방 정국 속의 억쇠는 그야말로 지금까지 자신이 제대로 알지 못한 사실을 알게 되고, 그러한 앎을 통해 새로운 것을 꿈꾸고 그것을 실현하는 수순을 밟으며 발전적 인물로 성장한다. 억쇠는 자신의 무지를 깨우쳐 주는 성필의 이야기를 들으면서 '제 눈이 자꼬 밝아지는 것 같은' 감격을 맛본다. 그러므로 「농토」의 전체 플롯은 해방을 기점으로 크게 차이가 남을 알 수 있다.

해방 전에 억쇠가 현실에 대한 각성을 할 수 있는 사건들은 모두 억쇠를 점점 더 억압하는 것들이었다. 억압의 강도가 강해질수록, 그리고 그러한 억압에 의해 자신이 가진 것들을 빼앗기게 됨으로써 현실의 모순을 깨닫게 되는 것이 해방 전의 억쇠의 모습이었다. 이에 반해 해방 이후의 억쇠의 각성은 점점 많은 것들을 누려 감으로써 느끼게 되는 것이다. 즉 해방 이전에 잃어버린 것들을 차츰 회복해 감으로써 이러한 것들을 복원시켜 주는 것이 바로 '사회주의 이념'이라는 것을 깨닫게 되는 과정으로 이루어진 것이다. 물론 이러한 깨달음은 억쇠의 자력에 의한 것이 아니라 그러한 깨달음으로 이끄는 매개 인물 성필에 의한 것이라는 점은 해방 이전과 이후에 동일하게 작용한다. 해방 이전 억쇠가 도꾸지에게 빼앗긴 '땅', '집', 그리고 빼앗길 뻔한 '분이'의 순서로 억쇠는 해방 이후 이것들을 되찾게 된다.

여기에서 발전적 인물의 전형적 유형인 억쇠의 성격이 상허의 이전 작품에 등장하는 발전적 유형의 인물과 다소 변별되는 자질을 발견할 수 있다. 먼저 작품 발표 시기상으로 가장 가까운 「해방전후」의 현의 경우나 해방 이후에 다시 개작한 「사상의 월야」의 송빈의 경우와 비교했을 때, 작가가 주제로 하는 '현실화의 이념(「해방전후」)'이나 '근대화의 질서(「사상의 월야」)'로 나아가는 플롯을 형성하고 그러한 주제에 부합하

득하기 어려운 부분이다.

는 인물로 발전하는 주체를 보여 준다는 점에서는 별반 차이가 없다. 하지만 「사상의 월야」나 「해방전후」와 같은 작품의 주체들은 이러한 표면적 욕망으로 자신들을 이끌어 가는 과정에서 끊임없이 성찰하고, 그 성찰을 합리화하는(「해방전후」) 과정을 거치거나, 자신의 궁극적인 욕망을 숨기고 왜곡하는(「사상의 월야」) 과정을 겪는다. 쉽게 이야기하여 이들 작품의 주체가 추구하는 궁극적 욕망으로 나아가는 과정에서 주체의 내면에는 끊임없는 갈등이 존재하며 이들 갈등을 통해 주체의 욕망과 작가의 욕망이 상치되는 지점을 발견할 수 있는 것이다. 그러나 「농토」의 경우에 주체 억쇠가 발전적 인물로 나아가는 과정에는 아무런 갈등이 존재하지 않는다. 주체의 욕망과 작가의 지향점이 합치되며, 주체는 머뭇거림 없이 순조로운 ‘발전’만을 거듭한다. 그리고 이러한 합일에 어울리는 행복한 결말이 제시된다. 이것은 물론 이태준의 작품에 항상 공존하던 분출(전진)의 욕망과 회귀(후진)의 욕망과의 거리가 비교적 가깝다는 것에서 그 이유를 찾을 수 있다. 이태준이 궁극적으로 욕망하던 ‘인간다움’을 실현할 수 있는 세계[21]를 과거 회귀의 공간에서가 아니라 현실을 전제로 전진하는 미래의 어떤 곳에서 찾을 수 있다는 강한 신뢰가 바로 주체의 욕망과 작가의 지향점이 합일된 형태로 나타난다고 볼 수 있다.

갈등 없는 발전적 주체 억쇠에 의해 제시되는 가장 중요한 문제는 바로 ‘토지개혁’의 문제이다. 이 작품 「농토」는 ‘토지개혁’ 문제를 다룬 작품을 요구하는 당의 지령에 의해 쓰여진 작품이라는 혐의가 있을 만큼[22] 억쇠에게 ‘토지개혁’의 문제는 가장 중요한 국면이다. 그러나 이러한 중요한 문제에 있어서도 억쇠가 고민하는 부분은 ‘안과부네 땅까지 법에

---

21) 거칠게 이야기하자면 상허 이태준 내면의 유토피아와 같은 형태를 말한다.

22) 최정주는 「농토」가 쓰여질즈음 남쪽에서는 사회주의적 전망은 이미 상실되었었고 북쪽에서는 많은 작가들이 월북한 상태에서 토지개혁을 주제로 한 작품을 쓰라는 지령이 내려져 있었다고 한다. 이들에게 토지개혁은 봉건적 지주관계를 청산하고 농민을 경제적 신분예속으로부터 해방시키는 인격개혁이며 민주개혁을 의미하는 것이었다. 이태준은 「농토」를 써서 이에 부응했지만 비슷한 시기에 쓰여진 이기영의 「땅」과 같은 긍정적인 평가는 받지 못했던 것으로 보인다.”고 지적하고 있다. (최정주, 앞의 책, 121쪽).

180

걸리느냐' 의 문제와 '토지개혁이라면서 지주들의 집을 몰수하는 까닭' 의 두 가지 문제 정도밖에 없다. 그리고 이러한 문제도 토지개혁에 대한 원칙적인 신뢰에는 아무런 변화가 없는 단순한 '궁금증' 의 차원 정도이다. 그리고 이러한 궁금증의 해소도 얼마 지나지 않아 해결될 뿐 아니라 그 해결의 논리 또한 단순하다.[23] 이것은 합일화의 준비가 되어 있는 상태에서의 의구심이란 그 합일화의 강도를 높여 주기 위한 구실 정도의 기능밖에 될 수 없다는 점을 다시 한번 보여 주는 것이다.[24]

결국 억쇠는 '정리' 에 이끌려 안과부네 땅은 예외로 하자는 다수의 의견에 '토지개혁의 정신과 개인 사정 보는 것이 상위가 난다' 는 이유로 이의를 제기할 만큼 발전하게 된다. 그리고 억쇠의 이런 발전은 '가재울 농촌위원 다섯명' 속에 억쇠가 들어가는 보상으로 나타난다. 억쇠의 발전은 자신에 의해 이렇게 정리된다.

> 이날 하룻동안 억쇠는 십 년을 살은 것 같엇다. 그렇게 하로 사이에 엄청나게 자랐고, 하로 사이에 모든 것을 알어낸 것 같었다. 최초시헌테와 동회에서 터득한 것 나중에 면인민위원회까지 갔던 시위행렬에서 받은 군중이 가진 무한한 힘에의 자신과 감격 동민들이 뽑아준 농촌위원으로서 처음 품어보는 책임의식, 저녁에는 벌촌에 들려 그곳 농촌위원들과 합석하여 실행위원들로부터 다시 한 번 들은 토지개혁의 정신과 법령의 해설 이제는 누구 앞에서나 토지개혁에 관한 문제이면 무슨 대답이든지 막히지 않을 자신이 생기었다. 이 자신은 새 세상, 새 조선을 올바로 보아 나갈 자신이기도 했다.(323쪽)

이렇게 억쇠는 토지개혁에 대한 이해를 전제로 하여 봉건제 하에서 종의 신분으로 있었던 순간부터 궁극적으로 가져온 욕망인 '새 삶을 살

---

23) 이것은 논리의 단순함 뿐 아니라 억쇠의 의구심이 억쇠를 발전적 인물로 매개하는 성필에 의해 해소되는 것이 아니라 단수한 동네 노인인 성필의 아버지 최초시에 의해 '토지개혁' 의 원칙적 문제에 대한 의구심이 풀린다는 것에서 또한 그 논리의 단순함을 엿볼 수 있다.
24) 상허의 『소련기행』에서 보여 주는 소련의 사회주의 체계에 관한 상허의 의구심은 모두 '합일화' 의 준비가 된 상태에서 자신의 선택의 신뢰를 더 하기 위한 정도의 의구심이다. 그러므로 너무나 단순한 논리로도 그 의구심은 충분히 납득이 되고, 이념에 대한 신뢰의 강도를 높이는 구실을 하는 것이다.

고 싶다'는 욕망을 실현하게 되는 것이다. 그리고 무엇보다 중요한 것은 이러한 삶의 주도적인 위치가 될 자신이 있다는 것이다. 그러므로 억쇠의 이러한 자신감의 순간에 성필이 등장하지 않음은 바로 억쇠의 성장이 완결됨을 보여 주는 하나의 예중이라 할 수 있다.

그리고 억쇠는 자신이 이해한 '토지개혁'의 핵심을 분이에게 전달함으로써 분이를 '새 세상'를 만드는 한 명의 동무로 이끌고 있다. 특히 억쇠가 분이를 고무시키기 위한 말인 "쏘련군대와 김일성장군 덕에 먼저 된 여기 토지개혁은 우리가 철벽처럼 지켜야헐 거구 아직 안 되구 있는 남조선을 위해선 여기처럼 되도록 우리가 밀구나가야 허는 거요! 저만 잘사는 지주 노릇을 그예 해보려는 녀석들 최후의 한 놈까지 발붙일 한 뙈기 땅이 남어있지 못헐 때까지"[25]라는 말은 억쇠가 혁명적 주체로 거듭남을 보여 줄 뿐만 아니라 이 작품 「농토」의 창작 배경을 짐작할 수 있는 부분이기도 하다.

4.2. 회귀와 합일의 플롯

가재울에서 억쇠의 생활에서 가장 중요한 점은 억쇠가 처음으로 땅에 대한 새로운 인식을 가지게 되었다는 것이다. 억쇠는 가재울에서의 새로운 생활에 만족해 하며 땅을 요술쟁이와 같다고 인식한다. 이것은 그야말로 땅의 본질적인 모습을 발견한 것이다. 땅에 대한 이러한 인식과 함께 억쇠에게는 새로운 욕망이 생기는데, 그것은 바로 요술쟁이와 같은 그 땅을 소유하고 싶다는 자연스러운 욕망이다.

문득 죽은 엄마 생각이 난다. 엄마며 아버지며 아들이며 흙내 구수한 밭머리에 물러앉어 샘물을 바가지로 떠나르며 먹는 점심은 천펼처럼 즐거울 것 같엇다.' 나도 나대로 살아보앗으면! 점둥이네나 장근이네처럼 남의 땅이라도

____

25) 「농토」, 332쪽.

얻고, 오막살이라도 우리 집에서 내 농사를 짓고 살아보았으면!' (203쪽)

위의 인용에서와 같이 억쇠는 땅에 대한 소유욕과 함께 처음으로 자신의 어미 아비에 대한 부정적 생각이 배제된 자연스러운 그리움을 표출한다. 그리고 자신의 신분에 대한 정확한 인식과 함께 그러한 신분을 벗어나고 싶다는 욕망을 가지게 된다. 이것은 또한 봄이라는 시간적 배경과 어울려 억쇠로 하여금 '땅에 대한 자연스러운 애착'을 가지게 하는 전조의 역할을 한다고 볼 수 있다.

작가 이태준이 여기에서 억쇠를 통해 제시하고자 하는 '땅'의 본질은 '자연스러움'이다. 가장 본질적인 자연스러움을 억쇠는 땅을 통해 처음 느끼게 되고, 이러한 자연스러움에 대한 욕망이 바로 '땅을 소유'하고 싶다는 욕망과 자신도 종의 신분에서 벗어나고 싶다는 것이다. 물론 지금까지 과도하게 표출되던 어미 아비에 대한 부정적 생각의 해소 역시 자연스러운 인간의 본능에 충실한 것이라고도 할 수 있다.

이러한 '자연스러움'의 또 하나의 대상으로 등장하는 것이 바로 '분이'이다. '분이'의 등장 역시 '봄'이라는 시간적 배경과 함께함으로써 청춘 남녀의 사랑의 시작이라는 상투적인 설정이기도 하지만, 무엇보다도 억쇠가 땅에 대한 이러한 인식을 가지는 그 순간에 등장하였다는 점에서 땅의 의미와 분이의 의미는 억쇠에게 유사성의 대상이 된다고 할 수 있다. 분이는 그 첫 등장에서부터 억쇠에게 지속적으로 '땅'과 유사한 의미로 구현되고 있는데, 욕망의 궁극적인 대상이라는 점이나 친연적 애정의 대상이라는 점이 '땅'과 '분이'의 공통된 의미라 할 수 있다. 또한 '땅'으로 상징되는 여성성의 상징 역시 무의식적으로 땅과 분이를 연관시키는 하나의 맥락이 되고 있다.

생각하면 남의 땅으로도 내 것으로 한 번 심어보고 내 것으로 한 번 따고 거두어보기가 소원이기도 했다. 또 은근히 억쇠는 가재울에 끌리는 구석이 있다. 얼굴 동그란 분이가 볼우물을 파고 돌돔움을 해서 늘 부르기나 하는 것처럼 클클해지는 것이었다. (218쪽)

위와 같이 분이는 억쇠가 '땅'을 대상으로 행복한 미래를 상상할 때, '땅'과 동일한 의미로 설정될 뿐 아니라 억쇠가 도저히 '땅'을 소유할 희망이 없을 때 '분이' 역시 억쇠를 가장 큰 절망에 빠뜨리는 의미로 작용한다.

> 억쇠는 이 밭을 밟을 때마다 분이 생각이 따라솟기도 한다. 같은 여자에도 분이는 보기도 이쁘거니와 살림도 잘하고 아이내도 잘할 것 같았다. '못된 것이 임자라도 좋은 땅은 큰 이삭을 맺는다! 못된 것이 꼬이드라도 착허기만 헌 분이는 고분고분 넘어가구 말거다!' (272쪽)

이렇게 억쇠의 땅에 대한 친연적인 애정과 분이에 대한 애정은 본연적인 인간의 감정이며 이러한 본연의 감정으로의 회귀하고자 하는 욕망이 「농토」의 땅에 대한 소유의 욕망이라 할 수 있다.

이태준이 억쇠를 통해 제시하는 '땅'의 의미가 가장 잘 드러나고 있는 부분은 해방 이후의 억쇠와 분이의 결혼식 장면이다. 이 장면은 사회주의 이데올로기를 떠나서 작가 이태준이 오랫동안 꿈꾸어 왔던 세계의 모습이 어디에 있는가, 즉 작가의 지향점이 어떠한 형태로 실현되기를 원하는가 하는 점을 축약적으로 제시해 준다.

> 신랑은 개울에서 이 닦고 머리 감고 세수하여 머리에는 그저 물기가 있이 올라선다. 옥색 두루매기를 입었으나 발은 맨발이다. 뒤에 따르는 두 둘러리들도 발목에 대님은 묶엇으나 모두 맨발로 잔디를 파헤치고 만든 보드라운 생흙길을 밟으며 들어섰다. 숫눈처럼 푸군푸군 발이 묻히는 흙은 보기만 하는 사람들에게도 싱그러운 흙의 향기를 풍기엿다. 테이불 앞에도 한 간 둘레로 잔디가 걷히고 검붉은 생흙바닥이었다. 신랑이 바른편에 서자, 신부가 나타났다. 신부도 새로 머리를 감고 세수를 했다. 얼굴 그대로 분도 연지도 없고 머리는 그전에 함경도나 평안도에서들 엱듯 치렁치렁 땋은 머리를 단기 채로 올려 둘레머리로 얹었다. 얄밉도록 부자연한 낭자머리보다 이 둘레머리는 자연스럽고 사슴이 뿔을 이듯 자랑스럽게 머리를 인 신부는 한 편에 떨군 붉은 당기와 함께 멋드러진 맵시였다.(295~296쪽)

　여기에서 가장 중점을 둔 것은 '자연스러움과 새 삶'에 대한 강조이다. 깨끗한 물에서 정갈하게 '머리'를 감은 새 신랑 신부에게 농민으로서 가장 소중히 여기는 땅, 그것도 '생흙길'을 걷게 함으로써 새로 탄생되는 부부의 순결한 의식을 강조한 것이다.[26] 물론 이러한 의식을 거행하는 주도적 인물이 성필이라는 점에서 '사회주의 이념'이 배제되어 있다고 할 수는 없지만, 이 결혼식의 순간에는 사회주의의 이념보다 그야말로 이태준이 오랜동안 꿈꾸어 오던 '순수성 보전'의 욕망을 현실화시킨 모습으로 파악할 수 있는 것이다.

　이념에 앞서는 이태준의 궁극적인 관심은 '인간다움'이었고, 인간다움을 실현할 수 있는 공간으로 상정한 곳이 사회주의 체제였다면, 이 결혼식 장면에서 이태준이 실현하고자 한 인간다움의 현실태를 만날 수 있는 것이다. 이것은 상허 이태준이 해방 이전 작품들에서 연민과 안타까움의 정서로 '보전'하고 싶어 하던 욕망이며, 혹은 근대화를 욕망하는 주체의 외피적 욕망 사이로 언뜻언뜻 나타나던 작가의 지향점이다. 즉 닿을 수 없는 대과거로의 회귀를 통해서만 가능하다고 믿었던 순수성을 그대로 간직한 유토피아의 공간이 현실로 실현된다고 했을 때의 모습인 것이다.

　그러므로 해방 이전 억쇠가 도꾸지의 횡포로부터 지켜 주었던 분이의 '처녀성' 역시 훼손되지 않은 가치로서의 '순수성'을 갖추기 위하여 절대적으로 필요한 조건이라 하겠다. 물론 억쇠와 분이의 결합은 작품 전체에서 주도적인 플롯을 형성하는 부분은 아니다. 왜냐하면 이 작품의 중심 플롯을 주체 억쇠의 '사회주의 이념'으로의 각성 과정으로 파악하였을 때, '분이'와 억쇠의 결합 자체는 억쇠가 사회주의 이념으로 각성해 가는 과정에 직접적인 관련은 없는 부분이기 때문이다.[27] 그러나 이

---

26) 김재영은 이 부분을 식민지 시대부터 일관되어 있다고 생각한 이태준의 꿈을 형상화하고 있다고 해석하고 있다. 그 꿈은 사회적 관계를 배제함으로써만 상상되는 자연과 인간의 원초적 친화에 바탕을 두고 있다고 지적한다. 그리고 이 작품「농토」를 억쇠의 소망 충족 과정이라는 관점에서 파악할 때, 그것은 이 결혼식 장면에서 완결된다고 지적한다.(김재영, 위의 책, 235쪽).

장면은 작가의 지향점을 드러내 준다는 점에서 큰 의미가 있는 것이다.

「농토」는 주체 억쇠가 혁명적 인물로 완결됨을 보여 주면서 작가와 주체 그리고 이념의 행복한 합일을 보여 준다. 이런 완전한 화해의 결말은 일찍이 상허 이태준의 작품에서 찾아보기 힘든 것이다. 특히 이러한 행복한 화해의 배경으로 '은그릇처럼 부드러운 달'을 설정함으로써 자연과 인간이 화해하는 모습을 또한 제시하고 있다. 이것은 또한 이전의 이태준 작품들에서 보여 주는 '달'의 의미와 연관시켜 볼 때, '회귀의 플롯'을 통한 이상적 공간을 설정하려 하던 이태준 내면의 욕망이 완전하게 현실적 욕망으로 대체된 것임을 알 수 있다. 즉 회귀의 공간에서가 아니라 현실의 공간에서 사회주의의 이념을 실천해 나감으로써 순수한 인간다움의 모습을 간직할 수 있게 된다는 것이다. 이것은 또한 상허 이태준이 사회주의 이념을 선택한 동기이며, 월북이라는 방법을 통해 추구하고자 했던 궁극적인 욕망의 모습이라고 할 수 있는 것이다.

5. 결론: 서사적 구성화와 작가 지향성

이상에서 본고는 상허의 「농토」를 대상으로 주체의 욕망과 플롯을 살펴보았다. 본고는 주체의 성격을 파악하는 부분에서 「농토」의 주체를 각성의 주체라는 성격으로 보고 있는데, 이 때의 각성이란 이데올로기에 대한 각성, 구체적으로 사회주의 리얼리즘에 대한 각성을 말한다. 그러므로 억쇠가 가진 발전적 인물이라는 자질을 역시 사회주의 리얼리즘에 대한 각성을 전제로 한 발전이라 할 수 있다.

---

27) 분이의 경우 억쇠와 같은 발전적 인물도 아니며, 두 사람의 결합은 '동지적 결합'의 성격을 띠는 것도 아니기 때문이다.

본고는 이 작품을 이태준 작품의 본령인 회귀의 플롯을 통해 구현하고자 하는 작가의 궁극적인 지향점이 발현된 형태로 파악한다. 즉 본고는 이태준의 월북의 의미나 사회주의 리얼리즘에 대한 선택을 인간적 제도에의 선택으로 읽는 것이다. 그리고 이러한 선택 속에는 지속적인 작가의 욕망인 순수한 세계로의 회귀 욕망이 있다는 입장이다. 다만 이 시기의 작품에서 보여 주는 회귀는 과거로의 회귀가 아니라 작가가 생각하는 유토피아의 세계가 현실의 제도를 실천함으로써 가능해진다는 점을 간과해서는 안 된다.

특히 이 작품 「농토」의 경우 전진의 플롯인 각성의 플롯과 회귀의 플롯인 합일의 플롯이 서로 긴밀한 관계를 가지며 화합하는 경향을 보임으로써 작가의 지향점이 단순히 숨은 플롯으로만 나타나는 것은 아니라는 점을 본고는 제시하였다.

이렇게 작가의 지향점인 현실과의 합일화의 모습은 바로 주체가 추구하는 이념의 본질적인 모습으로 제시되고 있다. 그리고 「농토」의 중요한 특징 중 하나는 바로 지금까지 이태준의 작품에서 공존하던 두 욕망, 즉 후진적인 과거 회귀의 욕망과 전진적인 현실 추구의 욕망이 화합하는 모습을 보여 준다는 점이다. 「농토」에서 보여 주는 것은 두 플롯의 긴장 관계가 아니라 두 플롯의 화합의 모습이라 할 수 있다. 그리고 이것은 더 구체적인 작가의 체제 지향의 욕망이라고 볼 수 있는 것이다.

토지개혁 제도에 대한 계몽의 성격이 강한 작품으로 평가받는 이 작품은 이념적 자아로 성숙해 가는 주체의 의식을 다루는 각성의 플롯을 통해 작가 자신이 체제에 합일하려는 욕망을 보여 주고 있다고 할 수 있다. 그러므로 해방 이후, 특히 월북 후의 이태준의 욕망은 체제에 합일하려는 욕망으로 쉽게 파악될 수 있는 것이다. 특히 이러한 합일화의 욕망은 앞선 시기에 이태준이 보여 주었던 의도적인 근대화에 대한 수용과는 그 의미가 완전히 다른 것이다.

그것은 지금까지 이태준이 보여 주었던 현실에 대한 관조의 태도가 완전히 사라지고 현실 수용이 즉각적 형태로 나타난다고 할 수 있는데,

이것은 이태준의 원체험에서 좌익 이데올로기의 수용에 있어 상허 이태
준이 보여 주었던 성급함까지 내포된 작가의 욕망이라 할 수 있다.

주제어 : 주체, 욕망, 각성의 주체, 토지개혁제도, 전진과 각성의 플롯,
　　　　회귀와 합일의 플롯

◆ 참고문헌

강진호, 「이상과 현실의 거리-해방기 이태준 소설론」, 『문학과 논리』 2, 1992.
김승환, 「부르조아 민주주의 혁명적 세계관으로부터 사회주의 리얼리즘에로의 소
　　　설적 전화와 해방공간 토지문제로 현현된 주인과 노예의 변증법적 역진 과
　　　정」, 『해방공간의 문학 연구2』, 태학사, 1990.
김재영, 「〈농토〉 연구」, 『이태준 문학연구』, 깊은샘, 1993.
김재용, 「북한의 토지와 그 소설적 형상화」, 〈실천문학〉, 1990년 봄.
류보선, 「역사의 발견과 그 문학사적 의미-해방 후 이태준의 문학」, 『한국현대문학
　　　연구』 1 집, 태학사, 1991.
신덕룡, 「해방직후 리얼리즘소설연구」, 경희대 박사학위 논문, 1989.
이재봉, 「해방기 이태준 소설연구」, 부산대 석사학위 논문, 1990.
최유찬, 「이태준의 삶과 문학」, 『리얼리즘 이론과 실제비평』, 두리, 1992.
최정주, 「해방기의 이태준 소설연구」, 전주우석대 박사학위 논문, 1994.
한형구, 「해방공간의 농민문학」, 『해방공간의 문학연구 2』, 태학사, 1990.
Robert Higbie, *Character & Structure in the English Novel*, University
　　　Press of Florida, 1984.
Frank Kermode, *Secrets and Narrative Sequence*, *Critical Inquiry* Vol. 7,
　　　No.1, Chicago, Autumn, 1980.

◆ SUMMARY

A study on Lee, Tae-Jun's *Farmland*

Kim, Eun-Jung

This article intends to examine the relationship to the subjec's desire and the plot including Lee, Tae-Jun's *Farmland*. In my opinion, the subject in *Farmland* is characterized to a subject of awakening. The awakening in this article suggests ideology, socialist realism.

This article focuses on the author's desire by examining plot of retrospection in Farmland. As I thought, Lee, Tae-Jun did not go to North Korea to choose socialist realism. His choice means going back to humanist mechanism, moreover to innocent world. In this respect, the retrospection in *Farmland* dose not mean going back to the past. Lee, Tae-Jun in *Farmland* desires to come true utopia by executing real system.

Lee, Tae-Jun's novels have two different desires, the desire of regressive retrospection and the desire of progressive realization. Lee, Tae-Jun in *Farmland* combines this two different desire. Therefore, these two conflicting plots are united in *Farmland*. This united plotting represents more concretely Lee, Tae-Jun's desire for orienting institution.

일반논문

기록서사와 근대소설
-리얼리티의 전통에 대하여-

이 경 돈*

1. 양식 재편기로서의 1920년대

이광수의 「文學이란 何오」 이래, 한국근대문학의 장르 구분은 거의 확정된 것으로 보인다. 문학의 개념으로부터 시작된 이 글은 운문과 산문 그리고 그 하위 장르로서 시, 소설, 극, 논문 등을 문학의 종류로 규정하고 있다. 개념 규정에 동원된 용어와 정의의 방식은 차이가 있겠지만, 그의 장르 구분은 이후로 각 문학사에서 다양하게 변주되며 하나의 규범으로 자리를 잡게 된다. 그 결과, 시와 소설, 극, 등으로 구분된 장르명칭과 구획은 지금도 그의 범주에서 크게 벗어나지 않는다. 변화라 한다면 논문이 제외되고 수필이 그 자리를 대신하는 정도의 변화가 거의 전부라 할 것이다. 이렇게 고정된 규정은 다만 구획 뿐 아니라, 각 장르의 성격도 지배하게 된다. 예컨대 소설의 경우 이야기와 비교하며 '상상내의 세계를 충실하게 묘사하여 독자로 하여금 직접으로 기 세계를 대하게

하는 것'이라고 개념화해 허구성과 서사성, 재현성 등 근대소설의 기본틀이 이미 정의되어진 것이다. 사용된 용어나 논리가 그리 정교하다고 할 수는 없지만 허구적 서사라는 핵은 그다지 변하지 않았다 할 수 있다.

서두에서 이미 화석화된 상식이랄 수 있는 장르론을 거론하는 이유는, 근대문학 형성기의 한국문학에 장르론이 끼친 영향 때문이다. 근대문학 형성기라는 인식은 곧 양식 재편기 혹은 근대적 장르 도입기라는 양식사적 의미를 포함한다. 전통적 양식과 근대 서구적 장르가 길항하고 또 각각은 근대화와 정착화를 모색하며 활발한 변화를 보여주었던 때이기 때문이다. 이 급격한 양식의 재편 과정에서 장르론은 일종의 권력으로서의 의미를 획득하게 된다. 재편되는 양식들을 통어하고 규율하게 되는 것이다. 이 때 권력으로서의 장르론은 재편과정에 포섭되지 못한 다양한 주변양식들의 흔적을 소거시키거나 문학의 개념 바깥으로 밀어내게 된다. 단적으로 대부분의 전통적 양식들은 근대라는 새로운 시대를 맞아 도태되었고 이 과정에서 도입된 장르론이 유일한 기준으로 파급되었다고 해도 과히 어긋난 말은 아닐 것이다.

그러나 너무나 분명해 보이는 이 양식의 재편이 이광수의 장르론처럼 그리 단순하지만은 않다는 점에 주목해야 할 필요가 있다. 범박하게 말하더라도 중세와 근대의 전환기라는 시대 규정이 이미 문학 양식이 겪어야 할 변화의 규모를 말해주는 것이거니와, 더욱이 그 전환의 시간 속에서 식민과 이식을 부정하지 못하는 우리 문학사는 이 재편의 과정을 더욱 복잡하게 이해할 수밖에 없도록 만들었기 때문이다. 이광수가 문학의 개념 정립과 장르의 구획을 시도한 것, 그 자체가 개념의 혼돈 상태와 장르의 난립상을 전제로 한다는 점에서, 재편 과정의 난해함은 이미 근대문학의 원형질에 속하는 것이라 할 것이다.

우리 문학사에서 이 양식 재편기의 복잡성은 당연하게도 상당히 단출하게 구성되어 있다. 전통적 양식과 근대 장르 사이에 신소설이나 신체시 등을 놓아 유동적이고 가변적인 가교의 기능을 담당시키는 것이다. 물론 신소설과 신체시 등이 양식의 재편과정에서 담당했던 역할은 적지 않았을 것이다. 그러나 이 논리의 근간에는 도입된 장르론의 강제와 함께 근대와 전근대 사이에 설정된 단절이라는 인식이 자리잡고 있음을 주목해야 한다. 이 단절의 인식은 일견 잡다해 보이는 숱한 연속성의 흔적을 좌시하도록 강요했고, 이에 따라 근대문학의 주변부에 존재했던 적지 않은 문학적 성과들도 자연스럽게 유폐되었다. 그 결과 근대 문학으로의 진입을 시도하는 모든 전통적 요소들의 통과 경로는 신소설과 신체시로 국한되었다. 신소설과 신체시가 역할과 성격에 걸맞지 않는 과부하 상태에 처하게 됨은 이미 자명하다.

그리하여 이태준의 입에서 서구식 산문소설의 배양이 우리 풍토에 맞지 않는다는 발설[1]이 나왔을 때, 그리고 임화가 문화이식이 고도화되면 될수록 반대로 문화창조가 내부로부터 성숙한다고, 전통적 문화 유산과 외래 문화의 교섭 결과로 제3의 자(者)가 산출될 것이라고 주장[2]했을 때, 이 단절의 문학사는 의혹에 휩싸이게 되는 것이다. 이태준이 거론했던 우리 '토양' 의 정체는 무엇이며, 임화가 언급한 내부로부터 생성된 '제3의 자' 는 무엇을 일컫는가?

근대의 기획에 따른 장르론의 억압은 근대의 기획으로부터 소원한 위치에 있는 다양한 양식들을 서서히 붕괴시켰다. 이미 적지 않은 논의가 시도된 '문학 개념'과 마찬가지로 '문학 갈래' 역시 적지 않은 소멸과 신생의 혼란이 일어났고 그 과정에서 근대적 장르의 설정에 부적합한, 엄밀히 말해 불필요한 존재는 소거의 대상이 되었던 것이다. 하지만 앞서 언급한 바, 소거의 반열에 오른 모호한 양식들의 소멸 과정은 그리 단순하지 않았다. 급변하는 시세에 발맞추어 민첩하게 생존의 가능성을 타진했고 이는 다양한 자기 변모로 나타났다. 이들의 활로 모색이 새로이 도입된 장르와 길항했음은 물론이다. 이 문학적 응전의 대부분, 특히 독자적 양식화를 지향했던 양식들은 얼마 못 가 사라졌고 혹 실체를 유지

---

1) 이태준 「동방정취」, 『무서록』(이태준전집 15), 깊은샘, 1994, 56쪽.
2) 임화, 「조선문학 연구의 일 과제」, 임규찬·한진일 편, 『임화 신문학사』, 한길사, 1993, 380~ 382쪽.

196

했다손 치더라도 그 생명력은 잃었다. 그러나 어떤 양식은 사라지되 죽지 않는 길을 선택하기도 했다. 여기서 사라지되 죽지 않는 길이란 도입된 장르 중 유사한 장르를 선택, 합류하여 그 장르의 성격마저 변화시킨 것을 두고 하는 말이다.

이 글에서 논하고자 하는 것은 이들의 존재 사실과 그 존재의 문학사적 의미이다. 즉 양식 재편기에 근대적 장르론의 대두와 함께 사라진 양식 혹은 주변 양식, 그들이 우리 근대 문학의 흐름 속에 어떻게 살아있는지를 살피려는 것이다. 조금 더 좁혀 말하자면, 근대적 서사 장르와 착종하여 양식으로서의 실체는 상실했지만 근대문학사에 적지 않은 영향력을 행사해 온 1920년대의 서사 양식을 조명하고자 하는 것이다.

이 서사 양식은 일견 소설인 듯 보이지만 허구가 아니고, 기사(記事)라고 할 수 있지만 의사(擬似) 플롯을 가지고 있다. 또 이들은 문학으로서의 지위를 얻지는 못했지만 최서해, 채만식을 필두로 한 1920년대 중반의 문학적 흐름을 통해 그 생명을 유지하며 한국소설의 성격을 뒤틀어놓는 결정적 역할을 맡게 된다. 소설이되 소설이라고 할 수 없는 이들, 문학 연구의 외곽에서 조명조차 받지 못했던 이 서사 양식은, 한국 소설을 한국 소설로서 인식하게 하는 변별 자질인 셈이다.

다른 한편, 양식 재편기라는 시기적 특성은 이들의 존재를 전통적 서사의 연장선상에서 해석할 책임을 부여한다. 이 시기 합종연횡의 두 주체는 근대화의 진통을 앓던 전통적 양식과 정착화를 시도하던 이식된 근대 장르이고, 이들의 길항 양상이 곧 양식 재편기의 실체라 한다면, 생존한 주변 양식은 곧 전통 양식의 후예라는 귀결에 이르기 때문이다. 단, 여기서 다시 주의를 기울여야 할 부분은, 근대화하려는 전통 양식과 정착하려는 근대 장르가 근접하게 되면 그 생산물은 어느 쪽으로도 귀속시키기 어려운 양상을 띤다는 것이다. 근대화에 성공한 전통 양식에 포함시킬 수도 있고 반대로 정착화에 성공한 근대적 장르로 판단할 수도 있다. 그만큼 근대성과 전통성을 공히 노정하고 있다는 것이다. 그러나 어느 쪽으로 귀속되었느냐는 그리 중요한 문제가 아닐 것이다. 그 근원을 어디에 두든 이 서사 양식이 양식 재편기를 관통하며 한국 소설의 고유성을 창출했다는 사실은 두루 드러날 것이기 때문이다.

이 주변 양식에 귀속되는 글들이 지금까지 전혀 소개되지 않은 것은 아니다. 그러나 대부분 수필의 일부로 취급되어, 양식 재편기라는 시기적 의미망을 간과했다는 문제를 안고 있다. 다시 말해 선험적인 장르 개념이 적용됨으로써 양식간의 융합과 분열의 과정이 생략되었던 것이다. 선험적 규정성에 의존하는 이 방법은 주류로 지목된 몇몇 작품에 시선을 고정하여 전체로서의 흐름을 도외시한 관행과 맞물려 적지 않은 문제를 드러낸다. 격렬했던 혼류(混流)의 시대가 폐허와 창조의 시대로 단순화됨은 이미 예정된 결과였다.

다만 주목되는 것은 '논설적 서사' 혹은 '단편서사물'로 지칭된 1900년대 서사물에 관한 연구들이다. 이들은 1900년대의 단형 서사물들이 한문단편을 비롯한 전통적 양식들의 근대적 변모를 드러내주며 1910년대 신소설이 번창하면서 흡수되었다는 주장을 펴고 있다. 이 견해는 전통적 양식이 근대적 양식으로 변모하는 양상을 찾아냈다는 점과 그들이 근대 문학의 형성과정에 개입한 과정을 보여주었다는 점에서 상당한 성과라 할 수 있다. 그러나 다른 한편으로는 1900년대라는 시대적 제한에 묶여 1920년대까지 갱신을 거듭하며 지속된 서사물들의 존재를 간과했고, 이에 따라 이 서사물들이 관습화된 하나의 양식이라기보다는 잠시 명멸한 소규모의 징후로 절하될 소지를 내포한다. 또 그 역시 과도적 양식에 불과한 신소설을 양식 재편의 유일 대안으로 제시하여, 근대적 장르와 전통적 양식간의 관계는 여전히 소원한 것으로 간주될 수밖에 없는 맹점도 지적되어야 한다.

이러한 저간의 사정을 고려할 때, 이 논의의 앞자리에 놓여야 할 것은 1920년대 잡지를 중심으로 번성했던 서사물의 존재를 확인하는 것일 터이다. 이들의 존재는 조선 후기까지 거슬러 올라갈 수 있는 우리 서사적 전통이 면면히 지속되어 근대소설의 일축을 이루게 되었음을 말해 줄 것이다. 물론 존재의 확인은 다시 이들 서사물의 성격 분석을 요구할 것이다. 소설이라고도 소설이 아니라고도 말할 수 없는 이들이 소설로 간주될 수 있는 이유와 소설이라고 개념지을 수 없는 이유를 살피고, 다시 이 종교배를 통한 근대적 부활의 경로를 따라 갈 것이다. 이 서사 양식은 이후 20년대 중반 최서해와 채만식을 필두로 한 근대소설의 새로운 지평을 펼치게 된다.

그리하여 이 글이 지향하는 바는, 근대 초기 양식의 재편 과정에서 유폐된 문학적 성과들을 문학사상의 정당한 위치에 올려놓는 것, 양식 재편기에 명멸했던 다양한 시도들을 재조명하고 그 활로와 폐멸의 궤적을 탐색하고자 하는 데에 있다고 할 것이다. 나아가 단절로 표상되는 우리 근대 문학의 근원이 다만 서구(혹은 일본)적 모델에 국한되지 않음을 확인하고자 한다.

2. 1920년대 단편 서사의 일례

1921년 9월, 당대 최고의 발행부수와 전국적 판매망을 확보하고 있던 종합지 『개벽』(통권 15호)에는 제천에서 보내온 독자의 투고문이 실리게 된다. 「今日朝鮮의勞資關係」라 제목 붙은 이 글은 지주와 소작인의 부조리한 관계를 중심으로 지주의 가렴주구와 농민들의 기아 등을 고발하는 내용을 담았다.

투고자인 최중갑은 지주와 소작인의 관계를 변형된 노자 관계로 파악하고, 사회주의적 강령에는 미치지 못하지만 토지 소유의 제한, 소작권 보장, 공정한 소작료 등 비교적 현실적인 대안을 제시하였다. 이로 미루어 볼 때, 최중갑을 일반적인 농민으로 간주할 수는 없을 것으로 보인다. 그러나 농촌의 세밀한 관례와 정황까지 기록하고 있다는 점에서 소작인에 준하는 위치에서 실제적 경험을 했으리라는 점은 의심하기 어렵다.

여기서 주목하려는 것은 그의 진보적 시각과 그에 입각한 논설이 아니라, 투고문의 후미에 첨부된 「小作人 萬吉의 生活」이라는 부록이다.

「금일조선의 노자관계」에 첨부된 이 글은 자신이 경험 또는 견문을 옮겨 적어 소작인의 실제 생활을 보여줌으로써 앞선 논설에 대한 이해를 돕기 위한 목적에서 작성된 것이다. 일견, 평범한 소작인 '만길'이 지주와 마름의 과도한 소작료 착취와 강제노역에 고통받다가 결국 땅마저 빼앗기고 북간도로 떠난다는 단순한 내용으로 꾸며져 있으나 그 의미는 기록문, 보고문이 지닌 단순성을 뛰어 넘는다. 부록으로 붙여졌음에도 불구하고 다만 논설을 뒷받침하는 사실 기술의 수준을 넘어 논설보다 더욱 생생하고 정확한 소작인들의 현실을 드러내고 있는 것이다.

초반부에는 특정한 사건이나 갈등 없이 농촌의 일상적 생활 모습을 통해 소작인 만길과 사음 이참봉, 지주 민보국의 관계를 기술하는 형식으로 구성되었다. 이는 당대 소작인들의 처지와 일상사에 대한 평면적인 설명의 의미를 넘어서지 못한다.

> 萬吉의妻는李參奉집안에가서방아도씨어주고물도길어다주며쌀래도하야준다 들에서농사할때에는밥광주리도여다준다 李參奉집에무슨일이잇스면萬吉의妻는싸지지아니하고參例한다만일아니가면변으로안다 즉시호령이나온다 만길이도그러타李參奉집場興成은萬吉이가다니며하여온다李參奉의夫人이出入하면萬吉이는轎軍을하고李參奉이出入하면萬吉이는봇다리를지고쌀아간다[3]

여기서 만길과 그 처의 생활은 주장의 근거로 실례를 거론할 때 사용되는 대표적인 사실 기술의 형식에 의해 설명되고 있다. 그러나 중반 이후, 만길이 세배에 늦어 이참봉에게 구타를 당하고 그 분을 삭이는 부분을 시작으로 추수의 결과에 갈등하고 회의하는 대목, 아들을 학교에 보냈다가 자진 퇴학시키는 장면 등은 사실 기술이라기 보다는 사건과 정황으로 구성된 플롯에 가깝다.

---

3) 최중갑, 「부 소작인 만길의 생활」, 『개벽』 15호, 1921. 9, 39쪽.

어느해正初에는萬吉이가歲拜를늦게왓다고李參奉이째리엇다 그째는萬吉이
도새 興奮되엇섯다 그러나이에게논마지기式이나어더부티는사람들에게抑止
되엇다萬吉이는流血이狼藉하야집으로돌아갓다 萬吉이는이를갈며서 小作權
은取消될지라도 이러한 悖行을叱責하야 逢變이나마음이快하도록주고말가 하
고생각하얏다 그러나그리고본즉 一村의耕土도업서질터인즉 五六食口가糊口
할道가絕할쑨더러 附近의土地全部가李의管理하는바이오 住民의大部分이다
그의小作人이라萬吉이가如何히正義로責할지라도이의勢力을如何키難한바인
즉 이러한悖行이라도忍過할수밧게업다생각하고 悲憤慷慨의눈물을흘리며서
담배대가무슨罪를지은듯이탁탁쑤드려서한대피운다.[4]

'어느 해'라는 지정된 시간은 사실 기술 속에서 사건을 독립시키는
역할을 담당한다. 비록 간소하게 처리되어 사건 자체가 풍부하게 드러나
지는 않지만, 이 사건이 인물 내부의 갈등으로 연결되어 있다는 사실에
주목해야 한다. 독립된 사건과 이 사건이 불러일으키는 갈등이 존재하는
것이다. 사건이 일어나고 사건과 사건이 인과관계를 맺으며 인물의 내면
풍경이 드러나는 것, 그 자체만으로도 사실 기술의 영역을 벗어나는 것
이지만, 인용의 마지막에서처럼 구체적 상황 재현이 동반된 것은 이 글
이 플롯의 가능성 즉 의사(擬似) 플롯[5]을 포함한 서사물임을 보여주는
근거가 된다. 이 뿐 아니라, 사실 기술에서는 기대하기 어려운 대화체라
든가, 만길의 내면이 독백으로 처리된 부분 등도 그러하다.

결정적으로 이 글의 서술자는 시점을 수시로 바꾼다는 점에서 기록문
의 경계를 뛰어넘는다. 첫 도입부는 객관적 관찰자의 시점에서 지주, 사

---

4) 최중갑, 「부 소작인 만길의 생활」, 『개벽』15호, 1921. 9, 38~39쪽.
5) 일반적으로 소설의 플롯을 구성하는 것은 사건과 인과성으로 여겨진다. 그러나 인과적 사건으로
구성된 기록을 논할 때 이 플롯은 문제적 위치에 놓이게 된다. 플롯의 요소는 갖추었으나 그것
이 고안되고 짜여진 것이 아니라, 실재했던 사건들 중에서 다만 선택된 것이라고 한다면 허구에
만 한정되었던 플롯의 범주가 흔들리기 때문이다. 여기서 말하는 플롯의 가능성이란 이를 두고
하는 말이다. 플롯과 같이 인과적 사건으로 구성되어 있으나 그것은 상상력에 의해 고안된 것이
아니라 경험의 일정 국면이 인식되는 과정에서 획득된 인과성인 것이다. 이를 가리켜 '의사(擬
似) 플롯'이라고 했다. 뒤집어 보면, 소설이 역사의 모방이라는 점에서 오히려 기록서사의 플롯
이 더 근원적 형태라고 볼 수도 있겠으나, 플롯의 개념이 허구적 서사와 함께 형성되어 왔다는
점에서 기록서사의 플롯을 의사 플롯으로 규정했다.

음, 소작인의 관계와 과거사, 그리고 일상을 설명한다. 이는 사실의 기술에 충실한 기록물들이 주로 취하는 유형이라고 할 수 있다. 그러나 중반 이후 서술자는 만길의 내면까지도 기록할 수 있는 위치로 옮겨진다. 사실 기술을 바탕으로 객관성을 얻어야 하는 기록물의 경우 전지적 시점은 거의 사용되지 않는다. 특정 인물의 내면을 서술자가 자의적으로 읽어내는 행위는 객관성의 상실로 이해되기 때문이다. 더욱이 떠나는 만길 가족의 미래를 한탄조의 시(詩)로 배웅하는 마지막 대목에서는 서술자가 직접 인물들의 세계에 뛰어들어 심판자가 된다. 전지적 시점의 존재나 시점의 이동은 이 글이 실제의 사건을 중심으로 소설의 구성을 갖춘 서사물임을 분명히 드러내는 것이다.

3. 기록서사양식의 실제와 저변

「소작인 만길의 생활」와 유사한 유형의 글 즉 소설이라고 할 수도 없고 소설이 아니라고 하기도 어려운 글들은 의외로 적지 않다. 그러나 이들은 모두 기록성과 서사성을 공히 갖추었을 뿐 아니라, 계몽과 계몽의 해체를 동시에 포유하고 있다는 점, 그리고 전문적 예술가 의식 혹은 작가 의식의 부재하다는 점, 형상화와 구성력이 미숙하다는 점 등에서 공통된다. 이들의 성격과 의미에 대해서는 뒤에서 다시 논하겠지만 먼저 기록성과 서사성이 공존하고 있는 글들을 정리하기로 한다.

전체적으로 보아 이 기록서사[6]의 유형에 속하는 글은 두 가지 형태로

---

6) 이 명칭은 기록성과 서사성을 동시에 승인해야 한다는 가장 기본적인 성격 규정에 의거했다. 이들은 기록성을 기본 특질로 한다는 점에서 허구적 서사로서의 소설 장르와 구별되고, 서사성을 필수조건으로 하는 객관 세계의 관찰 보고라는 점에서 수필 장르와도 변별된다. 다른 한편 상당한 질적 변화를 겪은 후 양식재편기를 거치며 근대소설과 합용을 이룬다는 점에서 단편서사물(혹은 논설적 서사)과 구별된다. 물론 이러한 구분은 양식재편기라는 시대적 상황에 대한 고려

202

나뉜다. 경험한 사실을 있는 그대로 전달하는 것을 목적으로 하는 보고형 기록서사가 그 하나이고, 주제는 협소하나 내면의 묘사가 두드러진 감상형 기록서사가 다른 하나이다. 이들은 기록성과 서사성을 동시에 드러내면서도 전자가 객관적 외부 세계의 현상을 가감없이 전달하는 반면, 후자는 현상을 해석하고 비평하는 내면에 시선이 집중되어 있다는 점에서 차이를 갖는다.

1) 보고형 기록서사

「소작인 만길의 생활」도 그러하지만, 보고형 기록서사의 전형적 모습은 박달성의 「嗚呼地方農村의衰頹」[7], 작자 미상의 「上午九時로下午十時까지」[8] 등에서 볼 수 있다. 「오호 지방 농촌의 쇠퇴」에서 박달성은 고향을 방문하여 그곳에서 있었던 이야기를 적었는데, 대화와 광경의 묘사 등을 통해 당시 농촌의 궁핍한 사정을 드러낸다. 초반부에서는 고향을 방문하게 된 이유와 개략적 고향 소개로 채워져 있고 실제 고향을 방문하는 부분을 시작으로 소설적 재현의 모습이 나타난다. 그가 방문한 세 가정에서 각각 궁핍으로 북간도행을 결심하거나, 가난으로 딸을 팔거나, 고난을 지리적 위치의 탓으로 돌리는 사람들을 만나며 괴멸되는 농촌의 풍경을 보고하되, 상황 재현의 방식으로 실감이 뛰어나다.

「오호 지방 농촌의 쇠퇴」가 격리된 공간을 중심으로 한 보고였다면 「상오 9시로 하오 10시까지」는 추출된 시간을 관찰한 경성의 세태 보고

없이는 의미가 없다. 즉 전통적 양식과 근대적 장르 양자 모두 근대화와 정착화를 시도하며 급속히 자가변모하고 있었고, 다른 한편으로는 상호 간의 융합과 분열 역시 다각도로 진행되었음을 인식해야 한다는 것이다.

7) 박달성, 「嗚呼地方農村의衰頹 – 鄕里에 갓든 이야기」, 『개벽』 22호, 1922. 4, 74쪽.
8) 일기자, 「上午九時로下午十時까지(上)」, 『개벽』 21호, 1922. 3, 27쪽.
　일기자, 「上午十時로下午十時까지((二)」, 『개벽』 21호, 1922. 3, 77쪽.
　이 두 편은 제목과 상하 구별에 있어 차이가 나지만, 내용의 연속성으로 보아 편집의 오류로 판단하고 동일물로 간주한다.

라 하겠다. 기자는 '작정한 바' 대로 즉 아침부터 저녁까지 무작위적으로 경성 거리를 오가며 경성의 전형적 세태를 보고하기 위해 나선다. 권농동 어귀에서 부모에게 학대받는 소녀를 만나고, 안동 네거리에서 사소한 시비로 싸움을 하는 노인과 젊은이를 말린다. 다시 광화문, 사직골, 서대문을 거쳐 남대문에 이르러 먹을 것을 찾아 정주에서 충청도로 이주하는 사람들과 대화를 나누고, 식사를 하면서 남대문 시장 근처의 풍경을 관찰한다. 마지막으로 동대문에서 인력거꾼들의 생활담을 엿듣고 권농동으로 돌아와 저녁식사를 하면서 종결된다.

이 기사는 오전 9시에서 오후 10시까지 13시간 동안 서울의 각종 세태를 관찰, 조사하고 이를 보고하기 위한 분명한 목적의식 하에 기록된 것이다. 기록자는 자신의 경험이 사실임을 보증이라도 하듯 말미에 작성한 날짜를 적고 있다. 집을 나설 때부터 다시 돌아올 때까지 추보식으로 4-5가지의 경험적 사건을 고스란히 옮겨 놓음으로써 독자들로 하여금 경성의 모습을 객관적으로 볼 수 있는 시각을 전달하려 한 것이다. 그러나 보고는 관찰된 바에 대한 정리된 서술이 아니라, 사건과 광경의 묘사로 일관하여 당시의 상황을 재현하는 방식을 취하고 있다.

이렇듯 보고형의 기록서사는 기록자의 경험을 보고하는 방법으로 체험을 상황화하고 서술을 묘사로 교체함으로써 소설적 육체를 차용하게 된다. 에피소드 형식이라는 점에서 느슨하긴 하지만 작위적 고안이 경험적 사실로 대체된 의사 플롯이 생성된 것이다. 이는 서술로 일관한 기타의 보고물과는 적지 않은 차이를 보여주는 것일뿐더러 기록과 소설의 사이에서 상당한 영역을 구축한다. 『개벽』에만도 3호의 「사회 이면의 종횡기」, 20호의 「진남포의 인력차부 강일성씨를 방문하고」, 26호 「삼군일부를 방하야 다섯본 크게 놀라인 사실담」, 28호 「신석현 출가 중에서」, 「양호잡관」, 29호 「남북 조선을 순회한 자의 수작」, 31호 「임술 세모의 팔면관」, 48호 「추로 본 경성·미로 본 경성」, 49호 「여학교를 방문하다가」, 60호 「황해도에서 어든 잡동산이」, 64호 「수견수문」, 「경성은 일년간 얼마나 변했나?」, 「양서오십일 중에서」, 67호 「수문수견」, 69호 「호언망담」 등 지속적으로 산출된다.

　이들은 내용 면에서 짙은 시사성을 지니고 있다. 당대의 조선이 딛고 있는 현실에 착목했고 지향해야 할 바에 대한 미래상도 분명했다. 당대 민중들의 구체적 삶의 질곡과 세태 풍속 등이 주 주제였으며, 실제적 조사에 의해 확인된 사실만을 기록했다. 이는 비록 일개인의 구체적 경험이긴 하지만 그 경험은 사적 범주 혹은 주관적 범위를 벗어나 당대 보편적 민중들의 현실과 실제에 대한 기록이었음을 말해 준다. 즉 보고 유형의 기록서사가 함유한 경험은 개인화된 보편적 경험이므로 이미 개연성은 갖추어진 셈이다. 이 때 실제성은 개연성을 필연적으로 담지하게 되며 독자들에게 전달되는 실감의 실체가 된다. 따라서 의사 플롯과 개연성을 갖춘 서사라는 점에서 보고형 기록서사는 소설로 전환될 수 있는 가능성을 이미 확보하고 있었던 것이다.

2) 감상형 기록서사

　보고형 기록서사가 외부의 객관세계에 대한 기록이라 하면 감상형 기록서사9)는 내면의 기록이라 할 수 있다. 이들은 현실 세계의 경험을 그 자체로 의미화하지 않는다. 사건은 일종의 반사물로 격하되고 서사의 구

---

9) 감상형 기록서사라 함은 서사적 수필의 다른 이름일 뿐이다. 그럼에도 수필이라는 기존의 장르명을 두고 이 용어를 사용하는 까닭은 1920년대 수필이라는 장르의 형성 토대가 가지는 의미를 재고하기 위함이다. 수필은 전통적 양식임과 동시에 근대적 양식으로 간주된다. 장르의 개념적 변화가 거의 없었다는 뜻이다. 이는 수필의 장르 특성인 개방성과도 관계가 있겠지만 다른 한편으론 근대 수필 장르와 전통적 수필 양식의 이질성이 적었다는 것을 의미한다. 그럼에도 미미한 듯 보이는 어긋남이 양식재편기의 혼류 속에서는 적다고 할 수 없는 의미를 지니게 되는데, 그것은 서사를 포함한 수필양식이 근대소설과 조우하며 새로운 서사양식을 창출하는데 적지 않은 기여를 하고 있기 때문이다. 근대문학 형성기 곧 양식재편기에 서사적 수필이 타 수필과 구별되는 독보적 역할을 담당했다면 그 의미를 드러낼 수 있는 개념화가 필요함은 자명하다. 더군다나 수필이라는 개념 또한 이 시기를 거치며 생산된 것이라 할 때는 더욱 그러하다. 이렇게 보면, 감상형 기록서사는 서구적 장르 규정에 의해 소설과 구별된 수필(essay)이 아닌, 서사성과 기록성을 동시에 만족시키는 글쓰기 방식으로 양식재편기에 새로운 장르 규정에 의해 수필로 인식되기 시작한 양식을 이른다고 할 수 있다.

성과 완결은 내면의 연쇄와 필연에 의지하게 된다. 즉 작품의 구조가 사건의 필연성에 의존하는지 감상의 필연성에 의존하는지 다시 말해 의사 플롯의 유무가 곧 보고형과 감상형의 차이라 할 수 있겠다.

감상형의 기록서사는 그 폭이 상당히 넓어 보고형의 기록서사와 유사한 형태로 개인의 일상을 공개함으로써 새로운 삶의 유형을 제시하는 것에서부터 허구적 장치를 가감하여 신변소설에 가까운 형태를 띠는 것에 이르기까지 다양한 면모를 보인다. 먼저 감상형 기록서사의 원형에 가깝다고 판단되는 『개벽』 창간호의 「孰是孰非」[10]와 소설적 구성이 첨가되며 변모된 19호의 「彼의 「恭賀新年」」[11]을 검토하면 넓은 영역에 걸쳐 있는 감상형 기록서사의 실제와 그 변모과정을 파악할 수 있을 것으로 보인다.

박달성의 「숙시숙비」는 학생들이 송현기숙사 7호실에 모여 벌이는 논쟁과 풍경을 기록한 글이다. 拿破崙(나폴레옹)의 행적을 두고 영웅의 비극이라는 P의 주장과 천하 강도의 말로라는 K의 상반된 주장이 맞서다가 3호실의 친구인 C가 등장하자 논점은 다시 공부와 신경쇠약의 관계로 이어진다. 공부를 너무 많이 하면 독이 된다는 주장을 펴던 K가 논쟁에서 밀려 혼자 술을 마시고 들어오자 과연 무엇이 옳은 일인가라는 질문으로 끝을 맺는다. 이 글은 제목과도 같이 논쟁의 시비를 떠나 역사와 생활에 대한 나름대로의 주장으로 근대적 정체성을 형성해 가는 젊은 학생들의 모습을 제시하는데 초점이 모아져 있다.

글의 서두에 구체적인 일자와 장소, 인물을 따로 소개하는 부분이 있어 이 글이 허구에서 제외된 서사임을 강조하고 있고, 대화를 통해 젊은 학생들의 내면세계를 엮어가면서 전체로서는 그들의 열정과 새로운 생활의 전형을 제시한다는 점에서 감상형 기록서사로서의 조건을 구비하고 있다. 즉 기록성이 인정되고, 서사적 형식을 구비하였으며, 보고형 기록서사와는 달리 사건의 필연성이 축소되고 내면 감정의 연쇄를 드러내는 것이다.

---

10) ㄷㅅ생(TS생-박달성), 「孰是孰非」, 『개벽』 창간호, 1920. 6, 123쪽
11) 김기전, 「彼의 「恭賀新年」」, 『개벽』 19호, 1922. 1, 63쪽.

이에 비해 김기전의 「彼의 「恭賀新年」」은 소설로 읽더라도 아무런 무리가 없을 정도로 구성이 치밀하다. 이 글은 '彼'라는 괴팍한 가상의 인물을 등장시키고 그가 자신 스스로에게 보내는 신년 연하장을 통해 삶의 여러 금언을 전한다는 내용으로 채워져 있다. 지나치게 괴팍하여 정신병자로 오해를 불러일으키기도 하는 '피'를 만난 '기자(記者)'는 그가 수천 통의 연하장을 만들고 있음을 본다. 그러나 이상한 것은 그 수신자가 모두 '피' 자신으로 되어 있고 그 내용은 노동일을 정해 신성한 노동의 의무를 지키자는 등의 금언들로 채워져 있었다. '기자'는 괴짜 '피'의 이면을 보게 됨으로써 자기의 자각으로부터 자기의 환경을 개조하는 '피'를 새롭게 평가하게 된다.

이 글은 분명 소설이 아니다. 가상의 인물이 등장한다고는 하지만 서술자는 자신이 '記者'라고 해 실제 경험임을 분명히 했고, 또 주인공 '彼는 가상의 인물'이라고 일부러 명기했다는 점에서 오히려 기자의 주변에 실존하는 인물이거나 기자 자신일 가능성이 높다. 즉 기자가 생활 속에서 관찰한 내용을 익명화시켰을 뿐이라는 것이다. 위의 「숙시숙비」의 경우도 마찬가지지만 개인적 경험을 공개하여 대중에 전달하려 할 때 지켜져야 할 기본적인 규칙이 익명화이기 때문이다. 그렇다고 기자가 경험한 내용이 「오호 지방 농촌의 쇠퇴」와 같이 보편적 담론에 직결된 것도 아니다. 더군다나 사건이나 사실을 보고하기 위한 분명한 목적성을 띠지도 않는다. 그렇지만 그 기록성과 서사성은 충분히 인정될 수 있다. 그러나 이 글은 또한 소설이기도 하다.

먼저 이 글의 주인공은 독특한 성격을 지닌 인물로 묘사된다. 평범하지 않지만 비범이라기보다 기이한 인물에 가깝다. 인물의 성격화 뿐 아니라 사건 역시 일상 속에서 벌어진 비일상적인 것이다. 자기 자신에게 보내는 수천, 수만 통의 연하장을 쓴다는 것 자체도 일상 속의 비일상일 뿐만 아니라 그것 하나 하나에 자신의 주의 주장을 담는 금언을 새긴다는 것 또한 그렇다. 그리고 이 비일상적인 사건에 대한 '기자'의 해석은 곧 반전과 아이러니가 된다. 단편소설에서 주로 볼 수 있는 전문적 기법을 두루 갖춘 실제의 경험을 기록한 것이다. 기자가 독자와 직접 대면을 시도하는 후미 부분만 아니라면 단편소설이라고 해도 부족함이 없다.

그렇다면 장르 표지와 사실 기록이라는 측면에서는 기록문으로, 구성에 있어서는 소설로 간주될 수 있는 특징을 갖추고 있는 이 글을 어떻게 이해해야 할 것인가? 소설이되 허구가 아니고, 기록이되 소설을 닮은 이 글은 어디에 근원을 둔 것인가?

4. 허구와 기록 그리고 서사적 수필

사건화된 경험과 견문, 묘사화된 서술 그리고 시점의 이동은 소설적 구성법이라는 점에서 단순한 서사적 기록이 아니라 소설과 친연성을 획득하고 있음을 말한다. 다시 말해「소작인 만길의 생활」,「상오 구시로 하오 십시까지」, 그리고「피의 공하신년」을 비롯한 기록서사양식이 의사 플롯을 통해 소설적 육체성을 획득했다는 것이다.

그렇다면 기록서사를 소설로 간주해도 좋을 것인가? 그렇지는 않다. 일차적으로 기록서사는 분명한 목적을 담고 있는데, 주로는 교훈적 인간상을 제시한다든지, 아니면 사회의 부조리를 드러낸다는 등이다. 이는 사회 계몽의 흔적으로서 기록서사의 필요가 효과적인 계몽에 있었음을 보여준다. 이미 예시한 글 속에도 부분적으로 계몽의 의지를 발견되는데,「소작인 만길의 생활」은 소작관계의 부조리를 드러내는데 목적이 있고,「상오 구시로 하오 십시까지」는 전근대적 세태의 고발을,「피의「공하신년」」은 근대적 인간상의 제시를 계몽의 목적으로 한다. 이들의 계몽적 의도가 노골적 형태를 띠지는 않으나 작품 외적 필요에 따라 작성되었다는 점 즉 은폐된 계몽의 의지는 기록서사를 근대적 소설로 간주하기 어렵게 한다. 기록서사의 계몽 의도는 작자 뿐 아니라 당대의 공유된 인

식이었기에 장르 표지에 있어서도 창작적 의도는 부정된다.[12]

결정적으로, 기록서사는 허구성[13]을 부정한다. 기록서사의 서술자는 대부분의 경우 작가 자신임을 분명히 해 중개성이 부재할 뿐 아니라 인물과 사건도 분명 실재했던 것들이다. 「소작인 만길의 생활」은 마지막 대목에서 직접 인물로 등장해 배웅의 시를 읊는다는 점에서 그러하고 「오호 지방 농촌의 쇠퇴」와 「상오 구시로 하오 십시까지」는 글의 서두와 말미에 작가와 서술자가 구별될 수 없음을 분명히 했다. 「피의 「공하신년」」의 경우도 서술자가 기자 자신임을 명기하고 있어 중개성을 인정하기는 힘들다. 글의 특정부분에서 서술자와 작자가 분리되기도 하고 인물과 시공간을 익명화시키는 등의 변형은 있지만 대부분의 기록자들은 자신의 글이 실재했던 사실임을 제시하거나 적어도 그렇게 판단할 수밖에 없는 근거를 남겨두었다. 이렇게 보면 기록서사는 다시 소설이 아니라고 해도 부정할 수 없는 것이다.

여기서 문제가 되는 것은 이런 종류의 소설을 생소하다고 할 수 없다는 데 있다. 1920년대 중반 최서해, 채만식 등으로 대표되는 경험세계를 탐색하는 소설 경향이 그 연원으로 존재하며[14], 지금도 우리 소설에 있어

---

12) 1920년대 초반 잡지와 신문에는 종종 저자명 뒤에 '作', '譯', 혹은 '記' 라는 서술태도의 표기가 행해졌다. 문예 창작을 전제로 하는 동인지의 경우에는 번역의 경우에만 '譯' 을 붙이고 대부분은 저자의 성명만을 기록했지만, 『개벽』과 같이 논설과 잡문, 창작 등 다양한 글을 함께 싣는 경우에는 'ㅇㅇㅇ作', 'ㅇㅇㅇ譯', 혹은 'ㅇㅇㅇ記' 라는 구분을 통해 창작과 번역, 기록을 구분했음을 볼 수 있다. 이 경우 논설 등 비교적 글의 종류를 구별하는데 어려움이 없는 것은 성명만 싣고 혼동되기 쉬운 글에 집중적으로 분포해 있다. 또 소설의 경우에는 통상 제목 앞에 '小說' 이라는 장르명을 붙였는데, 기록서사의 경우에는 이를 찾아볼 수 없다. 다른 측면에서 논설·잡문 등 기사와 시·소설 등 문예를 양분하는 『개벽』의 독특한 편집 체계도 이를 뒷받침한다. 이러한 장르 표시의 경우를 따져볼 때, 기록서사가 소설로 간주되지 않았음을 확인할 수 있다.
13) N. 프라이는 '읽히는 것은 거의 다 허구'(『비평의 해부』)라고 말한 바 있지만, 여기서의 허구성은 인식론적 층위를 의미하지는 않는다. 보편과 객관의 층위에서 사실(실제)과 구분되는, 사실적인 것(사실 효과)을 포함한 상상의 고안물을 뜻한다. 그렇다고 모든 인물과 사건의 실제성 여부를 기준으로 하지도 않았다. 일차적 준거는 중개성의 인격화 즉 사건을 이야기하는 화자와 작가의 분리 여부에 두되, 이를 확인할 수 있는 증거로서 실제성 여부를 확인했다. 즉 작품 내에서 화자와 작자의 동일성이 인정될 경우 사실로, 화자와 작자의 인격이 분리될 경우 허구로 인정하고, 재차 그 실제성 여부를 검토했다. 중개성의 인격화에 대해서는 F.K. Stanzel, 김정신 역, 『소설의 이론』, 탑출판사, 1990.
14) 이경돈, 「『조선문단』에 대한 재인식」, 『상허학보』 7집, 깊은샘, 2001. 8.

사실성의 전통은 여전히 유효하다. 특히 최서해의 경우는 체험의 기록이 소설화될 수 있는 가능성 나아가 그 사실성과 실감이 어디로부터 연유하는 지를 드러낸다.

예컨대, 『조선문단』 창간호에는 최서해의 「탈출기」가 감상문으로 당선되었음을 알리는 광고[15]가 있다. 이는 『조선문단』 6호에 발표된 단편소설 「탈출기」의 원본에 해당하는 것이다. 여기에 단편소설 「탈출기」가 완전한 체험의 기록[16]이라는 작자의 언급과 「기아와 살육」이 「토혈」의 개작[17]임을 고려한다면, 원본 「탈출기」와 「토혈」은 소설이라기보다는 자신의 경험을 그대로 묘사한 기록으로 간주할 수 있게 된다. 「탈출기」의 원본이 '감상문'으로 평가받았다는 사실은 기록서사가 그의 원본 작품과 다른 유형이 아님을 강변하는 것이고, 「토혈」이 소설로 평가받은 것은 오히려 기록서사와 소설이 갖는 친연성을 방증하는 것이다. 따라서 이들은 모두 체험이나 견문의 기록에 소설적 구성을 일부 차용한 동일 유형의 기록서사로 간주할 수 있는 것이다.

이러한 사실은 소작인의 고달픈 생활과 만주로의 이주를 다룬 「소작인 만길의 생활」에 소설화의 의도를 첨가한다면 최서해의 초기소설에서 볼 수 있는 기록과 소설의 관계를 확인하게 된다는 것을 뜻한다. 원본 「탈출기」의 소설화 과정이 서간체를 추가하는 것이었고, 「토혈」의 개작 과정이 비현실적 결말에 집중되어 있었다면, 「소작인 만길의 생활」은 묘사를 확장하고 나머지 나열된 사건을 상황으로 전환하는 데 있을 것이다.

---

15) 「佳作(選外)」, 『조선문단』 창간호, 52쪽.

16) 최서해는 「홍염과 탈출기」(『삼천리』 1930. 5.)에서 자신의 작품 대부분이 '사실3 공상7분주의'에 의해 씌었다고 주장했으나, 「탈출기」만은 완전한 사실이라고 고백한다. 그러나 이미 소설과 허구의 상동관계가 성립한 상태라는 점을 고려하면 그의 '사실3 공상7분주의'도 소설가로서의 자의식에서 나온 변명일 가능성이 많다.

17) 김기현, 「최서해의 처녀작─단편 「토혈」을 중심으로」, 『국어국문학』 제61호, 국어국문학회, 1973. 7.
동아일보(1924. 1. 28)에 게재된 「토혈」의 장르 표지는 분명 '소설'이다. 그러나 그의 글이 장르의 구분이 있는 원고 모집에 응모된 것이 아니라 투고에 의한 것이라는 점에서 신뢰성이 떨어진다. 즉 편집자 임의로 소설이라는 장르 표지를 붙였을 가능성이 농후한 것이다. 개작과정에서 실질적인 것은 고작 가족 몰살과 파괴행위의 삽입에 그치고 있는 것이 그것을 방증한다. 더욱이 개작된 부분이 비현실적 사건이라는 점은 이러한 추정에 무게를 실어준다.

조금 더 엄밀히 보자. 허구를 기본 개념으로 하는 소설과 확인된 실제만을 대상으로 하는 기록서사의 반허구(反虛構)적 특성은 발본적으로 상반된 지향을 담고 있다. 이에 따라 허구는 상상적·작위적 방법을, 기록서사는 경험적·실사(實寫)적 방법을 각각 지향하게 된다. 그럼에도 이들이 소설이라는 공동의 범주로 인식될 수 있었던 것은 기록과 허구가 혼용되는 독특한 구조가 존재했음을 시사한다. 물론 허구성은 소설의 본질이자 전제로 인식되어 왔고, 이는 지금도 의심할 수 없는 원형적 규범으로 작용하고 있다. 따라서 이를 거스르는 소설의 존재는 자칫 소설의 개념 자체를 혼란에 빠뜨릴 위험을 노정한다.

그러나 최서해를 비롯한 20년대 중반의 소설들도 반허구적 서사 즉 체험의 기록임에도 불구하고 의심없이 소설로서 이해되고 있다는 사실을 재고할 필요가 있다. 이것은 개념의 층위에서는 허구만이 소설로 규정되었지만, 경험적 층위에서는 허구가 아닌 기록도 소설로 인정받아 왔음을 뜻하기 때문이다. 따라서 체험소설이라는 이율배반적 용어는 그대로 근대 양식 재편기의 이율배반성을 그대로 드러내는 범주가 된다. 적어도 우리 소설에 있어서는 허구성의 개념이 오히려 더 허구적인 규정이었음을 확인하게 되는 것이다.[18]

허구가 아니지만 소설적 구성에 근접해 있고 더불어 동일한 유형으로 소설화된 작품이 존재한다면, 기록서사와 근대소설이 양식적 착종과 융합의 과정을 거쳤다는 가정은 이미 자명해진다. 이들 두 양식은 양식의 재편기를 맞아 각각 근대화와 정착화라는 문제를 만나게 되고 난제 극복의 방편으로 서로를 필요로 했던 것이다. 다만 매우 이질적인 요소를 포

---

18) 인식과 허구가 동일시되는 문제(N.프라이, 『비평의 해부』)나 소설의 개념이 여타 허구에 대한 인식을 흡수, 소멸시키는 문제(가라타니 고진, 『일본근대문학의 기원』) 등 소설 개념의 다층성과 운동성의 문제는, 양식 재편기라는 특정 시기 벌어진 양식간의 착종, 별리 현상과는 그 층위를 달리한다. 프라이나 고진의 견해는 소설 개념 또는 인식의 본원적 성격을 논의의 대상으로 삼고 있으나 작금의 논의는 숱한 변주와 예외를 전제로 한 역사상의 한 국면에 시각을 고정시키고 있다는 점에서 그러하다. 즉 앞선 논자들의 의견에 대한 동의 여부와 관계없이, 복잡성으로 표상되는 양식 재편기의 현상을 일반화된 논의로 무마할 수도, 반대로 섣불리 일반화할 수도 없다는 것이다. 이 점은 중국 혹은 동아시아 서사의 특질로서 제시된 사실(史實)의 전통 문제(루샤오펑, 『역사에서 허구로』)와도 상응한다.

유한 이들의 삼투, 혼융이 어떻게 가능했으며, 어떤 결과를 남겼는가가 문제로 부상하게 된다.

반허구적 기록서사와 허구적 소설이 동일시될 수 있었던 이유는 이들의 상반된 지향을 무마하고 동질성을 확장시켜 서로의 거리를 접근시켜 줄 중재자 즉 감상형 기록서사가 있었기 때문이다. 앞서 언급한 바대로 감상형 기록서사는 서술자와 작자가 일치하고 또 그 실제성이 증명될 수 있다는 점에서 반허구 즉 실사(實寫)적 지향을 띤다고 할 수 있다. 그러나 실사의 시선으로 기록되는 그 대상이 내면에 위치하고 있다는 점에 주목할 필요가 있다. 현실에서 발생한 어떤 사건과 그로 인해 파생되는 감정의 변화를 실사의 시각에서 기록하지만 그 내용은 현실 속의 문제라기보다 개인의 내면에 그려지는 모양을 주로 하게 된다는 것은 객관적이고 보편적인 외부세계의 모습을 가감없이 기록하는 보고형의 기록서사와는 구별됨을 말해준다.

실재하는 특정 현상을 기록한다는 점에서 본질적으로는 기록정신의 한 양상으로 이해되겠지만, 그 대상이 보편성과 객관성을 특징으로 하는 외부세계가 아닌, 불확정성과 개별성 그리고 주관성을 특징으로 하는 내면이라고 하면, 현실을 재조합하고 재해석한다는 측면에서 상상의 산물인 허구적 서사와도 관련을 맺지 않을 수 없다. 즉 감상형 기록서사는 허구도 반허구도 아닌 영역에 존재하는 것이다.

이렇게 보면, 감상형 기록서사는 기록성을 본질로 한다는 점에서 보고형 기록서사와 연관되고 내면을 토로한다는 점에서 허구와 관련된다. 이 양방향 친화성이 소설과 기록서사의 융합 가능성을 담지하게 되는 것이다. 환언하면 근대화를 서두르던 전통적 양식과 정착화를 시도하던 근대적 장르는 이 중재자를 통해 상호 삼투의 호재를 마련했다고 볼 수 있는 것이다.

그렇다고 이들의 삼투 과정을 보여주는 근거가 감상형 기록서사가 가지는 본래적 성격에만 한정되는 것은 않는다. 『창조』를 필두로 각 동인지들과 논설에 중심을 두고 비허구적 잡문으로 구성된 『개벽』이 감상형

212

기록서사를 공유하고 있었다는 점에서도 주목할 필요가 있다. 계몽과 예술이 첨예하게 대립하던 1920년대, 반계몽적 문예전문지와 계몽적 시사종합지가 동일 양식을 포유한다는 것은 감상형 기록서사의 양방향 친화성을 실례로서 확인할 수 있는 경우이기 때문이다.

표방된 사조와 관계없이 모든 동인지들은 수상, 상화, 기행, 감상 등 확정되지 않은 장르명으로 다양한 감상형 기록서사를 등재하고 있고 그 수에 있어서도 다른 장르에 뒤지지 않는다.[19] 이 중에는 기행문[20]과 감상문도 포함되어 있지만 주요한의 「장강어구에서」(『창조』 4호, 7호), 김환의 「나의 묵은 일기에서」(『창조』 9호), 이광수의 「감사와 사죄」(『백조』 2호), 빙허의 「몽롱한 기억」(『백조』 2호) 등 감상형 기록서사라 할 수 있는 글도 적지 않다. 특히 장르 표지가 없는 민태원의 「어느 小女」(『폐허』 1호)를 기록서사로 간주한다면 소설과 감상형 기록서사의 경계가 해체되어 거의 완전한 통합체를 보여주는 모습을 발견할 수도 있다. 「피의 「공하신년」」처럼 소설이자 기록서사인 셈이다.

다른 한편, 『개벽』에는 문예면이 아닌 논설, 기사, 잡문 속에 이 감상형의 기록서사가 등재되어 있다는 점도 시사적이다. 문예와 비문예, 허구와 반허구를 명백히 구분하던 『개벽』의 편집 구도는 감상형의 기록서사가 비문예로 인식되고 있음을 보여주고, 반대로 순문예지를 표방하던 동인지들이 감상형의 기록서사를 수용하고 있다는 사실은 이 유형의 기

---

19) 근대 수필 연구에서 수필의 서사성은 꾸준히 지적되어 왔으나 최근 비교적 본격적인 1920년대 초반 소설과 수필의 관련성에 대한 연구가 있어 주목된다. 김예림의 「1920년대 초반 문학의 상황과 의미」(『상허학보 2집-1920년대 동인지 문학과 근대성 연구』, 깊은샘, 2000. 8.)는 1920년대 초반을 장르 미결정 상태라 보고 Claire de Obaldia의 Essaystic spirit의 논의를 적용해 동인지에 게재된 수필(essay)과 소설이 맺고 있는 차용관계를 해명하고자 했다.

20) 감상형 기록서사 즉 서사적 수필의 전형은 기행문이라고 할 수 있다. 허구가 아니지만 현실을 재해석한 주관적 내면의 기록을 담고 있고 허구와 상통하지만 실사(實寫) 정신에 의한 서사에 입각했기 때문이다. 그러나 기행문은 여행이라는 특별한 행위만을 대상으로 한다는 점에서 소설과 융합하는데 한계적일 수밖에 없다. 이 한계의 바깥에 존재하며 명칭조차 부여받지 못했던 글들이 결국 소설과 삼투하는데 성공한다. 이들은 기행문과 동일한 성격을 지니고 있었다. 그러나 이들은 특별한 장소로의 여행이라는 행위에 얽매이지 않고 자유로운 생활 속의 사건들을 통해 20년대 중반 새로운 소설의 창출에 이바지하게 된다. 감상형 기록서사가 허구를 지향하는 소설과 실사를 지향하는 보고형 기록서사를 중재하듯이 기행문 역시 동일한 역할을 담당했음을 물론이다.

록서사가 문예와 비문예 즉 허구와 기록간의 양방향 친화성을 방증하는 것이다.

문예와 비문예가 명백히 구별되는 상황에서 허구와 반허구라는 상반된 두 지향이 감상형의 기록서사를 공유함으로써 허구와 반허구는 이질적 지향에도 불구하고 쉽게 삼투할 수 있는 기반이 마련될 수 있었다. 감상형의 기록서사가 없었다면 근대소설과 보고형 기록서사는 허구와 반허구라는 원심력을 제어할 수 없어 독자적 진로를 선택했을 것이다. 이렇게 볼 때, 보고형 기록서사와 서구적 소설 개념에 기반한 동인지류의 소설, 그리고 감상형 기록서사 즉 서사적 수필은 독자적인 영역 속에서 힘의 균형 관계를 유지하며 소설 아닌 소설의 산출을 예비하게 되고, 이 삼각관계의 중심에서 20년대 후반 최서해를 필두로 등장하게 되는 비허구적 소설 즉 체험소설이 탄생했던 것이다.

물론 반허구적 양식이 소설로 전환되는 것이 가능해지고 반허구적 양식과 허구적 양식이 혼용될 수 있다면 그것은 소설을 규정짓는 데 있어 허구와 반허구의 긴장이 근본적 전제가 됨을 의미한다. 이 긴장은 문학사 속에서 계속적인 길항을 요구하고 결국 극단적 허구와 극단적 반허구가 배제되는 타협의 길을 모색하게 했다고 볼 수 있다. 속단의 무리를 무릅쓴다면, 리얼리즘의 범주에서 이해된 한국소설의 사실적 경향은 이 타협 즉 허구와 실사(實寫)의 절충에 의해 형성되었다고 볼 수 있을 것이다. 환언하면, 기록서사와 소설의 융합으로 인해 근대소설에 있어서 허구와 반허구의 구별은 소설을 규정하는 본령에서 밀려났고, 그 결과 리얼리티와 실감이라는 잣대가 기록서사의 흔적으로 남게 되었다고 볼 수 있는 것이다.

5. 계몽과 실사(實寫)

앞서 기록서사와 소설의 관계를 논하면서 제기한 문제는 두 가지. 허구와 반허구의 접근 가능성과 계몽과 반계몽주의의 조우 가능성이었다. 첫 번째 가설에 동의할 수 있다면, 즉 허구적 양식과 반허구적 양식이 서사적 수필의 촉매작용을 통해 상호 삼투할 수 있었고 그래서 기록서사가 근대소설과 합류할 수 있었다면, 이제 남는 문제는 기록서사가 갖은 계몽적 목적이 근대소설과 반목하지 않을 수 있었던 이유가 될 것이다.

기록서사의 내용은 천차만별, 각양각색이다. 깊게는 계급문제를 비롯한 사회현실에서부터 음주, 복식문화에 이르기까지 기록서사의 수만큼이나 그 내용도 다양하다. 그러나 이들의 뚜렷한 공통점은 전근대적 문화에 대한 반기와 선취한 근대에 대한 계몽이라 정리할 수 있다. 『개벽』을 중심으로 한 당대 지식인들의 사회의식을 총괄하고 있다고 해도 과언이 아닐 것이다. 이는 이미 알려진 바처럼 『개벽』의 계몽성[21]을 다시 확인해주는 사실이다. 문제는 효과적인 계몽의 방법을 강구하면서 시작된다. 전형적인 논설과 여러 형태의 잡문은 물론 독자들의 투고를 싣기도 하고 유명인사의 강연과 연설의 녹취 등을 수록하기도 하는데 이 과정은 의도하지 않은 결과물을 남기게 된다.

효과적인 계몽을 위해 선택되었던 방법은 그 목적이 말해주듯이 대중적인 호소력과 설득력을 필수조건으로 하게 된다. 이 구비 조건을 충족시켜준 것은 다름 아닌 실사(實査)와 실사(實寫)의 방법이었다. 그 대표적인 예가 『개벽』 34호부터 시작된 실사 운동이었다. 「조선 문화의 기본조사」[22]라 이름 붙여진 이 운동은 전국을 돌며 각 지방의 특성을 조사,

---

21) 최수일, 「『개벽』의 근대적 성격」, 『상허학보』 7집, 깊은샘, 2001. 8.
22) 공고 「조선문화의 기본조사!!」, 『개벽』 통권 제 34호, 목차 뒷면.

보고하는 형태를 취하고 있다. 그 내용은 지리와 기후, 인구와 문화, 산업과 경제, 산물과 인심, 교육과 종교, 고적과 전설 등 다양한 부분에서 조사되었으며, 세밀한 통계에 의지해 조선의 현황을 파악하고자 한 시도였다.[23] 이 운동에서 주목해야 할 것은 계몽의 기본 전제인 선각자와 대중의 위치가 근간에서 흔들리고 있음을 확인할 수 있다는 것이다.

계몽의 주체는 선취된 세계관에 입각해 훈육자의 위치를 획득하게 되고 그 외 대중은 이들의 계몽 대상이 됨은 계몽의 첩경이라 할 수 있다. 그런데「기본 조사」를 감행한 주체는 공동의 확인 작업을 위한 대표자에 불과하다. 여기에는 이미 획득된 즉 선취된 의식은 존재하지 않는다. 주체 자신이 조선의 현실에 관한 한 스스로 알지 못함을 시인하고 그것을 독자와 함께 확인하기 위한 작업에 착수하고 있는 것이다. 계몽은 더 이상 현실을 변화시킬 수 있는 동력을 상실했음이 이 운동을 통해 확인된다. 주체의 무지 상태는 곧 선각의 부정과 훈육의 포기를 전제하는 것으로 여겨지기 때문이다. 즉 계몽의 존립 기반 자체가 붕괴되는 징후라 판단할 수 있는 것이다.

그렇다고 계몽이 일시에 폐기되었던 것은 아니다.「기본 조사」에서 보여준 훈육적 지위의 포기는 계몽의 폐기가 아니라 계몽 방식의 폐기라 봄이 적절하다. 왜냐하면 이들이 확인하는 조선의 현실은 조금 더 구체적 형태를 띨 뿐, 사실상「기본 조사」이전에도 무수히 반복되었던 궤도를 크게 벗어나지 않기 때문이다. 이렇게 보면, 이들이 행했던 조사는 선택된 현실을 직접 보여줌으로써 주장의 근거를 더욱 공고히 하는 역할을 담당했다고 할 수 있다. 즉「조선 문화의 기본조사」는 조선의 현실에 대한 재확인 절차를 밟아 대중에게도 조선의 현실을 인식하게끔 유도하는

---

23) 자사공고를 통해 '천하의 무식이 남의 일은 알되 자기의 일을 모르는 것만치 무식한 일이 업고 그 보다 더 무식한 것은 자기네의 살림살이 내용이 엇지 되어 가는 것을 모르고 사는 사람가티 무식한 일이 업다. … 중략… 이는 순전히 조선사람으로 조선을 잘 이해하자는 데 잇으며 조선사람으로 자기내의 살림살이 내용을 잘 알아 가지고 그를 자기네의 손으로 처번하고 정리하는 총명을 가지라 하는 데 잇는 것 뿐이다' 라고 해 실사(實査)와 실사(實寫)에 기반해 스스로를 탐구하는 데 목적이 있음을 분명히 했다.

216

효과적인 계몽방식의 창출이었던 셈이다.

계몽 대상의 삶과 가장 밀접한 현실을, 직접 겪고, 본대로 기술하는 것. 그것이 효과적인 계몽 방식의 창출 과정이 남긴 부산물이었다. 그러나 이 실사의 방법은 계몽의 뿌리를 뒤흔들어 계몽의 해체를 촉진시킨다. 구체적으로 관찰된 현실 속에는 이미 단단하게 고정되었던 계몽 내용의 정당성을 부정하는 타자의 힘이 존재하고 있었기 때문이다. 이러한 경향의 대표적 예이자 계몽 해체의 첨병이 바로 기록서사였다.

실사(實査)와 실사(實寫) 즉 실제에 대한 희구와 기록은 필연적으로 계몽성의 축소를 동반했다. 기록자가 선택한 경험적 소재는 사회성을 포유하고 있으나, 1900대 단편서사물과 같은 사회성 짙은 여타의 글들이 계몽의 목적을 전면에 내세우고 그에 걸맞은 연설적 방법을 채택한 것과는 달리 1920년대의 기록서사는 계몽적 의도가 상당부분 탈각되었다. 물론 계몽의 의도가 명시적으로 부정된 것은 아니지만 그것은 계도와 훈육의 측면보다는 견해의 적합성과 사실성을 강조하기 위한 부산물로 격하된다.[24] 이 계몽성의 축소는 기록서사가 근대문학으로서의 소설과 조우할 수 있는 장애가 제거되었음을 뜻한다.

1923년~1925년 「조선 문화의 기본 조사」가 행해지고 1924년 최서해의 『토혈』이 발표되었다. 한편 1925년부터 『조선문단』을 통해 최서해와 채만식을 필두로 객관적 시각에 입각한 체험적 소설들이 쏟아져 나왔다. 이 사실은 내부로부터 해체되기 시작한 계몽이 언제 어디에서 끝이 났는지를 확인시켜주는 사실이자, 계몽성이 탈각되기 시작한 기록서사가 어떻게 근대 소설과 혼류할 수 있었는지를 보여주는 증표이다. 또 1900년대를 풍미하던 단편서사물이 근대소설과 결합할 수 없었던 이유가 되기도 한다.

---

24) 『개벽』의 기록서사들에서는 계몽의 의도와 그 잔재를 볼 수 있는데 반해 『별건곤』의 기록서사에는 그 흔적조차 남지 않아 완전히 소멸된다. 이는 점차적인 실사의 확장으로 인해 계몽의 역할도 따라서 축소, 소멸되었음을 증명한다.

6. 기록서사와 전통

1920년대의 주변적 서사 양식은 기록서사만이 아니었다. 희곡의 대사처럼 인물들의 대화 내용만으로 서사를 이끌어가는 대화형 단편서사물, 동물들로 하여금 세상을 풍자하는 풍자형 단편서사물 등도 소설의 주변에 상존해 있었다. 그러나 대화형 단편서사물과 풍자형 단편서사물은 기록서사와 적지 않은 차이를 가진다. 우화를 중심으로 한 풍자형 기록서사는 결정적으로 실사정신과는 궤를 달리하고 두 단편서사물 모두 근대적 의미의 소설과 적극적으로 삼투하며 새로운 의미의 소설을 창출한 다른 기록서사와는 달리 독자적 양식화의 길을 선택했다는 점에서도 근대 소설의 형성과정을 문제삼는 이 글의 취지와는 어울리지 않는다. 단도직입적으로 1920년대 최서해를 중심으로 형성되고 리얼리티의 일축으로 자리잡게 된 경험 기록 형식의 비허구적 소설, 이들의 원천을 설명하는 데에는 이미 앞서 살펴본 기록서사만으로도 부족하지는 않다. 그럼에도 불구하고 여기서 20년대의 대화형 단편서사물과 풍자·우의형 단편서사물을 거론하는 까닭은 기록서사의 원천을 확인함으로써 전통적 서사와 근대적 서사가 맞물린 지점을 드러내기 위해서이다.

1900년대 풍성한 외형을 보여주었던 단편서사물은 시사토론체, 우의체, 기사체, 풍자 등 다양한 모습으로 신소설과 경쟁하며 적지 않은 영향을 행사했다.[25] 단편서사물이 한문단편을 비롯한 조선후기의 다양한 서

---

25) 단편서사물(논설적 서사)의 향방을 두고 신소설의 직접적인 출현 동기로 간주하는 김영민(『한국근대소설사』, 솔, 1997.)의 견해와 영향과 경쟁의 관계가 얽혀 기반을 제공하는데 머물렀다는 한기형(『한국근대소설사의 시각』, 소명출판, 2000.)의 견해가 엇갈리고 있으나 두 견해 모두 단편서사물이 중세문학과 근대문학을 연결하는 서사양식이었음을 인정하고 있다. 다만 이들의 논의는 단편서사물과 신소설과의 관계에만 한정되어 지속된 융합과 분열의 진화과정을 인식하지는 못한 것으로 보인다. 서구적 근대문학이라는 대항물의 존재는 상호침투에 따른 변모의 원리 뿐 아니라 자기유지의 원리 또한 요구하기 때문이다. 계승과 지양은 다만 단일 양식(신소설)에 의해 온전히 완성되는 것이 아니라 전통과 근대가 길항의 여지없이 융합될 때까지 지속된다. 물론 1920년대 중반 최서해, 최만식을 비롯한 비허구적 체험소설이 등장하며 지난

사양식을 계승하고 있음은 이미 논구된 바, 기록서사가 전통과 맺는 관계를 살펴보는데 있어서는 1900년대 단편서사물과 1920년대 기록서사가 가지는 상동성에 주목할 필요가 있다. 알려진 바대로 단편서사물에 대한 논의는 전통적 단형서사를 계승하고 신소설에의 영향을 주었다는 점을 확인하는 것으로 마무리된다. 하지만 이렇게 확인된 전통은 기록서사를 통해 다시 체험 소설이 전통에 뿌리를 두고 있음을 증명하는 주요한 매개가 된다.

조선 후기 한문단편을 비롯한 단형 서사가 단편서사물의 전사(前史)였던 것처럼 단편서사물의 존재는 기록서사의 근원을 이룬다. 신소설이 풍미하던 1910년대 이들은 그 자취를 감추었다가 20년대가 되며 다시 그 모습을 드러낸다. 그러나 이 잠복기는 적지 않은 변화를 동반하게 된다. 기사체의 경우에는 스토리와 서술 중심에서 사건과 묘사 중심으로 일신하고, 시사토론체는 장황한 연설 형식에서 실생활의 대화 형식으로 변화하여 시사토론이라는 명칭을 무색하게 한다. 또 우의체도 인간과 동물의 작중 역할이 역전되는 모습 – 비판의 대상이 현실 속의 인물이 되고, 비판하는 서술자의 역할을 동물이 맞게 되는 – 을 보여 우의적 역할보다는 직접적 풍자의 성격을 강하게 드러내면서 현실성을 강화한다.[26]

이 중 기사체 단편서사물은 실사(實査)와 실사(實寫)의 기록정신에 입각해 있다는 점과 단형 서사라는 양식적 특성을 지녔다는 점에서 기록서

한 상호작용이 끝을 이루는 듯했으나 프로문학의 등장과 더불어 갈등은 다시 재현될 수밖에 없었다. 최서해가 결국 카프로부터 축출되고 채만식 등의 작가들이 전통을 복권시키려 시도했던 것 등은 이를 방증하는 예일 것이다.

26)『개벽』의 풍자·우의체 단편서사물은 「사회풍자 은파리」(목성, 6호부터 7회 연재)를 비롯해 「낭견으로부터 가견에게」(목성, 20호), 「××귀의 정벌」(서몽, 24호), 「도야지의 성덕」(일기자, 31호), 「서울쥐로부터 시골쥐에게」(박달성, 43호), 「다시 장미택 형님에게」(박달성, 45호), 「서울에 나타난 세가지 일을 드러」(박달성, 47호), 「삼국 노동자 미행기」(박달성, 51호), 「네눈이의 동서남북담」(박달성, 52호), 「사람놈들 사회를 떠나면서」(박달성, 54호), 「나는 스므살 먹은 황소」(누렁이, 55호), 「철창 생활 50년을 들어」(박달성, 65호), 「죽어라」(박달성, 66호) 등이다. 대화체 단편서사물은 「상원친목회 석상에서 제명사의 조선개조향상에 관한 담편」(일기자, 9호), 「이상아의 초보」(박달성, 12호), 「고학의 로」(박달성, 18호), 「남북 조선을 순회한 자의 수작」(김기전, 29호), 「팔도 대표의 팔도 자랑」(박달성, 61호) 등이다. 풍자·우의체와 대화체 모두 여러 이름으로 적혀있으나 주제와 문체, 이야기의 연속성 등으로 미루어 볼 때, 대부분이 춘파 박달성의 작품으로 판단된다.

사의 전신으로 볼 수 있다.[27] 이들은 10여년의 공백 기간을 통과하면서 단순 기사의 수준을 넘어서는 소설적 구성법을 차용하고 사실성도 대폭 강화하면서 단편소설의 가능성을 담지하게 되었고 그것이 곧 기록서사가 되었다. 그러나 오히려 단편서사물의 원류에 해당하는 풍자·우의체 단편서사물와 시사토론체(대화체) 단편서사물은 근대적 양식으로의 진로 모색에 실패하게 된다.[28]

그 이유는 기사체 단편서사물이 근대적 제도, 특히 신문, 잡지 등의 매체와 밀접한 양상을 띠면서 부흥한 양식이고 또 사실성이라는 이미 다분히 근대적 인식 체계를 기반으로 하고 있는 데 비해, 풍자·우의체 양식이 이미 오래 전부터 고정된 후 전승되어 발빠른 전환이나 변모의 여지가 적었고, 시사토론체의 경우는 계몽을 지주로 하는 연설의 경향이 퇴조하면서 변모한 대화체 형식이 이미 희곡과 소설 등에서 충분히 활용되고 있었다는 점에 있는 것으로 보인다. 특히 우화라는 형식의 특성상 계몽의 퇴조로 인한 영향을 상대적으로 크게 받았을 것으로 보인다. 즉 오랜 기간에 걸쳐 관습화된 양식과 미처 관습으로 정착하지 못한 신생 양식이 근대 초 양식 재편기를 맞아 서로 다른 조건에 처해졌고 이것이 그들의 진로를 다르게 한 이유가 되었던 것이다.

이 즈음에서 유의할 것은 단편서사물의 일부로 기사체 단편이 있고 기사체 단편의 확장으로서 기록서사를 논한다고 해서, 기록서사의 사실성이 과연 전통으로부터 기인했다고 단언할 수 있을까 하는 것이다. 기사체 단편서사물의 양식적 특성이 조선 후기 단편 서사에서 찾아지고 있지만 기실 '기사(記事)'라는 것 자체가 신문과 잡지 등 근대적 매체에 근거를 둔 산물이고 보면, '기사'였기 때문에 가능했던 이들의 사실성 역

---

27) 이미 논의된 바처럼(박헌호, 「한국근대소설사에서 단편양식의 위상」, 『민족문학사연구』16호, 소명출판, 2000.) 한국 소설사에 있어 단편이 갖는 위상은 특별하다. 이 글에서 논의할 수 있는 범위를 넘어서는 것이지만, 실사에 입각한 기록서사의 리얼리티 뿐 아니라 그 단형성이 근대소설에 미친 영향도 논의의 대상이 될 수 있을 것으로 보인다.
28) 풍자·우의체는 이후 채만식과 김성한 등에 의해 부활되기도 하지만 이는 전통이 근대와 습합하는 과정이 아니라 일정한 시대적 거리를 두고 복권된 것이라는 점에서 기록서사와 최서해가 형성한 관계와는 판이하다.

220

시 근대의 산물이지 전통의 산물은 아니라는 점에서 그러하다. 이미 1900년대 신문과 잡지 등 근대적 매체의 등장과 함께 사실(事實)의 제도화가 시작되었고, 1910년대 이 사실을 대타적 축으로 하여 허구와 내면의 기획이 진행되었음은 논의[29]된 바 있거니와, 사실성의 기반은 역시 근대를 떼어놓고는 생각하기 어렵다. 양식의 변천을 몰역사적 시각에서 볼 때, 이 의문은 분명 타당하다.

하지만 사실성의 전통성에 대해 논하기 위해서는 기록서사가 양식 재편기에 위치하고 있음을 다시 한번 상기할 필요가 있다. 양식 재편기는 필연적으로 구 양식과 신 양식간의 길항과 급변을 대동하고, 이는 다만 양식간의 합융과 분열만으로 제한되는 것이 아니라, 시대적 요구에 따른 각 양식의 자가변모 또한 의미한다. 즉 전통적 양식은 근대화를 요구받았고 서구적 장르는 정착화를 필요로 했다는 것이다. 근대 '化' 와 정착 '化' 라는 언표는 이미 그것을 전제한다. 따라서 조선 후기의 단편 서사에서 1900년대 단편서사물로 다시 1920년대 기록서사로 전환되는 과정은 급격한 시대의 변화에 적응하기 위한 자가변모로 간주할 수 있다. 이렇게 급격한 자가변모를 양식재편기의 주요 특징으로 본다면, 전통 양식 속에 내재하고 있었고 또 지속적으로 강화되어 오던 실감(實感)의 가능성이 근대적 제도로서의 사실성과 조우하여 급격히 고양, 확대되었다고 할 수 있게 된다.

기록서사와 근대소설의 관계가 양식 재편기의 착종과 융합을 보여주는 것이라면, 양식 선택의 중심 변화- 사실성의 강조 -는 근대화를 위한 전통 서사의 자가변모로 이해될 수 있다는 것이다. 따라서 서사성과 단편성을 중심으로 범주화되었던 단편서사물은 사실성이라는 새로운 가치 개념이 추가되며 기록서사를 중심으로 급격히 재편되었던 것이다. 기록서사는 전통적 양식이 사실성이라는 근대적 담론을 흡수하여 창출된 전통적 신흥 양식이었던 셈이다.

---

29) 권보드래, 『한국근대소설의 기원』, 소명출판, 2000. 6, 205~225쪽.

기록서사로 전환에 성공한 기사체를 제외한 단편서사물은 근대적 양식화에 실패했다. 1920년대까지 이들 역시 부단한 변모를 시도했고 또 간혹 살아 있음을 보여주기도 하지만 근대적 양식으로서는 이미 의미를 상실한 상태가 된다. 그러나 이들의 존재는 그 자체로 전통의 계승과정을 보여주는 데 있어 부족함이 없을 것이다. 1900년대의 단편서사물과 1920년대의 기록서사는 조선후기부터 내려오는 전통적 서사양식의 계승자이자 근대적 양식으로 전환하는 모색의 과정을 보여주는 예인 것이다.

7. 맺으며

양식 재편기의 본령이라 할 수 있는 1920년대는 전통적 양식과 근대적 장르간의 교착과 습합이 복잡하게 진행되었던 시기이다. 근대를 맞이하는 각 양식의 부단한 자가변모와 양식들간의 교착이 하나의 혼류를 이루었던 것이다. 이 혼류의 시기, 이미 1900년대부터 근대화를 꾀하던 전통적 서사 양식은 상당한 자가변모 속에 완결성을 갖춘 새로운 양식으로 거듭났고, 정착화에 박차를 가하던 외래 서사 장르 즉 근대소설과 접근을 시도하게 된다. 근대화와 정착화는 양자의 지상과제인 한편 상호 보족적 요소라는 점에서 이들의 접근은 이미 예견된 것이었다. 근대와 전통을 이어주는 이 시대적 중재자가 전통의 신흥 양식이었던 기록서사였다.

조선후기 한문단편과 단형 서사를 계승한 1900년대 단편서사물은 1910년대의 공백을 거치면서 다시 한번의 변모를 필요로 했다. 대체로 사실성의 급부상으로 나타나는 이들의 변화는 특히 기사체 단편에 있어 그 남다른 의미를 획득하게 된다. 실사(實査)와 실사(實寫)의 시대적 요구를 배경으로 신문 기사의 한계를 넘어 하나의 완결된 구성을 획득하기에 이르는 것이다. 즉 서술에서 묘사로, 사실 나열을 재현으로 그 중심이 이동했으며 또 의사(擬似)플롯을 창출하여 완결된 구조를 지향했다는 점에서 기사체 단편의 질적 한계를 극복한다. 더불어 소설과 기록서사는 그 거리를 분간할 수 없을 만큼 근접하게 된다.

　그러나 기록서사는 소설이 될 수 없었다. 기록서사의 창출을 가능하게 했던 실사의 요구는 이들의 근저에 기록이라는 이름을 각인했고 이 기록성은 근대소설의 허구성과 상충할 수밖에 없었기 때문이다. 이 불화의 유사성을 통합시킨 것은 기록서사의 일부이자 근대적 수필의 일부이기도 한 감상형 기록서사 즉 서사적 수필이었다. 소설과 기록, 허구와 반허구라는 이율배반성에도 불구하고 이들의 합융이 가능했던 것 즉 근본적인 지향의 반목을 절충할 수 있었던 것은 불확실한 내면 세계의 기록이라 할 수 있는 감상형 기록서사의 양방향 친화성 때문이었다. 감상형 기록서사는 허구적 지향과 반허구적 지향을 제어하며 근대소설의 독특한 일면을 형성하는데 일조한다.

　기록서사와 근대소설이 합융된 결과는 최서해와 채만식을 비롯한 20년대 중반의 신경향에서 확인되는 바, 경험적 진실을 관찰 혹은 보고하는 비허구적 소설이 탄생하게 된다. 특히 최서해의 예, 즉 기록서사의 개작을 통한 소설화 방법은 기록서사와 근대소설의 착종·융합의 결과를 명징하게 보여준다 할 것이다. 이렇게 놓고 보면, 한국 근대소설의 전통처럼 굳어진 완고한 리얼리티의 기준 역시 그 근저에는 기록서사의 실사정신이 있었다 해도 과언은 아닐 것이다.

**주제어 : 양식 재편기, 허구의 허구성, 기록서사, 의사 플롯, 체험소설,
　　　　　실사(實寫)정신, 리얼리티**

◆ 참고문헌

『개벽』 창간호~81호, 박이정출판사, 1920~1949.

『최서해전집』 상·하, 곽근 편, 문학과지성사, 1987.

『최서해 작품 자료집』, 곽근 편, 국학자료원, 1997.

F.K. Stanzel, 김정신 역, 『소설의 이론』, 탑출판사, 1990.

김영민, 『한국근대소설사』, 솔, 1997.

한기형, 『한국근대소설사의 시각』, 소명출판, 2000.

권보드래, 『한국근대소설의 기원』, 소명출판, 2000.

김기현, 「최서해의 처녀작-단편 「토혈」을 중심으로」, 『국어국문학』 61호, 국어국문
학회, 1973.

박헌호, 「한국근대소설사에서 단편양식의 위상」, 『민족문학사연구』 16호, 소명출
판, 2000.

최수일, 「『개벽』의 근대적 성격」, 『상허학보』 7집, 깊은샘, 2001.

이경돈, 「『조선문단』에 대한 재인식」, 『상허학보』 7집, 깊은샘, 2001.

224

◆ SUMMARY

A study on recording narrativies and modern short story

Lee, Kyung-Don

In 1920s there were genre-reorganization. Traditional genre had modernized also many genres were mixed. Especially traditional narrative genre continued changing itself as a result of that. It had modern characteristic, imported foreign genres tried to stabilized in Korea. Foreign genres which wanted to stabilize and traditional genres which wanted to modernize were interdependent therefore both genres made modern novel which had particular feature as a result of compromising each other.

Short narratives in 1900s succeeded to the Hanmoon-lettered short narratives in late Josun dynasty. But the short narratives were changed again in 1920s. Fable and satire were included in the short narratives exclusively, but among them short narratives closest to news articles became recording-narratives in 1920s. Recording-narratives had similar feature with short story (as novel) that is to say probability and pseudo-plot but it is not short story because it is not fiction. Narrative essay made compromise fiction and nonfiction. Recording-narratives had the base of compounding with short story.

So recording-narratives and foreign short story mixed in 1920s and made particular short story(or novel). That is the short story that record experience like nonfiction. Of course it note personal experience. But we recognize it as a short story. It were Choi seo-hae and Choi man-sik that wrote short story as a method of recording-narratives. This was the new stream of 1920s' literature. Choi seo-hae, Choi man-sik were representative writers in 1920s and they played important roles in making tradition of modern short story in Korea.

Actually strict reality has been required in Korean short story and novel. So we can say that Korean short story and novel's strict reality is originated from recording-narratives.

두 개의 '나'와 소설적 관습의 주조
- 현진건 초기 소설 연구 -

박 현 수*

1. 논의의 초점

우리 소설사의 전개에서 현진건은 이광수의 뒤를 이어 김동인과 같은 위치에 놓이든지 혹은 김동인보다 조금 뒤쳐져 염상섭, 나도향 등과 같은 자리를 점하고 있다. 이광수가 문학의 근대적 개념을 도입하고 내부의 장르 체계를 정초했으며 김동인이 그 체계의 하나로서 소설의 장르적 질서를 주조했다면, 위와 같은 위치는 현진건이 소설적 질서에 피와 살을 부여한 데 따른 것이라고 할 수 있다. '근대 단편소설의 수립자(백철)', '근대 단편소설의 선구자(조연현)', '근대소설의 확립자(조동일)', '근대 단편소설의 모범(김재용·이상경 외)' 등 단편을 중심으로 근대소설을 확립했다는 규정은 이를 뒷받침한다.

그런데 이와 같은 규정에는 동전의 다른 면처럼 함께 하는 평가가 있다. 그것은 현진건 소설의 사실주의적 성취에 관한 언급이다. 현진건이

---

* 성균관대 강사.

자아와 세계가 정면으로 대결하는 사실주의 소설을 통해 근대소설을 확립하고 소설을 소설답게 하는 작업을 완결시켰다고 하는 논의는 그 대표적인 것이다.[1] 이외에 '리얼리즘 문학의 전형(백철)', '사실주의 문학의 선구자(조연현)', '리얼리즘적 특질(김재용·이상경 외)' 등의 평가도 의미하는 바는 다르지 않다.[2] 물론 여기에 대해 부정적인 결론을 내리는 일군의 논의들도 있지만, 이들 역시 사실에 대한 접근을 인정하는 가운데 그 본질에 이르지 못했음을 지적하고 있으니, 현진건 소설에 나타난 사실에 관한 천착을 부정하는 것은 아니다.[3]

이렇게 볼 때 현진건에 관한 소설사적 평가는 사실에 관한 천착을 통해 근대소설을 확립한 작가로 정리될 수 있겠다. 실제 현진건 소설에 접근할 때 위와 같은 평가는 쉽게 수긍이 가능하다. 초기작인 「빈처」나 「술 권하는 사회」만 보더라도, 같은 시기의 소설들인 김동인의 「마음이 여튼 자여」나 전영택의 「생명의 봄」, 또 염상섭의 「표본실의 청개고리」나 「암야」, 그리고 나도향의 「젊은이의 시절」, 「별을 안거든 울지나 말지」 등과 분명한 차이를 지닌다. 후자가 근대의 표지에 대한 과도한 지향을 제대로 소설화시키지 못한 데 반해, 현진건의 소설은 말하고자 하는 바를 소설의 문법으로 바꾸어 소설다운 소설을 주조해내고 있다. 평가의 중심에 놓인 사실주의적 성취 역시 여기에 기대고 있는 바 크다.

그런데 여기에서 주의해야 할 것은 준거가 되고 있는 소설다운 소설, 곧 근대소설이 보편적인 개념이 아니라는 점이다. 우리에게 소설이라는 장르의 명칭과 개념은 이 시기로부터 본격적으로 정착되어 특정한 방식의 담론에 통일성과 질서를 부여해 나갔다. 실제 '소설답다'라고 하는

---

1) 조동일, 『한국문학통사』 5, 지식산업사, 1989. 130~131쪽.
2) 백철, 『조선신문학사조사(근대편)』, 수선사, 1948. 356~369쪽.
  조연현, 『한국현대문학사』, 성문각, 1969. 290~291쪽.
  김재용·이상경 외 공저, 『한국근대민족문학사』, 한길사, 1993. 302~309쪽.
3) 김동인, 「조선근대소설고」, 『동인전집』, 홍자출판사, 1967. 595~596쪽.
  임화, 「조선신문학사론서설」, 『조선중앙일보』, 1935. 10. 23~10. 26.; 「소설 문학의 20년」, 『동아일보』, 1940. 4. 12~13.
  김윤식·김현, 『한국문학사』, 민음사, 1973. 163~165쪽.

장르적 관습이란 단지 의미부여의 가능성이고, 텍스트를 자연스럽게 설명하는 방식이며, 우리의 문화가 규정하는 세계에 자리매김하게 만드는 존재일 뿐이라는 언급[4] 역시 이와 관련된다. 특히 우리에게 소설은 문학이 그랬던 것처럼 서구의 기반으로 하는 근대적 산물이 일본을 거쳐 중역된 것이었다. 이렇게 볼 때 소설다운 소설을 주조했다고 하는 현진건은 소설이란 장르에 대한 동화와 순응, 그리고 관습화의 굴절을 보여주는 존재라고 할 수 있다.

소설이라는 장르적 관습이 일정한 시기에 주조되어 통일성과 질서를 구축해 나갔다고 할 때, 관습이 만들어지고 의미화되는 과정에 관한 천착의 중요성은 부정될 수 없을 것이다. 논의의 중심은 여기에 놓인다. 「빈처」, 「술 권하는 사회」, 「타락자」 등 흔히 초기 3부작이라고 불리는 현진건 소설에 관한 접근을 통해, 우리에게 소설이라는 장르가 스스로의 육체를 획득해 나가는 과정과 그 의미를 구명하고자 한다. 논의의 중심은 일단 사실 혹은 사실주의에 놓일 것이다. 앞서 확인한 바와 같이 현진건이 소설이라는 관습을 만들어내는 데 빚지고 있는 주된 매개가 사실 혹은 사실주의로 파악되고 있기 때문이다.

하지만 여기에는 보다 조심스러운 접근이 요구된다. 유효성 문제는 차치하더라도, 혹시 사실주의 여부를 따지는 논의에 가려진, 보다 중요한 문제는 없는가 하는 점이다. 뒤에서 상술하겠지만, 현진건의 초기 소설이 다루고 있는 주제는 당시 다른 작가들의 그것과 그리 다르지 않았다. 소설을 사실주의 여부의 논의로 이끌고 가는 것은 주제라기보다 오히려 그것을 드러내는 방식에 있다. 그리고 그 방식은 궁극적으로 소설이라는 장르적 관습을 주조하는 형식적 기제들과 연결된다. 이 글은 현진건의 초기 3부작을 대상으로 하여, 소설이라는 장르적 관습의 정착이 어떠한 형식적 기제들을 통해 이루어졌으며, 또 어떠한 경계의 설정을 통해 다른 담론들과 차별화되어 나갔는가를 밝히고자 한다.

---

4) Jonathan Cullar, *STRUCTURALIST POETICS*, Cornell Univ. Press, 1975. p.137.

2. 시각의 전환

1917년 대구에서 이상화, 이상백, 백기만 등과 『거화』를 발간했던 현진건은, 이후 1920년 『개벽』에 「행복」, 「석죽화」 등의 소설을 번역하는 한편, 처녀작 「희생화」를 발표하고 본격적인 문단 생활을 시작한다. 그 후 현진건은 박종화, 홍사용, 이상화, 나도향 등과 함께 문예동인지 『백조』를 창간하고 동인으로 활동하면서, 역시 『개벽』에 「빈처」, 「술 권하는 사회」, 「타락자」 등 초기작들을 발표해 나간다.

이들 초기 3부작은 작가 자신의 체험에 기반하고 있어 자기응시의 객관적인 문학적 산물이나 철저히 자신이 체험한 실생활 자체를 있는 삶 자체의 방식으로 그려낸 소설 등으로 평가되고 있다.[5] 작가 자신도 소설 「타락자」 후기에서 "人生의醜惡한 一面을 忌憚업시 暴露식히랴든것"[6]이라 해 있는 그대로의 사실을 그리고자 했음을 직접 밝히고 있다. 따라서 초기 3부작이 경험을 기반으로 사실의 재현에 충실을 꾀한 소설이라는 데에는 별다른 이견이 없을 듯하다. 하지만 이 글은 이렇듯 자명한 규정에 의문을 제기하는 것으로부터 논지를 전개하고자 한다.

초기 3부작의 서두에 놓이는 「빈처」[7]는 잘 알려진 대로 가난한 작가 K(나)의 아내가 겪는 생활의 어려움을 그린 소설이다. "藝術的衝動에 타오르는熱情과 藝術의동산에 憧憬을두고 世間을不知하고 時日을 보내는"[8] K와 현실적 곤경에 힘들어하는 아내는 갈등과 화해를 반복하지만, 결국 소설은 K와 아내 둘의 사랑과 정신적 가치의 추구를 통해 생활의 어

---

5) 조연현, 『한국현대문학사』, 성문각, 1969. 290쪽.
  임규찬, 「1920년대 소설사 연구」, 성대박사학위논문, 1994. 166쪽.
6) 현진건, 「타락자 후기」, 『開闢』 22, 1922. 4, 35쪽. 이하의 인용문은 원문의 표기법과 띄어쓰기를 따르기로 한다.
7) 『開闢』 7, 1921. 1.
8) 이익상, 「憑虛君의 「貧妻」와 牧星君의 「그날밤」을읽은印象」, 『開闢』 21, 1921. 5, 115쪽.

려움을 이겨낸다는 것으로 끝난다. 그러나 실제 소설의 중심은 정신적 행복이라는 결말보다는 오히려 가난 그 자체에 놓여 있다. 문제는 가난의 원인에 있는데, 그것은 K가 ‘문학’을 하기 때문이다. 2년 가까이 보수 없는 독서와 가치 없는 창작에 몰두한 결과, 아내가 시집올 때 가져온 세간이나 의복을 잡혀가며 생활하는 데 이른 것이다. 이렇듯 「빈처」는 문학이라는 정신적 가치와 또 거기에 따르는 가난이 빚어내는 갈등을 그리고 있다.

이 문제는 「술 권하는 사회」[9]로도 연결된다. 「빈처」가 남편의 눈을 통해 아내를 그리고 있는 데 반해 「술 권하는 사회」는 아내의 시각에서 남편을 그리고 있다는 차이는 지니지만, 마치 「술 권하는 사회」는 「빈처」의 남편이 사회로 나와 자신의 능력을 펼쳐 보이려는 데서 겪는 장애를 다룬 소설로 보인다. 「술 권하는 사회」에서 남편은 일본에 유학을 가 대학까지 졸업하고 돌아온 인텔리다. 조선에 돌아온 처음에는 무언가를 해보려 애쓰지만 제대로 되지 않자 근심에 사로잡혀 결국 술 마시는 일로 하루하루를 소일하는 인물이 되고 만다. 이 소설에서도 중심은 남편이 왜 술을 마셔야만 하는가에 놓여 있다. 남편이 술을 마시는 이유는 사회가 속악하기 때문이다. 민족과 사회를 위해 모인 사람들이 실제로는 되지 못한 명예 싸움, 쓸 데 없는 지위 싸움질에 몰두하고 있기 때문이다. 남편은 자신이 배운 바를 또 자신의 능력을 펼쳐 보이고 싶지만 속악한 세계에서 그 일을 하는 것은 용납되지 않는다. 결국 남편에게 할 수 있는 남은 일은 술을 마시는 것뿐이다.

「타락자」[10]는 앞선 두 작품에 비해 많이 언급되지 않는 소설이다. 「타락자」의 중심인물 역시 「빈처」의 ‘나’나 「술 권하는 사회」의 남편의 연장선상에 있다. ‘나’는 2년 전 일본에서 유학을 하던 중, 오촌당숙이 죽게 되어 당숙모의 외아들로 입후되어 조선으로 나와 ○○사에 다니고 있다. 처음 볼 때부터 기생에 많은 관심을 가졌던 ‘나’는 명월관의 춘심을

<hr>

9) 『開闢』17, 1921. 11.
10) 『開闢』19~22, 1922. 1~4.

보고 한눈에 반한다. 그 후 춘심에 대한 정은 더욱 깊어 가고, 이렇게 되자 처음에는 이해를 하던 아내도 투정을 부리기 시작한다. 그러던 중 춘심을 찾아간 '나' 는 춘심이 이미 다른 사람과 살림을 차려 나갔다는 소식을 듣고 집에 돌아오는데, '나' 를 기다리고 있던 것은 임신한 아내가 자신에게 임질을 옮아 있다는 사실이다. 여기에서도 문제는 무엇이 실수를 거듭하면서도 춘심과의 사랑 놀음에 빠져들게 했는가 하는 것이다. 소설에서 그 이유는 좌절의 출구로 그려지고 있다. '나' 는 당숙모의 외아들로 입후됨에 따라 어른들을 모시고 임신한 아내와 같이 살고 있으나, 늘 자신의 진로가 관습에 가로막힘을 답답해한다. 여기에서 춘심과의 사랑은 좌절된 욕망의 출구 역할을 하고 있다.

이렇듯 「빈처」와 「술 권하는 사회」에서 다루고 있는 것은 가난을 겪으면서도 문학을 해야한다는 것과 그렇지만 조선 사회의 속악성에 의해 제대로 할 수 없다는 것으로 정리될 수 있다. 또 「타락자」에서는 자신의 진로가 가로막힘에 따른 좌절을 춘심이라는 기생과의 사랑 에 연결시켜 그려내고 있다. 이는 작중 인물에 투영된 작가의 경험이라 할 수 있어 의문시할 수 없는 사실로 다가온다. 특히 「타락자」는 연재될 때 '작자의 오입한 광고' 라고 하여, 작가는 물론 편집자까지 꾸짖는 항의를 받았다고 하니[11], 철저히 자신이 체험한 실생활을 삶 자체의 방식으로 그렸다는 기존의 평가는 타당한 듯 보인다.

그런데 이 문제는 보다 조심스러운 접근이 요구된다. 먼저 「빈처」에서 말하고자 하는 온갖 물질적 고통을 겪으면서도 문학을 해야한다는 것에 주목해 보자. 여기에서 제기할 수 있는 문제는 문학이 '저 따위가 예술가의 처가 다 뭐야!' 라는 말에 '에그……' 한 마디만 한 채 눈물을 흘릴 정도의 가치를 지닌 것은 언제부터일까 하는 것이다. 우리에게 문학이 현실에 대한 독자적·자율적 가치를 지니게 된 때를 묻는 것과 같은 질문이다. 공교롭게도 그것은 바로 「빈처」가 발표된 1920년대 초기다.

---

11) 현철, 『開闢』 22, 1922. 4, 36쪽.

이는, 문학을 과학·도덕 등 다른 근대의 가치 영역들과 분리시키고 그 분리 자체를 문학의 존재 이유로 파악해 모든 가치와 의미를 포괄하는 중심으로 규정했던 동인지 문학의 유미주의적 지향을 상기할 때, 쉽게 수긍할 수 있다.

「술 권하는 사회」에서 나타난 조선인에 대한 모멸 역시 여기에서 그리 멀지 않다. 소설에서 남편에게 술을 마시는 이유를 상기해 보자. 그것은 민족과 사회를 위한다고 모여서 명예 싸움 지위 싸움에 찢고 뜯고 하는 조선 사회 때문이다. 환언하면 조선 사회가 지닌 '명예욕·당쟁열' 때문이다. 실제 1920년대 초 조선의 지식인들은 문화운동이라는 기치 아래 낙후된 현실의 개선을 위해 개인의 충성·지능·품성·체력 등의 계발을 꾀한다. 식민지라는 토대적 제약 속에서 출발부터 성취의 가능성이 차단된 이와 같은 지향은 1922년경부터 청년회 사업·농촌 개량·교육 개량 등 실천적 사업들이 개량화되거나 사실상 와해되는 결과를 가져온다.[12] 문제는 그것을 다시 개인의 소양이나 성질에서 찾게 되고 궁극적으로 민족성 열등론이나 개조론으로 나아갔다는 것이다. 민족성 열등론·민족성 개조론에서 비판의 대상이 된 조선인의 성격과 풍속은 '계급사상·형식주의·당쟁열·명예열' 등이었다고 하니, 「술 권하는 사회」에서 비판의 논리적 근원은 쉽게 파악된다.

「타락자」에서 그려진 춘심과의 사랑도 단순한 일화에 그치는 것이 아니다. 사랑 역시 근대에 유입된 산물의 하나로, 당시에는 단순히 남녀간의 애정을 의미하는 것이 아니라 참인생을 살기 위한 매개이자 영원히 변치 않는 진리에 도달하는 수단이었다. 문제는 이러한 사랑이 당대의 현실 속에서 실현 가능성이 차단되어 지식인의 의식 속에서만 절대적 당위로 자리잡고 있었다는 점이다. 따라서 기생은 "막연한 동경 속에서 여성을 신비화하면서 현실적으로 가능했던 것은 돈으로 거래되는 기생과의 관계밖에 없었던 것"[13]이라는 지적에서도 알 수 있듯이, 실현 가능성

---

12) 박찬승, 『한국근대정치사상사연구』, 역사비평사, 1992. 197-217쪽 참조.

이 상실된 리비도(Libido)가 향한 곳이라 할 수 있다. 따라서 「타락자」에서 그려진 춘심과의 사랑 역시 이 시기에 등장한 또 다른 근대적 풍경의 하나였다.

이렇듯 「빈처」, 「술 권하는 사회」, 「타락자」 등은 작가가 자신의 경험을 소설화했다는 데서 당연한 사실로 인정되지만, 실제 그것은 단순히 본 것이 아니라 이 시기에 이르러 보이게 된 것이다. 또 작금에 있어서는 자명한 사실에 불과하지만 그것은 이 시기 만들어진 사고가 지금까지 계속되어 오기에 그렇게 느껴질 뿐이다. 이는 근대적 시선의 체계인 원근법(perspective)의 문제로 접근할 수 있다. 주지하다시피 원근법은 가까운 것은 크게 그리고 먼 것은 작게 그리며 그 단축의 정도에 직선적인 일관성을 부여하는 체계다. 하지만 원근법에서 보다 중요한 것은 그것을 가능하게 하는 일정한 위치의 설정이다. 흔히 투시점(소실점)이라고 하는 것으로, 거기에 설 때만이 평면에 깊이를 부여할 수 있다. 요컨대 원근법은 일정한 지점을 설정하고 그 점에 설 때만 대상을 정확히 포착하고 전유할 수 있는 기제라 할 수 있다.[14]

여기에는 한 가지 가능성이 잠재한다. 근대적 시선의 체계에서 제대로 보기 위해서는 아무렇게나 보고 생각하고 판단하는 것이 아니라 제대로 볼 수 있는 자리, 바꾸어 말하면 대상을 정확하고 과학적으로 영유할 수 있는 유일한 중심점에 서야 한다는 것이다. 그리고 일정한 지점에 섰을 때만이 그것이 가능하다고 했을 때 그 지점을 조종함으로써 특정한 방식으로 보고 보지 못하게 만들 가능성이 있다. 보이는 세계의 이면에는 보이는 세계에 기준을 부여하고 있는 일정한 체계가 존재하고 있다는 것이다. 요컨대 현진건 소설에서 경험에 기반한 사실로 파악되는 것은 당시에 주조된 인식 체계에 의해 보이게 된 것 혹은 드러나게 된 것이라는 점이다.[15]

---

13) 강인숙, 「낭만과 사실에 대한 재비판」, 『문학사상』, 문학사상사, 1973. 6, 298쪽.
14) 이진경, 「근대적 시선의 체계와 주체화」, 『경계성의 경계를 넘어서』, 새길, 1997. 290~293쪽.
   고사카 슈헤이, 『현대철학과 굴뚝청소』, 새길, 1998. 178~186쪽.

이는 현진건 초기 3부작에서 다루고 있는 것이 당시 다른 소설들의 그것과 같은 자장 속에 위치한다는 점을 통해 확인할 수 있다. 물질적 가치에 반대편에 문학을 위치시키는「빈처」의 지향은 염상섭의「표본실의 청개고리」나「암야」의 주제와도 연결된다. 또「술 권하는 사회」에 그려진 자신의 지향과 속악한 사회와의 괴리는 당시 소설의 일반화된 주제였다. 그리고「타락자」에서 사랑이라는 주제는『환희』,「별을 안거든 울지나 말지」 등을 통해 나도향 소설의 중심에 놓인 관심사였다. 요컨대 현진건 초기 3부작의 내용은 같은 시기 소설들의 그것과 차이를 지니지 않으며, 모두 당시에 만들어진 인식 체계에 의해 드러난 것이었다. 여기에 경험을 끌어들이는 것도 정당한 논의와는 거리가 멀다. 그것은 당시 대부분의 소설들에서 작가의 그림자를 벗어난 등장인물이 존재했었는가라는 질문을 통해 쉽게 확인이 가능하다.

따라서 현진건의 초기 3부작에 제대로 접근하기 위해서는 시각의 전환이 요구된다. 현진건 초기 3부작에서 경험으로 파악되는 것은 같은 시기 다른 작가들의 그것과 다르지 않으며, 공통된 인식 체계에 기반하고 있었다. 그럼에도 김동인, 염상섭, 나도향 등 다른 작가들이 관념 속을 유영하거나 혹은 그것과의 괴리를 고뇌를 통해 드러내 보이는 데 급급했던 반면, 현진건은 말하고자 하는 바를 소설의 질서로 바꾸어 소설다운 소설을 만들어 냈다. 또 이와 같은 작업은 궁극적으로 소설이라는 관습을 주조하는 과정과 같은 궤에 놓인 것이었다. 그렇다면 현진건의 초기 3부작에 접근하는 제대로 된 시각은 다른 작가들과 동일한 지반 위에 서 있으면서도 살아 숨쉬는 인물과 긴밀한 구성을 통해 소설의 장르적인 관습을 만들어 낼 수 있었던 원인에 천착하는 것이라 할 수 있다.

---

15) 근래 현진건 소설을 근대적 시선의 체계와 관련해 논의한 글이 있어 관심을 끈다. 논의는 먼저 초기작에서 나타나는 신변성이나 자전적 경험을 소설에서 근대적 주체를 정립하기 위해 사용한 매개이자 단편화의 원리로 본다. 하지만 그 대가로 주체의 열망 역시 축소되거나 배제되었다고 한다. 또 이후 3인칭 소설로의 변모는 근대적 시선이 체계를 확립해 나가는 과정이라고 하고, 그 내용을 대상에 거리를 두고 이면을 냉소적으로 그리는 것으로 정리한다. 그리고 그 과정이 주체와 타자가 대상화되고 사물화되는 근대성의 그것과 맞물리는 것으로 본다.
차혜영,「1920년대 한국소설의 형성과정 연구」, 한양대박사학위논문, 2001. 161~177쪽.

3. 두 개의 '나'와 그 거리

먼저 등장인물에 초점을 맞추는 것을 통해 이 문제에 접근해 보자. 「빈처」의 중심인물은 '나' 다. 실제 「빈처」가 발표될 즈음 1인칭 서술은 현진건 소설에 한정되지 않는 일반적인 흐름이었다. 김동인의 「마음이 여튼자여」, 염상섭의 「표본실의 청개고리」, 「암야」, 나도향의 「젊은이의 시절」, 「별을 안거든 울지나 말지」 등이 그렇다. 이들 소설에는 '나' 가 직접 등장하거나 혹은 'K', 'X', 'DH' 등 영문 이니셜을 가진 인물들이 등장하는데, 설사 영문 이니셜을 통해 등장하더라도 이들이 작가와 겹쳐지는 인물임은 쉽게 알 수 있다. 그런데 이들 소설에 등장하는 인물과 「빈처」의 '나' 는 형상에서 차이를 지닌다.

> 怪異한魔力은 抑制하랴면 할스록 漸漸더하야왓다. 스르르舌盒이열리는소리가나서 소스라처 눈을 쓰면 덧門안다든窓이 부여케보일뿐이요 房속은如前히暗黑에沈寂하얏다. 非常한恐怖가 全身에壓到하야 손웃하나 짜싹어릴수업스면서도 異常한魅力과誘惑은 絕頂에達하얏다.[16]

> 싼飲食은별로먹지도아니하고 못먹는술을넉잔이나마시엇다. 그래도바늘 방석에안진것처럼안저 견딜수가업다. 집에가랴고나는몸을일으컷다. 골치가힝하며 내가선房바닥이 마치暴風에 淘淘하는波濤가티 놉핫다나잣다 어질저질해서 곳쓸어질것갓다.[17]

앞의 인용은 「표본실의 청개고리」의 한 부분이고, 뒤의 것은 「빈처」의 한 부분이다. 앞선 인용문의 '나' 는 불안과 공포라는 관념적 고뇌에 침닉되어 신음하고 있다. 이렇듯 관념의 과잉에 짓눌린 인물은 정도의

---

16) 『開闢』 24, 1921. 8, 119쪽.
17) 『開闢』 7, 1921. 1, 170쪽.

차이는 지니지만 당시 소설의 일반적인 특징이었다. 뒤의 인용문에 등장한 '나'는 이와 같은 일반적인 특징과는 궤를 달리 한다. 이는 「빈처」의 '나'가 피와 살을 지닌, 그래서 온기가 느껴지는 인물로 선명히 다가오는 것과도 연결된다.

이와 같은 인물 형상의 특징은 등장인물인 '나'가 또 다른 '나'에 의해 대상화되어 서술되고·있다는 데 따른 것이다. "또 다른 '나'가 뒤에서 '나'를 관찰하는 객관적인 눈 하나를 더 마련하고 있다"[18]거나 "서술자와는 다른 차원에서 서술자 혹은 주인공을 내려다보는 존재가 텍스트를 이끌어가고 있는 것"[19]이라는 언급은 이와 관련된다. 요컨대 「빈처」의 등장인물인 '나'는 화자인 '나'와 분리됨에 따라, 화자의 개입으로부터 벗어나게 된다. 다른 소설들에 나타난 관념이나 감상의 과잉은 등장인물과 중첩되는 화자의 빈번한 개입에 기인했던 것이다.

이미 현진건은 처녀작인 「희생화」에서 관찰자나 보고자로서의 '나'를 시험한 바 있다. 「희생화」는 "男女學生間에 남몰래 사랑을주고밧다가 男學生은 父母의嚴命으로 싼處女에게 장가를 아니갈수업게되자 飄然히 外國으로 달아나버리고 女學生은 愛人을 기다리지못하야 마참내 病이들어죽고만 經路를 센틔맨탈하게 그린"[20] 소설이라는 작가의 말처럼 습작의 흔적이 남아있는 작품이다. 하지만 「희생화」의 '나'는 '누님'과 '그'의 사랑을 관찰하고 전달하는 역할에만 충실해, 소설은 처음부터 끝까지 안정된 서술 양상을 보인다.[21] 이와 같은 경험을 바탕으로 현진건은 「빈처」에서 등장인물로부터 화자를 분리시켜 개입을 제한하게 된다.

---

18) 김상태, 「행동의 문학인; 현진건론」, 『현대한국작가연구』, 인문사, 1976. 121쪽.
19) 손정수, 「한국 근대 초기 소설 텍스트의 자율화 과정 연구」, 서울대박사논문, 2001. 80쪽.
20) 현진건, 「處女作發表當時의感想」, 『朝鮮文壇』6, 1925. 3, 69쪽.
21) 당시로서는 드물었다고 할 수 있는 안정된 서술 양상은 외국 소설의 영향으로 보인다. 현진건 스스로도 황석우로부터 「희생화」가 예술적 형식을 갖추지 못한 무명 산문이라는 비판을 받고, "그째 나는 「투게넵」의 短篇에心醉하고 잇섯다"고 해 "犧牲花와가튼형식은 벌서 투게넵의 短篇에 어대선지볼수잇는것이遺憾千萬"이라고 한다. 또 당시 창작과 병행해 번역에 힘을 썼던 것도 그 근거라고 할 수 있다. 이에 관한 고찰 역시 우리에게 소설의 형식적 기제가 등장하게 되는 기원과 굴절을 밝히는 것으로 의미있는 작업이 될 것이다.
현진건, 앞의 글, 69~70쪽.

그런데 「빈처」에서 등장인물과 화자가 분리되었다고 하더라도 제대로 된 거리가 확립되었다고 보기는 힘들다. 이는 1인칭 서술의 근원적인 제약이기도 하다. 1인칭 서술에서 등장인물과 화자의 거리가 제대로 확립되기 어려운 이유는 일반적으로 '나'가 작가와 미분리된 인물이라는 데 있다고 본다. 하지만 '나'와 작가가 동일한 인물이건 아니건 상관이 없다. 실제 1인칭 서술에서 제대로 된 거리 확보가 어려운 것은 등장인물과 화자가 같은 스토리 속에 위치하기 때문이다.[22] 「빈처」에서 등장인물인 '나'와 화자인 '나'는 분리되지만, 각각을 중심으로 하는 묘사와 서술은 빈번하게 교차된다. 이는 T가 아내의 양산을 사들고 놀러왔을 때나 '나'가 과거를 회상할 때, 잘 드러난다. 다시 말해 등장인물과 화자는 처음에는 분리되어 긴장되지만, 점차 긴장된 거리는 사라지고 화자인 '나'의 감회가 등장인물인 '나'에게 전이된다는 것이다.

앞선 언급대로 「술 권하는 사회」가 마치 「빈처」의 남편이 사회로 나와 겪는 장애를 다루고 있으면서도 아내의 눈과 입을 빌어 스토리를 전개하고 있는 것은 이와 연결된다. 「빈처」에서 1인칭이라는 근원적인 제약에 의해 등장인물과 화자의 거리를 확보하는 데 어려움을 겪었던 현진건은 「술 권하는 사회」에서는 아내를 화자로 설정해 남편(나)에 대한 대상화를 진전시키고자 했던 것이다.

그런데 엄밀히 말해 「술 권하는 사회」에서 아내는 화자가 아니라 초점화자(focalizer)다. 초점화자는, 소설에서 누가 보느냐와 누가 말하느냐 곧 인식의 주체와 서술의 주체는 반드시 일치하지는 않는다는 전제 아래, 인식의 주체를 가리키는 용어로 제기된 것이다.[23] 「술 권하는 사회」에서 아내는 행위의 중심일 뿐 아니라 인식의 중심이기도 하다. 「빈처」의 등장인물인 '나' 역시 마찬가지다. 이렇듯 소설에서 등장인물이 초점화자의 역할을 하게 되는 것은 등장인물과 화자의 분리와 맞물린다.

---

22) Stanzel F. K., 김정신 역, 『소설의 이론』, 문학과 비평사, 1990. 125~169쪽.
23) Rimmon-Kenan S., 최상규 역, 『소설의 시학』, 문학과 지성사, 1985. 109~112쪽.

서사이론에서 이와 같은 서술은 등장인물이 초점화자의 역할을 한다고 하여 등장인물 서술이라고 한다.[24]

「술 권하는 사회」에서 아내가 초점화자로 위치하는 것은 소설에서 말하고자 하는 바와도 연결이 된다. 흔히 「술 권하는 사회」는 명분을 앞세우지만 자신의 이익이나 명예만을 탐하는 당대 조선의 현실을 비판한 소설로 파악된다. 하지만 소설에서 비판의 대상은 당대 현실에 한정되지 않는다. 오히려 주된 비판은 자조적인 지식인인 남편을 향하고 있다. 소설에서 남편은 술이 취해 들어와 명예욕이나 권리욕에 찌든 조선 사회가 자신에게 술을 권한다는 말을 남기고 집을 나가버리지만, 그것을 에워싸고 있는 것은 아내의 창백한 얼굴이다.

> 그소리가사라짐과한끽, 自己의마음도사라지고, 精神도사라진듯하엿다. 心身이 텅비어진듯하엿다. 그의눈은 하염업시검은밤안개를, 물그럼이, 바라보고잇다. ……중략…… 이쓸쓸한새벽바람이, 싸늘하게, 가슴에, 부디친다. 그 부디치는서슬에, 잠못자고, 疲困한몸이, 부서질듯이, 지극하엿다.[25]

새벽 두 시가 넘어서야 들어온 남편이 자조 섞인 탄식을 내뱉은 후 다시 나가버린 후 아내의 느낌이다. 이러한 아내의 심정에 대한 공감은 자연스럽게 남편에 대한 비판으로 이어지게 되는데, 이는 아내가 초점화자로 설정된 데 기인하는 바 크다. 아내의 눈과 입을 빌어 소설이 전개되자, 처음에 아내와 일정한 거리를 지니고 있던 독자들은 점차 아내의 입장이 되어 아내의 감정과 행위를 공유하는 경험을 하게 된다.[26] 남편 혹은 '나'에 대한 거리는 이로부터 자연스럽게 얻어진다. 이 점이 「빈처」

---

24) 슈탄첼을 소설의 서술 양상을 1인칭 서술, 주석적 서술, 등장인물 서술로 구분한다. 1인칭 서술은 소설 속 등장인물 '나'가 화자가 되는 것이다. 주석적 서술은 스토리의 외부에 위치한 화자가 자신의 존재를 분명히 하는 것으로, 흔히 전지적 서술이라 불린다. 그리고 등장인물 서술은 등장인물이 초점화자가 되어 보거나 느낀 것을 적어나가는 서술 방식이다.
   Stanzel F. K., 안삼환 역, 『소설형식의 기본유형』, 탐구당, 1982. 32~35쪽.
25) 『開闢』17, 1921. 11, 146~147쪽.
26) Stanzel F. K., 앞의 책, 99~101쪽.

와의 차이라고 할 수 있다. 「빈처」에서도 정신적 가치의 반대편에 위치한 물욕이 더욱 큰 무게로 작용하고 있는 것이 '아내'가 아니라 '나'라는 자기 풍자를 느낄 수 있지만, 등장인물과 화자가 '나' 속에서 교차되는 것은 그 느낌을 희석화 시켰다.

하지만 「술 권하는 사회」 역시 화자의 개입으로부터 완전히 자유롭다고 할 수는 없다. 더 정확히 말해 등장인물이자 초점화자와 화자의 거리가 제대로 확립되었다고 보기는 힘들다. 이는 소품적인 구성을 통해서도 알 수 있지만, 무엇보다 이를 정확히 드러내는 것은 시제다. 「빈처」와 마찬가지로 「술 권하는 사회」에서는 과거시제가 확립되지 못해 현재시제와 혼용되고 있다. 소설에서 과거시제는 과거를 지시하는 것이 아니라 스토리를 재단하고, 배치하고, 의미화 시키는 역할을 한다. 그것을 가능하게 하는 것이 화자의 위치다. 과거시제는 스토리가 서술을 선행할 때 가능하다. 바꾸어 말해 서술이 스토리 이후에 이루어진다는 사후서술(ulter narration)을 행할 때의 시제다. 이를 가능하게 하는 화자의 위치는, 공간적으로 스토리 바깥에 또 시간적으로 스토리 이후에, 놓인다. 스토리로부터 소거되어 등장인물과 거리를 지닌 화자가 자유롭게 사건들을 선택하고, 재단하고, 배치하게 되는 것이다. 이렇게 볼 때 「술 권하는 사회」에서 과거시제가 확립되지 못했다는 것은 화자와 등장인물의 거리가 제대로 확보되지 못했음을 나타낸다.

등장인물과 화자가 제대로 된 거리를 확립한 것은 「타락자」에서부터로 볼 수 있다. 「타락자」 역시 '나'를 중심인물로 하는 1인칭 소설이지만, 하지만 「타락자」의 '나'는 「빈처」의 '나'와도 다르다. 「술 권하는 사회」에서 아내의 시선을 통해 일단의 대상화 과정을 겪은 남편은 「타락자」에서 '나'로 회귀하였으면서도 오히려 더욱 분명한 화자와의 거리를 확보하고 있다. 이는 '나'의 행위나 생각이 철저히 풍자나 희화의 대상이 되고 있는 것을 통해 알 수 있다.

밀장을 화닥닥열엇다. 무슨큰일이나난듯이, 안房에잇는안해를소리쳐불럿다.

　「이것을 좀 보아요. 이것을!」
　안해가 房에들어도서기前에 무슨警急한일을 말하는사람모양으로, 나의소
리는헐덕어렷다.
　「春心이가, 나에게便紙를햇구려. 便紙를!」
　하고, 왼언굴이, 웃음에문허젓다.[27]

　마음에 그리던 춘심으로부터 편지를 받고 아내에게 자랑하는 부분이
다. 이 부분 앞에는 명월관에 가서 춘심을 처음 만나고 술에 만취해 아내
를 춘심이라 부르는 장면도 있다. 이와 같은 풍자는 「빈처」나 「술 권하는
사회」와는 달리 「타락자」에서는 소설 전반에 걸쳐 일관되고 있으며, 자
기를 사랑하는 사람은 춘심이밖에 없다고 찾아간 춘심이가 다른 사람과
살림을 나갔다는 말을 듣고 집으로 돌아와 임신한 아내가 자신에게 임질
이 옮아 있음을 알게 되는 결말은 그 대미를 장식한다. 이는 등장인물과
화자의 거리를 전제로 등장인물인 '나'에 대한 대상화가 철저히 이루어
졌음을 의미한다.
　「타락자」는 당시 지식인의 머리 속에서 절대적인 당위로 자리잡고 있
던 연애가 소설 속에 구체화된 드문 소설인데, 여기에서 그 이유를 알 수
있다. 화자인 '나'와 연애를 하고 있는 '나'와의 거리, 또 거기에서 비롯
된 인물에 대한 풍자나 희화적 태도는 당시 연애를 다룬 「마음이 여튼자
여」, 『환희』, 「별을 안거든 울지나 말지」 등의 소설에서 흔히 나타나는
감상이나 애상으로부터 벗어나게 했던 것이다. 또 「타락자」에서 확립된
등장인물과 화자와의 거리는 등장인물의 대상화에만 그 역할이 한정되
지 않는다.
　앞선 언급대로 등장인물과 화자가 분리되는 것은 등장인물이 초점화
자의 역할을 하게 되었음을 뜻한다. 「타락자」에서 '나'는 행위의 중심일
뿐 아니라 인식의 중심이기도 하다. 그 제대로 된 의미는 화자의 소거에
서 찾을 수 있다. 화자가 소설이라는 무대를 떠나버리게 되자, 기생과의

---

27) 『開闢』 20, 1922. 2, 28쪽.

연애를 통한 애틋한 감정이나 낭패는 등장인물이자 초점화자인 '나'의 연기를 통해 직접 독자들에게 전달되어야만 했다. 물론 초점화자와 다른 화자는 존재하지만, 초점화자인 '나'의 생각이나 느낌을 옮기는 역할만을 담당하게 되어 화자의 존재는 희미해지게 된다. 이에 따라 독자들은 '나'의 연애나 낭패를 직접 보고 있다고 느끼며, '나'의 애틋한 감정이나 참담한 낭패를 공유하게 된다. 스토리에 관해 모든 것을 알고 있는 또 서술에서 자신의 존재를 분명히 하는 화자가 존재하는 한, 스토리의 직접적인 전달은 불가능하다.

또 등장인물과 화자의 거리는 서사적인 시제의 확립과도 연결된다. 「타락자」에서는 앞선 「빈처」나 「술 권하는 사회」와는 달리 과거시제가 지배적인 시제로 자리잡고 있다. 앞서 과거시제가 스토리 바깥에 위치한 화자에 의해 가능했으며, 그 주된 역할이 과거의 지시가 아니라 스토리를 재단하고, 배치하고, 의미화 시키는 데 있음을 언급한 바 있다. 이렇게 볼 때 「타락자」에서 과거시제가 확립되었음은 스토리로부터 소거되어 등장인물과 거리를 지닌 화자가 자유롭게 사건들을 작도하게 되었음을 의미하는 것이기도 한다. 작도의 주된 원리는 인과 연쇄였으며, 이에 따라 '나'의 연애와 낭패는 인과 연쇄 속에서 교직하게 된다.[28]

4. 소설적 관습의 주조

앞장에서 고찰한 바와 같이 현진건의 초기 3부작이 지닌 특징들은 동일한 기반을 통해 산출되었다. 등장인물이 화자와 거리를 지니고 초점화

---

28) Barthes R., Lavers A.·Smith C. trans., *WRITING DEGREE ZERO*, HILL AND WANG, 1967. pp.29-40. 이 책은 *Le Degré Zéro de L'Ecriture*(Editions du Seuil, 1953.)를 영역한 것이다.

자의 역할을 맡게 된 것이 그 기반으로, 「빈처」와 「술 권하는 사회」에서 시도되어 「타락자」에 이르러 일정한 성취를 획득하게 되었다. 이를 통해 '나', '아내', '춘심' 등 초기 3부작의 인물들은 관념 속에서 유영하는 흐릿한 그림자가 아니라 각각의 윤곽을 뚜렷이 하는 선명한 형상으로 주조될 수 있었다. 또 이들은 화자의 목소리를 통해서 매개되는 것이 아니라 자기 스스로의 목소리를 통해 직접 드러난다. 그리고 이렇듯 자기의 목소리를 내는 선명한 인물 형상은 과거시제를 통해 인과 연쇄라는 흐름 속에 놓이게 되었다.

인과의 사슬을 통해 인물들의 행위는 중복이 없는 긴밀한 위계를 이루게 되며, 일련의 지속적인 행동들은 하나의 의미 있는 형상을 구축하게 되고, 이는 삶의 다른 행동이나 과정과 연결되고 나아가 세계의 흐름에 다가간다.[29] 또 각각의 행위들은 등장인물의 연기를 통해 직접 독자들에게 전달되자 스토리는 직접성의 외관으로 위장하고 나타나는 극적 환상(dramatic illusion)을 만들어낸다. 그 결과 독자들은 마치 인과성으로 집약되는 실제 인물의 삶을 그대로 보고 있다는 인상을 받게 된다. 이야기가 서술되고 있는 것이 아니라 사실이 묘사되고 있다는 생각은 독자들로부터 신뢰감과 설득력을 끌어낸다. 실제 현진건 초기 3부작을 경험에 기반한 사실의 재현으로 보는 기존의 평가는 여기에 기인하는 바 크다.

하지만 여기에서 간과해서는 안 될 점은 이것이 사실이 아니라 작도를 통해 만들어진 그럴듯함(vraisemblance)이라는 점이다. 현진건의 초기 3부작에 나타난 일련의 행위들은 대상화된 인물들을 통해 직접 제시되었고, 또 인물들의 행위는 인과 연쇄 속에 교직되어 마치 사실처럼 드러났지만 사실은 아니다. 독자들이 사실이라고 생각하는 것은 실제 사실감의 환상에 불과하다. 그리고 이와 같은 환상이나 느낌은 치밀한 조작에 의해 만들어진다. 단지 그 반대편의 사건들이 아무런 조작 없이 우연하게 드러났다는 인상을 만들어내기 위한 자연화(naturalness)의 노

---

29) Barthes R., 위의 책, pp.30~31.

242

력에 의해 작도의 흔적이 은폐되어 있을 뿐이다.[30] 이렇듯 자연화로 위장된 조작은 현진건 소설을 계기로 하여 소설의 장르적 관습을 이루게 되어 특정한 방식의 담론에 통일성과 질서를 부여하는 역할을 해 나갔다.

그런데 등장인물의 연기를 통한 직접 제시나 과거시제에 기댄 인과연쇄가 현진건 소설에서 처음 등장한 것은 아니다. 등장인물과 화자의 분리, 곧 초점화자의 설정을 통한 등장인물 서술이 최초로 등장한 것은 김동인의 「약한자의 슬픔」에서다. 김동인의 처녀작인 「약한자의 슬픔」은 『창조』 1, 2호에 걸쳐 연재된 소설로[31], 신여성을 자처하는 엘니자벳트가 겪는 시련과 고뇌, 또 그것을 통한 각성을 그린 작품이다. 「약한자의 슬픔」에서 엘니자벳트는 중심인물이자 초점화자로 위치해, 모든 사건의 중심에 서 있을 뿐 아니라 눈과 입을 통해 그 사건을 전달하는 역할을 한다. 따라서 스토리는 엘니자벳트의 연기를 통해 직접 전달되는 듯한 느낌을 지니게 된다. 이광수의 『무정』에 이르기까지 모든 소설은 화자를 통해서만 소설에 다가갈 수 있는 주석적 서술을 공통된 특징으로 했다. 또 「약한자의 슬픔」에서 엘니자벳트가 남작에게 정조를 빼앗기고, 임신을 하고, 집에서 쫓겨나고, 재판에서 패하고, 유산을 하는 등의 행위는 인과 연쇄를 통해 연결되어 있다. 이를 증명하는 것이 과거시제다. 물론 과거시제는 『무정』이나 양건식의 「슬픈 모순」 등에서도 사용되었다. 하지만 이들 소설에는 현재시제를 중심으로 소설이 전개되다가 회상의 부분에서만 과거시제가 등장한다. 이와는 달리 「약한자의 슬픔」에서는 과거시제가 소설을 지배하고 있다.[32]

하지만 「약한자의 슬픔」은 인물을 대상화시키는 데 한계를 보인다. 중심인물인 엘니자벳트는 소설 속에서 끊임없는 내면적인 갈등을 보이

---

30) Martin W., 김문현 역, 『소설이론의 역사』, 현대소설사, 1991. 88~99쪽.
31) 『창조』 1-2, 1919. 2~3.
32) 과거시제를 통한 인과연쇄의 구축과 3인칭대명사를 통한 직접 제시의 주조는 다음 글을 참조하였다.
　박현수, 「과거시제와 3인칭대명사의 등장과 그 의미」, 『민족문학사연구』 20, 민족문학사학회, 2002. 120~133쪽.

는데, 특히 그 갈등이 같은 궤적만을 진자운동하고 있어 추상적인 관념의 그림자를 벗어나지 못한다. 이는 내면이 주조되는 과정이라는 데 기인하는 바 크다. 흔히 표현해야할 내면이 표현에 앞서 존재한다고 생각하지만, 내면은 고백이라는 기제를 통해 만들어진다.[33] 화자가 소거되고 등장인물이 초점화자의 역할을 하게 된 것은 등장인물이 스스로의 내면을 드러내게 되었음을 의미하는 것이기도 하다. 다시 말해 초점화자의 설정을 통한 등장인물 서술은 내면을 주조하는 기제이기도 했다는 것이다. 김동인이 이 시기를 회고하면서 '-ヲ感ジタ', '-ヲ覺エタ' 등의 일본어를 '-을 느꼈다', '-을 깨달았다' 등으로 번역하는 데 많은 시간을 소비하는 등 창작 못지 않게 용어에서 고심을 했다고 토로하는 것[34] 역시 여기에 따른다. 내면이 처음 등장했기에 느끼고, 깨닫는 등 허구적 주체의 내면을 드러내는 용어를 만들어내야 했던 것이다. 이전 서사물과 다른 소설의 특징이 작중 인물을 사고하고, 느끼고, 행동하는 인물, 다시 말해 서술된 이야기가 담고 있는 사고·감정·행동의 허구적 원점으로 창조하는 데 있다는 점[35]을 고려할 때, 내면의 중요성은 쉽게 알 수 있다. 「약한자의 슬픔」에서 스토리와는 유리된 채 동일한 궤적만을 반복하는 엘니자벳트의 갈등은 내면을 만들어 내는 과정에 따른 양상으로 읽어낼 수 있다.

이렇게 볼 때 현진건 초기 3부작만의 특징은 대상화된 인물을 주조해낸 데 있다고 할 수 있다. 그리고 그 대부분은 내면 역시 인과 연쇄라는 원리 속에 위치시키고 있다는 데 기인한다. 김동인이 「약한자의 슬픔」에서 행위들의 인과 연쇄를 구축하였음에도, 그것은 진자운동을 하는 내면과는 유리되어 있었다. 이와는 달리 현진건은 「타락자」에서 '나'의 내면 자체를 인과 연쇄를 통해 구축해, 사건들의 그것과 연결시키고 있다. 따라서 '나'라는 인물 형상은 같은 궤적을 반복하는 내면에 침닉되지도,

---

33) 柄谷行人, 박유하 역, 「고백이라는 제도」, 『일본근대문학의 기원』, 민음사, 1997. 103~129쪽.
34) 『신천지』, 1948. 4, 149쪽.
35) Ricoeur P., 김한식·이경래 역, 『시간과 이야기』2, 문학과지성사, 2000. 136쪽.

244

또 감상에서 유영하지도 않는다. 같은 1인칭이라도 김동인이나 염상섭 소설이 내면을 주제로 삼고 있는 데 반해 현진건은 내면을 심리적 차원에서 다루고 있다[36]는 언급은 이와 관련된다. 그리고 이와 같은 내면의 인과 연쇄는 내면 자체를 대상화시킨 데 따른 산물이라고 할 수 있다.

> 그러나, 야릇한念慮가 나로하야곰, 躊躇하게하엿다. 封套에너허보내는 것은, 만흔金額에만, 쓰는格式인것가탓다. 더구나, 그리함은 그와나의사이를, 체刀로 싹 지여버리는것가탓다. 그는 失望하리라. 失望한그만치나를辱하리라. 永久히 그를對할낫이 업스리라하매, 어째참아못할일인듯십헛다. 쓴는대도, 톱으로슬근슬근나무써을듯, 눅으러운方法이 업지아느리라고생각하엿다.[37]

「타락자」에서 춘심과 함께 밤을 지낸 '나'가 우들우들 떨면서 두 번 다시는 가지 않으리라고 결심하고 어떻게 돈을 전할지를 고민하는 부분이다. 하지만 '나'는 춘심에게 줄 돈을 봉투에 넣어 보내지 않는다. 춘심과 헤어질 마음이 없기 때문이다. 인용문은 이와 같은 내면의 아이러니(irony)를 다룬 부분이다. 이렇듯 「타락자」에서 '나'의 내면은 철저히 풍자의 대상이 되고 있다. 요컨대 스스로의 내면에 대한 거리두기는 내면의 인과 연쇄를 가능하게 했으며, 나아가 대상화된 인물 형상을 주조해 낼 수 있었다.[38]

---

36) 손정수, 앞의 글, 75쪽.
37) 『開闢』21, 1922. 3, 41쪽.
38) 이는 현진건을 기술적인 의미에서 자연주의를 일보 앞서가게 한 작가로 보고, 그 내용을 성격을 소설의 초점에서 생각해 성격 묘사의 문제를 표면에 끌어냈다고 파악하는 임화의 견해와도 연결된다. 또 이와 관련해 일본에서 소설의 정형이 주조되는 과정을 다룬 나카무라 미츠오의 논지를 참고할 필요가 있다. 그는 1905년에 발표된 오구리 후요(小栗風葉)의 『청춘(青春)』을 일본 근대가 문학적으로 형태를 갖추고 외국 문학의 영향을 결정시킨 소설로 파악한다. 하지만 『청춘』의 치명적인 결함은 구식 기교로 새로운 인간을 묘사하려고 한 데 있다고 보고, 그것이 근대적 자아의 확립을 통한 인간 정형을 창조하는 발상법과는 거리가 있었다고 한다. 여기에 반해 다음해에 발표된 시마자키 도손(島崎藤村)의 『파계(破戒)』는 작품 자체의 발상의 새로움을 지녔다고 하는데, 그 핵심을 주인공과 작가가 서로 내면의 고뇌에 의해 맺어져 있다는 것으로 파악하고 있다. 물론 그 내면의 결합이 보다 치밀하게 이루어지는 것은 1907년에 발표된 다야마 가타이(田山花袋)의 「이불(蒲團)」에 이르러서라고 한다. 결국 나카무라 미츠오의 소설사적 체계화는 일본 소설에서 내면의 주조와 그 인과 연쇄의 구축과 궤를 같이 한다.
임화, 「소설문학의 20년」, 『동아일보』, 1940. 4. 13.

그런데 주의해야 할 점은 그것이 ‘나’를 통해 이루어졌다는 것이다. 다시 말해 내면의 인과연쇄를 통해 대상화된 인물을 주조한 것이 자신의 경험에 기반한 1인칭을 통해 나타났다는 점이다. 현진건의 초기 3부작이 지니는 문제성은 바로 여기에 있다. 실제 이는 3인칭을 통해 온전히 확립될 수 있다. 앞서 대상화된 인물은 등장인물과 화자의 분리를 통해 등장하며, 그 과정은 등장인물이 초점화자의 역할을 하게 되어 화자가 소거되는 것과 맞물리는 것임을 확인한 바 있다. 여기에서 간과해서는 안 될 것은 화자가 소거에도 불구하고 은밀하 방식으로 스토리를 지배한다는 점이다.

이처럼 은밀한 지배에 가장 적절한 기제가 3인칭대명사 ‘그’다. 앞서 1인칭 소설에서 화자와 등장인물 곧 서술적 자아와 경험적 자아는 분리된 존재이지만, 빈번하게 교차되고 또 결국 겹쳐지게 됨을 언급한 바 있다. 그 이유는 화자인 ‘나’가 같은 스토리에 위치한 등장인물인 ‘나’의 무게로부터 완전히 자유롭지 못하기 때문이었다. 따라서 등장인물에 대한 화자의 지배는 어려움을 겪게 된다. 이러한 논지의 연장선상에서 ‘나’의 무게의 반대편에 위치한 것이 3인칭대명사 ‘그’다. 이는 3인칭대명사의 고유한 속성에 기인하는 것이다.

실제 3인칭대명사 ‘그’는 비인칭이다. 발화행위에서 1인칭대명사 ‘나’는 상대인 ‘너’의 대칭적 정의를 지닌 발화행위의 주체로서 주관성을 표현한다. 이에 반해 3인칭대명사 ‘그’는 모든 주관성이 배제된 객관적 대용에 해당된다. 3인칭대명사 ‘그’는 ‘나’와 ‘너’ 사이의 의사소통에 관여하지 않으며, 추상성과 거리감에 대한 객관적인 표현이다. 따라서 소설에서 ‘그’는 복잡한 인격을 구하지 않고 관심 있는 특징만을 구현하게 해주며, 도덕적 밀도와 스스로의 움직임을 절약하도록 해준다.[39] 여기에서 화자가 등장인물과 거리를 지니고 또 은밀한 지배를 온전히 행

中村光夫, 유은경 역, 「풍속소설론」, 『일본 사소설의 이해』, 소화, 1997. 25~171쪽 참조.
39) Benveniste E., 황경자 역, 『일반언어학의 제문제』 1, 민음사, 1992. 361~369쪽.
　　Kristeva J., 유복렬 역, 『반항의 의미와 무의미』, 푸른숲, 1998. 439~442쪽.

할 수 있는 것은 '그'라는 대명사를 매개로 하는 3인칭 소설임을 알 수 있다. 이는 화자와 등장인물의 분리가 만들어 낸 또 다른 산물인 인과 연쇄에도 해당된다.

이렇게 볼 때 현진건이 초기 3부작에서 1인칭을 통해 내면의 인과 연쇄와 대상화된 인물을 등장시켰다는 것은 3인칭을 통해 그것들을 주조해 내는 데 어려움을 느꼈음을 의미한다. 이는 근원적으로 지향과 현실의 괴리에 따른 것이다. 정신적 가치의 상징으로서 문학에 매진하고 그것을 사회에 확대하는 일, 또 물질적·종교적 기반이 부재한 곳에서 사랑을 싹 틔우는 일 등 현진건 소설의 지향은 당대 현실에서 제대로 된 지반을 지니지 못하는 것이었다. 이러한 괴리 속에서 현진건은 1인칭에의 몰입을 통해 대상화된 인물, 직접 제시, 인과 연쇄 등을 주조해 냈던 것이다. 또 이들이 소설 양식의 근간을 이루는 기제라는 점에서, 현진건은 자신의 경험을 대상화시키는 아이러니를 통해 소설적 관습을 만들어냈다고 할 수 있다. 이렇듯 한정된 영역에서 소설적 성취를 이루어 내는 것은 이후의 소설에서도 크게 변하지 않는다. 하지만 이들 기제들만은 주어진 영역 속에서 스스로의 질서를 통해 근대의 논리를 충실히 확산해 나갔다.

5. 맺음말

본래 근대적 의미의 문학은 민중과 여성을 훈육할 목적으로 제기되어, 본격적인 제국주의 시대에는 국가나 국민의 정체성을 형성시키는 역할을 담당했다고 한다. 거기에는 이전 그 역할을 담당했던 종교가 스스로의 역할을 마감했다는 전사가 놓인다. 문학은 종교가 했던 역할을 심미성이란 매개를 통해 담당했으며, 흔히 운위되는 언문일치는 음성 중심의 평이한 글의 고안이라는 내용을 지니고 전제로서 자리한다. 이는 자국의 문학을 다루는 것이 하나의 학문이 되어 연구 과목으로 확립되는 것과도 일치했다. 이렇듯 문학의 역할이 국가나 국민의 정체성을 통해 국가로 상징되는 지배체제를 수긍하게 만드는 것이었다면, 또 그것 자체가 음성 중심의 평이한 글을 전제로 한다면, 소설은 그 역할과 요건의 적임자였다. 근대적 의미의 문학이 등장하는 것과 맞물려 소설이 문학의 시민권을 획득했다는 말은 이와 관련된다.

우리에게 소설이 이와 같은 역할을 시작했던 것은 이광수 이전으로 보인다. 이미 1900년대에 어렴풋하나마 근대국가 개념이 형성되고, 소설은 근대 지식으로 국민을 계몽하는 수단으로 사용되었다. 하지만 문학의 하위 범주로서 소설이 인간의 감정과 감각에 기반함을 분명히 하고, 국가의식이나 국민적 정체성을 심미성과 연결시켜 사고한 것은 이광수였다. 그후 김동인은 심미성으로부터 과학이나 도덕 등 다른 근대의 가치 영역들을 제거하고, 소설 양식의 자율적인 질서를 구축하고자 했다. 하지만 스스로의 언급을 통해 수면 위로 떠오른 소설의 내용을 메우는 것은 김동인에게 지난한 일이었다. 현진건 소설의 등장은 대략 이 부근에 놓인다.

이 글에서 현진건 소설에 주목한 이유는 여기에 있다. 우리에게 소설이라는 질서와 관습이 현진건 소설의 등장과 맞물려 본격적으로 정착되었다면, 현진건은 소설이라는 장르에 대한 동화와 순응, 그리고 관습화의 굴절을 보여주는 존재라고 할 수 있다. 따라서 현진건 소설에 대한 천착은 우리에게 소설이라는 장르적 관습의 정착과 또 그것과 맞물린 다른 담론들과의 차별화를 해명하는 매개라고 생각했기 때문이다. 이제 거칠게나마 각 단락에서 언급했던 논지들을 정리하고 남은 문제를 부각시키는 것으로 결론에 갈음하고자 한다.

일반적으로 「빈처」, 「술 권하는 사회」 「타락자」 등 현진건의 초기 3부작은 경험을 기반으로 사실의 재현에 충실을 꾀한 소설로 파악되며, 이는 부정하기 힘든 평가다. 하지만 실제초기 3부작에서 그려진 풍경은, 이 시기에 이르러 보이게 된 것으로 같은 시기 다른 작가들의 소설과 크

248

게 다르지 않았다. 그것들이 사실로 받아들여지게 된 것 역시 이 시기에 주조된 소설적 관습에 따른 것으로, 필요한 것은 그 관습이 만들어지는 과정에 대한 엄밀한 천착이라고 할 수 있다.

등장인물의 형상에 주목해 볼 때, 「빈처」의 '나'는 당시 다른 1인칭 소설의 '나'와는 다른 형상으로, 이는 등장인물인 '나'와 화자인 '나'의 분리에 따른 것이다. 하지만 1인칭 소설의 근원적 제약은 「술 권하는 사회」에서 아내의 시선을 빌어오게 한다. 등장인물과 화자의 거리가 확립된 것은 「타락자」라고 할 수 있는데, '나'가 일관되게 풍자와 희화의 대상이 되고 있음이 그 근거다. 또 「타락자」에는 직접 제시와 인과 연쇄 역시 구축되었는데, 그것 역시 등장인물과 화자의 분리라는 같은 기반을 지닌다. 이를 통해 독자들은 이야기가 서술되고 있는 것이 아니라 사실이 묘사되고 있다는 느낌을 받는데, 현진건 소설에 대한 사실주의적 평가는 여기에 기인하는 바 크다.

실제 이는 관습에 따른 사실감의 환상으로, 우리에게 소설이라는 장르적 관습이 주조되는 과정과도 맞물린다. 그런데 초점화자의 설정을 통한 등장인물 서술은 김동인의 「약한자의 슬픔」에서 이미 등장했다. 김동인은 「약한자의 슬픔」에서 직접 제시와 인과 연쇄를 구축했지만 인물을 대상화시키는 데는 한계를 보였다. 이렇게 볼 때 현진건 소설만의 특징은 내면으로부터 인과적 연쇄를 끌어냄으로써 대상화된 인물을 만들어 냈다는 데 있다. 이는 내면을 대상화시킴으로 가능했는데, 문제는 자신의 경험에 기반한 1인칭을 통해 성취했다는 것이다. 결국 현진건은 자신의 경험을 통해 내면을 대상화시키는 아이러니를 통해 소설의 장르적인 관습을 만들어냈다고 할 수 있다.

남은 문제는 현진건 소설의 변모와 관련된 것이다. 흔히 현진건 소설은 자신의 체험을 중심으로 한 1인칭 소설에서 객관적 현실에 접근한 3인칭 소설로 변모했다고 한다. 또 그 과정은 자전적인 공간을 벗어나 식민지 현실을 정직하게 대면하고 진실하게 형상화했다는 발전으로 파악된다. 하지만 현진건 소설이 보인 변모의 양상과 의미에는 보다 신중한 접근이 요구된다. 실제 변모 이후의 소설 역시 앞선 1인칭 소설과 근본적으로 달라진 것으로 보기는 힘들다. 이는 무엇보다 현진건이 정초한 소설적 관습들이 한정된 범위 안에서 제대로 된 구현될 수 있었기 때문이다. 그 근거는 「조선의 얼굴」이나 『적도』 등에서 발견할 수 있다. 하지만 여기에 대한 논구는 보다 엄밀한 접근이 요구되는 것으로 다음 과제로 남겨두고자 한다.

주제어 : 소설적 관습, 사실주의, 대상화, 초점화자, 직접 제시, 인과 연쇄

◆ 참고문헌

1. 단행본
김윤식·김현, 『한국문학사』, 민음사, 1973.
김재용·이상경 외 공저, 『한국근대민족문학사』, 한길사, 1993.
백 철, 『조선신문학사조사』, 수선사, 1948.
신동욱 편, 『현진건연구』, 새문사, 1981.
조연현, 『한국현대문학사』, 성문각, 1969.
최원식, 『한국 근대문학을 찾아서』, 인하대출판부, 1999.
현길언, 『현진건; 식민지시대와 작가 정신』, 건국대출판부, 1995.
Barthes R., Lavers A.·Smith C. trans., *WRITING DEGREE ZERO*, HILL
        AND WANG, 1967.
Jonathan Cullar, *STRUCTURALIST POETICS*, Cornell Univ. Press, 1975.
Ricoeur P., 김한식·이경래 역, 『시간과 이야기』 2, 문학과지성사, 2000.
Rimmon-Kenan, S., 최상규 역, 『소설의 시학』, 문학과 지성사, 1985.
Stanzel F. K., 김정신 역, 『소설의 이론』, 문학과 비평사, 1990.
魯曉鵬, 조미영·박계화·손수영 역, 『역사에서 허구로: 중국의 서사학』, 길, 2001.
柄谷行人, 박유하 역, 『일본근대문학의 기원』, 민음사, 1997.

2. 논문
박현수, 「과거시제와 3인칭대명사의 등장과 그 의미」, 『민족문학사연구』 20, 민족
        문학사학회, 2002.
손정수, 「한국 근대 초기 소설 텍스트의 자율화 과정 연구」, 서울대박사학위논문,
        2001.
이진경, 「근대적 시선의 체계와 주체화」, 『근대성의 경계를 찾아서』, 새길, 1997.
임 화, 「조선신문학사론서설」, 『조선중앙일보』, 1935. 10. 23-10. 26.
______, 「소설 문학의 20년」, 『동아일보』, 1940. 4. 12-13.
차혜영, 「1920년대 한국소설의 형성과정 연구」, 한양대박사학위논문, 2001.
白川豊, 「한국 근대문학 초창기의 일본적 영향」, 동국대석사학위논문, 1981.

◆ SUMMARY

Separated 'I' & the invention of novelistic convention

Park, Hyun-Soo

The purpose of this thesis is to investigate the invention of novelistic convention in our literature. The subjects of study are 「Indigent wife(빈처)」, 「The society that invites intoxicant(술 권하는 사회)」, and 「A ruined man(타락자)」 generally called the early three series works. Usually the early three series works are estimated the novels that describe a fact through experience. But described subjects are not different from the other novels at same periods. The estimate that novels are realistic is based on not subject but means. The reality of novels is the acquirement resulted in the interval of narrator and character. The interval is connected with the appearance of focalizer. The story that is cut, arranged, and appeared directly also makes plausibility. The importance of Hyun Jin-Gun's early three series works is that plausibility is built by the first person. The basic change is not happened in novels after that periods.

해방 직후 수기문학의 한 양상

– 오기영 『사슬이 풀린 뒤』의 경우 –

한 기 형*

1. 들어가면서

동전(東田) 오기영(吳基永)의 『사슬이 풀린 뒤』(醒覺社, 1948. 9)는 일제 치하에서 항일운동에 참여했던 한 가족의 삶에 대한 기록이다. 특히 사회주의운동에 참여했던 인물들의 삶과 그 활동상들이 제시되어 있는 점이 우리들로 하여금 특별한 관심을 갖게 한다. 이 자료는 지금껏 학계의 관심을 받지 못했지만 그 기록의 방식이나 형상성의 내용이 단순히 실사(實事)의 집적으로 볼 수 없는, 간단치 않은 문학적 품격을 지니고 있다. 소설적 양식에 가깝지만 저자의 경험이란 구심력에 충실하여 허구적 상상력의 개입을 가급적 배제하려는 작품을 우리는 흔히 '수기문학'이라 부른다. 그 점에서 『사슬이 풀린 뒤』는 전형적인 수기문학의 범주에 속한다.

우리 근현대사는 수기문학이 융성할 수 있는 매우 비옥한 토양을 제

---

* 성균관대 동아시아학술원 교수.

공해왔다. 20세기 전반을 관통하는 식민지, 좌우 대립, 전쟁의 경험은 민족 구성원 전체에게 잊혀질 수 없는 '체험'을 강요하였고, 이는 '문학적 기록'을 위한 풍요로운 창고라 할 수 있다. 특히 식민지 체험은 20세기 한국인들의 정서적 원형을 형성시킨 가장 중요한 요인으로 집단적·개인적 기록의 일차적 대상이 될 수밖에 없었다. 그러나 역설적인 말이지만, 지금까지 남한 사회에서 발표된 일제시대에 대한 '체험적 진술'의 양은 그리 많지 않다. 이와 같은 현상은 본격 문학의 영역에서도 비슷하게 나타난다. 말하자면 일제시대에 대한 문학적 객관화, 혹은 체험의 객관화에 해방 이후 남한 사회는 매우 소극적이었던 것이다. 사정이 이렇다보니 항일운동의 구체적 면모를 다룬 문학적 기록들은 더욱 희소하여지고, 특히 1920년대 이후 반제운동의 한 축으로 등장하는 사회주의 운동에 참여했던 사람들의 면모는 형상화될 수 있는 기회조차 얻지 못했다. 물론 그 원인은 해방 이후 한국사회를 지배한 이념 대립과 경직된 정치환경 때문일 것이다. 그리고 그러한 현상의 배후에는 분단과 식민지 유산의 미청산이란 두 개의 역사적 요인이 작용하고 있다.

엄밀하게 말해 남한사회에서의 식민지시대 객관화 작업은 50년대 이후 상당기간 동안 거의 불가능했다. 80년대 후반 이후 사회민주화의 진전과 더불어 일제 하 사회주의 운동과 월북인사들에 대한 조명과 연구가 시작되었지만 아직 그 성과가 충분하지 못한 상태이다. 따라서 해방 이후의 한국문학이 식민지 사회의 갈등과 충돌, 그 극복을 위한 노력들을 당대 사회의 현실 그대로 반영하지 못했음은 어쩌면 당연한 일이다. 이러한 자기 검열은 이념 문제에 국한된 것이 아니었으며, 친일세력에 의해 재구성된 해방 후 남한 지배층에 대한 사전 고려에 의한 것이기도 하다.

이 때문에 식민지 시대에 대한 문학적 접근은 대개 반공이념의 영역을 벗어나지 않거나, 친일세력으로 구성된 지배층을 공격하지 않는 내용으로 구성하는 방식을 택하게 되는 것이다.[1] 이러한 사회적 환경은 식민지 경험의 당사자들이나 작가들로 하여금 논란의 여지가 있는 주제들에 대해서 '기록'하거나 '창작'하지 못하게 만드는 원인이 되었다.[2] 이미 그러한 정신적 억압은 해방 직후부터 시작되었던 바, 이 작품의 작자인 오기영도 『사슬이 풀린 뒤』의 서문에서 항일운동의 순수성이 오로지 이념적 잣대에 의해서 평가되고 심지어는 비난받게된 세태의 부당성을 다음과 같이 지적하고 있다.

> 처음 이 미정고(未定稿)가 발표될 때에는 이 남조선에서도 누구나 일제(日帝)에 반항한 것에 의하여 혁명가의 대우를 받을 수 있었다. 따라서 이 책에 나오는 나의 가족 여러 사람들의 겪은 고생과 또는 죽음에 대하여 값을 쳐주었던 것이다. 그러나 이제는 달라졌다. 그들이 공산주의자였다는 사실만으로써 그들의 혁명가적 가치는 무시되게끔 되었다. 실상은 총명하고 기억있는 모략분자에 의하여, 이 사실을 들춰서 나를 공산주의자라고 떠드는 사람도 많다. 나는 여기서 구태여 나의 사상이나 입장을 변명할 필요가 없거니와 다만 이 책이 '공산분자의 파괴적 기록'처럼 밖에 대접을 아니하는 '권리'가 있는 세상은 확실히 슬픈 세상이라고 생각한다.
>
> 그래서 이 책을 세상에 내보내는 것은 부질없는 일이 아닐 것이냐고 나의 처지를 헤아려 주는 이들은 권고하였다. 그러나 나는 이 변변치 않은 작은 책도 일본제국주의의 야만적 폭압아래 조선민족의 일원으로서 **민족적 반항의 한 멍에를 걸머지었던 하나의 기록인 바에는 오늘 사상의 희고 붉은 것을 가리는데 의하여 무시될 이유는 없다고 본다.**[3]

오기영의 지적대로 당대의 이념 갈등과 적대감 때문에 지나간 역사를 객관화할 수 없다는 것, 그리고 그 갈등과 적대감이 궁극적으로는 작가에 대한 정치적 억압으로 작용할 수 있다는 것은 문학의 입장에서는 심

---

1) 50년대의 많은 작가들이 주로 전쟁문제에 집착했던 것은 6·25의 경험이 워낙 강력했기 때문이기도 했지만, 식민지시대에 대한 접근이 식민지 유제의 청산문제로 연결될 때 자칫 이념적 갈등의 문제로 비화될지 모른다는 내적 검열의 심리와도 관계되어 있다. 50년대 작가들이 전쟁의 광기와 참혹함을 탈역사화하여 휴머니즘의 문제로 연결할 때 그러한 심리의 저변에는 식민지시대와 전쟁으로 이어지는 당대사에 대한 회피의 욕구가 작용했던 것이다.
2) 최근까지 계속되고 있는 친일파 논쟁은 한국사회가 아직까지 일제 식민지 시대의 유제로부터 자유롭지 못함을 단적으로 보여준다.
3) 오기영, 『사슬이 풀린 뒤』, 성각사, 1948. 4~5쪽. 앞으로 이 작품을 인용할 때는 인용문 뒤에 『사슬』로 표기하고 면수만을 기재할 것임.

대한 타격이다. 작가들이 역사자료나 자신의 경험을 문학적으로 형상화하는 것은 어떤 특정 이념과 사상을 지지하거나 선전하기보다 보다 나은 인간 조건의 확보와 인간성의 옹호를 위해서일 경우가 대부분이기 때문이다. 이것이 보편적 가치의 실현을 위해 노력하는 문학의 이상이다. 그러나 사회주의 운동 혹은 사회주의 혁명가와 관련된 역사 사실을 작품 속에 묘사하는 것 자체가 불온시 되었을 때, 작가들은 이를 반문학적 상황으로 인식하게 된다. 이러한 사회적 압력이 크면 클수록 작가들의 창작의욕은 위축되고 자기검열에 의한 소재 선정의 제한을 받게 된다. 이러한 점에서 1950~60년대 남한문학의 새로운 경향들은 그것의 문학적 참신성과는 별도로 당대의 전사(前史)인 식민지시대에 대한 정면 돌파와 그것에 기반한 현실의 분석이 불가능하다는 것을 인식한 자리에서 출발하고 있다는 점을 분명히 지적할 필요가 있다.

반면 북한에서는 오로지 항일운동의 문학적 형상화만이 현대문학의 기원이자 주류로 강조되고 있다.[4] 물론 이와같은 문학사의 인식 또한 역사의 실상과는 진작에 어긋나 있는 것이다. 사족을 붙여 말한다면 혁명이 신화가 될 때 이미 그 속에는 혁명에 대한 반역과 부정이 싹트게 되는 것이다. 이점에서 '신화의 창조와 체험의 유폐' 사이의 깊은 거리가 일제 강점기에 대한 남북한의 독자적 기억의 방식이었다. 일면성의 배타적 절대화가 낳은 사실의 왜곡이 분단 이후 남북한의 문학사에 아울러 각인되어 있었던 셈이다.

이에 반해 『사슬이 풀린 뒤』는 기억의 유폐도, 신화의 창조도 아닌 방식으로 항일 투쟁의 문제에 육박해 들어간다. 작가 오기영은 사회주의 운동가였던 오기만(吳基萬)을 주인공의 한사람으로 묘사하면서 이념의 구애(拘礙)를 느끼지 않는다. 아니 그럴 필요가 없었다. 그것이 오기영 가족이 겪은 있는 그대로의 삶이었기 때문이다. 동시에 오기영은 사회주

---

4) 참고로 1981년 판 『조선문학사』(과학백과사전출판사 간행, 김하명·류만 등 집필)는 1926년~1945년 간의 문학사 흐름을 '김일성의 지도 밑에 항일혁명 투쟁 과정에서 창조된 혁명적 문학 예술'과 '항일혁명 투쟁의 영향 밑에 발전한 진보적 문학'으로 구분해 설명하고 있다.

의자였던 오기만의 피폐한 말년과 비극적 죽음을 사실 그대로 그려나가며 혁명가의 삶을 신비화시키지 않는다. 물론 있는 그대로의 일을 담아내는 수기문학의 속성이 그러한 절도와 균형을 만드는 일차적 계기였을 것이다. 하지만 이념 혹은 사회적 추세와 경향이란 외적 요인에 흔들리지 않고 피압박 민족의 해방이란 정도(正道)에서 바라본 오기영 인간관의 결과이기도하다. 이러한 관점에 의할 때 한 인간이 지닌 사상이나 이념의 크기는 실제 이상으로 부풀려지지 않게 되는 법이다. 그리고 오직 그가 살았던 삶 자체로 이해되는 것이다. 오기만이 지녔던 사상은 수단에 불과한 것이었고, 또 그렇기 때문에 오기만의 삶의 가치를 평가하는 잣대로 활용될 수 없었던 것이다. 이러한 관점을 가족관계란 회로만이 만들 수 있는 육친적 객관성(그러한 표현이 허용된다면)이라 말해도 좋겠다.

우리는 이 작품을 통해 식민지 시대 항일운동의 상이 해방 이후의 정치적 역관계 속에서 윤색되고 왜곡되기 이전의 모습을 발견할 수 있다. 이 작품의 갖는 중요성의 하나가 여기에 있고 이것만으로도 이 작품이 한국 문학사의 의미있는 자료로 추가되어야 할 이유가 충분하다고 생각한다.

2. 오기영의 생애에 대하여

우리에게 동전(東田) 오기영(吳基永)이란 인물은 낯설지만 그는 해방 정국의 짧은 기간 동안 정치평론집 『민족의 비원(悲願)』(1947. 10, 서울신문사), 『자유조국을 위하여』(1948. 9, 성각사) 와 에세이집 『삼면불(三面佛)』(1948. 10, 성각사), 수기집 『사슬이 풀린 뒤』 등 4권의 저작집을 간행한 인물이다.[5] 그리고 이들 저작에 실린 글들은 책으로 간행되기에 앞서 대부분 『신천지』 등 당대 잡지와 신문에 기고된 글이었다. 3년이 채 안되는 기간에 4권 분량의 글을 발표할 정도라고 하면 그 양만으로도 만만치 않은 필력과 현실적 문제의식을 지닌 사람인 것이다.

그럼에도 오기영이 이후 남한사회의 관심에서 멀어진 것은 그가 월북 인사이기 때문이다. 해방 이후 남한의 사회현실 속에서 월북한 이의 저작이나 문제제기가 의미있게 기억된다는 것은 불가능한 일이었다.[6] 그러나 『신천지』에 연재된 『사슬이 풀린 뒤』의 일부가 해방 직후 몇몇 학교의 임시 교재로 사용되었다는 것[7]은 그가 쓴 글의 사회적 파장이 당대 사회에서 결코 간단치 않았음을 보여준다.

식민지 시대에 활동을 시작하여 월북한 인물들은 1980년 말 이후 해금조치를 기점으로 상당수가 새로운 역사적 평가를 받았지만 해방 직후에 주로 활동한 인물들은 상대적으로 그러한 역사적 재인식의 기회를 갖지 못한 경우가 적지 않다. 오기영 같은 인물이 그와 같은 경우에 해당한다. 현대사에 대한 우리 학계의 관심이 아직 그렇게 섬세하지 못한 탓이다. 필자는 오기영의 존재가 그러한 역사의 망각을 거부하는 강력한 하나의 안티 테제라 생각한다.

우선 오기영의 연보를[8] 정리한다.

- 1909년 4월 13일, 황해도 배천군 배천읍에서 부 오세형(吳世炯)과 모 윤인의(尹仁義) 사이의 3남 3녀 중 차남으로 태어남. 호적명 오기봉(吳基鳳).
- 1919년, 부친이 배천읍 만세시위의 주모자로 참여함. 그해 12월 창동학교(彰東學校) 동급생들과 만세사건을 일으켜 헌병분견대로 잡혀감
- 1921년, 형 오기만이 재학중인 배재고보에 입학. 이 해 오기만은 친구의 여

---

5) 오기영의 저작 4권은 최근(2002. 3/ 2002. 8) 성균관대학교 출판부를 통해 재간행되었다.
6) 오기영이 월북한 후 미처 팔지 못한 그의 저작들을 집안에 보관할 수 밖에 없었음을 모친에게 전해 들었다는 딸 吳庚愛의 증언은 해방직후 지성사의 몰락과 관련된 쓸슬한 스케치라 할만하다.(2002. 2. 오경애와의 인터뷰)
7) "처음에 줄거리만 엮은 未定稿가 잡지 신천지에 넉 달에 걸쳐서 발표되었을 때 많은 사람의 눈물을 자아내고 더구나 **몇몇 학교에서는 이것을 臨時敎材로 썼다**는 말을 듣고는 다시 가다듬어야 할 일종의 의무를 느낀다."(『사슬』, 2쪽)
8) 오기영의 생애는 성균관대 출판부에서 발행한 『사슬이 풀린뒤』(2002)의 '연보'를 참조했다.

　　　권을 위조해 중국으로 떠남
- 1928년 3월 17일, 동아일보 평양지국 사회부 기자로 입사. 오기만의 재중국 행. 조만식의 주례로 김명복(金明福)과 결혼
- 1930년 2월, 동아일보 편집국 학예부로 발령받음. 제 3차 고려공산청년회 평안남북도책인 매제 강기보(康基寶) 체포됨
- 1931년, 상해한인청년동맹 집행위원장이자 조산공산당 재건운동에 참여하고 있던 형 오기만이 국내에 잠입하여 조우함
- 1934년 4월 13일, 상해 프랑스 조계에서 오기만 검거됨. 박헌영, 김형선 등과 함께 재판을 받음
- 1937년 6월 11일, 동우회 사건으로 검거되었으나 한달 만에 기소유예로 석방. 8월 오기만 폐결핵으로 사망. 11월 수양동우회 사건의 여파로 동아일보 퇴직
- 1938년 3월, 도산 안창호 별세. 도산이 서대문 형무소에서 병보석으로 출감한 후 경성제대 병원에서 임종할 때까지 곁에서 간호함.
- 1943년 2월, 부인 김명복 임신중독증으로 사망
- 1945년 8월, 경성전기에 근무하며 정치평론가로서의 활동 시작
- 1946년 3월, 한글학자 김윤경(金允經)의 생질녀 김정순(金貞順)과 재혼
- 1949년 초, 월북. 6월 조국통일민주주의전선의 중앙위원으로 피선
- 1958년, 조국전선 주필
- 1962년, 과학원 연구사

　　다소 장황하게 오기영의 연보를 제시한 것은 이 논문에서 분석하려는 『사슬이 풀린 뒤』의 내용을 이해하는데 도움이 되기 때문이다. ‘연보’를 통해 볼 때 오기영의 생애는 ㉠『동아일보』의 기자로 활동하면서 수양동우회 운동에 참여했던 시기 ㉡ 경성전기주식회사의 간부 및 정치평론가로 활동했던 시기 ㉢ 월북 이후의 활동 등으로 크게 나누어진다. 그런데 그의 생애에서 핵심은 역시 해방 이후 월북 전까지의 삼 년 간이다. 이 삼 년 동안 남북한의 독자정부 수립을 통한 실질적 분단이 이루어졌으며 이후 민족 간의 전쟁, 냉전적 남북대치라는 이후 현대사의 기본 구조가 만들어졌다. 오기영은 급박한 정세 속에서 각종 매체에 대한 기고를 통해 민족의 단합과 자주적 국가건설을 역설했고 그러한 방향에 역행하는

260

외세의 개입과 좌우 이념대립의 폐해를 비판했다. 이러한 현실비판 활동 속에서 식민지 시대에 대한 역사적 평가의 문제도 중요한 영역으로 들어 있다. 당대의 정치운동 속에서 명백히 어느 한 쪽에 귀속되지 않고 좌우 합작을 지지했다는 점에서 오기영은 중간파 인사로 분류되고 있다.[9] 그러나 그의 해방공간에서의 저술활동은 단순히 '중간적'이라는 술어로 설명될 수 없는 문제의식과 예리한 지성의 표현으로 빛난다. 이점에 대해서는 고를 달리하여 살펴 볼 예정이다.

3. 개작 문제의 검토

『사슬이 풀린 뒤』는 1948년 성각사에서 단행본으로 발간되기 앞서 두 개의 서로 다른 매체를 통해 발표되었다. 최초의 연재는 『한성시보』를 통해 이루어졌는데 한성시보사의 화재로 원고가 소실되어 연재가 중단되었다.[10] 이후 오기영은 『신천지』 1946년 3월호(1권 2호)부터 1946년 6월호(1권 5호)까지 4회에 걸쳐 다시 이 작품을 연재했다. 1회 연재시 『신천지』목차에는 '실화소설(實話小說)'이라는 표제가 달려 있어 수기 문학으로서의 성격이 분명히 부각되어 있다. 2회의 목차(『신천지』 1권 3호)에는 그냥 '소설'로 소개되고 있다.[11]

1946년 2월부터 발간되기 시작한 『신천지』는 식민지 시대 항일운동 및 운동가의 소개나 항일 회고록 등을 싣는데 적극적이었다. 『사슬이 풀

---

9) 장규식,「해방정국기 중간파 지식인 오기영의 현실인식과 국가건설론」,(『한국 근현대의 민족문제와 신국가 건설』 김용섭 교수정년기념한국사논총 3, 지식산업사, 1997.)
10) 『한성시보』에 연재했던 상황은 『신천지』 1권 2호 『사슬이 풀린 뒤』 1회 연재시 게재된 '필자의 말'(149쪽)에 나와 있다. 『한성시보』에 실렸던 것이 1회의 절반 분량이라고 하니 연재가 오래 지속된 것은 아닌 듯 싶다.
11) 『신천지』에 실려있는 『사슬이 풀린 뒤』 연재본은 보성고등학교 교사로 재직중인 오영식 선생의 자료 제공으로 그 전모를 확인할 수 있었다. 이 자리를 빌어 그 후의에 감사드린다.

린 뒤』의 연재가 시작된 1946년 3월호(1권 2호)의 내용을 보면 '3·1운
동 특집'과 '독립동맹 특집'을 통해 국내외 독립운동의 중요 사건과 단
체를 다루고 있다. 특히 흥미로운 것은 「김일성 장군 부대와 조선의용군
간부 좌담회」「무정장군(武亭將軍) 일대기」「김명시(金命時) 여장군의
반생기」「내가 만나본 독립투사―실성한 스핑크스(오동진론)」등 좌우익
이 망라된 항일투사들에 대한 소개이다. 소설에 해당하는 작품은 『사슬
이 풀린 뒤』외에 전후(全厚)의 「혁명에의 길」이 있다. 이 작품도 '혁명자
의 사기(私記)' 라는 표제로 알 수 있듯이 기본적으로 수기문학이다.

그런데 오기영은 4회에 걸친 『신천지』 연재를 마치고 이를 단행본으
로 간행하면서 작품의 내용과 체제, 문체를 적지 않게 바꾸었다. 개작이
이루어진 것이다. 따라서 『사슬이 풀린 뒤』의 작품 성격을 분석하기에
앞서 연재본과 단행본의 성격차이를 살핌으로써 그 개작의 양상을 따져
볼 필요가 있다.

우선 『신천지』 연재본의 성격을 살펴보자. 연재본은 3·1운동부터 해
방에 이르는 시기 동안 오기영 일가가 겪었던 사건을 기록하되 가족사의
복원이란 다소 사적인 관심사에 무게가 실려 있다. 특히 사회주의 운동
가였던 저자의 형 오기만의 행적을 중심에 두고 그 구성이 짜여져 있는
탓에 3·1운동과 아내 김명복의 죽음 등은 소략하게 기술되어 있다. 또
한 어머니께 드리는 편지글의[12] 형태를 띠고 있어 당시 상황에 대한 객관
적인 묘사를 위한 수기문학적 문체로서는 적당치 않은 문제도 드러낸다.

그러나 오기영은 단행본 출간시 작품 전체의 성격을 새롭게 재구성했
다. 우선 연재본이 모두 경어체 편지글 형태로 되어 있었던 것을 객관적
묘사체로 바꾸었다. 경어체 편지글 형태를 취한 「어머니께 드리는 편지」

---

12) 『신천지』 1회 연재시 게재된 '필자의 말'에서 오기영은 이 작품의 집필 동기가 어머니를 위로
하기 위한 것이라고 고백했다. 그 일부를 제시하면 다음과 같다. "내 어머니는 기미년부터 27
년 동안 남편과 아들 삼형제의 연달아 계속되는 옥중생활 때문에 고생하신 이다. 맏아들은 옥
중에서 들것에 담겨 나와 필경 목숨을 잃었고 막내아들은 8·15 해방과 함께 옥에서 나왔다.
늘 가엾은 어머니라 생각하였으나 달리 위로해 드릴 길이 없는 채 지나간 아픔을 자유로이 회
고할 수 있는 기회에 도달하였다. 그래서 쓰기 시작한 것이 이 『사슬이 풀린 뒤』였다."(『신천
지』 1권 2호, 1946. 3, 149쪽)

262

를 작품의 맨 앞에 배치하여 작품의 창작동기가 어머니를 위로하려했다는 연재본 당시의 취지를 살리긴 했지만, 『사슬이 풀린 뒤』의 본문과는 완전히 구별되는 별도의 장으로 구분하였다. '편지'와 작품을 명시적으로 구분한 것은 작품 전체의 성격이 단순한 가족사 회고담으로 떨어지는 것을 방지하고 『사슬이 풀린 뒤』의 작품성격을 '문학' 혹은 '소설'의 영역 속에 묶어 두기 위한 의도의 소산이라고 생각된다.

그러한 작가의 소설적 구체화의 의도는 작품의 구성에서도 큰 변화를 만들어냈다. 연재본에서는 인물의 '성격'이 작품 속에 구현된 경우는 오기만 정도이고 나머지 가족들은 단순한 기억의 주체, 혹은 등장인물에 불과했다. 하지만 단행본에서는 오기영, 오기만, 아내 김명복, 세 사람을 주인공으로 하는 세 개의 서사구조를 병렬적으로 구성하는 형식을 취했다. 오기영은 자신의 유년을 주인공으로 해서 3·1운동의 자신의 가족사를 독립된 하나의 단편을 구성하고, 오기만을 주인공으로 사회주의 혁명가의 비극적 일생을 엮어냈다. 또한 김명복을 중심으로 항일운동가 가족의 고통과 여성들의 헌신을 드러내어 묘사했다. 이를 통해 한가족의 항일운동 경험담은 단순한 가족사의 영역을 넘어 민족 전체의 보편적 경험의 기록으로 전환되었다. 오기영이 작품의 개작을 하게된 원인이 여기에 있었다고 판단된다.

4. 『사슬이 풀린 뒤』의 분석[13]

☐ 이 작품은 서장(序章)에 해당하는 「어머니에게 드리는 편지」, 3·1

---

13) 작품은 분석은 단행본을 통하여 이루어졌다. 그 이유는 오기영이 단행본을 발간할 때 연재본의 내용을 대폭 손질, 개작한 것이 『사슬이 풀린 뒤』의 '결정본'을 만들려고 한 것으로 판단되기 때문이다.

운동에 대한 오기영의 기억, 혁명가 오기만의 활동과 비극적 최후, 오기만의 헌신적 지원자였던 아내 김명복의 죽음, 해방에 대한 감회 등 다섯 단락으로 구성되어 있다. 그 중에서도 작품적 성과가 두드러지는 부분은 3·1운동에 대한 묘사와 오기만의 생애를 그린 대목이다.

서장인 「어머니에게 드리는 편지」에서 오기영은 이 수기를 집필하게 된 동기를 말하고 있다. 그 요지는 죽은 이들에 대한 '진혼'과 식민지의 참혹함에 대한 '기억'의 환기이다. 특히 그에게 더욱 중요했던 것은 후자이다. 오기영은 이를 '야만에 대한 적개심의 상속'이라고 표현한다. 이 문구 속에 오기영이 『사슬이 풀린 뒤』를 집필하지 않을 수 없었던 정신적 정황이 드러난다.

> 어머니, 이제 그 고생은 끝장이 났습니다. 이제는 모든 쓰라린 과거를 잊어도 좋습니다. 그러나 우리는 이 모든 아픈 과거를 잊지 말아서 두고두고 기억해야 할 필요가 있습니다. 우리 당대 뿐이 아니라 길이 자손에게까지 이 피문은 기록을 전할 필요가 있습니다. 그리하여 우리의 자유를 침략하였던 야만에 대하여 두고두고 적개심을 갖아야 하며 그 적개심을 자손에게까지 상속시킬 필요가 있습니다. 이것으로써 우리의 자손이 그들의 자유를 영원히 지켜나가는 노력의 본보기가 되기를 바라기 때문입니다.(『사슬』 15쪽)

'진혼'이 과거와 현재에 관계된 것이라면 '기억'은 미래에 연결된 것이다. 오기영은 '서장'을 통해 식민지 지배 경험이 현재와 미래의 역사 방향에 대한 지침이 되기를 바랐다. 그러나 해방 이후 한국 현대사는 항일 운동에 참여한 이들의 기대와는 다른 길을 가게 된다. 오기영이 이 작품을 쓰게된 계기도 그러한 기억 상실, 기억 폐기의 미래에 대한 예감과 관련되어 있다. 해방 직후 한국사회가 전쟁을 포함한 모든 반인간적 상황을 만들어낼 기원의 공간이 될 것이라고 오기영은 느끼고 있었다. 이 때문에 오기영의 모든 문필활동은 그러한 '왜곡된 기원'의 교정에 바쳐졌던 것이다. 「편지」의 말미에 있는 "이 땅에 완전한 자유는 오지 않았습니다. 두 아들은 그래서, 새로운 싸움터로 나가는 것입니다. 어머니가 이것을 이해해주는 것이 오직 우리 형제는 가슴 벅차도록 고맙고 감격하는 것입니다."(『사슬』 16쪽) 라는 대목은 그러한 당시 오기영의 심정을 생생하게 전달한다. 따라서 이 수기는 단순히 과거로 단절된 개인 체험의 기록이 아니라 식민지 환경을 딛고 일어서 새로운 미래를 맞이하려는 해방기 지식인들의 실천적 노력의 일환으로 이해해야 한다.

   2 황해도 배천읍에서 일어난 3·1운동에 대한 묘사로부터 이 작품은 시작된다. 개인적 판단이지만, 3·1운동을 이 작품보다 더 아름답게 묘사한 소설은 없을 것이라 생각한다. 한편의 완벽한 단편소설이라고 해도 무방하다.

1950년대 이후 3·1운동에 대한 기록은 '장엄한 순국'과 '처참한 학살'이라는 이분법적 수사학의 영역이었다. 즉 숭고와 비장의 미학이 3·1운동의 역사적 제도화의 방법이었다. 그 이유는 민족주의세력이 주도하여 일어난 3·1운동을 해방 이후 한국 국가 형성의 단초로 독점하려는 시도와 무관하지 않다. 3·1운동 발흥의 동기를 민중의 자기 해방 욕구에서 바라보기보다는 어떤 정통성의 확보 수단으로 이해하려고 했던 탓이다. 여기서 이 운동에 참여한 사람들의 숨결은 사라지고 배우고 따라야 할 국민적 모범으로서의 위인들이 '탄생'한다. 이러한 역사의 제도적 경직화는 그 사건에 대해 다양한 접근과 시각의 가능성을 차단한다. 국가 체제의 주도로 3·1운동은 전국민적 제의(祭儀)의 대상이 되었지만, 그 사건의 '실제'가 이후 세대에 공감되고 나아가 '공유'될 수 있는 가능성은 사라졌다. 그 결과 3·1운동이라는 시공간 속에서 실제로 살았고 그 운동에 참여했던 인간들의 생동하는 삶의 모습은 그 자체로 역사적 기록의 대상이 되기가 어려웠다. 그들의 행위는 국가의 위기를 막아내는 수호신의 그것으로 미화되었고 보통 인간들의 삶의 지평을 벗어난 비상한 어떤 것으로 들어올려졌다. 3·1운동에 참여한 인간들의 해방의지는 국가이성의 체제유지를 위한 이데올로기로 전화되어 버린 것이다. '해방'의 열정이 체제의 유지와 심지어는 국민지배의 이념으로 왜곡되는 것

은 아이러니칼한 일이라 하지 않을 수 없다.[14]

　그러나 오기영은 3·1운동을 지금껏 우리의 상식과는 달리 유머러스하게 그려간다. 그의 3·1운동 묘사에는 민초의 고통은 있으되 그것을 숭고와 비장으로 수식하려는 국가주의적 의도는 없다. 일종의 3·1운동의 생활사인 셈이다. 오기영은 3·1운동의 역사적 문맥을 배제한 채 황해도 시골의 소읍에 일어난 하나의 사건으로 인식의 영역을 축소시킨다. 3·1운동이라고 부른 시공간 속에 황해도 배천 땅에 '어떤 일이 일어났는가'에만 관심을 집중시키는 것이다. 그런데 그 접근의 코드는 천진한 아이의 시각이다. 인간의 기억 속에 남아 있는 유년의 시공간이 주는 안온함이 이 작품 초반부의 느낌이다. 사회적 대립을 전면적으로 인식할 수 없는 아이의 감각 속에 모든 상황은 호기심의 대상이며 신기함의 연속이다. 이 때문에 아무리 긴장된 상황과 참혹한 내용이라도 그 묘사가 기본적으로 천진하다.

　이러한 분위기는 30년대 후반 가족사 소설, 특히 이기영의 『봄』과 같은 작품과 비슷하다. 1930년대 후반의 가족사 소설(김남천의 『대하』, 한설야의 『탑』, 이기영의 『봄』 등)은 주로 프로문학 작가들이 풍속과 역사를 소재로 삼아 당대의 파시즘적 상황에 대해 우회적 대응을 추구하는 과정에서 창작되었다.[15] 현실에 대한 정면 대결의 자세에서 자전적 경험 세계로의 전환은 당대의 정치 상황 속에서 불가피한 선택이었지만 한국 근대 소설사의 서사적 화폭을 확장하고 소설적 수법을 다양화하는 역설적 성과를 거두기도 하였다.[16]

---

14) 국민국가에 대한 일반적 논의로 니시가와 나가오의 『국민이라는 괴물』(윤대석 역, 소명출판, 2002), 고모리 요우이치·타가하시 테츠야가 편집한 『국가주의를 넘어서』(이규수 역, 삼인출판, 1999.), 베네딕트 앤더슨의 『민족주의의 기원과 전파』(윤형숙 역, 나남, 1991.) 등을 참조.

15) 1930년대 후반 가족사 소설에 대해서는 박헌호의 「1930년대 '가족사연대기' 소설의 의미와 구조」(『민족문학사연구』 4호, 1993.)를 참조할 것.

16) 이기영의 다음과 같은 진술은 '가족사 소설'의 창작 동기에 대한 작가 자신의 '육성'이라는 점에서 의미있는 자료라고 생각된다.
　"나의 장편소설 『봄』이 단행본으로 출간되기까지는 실로 하다한 난관이 가로막혀 있었다. 그것은 우선 일본제국주의의 탄압이 더욱 혹독해지던 시기, 멸망 직전인 놈들의 최후 발악이 가장 악랄했던 시기에 이 작품을 쓰게되었다는 사실을 말하지 않으면 아니 되겠다. 날로 가혹해지는

3·1운동을 다룬 『사슬이 풀린 뒤』의 초반부는 30년대 가족사 소설, 특히 이기영의 『봄』에 짙게 드리워 있는 일종의 '몽환성'을 닮았다. 그 '몽환성'은 작품 속에서 사회적 문맥을 가급적 억제하고 작품공간의 배타적 독립성을 강화하여 작가 자신의 비정치성을 객관적으로 현시(顯示)하려는 의도의 산물이다. 그것이 하나의 전형적 서사방식으로 해방 후 수기문학의 창작에까지 영향을 미쳤다고 생각한다.

그러나 1930년대 후반 가족사 소설의 '몽환성'이 작가의 비정치적 시선을 강조하기 위한 '은폐의 서사장치'인 반면, 『사슬이 풀린 뒤』의 유아적 시선과 수사는 반제국주의 운동의 인간적인 측면을 문학적으로 강화시키는 역할을 한다. 즉 이 작품에서의 유아적 시각은 3·1운동이 가져온 삶의 활기를 리얼한 묘사보다도 더욱 증폭되어 느껴지도록 하는 힘과 관련이 있다. 가령, 외숙모와 어머니가 조용히 하는 대화 속에 "누님, 태극기를 꺼내볼 일이 있겠구려"(『사슬』 18~19쪽)하는 대화를 엿듣고는 태극기가 우리나라 국기인지는 알지만 본 적이 없는 까닭에 "어디거 좀 구경했으면"하고 말을 꺼냈다가 "어린 것이 무슨 말참견이냐, 어서 잠이나 자"라고 혼이 나는 대목이 있다. 서술자인 유년의 오기영은 그 비밀한 계획에서 배제되는 것이 심통이 나서 그만 울어버린다.

> 비밀한 흥분을 어린 것이 옆에서 듣고 맹랑스럽게 말참견을 하는 것이 어머니를 놀라게 하였고 그래서 곧장 꾸중으로 나왔지마는 내 생각에는 벌써 온 동네가 다 아는, 왜놈의 압제를 벗게 된다는 사실을 왜 내게다가는 숨기려는가 싶어 억울한 무정지책에 고만 울음이 터져 버렸다.(『사슬』 19쪽)

일제의 검열망 밑에서 현대물을 취급하기는 점점곤란해지게 되었다. 아무리 둘러서 쓴다 하더라도 진보적 사상이 담긴 작품은 도저히 발표할 가망이 없었다.(중략) 이에 부득이 카프 작가들은 한 때 붓끝을 역사물로 돌리었다. 내가 『봄』을 쓰게된 동기도 바로 이러한 사정에 기인한 것이었다. 나는 이 작품에서 이조말기의 암흑상을 통하여 장래할 새시대를 암시하고자 하였다. 그것은 봉건유제가 허물어지고 자본 문명의 개화사조가 날로 팽배함에 따라서 전국적 계몽운동이 맹렬히 전개되던 당시 조선의 한 모습을, 그 중에서도 궁벽한 농촌에서 취재한 것을 작품화한 것이었으며 동시에 그것은 고목에서 새싹이 돋아나는 것 같은 인민의 봄을 묘사하려 한 것이다."(「작가의 말」, 『봄』, 조선작가동맹출판사, 1957.)

이러한 진술은 단박에 3·1운동에 걸려있는 거대 담론의 무게를 해체하고 해방운동의 무거운 이미지를 어린아이 일상적 정서의 갈피 속에서 싱그럽게 살아나게 한다. 역사라는 것이 결국은 한사람 한사람의 삶에 묻어 있는 흔적 같은 것이 아닌가.

이 밖에도, 소문만 무성한 만세시위의 진상이 궁금했던 아버지가 서울에 가서 가져온 독립선언서를 나직이 읽을 때 아버지와 듣는 이들의 얼굴에 어리는 감격의 표정들, 동네에서 가장 큰 사랑방이 있는 자신의 집에서 비밀스럽게 태극기를 만들 때의 흥분, 태극기를 만든 것에 대해 말하지 않도록 단단히 교육을 받고도 친구들과 그 은밀한 감격을 나누는 일들, 만세현장에서 일어난 헌병들의 구타와 굴욕적인 체포 장면들이 아이의 시선 속에 포착된다.

만세운동이 실패로 돌아간 후 태극기를 감출 길이 없어 아궁이 속에, 다시 굴뚝에, 종내는 뒤뜰에 파묻을 수밖에 없었던 어머니의 가슴 태우던 행동을 바라보는 아이의 종작없는 생각 또한 읽는 이의 실소를 자아낸다. 아이는 어머니가 "그 보물처럼 아낀 태극기, 나라가 망할 때 장롱 속에 깊이 넣어 두었던 태극기를 어떻게든 감추어 지니시려는 심증"을 알지 못한 채 "저걸 태워버리면 쉬울 텐데"하고 생각한다. 이후 모자랐던 자신을 깨닫고는 태극기를 파묻은 자리를 자꾸 밟아 "다른 땅이나 다름없이 보여지도록 애"쓰는 장면 또한 이 작품의 정채로운 부분의 하나이다.

붙잡혀온 동네사람들의 볼기를 때리는 헌병보조원들의 모습과 볼기치는 장면을 구경하려고 그리 높지 않은 헌병 분견대의 담을 기어올라가는 모습이나 시퍼렇게 멍이 든 볼기와 터져 흐르는 피, 맞는 사람들의 비명을 들으며 "하나님은 귀가 먹었나", "숱한 사람의 아픈 소리도 못 듣는 하나님이면 소리도 안내고 하는 묵상기도는 어떻게 듣는 건가"라는 주인공의 생각들은 3·1운동에 실제로 참여하고 목도한 사람들의 형편과 내면을 이해하는데 소중한 기록들이다.

아들을 위해 자식이 맞을 볼기를 대신 맞고자 간청하는 아버지. 그래서 아들과 아버지가 공평하게 나누어 볼기를 맞는 모습이나 그 볼기맞은 아버지가 문병 온 사람들에게 "허, 나야 내 자식을 위해 매나 좀 맞은 게 뭐 장하오리까. 예수는 온 세상을 위하여 십자가에 못을 박혀 보혈을 흘리셨소. 예수를 믿으시오" 하며 오히려 전도를 하는 웃지 못할 장면들. 잡혀간 아버지, 잡혀간 선생님 탓에 적막하기만 한 집과 학교에서 "그렇다고 그전처럼 헌병이나 보조원이 그저 무섭기만 하지는 않았다. 미운 생각이 더 많이 들었다"라며 증오를 키워가는 모습. 친구들과 장을 돌며 만세를 부르다가 유치장에 갇혀 온갖 고초를 겪었던 일. 그 유치장 속에서 장난삼아 아이들에게 총을 겨누는 헌병 보조원들의 잔인함에 대한 기억. 끝내는 보조원의 암시를 받아들여 김덕원 선생이 시킨 일이라며 거짓 자백을 할 수 밖에 없었던 일. 그럼에도 결국 연안 헌병대로 넘어가던 날, 길에 나와 삶은 밤이며 엿이며 떡을 인력거 발판에 놓아주며 전송해주던 동리 사람들. 그 속에 끼어 섰던 어머니의 자랑스러워하던 모습 등은 오기영의 유년 체험 속에 가장 고통스러우면서도 그렇기 때문에 가장 빛나는 대목들인 것이다.[17]

　이상의 장면들이 이 작품의 초반을 구성하고 있는 내용이다. 그 장면들을 통해 주인공은 3·1운동을 인식한다. 비록 역사적으로는 미완의 혁명이지만 오기영의 기억에는 그것이 성공과 실패라는 이분법적 결과론이 아닌 자신들의 문제를 스스로 풀어나가는 지역 공동체의 노력의 과정으로 새겨져 있다. 이러한 공동체성의 의미에 대한 자각이 소년 오기영 사고의 근원을 구성하고 있다. 이를 우리는 대동(大同)의 경지에 대한 체험적 인식의 획득이라고 해도 좋다. 다음과 같은 대목이 그 구체적 사례에 해당한다.

---

17) 주위 어른들이 고통을 목격하면서 스스로 만세운동을 조직하고 또 그 때문에 고문을 당하면서도 자신의 행위를 어머니가 자랑스럽게 여길 것이라는 판단 속에는 미숙하나마 분명한 정치의식이 내재되어 있다. 근대적 주체의 각성이라는 거창한 설명을 붙일 필요도 없이, 저자는 3·1운동을 통해서 하나의 자각된 인간으로, 자립적 인격체로 성장해 나가는 것이다. 이점에서 『사슬이 풀린 뒤』의 초반부는 성장소설적 징후가 뚜렷하다.

우리집 가게 뒷채가 지덕이네 아주머니 술국집이었다. 이 아주머니는 오늘 따라 일찍 술국을 끓이고 국밥을 말았다. 그리고는 아는 이들을 부지런히 불러들였다. "얼른 자셔 두우. 그저 속이 든든해야 합넨다." "어느새, 점심이 이르지." "글세 자셔 두우. 그져 속이 든든해야 합넨다." 그러면서도 두말 않고 한 그릇씩 받아들었다. 이 아주머니는 오늘 일의 속내를 아는 눈치였다.(『사슬』 273~28쪽)

공동체 완성의 계기로서의 3·1운동, 그것이 유년기 오기영의 심상에 각인된 반제투쟁의 본질이었다. 혁명을 어떤 거창한 이념과 과제의 수행으로 보기에 앞서 따뜻한 인정을 회복하는 과정으로 이해하는 것인데, 이를 통해 오기영은 식민지의 반인간적 상황에 대한 저항의 근거를 획득한다.

③ 3·1운동을 지나면서 이 작품의 분위기는 급격히 무거워진다. 작품을 이끌었던 아이의 시선은 사라지고 냉엄한 현실을 다루는 방식으로 서사의 틀이 전환된다. 이는 성인의 입장에서 식민지와 항일의 문제를 다루게 된 작가의 긴장감을 반영하는 현상이다.

오기영은 1921년 오기만이 재학하던 배재고보에 입학한다. 이 시기 오기영 집안은 급격한 변화의 소용돌이를 맞게 된다. 하나는 오기만의 중국행이고 다른 하나는 급격한 가세의 몰락이었다. 오기만은 "일본식 교육을 받는대야 결국 일본놈의 심부름꾼 되자는 공부 밖에 더될 것이 없는 것"(『사슬』 65쪽)으로 판단하고 해삼위(海蔘威) 출신인 친구 이남식(李南植)의 여행권을 빌어 중국행을 결심한 것이다. 오기만이 "중국 넓은 천지로 가서 일본식이 아닌 교육을 받고 거기 있는 우리 망명객들의 지도를 받고 그럭해서 나는 장차 독립운동에 몸을 바칠 생각"(『사슬』 67쪽)을 동생 오기영에게 전하고 경성역을 떠났다. 그러나 오기만은 2년 만에 뜻을 이루지 못하고 귀향한다. 중국에서 돌아온 형과 가정 사정으로 학업을 그만 둔 오기영은 부친을 도와 과수원 경영에 참여하나 두 형제에 대한 경찰의 감시와 탄압은 시간이 갈수록 정도를 더해갔다.

한번은 형제가 붙들려 가서 가친 적이 있었다. 하룻밤은 술취한 고등계 주임이 우리 형제를 끌어 내다가 두머리를 수없이 맞장구를 치는 바람에 머리가 터지고 그 피가 고등계 주임 앞자락에 튀는 바람에 그 표독한 성미를 더욱 돗우어서 개심봉이라고 새긴 몽둥이로 전신을 두들겨맞고 사흘을 유치장 속에서 일어나지 못한 일도 있었다.(『사슬』 78쪽)

결국 1928년 오기만은 두 번째 중국행을 결심한다. 배천지방 신간회 설립대회 사건과 관련되어 검속되는 등 국내에서의 활동이 더 이상 불가능해진 탓이다.[18] 이 때 평양에서 신문기자 생활을 하던 오기영은 오기만과 함께 압록강을 건너 중국 안동현에서 형과의 작별을 나눈다. 이 장면은 역사의 길에 동참하기로 결심했던 무수한 항일투사들과 그 가족의 정서를 생생하게 이해하는데 도움이 되는 중요한 자료이다.

안동현 청요리집에서 우리 형제는 배갈을 마셨다. 초저녁부터 아무 말이 없이 잔을 주고 받았다. 애초부터 말을 하자면 끝이 없었다. 그래서 어제 밤에도 피차 딴소리 몇 마디를 나누었을 뿐으로 서로 돌아누워 자버린 것이었다. 구태여 말을 해야만 통할 일이 아니었다. 가난한 부모와 어린 동생들을 월급 사십 원 짜리 내게 다 쓸어 맡기고 떠나가는 형의 심정을 나는 안다. 두 번째 맞아들을 놓쳐버리는 가엽다는 생각에 내 마음이 어두운 것도 다 아는 형님이다.(『사슬』 79쪽)

그렇게 떠나간 형이 3년 후에 거지의 모습으로 평양에 나타났다. 지하활동을 위해 변장을 한 것이다. 이 때 오기만은 이미 지하운동의 지도자의 한 사람이 되어 있었다. 평양 면옥노동자의 파업, 진남포 부두노동자 파업, 상공학교 적색독서회 사건, 강서 농민비밀결사 등 각종 시국사건의 배후에 오기만이 있다는 것을 오기영은 직감적으로 알게 된다. 일

---

18) 『조선일보』 1928. 4. 28.: "지난 16일 백천지회 설립대회 설립대회 때에 준비위원 십여명이 설립대회 당일에 발포할 삐라로 인하여 연백경찰서에 검속되었다 함은 이미 보도한 바 갓거니와 그 후 10여일 동안에 다섯 사람은 방면되고 다섯 사람은 출판법 위반 급 보안법 위반으로 해주지방 법원 검사 측에 송치되었다는데 씨명은 다음과 같다더라.(연백) 劉在景 李玩求 吳基萬 洪世赫 林元圭"

제 경찰은 이들 사건과 관련된 '청년반제상해한인청년동맹' 집행위원장 윤철(尹哲)이 오기만과 동일한 인물이라는 것은 확인하고 이 때문에 오기영은 일제 경찰로부터 형의 자수를 권유받는 등 긴장의 나날을 보내게 된다.

오기만이 윤철이란 가명으로 집행위원장을 맡았던 '청년반제상해한인청년동맹'은 중국공산당 민족위원회 산하로 활동한 '동방반제상해한인독립운동자동맹'(책임비서 具然欽), '청년반제상해한인여자구락부'(집행위원장 鮮于瑞) 등과 함께 상해 한인 반제조직 가운데 하나이다. 중국공산당은 1928년 '중화전국반제동맹(中華全國反帝同盟)'을 창립하였는데 이 조직은 코민테른 영도 아래 있는 '세계반제동맹'의 중국지부였다. 1928년 '중국반제동맹'의 창립에서 1933년 상해에서 개최된 '반제대회'에 이르는 동안 상해의 한인 공산주의자들은 주로 이 운동에 관계하게 된다.[19]

그러나 오기만의 상해활동은 '청년반제상해한인청년동맹'에 국한된 것은 아니었다. 오기만은 1929년 10월 26일 상해 프랑스 조계 사교(斜橋)에 있는 혜중학교(惠中學校)에서 결성된 '유호한국독립운동자동맹(留滬韓國獨立運動者同盟)'[20]에 참여한다. 이 단체는 조봉암이 중심이 되어 구연흠, 홍남표(洪南杓), 최창식, 이동녕(李東寧), 조완구(趙琬九), 오기만, 김형선(金炯善) 등이 민족주의 진영과의 연합체인 '한국유일독립당 상해촉성회(韓國唯一獨立黨 上海促成會)'를 해체하고 좌파 계열의 민족해방운동가로 새로운 운동방향을 모색하기 위해 조직되었다.[21] 오기만은 중국 망명 이후 상해를 중심으로 한 한인 사회주의 운동 그룹에 적극적으로 참여 활동했던 것이다.

그러던 중 오기만은 1931년 6월 초순경 상해에서 김단야(金丹冶)부터 김형선과 협력하여 조선 내 적색노동조합의 조직과 노동자들에 대한 공

---

19) 김준엽 · 김창순 『한국공산주의운동사』 5, 청계연구소, 1986. 97~101쪽.
20) '滬'는 상해의 옛 이름이라 한다.
21) 박태균, 『조봉암연구』, 창작과비평사, 1995. 74~78쪽.

산주의 의식 주입, 그리고 노동자 내부의 의식분자를 규합, 조선의 독립 및 공산화를 위해 활동할 것을 지시 받는다. 오기만이 김단야로부터 여비 이백원을 받고 노동조합 인터내셔날의 기관지 『프로핀테른』 200부를 휴대, 경성에서 김형선과 만난 것이 그 해 7월 15일 부근으로 추정된다. 경성에 잠입한 오기만은 진남포에서 부두노동자 생활을 하며 김형선, 한국형(韓國亨), 심인택(沈仁澤)등과 지하 조직활동에 종사하게 된다.[22] 『사슬이 풀린 뒤』에 묘사된 내용은 이 시기 오기만의 모습이다.

오기영은 오기만의 평양 지하활동 시기를 묘사하는 과정에서 흥미로운 두가지 에피소드를 기록해 두었다. 하나는 상해 시절부터 오기만의 동료인 김형선(金炯善, 1904~1950)의 등장이고 다른 하나는 아내 김명복과 오기만이 동지적 연대로 묶여지게 된 일이다.

김형선은 경남 마산 출신이다. 김형윤(金炯潤)의 형이며 김명시(金命時)의 오빠인데 형제들 모두가 사회주의 운동가로 저명한 인물들이다. 김형선은 마산에서 사회주의 운동을 시작하여 1926년 8월 제2차 '조공 검거사건'에 연루, 상해를 거쳐 광동에 망명했다. 1928년 중국공산당에 입당하고 1930년 중국공산당의 지시에 따라 코민테른 동양부 산하 조선문제 뜨로이카의 조직선으로 배속, 1931년 조선공산당 재건운동을 위해 입국한다. 국내에서 반일 격문 및 『코뮤니스트』 등을 배포하며 조공 재건운동에 종사하던 중 1933년 영등포에서 일경에 체포되어 징역 8년을 선고받았다. 해방 후 조선인민공화국 경제부장 대리, 민주주의 민족전선 중앙위원, 남로당 중앙감찰위원회 부위원장 등을 역임하였고 한국전쟁 당시 미군의 폭격을 피해 월북하던 중 사망했다.[23] 오기만에 앞서 김형선은 국내에 잠입해 있었고 조공 재건운동과 결부된 여러 조직활동에 중요한 역할을 수행하고 있었다.

오기영은 "볼수록 은근하고 다정한 사람이었다. 다만 그 부드러운 눈

---

22) 고등법원 검사국 사상부 편, 『思想彙報』(제2호), 1935. '朝鮮共産黨再建運動事件'(박경식 편, 『조선문제자료집 제8권-1930년대 민족운동』, 삼일서방, 1983. 19~20쪽).
23) 강만길·성대경 편, 『한국사회주의운동 인명사전』, 창작과비평사, 1996. 150쪽.

이 다시 볼 제는 쏘는 듯한 누르는 듯한 빛이 있었다"(『사슬』 112쪽)고 김형선의 인상을 묘사했다. 그 때 김형선은 오기영에게 자신의 신념을 토로하였고, 오기영은 자신의 수기에 그 기억을 다음과 같이 적었다.

> 적의 세력은 우수하고 우리는 약하다. 그러나 적의 세력이 꺾일 날이 있을 것이다. 산에서 흐르는 조그만 샘물을 보면 그것이 하치 않은 것 같지만 아래로 아래로 흘러내리는 동안 다른 샘 줄기와 합쳐서 개울이 되고 강이 되고 바다가 된다.(…) 나나 기만이나 모두 지금은 하치 않은 샘 줄기다. 그러나 우리가 가는 것에 강이 되고 필경은 바다가 될 것이다.(…) 아무리 적이 지독하드라도, 우리에게 모든 것을 다 빼앗아가도 우리 마음에서 혁명의식을 강탈 할수는 없는 것이다. 우리의 혁명의식이 뭉칠수록 커지고 적을 깨트리는 힘이 커질 것이다.(『사슬』 113쪽)

오기만의 국내 활동 시기의 경제적 지원은 치과의사인 오기영의 아내 김명복에 의해 이루어졌다. 오기영은 아내의 시아주버니에 대한 헌신에 감복했으며 그녀가 일찍 세상을 떠났을 때 그토록 애통해 했던 이유의 하나도 여기에 있었다.

오기만은 김형선의 체포 후 상해로 떠나면서 동생에게 "네게는 아내요, 내게는 동지다"(『사슬』 121쪽)라고 말한다. 또한 체포되어 5년형을 선고받은 후 제수에게 보낸 편지에서 "5년이 긴 것 같지마는 일생에 비기면 한마디에 불과하오며 하물며 긴 역사에 비기면 한 점에 지날 것이 있습니까? 나는 늘 아주머니를 자랑할 조선의 여성이요, 존경할 모성이라고 생각하며 아주머니와 같은 동지를 가진 나는 퍽 행복한 자라고 믿습니다."(『사슬』 144쪽)라고 자신의 경의를 표했다.

상해로 탈출한 오기만은 1934년 4월 상해 불란서 조계에서 일경의 손에 의해 체포된다. 오기만의 체포에 대해 『동아일보』는 그 전말을 다음과 같이 썼다.

> (…) 그는 일즉 기미운동 당시와 신간회 백천지회 사건으로 감옥생활을 한 다음 육 년 전 세 번째로 중국으로 건너가 구연흠(具然欽) 조봉암(曺奉岩) 등

과 함께 공산운동에 참가하야 상해 한인 청맹위원장의 요직을 띠고 활동하였고 지금부터 삼 년 전에는 조선에 잠입하여 검거망을 피해가면서 지하운동에 분주하다가 작년에 신변의 위험을 깨닫고 다시금 교묘히 탈출했든 터이라 한다. 오기만의 활동경로는 아직 취조가 시작되지 않았으므로 자세한 것은 판명되지 안았으나 그동안 경찰 당국이 탐지한 대략에 의하면 삼 년 전 조선에 들어와 평안남도를 중심으로 철도공부, 양말행상, 자유노동자, 또는 걸인으로 변장하고 근로계급에 공산주의 선전, 당 재조직의 준비 공작에 분주하는 일방 진남포 상공학교 적색비밀결사를 조직시켰고 평양에서 면옥노동자 총파업을 선동했으며 경기도 경찰부에서 작년 여름에 체포한 김형선(金炯善) 사건에도 관련하였고 신의주에서 검거한 조봉암, 홍남표 등 사건과 현재 서대문경찰서에서의 모사건에도 관련된 듯 하다고 한다. 그는 여러 번 신변의 위협을 돌파하는 반면 평남, 평북, 경기, 황해의 사도 경찰이 거의 경쟁적으로 그의 체포를 위하야 비상한 활동을 하게 한 지하운동의 거두라고 한다.[24]

오기만이 상해에서 체포되어 서울로 압송된다는 소식을 신문에서 접한 오기영은 인천항으로 형의 뜻하지 않은 귀국을 마중 나갔다. 오기만을 실은 배 평안환(平安丸)이 도착하고 두 형제는 다시 만났다. 해외에서 체포된 혁명가의 압송장면에 대해서, 그리고 두 형제의 비극적 재회에 대해서 오기영은 매우 인상적인 기록을 남겼다.

앞장선 한사람과 뒤에 선 한사람은 묻지 않아도 알 수 있는 사복경관이었다. 그 중간에 서서 하이카라 맨머리 바람에 검정 중국 옷을 입은 형님의 두 손을 채운 쇠수갑은 아침 햇발에 유난히 반짝거렸다. 갑판에 나선 채 잠깐 멈칫하는 듯 하였던 그 눈은 두리번거리며 무엇을 찾는 듯 하였다. 나는 그가 나를 찾는 것 인줄 얼른 알 수 있었다. 가슴속으로 한줄기 무거운 것이 흘러내림을 깨달았다. 내가 그 눈에 발견되려는 노력은 필요치 않았다. 형님은 곧장 나를 발견한 것이다. 두 눈을 한번 크게 뜨면서 반가움이 잠깐 나타나다가 이내 무심한 얼굴로 부두로 내려섰다.(『사슬』 130~131면)

---

24) 『동아일보』 1934. 5. 8. 「上海韓靑委員長 吳基萬 昨日押來」. 오기만 관련 기사는 이 밖에도 『동아일보』 1934. 12. 11. 「金炯善等 六名公判 全部 體刑을 求刑」, 『조선일보』 1934. 12. 21. 「朝共再建의 巨頭 金炯善 에 八年役, 吳基滿엔 五年, 最下 一年半 今日 京城法院서 判決」, 『동아일보』 1936. 6. 13. 「吳基滿 執行停止」, 『조선일보』 1934. 4. 26. 「吳基萬 被捉」 등이 있다.

오기만은 먼저 체포된 박헌영, 김형선 등과 함께 재판을 받았다. 법정에서 오기만은 전향을 권하는 재판장에게 "현 사회제도에 대한 부정(不正)을 승인할 수 없다"며 거부했다. 오기만은 5년형을 선고받았으나 항소를 포기한다. 재판 자체가 불필요하다고 느낀 탓이다.

1936년 6월 11일, 오기만은 폐결핵의 악화로 형집행정지를 받고 서대문 형무소에서 출옥한다. 출옥 이후 오기만의 생애는 식민지 시기 항일운동가의 비참한 종말을 전형적으로 보여준다. '사상의 전염'을 차단하려는 일제의 혹독한 감시와 육체의 질고, 병으로 인해 정신마저 피폐해진 한 젊은 혁명가의 말로를 그려내는 작가의 시선은 안타까움으로 가득차 있다.

> 내 집에 있을 때는 동생보다도 계수가 어려워서 혹시 불유쾌한 일이 있어도 억지로 참았겠지만 고향에 가서는 그는 이미 혁명가도 아니요, 산전수전 다 겪어서 속 터진 사나이가 아니라 병화를 군말없이 받아주는 어머니 앞에 버릇없이 화만 내는 아들이었다.(…) 약을 자시다 말고도 화만 나면 약사발을 마당으로 내던졌다. 각혈을 하다말고 피쏟던 요강을 집어 동댕이치는 일까지 생겼다. (…) 마지막 시간을 화를 내며 끝낼 것인가를 냉정히 생각하고 그것을 참기에 형님의 병은 너무 악화하였던 것이다. 또 별달리 그의 절망상태를 위로할 길도 어머니, 아버지에게는 없었다. (…) '정을 떼고 가느라고 저런다'. 이것이 오직 아들의 화를 이해하는 단 한가지의 방법이었던 것이다.(『사슬』175~176쪽)

시아주버니의 병구완을 위해 최선을 다한 김명복의 헌신과[25] 늙은 부모의 애타는 간호에도 불구하고 오기만은 1937년 8월 23일 끝내 숨졌

---

25) "아내는 이 아픈 환자에게는 의사였으나 형님에게는 간호부였다. 한참 무섭게 설사를 하던 무렵에는 미처 요강을 끌어대지 못하고 그냥 싸버린 속바지나 똥걸레까지도 식모없는 집에서 아내 밖에는 받아낼 식구가 없었다. 그 뿐 아니라 그는 병비(病費)를 벌어주는 주동력이요, 또 환자에게 꾸준히 용기와 유쾌함을 계속하게 하는 위안자였다. 워낙 몸이 약질인데다 이미 삼남매의 어머니요 식모도 두지 아니한 주부로서는 제 몸을 견디기가 어려워서 저녁이면 병원 문을 닫고 그 뒤에 오는 환자는 거절해 왔지만 이제는 그럴 수 가 없었다. 시아주버니의 자실 녹용과 소고기를 사들이기 위하여 밤중에 오는 환자까지 마다하지 아니하고 피곤한 몸을 일으켜 치료하여 주었다."(『사슬이 풀린 뒤』124쪽)

276

다. 오기만은 죽기 전 유언처럼 일본의 패망을 다음과 같이 예언했다.

> 일본은 제 무덤을 파는 짓이야. 만주를 유지하려니까 북중(北中)에 쳐들어가는 것이나 만주 침략 이후 중국민족이 얼마나 깼다는 것을 모르는 놈들이다. 물론 세계가 이번까지 그냥 내버려 둘 리도 없구. 그래서 내 생각엔 이것이 세계전쟁의 시초라고 보여져. 꼭 세계전쟁이 일어날 것만 같아. 그러면 뻔하지 그때까지만 살았으면 좋겠는데…틀렸다.(『사슬』181쪽)

오기만의 말대로 일본은 태평양전쟁을 일으켰고 일제의 패망에 대한 그의 예언은 사실이 되었다. 한반도는 일본의 식민지에서 벗어난 것이다. 하지만 오기영의 가족 중 오기만 뿐만이 아니라 매제 강기보와 아내 김명복도 해방의 감격을 함께 나누지 못했다. 오기영 자신도 동우회 사건으로 복역해야 했으며 막내 오기옥은 해방이 돼서야 출옥할 수 있었다. 일제는 한 가족의 운명을 철저히 파괴했던 것이다.

4. 나오면서

오기영은 항일혁명운동의 과정에서 병으로 쓰러진 형 오기만과 매제 강기보, 시아주버니를 돌보기 위해 최선을 다했던 아내의 안타까운 죽음을 애통해하며 작품의 말미에 세 사람의 영혼을 애도하는 십여 편의 만사(輓詞)를 적었다. 그 중 오기만과 관련된 한편을 인용해 둔다.

> 연경만리(燕京萬里)가 멀다해도 / 갔다가는 올적이 있더니
> 멀지도 않은 동구 밖 북망산 / 이번 가면 아주 가네
>
> 백년을 살고도 아까운 인생 / 큰맘을 먹었던 청춘이랴

대신 갈 수도 없는 길이라 / 이 길을 떠나면 영 이별이네
(『사슬』 187~188쪽)

오기영의 『사슬이 풀린 뒤』는 치밀한 구성이나 극적인 박진감을 보여주지는 않는다. 구성적 긴밀함을 얻지 못한 것은 오기영의 창작의도가 '작품'으로서의 완결성보다는 자신과 자신의 가족이 겪은 저 참혹한 기억을 풀어내는데 있었기 때문이다. 집필의 일차적 동기가 스스로의 해원(解寃)에 있었던 것이다. 해방을 맞이하고도 새롭게 전개되는 민족 내부의 갈등 앞에서 오기영은 먼저 죽어간 가족의 넋들을 불러내어 기억하고 그 넋을 달래며 자기를 추스르고 새로운 각오를 위한 계기로 삼으려 했다. 그래서 작품의 끝에 오기영은 먼저 간 이들의 무덤을 돌아보며 선언한다. "이제부터는 노예의 무덤이 아니다"라고.

이 글의 의도는 오기영의 『사슬이 풀린 뒤』를 한국 현대소설사 계보 속에 위치시키기 위한 것이 아니다. 이 글의 문제의식은 한국의 현대 소설사가 자신의 문학적 토양과 서사적 배경인 역사경험에 대해 어떻게 대응해왔는가를 돌이켜 보는 것에 있다. 1950년대 이후의 한국소설사가 마땅히 관심을 가져야했고 또 집중적으로 자기 서사의 원천으로 삼아야 마땅했던 식민지 경험을 회피하게 된 이유가 무엇이고 또 식민지 경험을 괄호쳤기 때문에 생겨난 결과는 어떠했는가를 『사슬이 풀린 뒤』는 우리에게 묻고 있다. 그런 관점에서 본다면 오기영과 이 작품의 존재는 현대소설사의 굴곡과 변형, 혹은 왜곡의 계기와 양상을 새롭게 조망하는데 중요한 단서를 제공할 수 있다고 생각된다.

주제어 : 수기문학, 가족사, 사회주의, 식민지, 분단

◆ 참고문헌

1. 자료
오기영, 『사슬이 풀린 뒤』, 성각사, 1948.
오기영, 『삼면불』, 성각사, 1948.
오기영, 『민족의 비원』, 서울신문사, 1947.
오기영, 『자유조국을 위하여』, 성각사.
이기영, 『봄』, 조선작가동맹출판사, 1957.
『신천지』 1권 2호-5호(1946. 3-6).
고등법원 검사국사상부 편, 『사상휘보』(제2호), 1935.
동아일보.
조선일보.

2. 연구서 및 논문
강만길·성대경 편, 『한국사회주의운동인명사전』, 창작과비평사, 1996.
김준엽·김창순, 『한국공산주의운동사』 5, 청계연구소, 1986.
김하명 외, 『조선문학사』, 과학백과사전출판사, 1981.
박태균, 『조봉암연구』, 창작과비평사, 1995.
니시가와 나가오, 『국민이라는 괴물』(윤대석 역), 소명출판, 2002.
고모리 요우이치·타카하시 테츠야 편, 『국가주의를 넘어서』(이규수 역), 삼인출판,
        1999.
베네딕트 앤더슨, 『민족주의의 기원과 전파』(윤형숙 역) 나남, 1991.
박헌호, 「1930년대 가족사연대기 소설의 의미와 구조」, 『민족문학사연구』 4호,
        1993.
장규식, 「해방정국기 중간파 지식인 오기영의 현실인식과 국가건설론」, 『한국 근현
        대의 민족문제와 신국가 건설』 김용섭 교수정년기념한국사논총 3, 지식산
        업사, 1997.

◆ SUMMARY

A Figure of Note literature After the Liberation of 1945
- in case of Oh Gi-Young's After unchained -

Han, Kee-Hyung

Oh Gi-Young's *After Unchained*(1948) is a note on a family life, engaged in anti-Japanese struggle in colonial period.The contents of the note consists of three parts, a) March 1st movement and Childhood of Oh Gi-Young, b) A Socialist revolutionary, Oh Gi-Man's activities and his tragic death, c) his wife, Kim Myong-NBok's death. One of the reasons that this note interested us is that it gives us vivid description of the persons' lives and activities who involved anti-Japanese struggle as socialists. The documents on lives' and activities of socialists during the colonial period is rather rare because of two historical factors, such as south and north division and unliquidated colonial legacy. Considering those situations, Oh Gi-Yong's this note has greater significance and this is the reason why his note should be introduced to the academic world.

In this note, Oh Gi-Young wrote "we should got a hostile feeling toward barbarianism that plundered our freedom forever and transfer it to our descendant". His words are still effective not because it stimulate us to national feeling but it accentuate historic consciousness. His accent on "memory" for historic consciousness is intellectual voice which strongly remind us where the real foundation of new East-Asian order discourse should be established.

김수영의 「반시론」에서 '반시'의 의미

박 지 영*

1. 서 론

김수영을 바라보는 최근의 시각 중 가장 두드러진 것은 그의 시를 기왕의 '참여시'로 바라보지 않는 것이다. 대신 그가 추구한 것은 시의 본질 그 자체이며, 이 때 시는 문학 본연의 꿈과 이상의 실현태라는 연구결과가 그 대표적인 것이다.[1] 이러한 점은 대표적으로 그의 산문 「참여시의 정리」[2]에서 모호하게나마 설명되고 있다. 김수영은 이 글에서 '참여의식이 정치이념의 증인이 될 수 없는 것이며, 진정한 참여시는 현실이라는 외부, 시인의 의식과 시인의 무의식이 하나가 되는 지점에서 가능한 것이라고 한다. 그 경지는 시인의 죽음에서 합치되는 것이라고 했다. 그러나 그는 그것은 하나의 가능성이고 신앙이라고 말하고 있다. 그런데 이 모호함을 푸는 열쇠 역시 그의 산문 속에 있다. 특히 그의 후기

---

* 덕성여대 강사.
1) 허윤회, 「영원성과 시적 표현」, 『두병 윤병로교수정년기념 국어국문학논총』, 국학자료원, 2001. 819~821쪽 참조.
2) 「참여시의 정리」, 『창작과 비평』, 1967년 겨울, 634쪽 참조.

산문 「반시론」이 이 열쇠임은 보편적으로 인정되고 있는 형편이다.

현실적 책임감에 강박된 존재를 초월하기 위한 욕망이 드러난 것이 「반시론」이라는 논의[3]나, 이미 김수영이 죽기 전에 보다 본질적인 예술의 논리에 긴박되었다는 논의[4]는 그가 말년에 추구한 것이 시의 현실성을 예술의 논리 속에서 실현하는 것이라는 점을 시사한다. 또한 이러한 논의들은 「반시론」이 그의 시 「풀」을 분석하는 데 가장 중요한 논리를 부여한다는 점에 합의한다. 그 결과 이 논의들의 성과는 「반시론」에서 '반시'의 의미가 이 글에서 인용된 '참다운 입김', '아무것도 바라지 않는 입김'이라는 점을 들어, 시 「풀」이 기왕의 참여시와는 다른 차원의 시라는 점을 밝힌 것이다. 그런데 이 논의들은 '반시'의 의미가 '격한 노래' 즉 참여시적인 것과는 대타적인 의미라는 점에만 머물고 있어 아쉬움을 더하고 있다. 이는 물론 김수영의 산문이 갖는 난해성에 기인한 것이기도 하다. 그러나 김수영이 인용한 하이데거의 릴케론에 기대어 유추할 때에도 이 '반시'의 의미는 좀 더 구체적인 윤곽을 갖출 수 있다.

그리고 김수영은 '내 詩의 비밀은 내 번역을 보면 안다[5]'고 했다. 그의 번역물 속에서는 실제로 그가 자신의 문학 속에서 사용했던 여러 용어들이 등장하고 있어 김수영 문학의 난해성을 돌파하는 데 많은 지침을 주고 있다. 그런데 이 '반시'라는 용어도 그의 번역물 속에 등장하고 있어서 주목을 요한다. 그러므로 이 번역물에 나오는 '반시'라는 용어를 살펴보는 것,그리고 이것이 어떻게 시와 산문 속에 실현되고 있는가를 살펴보는 것은 그가 말년에 지향했던 시의 경지를 살펴보는 데 보다 구체적인 논점을 제공할 것이다.

---

3) 박윤우, 「1950년대 모더니즘 시의 부정성 연구」, 서울대 박사학위논문, 1998. 78쪽 참조.
4) 김윤식, 「김수영 변증법의 표정」, 황동규 편, 『김수영의 문학』, 민음사, 1983.
   졸고, 「김수영 시 연구」, 성대 박사학위논문, 2001.
5) 「詩作 노우트」, 『전집 2』. 301쪽 참조.

2. 하이데거 수용의 이유

김수영의 후기 시론에 가장 큰 영향을 끼친 것은 하이데거의 예술론이다. 그의 산문에서 하이데거에 대한 언급은 곳곳에 존재한다. 그는 「반시론」에서 '요즘의 강적은 하이데거의 「릴케論」이다. 이 논문의 일역판을 거의 안 보고 외울만큼 샅샅이 진단해 보았다'고 했다. 이는 그의 하이데거에 대한 관심이 얼마나 지대한 것이었는가를 말해 준다.

전기 시에서도 하이데거가 등장한다. 시 「謀利輩」(1959)에서 그는 '그래서 나는 愚鈍한 그들을 사랑한다/나는 그들을 생각하면서 하이덱거를/읽고 또 그들을 사랑한다'고 하였다. 여기서 모리배는 '나의 化神', 즉 시를 뜻한다고 볼 수 있다. 그는 이 '모리배들한테서/언어의 단련을 받는다'고 하였다. 이는 '나의 팔을 支配하고 나의/밥을 지배하고 나의 慾心을 지배' 하는 이 시적 언어를 통해서 자기 자신을 수련한다는 의미다.

하이데거는 『예술작품의 근원』에서 '언어는 존재의 집이다' 라고 말한다. 언어가 있을 때만이 존재는 근원을 찾아가는 자기 운동을 통해서 진정한 존재성을 영위할 수 있다. 김수영은 이러한 하이데거의 사유에 전적으로 동감하고 있었던 것이다. 그래서 그는 하이데거의 예술론 전체를 자신의 시적 사유에 대입한다.

그리고 김수영은 자신의 온몸의 시론을 설명하는 산문, 「詩여, 침을 뱉어라」에서 하이데거의 논의를 자신의 논리적 근거로 인용한다.

시에 있어서의 모험이란 말은 세계의 개진, 하이데거가 말한 〈대지의 은폐〉의 반대되는 말이다… (중략) … 산문이란, 세계의 개진이다. 이 말은 사랑의 留保로서의 〈노래〉의 매력만큼 매력적인 말이다. 시에 있어서의 산문의 확대 작업은 〈노래〉의 유보성에 대해서는 侵攻적이고 의식적이다. 우리들은 시에 있어서의 내용과 형식의 관계를 생각할 때, 내용과 형식의 동일성을 공간적으로 상상해서, 내용이 반 형식이 반이라는 식으로 도식화해서 생각해서는 아니

된다. 〈노래〉의 유보성, 즉 예술성이 무의식적이고 隱性的이기는 하지만 그것은 반이 아니다. 예술성의 편에서는 하나의 시작품은 자기의 전부이고, 산문의 편, 즉 현실성의 편에서도 하나의 작품은 자기의 전부이다. 시의 본질은 이러한 개진과 은폐의, 세계와 대지의 양극의 긴장 위에 서있는 것이다.[6]

이 인용문에서 김수영은 문학을 형식과 내용으로 나누어 사고하는 도식에 대하여 비판한다. 그는 '예술성'의 편에서도, '현실성'의 편에서도 '작품은 자기의 전부'가 된다고 하였다. 즉 그에게 시에서 중요한 것은 내용과 형식이 아니라 예술성과 현실성의 결합이라는 문제라는 것이다. 이것이야말로 김수영이 시에서 지향하는 목표인데, 그는 이러한 경지를 실현하는 방법을 모색하는 와중에 하이데거를 만난 것이다. 그에게 하이데거야말로 예술성과 현실성을 결합해 낸 이론가였던 것이다. 여기서 현실성은 산문, 세계의 개진이라는 하이데거의 용어와 만나며, 예술성은 노래, 대지의 은폐에 대응된다. 그러므로 '개진과 은폐의, 세계와 대지의 양극의 긴장'이라는 말은 현실성과 예술성이 결합된 상태인 것이다.

이는 하이데거의 「예술작품의 근원」에 나오는, 예술작품이 세계의 개진과 대지의 은폐의 긴장 속에서 형성된다[7]는 내용을 토대로 하고 있다. 하이데거의 용어를 살펴보면 여기서 '세계'는 개인적 주체의 생활 세계뿐 아니라 역사적 운명 가운데 서 있는 주체가 시행하는 본질적 결단의 광대한 궤도의 개시이다. 대지란 좀 더 설명을 요한다. 예술작품은 일차적으로 사물이다. 사물은 기본적으로 자기 폐쇄적인 속성을 가지고 있다. 그렇기 때문에 예술 작품은 사물의 이러한 불가침성과 신비를 공유한다. 이러한 사물의 자기 억제가 예술 작품 가운데 나타날 때 대지라 부른다. 그래서 대지란 모든 예술 작품에 퍼져 있는 국면이며 이것은 자신

---

6) 김수영, 「시여, 침을 뱉어라 - 힘으로서의 시의 존재」, 『김수영 전집 2-산문편』, 250~251쪽 참조.
7) 하이데거에 의하면 진리가 생성되는 방식 가운데 하나가 작품의 존재이다. 진리가 밝힘과 은폐 사이의 근원적 투쟁으로 생성되는 한, 세계를 건립하고 대지를 설립하는 작품에서 이 둘의 투쟁이 이루어지고, 그 가운데에서, 전체에 있어서의 존재자의 비은폐성, 즉 진리가 전취된다고 한다. (M. 하이데거, 오병남, 민형원 공역, 『예술작품의 근원』, 경문사, 1979. 125쪽 참조)

을 감춰진 것으로서 나타내는 작품의 자기 폐쇄적 근거다.

이 둘의 긴장 속에서 작품의 형태적 완성이 성취된다. 그래서 예술이란 형태 가운데로의 진리의 확립이라고 하이데거는 말하고 있는 것이다. 그러므로 ‘대지와 세계의 대극적 긴장’이라는 말은 지금까지 문학 작품을 ‘내용이 반 형식이 반’이라고 말하는 도식적 논리에서는 벗어난 것이다.

그리고 하이데거의 ‘예술이란 형태 가운데로의 진리의 확립’이라는 말은 인간의 인식과 세계의 진리는 분리되어 있으며, 인간이 이성을 통해서 이 세계의 진리를 인식한다는 서구적인 이성적 이분법적 사유체계에서도 벗어나고 있는 것이다. 이는 진리는 더 이상 주체가 일방적으로 인식하는 대로의 주체와 객체 간의 일치와 부합이 아니라 오히려 사물 자체의 ‘비은폐성’의 ‘본 모습 그대로의 드러남’이라는 관점에서 조망되어야 한다는 하이데거의 현상학적 기획[8]에서 나온 논리다. 그래서 시적인 언어는 세계 존재자의 진리를 인식하고 설명하는 것이 아니라 그 언어로 이루어진 시를 통해서 ‘존재’ 자체를 〈육체적〉으로 지각할 수 있게 도와주면서 존재의 깊이를 체험할 수 있게 하는 것[9]이다.

결국 시가 내용과 형식의 차원을 넘어서는 존재성 실현의 장이라면 내용과 형식의 이분법적 운산(運算)은 필요없는 것이다. 여기에 존재의 온전한 투기를 해야만 하는 온몸의 시론의 이론적 근거가 제공되는 것이다. 그런데 이 온몸의 시론은 시인이 죽음을 완성해 가는 길이기도 하다. 「참여시의 정리」에서 그가 말한, ‘시에서 시인의 의식과 무의식이 정확히 동시에 나오는 경지’가 온몸의 시론의 실현태라면 그리고 이 경지가 ‘죽음에서 합치되는 것’이라면[10] 이 논리는 성립되는 것이다. 그렇다면 진정한 시인의 죽음은 어떻게 이루어지는가?

이렇게 고민한 그의 본질적인 시적 사유의 결정판은 「반시론」이다.

---

8) 앨런 메길, 정일준 · 조형준 역, 「하이데거와 위기」, 『극단의 예언자들; 니체, 하이데거, 푸코, 데리다』, 새물결, 1996. 267쪽 참조.
9) 박이문, 「왜 하이데거는 중요한가 – 시와 사유」, 『세계의 문학』, 1993년 여름 참조.
10) 「참여시의 정리」, 앞의 글.

이 시론은 그의 시 「美人」에 대한 후일담에 관한 것이지만 정작은 하이데거의 「릴케論」에 자극을 받고 쓴 것이다. 그 중 「릴케론」에의 경사는 김수영 본인의 릴케라는 시인에 대한 경외감에서 출발한 것이라고 볼 수 있다. 이러한 점은 하이데거가 릴케를 택한 이유와도 통하는 것이다. 릴케가 추구한 것은 그의 '천사'라는 심상에서 드러나는 것처럼 신적인 것이 사라진 인간 세상에서 시를 통해서 신적인 것을 찾으려는 몸부림이었다. 하이데거가 그를 선택한 것도 이러한 '절대자'인 '神'적인 경지에 시를 올려놓고자 하는 릴케의 의도 때문이다. 여기에서 시는 비로소 '절대시'의 위치, 철학보다 상위의 위치에 오른다.

김수영은 '우리의 현실 위에 선 절대시의 출현은, 대지의 발을 디딘 초월시의 출현은 서구가 아닌 된장찌개를 먹는 동양의 후진국으로서의 역사의식을 체득한 지성이 가질 수 있는 포멀리즘의 출현은 아직도 시기상조인가?'[11]라고 안타깝게 반문한다. 그렇다면 김수영이 궁극적으로 바라는 것도 바로 릴케가 추구한 '절대시'였던 것이다.

그러나 이러한 관점이 다분히 서구적인 것이었다면 김수영은 '우리의 현실 위에 선' 절대시의 출현, '대지의 발을 디딘', '서구가 아닌 된장찌개를 먹는 동양의 후진국으로서의 역사의식을 체득한', '초월시의 출현'을 바라고 있었던 것이다. 이것이 김수영의 평생의 과업이었다. 「臥禪」에서 나오는 것처럼 동양적인 선에 릴케의 태도를 비유한 의도는[12] 이러한 주체적인 모색의 경로에서 나온 것이다. 그러나 그는 이 시기까지는 하이데거의 릴케론에라도 충실한 시를 쓰고자 노력했던 것으로 보

---

11) 「詩月評」, 『전집 2』, 401쪽 참조.
12) 김수영은 산문에서 '내 딴으로 생각한 臥禪이란, 부처를 천지팔방을 돌아다니면서 구하는 것이 아니라 자기의 골방에 누워서 천장에서 떨어지는 부처나 자기의 몸에서 우러나오는 부처를 기다리는 가장 태만한 버르장머리 없는 선의 태도이다. 이런 무례한 수용의 창작태도로 詩를 쓴 사람의 비근한 예가 릴케다'라고 한 바 있다. 여기서 릴케의 창작태도 부처를 기다리는 태도라고 본 것은 릴케가 시인이 '신의 안을 불고 가는 바람'을 만들어내는 사람, 즉 신이 사라진 시대에 시가 그 역할을 대신한다고 주장했던 점을 비유적으로 표현한 것으로 보인다. 그리고 禪에서 부처가 나타나는 시기가 바깥에서 들리는 소리가 까맣게 안 들렸다가 다시 또 들릴 때라고 한 점은 예술이 만들어주는 침묵의 순간이 바로 禪적인 순간과 같다고 표현한 것이다. (「臥禪」, 『전집 2』. 104~105쪽 참조)

인다. 그러므로 그에게 하이데거의 「릴케론」은 다음 단계로 넘어가기 위한 하나의 돌파구였다고 볼 수 있다.[13]

3. '반시'의 의미

다음의 인용구는 「반시론」 안에서 인용된 『릴케론』에 나오는 「올페우스에 바치는 頌歌」의 일부분이다. 이 부분을 살펴보면 그가 릴케론을 통해서 얻은 것이 무엇인가가 좀 더 분명해진다.

노래는 욕망이 아니라는 것을 곧 알게 될 것이다.
그것은 급기야는 손에 넣을 수 있는 事物에 대한 哀乞이 아니라는 것을 알게 될 것이다.
노래는 存在다. 神으로는서는 손쉬운 일이다
하지만 우리들은 언제 存在할 수 있겠는가? 그리고 우리들은 언제
神의 명령으로 大地와 星座로 다시 돌아갈 수 있게 되겠는가?
젊은이들이여, 그것은 뜨거운 첫사랑을 하면서 그대의 다문 입에
정열적인 목소리가 복받쳐오를 때가 아니다. 배워라

그대의 격한 노래를 잊어버리는 법을. 그것은 아무짝에도 소용없는 것이다.
참다운 노래가 나오는 것은 다른 입김이다
아무것도 바라지 않는 입김. 神의 안을 불고 가는 입김
바람.

---

13) 김수영 부인의 인터뷰에 의하면 김수영은 하이데거의 릴케론을 보고 그것을 배우려고 했다기보다는 그것을 보면서 자신의 생각이 틀리지 않았음을 확인해보고 환호성을 질렀다고 할 수 있다.(김현경, 「임의 시는 강변의 불빛」, 『주부생활』, 1969. 9, 김현경, 「충실을 깨우쳐 준 시인의 혼」, 『여원』, 1969. 9 참조), 그리고 이후의 산문에서도 김수영은 '여기서도 빠져나갈 구멍을 있을 텐데 아직은 오리무중이다' 라는 말이나 '때늦은 릴케식의 운산만이라도 홀가분하게 졸업해야 할 것이다' 라고 말해 그가 단순히 하이데거의 논리를 모방하고 있었다고 볼 수만은 없다. 단지 그의 고민과 하이데거의 논리가 통했다고 볼 수 있으며 그러므로 하이데거와의 영향관계를 일방적인 숙지로 보는 논의는 수정되어야 한다고 본다.(김수영, 「反詩論」, 『전집 2』, 260쪽. 264쪽 참조)

이 시에서 중요한 화두는 '노래'는 욕망이 아니라는 것이다. 여기서는 욕망이라는 뜻이 중요하다. '욕망'은 '손에 넣을 수 있는 事物에 대한 哀乞이 아니'라는 구절에서 유추할 수 있는 것처럼 인간의 본능적 차원의 것은 아니다. 이는 예술가의욕망이다. 시인의 욕망은 '사물'을 '손에 넣을 수 있는' 것처럼 생동감있게 표현하는 것이기 때문이다.그러나 릴케는 이러한 모사에의 욕망에서 시가 벗어나야 한다고 주장한다. 그리고 릴케는『말테의 수기』에서 '시는 사람들이 생각하듯이 단순히 감정이 아니다. 그것은 체험이다' 라고 한 바 있다. 시는 낭만주의적인 영탄에서도 벗어나야 한다는 것이다. 또한 노래는 '격한 노래' 도 아니다. '정열적인 목소리가 복받쳐오를 때가 아니다. 배워라' 라는 말은 시가 무엇인가를 주장하고 선동하는 것이 아니라는 의미의 시구이다. 릴케는 시인이 이러한 시에 대한 전형적인 관념들에서 벗어나야 한다고 주장한다.

김수영이 시에서 배제하고자 하는 점도 낭만주의 시에서 나타나는 자기 감상의 영탄이나 참여시가 가지고 있는 계몽에의 열망과 같은 것들이다. 낭만주의의 감상이나 관념에 종속된 시는 오히려 독자들에게 '힘'[14]을 주지 못한다. 이러한 점 때문에 그는 한국현대시에 나타난 '애수'를 배격한 것[15]이며, 기왕의 참여시를 배격한 것이다. 그는 오히려 감상적으로 호소하거나 주장하지 않을 때 그 시가 지향하는 바가 이루어질 수 있다고 한다. 이처럼 김수영도 기존의 시적 욕망에서 벗어났을 때 시가 더욱 큰 힘을 갖게 된다고 생각한 것이다.

그는 자신의 시「美人」에 대하여 논하면서 이를 실현했다고 만족해 한다.

---

14) 여기서의 '힘'은 새로운 인식의 전이를 가능하게 하는 시의 형식이 내포하고 있는 질적인 충격, 즉 '긴장(tension)' 에 가까운 것이다.

15) 그는 '엄격한 의미에서 볼 것 같으면 예술의 본질에는 애수가 있을 수 없다. 진정한 예술작품은 애수를 넘어선 힘의 세계다' 라고 하였다. 그러면서 그는 영화「벙어리 삼룡이」를 애수에 그친 애수를 예술작품으로 오인하고 있는 세큘러리즘의 가장 대표적인 예의 하나라고 비판하였다. 그 이유로 '속세는 힘은 보지 못하고 눈물만을 보고 이 눈물을 자기의 진정한 모습이라고 생각하고 있는 모양인데, 이러한 유구한 우매야말로 정말 눈물거리이기 때문' 이라고 한다.(「한국인의 애수」, 『전집 2』, 269쪽 참조)

> 美人을 보고 좋다고들 하지만
> 美人은 자기 얼굴이 싫을 거야
> 그렇지 않고야 미인일까
>
> 美人이면 미인일수록 그럴것이니
> 미인과 앉은 방에선 무심코
> 따놓은 방문이나 창문이
> 담배연기만 내보내려는 것은
> 아니렷다
>
> 「美 人 – Y 여사에게」〈1967. 12〉

이 작품을 쓰고 나서, 나는 노상 그러하듯이 조용히 運算을 해본다. 그리고 내가 창을 연 것은 담배연기 때문이 아니라 그녀의 천사같은 훈기를 내보내려고 연 것이라는 것을 알았다. 됐다! 이 작품은 합격이다. 창문–담배·연기–바람 그렇다, 바람. 내 머리에는 릴케의 유명한 「올페우스에게 바치는 頌歌」의 제3장이 떠오른다.[16]

「美人」이라는 시는 부인의 친구와 함께 식사를 하고 나서 지은 시라고 한다. 그는 이 미인과 식사하는 도중에 담배 연기를 내보내기 위하여 문을 열었다고 한다. 그러나 이후에 그는 이 행동이 그녀의 '천사 같은 훈기'에서 생긴 욕망을 절제하기 위한 것이었다는 점을 깨달았다고 한다. 여기서 욕망을 내보내기 위한 행동, 욕망의 절제는 바로 시에서의 욕망의 절제와 상동의 것이다. 그러므로 이 시는 미인에 대한 찬양의 시이자 시란 어떠해야 하는가에 대한 자기 깨달음에 대한 보고서가 된다.[17]

여기까지 보면 '반시론'은 기왕의 시적인 개념에서 벗어난 시, 하이데거에 의한 것처럼 기술문명시대에 대응하기 위한 '참다운 입김', 새로

---

16) 「反詩論」, 『전집 2』, 261쪽 참조.
17) 이러한 점 역시 릴케의 영향을 받은 부분이다. 릴케는 시란 무엇인가에 관련된 시– 즉 메타시를 창작하면서 자신의 시론을 시 속에서 피력하였다. 김수영에게도 시에 관한 시가 존재하는 것은 그가 온 생애에 걸쳐 시란 무엇인가에 관한 본질적인 사유를 시행했다는 것을 보여준다. 그 예로 김수영은 「詩」라는 제목의 시와 「長詩」라는 제목의 시를 두 편씩 창작한 바 있다.

운 시라는 의미이다.

그런데 이 「반시」라는 개념은 그의 번역물에서 발견할 수 있다. 크로오드 비제의 「반항과 찬양」에서 '진정한 시는 無詩와 反詩가 되지 않으면 아니 된다. (죠오지·바테이유이 지극히 적절하게 말한 것처럼) 『시의 증오』가 그의 아우성 소리가 될 것이다'[18]는 구절이 나온다. 이 구절에 따르면 '반시'는 바타이유의 개념이다. 바타이유의 『문학과 악』은 김수영도 본 책이다.[19] 그렇다면 여기서 바타이유의 '반시' 개념을 『문학의 악』 속에서 탐구해 볼 필요가 있다.

오늘날까지 살아남아 있는 시는 언제나 시의 역이라는 것은 사실이다. 소멸성을 목표로 삼고 있으면서 그것을 영원성으로 바꾸어놓았으므로. 그러나 시의 객체를 주체에 결합시키는 것이 본질인 시인의 놀음이 시를 반드시 기만당한 시인, 실패로 모욕감을 느끼는 불만족한 시인과 결합시킨다는 것은 그다지 중요치 않다. 결국 객체, 즉 한편의 시에 배반당한 채 시의 혼합적 창조 속에 구현되어 있는, 완강하며 반항하는 세계는, 살 만한 것이 못 되는 시인의 삶에 의한 것이 아니다. 엄밀히 말해서, 죽어가는 시인의 기나긴 고통만이 마지막으로 시의 진정성을 드러내 준다. 따라서 사르트르는 이에 대해 무어라고 말했든 간에, 보들레르의 죽음은 불가능의 끝까지 가기를 원했다는 그의 의지에 부응했던 것임을 믿어 의심치 않도록 하는 데에 도움을 주고 있다. 죽음은 그를 돌로 변화시켜 줄 수 있는 단 한 가지 방법이었을 영광보다 먼저 그를 찾아왔기 때문이다.[20]

인용문 제일 첫줄에 나와 있는 구절에 의하면 바타이유의 '反詩' 혹은 '無詩'는 '시의 역'이라는 의미다. 그리고 그것은 '소멸성을 목표로 삼고 있으면서 그것을 영원성으로 바꾸어놓'는 것이다. '소멸성을 목표

---

18) 크로오드 비제, 「'반항과 찬양' - 불란서 현대시의 전망(上)」, 김수영 역, 『사조』, 1958. 9. 314쪽 참조.

19) 그는 산문 시작 노우트에서 '요즘 詩論으로는 졸쥐 바타이유의 「문학의 악」과 모리스 브랑쇼의 「불꽃의 문학」을 일본번역책으로 읽었는데, 너무 마음에 들어서 읽고나자마자 즉시 팔아버렸다'고 말한다. 그리고 '노상 느끼고 있는 일이지만 배우도 그렇고, 불란서놈들은 멋있는 놈들이다'라고 한 바 있다.(「詩作 노우트」, 『전집 2』, 294쪽 참조) 이러한 점을 미루어보았을 때 바타이유와 블랑쇼 역시 그에게 영향을 끼친 작가 중 하나다.

로 삼는다'는 말은 릴케의 논의처럼 시적 언어는 '침묵과 무에 도달했을 때'의 상황과 같은 의미다. 시적 언어가 침묵과 무에 도달했을 때, 오히려 존재의 본질을 불러낼 수도 있다.[21] 이 수수께끼와 같은 말은 원래 시의 본질, 혹은 시적 언어의 본질에 대한 사유에서 나온 것이다.

시인은 '사유를 통과한 사물들과 그 사물들을 사유하는 의식의 일치를, 즉 불가능을 원'[22]하는 법이다. 그것이 불가능한 것은 본질적으로 언어가 드러낼 수 있는 것은 대상과 그것을 의식하는 사유가 일치하는 것이 아니기 때문이다. 그래서 '실패로 모욕감을 느끼는 불만족한 시인'이 할 수 있는 가장 최상의 길은 대상과 그것을 의식하는 사유 사이에 존재하는 간극을 그대로 표현해 주는 것일 뿐이다. 이 표현이 바로 침묵이고 무인 것이다. 이는 '시의 객체를 주체에 결합시키는 것이 본질인 시'에 '배반당'하는 길이며, '시의 역− 反詩'이 되는 길이다.

그래서 이 길은 시인이 죽음으로 가는 길이기도 하다. 시 속에서는 대상과 그것을 사유하는 의식 사이의 간극만이 살아남기 때문에, '반시'의 길에서 객체와 주체는 모두 죽음으로 가게 된다. 시인의 시적 대상이 모두 사라진 자리에 오직 언어만이 살아남는 길,[23] 그것이 바로 오직 '시의 영원성'을 구출하는 길이다.

김수영 역시도 이러한 점을 숙고하고 있었던 듯 싶다.[24] 김수영은 시 「말」(1964)에서 '세상이 나의 말에 귀를 기울이지 않'기 때문에 '나는 입을 봉하고 있는 셈이고/무서운 無意識을 자행하고 있다'고 말한다. 이는 이제는 언어가 더 이상 소통의 도구로 사용될 수 없음에 대한 절망의 표현이다. 그러나 '無言의 말'은 오히려 백마디의 말보다 더 큰 힘을 갖

---

21) 짱 롱시, 『도와 로고스』, 백승도 외 역, 강, 1997. 159~162쪽 참조
22) 조르주 바타이유, 앞의 책 49쪽 참조.
23) 김수영이 바타이유의 「문학의 악」과 함께 숙독했던 책, 「불꽃의 미학」에서 블랑쇼는 작가의 죽음만이 문학의 영원성을 보장하는 길임을 주장한다.(Maurice Blanchot, *La part du feu*, Gallimard, 1949. 293~331쪽 참조) 바타이유와 함께 블랑쇼의 이론은 김수영의 시론에서 표면적으로 드러나고 있지는 않지만 '침묵'과 '죽음'의 시학을 통해서, 그의 후기 시론에 영향을 끼치고 있었음은 분명하다.
24) 김수영의 언어에 관한 탐색과 시의 '영원성'의 문제는 이미 허윤회의 글에서 다뤄진 바 있다.(허윤회, 앞의 글, 817~819쪽 참조)

기도 한다. 이것은 침묵의 힘이다. '하늘의 빛이요 물의 빛이요 偶然의 빛이요 偶然의 말' 인 이것은 '죽음을 꿰뚫는 가장 무력한 말' 이면서 '萬能의 말' 이요 가장 강력한 의미의 파장을 지닌 자연의 말 '겨울의 말이자 봄의 말' 인 것이다. 그리고 '이제 내 말은 내 말이 아니다' 라는 표현은 이러한 침묵의 언어가 시인이 언어의 주체임을 포기한 상태, 즉 시인의 죽음을 통해서만 이루어진 것임을 설명해 주는 것이다.

「시작 노우트」〈66. 2. 20〉에서 나오는 '만세, 언어에 밀착했다' 는 환호는 이 침묵의 말을 완성했음을 뜻한다.

눈

눈이 온 뒤에도 또 내린다.
생각하고 난 뒤에도 또 내린다.
응아 하고 운 뒤에도 또 내릴까
한꺼번에 생각하고 또 내린다.
한줄 건너 두줄 건너 또 내릴까
폐허에 폐허에 눈이 내릴까

There is no hope of expressing my
vision of reality. Besides, if I did,
it would be hideous something to
look away from

…(중략)…

그대는 사실주의적 문체를 터득했을 때 비로소 비사실에로 해방된다. 웃음이 난다. 이 웃음의 느낌. 이것이 양심인 것이다. 나는 또 쟈코메티에게로 돌아와버렸다.…(중략)… 침묵의 한 걸음 앞의 시. 이것이 성실한 詩일 것이다.…(중략)… 이 시는 〈廢墟에 눈이 내린다〉의 八語로 충분하다. 그것이 쓰고 있는 중에 쟈코메티적 변모를 이루어 六行으로 되었다. 만세! 만세! 나는 언어에 밀착했다. 언어와 나 사이에는 한 치의 틈사리도 없다. 〈廢墟에 廢墟에 눈이 내릴까〉로 충분히 〈廢墟에 눈이 내린다〉의 宿望을 達했다.[25](강조–인용자)

먼저 인용구 이후에 서술된 김수영의 설명을 참고하여 인용된 자코메티의 글을 범박하게나마 번역해 보면 그 내용은 이러하다. '나의 리얼리티에 대한 비젼을 표현할 희망이 없다. 그 외에 만약에 내가 그것을 행한다면, 그것은 얼굴을 돌리게 하는 몸서리나도록 싫은 무엇이 될 것이다'이다. 이 말은 김수영이 '리얼리티'에 대한 고민을 새롭게 시작하고 있다는 점을 보여주는 것이다.

자코메티에 의하면 리얼리티는 단순히 논리로써는 설명될 수 없는 것이다. 얼굴을 돌리게 하는 끔찍한 것이라는 말에는 예술 작품을 통해서 사물의 리얼리티가 그대로 드러날 수 있는가에 대해 회의적인 입장이 들어있다. 이러한 불가능의 경지에 도전하기 위해 자코메티가 끊임없이 대상에 대한 스케치를 고치는 고통을 감행했으며 그 결과 역시 그에게 만족스러운 것은 아니었다고 한다.[26] 그렇다면 김수영이 말한 '언어에 밀착했다'는 말 역시도 그의 시 '눈'이 현실 그대로의 눈을 묘사해 냈다는 의미는 아닐 것이다. 이는 그가 시작 노우트에서 행한 '양심'이라는 말에서 느껴질 수 있는 것이다. '사실주의적 문체를 터득했을 때 비로소 비사실에로 해방된다'는 말에서 '사실주의적 문체'란 사물의 리얼리티를 구하려는 욕망에서 벗어나서 얻은 것, '비사실에의 해방'과 동질의 것이다. 그것은 '침묵의 한 걸음 앞의 시', 대상과 그것을 의식하는 사유 사이에 존재하는 간극을 그대로 표현해 준 것이다. 김수영은 오히려 이것이 현대의 '사실주의'라고 말한 것이다.

위에서 인용된 시 「눈」을 분석해 보면 이 경지가 무엇인지 좀 더 명확하게 드러난다. 이 시에서 중요한 것은 눈이 움직이는 동작의 표현, 즉 동적 형상화이다.

움직이는 대상을 그대로 형상화하는 것은 불가능한 것이다. 그러나 그러한 상황을 표현하려는 것이 김수영의 의욕이었다고 할 수 있다. 그

---

25) 김수영, 「詩作 노우트」, 『김수영 전집 2-산문』, 301~303쪽 참조.
26) 자코메티의 이러한 창작방법은 그가 번역한 칼톤 레이크의 글에서 보여주고 있다.(칼톤 레이크, 「자꼬메띠의 知慧-그의 마지막 訪問記」, 김수영 역, 『세대』, 1966. 4. 참조)

294

가 '〈廢墟에 눈이 내린다〉' 라는 八語로 충분한 형상을 굳이 六行으로 표현한 것은 '〈廢墟에 눈이 내린다〉' 라는 규정된 언어의 의미를 파괴하기 위한 행위이다. 이 시의 행이 '내린다' 와 '내릴까' 라는 서술어의 반복을 통해서 매듭지어지는 것은 '내린다' 라는 규정된 의미를 파괴하면서 끊임없이 고정된 시적 사유를 부정하려는 시인의 의지에서 나온 것이다. 결국 행을 건너 뛴 '내린다' 와 '내릴까' 라는 시행 사이의 여백을 통해서 이 시의 시어는 고정된 의미망에서 끊임없이 벗어난다.

바타이유는 '시 속에는 불만족 상태를 하나의 고정된 사물로 나타내야 한다는 의무감이 내재되어 있다' 고 한다. 그러기 위해서 시의 맨처음 움직임은 인지된 대상들을 파괴하는 것이다. 그리하여 그것들을, 파괴를 통해서 시인이라는 존재가 지니는 파악이 불가능한 유동적 흐름에 실어 보낸다. 바로 이런 값을 치르면서 시는 인간과 세계의 정체를 재발견하기를 희망하는 것이다. 그러나 시는 〈놓치기〉를 실행에 옮기는 동시에 이 놓치기를 붙들려는 시도를 한다. 시가 할 수 있었던 것은 움츠러든 삶이 붙들어놓은 사물들을 이 놓치기로 바꾸어놓는 것이 전부이다.[27] 그 결과 시는 의미의 형성이 아닌 의미의 해체인 無, '침묵 한 걸음 앞의 시' 가 된다. 그래서 가장 중요하게 부각되는 것은 시적 주체도 시적 대상도 아닌 '언어' 인 것이다. 김수영이 '대상' 에 밀착했다고 하지 않고 '언어에 밀착했다' 고 환호를 지른 것은 이러한 의미에서 그런 것이다. 그러면서 시적 주체는 장렬히 전사하게 된다. 이 시작 노우트는 그가 '시의 객체를 주체에 결합시키는 것이 본질인 시' 에 '배반당' 하는 길이며, '시의 역‑ 反詩' 이 되는 길을 모색하는 과정에 관한 실험 보고서였다.

이러한 실험은 다른 시를 통해서 행해지고 있어서 그의 시세계에서 반시론의 경지가 어떠한 것이었는가를 증명하고 있다. 시 「먼지」(1967)의 경우가 대표적인 것이다. 이 시는 초현실주의 시의 기법, 즉 의식의 흐름 수법을 사용하고 있다. 끊임없는 내면의 웅얼거림은 논리적 틀을

---

27) 조르주 바타이유, 앞의 책. 50쪽 참조.

거부하고 있다. 이러한 시구절들의 흐름은 맨마지막 연의 '죽은 행동이
계속된다 너와 내가 계속되고/(중략)/끝이 없어지고 끝이 생기고 겨우/
忘却을 실현한 나를 발견'하기 위해서 이어진 것이다. 끊임없이 언어가
시적 대상과의 상식적 의미 연결을 거부하면서 '망각' 즉 주체의 죽음을
실현하는 과정이 이 시의 내용이다. 이 시에서도 결국 시적 언어만이 살
아남았다. 이러한 시적 사고는 「거대한 뿌리」를 창작한 이후에 쓴 메모
에서도 드러난다.

> 모든 언어는 과오다. 나는 시 속에서 모든 과오인 언어를 사랑한다. 언어는
> 최고의 상상이다. 그리고 시간의 언어는 언어가 아니다. 그것은 잠정적인 과
> 오다. 수정될 과오. 그래서 최고의 상상인 언어가 일시적인 언어가 되어도 만
> 족할 줄 안다.
>
> ...
>
> 나는 이런 실감이 안 나는 생경한 낱말들을 의식적으로 써 볼 때가 간혹 있
> 다. 〈第三人道橋〉의 〈과오〉를 저지르는 식의 억지를 해 보는 것이다. 이것은
> 구태여 말하자면 眞空의 언어다. 이런 진공의 언어 속에 어떤 순수한 현대성
> 을 찾아볼 수 없을까? 양자가 부합되는 교차점에서 시의 본질인 냉혹한 영원
> 성을 구출해 낼 수 없을까
>
> ...
>
> 언어에 있어서 더 큰 주는 시다. 언어는 원래가 최고의 상상력이지만 언어
> 가 이 주권을 잃을 때는 시가 나서서 그 시대의 언어의 주권을 회수해주어야
> 한다. 그런 의미에서 모든 시간의 언어는 언어가 아니다. 그것은 잠정적인 과
> 오다. 수정될 과오. 이 수정의 작업을 시인이 해야 하는 것이다. 그래서 최고
> 의 상상인 언어가 일시적인 언어가 되어서 만족할 수 있게 해야 한다. 아름다
> 운 낱말들, 오오 침묵이여, 침묵이여[28]

위의 산문에서 중요한 것은 언어가 아니라 '詩語'다 '언어에 있어서
더 큰 주는 시다' 라는 말은 여기서 지칭하는 언어가 시가 살아나게 하는
언어, 즉 시어라는 것을 말해준다. 그런데 시 속의 언어는 '일시적인 언

---

28) 「가장 아름다운 우리말 열 개」, 『전집 2』, 281~282쪽 참조.

어’, ‘과오’의 언어다. 〈第三人道橋〉라는 낱말은 현실 속에서는 아직 존재하지 않은 사물을 지칭한 것이므로 현실적으로 의미를 얻을 수는 없는 것이다. 그래서 그는 이를 〈眞空의 언어〉, 즉 침묵의 언어라고 지칭하는 것이다. 그러나 이렇게 의미가 사라진 언어가 시 속에서는 오히려 현실 속에서 획일적인 의미를 얻고 있는 일상언어보다 위대하다. 시 속에서 이 언어의 의미는 ‘미래’에 다시 살아날 수 있다. 〈第三人道橋〉의 〈과오〉는 곧 미래에 그 의미를 얻을 것이기 때문이다. 여기에 시의 힘이 있다. 일상어는 현재에만 쓰임새가 있다. 그러나 시 속의 언어는 살아남아 미래로 지향되면서 끊임없이 새로운 의미를 부여받을 수 있기 때문이다. 예술에서는 ‘순간적인 인간의 경험을 탄생과 쇠락과 죽음으로부터 끄집어내어, 그 순간적인 인간의 경험에 영원한 형태를 부여해 준다. 그리하여 그 경험은 작품이 경험될 때마다 항상 지속적으로 살아있게 된다. 그러므로 시는 독자들이 다시 한번 그 순간을 되살리기를 기다린다. 결국 씌어진 시는 혀보다 더 설득력있게 된다.[29] 여기서 ‘어떤 순수한 현대성’, ‘시의 본질인 냉혹한 영원성’이 획득되는 것이다.

4. ‘반시’의 현실적 수용

그런데 김수영은 ‘반시’의 길만을 무주체적으로 받아들인 것은 아니었다. 그는 시의 길도 함께 고려하고 있었다. 다음의 문구는 이러한 점을 설명해주는 것이다.

歸納과 演繹, 內包와 外延, 庇護와 무비호, 유심론과 유물론, 과거와 미래,

---

29) 짱 롱시, 앞의 책. 115쪽 참조.

남과 북, 시와 반시의 대극적 긴장, 무한한 순환, 圓周의 확대. 곡예와 곡예의 혈투, 뮤리엘 스파크과 스프트니크의싸움, 릴케와 브레흐트의 싸움, 앨비와보즈네센스키의 싸움, 더 큰 싸움, 더 큰 싸움, 더, 더, 더 큰 싸움…… 반시론의 반어[30]

　위의 인용구에서 나열된 대립항들은 그가 지금까지 사유했던 모든 개념들의 총합처럼 보인다. 귀납과 연역, 내포와 외연은 '긴장'의 개념에서 고민했던 것들이며, 유심론과 유물론, 과거와 미래, 남과 북은 그의 사상 체계를 수립하는 데 고민했던 핵심 개념들이다. '릴케와 브레히트의 싸움' 역시 그의 가장 중요한 핵심적 고민이고 했던 시의 본질적 사유로 회귀할 것인가. 시의 사회성으로 선회할 것인가라는 시적 사유에 대한 근원적 갈등을 고백하고 있는 것으로 들린다. 그러나 그는 자신의 시적 사유는 혼돈이라고 말한 바 있다. 이 개념 역시 바타이유의 개념[31]이다. 시인의 사유는 고정된 관념이 되어서는안된다는 것이 그의 현대시인으로서의 신념이다. '더 큰 싸움, 더 큰 싸움, 더, 더, 더 큰 싸움…… 반시론의 반어'라는 말은 이러한 개념들이 앞으로도 그의 내면에서 끊임없이 변증법적인 대립으로 혼돈을 이어갈 것이라는 점을 말해주는 것이다. 그것이 불가능을 끝까지 추구하는 진정한 현대시인의 내면이며, 시의 영원성을 구출하는 길이다.
　그 결과 그의 시는 이 혼돈 자체를 표현하게 될 것이다. '시와 반시의 대극적 긴장'이라는 구절이 암시하는 대로, 그가 지향하는 바는 '시가 되려는 열망과 시가 되지 않으려는 열망 사이의 긴장', 즉 '의미를 구하려는 시어'와 '의미를 배제시키려는 시어'의 싸움, '세계와 대지의 대극적 긴장, '시와 반시'의 긴장 사이에서 탄생하는 '시'로 귀결된다고 할

---

30) 「反詩論」, 『전집 2』, 264쪽 참조.
31) 바타이유는 자신의 책의 서두에서 '내 영혼을 집요하게 물고 늘어지던 혼란의 와중에서, 생각이라는 것이 우선은 불투명한 형체를 띨 수밖에 없다. 혼란이란 근원적인 것이다. 이것이 이 책이 의미하는 바이다'라고 말하고 있다. 이는 그가 책에서 서술한 예술가들의 정신세계가 혼란, 즉 혼돈으로 가득차 있다는 점을 암시하는 것이다. 그리고 그 혼돈은 현대 예술가 정신의 본질이다. (조르주 바타이유, 앞의 책 12쪽 참조)

수 있다.

　이는 위에서 설명한 佛 현대문학이 추구하는 '반시'의 형태에 좀 더 현실성을 강화시킨 형식이다. 그는 의미를 완전히 배제하고 들어가는 것은 원하지 않았다. 그는 김춘수를 비판하는 데서 '먼저부터 〈의미〉를 포기하고 들어[32]' 가는 무의미에서는 벗어나야 한다고 주장한다. 그리고 '〈의미〉를 껴안고 들어가서 그 〈의미〉를 구제함으로써 무의미에 도달하는 길도 있' 다고 하면서 '작품형성 과정에서 볼 때는 〈의미〉를 이루려는 충동과 〈의미〉를 이루지 않으려는 충동이 서로 강렬하게 충돌하면 충돌할수록 힘있는 작품이 나온다' 고 하였다. 이구절 역시 위에서 말한 '시와 반시의 대극적 긴장' 에서 나온 시라는 의미와 같은 것이다. '풀' 은 이러한 시적 사유의 결과물인 것이다.

풀이 눕는다
비를 몰아오는 동풍에 나부껴
풀은 눕고
드디어 울었다
날이 흐려서 더 울다가
다시 누웠다

풀이 눕는다
바람보다도 더 빨리 눕는다
바람보다도 더 빨리 울고
바람보다 먼저 일어난다

날이 흐리고 풀이 눕는다
발목까지

발밑까지 눕는다
바람보다 늦게 누워도

---

32) 「변한 것과 변하지 않은 것」, 『전집 2』, 245쪽 참조.

바람보다 먼저 일어나고
바람보다 늦게 울어도
바람보다 먼저 웃는다
날이 흐리고 풀뿌리가 눕는다
　　　　　　「풀」〈1968. 5. 29〉 전문

　이 시에서 가장 먼저 지각되는 것은 풀의 형상이 아니라 동적인 움직임이다. '눕고', '일어나고', '웃고', '웃는다'는 대조적 서술어의 교차는 이 움직임의 역동적인 동선을 형상화하기 위한 장치이다. 그러면서 이 서술어들은 「풀」이라는 의미를 고정시키려는 의도에서 끊임없이 벗어나는 역할을 한다. 그럼으로써 '풀'이라는 고정된 의미를 이루려는 어구와 그 의미를 파괴하려는 서술어 사이의 긴장, 그것을 형성하는 시어의 배열 속에 침묵의 공간이 형성된다. 그리고 그 움직임은 바람과 어울려 원환적 파장을 더욱 크게 한다. 풀이 바람보다 '더 빨리 눕고/바람보다도 더 빨리 울'지만 '바람보다 먼저 일어난다'는 형국은 이 둘의 역학적 힘 중 어느 것이 더 큰 것인가를 계산하지 않게 한다. 바람보다 '늦게 누워도', '먼저 일어나고', '바람보다 늦게 울어도, 먼저 웃는다'는다는 구절은 그저 풀이 바람의 역학에 몸을 맡기고 흔들리는 모습 자체를 표현한 것이다. 그리고 그 움직임의 원환적 파장으로 인하여 작은 미물이 가장 위대한 사물로 보이는 환상을 경험하게 된다. 그러면서 이 움직임은 생명의 카오스적 운동으로 전환되기도 한다. 이 카오스적 운동의 표현은 김수영이 「꽃잎」 연작시에서 서술적으로 표현한, 꽃잎의 운동이 지닌 혁명적인 경지[33]를 표상으로 전환시켜 형상화시킨 것으로 보인다.

　물론 김수영의 의도에 따른다면 「풀」은 이러한 분석 자체도 거부하고 있다고 할 수 있다. 이는 '풀'이라는 형상을 만들어내는 시어들이 의미를 이루려는 형국과 의미를 거부하려는 형국 사이의 긴장 속에서 끊임없

---

33) 졸고, 「김수영 시에 나타난 '자연'과 '몸'에 관한 사유」, 『민족문학사 연구』 20집, 소명출판, 2002. 284~295쪽 참조.

이 새로운 의미를 생성하기 때문이다. 그래서 이 시「풀」은 독자가 이 시를 향유하는 순간마다 또 다른 의미를 형성해내는 거의 주술적인 생성력을 가지게 된 것이다. 이러한 체험을 그는 가장 시적인 체험이라고 바라본 것이다. 그럼으로써 이 시「풀」은 영원성을 획득하게 된다.

그는 시「풀」에서 가장 본질적이고 순수한 시적 체험이 진정한 참여라는 것을 보여주었다. 김수영에게 참여(participation)는 현행(現行)이다. 이 현행에 의미를 주는 것은 '효과'가 아니라 효과와 관계없이 참가한다는 살아 있는 확실한 의미이다. 주체가 객체에 관여(참여)하는 것이 '시적이라는 것'이라면, 그리고 이러한 불가능을 뛰어넘기 위해서 끊임없이 주체가 객체를, 객체가 주체를 넘어서는 행위를 반복하는 것은 '반시적인 것'이다. 그리고 후자 역시 현대에 와서는 '시적인 것'에 포섭되는 것이다. 그리고 이는 분명 시를 끊임없이 현재화시키는 방법이기 때문에 '現行'인 것이다. 그리고 이러한 시의 행동은 끊임없이 유보되기 때문에 항상 어느 순간에서든 유효한 힘을 얻는다. 김수영은 산문「詩여, 침을 뱉어라」에서 '헛소리다! 헛소리다! 하고 외우다 보니 헛소리가 참말이 될 때의 경이, 그것이 나무아미타불의 기적이고 시의 기적'이라고 했다. 이 말은 이러한 시의 힘을 말하는 것이다. 이 산문의 부제인「힘으로서의 詩의 存在」에서 '힘'의 성격은 바로 이러한 시의 영원성에서 온 것이다. 이는 김수영이 도달하고자 하는 '산문와 노래의 결합' 또는 '세계의 개진과 대지의 은폐의 양극'의 긴장, 즉 현실성과 예술성의 결합이라는 시의 경지를 뒷받침하는 논리다. 그는 정치적 인식을 시를 통해서 가장 심미적인 방식으로 실현했던 것이다. 이는 '예술의 정치화'를 부르짖는 아방가르드적 인식과도 같은 인식이면서도 그가 독자적으로 개척한 새로운 방식의 정치적 예술의 경지다.

그리고 그가 릴케론에서 얻은 가장 큰 수확은 시인으로서의 자부심이다. 릴케가 말한 '노래는 존재이다'라는 말에는 시에 대한 보다 본질적인 탐색이 들어있는 것이다. 릴케에게 시인은 신이 할 수 있는 것을 하는 존재다. '노래는 존재이다'라는 표현은 시인이 만들어내는 시가 신이 창조한 존재의 진정한 존재성을 구현해주는 도구라는 것을 주장하는 것이다. 시인이 이 세상을 구원하는 릴케의 천사의 역할을 할 수 있다면 그는 그간에 가지고 있었던 사회주의에 대한 부채감 즉 노동을 하는 사람들에 대한 그간의 콤플렉스에서도 거뜬히 벗어날 수 있었다고 본다. 그는 이념이 아니라 시를 통해서 현실을 구원할 수 있다는 확신을 하이데거의 릴케론을 통해서 이제야 얻은 것이다. 그럼으로써 그는 예술성과 현실성이 결합된 경지에 다다르고자 했다.

5. 결 론

이와 같이 김수영이 말년에 다다른 시학은 예술성 본연으로 돌아가는 것이었다고 할 수 있다. 김수영은 「시여 침을 뱉어라」에서 시는 문화와 민족과 인류를 염두에 두지 않고서도 문화와 민족과 인류에 공헌하고 평화에 공헌한다고 했다. 예술성 본연의 속성에 이미 현실을 구원한 실마리가 들어있다는 논리를 그는 받아들이고 있었던 것이다. 이러한 점은 혁명 체험이 그에게 가져다 준 것이 무엇이었는가를 설명하는 데 많은 도움을 준다. 또한 4·19 이후 60년대 말, 그와 같은 시대에 활동했던 동년배 시인, 신동엽과 김춘수가 걸었던 길이 예술에 대한 본질적 천착이었다는 점 역시 그렇다.[34] 신동엽이 주장했던 귀수성의 세계가 시의 본질이었다는 것은 그의 시 「금강」이 말해주는 것이다. 그리고 김춘수의 무의미 시학이 모든 현실성을 탈각한 절대 언어의 세계였다는 점은 그가 추구한 것 역시 시의 본질이었다는 점을 말해주는 것이다. 혁명의 실패가 가져다 준 현실과 역사에 대한 환멸은 역으로 그들로 하여금 미학적

---

34) 졸고, 앞의 글, 27~35쪽 참조.

본질에 집착하게 만들었던 것이다. 김수영도 마찬가지였다.

이러한 면에서 김수영의 자기 시학의 정립을 위한 분투는 하이데거가 주장하는 미학적 인식과 불비평의 수용에서 절정에 이른다. 하이데거는 이 세계를 성찰하고 구원하는 것이 문학, 특히 릴케와 횔더린의 시와 같이 시에서만 이루어질 수 있다고 믿는 미학적 관점을 견지했다.

하이데거에게 "예술"은 존재론적으로 창조적인 잠재력을 갖고 있다는 이념이 결정적인 역할을 한다. "언어는 존재의 집이다"라는 유명한 명제가 들어있는 『예술작품의 근원』에서 하이데거는 예술이 세계의 모방이 아니라 비로소 세계를 존재할 수 있도록 해주는 근원이라는 주장을 하고 있다. 「시와 철학」에서 하이데거가 릴케와 횔더린을 집중적으로 조명한 것은 '가난한 시대의 시인'이라는 부제가 말해주듯이 철학이 위력을 잃고 있는 가난한 시대에 시인이 시의 언어를 통해서 어떻게 세계를 구원할 수 있는가라는 대명제를 증명하기 위한 것이었다.

김수영이 하이데거의 릴케론에 몰입한 것 역시도 이 시대에 시인이란 어떤 존재여야 하며, 시인이 쓴 시가 세계를 어떻게 구원할 수 있는가라는 고민을 하고 있었기 때문이다. 이는 김수영이 바라보고 있는 현실의 주요 모순이 무엇이었는가를 설명해주는 부분이기도 하다. 그가 바라본 모순 역시 하이데거가 바라보는 가난한 시대, 휴머니즘이 점차 사라져가는 자본주의 근대라는 속악한 현실이었던 것이다. 그러므로 그 역시도 시인이 신과 인간의 매개자였던 릴케의 천사 역할을 할 수 있다는 하이데거의 진실에 공감하고 있었던 것이다. 이러한 김수영의 시에 대한 인식은 하이데거의 릴케론에 나오는 '노래는 욕망이 아니다' 라든가, '참다운 노래가 나오는 것은 다른 입김이다. 아무것도 바라지 않는 입김' 이라는 시구를 통해 획득한 심미적 인식의 결과이다. 여기에 바타이유의 「문학의 악」, 블랑쇼의 「불꽃의 미학」을 읽고 나서 얻은 성찰이 합쳐져 김수영의 「반시론」이 완성된다.

그에게 진정한 시는 '시와 반시의 대극적 긴장에서 이루어지는 시', '시가 되려고 하는 의도와 시가 되려고 하지 않으려는 힘이 긴장을 일으키고 있는 시', 즉 언어가 의미를 이루려는 형국과 의미를 이루지 않으려는 형국 사이의 긴장에서 만들어진 시이다. 언어가 사물의 실체를 그대로 재현해낼 수 없다면, 시는 이 불가능에 도전하는 것이다. 그 방법은 언어와 대상 사이의 불일치를 그대로 표현해 주는 길밖에 없다. 그 결과가 '침묵'이며, 이는 주체인 시인의 죽음을 통해서 언어만이 살아남는 형국인 것이다. 그 속에서 시의 의미는 주체의 억압없이, 끊임없이 보류되고 생성된다. 여기서 시의 영원성이 담보된다. 물론 이를 통해서 현실이 끊임없이 초극됨은 물론이다. 이것이 진정한 참여시의 힘이며, 이러한 통찰의 종합적 결과물이 그의 시「풀」이다. 이와 같이 김수영에게 참여시의 의미는 불가능을 추구하는 현대시 본연의 운명, 본질 그 자체에서 나온 것이다.

주제어 : 반시(反詩), 참여시, 절대시 시어, 언어, 죽음, 침묵, 영원성

◆ 참고문헌

『김수영 전집-시』,『김수영 전집-산문』, 민음사, 1981.
황동규 편,『김수영의 문학』, 민음사, 1983.
김명인,『김수영, 근대를 향한 모험』, 소명출판, 2002.
박윤우,「1950년대 모더니즘 시의 부정성 연구」, 서울대 박사학위논문, 1998.
박지영,「김수영 시 연구-시론의 영향관계를 중심으로」, 성대 박사학위논문, 2001.
M. 하이데거, 오병남, 민형원 공역,『예술작품의 근원』, 경문사, 1979.
앨런 메길, 정일준 · 조형준 역,「하이데거와 위기」,『극단의 예언자들; 니체, 하이
       데거, 푸코, 데리다』, 새물결, 1996.
박이문,「왜 하이데거는 중요한가- 시와 사유」,『세계의 문학』, 1993년 여름.
크로오드 비제,「'반향과 찬양' - 불란서 현대시의 전망(上)」. 김수영 역,『사조』,
       1958. 9.
조르주 바타이유,『문학과 악』, 최윤정 역, 민음사. 1995.
짱 롱시,『도와 로고스』, 백승도 외 역, 강, 1997.
Maurice Blanchot, *La part du feu*, Gallimard, 1949,
칼톤 레이크,「자꼬메띠의 知慧-그의 마지막 訪問記」, 김수영 역,『세대』, 1966. 4.

◆ SUMMARY

The Meaning of 'Anti-Poetry' in *An essay on Anti-poetry by* kim Soo-young

Park, Je-Young

In 'An essay onAnti-poetry', Kim Soo-young emphasized that the true poetry is made out of the tension 'between poetry and anti-poetry', 'between an intend to be a poetry and resistant force against it', and 'between a meaning-oriented situation and not such a situation'. If language cannot describe the essence of objects, the nature of Poetry is consists in making a challenge to that impossibility. For it, to express a discordance between language and objects is the only method. This is the 'silence', in other words, situation in which only the language survive through death of subject. In it, the meaning of poetry is permanently deferred and created, without repression over subject. Such a situation can ensure the eternity of Poetry. It goes without saying that reality is constantly overcame by that creative process, in which consists the power of Poetry. *Grass*(〈풀〉) is a production of such insight. Like this, Kim's *engagement*-poetry is spring from destiny and nature of modern poetry as such. His poetry, *Grass*(〈풀〉) is the production of his desire for getting to eternity of poetry, 'absolute poetry'.

민족과 국가, 그리고 세계
- 최일수의 민족문학론 -

이 상 갑*

1. 민족주의와 '세계주의', 그 용어의 허실

민족, 그리고 민족주의는 폐기처분되어야 하는가. 그래서 '세계주의'[1]가 절대적 가치로서 수용되어야 하는가. 그러나 이런 물음에 작금의 현실은 쉽게 '그렇다'고 답하기가 어렵다. 질문을 달리 하여, 과연 '세계주의'라는 말이 사용 가능한 것인가. 그러나 한 가지 분명한 것은, 온 인류의 평등한 상호작용이라는 의미에서 세계주의는 지금까지 한번도 실천되어 본 적이 없다는 사실이다. 역사상 세계주의를 내세운 적이 없었던 것은 결코 아니다. 일찍이 고대 로마는 세계시민의 가치를 내세운 바 있다. 그러나 그것은 유럽중심주의라는 가면을 쓰고 있었다.

그런데 세계주의(세계화)란 어제오늘의 일이 아니다. 무엇보다 근대

---

* 한림대 교양학부 교수.

[1] 이 용어는 1950년대 우리 평단에서 자주 사용된 것으로, 세계문학 사조를 일방적으로 추종한 일련의 경향을 말한다. 그 점에서 이 용어는 오늘날 자주 말해지는 '세계화'라는 용어와 크게 다르지 않다.

자본주의 역사 그 자체가 바로 세계화의 역사이다. 자본의 세계화가 그 것이다. 그러므로 자본주의는 본질상 세계체제적이다.[2] 그리고 자본주 의는 그 출발에서부터 민족(인종)차별주의를 그 중요한 동력으로 삼아왔다. 최근의 민족 분쟁은 그런 점에서 전혀 낯설지 않다. 민족의 차별은 그 차별만큼 잉여의 가치를 생산해 낸다는 점에서 참으로 자본주의적이다. 따라서 1990년대 이후 우리 사회에서 자주 말해지는 '세계화'란 말의 허구성은 의심할 바 없다. 누구의 세계화인가. 그것은 바로 자본의 세계화이며, 자본주의체제 그 자체이다. 그리고 그 세계화는 음험하게 특정 '민족'(국가)의 얼굴을 감추고 있다.

구 소련연방과 동구의 해체 이후 민족 분쟁은 더욱 심화되고 있다. 때때로 자기 민족의 가치를 절대화한 파시즘의 서기(瑞氣)가 내비치기도 한다. 9·11 테러사건을 주도한 이슬람 무장세력과 그에 반응하는 미국의 애국주의, 즉 이 '변형된' 민족주의는 또 어떻게 해석할 수 있을까. 지금 미국은 이른바 세계화, 국경 없는 자본 이동을 주도하고 있다. 그런데 그곳에서 오히려 애국주의가 강조되고 있다. 그 정치적 배경이야 어떻든, 이것은 아이러닉한 현실임은 분명하다. 어떤 이는 오늘의 미국을 '제국주의'가 아닌 '제국'의 단계를 나타내는 징표로 해석한다.[3] 그러면서도 이 연구자는 미국에 대해 애매한 입장을 취하고 있다. 미국이 그가 말하는바 '제국'인 것 같으면서도 '제국주의'의 흔적을 여전히 지우지 못하고 있기 때문이다. 사실 미국은 '초국가적' 국가로서 자신의 권리를 일방적으로 행사하고 있다.

그러면 '민족'은 무엇이며, 또 '민족(주의)'와 '국가'는 어떤 관계에 있는가. 프랑스의 이론가 르낭은 일찍이 언어, 인종적 혈통, 종교적 유대

---

2) 월러스틴, 『역사적 자본주의/자본주의 문명』, 창작과비평사, 1993.
3) 네그리는 미국이 '제국주의'가 아니라 '제국'이라고 해석한다. '제국'에 대해서는 그 자신 아주 명확하게 정의하고 있지는 않다. 다만 그는 오늘날 정보화에 따른 전지구적인 노동이동, 정보의 상호소통, 그리고 미국의 헌법체계 등을 염두에 두고, 바로 그것을 주도하는 미국을 '제국'이란 개념으로 설명하고 있다(안토니오 네그리·마이클 하트, 『제국』, 윤수종 역, 이학사, 2001. 220 ~247쪽 참조).

감, 점유하고 있는 땅 등이 한 민족을 결정하는 데 절대적이지 않다고 말했다. 물론 여기에는 그 나름의 의도가 있었다. 독일은 1870년 프랑스와의 전쟁에서 승리했다. 그때 독일은 언어와 혈통을 내세우며 프랑스령이었던 알자스, 로렌 지방을 강제로 병합했다. 그러자 르낭은 그 두 지방을 다시 프랑스로 귀속시키는 정당한 근거를 마련할 필요가 있었다. 그가 쓴 '민족이란 무엇인가'(1882년)라는 짤막한 강연 초고가 바로 이런 저간의 사정을 잘 말해준다. 즉 그는 민족을 결정하는 데 있어서 언어와 혈통이 중요한 것이 아니라 해당 지역 주민 스스로의 '의지'가 중요하다고 보았다. 과거의 공통의 유산과 추억, 그리고 무엇보다 함께 하고자 하는 의지야말로 한 민족이 되기 위한 본질적인 조건들이라고 그는 보았다.[4] 그는 아리아인이 인종의 위계질서에서 정상을 차지할 수밖에 없다고 보는데 여기서 우리는 그의 유럽중심적인 사고를 확인하게 된다. 심지어 그는 흑인, 아시아인들이 사라지는 것은 당연하다고 생각했다. 독일, 영국, 프랑스의 세 강대국이 단결했을 때라야 세계를 지휘할 수 있다고도 했다. 오늘날 유럽통합의 이론적 근거를 그는 이미 마련하고 있었던 것이다. 이런 몇 가지 한계에도 불구하고, 민족 문제에 대해 그는 아주 명쾌한 견해를 가지고 있다. 요컨대 그는 문화적 귀속에 의거한 '민족' 개념을 개인의 정치적 선택의 문제로 전환시킨 것이다.[5] 따라서 민족은 고정불변의 실체가 아니라 언제든 변할 수 있는 개념이다.

그러면 민족의 이데올로기적 표현인 민족주의는 어떠한가. 민족주의는 그 표현이 다양한 만큼 그 기원과 개념에 대해 명확히 일치된 견해는 없다. 무엇보다 민족주의 개념이 착종되어 있고 양면적이기까지 하기 때문이다. 그러나 앞서 르낭이 지적했듯 민족주의는 일차적으로 정치적 단위와 민족적 단위가 일치해야 하는 정치적 원리이다.[6] 민족은 근대국가의 성립 이후에 생겨난 개념인 것이다. 즉 민족이 국가와 민족주의를 구

---

4) E. 르낭, 『민족이란 무엇인가』, 신행선 역, 책세상, 2002. 80쪽.
5) E. 르낭, 위의 책, 100쪽.
6) E. 겔너, 『민족과 민족주의』, 이재석 역, 예하, 1988. 8쪽.

성한 것이 아니라 국가와 민족주의가 민족을 구성한 것이다. 그런데 이런 민족주의는 특히 우리의 경우 이중의 기능을 수행했다. 대외적으로는 식민지민족해방투쟁에서 민족의 에너지를 결집하는 역할을 한 반면, 내부적으로는 민족 내부의 다양한 차이를 억압하는 도구로 작용했던 것이다. 다시 말해 우리는 흔히 민족주의의 두 가지 전제로 말해지는 바 시민 계급과 '합리적인' 국민국가 모두가 결여되어 있었다. 지금도 사정은 마찬가지다. 그리고 이 두 가지 전제는 결코 단순한 문제도 아니다. '시민' 계급의 내포에 대한 해석, 그리고 '합리적인' 국민국가라는 것이 과연 가능하며 또 그것이 고정불변의 실체인가에 대해 논자에 따라 견해가 다를 수 있기 때문이다.

이 글은 이와 같은 문제의식을 1950년대 중엽부터 독특한 비평세계를 구축하고 있었던 최일수(1924-1995)의 비평[7]을 통해 검토하고자 한다. 최일수는 1950년대부터 남달리 민족(주의) 문제에 날카로운 인식을 보여준다. 민족·조국·국가의 상관관계, 그리고 민족문학의 현대화 과제에 대한 검토가 그것이다. 따라서 이 글은 그의 민족주의에 대한 논의를 중심으로 그 현재적 의미를 살펴보고자 한다.

2. 조국, 민족, 국가의 상관관계

1950년대는 이승만 정부의 반공 이데올로기가 우리 사회에 깊은 그늘을 드리우고 있었다. 그리고 순수문학은 그 반공 이데올로기의 확실한

---

7) 최일수의 비평이 가진 의의에 비해 지금까지 그에 대한 연구는 그야말로 일천한 수준이다. 박헌호의 「50년대 비평의 성격과 민족문학론으로의 도정」(『한국전후문학연구』, 성균관대 출판부, 1993), 그리고 한수영의 「1950년대 한국 문예비평론 연구」(연세대 박사논문, 1995)와 그 후속 논문인 「최일수 연구—1950년대 비평과 새로운 민족문학론의 구상」(『민족문학사연구』 제10호, 1997)이 고작이다. 이것도 전반적인 고찰로는 미흡하다.

후원자 역할을 하였다. 최일수는 이 순수문학 이데올로기를 비판하며 지속적으로 분단 문제를 제기했다. 이런 그의 문제제기는 1950년대 중엽에서부터 1960년대 말까지 지속된 '순수/참여'의 단순한 이분법을 훨씬 뛰어넘는 것이었다. 1950년대 그의 비평 세계의 현재적 의미 또한 바로 여기서 찾을 수 있다.

주지하다시피, 제2차 세계대전은 유럽 열강들의 제국적 통치에 마지막 일격을 가했다. 그에 따라 아시아와 아프리카 전역에 걸쳐 민족주의적 열망이 분출했다. 그리고 그러한 열망은 1960년대까지 지구 곳곳에서 민족국가를 확산시켰다. 그러면 '민족'에 대한 최일수의 생각은 어떠한가. 그는 우선 우리 민족은 "국민사회의 발생과 더불어 아무런 의식도 없이 자생적으로 이루어진 민족이라기보다는 중국의 반예속과 일본의 식민지 속에서 굳어진 자각정신을 가지고 국가를 형성하는 의식을 갖춘 그러한 민족"이라고 전제한다. 그러면서도 민족의 가치를 절대화하는 태도를 그는 경계한다. 한 민족을 가능케 하는 주된 근거로서 국가 개념을 그는 분명히 하고 있다.[8] 나아가 그는 그 국가 개념조차 고정불변의 실체로 보지 않는다. 국가 또한 그것이 절대화될 때 오히려 이데올로기화하여 내부 구성원들을 억압하는 도구로 작용할 수 있기 때문이다.

이 문제와 관련하여 노산(이은상)에 대한 그의 견해를 살펴보자. 최일수는 노산 사상을 "조국애와 민족애의 일념으로 다져진 「얼」의 사상"으로 일단 규정한다. 그리고 그 '얼'의 사상에서 국가지상주의를 벗어나 있는 노산의 자유정신과 우리 민족의 당면 과제인 분단 극복에 대한 노산의 강한 집념을 읽어내고 있다. 노산이 아무리 말끝마다 조국을 읊조려도 결코 국가지상주의자는 아니었다고 그는 주장한다. 여기서 최일수는 '조국'(민족)과 '국가'를 분명히 구별하여 사용하고 있다. '조국'과

---

8) "그것은 두 개 이상의 민족이 교합되어 한 국가를 이룬 곳에서도 그 국가가 그 국가 내에 있는 민족에게 어떠한 차별도 없이 동등하게 모든 권리와 의무를 부여한다면 그 국가는 머지않아 민족간의 차이가 없어지면서 하나의 융합된 국민으로 새로운 단위를 형성하게 될 것이다."(최일수, 위의 책, 118쪽)

312

달리 '국가'는 이데올로기화할 가능성이 있기 때문이다. 다시 말해 노산은 국가의 이익을 위해 조국을 동원하고 희생시키는 것이 아니라 조국의 영원한 삶을 위해 국가가 있어야 한다고 주장했다는 것이다.

따라서 선생은 조국을 국가로 생각하지 않으며 국가를 권력구조로 보지 않는다. 물론 노산에게는 국가가 제도적인 것도 아니다. 국가는 조국의 한 역사적 형태이며 또한 그 조국은 땅덩어리나 국제 경계선도 아닌 것이다. (중략)
노산이 보는 조국은 유기적인 물체나 구조적인 것이 아니라, 무기적이면서도 영원불멸의 「얼」로써 존재하는 민족의 주체정신임을 알 수가 있다.
물론 노산의 조국관에 대해서 시비가 있을 수 있다. 너무 관념적이고 감상적이라고 보는 이도 있겠으나 우리는 노산의 조국관 속에서 정신적 전통을 가리키고 있는 점을 높이 평가해야 한다고 생각한다.
가족·시민·사회를 초월하는 인류를 국가 내지 조국이라고 보는 헤겔과는 달리 노산은 시민과 사회, 즉 겨레를 위하는 것이지 결코 초월하지 않는다. 헤겔은 자유주의를 부정하지만 노산은 끝까지 자유를 수호한다.
이 점에서 노산의 조국관은 철저히 반헤겔적이며 노산이 끝까지 주장하는 「얼」이 지향하는 민족주체성 역시 자유를 바탕으로 하는 반봉건적, 반국수주의적 내지는 반지상주의적인 것이다.[9]

노산에게 국가는 중요한 것이 아니다. 보다 근원적인 것으로서 조국이 중요하다. 그 조국은 변하지 않는 존재이며, 국가는 그 조국의 한 역사적 형태에 불과하다. 한때 우리가 국가를 잃어버렸던 것도 그때의 정부가 망한 것이지 조국(민족)이 망한 것은 아니었다는 것이다. 최일수에 의하면, 이러한 노산의 사상은 철저히 민족주체성에 입각해 있다. 그렇다고 해서 노산이 민족의 가치를 절대화하는 것은 결코 아니다. 오히려 노산이 강조하는 민족은 폐쇄적인 민족주의가 아니라 반(反)봉건적, 반(反)국수주의적인 것이다. 요컨대 노산은 국가가 고정불변의 실체가 아니라 단지 민족의 한 역사적 형태라고 하면서도 그 민족을 절대화하지

---

9) 최일수, 「노산 문학과 민족사상」, 『현실의 문학』, 형설출판사, 1982. 218~219쪽.

않는다. 말하자면 최일수는 보수적인 민족주의를 대변하는 노산 사상에서 오히려 분단 극복의 의지를 읽어내고 있다. 남한과 북한이 각기 국가주의를 내세우며 분단을 고착화하려고 할 때 노산은 민족을 내세우며 그 한계를 극복하고자 하고 있기 때문이다. 바로 이 점이 최일수가 노산 사상을 끌어들인 이유이다.

그러면 이 '민족'을 구성하는 주체는 누구인가. 최일수가 보기에, 노산 사상은 이 물음에 대한 답에 있어서는 추상적이다. 그래서 최일수는 그 민족의 내포를 구체화하고자 한다. 최일수는 우리 민족의 역량과 관련하여 4·19를 높이 평가하고 있다. 5·16이 일어나기 전, 그는 만일 또 다시 독재정권이 출현한다고 하더라도 우리 문학은 4·19 이전의 전철을 밟지 않을 것이라고 말하고 있다.[10] 그러면서 그는 '개인으로서의 인간'이 아닌 '민족으로서의 인간'을 강조한다.

> 천 년, 그리고 이천 년 이와 같이 오래인 동안의 식민지생활은 그들에게서 인간으로서의 해방보다는 오히려 민족집단의 해방이 보다 급했다. 특히 평등한 개인으로서의 인간의 완성시대인 근대 문명기에 있어서의 **식민지 생활은 그들로 하여금 숙명적으로 시민적인 인간보다는 집단적 민족으로서 반항의 태세를 갖추지 않으면 안되게 했던 것이다.**
> **서구가 지향하는 사회 민주주의와는 달리 동양에서는 민족적 민주주의가 그들의 반항적 스로간이 되었다.**
> 왜냐하면 동양에서는 그들이 개인으로의 인간을 찾지 못한 억울함에 겹쳐 민족으로서의 인간조차도 찾지 못하였기 때문이다. 확실히 말하면 동양은 민주주의혁명을 완수하지는 못하고 있다.[11]

그에 의하면, 동양은 서구의 '개인(시민)'으로서의 인간보다는 '민족'으로서의 인간이 더 중요하다. 동양은 '개인'으로서의 인간을 찾지 못한데다가 '민족'으로서의 인간조차도 찾지 못하고 있기 때문이다. 그

---

10) 최일수, 「4·19 이후의 문학적 전망-공통된 명제의 세계로」, 『자유문학』, 1960. 9.
11) 최일수, 「반항적 문학-왜곡된 배리의 전통에 맞서며-」, 『현대문학』, 1961. 4.

래서 동양은 '개인'으로서의 인간을 형성하기 전에 먼저 '민족'으로서의 인간의 가치를 확립해야 한다. 서구의 '사회 민주주의'가 아니라 '민족적 민주주의'의 과제가 그것이다. 이 민족적 민주주의는 우리 사회의 대외적 과제로서의 민족 자주의 과제와 대내적 과제로서의 민주주의의 과제를 동시에 겨냥하고 있다. 그리고 그 과제를 해결하기 위해 그가 내세우고 있는 것이 레지스탕스의 행동성이다.[12] 이 레지스탕스의 행동성은 그의 '대중' 개념과 관련되어 있다. 그는 '대중·통속문학'과 '문학의 대중화'를 구분한다. 대중·통속문학이 '통속성'에 머무르고 있다면 문학의 대중화는 '대중성'을 지향하기 때문이다. 그래서 필요한 것은 문학의 통속화가 아니라 대중화이다. 그런데도 통속성과 대중성을 동일시하여 '대중'이면 무조건 수준이 저급한 '속중'으로 보는 오류를 범하고 있다고 그는 비판한다. 그가 말하는 '대중'은 '의식 있는 대중' 즉 '민중'이다.[13] 그는 '대중'을 이렇게 정의하면서 문학의 대중화를 위해 선구적인 길을 개척한 문학이 프랑스의 레지스탕스 문학이라고 주장한다.

그의 리얼리즘론은 바로 이 레지스탕스 문학의 연장선상에 놓여 있다. 그는 최남선과 이광수, 그리고 창조·폐허·백조 동인을 거처 소월에 이르기까지, 나아가 일제 말기에 이르기까지 "진정한 행동문학"[14]은 나타나지 않았다고 지적한다. 이와 관련하여 그는 '반항'과 '저항'을 구별한다. '반항'이 일반에 걸친 행동 방식이라면 '저항'은 항거의 현실적인 투쟁 형태이기 때문이다. 그리고 이 '저항'은 필연적으로 리얼리즘의 세계에 도달할 수밖에 없다고 그는 주장한다. 형식논리상으로 보면 그는 일제시대의 우리 문학을 모두 부정하고 있는 것처럼 보인다. 그리고 해방 이전 우리 문학사에 대해 깊은 검토가 있었는지에 대해서도 의심스러운 점이 있다. 그는 주로 『춘향전』과 같은 고대소설과 1950년대 이후의 문학을 분석대상으로 삼고 있기 때문이다. 그럼에도 해방 이전의 우리

---

12) 최일수, 「문학과 앙가주망—〈레지스탕스〉와 관련하여」, 『자유평론』, 1959. 1.
13) 최일수, 「문학과 대중—서론」, 『사상계』, 1958. 2.
14) 최일수, 「창조의 문학」, 『현대문학』, 1969. 4.

문학이 진정한 의미의 저항문학은 아니었다는 그의 주장은 충분한 근거
가 있다. 사실 그의 주된 관심은 사이비전통주의에 대한 비판에 놓여 있
다. 최남선, 이광수 등의 위선적이고 도피적인 '반항'이 마치 '저항'인
것처럼 민족주의의 주조로서 날조되어 왔다는 것이 그의 생각이다. 바로
이 지점에서 그의 1950년대 이후 우리 민족문학의 현대화 방향이 모색
된다.

3. 민족문학의 현대화 방향, 인간성과 민족성의 통일

우리의 1950년대는 서구문예사조의 홍수시대라고 할 만큼 외국이론
이 난무하였다. '전통주의'와 '세계주의'의 거짓대립이 특히 그러했
다.[15] 1950년대 당시 서구문예사조의 중심은 실존주의와 모더니즘이었
다. 최일수는 실존문학은 그 내면 편향으로 인해 현실을 모순에 찬 것으
로만 획일화시키고 있을 뿐 그것의 원인을 분석하고 그 극복 가능성을
모색하는 데는 실패했다고 보고, 우리 문학이 도시 지식층의 내면 편향
에서 벗어나 민족적이고 세계적인 영역으로 나아가기 위해서는 실존문
학의 정당한 비판적 섭취가 선행되어야 한다고 본다.[16] 이같은 맥락에서
그는 1950년대의 문학 유파를 세 가지로 구분한다. 첫째, 1차대전 이후
서구의 '현대' 작가들로부터 결정적인 영향을 받고 현대사조의 첨단에
서서 민족보다는 세계적 입장을 강조하는 타입, 둘째, 서구의 '근대' 작
가들에게서 영향을 받고 또한 주로 민족적인 작품을 쓰고 있는 선배들의

---

15) 최일수는 서정주로 대표되는 전통주의를 "국수적인 국문학 지상주의"로, 그리고 이어령으로
　　대표되는 세계주의를 "외국문학 우월주의"라는 용어로 구분한다(최일수, 「전통주의와 세계주
　　의」, 『현대문학』, 1969. 9).
16) 최일수, 「실존문학의 총체적 비판-하나의 서론적 고찰(하)」, 『경향신문』, 1955. 4. 15.

작품을 그대로 이어받아 전통주의적인 입장에 서 있는 타입, 셋째, 민족과 세계의 합일 속에서 현대라는 특수한 역사적 단계를 의식하며 근대적인 민족문학을 현대화하기 위해 노력하는 타입이 그것이다.[17] 이 셋째 번 타입의 근대적인 민족문학의 현대화는 결국 전통주의와 세계주의를 동시에 비판할 때 가능하다.

근대가 하나의 '민족' 시대라고 하더라도 전통주의를 강조할 경우 그것은 필연적으로 민족주의에 이르게 된다.[18] 최일수는 전통주의를 민족주의와 같은 의미로 사용하는데, 여기서의 민족주의는 폐쇄적인 자민족 중심주의에 다름 아니다. 물론 최일수는 모든 근대 민족문학을 같은 것으로 보지는 않는다. 일본의 근대문학과 우리의 근대문학은 분명히 다르다고 그는 파악한다. 우리의 근대문학은 일제에 저항하는 데 그 근본정신이 있기 때문이다. 그래서 일제에 저항하는 우리 근대문학은 필연적으로 민족적인 형태를 보다 많이 띠었고 또 그 민족적인 것을 통하여 근대정신이 발현될 수밖에 없었다는 것이다. 그러나 그 결과 나타난 전통주의적인 폐단은 "현대로 향하는 민족"이 아니라 보수적인 민족주의에 다름 아니다. 그러므로 이 경우의 전통 또한 우리의 진정한 '전통'은 아니다. 민족·전통만을 고집하는 것이 잘못이듯, 민족·전통이면 모두 부정하고 세계를 강조하는 것도 문제다. 해방 후 우리가 세계주의를 일방적으로 추구한 것은 해방 이전 우리 전통을 올바르게 계승하지 못했기 때문에 나타난 현상이다. 이렇게 볼 때 '전통주의'와 '세계주의'가 아닌 '전통'과 '세계성(현대성)'의 비판적인 섭취가 더 중요하다. 이것은 고유한 민족적 형식을 현대적으로 창조하는 과제이기도 하다. 그러므로 '전통주의/전통', '세계주의/세계성(현대성)'의 논의는 결국 '민족주의/민족성'의 논의로 옮아간다.

---

17) 최일수, 「신인의 배출과 문학적 상황—우리 문학에 있어서의 두 가지 조류를 중심으로—」, 『자유세계』, 1958. 4.
18) 민족주의와 전통주의의 공모관계에 대해서는, 김준환의 「탈식민주의와 탈모더니즘」(『비평과 이론』 제6권 1호, 2001년 봄/여름, 29~30쪽)을 참조할 수 있다.

최일수는 폐쇄적인 '민족주의'와 구별하기 위해 '민족성'이라는 개념을 즐겨 사용한다. 이때의 '민족성' 개념은 그러므로 폐쇄적인 민족주의와 달리 세계적인 동시성을 지니고 있다. 민족성과 세계성의 상호작용은 여기서 가능한 것이다. 다시 말해 문학의 세계성은 민족문학을 초월한 추상적인 것이 아니라 오히려 민족문학이라는 고유한 형식에 있어서 세계적인 내용의 공통성을 의미한다.[19] 그러므로 개별 민족문학은 세계화 과정을 통해 오히려 자기 민족의 특질을 보다 뚜렷이 자각하게 된다. 그리하여 어떤 민족문학이든 세계문학사적인 동시성을 자각하고 그런 시각에서 '새로운' 민족문학을 창조하는 일이 정작 중요하다. 그리고 우리의 경우 그 '새로운' 민족문학은 분단이라는 역사적 시련을 창조적으로 경험하는 과정에서 비로소 가능하게 된다. 그리고 그런 과정에서 산출된 작품만이 바로 세계문학적인 동시성을 지닐 수 있다. 바로 이것이 개별 민족문학이 지니는 '세계성'인 것이며 우리 문학이 추구해야 할 '현대성'이다.

그러면 '전통주의/전통'과 관련하여 '민족주의/민족성'을 좀더 구체적으로 살펴보자. 최일수는 여러 글에서 우리 사회는 아직 '민족성'에 대한 개념조차 명확하지 않다고 지적하고 있다. 우리의 '전통'은 신라의 유적이나 국립박물관의 문화재에만 있는 것이 아니라 지금 우리가 행동하며 생각하며 표현하고 있는 오늘의 현실 속에 있다고 그는 주장한다. 그가 국문학자들이 내세우는 바 '맛과 멋'(이희승), '멋'(정병욱), '은근과 끈기'(조윤제), '얼과 넋'(이은상), '고삽미(枯澁美, 조지훈)', '초연(超然, 서정주)' 등이 얼마나 비현실적이고 관념적인 규정인가를 지적하는 것도 그런 맥락에서이다. 그 대신 그는 고려속요·춘향전 등의 평민문학, 판소리의 현대화 과정에서 나온 담시의 성과를 높이 평가한다. 그가 보기에, 시조의 현대화 작업이 실패할 수밖에 없었던 것은 출발부터 고답적이고 퇴폐한 귀족여흥문학인 경기체가와 솔직담백했던 평민문학인

---

19) 최일수, 「분단의 문학—상황부재의 60년대 작가」, 『현대문학』, 1968. 4.

고려속요를 시조가 절충했기 때문이다. 그러므로 시조를 아무리 현대화 해도 그 문학적 성과가 미미하다는 것이다. 따라서 이러한 절충보다는 순박한 고려속요를 높은 문학적 수준으로 끌어올리는 작업이 한결 절실 했던 것이며, 만약 그 시대에 그러한 작업이 이루어졌다면 오늘날 우리 문학의 빛나는 '전통'을 지킬 수 있었을 것이라고 그는 파악한다. 마찬 가지로 그가 1960년대의 소시민문학의 한계를 계속 지적하는 것도 그것 이 '세계주의'를 운운할 뿐 정작 '전통'의 가장 중요한 요소인 우리 현 실을 소홀히 하고 있기 때문이다.

요컨대 그의 '민족성' 개념은 우리 현실 속에서의 민족적 과제와 분 리될 수 없는 개념이다. 소설에 대한 그의 분석은 모두 이런 관점에서 이 루어지고 있다. 그는 현대소설은 단지 관조적이고 외면묘사적인 근대소 설의 결함만을 지양하고 나온 것이 아니라 사상적인 교체가 이루어짐으 로써 가능하였다고 전제한다. 그 사상적 교체란 다름 아니다. 근대문학 기에서는 시민사회가 기초가 되어 있으면서도 너무 배타적인 민족주의 적 색채가 지배적이었다. 그리하여 본국에서는 민주주의를 내세우면서 도 약소국가에 대해서는 침략적인 식민지 정책을 강행하는 모순을 드러 내었다. 즉 한 국가 내에서도 민주주의와 독재주의(식민주의)라는 두 요 소가 서로 갈등을 일으키고 있었던 것이다. 현대소설은 바로 이러한 현 실에 과감히 반기를 들고 나온 것이다.[20] 사상적 교체란 바로 이를 두고 하는 말이다. 나아가 우리의 현대는 서구의 현대가 아니며, 마찬가지로 우리의 현대소설이 곧 서구의 현대소설은 아니다. 즉 우리의 현대소설은 우리의 역사적 현실을 똑바로 바라보고 그 현실 속에서 현대를 의식하고 행동할 때 가능하다. 그러므로 우리의 먼 전통주의에만 매달리든가, 서 구의 사상과 수법만을 빌려다 쓰는 것은 그 한계가 분명하다. 손창섭, 장 용학, 김성한은 그들이 맹목적으로 내세운 반(反)근대적 사고로 인해 서 구의 현대소설을 절대화하게 되었다고 최일수는 비판한다. 그들은 우리

---

20) 최일수, 「현대소설은 사향예술인가-황순원씨와의 이야기」, 『문학춘추』, 1965. 12.

의 눈으로 우리의 현실을 바라보기보다는 서구의 눈으로 우리의 현실을 각색하려 했던 것이다. 즉 그들의 문학은 우리의 현대문학은 아닌 것이다. 그리고 그들의 뒤를 이은 1960년대 소설 또한 1950년대의 왜곡된 반항감각과 맹목적인 반(反)근대를 비판한 것은 좋았으나 주관주의적인 관념소설에 사로잡힌 한계가 있다고 그는 주장한다.[21]

그러므로 최일수에게 있어 우리 문학을 현대화하는 그 근본 정신은 우리 문학의 내면에 흐르고 있는 '저항' 정신을 토대로 하여 분열된 자아의 통일에 대한 확고한 신념을 민족 전통과의 결합 속에서 지양하는 데 있다.[22] 이처럼 분열된 자아를 민족 전통과의 결합 속에서 지양하려는 그의 인식은 궁극적으로 '분단 극복'의 과제와 관련되어 있다. 그러므로 그가 말하는 분단극복의 과제는 바로 1950년대 문학의 내면 편향의 한계를 극복하는 과제와 동일한 것이다. 그가 '인간성'과 '민족성'을 합일시키는 과제를 제기한 것도 이런 맥락에서이다.

> 그런데 오늘의 유럽의 현대문학은 우리가 민족의 분단을 통일시키려고 하는 데 비하여 내면에만 너무나 치우친 나머지 분열해 버린 인간을 통일시키는 방향을 모색하고 있는 것을 볼 수 있다.
> 때문에 오늘날 현대적 상태의 「휴맨이즘」의 원천에는 인간적인 면에 치중된 서구에 비하여 우리 문학은 인간과 민족이 합일(合一)되어진 그러한 특수한 형태로 지향되어야 하는 것이다.
> 이 인간성과 민족성의 합일은 비단 우리 문학뿐만 아니라 세계문학에 있어서도 개인과 사회, 지성과 감정 그리고 이론과 실천의 분열과 대결로부터 새로운 통일된 계기를 창현해 내는 그러한 요소를 가지고 있다.
> 이것은 동서양을 막론하고 현대문학의 특징이기도 하다.(중략)
> 그런데 이와 같이 인간과 민족이라는 두 개의 아주 다른 그 근본 특질이 유럽과 우리 문학이 어떻게 하면 현대문학 시대에 있어서 그 고유성을 보장하면서 교류될 수 있는가 하는 문제인 것이다.[23]

---

21) 최일수, 「현대소설의 행방-〈무엇〉을 잃어버린 젊은 작가들-」, 『현대문학』, 1966. 2.
22) 최일수, 「우리 문학에 있어서 신인의 위치-민족문학의 현대화를 중심으로」, 『문학예술』, 1956. 2.
23) 최일수, 「문학의 현실·우리의 비원」, 『지성』, 1958. 12.

여기서 최일수는 '인간성'과 '민족성'의 통일이라는 대전제에서는 서양과 동양이 일치하지만 그 구체적인 방식에서는 차이가 있다고 본다. 서구와 달리 동양 사회는 인간으로서의 가치보다는 민족으로서의 가치 규정이 더 선결과제이기 때문이다. 그리고 더 중요한 것은 어떻게 동서양이 서로의 차이를 인정하며 각자의 고유성을 보장하는 가운데 서로 교류할 수 있는가 하는 것이다. 그가 『춘향전』을 높이 평가하는 이유도 바로 이 지점에 있다. 『춘향전』은 우리 문자로써 외래문학인 한자에 저항하며 주체성을 찾으려 하였고, 또 봉건적인 시대의 제약 속에서도 인간의 자유와 평등 즉 민주주의적 가치를 주장하고 있기 때문이다. 이런 점에서 『춘향전』은 우리의 주체성을 확립시켜 주고 전통을 이어주는 가장 정통적인 위치에 서게 된다. 다시 말해 우리 문학은 『춘향전』에 와서 외래의 제약에 저항함으로써 '민족성'을 확보하고 나아가 그것을 민주주의적 과제 즉 '인간성'과 합일시켰던 것이다. 바로 '인간성'과 '민족성'의 합일, 이것이 최일수가 말하는 우리 문학의 현대화 방향이다.

최일수는 서구문학의 현대화 방향과 우리 문학의 그것은 분명히 다르다고 말한다. 서구가 인간의 '자유' 문제가 주로 된 '국민'적 형성이라면 아세아는 인간의 '자유'와 '평등'을 '민족'의 위치에서 찾아보려는 것이기 때문이다. 우리 문학을 포함한 동남아문학의 위치에 대한 그의 진단이 그것을 잘 말해준다.

> 이와 같이 동남아문학의 양상은 민족적인 독자성의 자유스러운 확립과 또한 전통계승과 외래문학의 비판적인 섭취가 비약의 계기로서 모색되어지고 있다는 점에서 서구의 현대문학이 의욕하는 비약의 계기와는 질적으로 다른 이향기에 있는 것이다.
> 그것은 문학의 창조적 계기가 서구에서는 개아 단위로 이루어진 인간적인 「휴마니티」에 있는 데 비하여 동남아문학은 인간의 기본적인 옹호가 민족적인 단위에서 향유되고 있는 그러한 차질을 내태하고 있다.
> 때문에 서구의 「휴마니티」는 개아의 심리분석에 그 인간성을 탐구하였고 동남아의 문학은 민족성의 질적 분석 가운데서 인간에게 공통으로 흐르고 있

는 서사정신을 추구하는 데 있다.

그러므로 서구는 어디까지나 인간옹호의 낭만정신이 지배적이고 동남아는 민족옹호의 서사정신인 것이다.

오늘날 서구의 현대문학이 자아와 사회와의 부조리한 현실 속에서 상호 분열하고 대결하고 있는 가운데 사회의 낡은 인습적 제약을 초극하려 하고 있는 **반면에 동남아의 민족문학은 개아와 민족이 호상 공통된 계기를 지니고 외래 제약과 대결하고 그것을 초극하는 데 있는 것이다.**

이런 점에서 동남아 문학은 세계문학사적인 위치에서 볼 때 서구의 「분열」과 「대결」보다는 보다 커다란 동적인 계기를 지니고 있다고 본다.[24]

즉 이 글은 서구의 경우 '인간' 옹호의 낭만정신이 지배적이라면 동남아는 '민족' 옹호의 서사정신이 중요하다는 것이다. 그러므로 동남아 문학의 과제는 민족의식을 토대로 한 서사정신을 어떻게 현대로 이향하게 하느냐 하는 문제이다. 이 문제와 관련하여 최일수는 서구의 현대문학은 2차대전 후 세계의 정치 정세를 좌우하고 있는 아시아의 민족문제 등을 통하여 이제까지의 내면 편향에서 벗어나 '새로운 세계성'[25]을 모색해야 한다고 주장한다. 말하자면 동남아문학이 서구문학에 비해 열등한 문학이 아니라 오히려 서구문학이 '새로운 세계성'을 확립하는 데 주도적인 역할을 할 수 있다는 것이다. 즉 동남아문학은 서구의 현대문학과 달리 세계문학적인 가치가 있다는 것이다.[26] 한편, 동남아문학이 서구의 현대문학이 '새로운 세계성'을 확립하는 데 중요하다면 그것은 민족주의와는 일단 무관하다. 최일수가 '민족주의'와 '민족성'을 구분하고 있는 것도 이 때문이다. "좁고 작은 풍속성이나 향토성에서 머물고 있던 민족주의와 문학에 있어서의 민족성"[27]은 엄연히 다른 것이다. 오히려 이런 '민족성'에 대한 인식 아래 그것과 세계문학과의 유기성을 모색해야 한다는 것이 그의 주장이다. 다시 말해 '민족성'의 세계적 연관

---

24) 최일수, 「동남아문학의 특수성-문학 일반의 소개와 비평을 겸하여-」, 『시와 비평』, 1956. 1.
25) 최일수, 「우리 문학의 현대적 방향」, 『자유문학』, 1956. 12.
26) 최일수, 「문학의 현실·우리의 비원」, 『지성』, 1958. 12.
27) 최일수, 『현실의 문학』, 형설출판사, 1982. 187쪽.

이 토대가 된 민족문학을 바로 세우는 것, 이것이 그가 말하는 우리 민족 문학의 현대화 방향이다.

앞에서 최일수는 서구문학의 현대화 방향과 우리의 그것은 다르다고 했다. 이같은 맥락에서 그는 서구 현대문학의 휴우머니즘/모더니즘에 대해 우리 민족문학의 현대화 방향을 휴우머니티/모더니티로 정리한다. 그가 말하는 모더니티,[28] 즉 현대적 문학정신이란 올바른 전통의 계승에 입각하여 내면으로만 편향해버린 서구의 모더니즘에서 벗어나 분단을 극복하고 통일을 이루려는 정신이 바탕이 된 것이다. 그래서 그는 민족보다는 세계인이 되려 하고 민족이라 하면 그저 낡은 것으로 단정하면서 범인간의 진리를 추구하는 태도를 강하게 비판한다.[29] 그가 『춘향전』을 높이 평가하는 이유도 『춘향전』이 인간평등정신과 민족고유성을 통일시키고 있기 때문이다. 그러므로 이러한 문학상의 모더니티를 염두에 둘 때 보수적인 민족주의문학과 그가 말하는 민족문학의 현대화 방향은 분명히 다르다. 대외적으로 민족의 자주를 확보하면서 대내적으로 사회 구성원의 자유와 평등을 동시에 추구하는 그의 민족문학론은 이미 백낙청에 훨씬 앞서서 민족문학의 세계문학에서의 선진적인 위치를 확인하고 있다.

다시 말하면 민족통일을 위한 정신 속에서만이 전통이 올바로 계승되고 주체성이 확립될 수 있을 것이며 또한 이러한 주체적 토대 위에서만이 현대문학의 비판적인 섭취도 가현되리라 믿는다.

참으로 우리 문학이 지향하는 현대적인 민족정신의 구현이야말로 오늘 동서문학이 교류하고 세계문학이 분열의 단층에서 지양하려는 이 마당에 전통의 연대가 얇고 문학사가 빈곤함에도 불구하고 **하나의 선진적인 지침**을 예시하는 그러한 계기를 지니고 있다고 본다.

그러므로 우리 문학의 현대적인 방향은 전통과 현대가 밀착된 유일한 형태

---

28) 최일수, 「우리 문학의 현대적 방향」, 『자유문학』, 1956. 12.
　　최일수는 모더니티에 대해 현대성, 현대의식, 현대적 문학정신 등 다양한 표현을 사용한다.
29) 최일수, 「현대시의 순수감각 비판」, 『문학예술』, 1956. 5.

로서의 새로운 민족정신을 토대로 현대화해 나가는 데 있다고 확신하는 바이다.[30]

최일수는 서구문학과 우리나라를 포함한 동남아문학은 그 방향이 다를 수밖에 없다고 전제한다. 그것은 서구와 다른 동남아시아 또는 우리의 특수한 위치 때문이다. 즉 그는 분단이라는 우리의 특수한 위치가 오히려 세계사에 선진적인 의미를 부여할 수 있다고 주장하고 있다. 비록 오늘의 우리 문학이 서구문학에 비해 후진상태에 놓여 있다고 하더라도 그 상태가 영원한 것은 아니다. 오히려 서구와 우리의 발전 방향은 서로 다르기 때문에 우리 문학의 현대화 방향 또한 서구문학의 방향을 뒤따를 필요가 없다. 반대로 만약 우리가 분단극복이라는 우리의 역사적 과제에 충실한다면 세계문학적인 의의를 가질 수 있다는 것이다.[31] 이런 그의 주장은 1970년대 백낙청의 분단체제론에 훨씬 앞서는 이론적 선진성을 보이고 있다. 특히 서구의 근(현)대와 우리의 근(현)대가 다르다는 그의 주장은 근대를 단일한 것으로 획일화시키지 않고 개별 민족의 특수한 위치를 최대한 고려하고 있다는 점에서 아주 현실적이다.

4. 민족적 민주주의와 민족문학의 과제

최일수는 '전통주의/전통', '세계주의/세계성(현대성)', '민족주의/민족성'을 구분한다. 그리고 '전통주의/전통' 논의와 '세계주의/세계성(현대성)' 논의는 결국 '민족주의/민족성' 논의로 요약된다. 그리고 민족주의가 아닌 민족성의 과제는 분단극복과 연결되어 있다. 다시 말해 우리

---

30) 최일수, 「우리 문학의 현대적 방향」, 『자유문학』, 1956. 12.
31) 최일수, 「현대문학의 근본특질」, 『현대문학』, 1957. 1.

324

문학이 분단극복과 같은 민족적인 과제를 제대로 해결하여 민족성을 제대로 살릴 때 세계문학적인 동시성 즉 세계성을 가질 수 있다. 그러므로 그의 논의는 폐쇄적인 민족주의나 전통주의 그리고 추상적인 세계주의와는 전혀 무관하다. 오히려 그는 개인의 해방만을 내세우는 서구문학과 달리 그 개인의 해방과 민족의 과제를 결합시키는 것이 동남아 및 우리 문학의 과제라고 주장한다. 그가 유네스코가 2차대전 후 지속적으로 펼쳐왔던 동서문화 교류사업을 비판하는 이유는 간단하다. 그것이 서양본위의 지배적인 눈으로 동양의 후진적인 문화를 신기하게 바라보며 동양의 현대보다는 고대의 민속문화에 집중하고 있기 때문이다. 그래서 그는 불국사와 석굴암의 불상이 중요한 것이 아니라 휴전선을 응시하는 현대의 한국, 나아가 오랜 잠에서 깨어나 새로운 세계성의 실현작업에 나선 동양의 현대가 정작 중요한 것이라고 주장한다.

그가 말하는 민족문학의 현대화 방향은 인간성과 민족성의 통일을 말한다. 그의 '민족적 민주주의'의 문제의식이 바로 그것이다. 이것은 통일된 민족의식을 토대로 약소민족들이 완전한 자유를 확보하기 위한 이념이다. 즉 이 민족적 민주주의는 대외적으로는 민족의 자주정신을, 대내적으로는 민주주의적 대의를 추구한다. 그러면서도 그는 민족을 절대화하지 않을 뿐 아니라 민족을 결정하는 것은 국가라는 사실을 분명히 한다. 나아가 그 국가조차 고정불변의 실체가 아니라고 그는 주장한다. 국가가 이데올로기화할 때 내부의 민주주의적 과제를 억압하면서 대외적으로도 억압의 기제로 작용할 수 있기 때문이다. 그리하여 그는 민족주의가 억압적 기능을 수행하지 않기 위해서 대내적으로 민주주의적 과제가 수반되어야 하며 대외적으로는 무엇보다 민족과 인종간 차별이 철폐되어야 한다고 주장한다. 그가 민족주의와 구분하여 민족성을 따로 설정하고 있는 것은 바로 이 두 가지 과제를 온당하게 수행하기 위해서이다.

그리고 그는 서구와 우리의 발전 경로는 서로 다르기 때문에 서구문학과 우리 문학의 현대화 방향은 다르다고 말한다. 그러므로 오늘의 우리 문학이 비록 서구문학에 비해 후진상태에 놓여 있다고 하더라도 우리 문학은 서구문학의 뒤를 따를 필요가 없다. 즉 그는 서구를 우리가 모델로 삼고 따라가야 할 것으로 보지 않는다. 만약 우리가 분단극복이라는 역사적 과제에 충실한다면 오히려 세계사에 선진적인 의미를 부여할 수 있다고 그는 주장한다. 이런 그의 주장은 1970년대 백낙청의 분단체제론에 훨씬 앞서는 이론적 선진성을 보이고 있다. 특히 서구의 근(현)대와 우리의 근(현)대가 다르다는 그의 주장은 근대를 단일한 것으로 보지 않고 개별 민족의 특수한 위치를 고려하고 있다는 점에서 아주 현실적이다. 요컨대, 분단극복의 과제, 그리고 서구와 우리의 발전 경로를 다르게 설정하는 그의 문제의식은 오늘의 우리가 여전히 주목해야 할 사항이기에 더욱 소중해 보인다. 그의 비평의 현재적 의의 또한 여기서 찾을 수 있다.

주제어 : 민족, 조국, 국가, 민족주의, 세계주의, 민족성, 민족적 민주주의, 민족문학

◆ 참고문헌

1. 자료(최일수)

「실존문학의 총체적 비판-하나의 서론적 고찰(하)」, 『경향신문』, 1955. 4. 15.

「동남아문학의 특수성-문학 일반의 소개와 비평을 겸하여-」, 『시와 비평』, 1956. 1.

「우리 문학에 있어서 신인의 위치-민족문학의 현대화를 중심으로」, 『문학예술』,
    1956. 2.

「현대시의 순수감각 비판」, 『문학예술』, 1956. 5.

「우리 문학의 현대적 방향」, 『자유문학』, 1956. 12.

「현대문학의 근본특질」, 『현대문학』, 1957. 1.

「문학과 대중-서론」, 『사상계』, 1958. 2.

「신인의 배출과 문학적 상황-우리 문학에 있어서의 두 가지 조류를 중심으로-」,
    『자유세계』, 1958. 4.

「문학의 현실·우리의 비원」, 『지성』, 1958. 12.

「문학과 앙가주망-〈레지스탕스〉와 관련하여, 『자유평론』, 1959. 1.

「4·19 이후의 문학적 전망-공통된 명제의 세계로」, 『자유문학』, 1960. 9.

「반항적 문학-왜곡된 배리의 전통에 맞서며-」, 『현대문학』, 1961. 4.

「현대소설은 사향예술인가-황순원씨와의 이야기」, 『문학춘추』, 1965. 12.

「현대소설의 행방-〈무엇〉을 잃어버린 젊은 작가들-」, 『현대문학』, 1966. 2.

「분단의 문학-상황부재의 60년대 작가」, 『현대문학』, 1968. 4.

「창조의 문학」, 『현대문학』, 1969. 4.

「전통주의와 세계주의」, 『현대문학』, 1969. 9.

2. 단행본 및 논문

최일수, 『현실의 문학』, 형설출판사, 1982.

겔너, 『민족과 민족주의』, 이재석 역, 예하, 1988.

안토니오 네그리·마이클 하트, 『제국』, 윤수종 역, 이학사, 2001.

월러스틴, 『역사적 자본주의/자본주의 문명』, 창작과비평사, 1993.

에르네스트 르낭, 『민족이란 무엇인가』, 신행선 역, 책세상, 2002.

김준환, 「탈식민주의와 탈모더니즘」, 『비평과 이론』 제6권 1호, 2001년 봄/여름.
박헌호, 「50년대 비평의 성격과 민족문학론으로의 도정」, 『한국전후문학연구』, 성
       균관대 출판부, 1993.
한수영, 「1950년대 한국 문예비평론 연구」, 연세대 박사논문, 1995.
______ , 「최일수 연구-1950년대 비평과 새로운 민족문학론의 구상」, 『민족문학사
       연구』 제10호, 1997.

◆ SUMMARY

Nation, State and Gobal

Lee, Sang-Gab

Choae, il-su divides nationality from nationalism. And the task of nationality is connected with the subjugation of separation. Namely, if we conquer our separation of south and north korea, it is able to have worldwide value. Our literature is the very same. Therefore his argument is no relation with the closed nationalism and the abstract cosmopolitanism. On the contrary, he emphasized that it is our task to connect the liberation of man and the liberation of nation into one. In this respect, the task of our literature is different from the west that supports only the liberation of man.

His orientation of modernization of the nationality literature speaks of the union of humanity and nationality. His task of the national democracy is just that. Namely, the task of the national democracy pursuits the national independence and the democratic justice. To conclude, the fact that he establishes the nationality besides nationalism explains his intention. That is to say, the task of the national democracy is in order to justly perform the two task the above.

And he emphasizes that the orientation of the modernization of our literature is different from the west. Because our developmental way is different from the west. In short, the task of the subjugation of separation, and his problematic sense that establishes our developmental way differently from the west is all very important today too. The existing significance of his criticism is rightly on this respect too.

죽음의 미학화와 대중 정치의 반동성[**]
– 드라마 「명성황후」와 이광수의 내선일체론을 중심으로 –

공 임 순[*]

> *장식의 화려한 영역, 풍경의 매력, 건축의 매력, 그리고 무대 장치의*
> *모든 효과는 오직 원근법에 기반해 있을 뿐이다.*
> *　　　　　　　　　　　–발터 벤야민, 아케이드 프로젝트–*

1. 시각의 훈육과 대중의 창출

　이 글은 「명성황후」로부터 촉발된 글이다. 「명성황후」를 먼저 쓰고 난 후에, 새로운 질문들이 연이어 터져 나왔다. 그야말로 온갖 상념들이 머릿속을 헤집고 다닌 형국이다. 이 책, 저 책을 뒤적거리면서, 어지럽게 뒤얽힌 난제들에 시달리던 나는 재현의 체계와 죽음의 미학에 눈길을 돌

———————————————
[*] 서강대 강사.
[**] 이 글의 2장은 역사학회에서 이미 발표한 글이며, 나머지 장들은 전체 논문을 위해 새롭게 기획된 것이다.

리게 되었다. 그것은 맥루한의 『쿠텐베르크 은하계』와 나카이 사오키[1]의 강연에 힘입은 바 크다.

물론 이 두 사건은 우연적이며, 정답을 제공해 주지도 않았다. 다만 풀리지 않는 어려운 과제를 부여안고 씨름하던 도중에, 해결의 실마리를 던져준 예기치 않은 원군이다. 내가 「명성황후」를 본격적으로 다룬 것은 이번이 처음이다. 「태조 왕건」과 「여인 천하」가 미디어의 구조적 메커니즘에 예속되어 있음을 분석한 별도의 지면에서,[2] 「명성황후」를 잠깐 언급한 것이 내 논의의 전부라고 할 수 있다. 여기서 나는 「명성황후」가 핵가족의 모성 이데올로기를 이용하는 한편으로 국모로서의 정치적 무능력과 부패성은 철저히 은폐하는 이중 전략을 취하고 있음에 주목하였다. 국모가 곧바로 가정 내 주부와 등치되는 현대판 가족주의의 변형이자, 그녀의 정치력 부재를 지아비와 아들에 대한 지극한 사랑과 헌신으로 포장하는 현대판 모성 이데올로기의 재확인에 불과하다는 것이 나의 주된 논점이었다.

명성황후의 인간적 고뇌를 강조함으로써 그녀를 신성시하는 현재의 '명성황후 신드롬'에 일침을 가하긴 했지만, 뒷맛은 영 개운치 않았다. 뭔가 핵심은 놓치고 그 주변부에서 맴돌고 있는 듯한 불편함이 「명성황후」를 다시 논쟁의 중심으로 끌어들인 이유라면 이유다. 「명성황후」에는 분명 성적 차별화의 기제가 작동한다. 그런데, 이 성적 차별화의 양상을 구체적으로 매개하고 있는 의미 생성의 방식을 도저히 밝힐 수 없었던 것이 마음 한 구석을 불편하게 했던 모양이다. 남겨진 과제는 해결해야 하는 법, 하여 「명성황후」에서 시작하여 서론을 거쳐 이광수의 내선일체론으로 나아가는 우회로를 택해 보았다. 「명성황후」에서 가장 집중적인 탐구 대상은 바로 죽음이었다. 명성황후의 죽음이 새삼스러울

---

1) 사카이 나오키의 강연은 죽음으로 표상되는 개인의 자발적 의지와 내선 일체의 역사적 행로를 규명하는데 많은 도움을 주었다. 이 주제 강연은 5월 13일, 연세대, 문학 포럼－사이에서 개최한 것이다.
2) "미디어, 역사, 그리고 가족 로맨스" (『문학과 경계』, 2002년 봄호) 이 지면에서 필자는 미디어의 메커니즘과 사극의 재생산 문법을 고찰해 보았다.

것은 없다. 어차피 그녀의 죽음은 예정된 것이기 때문이다. 그럼에도 명
성황후의 죽음은 시각성을 둘러싸고 예사롭지 않은 문제들을 우리에게
안겨준다.

그녀의 개별화된 죽음이 전체(구체적으로 민족이나 국민)로 전화하는
과정에서, 이 개체와 전체의 융합은 때로 놀랍고 기이하다. 근대, 혹은
후기-근대는 그야말로 개체가 발견된 시대이다. 하이데거에서 니체에
이르기까지, 개체의 자발성과 능동성은 일종의 정언명령에 다름아니었
음을 상기한다면 더욱 그러하다. 그런데 이 개체의 자발성이 다중(mul-
titude로서의 다중)이 아닌 국민, 민족이라는 단일 회로로 회수되는 메
커니즘은 강압과 폭력만으로 설명할 수 없는 음영을 드리우고 있다. 인
쇄 자본주의와 민족-국가의 긴밀한 상관성을 고찰한 앤더슨의 연구를
참조하더라도, 개인이 전체로 통합되는 과정은 여전히 불명료하기만 하
다. 도대체 무엇이 대중들의 다종다기한 욕망의 흐름들을 국민 혹은 민
족의 단일 회로로 수렴할 수 있단 말인가. 이 이해할 수 없는 비약의 배
후에 우리가 놓치고 있는 그 무엇이 음험하게 도사리고 있지는 않은가.
이런 의구심의 그물망에 우연찮게 걸려든 포획물이 다름아닌 맥루한의
『쿠텐베르크 은하계』[3]다.

이 책에서 맥루한은 흥미로운 일화를 소개하고 있다. 내용은 이렇다.
서구의 위생 검사관이 미개인에게 읽는 것을 가르치기 위해 영화를 보
여준다. 영화는 한 아프리카 원주민촌의 일반 가정집에 고여 있는 물을
제거하는 방법, 즉 구덩이에 고여 있는 물을 퍼내고, 모든 빈 깡통을 치
워 버리는 등과 같은 일을 아주 천천히 활동 사진으로 관람케 하는 것이
었다. 아프리카인들에게 이 영화를 보여준 후 그들이 무엇을 보았는지
를 물었을 때, 그들의 대답은 전혀 예상 밖이다. 그들은 닭 한 마리를 보
았다고 대답했다. 필름을 제작한 사람들조차 닭과 같은 가축이 나온다
는 사실을 전혀 몰랐다는 점을 감안한다면, 대단히 흥미로운 답변이다.

---

3) Marshall Mcluhan, 『쿠텐베르크 은하계』 (임상원 역, 케뮤니케이션북스, 2001.) pp.77~100
  을 참조하였다.

그래서 영화를 재검토하게 된 그 위생관은 5분 동안의 필름에서 단 한 순간 스쳐 지나간 닭 한 마리는 보았지만, 정작 물을 퍼내고 빈 깡통을 치우는 위생 청소부는 보지 못한 아프리카인들에 대해 놀라움을 금치 못한다.

이 짤막한 일화에서 맥루한이 하고 싶은 말은 문자 사회의 시각적 훈육과 표상 체계이다. 비문자 사회의 아프리카인들이 위생 청소부를 보지 못한 것은 프레임 전체를 동시에 조망할 수 있는 시각적 훈육의 결여에 있다. 이들이 닭과는 달리 천천히 움직이는 위생 청소부를 인지하지 못한 이유는 고정된 초점에서 전체적인 이미지나 그림을 한번에 볼 수 있는 초월적 시점을 훈련받지 못했기 때문이다. 이른바 시각의 원근법이라고 해도 좋을 이런 동일한 평면상의 조감은 자연발생적인 것처럼 보이지만, 기실 의식에 내화되고 반전하여 외부에 투사됨으로써만이 가능하다. 특정 감각의 훈육과 규율에 주목한 그의 논의에서 간과할 수 없는 일면은 시각이 대중을 만들고 창출해 내는 방식이다. 대중은 '보는 것'의 쾌락이 없이는 결코 구성될 수 없다. 대중의 자기 현시와 도취는 신문, 소설과 같은 출판물의 대량 생산과 더불어 서로를 눈으로 확인할 수 있는 대중 공간, 더 정확하게 말하자면 대중 회합의 공간이 반드시 필요하다.

여기서 대중 회합이 의도적인 총동원만은 아니다. 근대 초 내국 박람회나 백화점은 대중의 자기 확인에 대단히 중요한 공적 공간이었다. 내국 박람회와 백화점은 각 지역의 물품들을 대도시로 일제히 모아 전람. 품평하는 장(場)으로서, 이 중앙집권적이고 일원적인 통제의 장(場)에서 비교와 대조가 생겨난다. 이 점은 재차 강조되어도 좋다. 생산지에서 분리되어 이차원적인 평면상에서 하나의 기호(상품)로 소비되는 물품은 균질성과 동일성을 이미 내포한다. 비교와 대조는 이차원적인 평면상에서의 균일성을 전제로 하고서야, 비로소 성립되는 가치의 척도이기 때문이다. 평면적 공간에서 각지의 생산물들이 하나의 기호(상품)로 균일화되고, 이런 균일화된 토대 위에서 다른 것과의 차이가 생겨난다. 대상의 균일한 토대 위에서 차이의 위계화가 만들어지는 이런 평면적 비교 우위가 결국 도달하는 곳은 익명의 대중성 그 자체다. 내국 박람회와 백화점의 평면적 비교 우위가 '보는 것'의 쾌락을 특정 방향으로 유도할 뿐만 아니라 관람자들의 감수성마저도 새로이 조직하게 될 때, 대중은 이 집단적인 의례의 과정에서 스스로를 대중으로 자각하게 된다. 그것은 타자를 통한 자기-확인이며, 동일성 속에서의 차이화와 구별짓기이다. 맥루한의 말을 잠시 빌리자면, 시각이 다른 감각으로부터 구분된다는 것은 한 감정이 다른 감정으로부터 분리되는 것에 다름아니다. 그는 이런 감정의 분리가 감상으로 과잉 분출되며, 따라서 오관을 시각으로 번역한 데 따르는 불구성을 문자 사회가 떠안을 수밖에 없다고 본다.

그러나 그의 이런 날카로운 통찰에도 불구하고, 시각의 훈육과 대중의 출현에 대한 그의 논의는 다소 투박하다. 문자 사회의 고도로 감각화되고 분절화된 시각의 특화가 시민의 동질성을 창출한다는 점을 언급하긴 했지만, 개체이자 전체, 특수이자 일반으로서의 대중에 대해서는 더 이상 진전된 견해를 제출하지 못한다. 대중은 대중성을 경유하여 개체에서 전체로의 폭발적 융합을 이루어낸다. 물론 시각의 훈육만으로 이런 전체로의 일체성과 통합성을 전부 포괄할 수는 없는 법이다. 동질성 속에서의 차이화와 구별짓기가 전체로의 합치를 예비하지만, 그 사이에 놓여진 간극 역시 무시할 수 없는 원심력으로 작동한다. 대중성은 앞에서도 증명되듯 개체와 전체 간의 모순적이고 분열적인 경합의 장이다. 따라서, 개체가 전체에 복속되는 과정은 좀더 다른 역사적 계기가 도입되어야만 한다. 그것이 바로 전쟁으로 표상되는 죽음의 미학이다. 죽음은 개체와 전체 간의 모순적이고 분열적인 간극을 개인의 자기-결단으로 총화한다. 흔히 민족과 국가 파시즘은 비이성적인 광기나 열병 아니면 감정과 이미지의 선동 쯤으로 치부되기 일쑤이지만, 이런 감정과 이미지의 조작만으로 모든 대중이 하나로 집결되지 않는다. 더구나 엘리트 지식인들의 자발적인 참여와 개입은 적어도 이론적 정당성과 합법성의 계기를 요구한다.

이 점에 착목하여, 본 논의는 미디어의 시선에 투과된 죽음의 표상 체계를 「명성황후」에서 구체적으로 점검해 본 다음, 이런 죽음의 표상이 자기 정당화를 확립해 가는 과정을 이광수의 내선일체론을 통해 간략하게나마 추적해 보고자 한다. 시간의 괴리에도 불구하고, 이광수의 내선일체론을 드라마 「명성황후」와 접목시키고자 하는 이유는 민족-국가 담론의 전형적인 이행 경로를 그가 보여주고 있다고 판단했기 때문이다. 수난사의 이야기 구조와 이를 통한 몰락과 재생의 정치적 기획은 죽음의 미학을 가로질러 전개된다. 그만큼 죽음은 간과할 수 없는 통과점, 아니 결절점으로서 이 글의 전체를 관통하는 핵심 의제로 자리잡게 될 것이다.

2. 육체의 가시성과 대중 정치의 미학화

얼마 전 외신 기사에 따르면,[4] 뮤지컬 「명성황후」는 영국 공연에서 혹독한 비판을 받은 것으로 알려졌다. 기술적인 차원에서부터 내용적인 부문에 이르기까지, 비판의 표적은 아주 다양하다. 비판의 층위를 어디에 두느냐에 따라, 직접적인 성과가 판가름나겠지만, 적어도 만족할 만한 결과는 아니었던 성싶다.

'아시아에서는 처음으로 런던 뮤지컬 무대'에 오른 「명성황후」가 기대 만큼의 결실을 거두지 못했다는 점은 시사하는 바가 대단히 크다. 다른 사실들은 모두 제쳐두고라도, '반일적'이고 '민족주의적'이며 '여주인공의 압도적 숭배'에 쏟아진 영국 언론의 신랄한 독설은 가히 충격적이었다. 지나치게 복잡한 정치적 일대기야 늘 식민지 지배자였던 영국인

---

4) "명성황후 뮤지컬 본바닥의 벽 실감", 「연합신문」, 2002년 2월 13일자.

의 오만한 제국병 쯤으로 치부해 버리면 그만이지만, 명성황후의 죽음이 불러 일으키는 비애의 감응력이 전혀 통하지 않았다는 점은 착잡한 상념들을 불러일으키기에 충분하다. 명성황후의 죽음은 그들에게 다만 먼 나라의 광신적인 여주인공의 숭배 혹은 민족주의의 비이성적인 열병으로 재단되고 만다. 그들과 우리 사이에 놓여진 거대한 인식의 장벽을 재확인하는 이 순간에, 그들에게 되돌릴 반격의 요소가 전혀 없는 것은 아니다. 보편성을 가장한 그들의 꼴사나운 특권 의식과 우월 의식이 바로 그것이다. 중심과 주변을 나누고, 중심의 모델을 보편적인 것으로 상정하는 국가간 시스템(월러스틴의 말대로)의 불균등하고 비대칭적인 권력 작동이 문화적 보편주의의 외피를 두른 채 관철된다. 종주국, 본국이라는 자부심이 그러하거니와 '뮤지컬로 알려진 나라가 아니라 사냥개가 자동전축 위보다는 식당 차림표에 나올 가능성이 더 많은 나라'라는 데일리 텔레그래프의 논평은 더 이상 언급할 일고의 가치도 없다.

　이 점을 십분 감안하더라도, 뮤지컬 「명성황후」의 영국 공연이 남긴 씁쓰레한 뒷맛은 여전히 지워지지 않는다. 그들과 우리를 양분하는, 즉 우리에게 자연스러운 현상이 그들에게 낯선 것으로 다가온 그 핵심에는 명성황후의 죽음이 도사리고 있다. 우리에게 당연하고 자연화된 정서가 타인들에게 낯설고 기이한 사건으로 받아들여진다면, 자연화된 사건을 탈자연화하는 과감한 결단이 때로 필요한 법이다. 동일한 틀 내에서 틀의 바깥을 내다본다는 것은 말처럼 쉬운 일이 아니다. 하여 외부의 시선이 우리에게 던져준 과제들을 곱씹다보면, 문제의 핵심에 접근할 통로가 열리기도 한다. 이런 점에서 명성황후의 죽음은 문제거리로 삼아야 한다. 문제거리로 그녀의 죽음을 조명할 때만이, 명성황후의 죽음을 호출한 이 시대의 문맥에 조금이나마 접근할 수 있다. 명성황후의 죽음이 항상 대중의 열띤 호응의 대상이 아니라면, 특정 시대와 국면이 이 역사적 사건을 소환해서 그것에 또다른 의미 생성의 체계를 만들고 있음은 부인할 수 없는 일면이기 때문이다.

　그녀의 죽음은 연극과 드라마 등의 대중 매체에 힘입은 바 크다. 이

점은 자못 의미심장한데, 미디어의 중계를 거친 장면은 이미 연출된 풍경, 모사된 원본이다. 시·청각 코드의 자유로운 배분에 따라 재구성된 'tableaux vivante'(가시성의 장면)인 것이다. 명성황후의 죽음은 예고된 사건에 속한다. 적어도 동일한 기억을 공유한 시청자들은 명성황후가 죽는다는 사실 자체보다 언제 어떤 방식으로 그 죽음이 실현될지에 더 큰 관심을 기울일 수밖에 없다. 뮤지컬과 달리 드라마의 속성상, 특히 이 드라마를 월드컵 직전까지 끌고 가려는 제작진의 의도가 작용하는 한, 명성황후의 죽음은 계속 지연될 것이다. 죽음의 지연 과정에서 발생하는 이완과 반복의 메커니즘은 시청자들을 지루하게 만드는 동시에 강렬한 정서적 효과를 낳는다. 여기서 강렬하다는 것은 즉각적인 감정의 폭발을 의미하지 않는다. 오히려 반복되는 수난의 장면이 명성황후와 고종(고종의 이미지가 부각되는 요즈음)의 육체적 표상에 시청자들의 시선을 고정시킨다. 죽어가고 있는, 혹은 죽음을 앞둔 그들의 무력하고 고통스러운 육체성은 보는 자들과 보여지는 대상의 위치를 자동적으로 결정짓는다. 보는 자들은 시청자이며, 보여지는 대상은 역사의 거대한 파고에 휩쓸려 들어갈 그들의 연약한 육체성이다.

보는 자의 위치를 선점한 시청자들의 특권화된 시선은 이 'tableaux vivante'의 정해진 틀 내에서 두 가지 선택에 직면하게 된다. 'tableaux vivante'를 자발적으로 거부할 자유(보지 않을 자유)와 그들의 육체적 표상에 정향되어 동일한 감정을 공유하는 집단화된 정체성이 그것이다. 보지 않으면 그만인 만큼, 시청자들의 선택과 관련된 편차는 상당히 넓다. 그러나 시청하지 않을 권리에도 불구하고, 그들의 연약한 육체성에 유도되고 방향지워진 'tableaux vivante'의 배치는 다양하고 이질적인 시청자들의 분산된 시선을 하나로 끌어모으는 단일 초점으로서의 기능을 완벽하게 수행한다. 가령 이런 경우다. 그들의 연약한 육체성은 무력함과 열패감의 또다른 이름이다. 이 참을 수 없는 열패감이 시청자들의 억눌린 감정을 자극하여, 「명성황후」의 시청률을 급강화시킬 수 있다. 이것은 시청자들의 자발적인 거부임에 분명하다. 그런데 문제는 이런 자발적 거부마저도 그 이면에는 동일한 심리적 감염력이 작동하고 있다는 점이다. 수난으로 점철된 그들의 연약한 '육체성'은 우리라는 감정의 자기 회귀적 소통성을 근저에 깔고 있다. 그들의 고통받는 육체 이미지가 심한 저항감을 야기하는 그만큼, '우리' 역사의 비극적 파토스는 더욱 증대되어 '우리'라는 일체성을 은연중에 승인하게끔 하고 있기 때문이다.

'박해받는 민족'이라는 자기 연민의 파토스가 결국 귀착되는 곳은 폐쇄적이고 순환적인 민족의 자기애다. 이른바 죽음을 예정한 그들의 육체 주위에서 민족의 집단적인 자기애와 낭만적 비애의 풍경이 서로 교차한다. 죽음의 미학화는 그래서 너무나 당연하다. 이덕일이 명성황후의 미화에 일침을 가했을 때, 그의 말은 반은 맞다.[5] 그러나 반은 틀리다. "역사에서 가장 경계할 게 미화 작업"이라는 그의 경고는 일면 맞는 말이지만, "솔찍히 명성황후는 죽을 때 한 번 잘 죽은 것 밖에 없다"는 그의 평가는 대중과 미학 간의 긴밀한 상관성을 결여하고 있는 지적이다. 대중 민주주의, 인민 주권, 일반 의지 등등 대중이 사회의 주도 세력으로 성장하던 시기에, 미학의 적극적인 실천과 적용이 모색되었다는 사실은 흔히 공백으로 남겨진다. 나찌즘과 파시즘, 네오 나찌즘과 같은 역사적 사태를 정상적인 역사의 일탈로 간주하는 시각이 이의 단적인 예이다. 이런 식의 역사 기술은 정상적인 역사가 있고, 광기와 일탈의 비정상적인 역사가 한 때 있었다는 식의 안일한 결론에 도달하고 만다. 이론상으로 대중과 미학 간의 거리는 멀어지는 반면, 현실에서 대중성과 미학은 서로를 조건짓는다. 어쩌면 이 은밀한 공범 관계를 부추기는 역할을 연구자들이 떠맡고 있는 지도 모를 일이다.

'죽을 때 잘 죽은'이라는 단언은 실은 '죽음의 미학화'를 근거짓는 핵심 전언에 다름아니다. 삶과 절연된 죽음은 그 자체로 경외와 숭배의

---

5) 이덕일, "명성왕후? 솔찍이 죽을 때 잘 죽은 것밖에 없지", 「한겨레 신문」, 2월 15일자. 신문에 실린 짧은 논평만으로 그를 비판하는 것은 다소 무리가 있다. 그러나 신문의 영향력을 생각한다면, 그의 말 한마디는 그만큼의 무게를 지닌다.

대상이다. 죽음을 절대적으로 말할 수 없다거나 혹은 재현할 수 없다고 상정하여 산 자의 바깥에 죽음을 놓으려는 일련의 시도들은 모두 죽음에 예외적인 일회성을 부여한다. 일상적이지 않은 이 죽음의 일회성이야말로 죽음을 '성스러운 공간'으로 전화시키는 근본 동력이다. 죽음은 인간을 철저하게 단자화한다. 누구도 자신을 대신하여 죽을 수는 없는 법이다. 이런 죽음과의 고독한 직면이 하이데거의 말처럼 "현존재가 존재함의 가장 고유한 가능성 앞에 본래적 자신일 수 있게" 해 준다.[6] 사회적 관계망으로부터 보호받던 인간이 죽음의 극한에서 자신의 무 혹은 텅빔을 들여다보는 일은 두렵고 현기증나는 경험임에 틀림없다. 이 경험의 개별성과 파편성이 '일반의지'라는 대중의 집단적 결단으로 총화되는 그 순간, 개인은 더 이상 홀로 죽어가는 고독한 존재가 아니다. 국가와 민족이라는 대타자가 자신의 죽음을 매개하고 정의하는 유기적 전체의 일부로서, 안정된 귀속감을 향유할 수 있게 되는 것이다.

무명 용사의 기념비와 전쟁 기념관은 이런 유기적 전체로서의 개인을 기억하고 찬양한다. 개인의 사적인 삶의 궤적들이란 언제가는 소멸하고 마는 것이 자연의 불변하는 진리다. 그러나 국가와 민족에 헌신한 그들의 업적과 공로는 시간을 초월하여 후손들에게 영구히 전승된다는 사실을 무명 용사의 기념비와 전쟁 기념관은 끊임없이 상기시킴으로써, 국가와 민족에게 양도된 죽음만을 참된(혹은 순정한) 죽음으로 고양하는 죽음의 위계화를 낳는다. 희생과 용기, 의리와 충성의 영웅적 코드(혹은 덕목)들이 이들의 죽음을 더욱 신성화한다. 죽음의 예외적 일회성에 기존의 영웅적 코드들이 결합되어 서열화될 때, 죽음은 모든 사람에게 똑같이 적용되지 않는다. 아니 죽음에는 질적인 차별성이 내재되어 있으며, 이 질적 차이에 따라 더 나은 국민과 그렇지 않은 국민이 차등. 분리된다. 보편적인 징병 제도는 이를 법적으로 강제하는 합법적인 국가 제도다. 남성들은 3년 동안 국민으로서 죽을 권리와 책임을 완수했기 때문

---

6) 김형효, 『하이데거와 마음의 철학』, 청계, 2000.

에, 여성보다 더 나은 국민으로서의 법적 지위를 공적으로 인정받는다. 군대를 제대한 남성에게 가산점을 부가하는 것은 이의 전형적인 사례일 테다.

죽음의 이런 위계 구조가 대중을 국민으로 변형시키는 중심 회로라면, 죽음의 위계화가 없는 국민됨은 결코 상상할 수 없다. 마찬가지로 더 나은 국민이라는 표상 체계의 작동 없이, 죽음의 미학화를 논하는 것은 잘못된 추론에 빠져들기 쉽다. 이덕일의 지적이 반은 맞고 반은 틀린 이유가 여기에 있다. 명성황후가 잘 죽었다는 것, 그것만큼 명성황후를 새로이 조명할 근거를 마련해주는 것도 없다. 그녀가 일본의 조직적인 음모와 계략에 의해 죽었다는 사실만으로도 그녀는 역사의 전면에 복권될 자격을 충분히 갖추고 있었던 셈이다. 그녀의 부활은 대립항으로서의 일본을 전제한다. 일본이라는 제국주의적 타자가 한민족이라는 공통의 기억을 구성하고, 한국 대 일본이라는 이항대립적 구도를 가동시킨다. 그들과 우리, 가해자와 희생자의 선이 그어지는 것은 이 상호 규정성에서 출발하며, 우리는 그들에 의해 철저하게 짓밟힌 희생자, 수난자로 균질화된다.

르낭의 말대로 함께 하는 고통은 기쁨보다 훨씬 더 사람들을 단결시킨다. 민족적인 추억이라는 점에서는 애도가 승리보다 나은 것이다.[7] 이런 애도의 기억과 수난의 고통이 집약된 결절점이 다름아닌 죽음이다. 특히 죽음이 국가의 통제 아래 관리. 조정. 분류될 때, 죽음은 기억해야 할 가치가 있는 죽음과 그렇지 않은 죽음으로 변별되어 그 의미 생산의 방식이 달라진다. 명성황후의 죽음이 미학화될 수 있었던 저변에는 이런 죽음의 위계화와 젠더적 분류 체계가 가로놓여 있다. 국가와 민족을 위해 희생하는 더 나은 죽음은 징병제도가 보여주듯 남성들의 특권화된 영역이다. 따라서 남성들이 민족의 정체성을 대변하며, 여성들의 성은 이 남성적인 민족의 정체성에 준거해 구성을 달리하는 유동적이고 불안

---

7) 에레네스트 르낭, 『민족이란 무엇인가』, 신행선 역, 책세상, 2002.

정한 장(場)으로 자리매김된다. 명성황후가 민족의 상징으로 추모되기 이전에, 그녀는 단지 타락한 독부에 지나지 않았다. 한 가정의 아내로, 한 문중(민씨 문중)의 꼭두각시로서 온갖 부정과 비리의 집합소가 그녀 였던 것이다. 그녀의 행위는 모두 삭제되고, 그녀의 존재 자체가 악의 전형인 양 간주되었던 때가 불과 몇 년 전의 일이다.[8] 그들의 공과에 비 추어 가치평가되는 남성 인물들과 비교해보면, 그녀의 존재는 외부의 시선이 부과하는 의미 생성의 방식에 따라 과도한 칭송과 폄하의 양 극 단을 오간다. 그녀의 존재 자체가 악이었던 이전과 달리, 억압받는 민족 의 희생자로 그녀의 죽음이 형상화되면서, 그녀는 아내의 부덕과 어머 니의 헌신적 희생을 상징하는 한국의 전형적인 여성상으로 새롭게 부 상되고 있다.[9] 그녀의 행적들이 재조명되고 있는 것은 이런 변화된 지 형의 부산물일 뿐, 그녀의 공과가 제대로 평가받고 있다고는 생각되지 않는다.

이처럼 죽음의 미학화는 대중 정서와 관련하여 간과할 수 없는 일면 을 지닌다. 이를 구체적으로 고찰하기 위해서는 조지. 모세의 논의를 입 각점으로 삼을 수 있겠다. 그는 대중 정치의 영역에서 미(美)가 무질서와 혼돈의 세계에 일정한 방향성을 제공해 주는 이념적 좌표로서 많은 이론 가들에 의해 적극적으로 고안되고 재창안되었다고 본다. 18-19 세기 독 일의 대중 민주주의를 신화와 상징, 제식와 의례의 측면에서 접근한 조

---

8) 여기에 대해서는 약간의 부연 설명이 필요할 듯하다. 역사학 쪽에서는 명성황후에 대한 재조명 이 80년대 후반부터 본격적으로 진행되지만, 학문의 성과가 대중화되기 시작한 것은 요근래의 일이다.

9) 이 점에서 조선일보의 논조는 새삼 놀랍다. 그들의 민족주의는 상황에 따라 모습을 달리하는 키 메라와 하등 다를 바 없다. 친일 명단 공개는 조선일보를 죽이려는 음모(음모의 편리함이라니, 걸핏하면 음모론을 끌어대는 이 나라는 음모의 천국이다)이고, 명성왕후의 복권은 일본에 의해 악의적으로 왜곡된 역사를 바로잡는 민족 정신의 정화로 긍정된다. 모든 역사는 현재의 해석이 라고 해도, 사실의 강제력에서 자유로울 수 있는 역사는 또한 존재하지 않는다. 최소한의 물질 성도 갖추지 못한 역사는 이미 역사이기를 그만둔 것이다. 따라서 명성왕후에 대한 새로운 접근 은 분명 환영할 측면이 있지만, 사실과 해석의 상호 견인력 아래에서 행해지지 않는 역사 해석 은 또 다른 억압의 시작일 수 있다. 조선일보의 민족주의가 자신의 기득권을 수호하기 위한 방 어 심리의 한 산물임은 여기서 적나라하게 폭로된다. 민족주의가 지배자의 특권과 우월성을 강 화하는데 얼마나 효과적으로 전유될 수 있는가는 지금의 여러 사건들이 극적으로 증명하고 있 는 바다.

지. 모세는 파편화된 대중과 미의 결합양상을 다음과 같이 적시한다.

> 미는 대립을 통합하여, 조화로운 전체로 만든다. 이것은 개별적인 측면에서 혼돈이 존재할 수 없다는 것을 가리키지 않는다. 오히려 전체적인 결과로서 인간 자신을 완전히 몰입시키지 않는 그런 방식으로 '평온과 운동'이 서로 결합되는 것을 의미한다. 인간은 늘 자유롭고 손상되지 않은 채로 남아 있어야만 한다고 쉴러는 믿었다. 그에게 미는 결코 혼돈이 아니며, 질서의 원리와 법칙을 지닌 것이었다. 이런 미의 이미지는 대중의 조직화와 축제에 심대한 영향을 미치기에 적합한 조건들을 갖추고 있었다. 우리는 종종 미학론에 전적인 신뢰를 보내지 않으면서도, 이런 미학적 원칙을 토대로 한 미의 이상들로서 미학론에 관여하고 있다.[10]

여기서 주목할 부분은 미의 이미지와 대중의 조직화 그리고 축제가 통합되는 방식이다. 파편적이고 원자화된 대중의 일상적 삶에 고유한 삶의 의미를 제공해 주는 것이 바로 미적 이상이다. 그것은 속물적인 일상과는 다른 리얼리티를 개진하며, 무시간적인 영원한 진리를 구현한다. 쉴러가 순수하고 완벽하며 자유롭고 손상되지 않은 인성(인성)을 주창했을 때, 그곳에는 예외적인 것으로서의 내적이고 정신적인 영혼의 숭배가 자리잡고 있었다. 참된 영혼은 질서와 조화를 사랑하고, 현재의 속악한 물질주의를 초월한다. 이런 영혼의 숭배가 구체적인 형태로 표상화되는 장소가 모세가 이른바 '성스러운 공간'이라고 부른 축제와 제의, 의례, 기념비 등등이다. 이런 '성스러운 공간'을 경유한 대중 미학화는 때로 독일 정신과 같은 극단적인 인종 민족주의로 회수되어 히틀러의 나찌즘에 효과적으로 동원되었다는 것이 모세의 결론이기도 하다. 미적 이상의 단일성과 통합성은 황금 비율과 같은 기하학적인 수치로 계량화되곤 했는데, 아리안 인종의 골상학은 이런 미적 이상의 도구적 표현이었다고 그는 전술하는 바다.

---

10) George L. Mosse, *The Nationalization of the Masse*, Howard Fertig, New York, 1975.

모세의 견해가 당시 독일의 역사적 맥락에 토대를 둔 것이라, 그대로 적용되기에는 힘든 점이 많다. 그럼에도 대중들의 불만과 동경이 미적 이상을 경유하여 민족-국가의 자기 숭배와 존중으로 전환되는 방식에 관한 그의 날카로운 간취(看取)는 상당히 흥미롭다. 영혼의 숭배가 민족(volk) 정신으로 고양되는 세속 종교의 핵심에는 그리스와 로마의 고전 미학이 숨쉬고 있었으며, 이런 이상화된 전통으로의 복귀가 '성스러운 공간'의 산포를 통해 국가가 접수하게 될 때 전체로의 폭발적 융합이 일어난다. 수천만의 죽음을 영적 합일의 미적 이상으로 승화시켰던 일본 군국주의의 사례는 미학, 종교(신사에서 거행된 출정식이 그 단적인 예다), 대중(국민)의 자기 숭배가 그리 멀리 있지 않음을 입증하고도 남음이 있다. 우리가 무엇보다 일본의 야스쿠니 신사 참배에 경계의 눈길을 보내는 것은 국가. 민족. 미학. 낭만적 숭고의 이 모든 것이 정례적으로 행해지는 야스쿠니 신사 참배의 공적 예식을 관통하고 있기 때문이다. 미디어는 죽음을 전유한 산 자들의 정치 행위를 고도로 미학화한다. 미디어의 프레임에 담긴 장면은 이미 모사된 원본이다. 원본보다 더 그럴듯한 원본, 현실보다 더 그럴듯한 하이퍼 리얼리티가 '성스러운 공간'의 대중 미학을 주도하고 있다. '성스러운 공간'의 대중 미학화는 역사를 지우고 만든다. 역사를 망각하는 동시에 창출하는 민족의 정사(正史)에 대한 욕망이 그 어느 때보다 폭발적으로 증가하는 요즘, 세계 도처의 민족 갈등과 국경 분쟁에는 예외없이 민족-국가사를 향한 뜨거운 열정과 미디어의 핫성이 서로를 자극하는 촉매제로 작용하고 있는 중이다.

역사가 과거의 사건이면서 동시에 현재적 담론이라는 말은 누가 과거를 어떻게 재현하고 표상할 것인가라는 격렬한 헤게모니 다툼을 야기한다. '과거성(過去性)'을 둘러싼 투쟁과 갈등의 장(場)이 곧 역사인 것이다. 이 싸움에서 대중들의 역동성은 대중 미학의 일차 원천이다. 대중 미학의 출발 자체가 대중들의 원망과 동경으로부터 발아한 것이라면, 대중 미학은 일방향성의 강제와 이입만으로 환원될 수 없는 잉여와 여분을 포함하고 있다. 소외와 고립, 황폐화된 세상과 비인간화의 위협이 대중 운동과 미학을 추동시킨다. 대중 민주주의와 근대 미학의 발흥을 산업 사회의 도래에서 찾고 있는 모세는 물론이거니와 일반 의지의 자기 실현이 국가의 예술화로 진전되는 사회사적 배경을 탐구하고 있는 케두리 역시 마찬가지다.[11] 특히 모세는 대중의 자발적 에너지가 점차 민족–국가의 자기 숭배로 전유되는 불길한 움직임을 날카롭게 예시한다. 공적인 축제와 제의, 기념비와 건축물 등 그가 '극장 국가론'을 피력했을 때, '극장 국가론'은 대중의 역동적 파괴성과 반동성이 모두 병존하는 복합적 감정의 구체적 표현태에 다름아니었다.[12] 독일의 여러 사상가에서 건축가, 지도자들을 총망라하여 그가 '극장 국가론'을 시종일관 고수한 것은 대중들의 열망과 동경의 다종다기한 흐름들을 이 '극장 국가론'의 렌즈를 통해 읽어내고 싶었기 때문이다. 비단 그의 입론이 아니더라도, 대중들의 동향은 모든 사회의 시급한 과제가 아닐 수 없었다. 왕의 신민에서 대중으로의 역사적 이행은 사회의 전반적인 변화를 초래하는 것이었다. 예기치 않는 균열과 모순은 대중성 자체에 내재된 것이라는 말은 여기서 가능해진다.

그러나 대중들의 원심적인 파열성을 한꺼풀만 벗겨내면 구심적 반동성이 그 음험한 이면을 드러낸다. 시각의 훈육과 대중들의 모순된 이중성(시각의 훈육과 대중의 모순된 이중성에 대해서는 1장에서 잠깐 이야기한 바 있다)은 미디어의 메커니즘에 의해 더욱 부추겨지고 있는 것이 지금의 현실이다. 잔인하게 짓밟힌 명성황후의 연약한 육체성은 그녀의 고결하고 존엄한 품성과 비교. 대조됨으로써, 그녀의 죽음을 영웅적인 비극성으로 채색시킨다. 미덕이라는 기호의 아우라가 새겨지는 순간은 역사적 인물의 비극적 죽음이 완료되는 그 때이고, 비극적 주인공의 죽음은 이념의 아우라를 영구히 새겨놓는다는 헤겔의 명제를 떠올리게 하는 지점이다. 이런 낭만적 숭고성을 미디어가 계속 재생산하는 한에 있

---

11) E. Kedourie, *Nationalism*, London: Hutchinson, 1960.
12) George L. Mosse, 위의 책.

어서, 이견과 반론들은 원천. 봉쇄될 여지가 크다. 울음샘을 자극하는 신파의 카타르시스가 명성황후의 죽음을 미학화(이로써 책임의 유무는 지워지고 만다)함은 물론 대중들은 민족의 성스러운 이미지에 압도당해 폐쇄적이고 순환적인 자기애적 감상성을 진하게 노정하고 있다. 이것은 피해자, 수난자로서, 경험할 수밖에 없었던 과거의 몰락을 애도하는 한편으로 손상되지 않은 강력한 국가의 재생을 희구하는 열망과 긴밀하게 맞물려 돌아간다. 명성황후와 대원군의 순결한 영혼은 일시적인 혼돈에 함몰된 연약한 육체성이 결코 담보할 수 없는 무시간적인 영원성을 표상한다. 외부의 적에 의해 유린된 과거의 비애는 고결한 영혼의 무시간성 앞에서 일시적인 몰락에 불과한 것이다. 무시간적인 영원성의 징표로서 그들의 순수하고 고결한 영혼은 외부의 조건이 뒷바침된다면, 언제든 회복할 수 있는 민족적인 것의 결정체다. 따라서 연약한 육체성의 'tableaux vivante'는 손상되지 않는 과거로의 회귀를 갈망하는 강한 남성상의 전도된 거울로 자리잡는다. 「명성황후」의 한켠에서 「제국의 아침」이 전사의 정신을 찬미하는 형국이다.

「명성황후」의 연약한 육체성과 「제국의 아침」의 전투적 남성성의 거리는 이처럼 가깝기만 하다. 이 둘은 서로를 조명하고 되비춘다. 죽음의 예외성이 전투적 민족—국가주의로 회수되는 전체로의 병합은 죽음의 위계화와 젠더적 성정치를 역동적으로 결합한다. 이른바 민족 혹은 국민이 국가와 민족을 위해 죽을 수 있는 명예를 가진 사람과 가지지 못한 사람으로 서열화되고, 이에 따라 국민이 죽을 수 있는 강인한 남성상을 모델로 하여 재편되는 한, 여성이 영웅으로 호명되는 방식은 명성황후의 사례를 되풀이할 가능성이 크다. 마찬가지로 일본의 대타자로 대중들이 소환되고 구성되는 한, 대중들의 이질성과 다양성은 증발되고 일원화된 한 민족만이 남겨질 것도 자명한 사실이다. 이런 위험은 비단 오늘만의 문제는 아니다. 오히려 국민화의 전략은 과거와 현재를 거쳐 미래로 이어질 다발성의 영역이다. 3장은 이런 국민화의 전략이 이론적 정당성을 확립해 가는 과정을 이광수의 내선일체론을 통해 살펴보고, 이의 허구성과 상상적 시나리오를 파헤치는 작업이 뒤따를 것이다.

3. 징병제와 국민됨의 문법

이광수는 1939과 40년을 전후하여, 130여 편의 친일적인 글들을 발표하게 된다. 그의 행적에 대해서는 아직도 이견이 분분하지만, 적어도 이 시기에 그는 황국의 신민됨에 대해 더 이상 망설이거나 주저치 않는다. 그는 황국의 신민됨, 그것도 대일본 제국의 일등 국민이 되는 길을 적극적으로 모색한다. 이등 국민이 일등 국민이 되는 가장 빠른 길은 그가 보기에 지원병으로 전쟁에 참여하는 것이다. 국가를 위하여 자기의 목숨을 기꺼이 바치는 열정적 애국심이야말로 조선 민족을 일등 국민으로 만드는 첩경이다. 그의 이런 주장은 징병제로 구체화되고 있다. 징병제는 조선인을 일본인으로 개조시키는데 필수적인 제도적 장치다. 그가 조선이 아니라 일본인을 향하여 징병제의 유용성과 합법성을 전달하기에 여념이 없는 것은 이 때문이다. 조선의 민중은 물론이거니와 일본인을 그가 발화의 수신자로 삼은 이유는 무엇보다 조선 민중의 일본 국민됨이 일본인의 의식 전환 없이는 불가능하다는 사실을 자각했던 때문으로 보인다.

일본이 주변부의 다-민족, 아니 더 정확하게는 다-종족(ethnicity로서의 다-종족)을 일본 국민으로 변모시키기 위해서는 그들에게 국민됨의 통로를 제도적으로 보장할 수 있어야 한다. 배제와 분리의 정책은 일본 국민의 범위를 축소시켜 결국 대일본 제국의 손실로 이어지게 된다는 것이 이광수의 발언 요지이다. 그는 조선 민중을 일본의 충실한 황국 신민으로 만드는 데 있어서, 조선 민중의 개조 의지만큼이나 일본 민중의 적극적인 개선 의지가 필수적임을 예리하게 꿰뚫고 있었다. 그가 일종의 손익 계산서를 작성하여 일본인에게 들이민 이유는 손익 분기점을 정확히 따져보라는 권고이자 설득에 다름아니다. 감정에의 호소가 아닌 이성적인 논리로 무장된 그의 글들은 당시 일본의 대표적인 철학자, 타나베 하지메(Tanabe Hajime)의 이론과 매우 흡사하다. 타나베는 개인, 종(種), 유(類)의 삼각 구도로 개체와 전체 간의 통합성과 일체성의 근거를 마련하고 있다.[13] 그의 종(種)과 유(類) 개념은 일-종족 국가주의에서 다-종족 국가주의로의 전환을 꾀했던 일본의 대동아 정책과 정확히 조응한다. 그의 종과 유 개념에서, 종(種)과 유(類)의 꼭지점에 자리잡고 있는 것은 다름아닌 개체이다. 개체는 종과 유를 매개한다. 종(種)이 기존의 사회 체제로서의 종족, 국가를 의미한다면, 유(類)는 종족, 국가와 대립되는 절대적인 실재로서의 신 그것이다. 신은 반박과 검증을 초월해 있다. 적어도 유(類)는 신의 섭리와 상통한다. 유(類)가 신의 섭리로서 보편적인 인성을 대변한다는 것은 유(類)를 준거로 종(種)을 검증하고 판단할 수 있는 초법적 준칙이 된다는 뜻이다.

유(類)가 진리와 정의의 이상을 담보함에 따라 종(種)은 현재의 제도와 관습으로 한정된다. 현재의 국가가 보편적 국가 원리인 평등을 실행하고 있지 못하다면, 이 보편적 국가 원리인 평등의 이념과 현재의 사회적, 법적, 경제적 불평등 사이의 간극은 피할 수 없는 일이다. 현실의 어떤 국가도 보편적 국가 원리를 그대로 실현하지는 못한다. 타나베는 이 이상과 현실의 간극 사이에서, 양면 작전을 구사한다. 현실 체제의 결함과 한계를 인정하는 한편으로 이것에 저항하고 부정하는 개인의 자기 인식을 강조하는 것이다. 종과 유의 대척점에서, 종과 유의 대립을 있는 그대로 승인하는 태도와 개인의 자기 인식을 통해 변증법적으로 지양하는 태도가 전혀 별개의 것은 아니다. 현실의 체제는 항상 이상에 미치지 못

---

13) Naoki, Sakai, 「Subject and Substratum: On Japanese Imperial Nastionaism」(*Cultural Studies*, 2000) 이 글을 참조하여 타나베의 이론을 정리해 본 것이다. 타나베의 이론을 직접 인용하지 못한 것은 필자의 과문한 지식 탓임을 먼저 밝힌다. 이후로 이어질 내용들은 사카이 나오키의 논의에 힘입은 바 크다.

하며, 마찬가지로 이 이상과 현실의 괴리를 자각한 개인의 자기 헌신과 희생만이 현실의 한계와 제약을 뛰어넘어 이상에 근접할 수 있다. 이것은 부정의 긍정성, 지양의 지향성이다. 그가 헤겔의 변증법을 논의의 입각점으로 삼는 이유가 여기에 있다.

주체는 자기를 타자화한 이후에야, 비로소 자기를 반성적으로 고찰할 기회를 갖는다. 주체의 주체성의 본질은 주체의 자기 반성성에 놓여 있다는 헤겔의 명제가 타나베의 종과 유의 개념으로 새롭게 재구성된다. 타나베가 자기 인식과 반성성을 사회적 실천과 연관짓는 지점이 바로 여기이다. 자기 인식과 반성성은 그에 따르면 인간 존재의 사회적 성격에 내재해 있는 것이다. 인간은 자기가 원하든, 혹은 원치 않았던 어느 하나의 공동체에 귀속된 채로 태어난다. 그의 종과 유 개념에서, 내던져진 채로 태어난 이 피투성을 그는 종이라고 부른다. 이 때문에 종은 무매개적으로 나를 규정하는 목적격 나(Me)이며, 이 목적격 나(Me)에 그대로 머물러 있는 한 인간은 진정한 주체로 성립될 수 없다. 규정된 나일 뿐이다. 인간이 진정한 주체인 나(I)로 거듭나기 위해서는 이 종을 초월할 수 있는 계기가 반드시 필요하다. 타나베는 이런 초월의 계기를 제공하는 것이 유라고 본다. 유의 보편성이 종의 특수성에 하나의 이념적 좌표가 되는 것이다.

그러나 종과 유의 이런 대척점이 실제로 실현되는 장소는 개체이다. 개체가 종과 유의 꼭지점에 자리잡고 있다는 앞의 언명은 여기서 재확인되는데, 이는 유를 준거로 종을 초월할 수 있는 실제적 구현자는 인간일 수밖에 없기 때문이다. 따라서 개체의 자기 인식과 결단은 실천을 통한 귀속에의 의지로 수렴된다. 인간의 본원적 속성상, 인간은 사회 속에서 살아갈 수밖에 없지만, 귀속하고자 하는 그의 자유 의지가 종을 존속케 하는 근본 토대인 것이다. 종의 자연성이 개체의 선택과 자유 의지를 거쳐 결국 귀속되고자 하는 개체의 결단으로 종결되는 이런 역설이 타나베의 종과 유의 개념을 관통한다. 종에의 귀속은 한편으로 개체의 자유와 무관한 반면 이런 직접적이고 무매개적인 피투성을 부정할 수 있는 자유 역시 개체의 몫으로 남겨진다. 때문에 개체는 종의 일부이면서 동시에 종의 근거이다. 종은 개체의 자유 의지를 제약하고 구속하지만, 개체는 이런 종과의 거리화를 통해 종의 존립 이유를 되묻는 자의식적인 주체로 의미화되고 있는 것이다.

타나베의 종과 유, 개체의 삼각 구도를 이처럼 길게 서술한 것은 그의 논의가 이광수의 내선 일체론을 파악하는 데 유용한 참조점이 될 것이라는 판단에서이다. 타나베가 유의 지평에서 종을 거부할 수 있는 자유 의지를 사회적 실천과 결부시키고 있듯이, 이광수 역시 내선일체론의 정당성을 이런 식으로 도식화한다. 종과 유, 개체의 용어만이 없을 뿐, 미래의 이상에 자신을 기투하는 개체의 자유 의지와 결단은 타나베와 동일한 주체 형성의 문법을 드러낸다. 타나베가 개체의 선취적 결단을 결국 지원병으로 귀착시킬 때, 개체의 무조건적인 복종만이 강요되지는 않는다. 오히려 개체의 열정적 헌신과 희생은 종에 저항할 수 있는 개체의 권리, 개체의 실천 윤리로 정립된다. 이 점을 염두에 두고, 이광수의 "동포에 고함"을 살펴보자.

참정권에 대해서는 왜 말하지 않는가. 그것은 말할 필요가 없는 것은 아닐까. 의무 교육이 실시되고 징병령이 실시되어 조선인 아이들이 전부 국민 교육을 받고 그 장정들이-내 아들이 말이야-군인이 되어 총을 들고 전선으로 간다.

군이여 그렇게 되면 나는 완전히 일본 신민이 되기를 마친 것이 아닌가. 그것은 형식적인 제도만이 아니네. 내 자식이 폐하의 군대에 들어가 있다면, 나는 마음으로부터 일본 신민이 되지 않을 수 없을 것이 아닐까.(중략) 그러나 군이여, 나는 이렇게 우겨대고 싶었던 것이네. 나에게 충성을 보일 기회를 달라고. 나에게 식민지의 토인으로서가 아니라 폐하의 적자로서, 평등한 국민의 일원으로서 일본을 사랑하고 일본을 조국으로 하고, 그것을 지키기 위해 생명을 바치도록 해 달라고. 기회를 제공해 달라고.

반대로 이를 조선인의 입장에서 보면, 지금 조선인 자신의 입장에서 보면, 지금 조선인에게 남아 있는 유일한 희망은 평등하고 동등한 일본 국민이 되는 것이네. 이를 빼고는 아무 것도 없는 것이네. 그들은 이미 일본으로부터 분리하자는 따위의 공상은 버려 버렸네. 자자손손 평등하고 동등한 일본 국민으로서의 광명을 향수할 수 있다면, 무엇 때문에 고생스럽게 대일본 제국이라는 넓고 넓은 일터를 버리고 좁은 소국가를 세우고자 하는 마음을 일으키랴. 단 그들이 두려워했던 것은 국민적 서자의 운명에 언제까지나 묶여 있는 것은 아닐까 하는 불투명한 전망이었고, 그것은 실제로 괴로운 일임에 틀림없는 것이네.[14]

"동포에 고함"의 일부이다. 이 글에서, 이광수가 청자로 삼고 있는 대상은 일본인이다. 군이라는 지시 대상은 일본인 전체를 아우른다. 일본인을 염두에 두고 쓴 글의 제목이 "동포에 고함"이라는 사실에서, 그의 의도를 엿볼 수 있다. 그가 일본인을 동포로 부르는 순간, 일본인과 조선인은 대일본 제국의 신민으로 동시에 호명된다. 대일본 제국의 신민으로, 조선인과 일본인은 형제애를 나눌 수 있어야 한다. 그의 말에 따르자면, 조선인들은 조선인들만의 국가를 세우겠다는 그런 공상 따위는 버린 지 이미 오래다. 남아 있는 유일한 희망은 동등한 일본 국민이 되는 것이다. 광명에 비유된 대일본 제국의 신민이 되는 길은 그러나 지금의 국가 제도로서는 한계에 부딪힌다. 대일본 제국의 신민으로 진입하는 길 자체가 원천 봉쇄되어 있기 때문이다. 그가 참정권과 징병제를 특별히 거론한 이유라면, 참정권과 징병제가 일본 신민임을 확증하는 법적. 제도적 장치로 인식되었기 때문일 것이다.

참정권과 징병제를 통해 그가 지향하고 있는 바는 평등의 이념이다. 타나베를 떠올린다면, 보편적 국가 원리인 유이고, 유는 종의 제약과 구속에 제동을 건다. 유를 준거로 종을 비판하는 이런 평등의 이념이 현재 국가의 위선, 허위, 부정을 감시. 고발하는 잣대가 된다. 그는 현재의 국가 제도가 대일본 제국을 건설하는 데 장애가 되고 있음을 날카롭게 간파하고 있다. 그것은 다만 형식적 제도만은 아니다. 이런 형식적 제약이

---

14) 이광수, "동포에 고함" (김원모, 이경훈 편역, 『춘원 이광수 친일 문학: 동포에 고함』, 철학과 현실사, 1997)

350

진정으로 일본 신민이 되는 길을 차단한다. 심적으로 일본 신민을 만드는 것, 일본인의 신체로 조선인을 순치하는 일이 무엇보다 중요함을 일찍 깨달은 셈이다.

유의 이상과 종의 제약이 대립하고 있는 이 국면에서, 그는 유의 이상을 일본인에게 거듭 요청하는 한편으로 조선인의 자유 의지와 결단을 거듭 촉구한다. 종의 특수한 한계를 뛰어넘어 유의 이상으로 도약하는 길은 개체의 결단 여하에 달려 있다. 유와 종, 개체의 삼각 구도에서, 유와 종을 매개하는 유일한 매개자는 개체인 것이다. 동등한 일본 신민으로 서기 위해, 나아가 일본 신민으로서 동등한 권리를 보장받기 위해, 조선인은 지원병으로 전쟁에 참여해야만 한다. "조선 청년이여. 군은 특별 지원병으로 나가라. 지원병에 나가지 못할 사정은 하나밖에 없다. 그것은 병약 뿐이다. 그 이외의 사정은 결코 사정이 아닌 것이다. 그러므로 병약자를 제하고는 전부 특별 지원병을 지원하라. 조선의 장정이 모두 병역의 의무를 수행하는 날이야말로, 조선에 황민화 완수의 광영이 오는 것이다"15)라고 그가 설파할 때, 죽음에의 결단은 과거의 족쇄를 끊고 미래의 광영을 앞당길 수 있는 구원으로 자리잡는다. 죽음은 고귀하다. 그 것은 지역의 협소한 특수성을 뛰어넘어 과거, 현재, 미래를 동시에 응축하는 진취적이며 선구적인 행위이다. 종의 공간성이 개체의 실천적 행위를 통해 시간성으로 전화되는 이런 일련의 과정에서, 죽음은 일등 국민과 이등 국민을 나누는 분기점이 된다. 아니 일등 국민은 개체의 주체성을 최고도로 실현한 미적 인간으로 고양된다고 해야 더 정확한 말이다. 쉴러의 말대로 미적 인간은 개체의 고유성을 보존하면서도 전체와의 의미있는 통일을 향해 부단히 투쟁하는 역동적 존재이기 때문이다. 이광수가 조선 청년의 결단을 주장하면서도, 계속적으로 "의무 교육이 이루어지고 징병령의 실시를 보게 되면, 씨 제도의 확립과 더불어 조선인은 완전히 황민화될" 것이라는 다소 방어적이고 수세적인 태도를 연출하는 이

---

15) 이광수, "내선 청년에 고함", 위의 책.

유는 현실의 결핍을 미적으로 치환하는 데 따르는 간극과 분열인 것이다. 현실의 한계, 즉 아무리 그가 일본인에게 평등의 이념을 실현할 것을 요구한다 하더라도 실제적으로 평등과는 거리가 먼 현실의 모순을, 그는 미적 이상을 경유하여 미래로 투사한다. 언제나 미래로 연기되는 이런 식의 논법은 미래를 담보로 현재를 희생하는 민족-국가 담론의 전형적인 모습이다. 더구나 총력전 체제에서 국가를 위해 기꺼이 자신의 목숨을 바치는 열정적인 애국심을 선동해 왔던 역사적 사례를 떠올린다면, 이는 충분히 짐작할 수 있는 일이다.

그런데 죽음에의 결단을 촉구하는 그의 발언에서, 미묘한 동요와 충돌마저 지우기는 힘들다. 식민지의 토인이 아닌 일본인과 똑같은 천황의 적자로 살고 싶었던, 아니 살기를 염원했던 그는 조선 청년들에게 죽음에의 결단을 열정적으로 주창한다. 그에 상응하는 제도적 보장도 당연히 뒤따라야 옳다. 일등 국민으로 편입될 수 있는 제도적 장치가 계속 지연되는 한에서, 조선 청년의 결단만을 요구하는 것은 그의 이론과 신념을 위기로 몰아 넣는다. 그의 글들은 이런 균열과 불화를 곳곳에 드러낸다. 미래에 현재를 투기하는 선취적 결단만이 개체의 자유를 보장한다는 그의 신념은 현실의 거대한 장벽 앞에서 어쩔 수 없이 파열되고 마는 것이다. 그가 현재의 모든 불만과 결핍을 미래에 떠넘길 때, 죽음의 미학화는 피할 수 없다. 현재의 종과 미래의 유 사이에 놓여진 간극을 유의 총체성으로 봉합하고, 언제나 연기되는 미래의 무한점으로 소실시켜 버리는 것이 그에게 남겨진 유일한 대안처럼 비춰진다.

언젠가 도래하리라는 이런 미래에의 약속은 더욱 전투적인 애국심을 역설하는 전도된 양태를 띤다. 가령 이런 식이다. 조선인이 일본의 일등 국민으로 인정받는 길은 일본인보다 몇 배의 노력을 기울임으로써 가능하다. 이른바 존재 증명이다. 가장 예외적이며, 가장 극한의 존재 증명이라고 해도 좋을 죽음을 통해 일본의 정신을 육화하고 체현하는 것, 일본 국민으로의 비약적 도약은 이처럼 죽음이라는 폭력적 형태로 개체에게 되돌아온다. 무명의 전사자로 되돌아온 조선 병사들을 그가 집단의 이름으로 추모할 때, 개체의 자유 의지는 모두 집단으로 회수되고 개체는 소멸된다. 개체의 자유 의지는 죽음의 순교로 칭송되고, 죽음의 순교는 순결함의 미덕을 그 외피로 두른다. 죽은 병사들을 일본 정신의 진정한 체현자로 고양하는 이런 죽음의 미학화는 동시에 일본 정신을 신격화하는 이중의 운동을 낳는다. 천황의 육체로 표상되는 천황의 성화(聖火)는 전쟁이 급박해질수록 그 위력을 더해 간다. 이광수의 글들이 점점 논리의 엄정함을 상실하고, 선전선동의 팜플렛처럼 변해가는 것도 이의 필연적 결과다. 다음의 지문을 잠시 살펴보자.

> 1) 진짜 일본인이 되기 위해선 우선 종래의 조선심을 뿌리째 뽑아버려야 합니다. 우리들은 일전에 오하라에노고토바(大拔詞: 죄나 더러움을 제거하여 깨끗이 하는 제의문)를 배웠습니다. '시나토(科戶, 바람을 불러 일으키는 곳) 바람이 하늘의 구름을 불어내듯이, 아침 안개를 아침 바람 저녁 바람이 불어내듯이' 모든 종래의 조선적인 마음을 씻어내지 않으면 안 되지요.[16]
>
> 2) 병합 30 주년! 조선 이천 삼백만 민중은 메이지 천황의 고마우신 뜻에 의해 이 일본의 신민이 되었던 것이다. 그리고 이제는 천황의 적자인 것이 얼마나 고맙고 광영있는 일인가를 마음으로부터 느끼게 된 것이다. 조선의 민중은 우리 임금님을 위해, 바다에 가면 물에 잠긴 시체, 산에서는 풀이 무성한 시체가 될 것을 고맙게 생각하게 된 것이다. 그리고 광영있는 대일본 제국을 지켜 천대, 팔천대 이 나라의 번창을 더할 신성한 책임과 의무의 부담자가 되었던 것이다.[17]

진짜 일본인이 되기 위해, 충실한 황군 신민으로 거듭나기 위해, 종래의 조선심은 제거해야 할 과거의 잔재가 된다. '바람이 하늘의 구름을 몰아내듯이, 아침 안개를 아침 바람 저녁 바람이 불어내듯이' 종래의 조선적인 마음을 완전히 씻어낸 다음에야, 메이지 천황의 적자로 호출될

---

16) 이광수, "行者", 『문학계』, 1941년 3월, 조관자는 이 조선심의 제거를 일본 내셔널리즘의 신화를 철저히 신화화한 것으로 본다. 그의 논의는 필자와 겹쳐지는 부분이 있는 한편으로 다른 시각도 존재한다. 조관자, "민족의 힘을 욕망한 친일 내셔널리스트 이광수", 『기억과 역사의 투쟁』, 당대 비평, 특별호, 2002.

17) 이광수, "기원 2600년", 위의 책.

자격이 생겨난다. '바람이 구름을 몰아내듯이, 아침 안개를 아침 바람 저녁 바람이 불어 내듯이'라는 문장은 조선심의 제거를 대 자연의 법칙과 동궤에 올려 놓는다. 조선심을 청산하는 일이 대자연의 법칙, 말하자면 신의 섭리와 동일해지는 한, 비판과 반성이 들어설 자리는 어디에도 없다. "동포에 고함"에서 유의 보편성이 천황의 성화(聖火)로 전치되는 이 국면에서, 소멸과 재생의 욕망이 꿈틀거리고 있음은 간과할 수 없는 일면이다. 내부의 불순하고 이질적인 것들을 남김없이 조사하고 까발려 청산하는 것, 인간 내부의 가장 깊은 곳에 숨겨진 영혼과 정신을 철저하게 감시. 추적하여 새로운 인간형으로 거듭나는 주체 형성의 문법은 소멸과 재생의 욕망과 긴밀하게 맞물린다. 소멸과 재생[18]의 서사 구조가 그에게 비단 낯선 것만은 아니다. 소멸과 재생의 욕망은 그가 종의 운명성, 특히 조선인의 허위, 거짓, 나타를 준엄하게 비판하고 단죄했을 때부터 이미 예정된 것이다. 조선인으로 태어난 그의 운명을 어쩔 수 없는 현실로 인정하면서도 그는 종의 한계와 제약을 극복할 수 있는 의인을 강력하게 요청한다. 이 의인은 완전한 사람이며, 완성될 범인이다. 이른바 미적 인간으로서의 그는 덕(德). 체(體). 지(知)의 삼육[19]을 모두 갖춘 완전한 인간이다. 이런 전인적 인간의 모범으로 채택된 의인은 "자기의 피로 산하를 물들이는", 그리하여 "수백만의 순교자가 피를 흘려서 인류의 맘 속에 요만큼이라도 인도주의적 사상과 정조를 심어놓는"[20] 존재이다. 그의 의인은 늘 자기 희생과 헌신의 외양을 띤다. 이런 자기 희생과 헌신이 보편의 법칙, 가령 사랑과 인도주의의 이름으로 행해질 때, 종의 특수성을 초월하여 미적 인간으로 도약하는 계기에는 언제나 죽음이 내장되어 있다. 순교로 고양되는 이런 죽음이 천황의 성화(聖火)와 합쳐지는 지점

---

18) 권명아는 파국과 신생, 소멸과 재생의 욕망을 파시즘과 젠더 정치학으로 날카롭게 묘파하고 있다. 필자의 논의는 그녀의 입론에 많은 도움을 받았다. 권명아, "수난사 이야기로 다시 만들어진 민족 이야기", 『문학 속의 파시즘』, 삼인, 2001. 그 외 이광수의 심미적 교육에 관한 고찰로는 김현주, "이광수의 문학적 파시즘", 같은 책.
19) 이광수, "민족개조론", 『이광수 전집』 17권, 삼중당, 1966.
20) 이광수, "그리스도의 혁명사상", 『이광수 전집』 20권, 삼중당, 1963.

에서, 조선의 민중은 죽음으로써 천황의 충실한 신민이 된다. 조선심의 죄를 씻고 일본 신민으로 거듭나는 번제의 예식(희생 제의)을 영예롭게 수행한 것이다.

소멸의 번제를 통한 거듭남의 정화가 이처럼 일본 국가로 집약되면서, 조선 민중은 시체와 다를 바 없다. "바다에 가면 물에 잠긴 시체, 산에서는 풀이 무성한 시체"로 조선인을 규정하는 그의 지적에서, 조선인과 일본인의 권력 관계는 비대칭적일 뿐만 아니라 불균형적이다. 조선인이 일본의 신민이 되는 평등의 이념은 그야말로 이념에 불과하다. 그들은 일본의 정신을 천부적으로 부여받지 못했다. 그들은 순수 일본인처럼 일본 정신을 내화하지 못한 식민지 반도인인 것이다. 따라서 일본 정신을 내화하지 못한 이들이 일본 국민으로 거듭나기 위해서는 일본인과는 다른 특단의 조치가 필요하다. 이것이 바로 조선인의 죽음이고, 이광수는 상상의 시나리오를 통해 이를 대중들에게 산포한다. 개체의 자기 결단과 의지가 대중의 일반 의지로 회수하고, 미래로 끝없이 연기되는 동일 국민의 상상적 시나리오는 결국 일본의 패배와 더불어 파탄에 이르게 된다. 보편주의의 이상이 개체의 자기 결단과 의지를 결국 무화시키는 논리적 전도를 그 역시 벗어날 수 없었던 것이다. 이광수는 개체의 죽음을 민족, 국가, 나아가 세계로까지 확장시킴으로써 기실 민족, 국가, 세계의 각기 다른 세 차원을 모두 동일한 지평으로 환원시켜 버렸다. 따라서 조선인의 죽음은 대일본 제국에 바쳐진 애국심, 민족을 위한 거룩한 죽음, 세계를 위한 그리스도의 순교가 모두 합쳐진 영적 합일의 이상으로 승화되고 있다. 이 세 지평의 무차별적 혼합은 민족과 국가의 차이를 지우고, 친일을 민족의 이름으로 정당화할 수 있는 강력한 명분이 된다. 그 속에서 개체의 주체성은 일본 신민의 자발적 참여와 등가화되고, 죽음은 이의 가장 상징적인 형식으로 변모한다. 하지만, 죽음의 끝자락에서 전후 일본이 다-종족 국가의 보편성을 주장했던 사실을 망각하고, 전쟁에 참여한 다수의 식민지인을 배제하는 기억의 공동화(空洞化)를 국가의 정사(正史)로 구축하는 기억과 망각의 장은, 보편의 이상이 한갓 허울에 지나지 않았음을 반증하고 있다. 이 허울에 매달려 수많은 사람들이 죽어갔고, 지금도 역시 마찬가지다. 예나 지금이나 역사는 반복된다. 우리가 그 때를 망각의 저편에 계속 묻어두고 있는 한.

4. 드라마 「명성황후」가 남긴 문제들―결론을 대신하며

드라마 「명성황후」가 드디어 막바지에 이르렀다. 아마도 이 글에 마침표를 찍는 순간, 드라마 「명성황후」도 막을 내릴 지 모를 일이다. 시청률의 측면에서, 「명성황후」는 「여인 천하」와 「제국의 아침」에 비해 훨씬 저조한 성적을 올렸다. 선정성과 볼거리가 미디어의 선별 원칙이 되는 현실에서, 「명성황후」가 이처럼 오래 방영되었다는 점은 그 자체로 특기할 만하다. 여기에는 물론 몇 가지 외부적 조건이 작용한다. 새로운 프로를 제작하기에는 월드컵이라는 호재가 앞을 가로막고 있고, 자연히 「명성황후」로 유종의 미를 거두겠다는 방송국의 의지가 「명성황후」를 지속시키는 데 가장 큰 공헌을 했다. 더구나 월드컵 개막을 앞두고, 대원군이 독살되고 다음으로 명성황후의 죽음이 임박했음을 예고하는 극의 전개는 「명성황후」가 월드컵의 일정에 따라 제작되고 있다는 혐의를 주기에 충분하다.

사정이야 어쨌든, 드라마 「명성황후」는 사극 역사상 몇 가지 진기록을 남긴 듯하다. 조선조 말의 어지러운 정치 현실을 정면으로 다룬 것, 특히 한일 병합의 민감한 사안을 극화했다는 것만으로 「명성황후」는 기존의 사극과 다른 변별성을 드러낸다. 뮤지컬 「명성황후」가 대중적으로 성공한 데 힘입었다 하더라도, 방송국의 생리상 민족의 치욕으로 여겨지는 한일 병합을 소재로 삼는다는 것이 말처럼 쉽지는 않다. 조금만 삐끗거려도 우리의 민족 감정에 흠집을 내는 여러 장애물들이 곳곳에 포진해 있다. 이 드라마가 울음샘을 자극하는 신파의 카타르시스로 일관한 것은 이런 측면에서 십분 이해가 간다. 타자를 적으로 우리를 일체화하는 전략이 아니고서는 이 위험지역을 안전하게 지나가지 못했을 것이기 때문이다. 선과 악의 이분법이 가해자와 피해자를 나누고, 일본이라는 제국주의적 타자가 한민족을 철저히 유린한 비극적 사건으로 그려질 밖에 달리 도리가 없다. 대원군의 독살이 사실이냐의 여부를 떠나, 명성황후는 억압받는 민족의 희생자로 새롭게 조명되면서 한민족의 자랑스런 국모로 기억될 전망이다. 역사는 이제 미디어의 영역으로 넘어갔다. 기억과 망각의 변증법에 정초한 기억하기의 투쟁은 이제 미디어가 주도한다. 대중과 미디어는 서로를 보완할 뿐만 아니라 서로를 알리바이로 삼는다. 대중이 원해서라는 말 한 마디에, 미디어의 정당성은 확보된다. 마찬가지로 미디어의 대중 장악력은 미디어에 대중을 최대한 밀착시킨다. 미디어와 대중의 공모 관계는 근대 초 시각의 훈육에서 이미 비롯된 것이다. 서론 삼아 쓴 1장의 내용이 이것이다.

2장과 3장은 서론을 바탕으로 드라마 「명성황후」와 이광수의 내선일체론을 접목시켜 보았다. 죽음의 미학화와 국민됨의 논법에 초점을 맞추었지만, 여전히 앞은 잘 보이지 않는다. 다만 자기가 위치한 자리에서 자신의 주체성이 구성되는 방식을 끊임없이 심문하고 감시하는 '부정성의 성찰'이 긴요하다는 점만은 2장과 3장을 마무리지은 지금 절실하게 다가온다. 자기에게 할당된 주체성을 최대한 보장받으려는 체제 내의 방어(혹은 보상)심리가 이런 고통스러운 각성을 때로 가로막으며, 주어진 이념의 물신에 계속 사로잡히는 이유가 된다. 따라가야 할 길이 없다면, 그는 지금의 자기가 아닌 다른 누군가가 되고자 하는 소망도 포기해야 한다. 동일성과 통합성을 향한 초월에의 욕망이 민족―국가에게 회수되어 인민 독재로 귀결되고 마는 타나베와 이광수의 비극은 아직 끝나지 않았다. 극우 민족주의가 세계 곳곳에서 출현하고, 애국심의 기치 아래 타자를 착취하고 억압하는 국가 간 시스템의 불균형이 이 틈새를 비집고 더욱 기승을 부리고 있는 지금이다. 노예는 자신의 노예적 정체성을 거부한다. 그러나 동시에 해방이라는 꿈 역시 포기해야 한다는 노신의 말이 '부정의 변증법'을 결국 해방의 상상적 시나리오로 몰고 간 타나베와 이광수에게 던질 수 있는 마지막 말일지도 모른다. 노예에게 초월에의 희망은 없다. 그에게는 지금. 여기가 주어진 것의 전부일 뿐이다.

주제어 : 죽음의 미학화, 육체의 가시성, 징병제, 국민됨의 문법, 상상의 시나리오

358

◆ 참고 문헌

공임순, 「미디어, 역사, 그리고 가족 로망스」, 『문학과 경계』, 2002년 봄호.

김철, 신형기 외, 『문학 속의 파시즘』, 삼인, 2001.

김형효, 『하이데거와 마음의 철학』, 청계, 2000.

이광수, 『이광수 전집』, 삼중당, 1966.

이광수, 『춘원 이광수 친일 문학: 동포에 고함』, 김원모, 이경훈 편역, 철학과 현실
　　　사, 1997.

조관자, 「민족의 힘을 욕망한 친일 내셔널리스트」, 『기억과 역사의 투쟁』, 당대비
　　　평, 2002.

마샬 맥루한, 『쿠텐베르크 은하계』, 임상원 역, 커뮤니케이션스북스, 2001.

에레네스트 르낭, 『민족이란 무엇인가』, 신행선 역, 책세상, 2002.

E. Kedourie, *Nationalism*, London: Hutchinson, 1960.

George L. Mosse, *The Nationalization of the Mosse*, Howard Fertig, New
　　　York, 1975.

Naoki Sakai, 「Subject and substatum: On Japanese Imperial Nationa-
　　　lism」, *Cultural Studies*, 2000.

◆ SUMMARY

The aesthetics of death and reaction of the public politics

Kong, Lim-Soon

This thesis aims to search for aesthetics of death and reaction of the public politics. In my thesis, I focus on the television drama, *Queen Myeong-Seong* and the theory about the union of Japan and Chosun(내선일체론) in Lee Kwang-su's essays. Despite of the temporal distance, in two works individuals are included in the whole society through the death. While *Queen Myeong-Seong* consists the commemoration of Han-nation by fragile corporeal representation, Lee Kwang-su insists that conscription system is the most conspicuous sign to show Japanization of Chosun people.

In this course, death is divided into two parts; memorable death and non-memorable death. These two deaths engender hierarchy of first people and second people. *Queen Myeong-Seong* is described as oppressed national sacrifice and also image of korean traditional women symbolizing wife's virtue and mother's devoted sacrifice. It represents hierarchization of death and inequality of gender politics. While man is evaluated by achievement, she oscillates between two extremity of excessive praise and devaluation according to external view.

While *Queen Myeong-Seong* stimulates the closed, circular narcissism of the nation by defined as a sufferer, Lee Kwang-su escapes from bondage of second people by asserting voluntary death of individuals. So he emphasizes that colonized Chosun people must be volunteers of conscription system to be first Japan people. Moreover he demands to execute the same system as Japan's. This kind of Japanization erases individuals and results in subjection of individuals to nation-state, a single channel. Aesthetics of death takes on this paradox.

90년대 한국문학연구의 동향

2002년 9월 5일 인쇄
2002년 9월 10일 발행

저　자　상 허 학 회
펴낸이　박　현　숙
박은곳　신화인쇄공사

１１０-２９０
서울시 종로구 인사동 153-3 금좌B/D 305호
T · 723-9798, 722-3019 F · 722-9932
펴낸곳 도서출판 **깊 은 샘**
등록번호/제2-69 · 등록년월일/1980년 2월 6일

ISBN 89-7416-115-X
※ 잘못된 책은 교환해 드립니다.
※ 깊은샘은 E-mail: kpsm80@hanmail.net,
kpsm@hitel.net에서 만나실 수 있습니다.

값 15,000